Dieter Gärtner

Der Medicus *von Windsheim*

wek-Verlag
Treuchtlingen–Berlin

Titelbild: Szene aus einem Infirmarium mit Lepra-Patienten, nach einer Miniatur aus der städtischen Bibliothek Perugia (Umbrien)

Der Autor Dr. med. Dieter Gärtner interessierte sich schon während seines Studiums für die Geschichte der Medizin. In der orthopädischen Universitätsklinik Würzburg, wo er seine Facharztausbildung absolvierte, richtete er unter der Leitung von Professor Rütt das erste orthopädische Museum Deutschlands ein.
Die so erworbenen Kenntnisse berechtigen ihn, sich als Hobby-Historiker zu verstehen. Nach mehrjährigen Recherchen zum Thema „Medizin des Mittelalters" hat der Autor mit medizinischem Fachwissen, mit historischen Kenntnissen und mit viel Einfühlungsvermögen einen Roman vorgelegt, der durch ein hohes Maß an Authentizität besticht.
Seit 1987 ist Gärtner als Orthopäde mit eigener Praxis in Bad Windsheim tätig. In den letzten Jahren entdeckte er seine Liebe zur Schriftstellerei. Das Erstlingswerk „Die Knochenfibel", ein Patienten-Ratgeber, veröffentlichte er 1999. Der vorliegende Roman ist sein erstes Belletristik-Werk.

Bibliografische Information der Deutschen Nationalbibliothek
Die Deutsche Nationalbibliothek verzeichnet diese Publikation in der Deutschen Nationalbibliografie; detaillierte bibliografische Daten sind im Internet über http://dnb.d-nb.de abrufbar.

Umschlaggestaltung und Prepress:
wek-Verlag Walter E. Keller
Digital-Druck: SDL Berlin
Printed in Germany

ISBN 978-3-934145-49-8

Einführung und Dank

Mit der spannenden Geschichte über das Leben eines Medicus des späten Mittelalters konfrontiere ich die Leser mit den Grausamkeiten jener Zeit und der Hilflosigkeit der damaligen Medizin. Geschildert wird eine Welt, in der der Kampf ums Überleben den Alltag bestimmt. Fragen der ärztlichen Ethik und die Verarbeitung menschlichen Fehlverhaltens sind mir ein besonderes Anliegen und ziehen sich wie ein roter Faden durch den Roman.

In einigen Fällen waren zeitliche Verschiebungen von Geschichtsdaten erforderlich, um den Gesamtkontext zu wahren. So fanden zum Beispiel die Windsheimer Hexenprozesse nicht 1543 statt, sondern 1596, der botanische Garten in Padua wurde nicht im Jahre 1520 angelegt, sonders erst 1545. Dennoch entsprechen fast alle Ereignisse um die fiktive Person des Dr. Konrad Augsteiner historischen Tatsachen in der Übergangszeit zwischen Mittelalter und Neuzeit.

Die im Text beschriebenen Windsheimer Judenverfolgungen waren keine ortsspezifischen Untaten, sondern ereigneten sich seit dem hohen Mittelalter überall in Europa, so besonders in England, Frankreich, Spanien sowie in Deutschland vor allem beim Auftreten der Pest. Es handelte sich um Verbrechen gegen das jüdische Volk, die uns heute genauso beschäftigen sollten wie jene viel schrecklicheren Gräueltaten aus der jüngeren Vergangenheit.

Die erwähnten Schauplätze der Geschichte können noch heute besichtigt werden: Reste der Windsheimer Augustinerkirche mit der Bibliothek der Mönche, der darunter befindliche sieben Meter tiefe Eiskeller, die alte Universität von Erfurt, das Erfurter Augustinerkloster mit Infirmarium und Refektorium, die Erfurter Studentenbursen, die Universität von Padua „Il Bo“ mit dem Theatrum anatomicum, der botanische Garten von Padua, die Scrovegni-Kapelle mit den herrlichen Fresken Giottos, der Palazzo del Capitanio, der Palazzo della Ragione und das Grab des jüdischen Sprachgelehrten Elias Levita in Venedig. Eine Übersicht der erwähnten historischen Personen findet sich im Anhang, ebenso die verwendeten Maßeinheiten.

Die Weinorte der Region um Bad Windsheim mit den vielen Häckerstuben produzieren weiterhin wie damals wertvolle kräftige Weine. Hier sind besonders Ipsheim und Weimersheim zu nennen.

Als Arzt möchte ich darauf hinweisen, dass die im Text beschriebenen Behandlungen mit Pflanzenwirkstoffen zwar gegen die angegebenen Krankheiten wirken, aber nicht als allgemeine Empfehlung anzusehen sind. Diesbezüglich sollten Ärzte oder Apotheker zu Rate gezogen werden.

Beim Schreiben eines Romans mit geschichtlichem Hintergrund ist umfangreiche Recherchearbeit unerlässlich. Neben dem Studium der entsprechenden

Literatur sind Nachforschungen in Stadtarchiven, örtlichen Bibliotheken und Universitäten erforderlich. Diese aufwendige Arbeit ist ohne die Hilfe von Mitarbeitern solcher Einrichtungen nicht vorstellbar. In vorliegendem Fall hatte ich das große Glück, dass mir viele Helfer, Freunde und Bekannte zur Seite standen. Wo immer ich anklopfte, wurde mir bereitwillig geöffnet, und sämtliche Archivbücher wurden präsentiert. Hierfür danke ich aufrichtig.

Mein herzlicher Dank gilt in besonderem Maße folgenden Personen:

- Herrn M. Schlosser vom Stadtarchiv Bad Windsheim für stets zuvorkommende und prompte Lieferung aller Daten und Ereignisse zur Geschichte der Stadt Bad Windsheim,
- Herrn Pfarrer K. Bertram, Rothenburg o. d. Tauber, für lange Diskussionen über Bibelinhalte, wobei die vorliegende Darstellung nicht unbedingt in allen Abschnitten seine Meinung widerspiegelt,
- meiner Schwester Frau K. Illner, Bibelforscherin, Basel, die mir ihre Interpretation der Bibel erläuterte,
- Frau A. Goovaerts vom Augustinisch-Historischen Institut in Heverlee, Belgien,
- Herrn J. Jakubowicz, Nürnberg, der mir wertvolle Tipps zu Talmud-Weisheiten gab,
- Herrn Professor M. Wierschin für Erläuterungen zum mittelalterlichen Leben,
- Herrn Dr. G. Rechter vom Staatsarchiv Nürnberg
- Frau K. Scholtiski vom Stadtarchiv Erfurt und dem Historischen Verein Erfurt für Mitteilungen über Professoren der Universität Erfurt des 16. Jahrhunderts und deren Lehrmeinungen,
- Herrn Dr. med. W. Ringlein, Augenarzt in Ochsenfurt, für mittelalterliche Berichte zum Thema Starstechen,
- Mitarbeitern der Universität Il Bo, Padua, Italien,
- Mitarbeitern der Fuggerei, Augsburg,
- Herrn Bürgermeister W. Eckardt, Bad Windsheim, und Herrn R. Dehner, Direktor der Sparkasse Bad Windsheim, danke ich für ihre Unterstützung zur Verwirklichung des Buchprojektes,
- Herrn Bürgermeister H. Herold, Ipsheim.

Mein besonderer Dank gilt meiner Frau Ruth und meiner Tochter Elisa, die mich auf meinen häufigen Studienreisen nach Erfurt, Padua und Augsburg sowie zum Brennerpass begleitet haben und mir mit zahlreichen Ratschlägen zur Seite standen.

Dr. Dieter Gärtner

Der Medicus von Windsheim

„Das ist doch eine zum Himmel schreiende Gemeinheit!“
„Eine ausgemachte Sauerei!“
„So eine Frechheit. Das ist ungerecht.“
Auf dem Pausenhof des Gutenberg-Gymnasiums im mittelfränkischen Althausen herrschte Aufruhrstimmung. Wo bislang Lässigkeit zur Schau getragen wurde, machten die Schüler ihrer Enttäuschung und Empörung Luft.
„Ausgerechnet jetzt, wenn wir mit unserer Klassenfahrt dran wären. Hätte der Chefwechsel nicht ein Jahr später sein können?“
„Der alte Direktor hätte das niemals gemacht.“
Grund des drohenden Schüleraufstandes war ein Erlass des neuen Direktors: „Aus Gründen der Verknappung öffentlicher Mittel werden ab sofort alle mehrtägigen Klassenfahrten nicht mehr finanziell unterstützt. Außerdem sind die Leistungen deutscher Schüler allenfalls als durchschnittlich zu werten; so die Ergebnisse der Pisa-Studie. Klassenfahrten während der regulären Unterrichtszeit können deshalb nicht mehr gestattet werden.“
Das schlug ein wie eine Bombe. Die Schüler waren zunächst geschockt. Erst allmählich kochten die Emotionen hoch. Alle Grade der Empörung waren zu beobachten, von verhaltenem Groll bis hin zur brodelnden Wut. Selbst der Elternbeirat befasste sich mit dem heiklen Thema. Es gab deutlich mehr Fürsprecher von Klassenfahrten als Gegner. Nach langer Diskussion wurde eine schriftliche Eingabe beschlossen. Man hatte es sich nicht leicht gemacht. Auf keinen Fall wollte man die Autorität des neuen Schulleiters untergraben. Das machte die Angelegenheit umso schwieriger. Konnte der Direktor seine Entscheidung korrigieren, ohne Ansehen zu verlieren? Wie auch immer, man wollte es versuchen. Die Petition wurde auch tatsächlich von allen Mitgliedern des Beirates und von den Schülersprechern unterzeichnet.
Große Hoffnungen, dass der neue Direktor doch noch einlenken würde, hatten eigentlich nur wenige.
„Der Neue macht sich doch zum Hampelmann, wenn er den Erlass zurücknimmt.“
„Aber bedenkt doch. Er hätte so die Gelegenheit Charaktergröße zu zeigen.“
„Und er würde sich außerordentlich beliebt machen.“
Dennoch war die Stimmung eher skeptisch. Und tatsächlich. Das Antwortschreiben des Direktors ließ nicht lange auf sich warten. Eine glatte Absage. Die bekannten Gründe wurden nur ausführlicher erläutert und das war’s dann auch schon. Da gab es wohl keine weitere Einspruchsmöglichkeit mehr.
Die Schüler der 12 b wollten jedoch keinesfalls auf ihre Fahrt verzichten.
„Dann machen wir halt unsere Abifahrt auf eigene Faust, in den Sommerferien.“

Der Vorschlag kam vom Klassensprecher Christof Augsteiner. Der war schon immer gut für ausgefallene Ideen.
„Wir brauchen keine Fahrt nach Rom, Paris oder Madrid. Das ist doch nichts Außergewöhnliches mehr."
Alle schauten gespannt auf ihren Klassensprecher.
„Nein, wir machen etwas ganz Besonderes. Was haltet ihr von einer Erlebnistour durch die fränkische Heimat, eine Extrem-Wanderung in den Aischgrund?"
Ein wirklich bemerkenswerter Typ, dieser junge Augsteiner. Als Sohn des Chefarztes vom Ansbacher Klinikum war er aus besserem Hause. Bei den Mitschülern war Christof ausgesprochen beliebt. Er galt als kameradschaftlich, aufrichtig und stets hilfsbereit. Und diese Ideen, die er immer hatte!
Sein Vorschlag zur Klassenfahrt der ganz besonderen Art war allen sofort sympathisch und schnell eine abgemachte Sache. Der Klassenlehrer war bereit, die Abiturienten zu begleiten. Die Vorbereitungen waren rasch erledigt, obwohl bei entsprechender Gründlichkeit vieles zu bedenken war.
Wie viele Kilometer sollte man als Tagespensum einplanen? Waren alle Schüler sportlich genug, eine tägliche Gehstrecke von zum Beispiel 25 Kilometern durchzuhalten? Mussten Wettereinflüsse berücksichtigt werden? Und die Ausrüstung? Wie viel Gepäck? Alles musste überlegt, diskutiert und beschlossen werden.

An einem Montag früh um sieben Uhr ging's los. Richtung Norden zur Frankenhöhe. Das Wetter hätte nicht schöner sein können. Trocken, warm und ein angenehm kühles Lüftchen. Für die erste Etappe war die längste Strecke von immerhin 30 Kilometer vorgesehen. Es gab keine Probleme. Nur Herr Seifert, der Klassenlehrer – Latein und Geschichte – schwächelte. Zumindest wirkte er ziemlich erschöpft. Freilich hätte er das niemals zugegeben, man sah es ihm aber an.
Am zweiten Tag war die Wanderstrecke vergleichsweise kurz. Bis zum Etappenziel Bad Windsheim waren es nur acht Kilometer. Trotzdem brachen die Schüler mit ihrem Lehrer recht bald nach dem Frühstück auf. In der fränkischen Kurstadt waren mehrere Besichtigungen organisiert worden. Das umfangreiche Programm musste am Nachmittag bewältigt werden. Es gab eine Führung durch die Altstadt, das Freilandmuseum und durch das neue Thermalbad mit der modernen Badelandschaft und dem Salzsee.
Am dritten Tag ging es weiter in Richtung Nordosten. In den Berolzheimer Weinbergen machte die Schulklasse die erste Frühstückspause. Man genoss den herrlichen Blick auf die zurückgelassene Kurstadt. Die Jugendlichen unterhielten sich ausgelassen und waren bester Laune. Auch der Klassenlehrer freute sich über die heitere und unbekümmerte Atmosphäre.
Das sollte sich bald ändern.

Einer der Schüler hatte nicht weit vom Rastplatz vor einem kleinen Wäldchen einen uralten Grabstein entdeckt. Es war ein großes Sandsteinkreuz. Etwa eineinhalb Meter hoch. Die eingemeißelte Inschrift war lateinisch. Der Name des Toten kein unbekannter.
„Hey, kommt mal alle her. Hier liegt ein Urgroßvater von unserem Christof begraben."
Rasch war die ganze Schulklasse um das Steinkreuz versammelt. Obwohl der Stein teilweise verwittert war, konnte man seine Inschrift noch gut entziffern:

Vivebat in honore et gloria
mortuus est odiosus et per contumeliam
Medicus Dr. Konrad Augsteiner – Physikus von Windsheim
anno domini 1543

Einige Schüler waren zunächst amüsiert und wollten ihre Witzchen machen. Christof Augsteiner stand jedoch wie erstarrt vor dem Kreuz. Er schien schockiert. Niemand hatte ihn jemals so fassungslos gesehen. Die anderen erkannten allmählich den Ernst der Lage. Die peinliche Stille rief den Lehrer auf den Plan. Hier musste er die Situation retten:
„Wer von euch ist denn nun der große Lateiner und kann mir die Inschrift übersetzen?"
Wieder betretenes Schweigen. Zumindest die Schüler mit Wahlfach Latein hätten die Deutung des Spruchs beherrschen müssen. Kein Wort war zu hören. Endlich übersetzte Christof Augsteiner selbst die Inschrift. Mit starrem Blick auf den Grabstein und mit leiser kaum wahrnehmbarer Stimme:

Gelebt in Ruhm und Ehre
gestorben in Schimpf und Schande

Welch merkwürdige Inschrift. Was hatte sie zu bedeuten? Welches Schicksal mochte sich dahinter verbergen? Und warum hatte man ihn außerhalb der Stadt begraben? Es waren Fragen, die sich Christof aufdrängten und ihn nicht mehr losließen. Eine rasche Antwort war nicht zu erwarten.
Er war mit seinen Gedanken so weit weg, dass er kaum bemerkte, wie Lehrer Seifert an seine Seite trat und kameradschaftlich tröstend die Hand auf seine Schulter legte.
„Du wirst es herausfinden und das Geheimnis lüften. Wie wär's, wenn du deine Facharbeit darüber schreibst? Ich könnte mir das Thema etwa so vorstellen:

Das Stadtleben im 16. Jahrhundert
oder
Die Möglichkeiten der mittelalterlichen Medizin

Der Lehrer wartete ab. Er war sich nicht ganz sicher, ob Christof ihm überhaupt zugehört hatte. Fragend schaute er ihm ins Gesicht. Ein Gesicht, in dem Angst und Ratlosigkeit zu lesen war.
Endlich! Noch halb abwesend und düsteren Gedanken nachhängend kam eine Reaktion: „Ist es wirklich nichts weiter als ein Zufall, dass ich jetzt hier stehe, am Grabe eines Dr. Augsteiner? Fast genau 500 Jahre nach dessen Tod? Ist es möglich, dass die Vergangenheit mich ruft?"
Lehrer Seifert versuchte den verzweifelten Abiturienten zu beruhigen:
„Du steigerst dich da in was rein. Komm wieder zur Besinnung."
Er fasste ihn an den Oberarmen und schüttelte ihn.
„Was hältst du von meinem Vorschlag? Wäre das nicht eine wunderbare Idee? Eine Facharbeit über einen geheimnisvollen Grabstein mit seinem geschichtlichen Hintergrund."
Christof schaute wieder in die Runde, jedem einzelnen ins Gesicht. Er hatte zur Realität zurückgefunden: „Der rätselhafte Grabsteinspruch lässt mich ohnehin nicht ruhen. Es wäre ja tatsächlich möglich, dass hier vor uns einer meiner Vorfahren begraben liegt."
Nach kurzer Pause: „Ich muss es herausfinden. Ich bin gespannt, welche Geschichten mich erwarten, wenn ich in der Mottenkiste meiner Ahnen herumkrame."
Der Klassenlehrer war sichtlich zufrieden. Die Stimmung klärte allmählich wieder auf. Mit weiteren Ratschlägen versuchte er, Christofs Entschluss zu festigen:
„Diese anspruchsvolle Arbeit mit einer Ahnenforschung der Familie Augsteiner zu beginnen, ist sicher eine spannende Geschichte. Du solltest deine Eltern fragen, ob diesbezüglich schon Material vorliegt. Wie auch immer; ich finde das Thema hoch interessant und würde mich freuen, wenn du es als deine Abitur-Facharbeit annimmst."
Mit Christof Augsteiner war während des weiteren Ausfluges nicht mehr allzu viel anzufangen. Immer wieder musste er aus tiefsten Gedanken zurückgeholt werden, wenn man ihn ansprach.
Am fünften Tag erreichten sie den fränkischen Steigerwald. In Scheinfeld besichtigten sie das Schloss Schwarzenberg und das Kloster, in dem immer noch Mönche leben. Mit dem Bus fuhr die Schulklasse wieder nach Hause. Immerhin hatten sie eine Gehstrecke von 140 Kilometern zurückgelegt. Die Schüler waren mächtig stolz auf sich. Für den Klassensprecher Christof Augsteiner gab es Wichtigeres, als über Kilometerleistungen oder Marschblasen zu berichten. Er wollte unbedingt so rasch wie möglich seine Facharbeit beginnen. Das Geheimnis des alten Grabsteines musste gelüftet werden.

Christofs Eltern waren ebenfalls begeistert von dem anspruchsvollen Thema der geplanten Facharbeit. Sicher würde ein genaues Erforschen der Familiengeschichte viele interessante Fakten, Geschichten und Begebenheiten aufdecken. Konnte doch so die allzu oft beschworene Ärztetradition der Familie konkrete Konturen gewinnen.
Für Christof gab es mehrere Gründe, die Arbeit anzunehmen. Da war zum einen dieser mysteriöse Grabstein. Zum anderen wollte er Genaueres über die Chronik seiner Familie wissen. Und nicht zuletzt interessierte er sich für die Geschichte der Medizin. Ahnenforschung könnte spannende Details über die Lebensumstände längst vergessener Zeiten lebendig machen.
Er wollte mehr erfahren über die Medizin. Welche Möglichkeiten hatte die alte Heilkunde? Wo lagen ihre Grenzen? Wie wurden Ärzte mit Misserfolgen fertig? Welche diagnostischen Möglichkeiten standen zur Verfügung? Was hatten die Ärzte von einst gegen Infektionskrankheiten, gegen Krebsleiden oder Unfallfolgen ausrichten können? Gab es damals eigentlich schon Krebs? Wie war das Ansehen der Ärzte in der Bevölkerung gewesen?
Fragen über Fragen, die einen Abiturienten, der eventuell später einmal Medizin studieren wollte, sicher brennend interessieren mussten.
Je mehr Christof darüber nachdachte, umso mehr war er sich sicher: Die Facharbeit würde ihm eine engere Beziehung zur Medizin ermöglich. Die Frage nach der Berufswahl war für ihn ja noch nicht ausdiskutiert. Vielleicht könnte die Arbeit auch eine gewisse Entscheidungshilfe sein.

Ahnenforschung zu betreiben ist ein schwieriges und zeitaufwendiges Unternehmen. Das musste Christof Augsteiner schon bald erfahren. Anfragen und Besprechungen beim Einwohnermeldeamt, Landratsamt und der Landesärztekammer hatten nur wenige Einblicke gegeben. Erst das Studium von Kirchenbüchern führte ihn weiter. Taufbücher zeigten die exaktesten und konsequentesten Aufzeichnungen. Die Erklärung dafür wusste Christofs Religionslehrer: „Ein ungetaufter Mensch gehörte damals in den Machtbereich des Teufels und war aus der Gemeinschaft der Christen ausgeschlossen. Erst die christliche Taufe machte ihn zum vollwertigen Mitglied der Gesellschaft. Aus diesem Grunde waren Taufbücher schon immer die zuverlässigsten Nachweise für eine Familienchronik."
Hier wurde auch Christof fündig. Mutter Augsteiner hatte Recht gehabt; in der Familie hatte es tatsächlich viele Ärzte gegeben.
Die Mitarbeiter des Archivs waren selbst erstaunt, wie weit sich der Name Augsteiner zurückverfolgen ließ. Der älteste noch nachweisbare Vorfahre war ein gewisser Konrad von Windsheim, genannt der Augustiner. Später war sein offizieller Name Konrad Augsteiner. Auch er hatte sich der Medizin verschrieben. Seine Taufdaten führten zurück ins ausgehende Mittelalter. Er war im Jahre 1495 geboren worden.

Die alten Zeiten hatten ihre eigenen Gesetze, die sozialen Strukturen waren mit den heutigen in keiner Weise vergleichbar. Fast alle Bauern befanden sich in Abhängigkeiten zu ihren adligen Grundherren. Sie mussten Zinszahlungen, Naturalienabgaben oder Frondienste leisten. Der Grundherr stellte als Gegenleistung sein Ackerland zur Verfügung. Außerdem bot er seinen Bauern Schutz vor Dieben und Raubrittern. Für die Hörigen war der Frondienst wohl die am häufigsten erbrachte Leistung. Diese Dienste sahen die Mithilfe auf dem Feld oder auf dem Hof vor, zumindest während der Ernte oder der Frühjahrssaat.
Leibeigenschaften, wie im frühen Mittelalter, gab es nur noch in einigen wenigen abgelegenen Gebieten des Reiches. Hier hatten die Grundherren nahezu uneingeschränkte Verfügungsgewalt über ihre Hörigen. Meistens waren sie Knechte und Mägde am Hof des Herrn. Am Rande des Herrschaftsanwesens bewohnten sie mit ihren Familien eine zugewiesene Kate. Dies waren kleine Häuser, mehr Hütten, mit Lehmböden, kleinen Fenstern und einer kleinen Kochstelle. In den Fenstern gab es keine Glasscheiben, sondern Schweinshäute. Die hygienischen Verhältnisse waren mehr als dürftig. Es gab keine Badezimmer oder Toiletten. Die Notdurft verrichtete man auf Gemeinschaftslatrinen.
Die Körperpflege wurde allzu oft vernachlässigt, weil die Wasserversorgung über den Ziehbrunnen unzureichend war. Die kleinen Katen mit ihren feuchten Wänden waren stets schlecht belüftet. Sie waren eine ständige Keimzelle für alle möglichen Infektionskrankheiten. Die Bewohner der Katen, die so genannten Kätner, brauchten eine starke Natur und mussten über gute Abwehrkräfte verfügen, wenn sie diese Krankheiten überleben wollten. Eine ursächliche Therapie war ebenso wenig möglich wie eine entsprechende Krankenhausbehandlung.
Das harte und entbehrungsreiche Leben der Hörigen war nur durch einen festen Glauben an Gott zu ertragen. Die Hoffnung auf ein besseres Leben nach dem Tode bewahrte die armen Menschen vor der völligen Verzweiflung und Selbstaufgabe. Der sonntägliche Gottesdienst mit den Predigten und dem Kirchengesang war eine Einstimmung auf bessere Zeiten. Seit Papst Gregor I. wurde der Gottesdienst systematisch zum gemeinsamen Erleben aufgebaut. Die religiöse Meditation sollte gefördert werden. Wusste man doch schon seit langem, dass die intensive Meditation bei entsprechender Hingabe zum unwillkürlichen Miterleben wird. Als Meditationshilfen hielten die Bilderkunst und der spirituelle Gesang Einzug in die Kirchen. Die Altäre wurden mit reichlichem Schnitzwerk und wertvollsten Gemälden ausgestattet. Einfache,

oft einstimmige Choräle wurden komponiert, die auch der ungebildete Mensch mitsingen konnte. So entstanden Lieder aus griechisch-römischen Quellen einprägsamer Monophonie mit fesselnder Ausdruckskraft. Der Gottesdienst war ein festliches Ereignis, das niemand ohne einen zwingenden Grund versäumte.

Konrads Eltern waren Kätner auf dem Gutshof des Grafen von Kostenheim zu Frankenhain. Das war ein mittelgroßer Hof im Fränkischen mit über 450 Hektar Grund, wovon etwa 250 Hektar zu bestellendes Ackerland waren. Zum Gut gehörten einige freie und auch unfreie Bauern, die sich entsprechend ihrer Abhängigkeiten an der Feldarbeit zu beteiligen hatten.
In insgesamt sechs Katen waren vier Kätnerfamilien untergebracht. Die Väter mussten ganztägig von früh bis in den späten Abend auf dem Feld helfen oder sie waren mit der Instandsetzung der Stallungen oder des Ackergerätes beschäftigt. Den Frauen oblag die Stallarbeit mit der Versorgung des Viehs.

Johanna, Konrads Mutter, war als Haushaltshilfe im Herrenhaus eingesetzt. Dort hatte sie schon viele Jahre vor Konrads Geburt ihren Dienst getan. Die Grafenfamilie war mit Johannas Arbeit immer sehr zufrieden gewesen, weil sie im Haus stets zuverlässig geputzt und Ordnung gehalten hatte. Auch ihre freundliche und bescheidene, ja nahezu devote Haltung war bei den von Kostenheims angenehm aufgefallen.
Sie war schon in jungen Jahren Witwe geworden. Das erste und bisher einzige Kind war gerade ein Jahr alt geworden, als ihr Mann am Bluthusten erkrankte. Das war im unseligen Jahr des Herrn anno 1492. Innerhalb weniger Monate verfiel er zusehends, und seine Kräfte schwanden dahin. Die Leute sprachen bald von der Schwindsucht, die ihn erwischt hätte. Die Wangen waren eingefallen, und die vorstehenden Backenknochen ließen die tief liegenden Augen noch dunkler und elendiger wirken. Obwohl ihm die Gräfin Fleisch, Wurst und frischen Käse schickte, verlor er ständig an Gewicht.
Der Pfarrer im Dorf las eigens für ihn eine Messe und ließ für ihn beten. Die dafür üblichen Kosten hatte Graf von Kostenheim übernommen.
Aus dem Kloster der etwa vier Stunden entfernten Reichsstadt Windsheim wurden heilende Kräuter besorgt. Tee aus Blüten der Schlüsselblume, den Stielen dunkler Kirschen, aus Lungenkraut und Efeublättern wurde zubereitet. Der quälende Husten konnte nur kurzfristig gestillt werden. Täglich wurde seine Brust mit Hundefett eingerieben. Umschläge mit frischem Kuhdung wurden als gutes Mittel gegen innerliche Entzündungen gelobt. Alles wurde probiert.
Der Pfarrer holte von einem heilkundigen Augustinermönch Ratschläge. Der wusste von einer Mixtur aus dem Kräuterbuch der Äbtissin Hildegard von Bingen, einer Benediktinerin, eine Pulvermischung aus Muskat, Kümmel,

Schildblumen und Kamille. Andere empfahlen geheimnisvolle Kuren mit frischer Fuchslunge und Tierblut. Auf jeden Fall musste der Schutzheilige der Lungenkranken, der heilige Sankt Bernhard, in täglichen Gebeten angerufen und um Mithilfe gebeten werden.
Nichts von alledem konnte das fortschreitende Siechtum des Kranken aufhalten. So starb er sechs Monate nach Ausbruch der Krankheit wie ein Häufchen Elend in den Armen seiner jungen Frau.
Der Pfarrer wusste den besten Trost: „Dereinst am Tage des Gerichts wird er auferstehen und ins Paradies einziehen. Dessen bin ich mir sicher. Hatte er doch ein gottgefälliges Leben geführt mit viel Arbeit, Gebet und regelmäßigem Kirchgang. Die Entbehrungen des irdischen Daseins werden ihm dreifach vergolten sein."
Das Sterben in jungen Jahren war nichts Ungewöhnliches zu jener Zeit. Fast in jeder Familie kamen einige solcher tödlich verlaufenden Krankheiten vor. Gott allein kannte den Grund für die allzu frühe Heimholung.
Der Pfarrer wusste es ganz genau: „Die Krankheiten sind alle von Gott gesandt, denn er allein hat die Macht, uns Krankheit oder Gesundheit zu schicken. Krankheit kann als Strafe oder Prüfung verstanden werden. Sie sind als solche anzunehmen und zu ertragen." Der Pfarrer musste es ja wissen. Schließlich hatte er an der Universität studiert.
Das hatte der Graf zwar auch, aber nur, wenn man ein Vertrauter Gottes war wie der Pfarrer, konnte man diese Zusammenhänge genau kennen. Ein gottgefälliges Leben, Bußgänge, Kirchenspenden und regelmäßige Bittgebete waren geeignete Mittel, gefährliche Krankheiten abzuwenden.
Dem Grafen von Kostenheim waren diese Zusammenhänge zwischen Gottes Willen und den Krankheiten durchaus bekannt. So recht glauben wollte er es allerdings nicht. Öffentlich hätte er seine Zweifel freilich nicht geäußert. Wusste er doch, dass derartige fundamentale Glaubensgrundsätze nicht ungestraft in Zweifel gestellt werden durften. Rasch hätte er sich der Ketzerei verdächtig machen können. Und so etwas konnte auch auf dem Scheiterhaufen enden.

Den Ärzten und Badern war aber auch nicht zu trauen. Ihre oft drastischen Kuren mit Aderlass, Schröpfen und Klistieren waren sehr teuer und nur selten erfolgreich. Nicht, dass der Graf die Kosten für ärztliche Behandlungen gescheut hätte, nein, für seine Arbeiter, sein Vieh und seine Pferde hatte er sich schon immer eingesetzt. Das war gewiss: Eine Kostenfrage war das nicht. Nur, er konnte der ärztlichen Kunst einfach kein Vertrauen schenken: „Außer Vorhaltungen über falsche Essgewohnheiten und unsolide Lebensführung wissen diese schröpfenden Blutsauger keinen brauchbaren Rat", schimpfte der Graf eins ums andere Mal. So mussten wieder einmal alle hilflos zusehen, wie ein junger Mensch dahingerafft wurde.

Die trauernde Witwe wurde von allen Seiten unterstützt. Man half mit Lebensmitteln und Kleidung. Jeder hatte Worte der Anteilnahme und des Trostes. Schon nach einigen Tagen konnte sie wieder der gewohnten Arbeit im Herrenhaus nachgehen.

Das gräfliche Anwesen bestand aus einem zweigeschossigen Hauptgebäude mit je einem flachen Nebengebäude zu beiden Seiten. Das rechteckige Haupthaus hatte ein großes Satteldach ohne Erkerfenster. Im Nebenhaus an der Westseite waren die Pferdeställe und die Pferdewagen untergebracht. Das gegenüberliegende Ostgebäude war das Kontor, in dem sich auch das Backhaus, das Waschhaus und der Schlachtkeller befanden. Die große Haustür aus dickem beschnitzten Eichenholz befand sich genau in der Mitte der Frontseite, die vollkommen symmetrisch aufgebaut war. Rechts und links der Tür gab es jeweils vier große Fenster mit echtem Glas. In der ersten Etage reihten sich zehn Fenster der gleichen Größe auf. Zur Haustür führte ein im Halbkreis gezogener Auffahrtsweg, so dass Besucher das Anwesen wieder verlassen konnten, ohne ihren Kutschwagen wenden zu müssen.
Auf der Südseite des Haupthauses befand sich eine sehr große Terrasse, in deren Verlängerung sich eine weitläufige Parkanlage mit hohen Eichen und Buchen anschloss. Fremdländische Büsche und Bäume säumten schmale Kieswege, die um Teichanlagen und Sandsteinbänke herumführten.
Am südlichen Ende des Parks stand das Allerheiligste des Herrn Grafen, sein Gartenhaus. Dieser achteckige Pavillon war rundherum mit farbigen Glasfenstern ausgestattet. Das Häuschen war sogar unterkellert. Im Parterreraum befand sich eine kleine Bibliothek mit einem großen schweren Eichenschreibtisch. Hierher zog sich der Graf zurück, um seine Bücher zu lesen. Seit dieser Gottfried Gensfleisch von Gutenberg fünfzig Jahre zuvor den Buchdruck erfunden hatte, war eine Vielzahl von Büchern aus Druckereien in Mainz, Erfurt und Nürnberg angeschafft worden. Die früher üblichen handgeschriebenen Bücher waren so kostbar, dass auch reiche Adlige nur wenige Bücher besaßen.

Einmal in der Woche, mittwochs, trafen sich der Graf und der Pfarrer im Glaspavillon und unterhielten sich über Gott und die Welt. Sie waren schon als Buben eng befreundet gewesen, als sie gemeinsam die Lateinschule in Windsheim besuchten hatten. Später waren sie zur gleichen Zeit an der Universität in Erfurt gewesen, wo sie gemeinsam studiert hatten, die ersten zwei Jahre das gleiche Grundstudium, das so genannte Artistenstudium mit den sieben freien Künsten. Dazu gehörten Grammatik, Rhetorik, Dialektik, Arithmetik, Geometrie, Astronomie und Musik. Nach dem Zwischenexamen, dem Bakkalaureat, hatte sich der eine für Theologie und der andere für Rechtswissenschaft entschieden.

Die Abende im Pavillon hatten es in sich. Es wurden weltbewegende Fragen erörtert wie zum Beispiel: „Kann die Gutenbergsche Druckkunst nicht gefährlich werden für den Landadel und die Kirche? Die Verbreitung von ketzerischen und aufwiegelnden Schriften wäre ja nun sehr viel leichter und effektiver möglich." Auch sorgten sich die beiden Freunde über das erstarkende Bürgertum in den rasch wachsenden Städten und das ausschweifende Leben der Kirchenfürsten. Die Diskussionsabende endeten fast immer in vollkommener Übereinstimmung. Im Kellergewölbe unter dem Pavillon hatte sich der Graf einen Weinkeller eingerichtet. Dorthin zogen sich die Freunde nach den philosophischen Gesprächen zurück und tauschten bei einigen Gläsern Wein Jugenderinnerungen aus.

Dienstags, am Tag vor den Gesprächsabenden, musste Johanna den Pavillon putzen. Der Graf wünschte eine Reinigung der Fenster, obwohl man wegen der bunten Färbung ohnehin nicht hätte hindurchschauen können. Genauso regelmäßig sollte der Parkettboden gewienert und poliert werden. Oft war der Graf anwesend, wenn Johanna ihre Arbeit erledigte. Er schaute ihr gerne zu, weil sie sehr hübsch und jung war. Ihre geschmeidigen Bewegungen strahlten eine Harmonie aus, die er in dieser weiblichen Anmut bisher bei keiner anderen Frau beobachtet hatte. Trotz ihres schwarzen Trauergewandes konnte er ihre Hüftrundungen erahnen. Sie trug einen breiten schwarzen Gürtel, der ihre Taille betonte.
Für gewöhnlich saß er am Schreibtisch und blätterte in einem Buch. Scheinbar zufällig schielte er über den Bücherrand, um sie zu beobachten. Sehr intensiv betrachtete er Johanna, wenn sie auf dem Boden kniend das Wachs über den Parkettboden verteilte und mit einem Tuch in das Holz einrieb. Die zarten Mitbewegungen ihrer Hüftrundungen hatten eine derart fesselnde Wirkung auf ihn, dass er seinen Blick nicht mehr abwenden konnte. Er war sich nicht sicher, ob Johanna sich ihrer erotischen Ausstrahlung bewusst war. Selbstverständlich hatte er sich unter Kontrolle und wusste sein körperliches Verlangen zu zügeln und geschickt zu verbergen. Bereits als Student hatte er die Ideale der Ritterlichkeit vermittelt bekommen, so dass es ihm niemals eingefallen wäre, sich einer jungen Frau im Trauerstand zu nähern.
Auf der anderen Seite war sie seine Hörige, von der er jeden Dienst, auch den Maitressendienst, hätte verlangen dürfen. Sein Freund, der Pfarrer, wäre sicher auch der Meinung gewesen, dass der Herr über seine leibeigene Magd frei verfügen dürfte. Die Stellung der Frau in der Gesellschaft war ohnehin untergeordnet. Man orientierte sich – wie so oft in jenen Zeiten – an der göttlichen Weltordnung, die von der Kirche vorgegeben wurde. Danach wurde die Frau als geistig und geschlechtlich minderwertig eingestuft; sie hatte sich in allen Belangen dem Manne unterzuordnen. Von den Kanzeln und in den Beichtstühlen predigten die Pfarrer Gehorsam und demütige Unterwerfung.

Züchtigungen durch den Mann hatte die Frau geduldig zu ertragen. Durch die Heirat unterstand sie der Vormundschaft des Ehegatten. Die verbrieften Rechte des Leibherrn blieben davon unberührt.
Der Graf sprach an einem der Mittwochabende dieses Thema an. Er offenbarte seinem Freund seine frivolen Gedanken. Der Pfarrer war gerade für dieses Thema sehr empfänglich und konnte auch gut mitreden. Hatte er doch als Student oft genug Damenbekanntschaften gepflegt und dabei reichlich Erfahrungen gesammelt. Er galt damals als einer der bestaussehenden Männer von Erfurt. Die jungen Damen der Gesellschaft lobten sein bescheidenes und zurückhaltendes Wesen und schwärmten von seinen lockigen blonden Haaren und den himmelblauen Augen.
Der Pfarrer riet dem Grafen, das Ende des Trauerjahres abzuwarten und sich ihr dann zu nähern. Sicher würde sie sein Werben als eine Art Auszeichnung empfinden und ihn nicht zurückweisen.

Als Johanna im Herbst die Trauerkleider ablegen konnte und sie durch hübsche farbige Röcke und Blusen ersetzte, erschien sie dem Grafen noch begehrenswerter. Es trug sich im Pavillon zu, als ihn wieder diese starken Gefühle überkamen. Sie polierte den Fußboden in unmittelbarer Nähe des Schreibtisches. Langsam glitt seine Hand hinunter und griff um ihre Taille. Johanna unterbrach sofort ihre Arbeit, rührte sich aber nicht vom Fleck. Sie machte keinerlei Anstalten zurückzuweichen oder ihn abzuweisen. Er streichelte sanft ihren Rücken und die Hüften. Als er bemerkte, dass auch sie erregt war, glitten seine flinken und geschickten Hände unter ihren Rock und liebkosten ihre Schenkel. Schließlich erlebten beide die vollkommene Erfüllung ihrer Begierde auf dem Sofa neben dem Schreibtisch.
Besonders Johannas aktives Mitwirken zeigte dem Grafen, dass auch sie dieses Abenteuer genoss. Das machte ihn stolz und zerstreute sämtliche Gewissensbisse. Er war ja auch eine recht stattliche Erscheinung; schlank und gut gebaut. Seine schwarzen, glatt nach hinten gekämmten Haare und die dunklen Augen machten ihn attraktiv. Johanna fühlte sich geschmeichelt, dass der Graf gerade sie zu seiner Geliebten auserwählt hatte. Recht bald entwickelte sie eine ehrliche Zuneigung zu ihrem Herrn. So blieb es auch nicht bei diesem einmaligen Zwischenfall. Beide freuten sich auf die Dienstage im Pavillon.
Graf von Kostenheim empfand die Beziehung zu seiner Magd als ein sehr schönes Nebenbei, eine sensationelle Wichtigkeit maß er dieser Affäre sicher nicht bei. Für Johanna hingegen war es etwas ganz Besonderes. Für sie hatte sich etwas Außergewöhnliches ereignet, das ihr Leben ändern könnte.
Andererseits war sie sich der Problematik dieser Beziehung bewusst. Sie hatte Zuneigung gefunden zu einem Mann, der einer anderen Gesellschaftsschicht angehörte und zudem auch noch verheiratet war. Sie hatte sich also

auf eine Beziehung eingelassen, die von vornherein zum Scheitern verurteilt war. Außerdem plagten sie Schuldgefühle, gegenüber der Gräfin. Ihre Gedanken kreisten immer wieder um die Ereignisse der letzten Wochen und ließen sie nicht zur Ruhe kommen.
Wenn sie sich doch nur einem anderen Menschen mit ihrem hochbrisanten Problem anvertrauen könnte. Aber wem konnte sie vertrauen? Wer würde dieses Geheimnis für sich bewahren und nicht weiter tragen?
Da blieb nur einer, und das war der Pfarrer, der schon oft in ähnlichen Situationen weiterhelfen konnte. Er hatte immer genügend Geduld, sich auch die verworrensten Geschichten und schwierigsten Probleme anzuhören.
Johanna entschloss sich, ihm bei der üblichen wöchentlichen Beichte alles zu erzählen. Selbstverständlich konnte sie sich seiner absoluten Diskretion und Verschwiegenheit sicher sein. Das Beichtgeheimnis war heilig und würde kein Pfarrer missachten. Wie jeden Freitag kniete sie im Beichtstuhl und begann, ihre Verfehlungen aufzuzählen. Es handelte sich stets um Belanglosigkeiten, die mit einigen Bußgebeten aus der Welt geschaffen waren. Aber diesmal fügte sie noch eine zusätzliche Verfehlung an:
„Hochwürden, ich habe große Schuld auf mich geladen, von der ich nicht weiß, ob sie mir vergeben werden kann. Ich habe den Herrn Grafen in Versuchung geführt. Ich habe zugelassen, dass er mit mir unkeusch war."
Der Pfarrer schien zunächst fassungslos und schwieg für einige Minuten. Johanna erschien es wie eine Ewigkeit. „Hast du dabei Lust empfunden?"
„Ja Hochwürden, ich habe es jedes Mal genossen."
Wieder diese lange Pause des Schweigens.
Endlich die Antwort :
„Wenn dein Leibherr zu dir kommt, hast du nur wenige Möglichkeiten, dich seinem Drängen zu entziehen. Deine einzige Verfehlung ist deine Wollüstigkeit. Die Wollust der Frau ist Teufelswerk und gehört verdammt."
Als Sühne schienen dem Pfarrer die üblichen Strafen wie Putzdienste in der Kirche oder das Beten des Vaterunsers nicht ausreichend. Er befahl ihr, jedes Mal, wenn sie mit dem Grafen zusammen war, sich bei ihm in der Sakristei zu melden. Dort wurde sie exorzistischer Beschwörungen und strenger Gebete unterzogen. Der Pfarrer gab sich dabei besondere Mühe, weil er ernsthafte Sorge um ihr Seelenheil hatte.
Die Exerzitien in der Sakristei hatten spiritistischen Charakter und zogen sich oft über zwei Stunden hin. Der Tisch war festlich geschmückt mit bunten Bändern auf weißen Tüchern. Ringsherum waren zahlreiche Kerzen aufgestellt. Johanna lag auf dem Tisch inmitten des flackernden Lichtes. Die ständigen murmelnden und teils gesungenen Gebete des Pfarrers versetzten sie in eine Art Trance; sie kam sich halb betäubt und wie von Sinnen vor. Welch glückselige Erleichterung, wenn der Dämon aus ihrem Körper wich und der Heilige Geist über sie kam. Es war ihr danach als schwebte sie im siebten

Himmel. Johanna war dankbar, dass sich der Pfarrer derart intensiv um ihr Seelenheil bemühte. Wann immer es ihr nötig erschien, ging sie zu ihm in die Sakristei und ließ sich ihre Seele retten.
Im Laufe der Wochen und Monate hatte sie mit dem Pfarrer ein freundschaftliches Verhältnis aufgebaut. War es ihnen gemeinsam doch immer wieder gelungen, ihre Seele dem sicheren Fegefeuer zu entreißen. Sie zeigte sich auch aufrichtig dankbar dafür.

Mittlerweile war der Sommer zu Ende und die ersten Herbststürme kündigten sich an. Die Ernte verlangte von jedem vollen Einsatz. Auch der Graf steckte bis zum Hals in der Arbeit. So war ihm nicht aufgefallen, dass Johanna des Öfteren unpässlich war und gelegentlich nicht zur Arbeit erschien. Die Gräfin hatte sofort gemerkt, dass etwas nicht stimmte mit ihrer sonst so zuverlässigen Hausangestellten. Ihre Vermutung, dass Johanna guter Hoffnung sei, sollte sich bald bestätigen.
Im Frühjahr 1495, zwei Tage nach Judica, war es soweit. Johanna gebar ihr zweites Kind. Es war ein gesunder Knabe. Sie nannte ihn Konrad. Sogar der Graf kam am nächsten Tag in ihre Kate, um sie zu besuchen. Er brachte Geschenke mit, die er eher heimlich auf einem Tisch abstellte. Im Übrigen wollte er dafür sorgen, dass es dem Kind an nichts fehlte.

Konrad wuchs mit den anderen Kindern des Gutes in bescheidener Armut auf. Die Geborgenheit bei der Mutter machte ihn reich. Er war mit allem zufrieden.
Der Pfarrer hatte für die begabten und willigen Kinder des Dorfes ein Schulzimmer im Pfarrhaus eingerichtet, wo er sie im Schreiben, Lesen und Rechnen unterrichtete. Diese Schule besuchte auch der kleine Konrad. Er war mit Begeisterung dabei und lernte sehr schnell. An manchen Nachmittagen erhielt er auch schon Latein und Griechisch-Unterricht. Im Dorf war der kleine aufgeweckte Kerl wegen seiner freundlichen Art bei jedermann beliebt. Seinem älteren Bruder war er überhaupt nicht ähnlich. Während Konrad sich für alles Wissenswerte interessierte und bereits viele Bücher gelesen hatte, war sein Bruder mehr praktisch begabt. Er war handwerklich geschickt und beschäftigte sich gerne mit Holzarbeiten. In der Schreinerei des Dorfes war er ein sehr häufiger Gast.
Auch vom Äußeren unterschieden sich die Buben deutlich. Der ältere hatte schwarze Haare und braune Augen wie sein verstorbener Vater. Konrad jedoch war jetzt schon größer als sein Bruder, obwohl er zwei Jahre jünger war. Und er war blond und hatte blaue Augen. Während der ältere der reinste Wirbelwind war und selten still sitzen konnte, fiel Konrad durch seine ruhige besonnene Art auf. Er schien erst zu überlegen, bevor er handelt; gar nicht so typisch für Kinder seines Alters.

Der Graf unterstützte die vaterlose Familie mit Nahrungsmittel und Geschenken. Die anderen Kätner und leibeigenen Bauern schauten bisweilen neidisch herüber. Auch der Pfarrer war um den Buben sichtlich bemüht.
„Der Junge ist ausgesprochen talentiert, sprachbegabt und sehr fleißig. Es wäre eine Sünde, wenn man die von Gott geschenkten Begabungen nicht mit allen Mitteln fördert." Mit diesen Worten bat der Pfarrer seinen Freund, den Grafen, um Mithilfe. Auch wenn der Bub nur ein leibeigener Kätner war, sollte sich von Kostenheim der Ausbildung des kleinen Konrads annehmen. Es hätte schon genügt, den Jungen aus der Leibeigenschaft freizugeben, damit er an entsprechende Schulen geschickt werden konnte. Graf von Kostenheim versprach seine Unterstützung und wollte sich sogar an den Finanzierung der Ausbildung beteiligen.
Zusammen stellten die beiden Freunde einen Plan zur Erziehung und Ausbildung des Jungen auf:
„Wir wollen ihm die beste Ausbildung ermöglichen, die es gibt. Das sind wir wohl auch der Mutter schuldig; hat sie nicht immer ein gottgefälliges Leben geführt? Hat sie nicht stets ihre Arbeit gut ausgeführt und hat sie nicht ihrem Herrn ergeben gedient?"
„Ich bin ganz und gar deiner Meinung" pflichtete der Graf bei. „Unter dem blonden Schopf verbirgt sich offenbar ein Hirn wie ein roher Edelstein, der nun geschliffen werden muss. Wir wollen ihn in ein Kloster geben, wo man sich wohl am besten um den Buben kümmern kann. Deine Aufgabe ist es, die erforderlichen Verbindungen herzustellen."
Dem Pfarrer war es ein Leichtes, hier die nötigen Fäden zu spinnen. Bei seinen monatlichen Besuchen im Windsheimer Kloster hatte er oft genug Gelegenheit, mit dem Abt zu sprechen. Im Kloster wusste man, dass der Pfarrer noch von Studienzeiten her sehr gute Verbindungen zum Mainzer und auch zum Würzburger Bischof hatte. Der Abt war sich schon seit mehreren Jahren der freundschaftlichen Verbundenheit mit dem Pfarrer aus Frankenhain sicher. Diese Beziehungen wollte der Pfarrer nun für seine Zwecke nutzen. Nach zunächst schwierigen Verhandlungen, an denen indirekt auch Graf von Kostenheim beteiligt war, fand man bald zu einer Übereinkunft.
Danach sollte der Knabe Konrad nach seinem 10. Geburtstag in das Kloster zu Windsheim übersiedeln und dort in einer kleinen Mönchszelle wohnen. Neben seinen Studien im Kloster sollte er auch die Lateinschule besuchen. Tägliche Mitarbeit im Kloster wurde erwartet. Als Gegenleistung übergab die Familie von Kostenheim eine großzügige Spende an das Kloster. Mit dieser Spende erwarb sich der Graf gleichzeitig einen langfristigen Ablass von seinen Sünden.
Konrad war über viele Monate auf das freudige Ereignis des geplanten Umzugs vorbereitet worden, so dass der Abschied von der Mutter nicht zur Trauerszene wurde. Ihm kam die bevorstehende Übersiedlung in die Stadt

wie ein Abenteuer vor. Er hatte schon viel von der Stadt und seinen Bewohnern gehört und konnte es kaum abwarten. Immerhin war Windsheim mit seinen 2500 Bürgern nicht gerade eine kleine Stadt. Die ganz großen Städte wie Köln, Mainz oder Würzburg hatten etwa 10 000 bis 20 000 Einwohner.

Im Mai 1505 war es endlich soweit. Mit einem kleinen Pferdewagen, den der Pfarrer sich vom Grafen ausgeliehen hatte, fuhren die beiden nach Windsheim. Außer einem zusätzlichen Gewand mit passender Hose und einigen Büchern hatte Konrad keine weiteren Gepäckstücke. Die meisten Bücher hatte ihm der Graf geschenkt; einige waren vom Pfarrer.
Der Graf hatte ihm noch heimlich einen wertvollen Dolch in sein Gepäck gesteckt. „Es kann durchaus einmal sein, dass du dich zudringlicher Diebe und Räuber erwehren musst. Wenn du älter bist, kannst du eine Waffe gut gebrauchen. Es soll dir auch ein Erinnerungsstück an deinen Herrn und an dein Zuhause sein."
Konrad war es unangenehm, dass während der Fahrt zunächst kein Gespräch aufkommen wollte. Irgendetwas schien den Pfarrer zu bedrücken. Dem Jungen war dies eine gute Gelegenheit, ernste Fragen zu stellen. Fragen, die er sich unter normalen Bedingungen nicht getraut hätte auszusprechen.
„Hochwürden, darf ich Euch eine Frage stellen, die mich schon sehr lange beschäftigt?"
„Selbstverständlich mein Sohn. Jetzt scheint es höchste Zeit, wichtige Frage zu diskutieren. Werden sich doch in den nächsten Tagen unsere Wege für längere Zeit trennen."
„Ihr habt meinen Vater noch gekannt und könnt mir sicher sagen, ob er ein guter Mensch war."
„Dein Vater war ein aufrechter und ehrenhafter Mann mit ausgeprägtem Gerechtigkeitssinn. Er war immer fleißig gewesen und hatte seine Familie nie im Stich gelassen. Mit seinem tiefen Glauben hatte er dem himmlischen Vater stets die Treue gehalten. Ich kann also nur sehr gut über ihn sprechen."
„Warum hatte Gott der Herr ihn dann so früh zu sich rufen müssen? Hätte er ihn nicht seiner Familie noch einige Jahre lassen können? Wen wollte er damit strafen?"
Es dauerte einige Zeit bis der Pfarrer antwortete; er schien nachzudenken. Es sollte eine Antwort sein, die dem Jungen das Vertrauen an Gott stärkt.
„Während meines Studiums hatte ich eine ähnliche Frage zu beantworten: Warum schickt Gott uns die Krankheiten? Antwort darauf finden wir in der Bibel. Leider gibt es mehrere Antworten, die sich zu widersprechen scheinen. So viel steht fest: Der Herr im Himmel hat die Erde, die Tiere und die Menschen erschaffen. Selbstverständlich hat er auch die Macht, uns Krankheiten zu schicken. Ebenso kann er uns von Krankheiten heilen."

Der Pfarrer schien unsicher und machte ein beinahe hilfloses Gesicht. Nach einer kurzen Pause sprach er weiter: „Warum Gott in einem Fall heilt und möglicherweise in einem anderen Fall nicht, werden wir wohl nicht ergründen. Was deinen Vater anbelangt, kann ich mir nicht vorstellen, dass hier eine göttliche Strafe vermutet werden müsste."

Wenn Konrad auch nicht alles verstanden hatte, was der Pfarrer zu erklären versuchte, so war in ihm doch die Neugierde nach dem Wesen von Krankheiten geweckt worden. Warum werden manche Menschen krank, während andere gesund bleiben? Warum stirbt der eine an der Krankheit und ein anderer überlebt die gleiche Krankheit ohne bleibende Schäden? Ist das alles einzig und allein von Gottes Willen abhängig oder spielen noch andere Dinge eine Rolle?

Wie großartig wäre es, Krankheiten besiegen zu können! Wenn das möglich wäre, hätten die Ärzte Macht über alle Menschen, indem sie Krankheiten nehmen oder belassen könnten. Das wären ja Fähigkeiten, die sonst nur Gott hat.

Während Konrad in seiner noch kindlichen Unbekümmertheit seinen schwärmerischen Fantastereien nachhing, kamen die beiden der Stadt immer näher. Auf dem Berolzheimer Hügel hielt der Pfarrer den Wagen an. Vor ihnen lag Windsheim. Nie zuvor hatte Konrad so etwas Großartiges gesehen. Unzählige Häuser mit ihren roten Dächern duckten sich unter einem Dutzend Kirchen. Insgesamt 35 Türme von Kirchen, Kapellen und Ummauerung ragten zum Himmel. Die Gebäude unterschiedlicher Größe mit spitzen, schrägen und schiefen Dächern machten aus der Ferne den Eindruck einer gewissen Unordnung. Erst die gewaltige Stadtmauer mit den zahlreichen Wehrtürmen hielt alles zusammen und gab der Stadt den abgeschlossenen, vollständigen Charakter. Man hatte sofort das Gefühl, dass die Bewohner dieser Stadt in ihren Mauern zusammengehörten und in ihrer Gemeinschaft gegen äußere Gefahren gesichert waren. Wie schön musste es sein, hier dazu gehören zu dürfen!

In der Abendsonne dieses Maitages bot sich den beiden ein ausgesprochen idyllisches Bild. Das saftige Grün auf den Wiesen und Feldern, die roten Dächer der Stadt und die Bäume der zum Stadttor führenden Straße schienen den beiden wie geschaffen zur Begrüßung des Neuankömmlings, als wäre es den Stadtvätern darauf angekommen, den neuen Mitbewohner willkommen zu heißen.

Der Pfarrer hatte beschlossen, durch das Rothenburger Tor in die Stadt einzufahren. Es war das größte Tor und immer mit einer Torwache besetzt. Man kannte ihn dort schon von seinen zahlreichen Besuchen in den vergangenen Jahren. Lästige Fragen oder gar Kontrollen des Gepäcks, wie sie sich ein unbekannter Fremder gefallen lassen musste, blieb ihnen sicher erspart.

Konrad war tief beeindruckt von dem gewaltigen Rundbau des Stadttores mit der vorgesetzten Bastei. Der Torbogen war fast zwanzig Fuß breit und fünfzehn Fuß hoch; also groß genug, dass zwei sich begegnende Erntewagen ausreichend Platz gehabt hätten. Auf den Rundbau war ein etwa zwölf Fuß hoher Wehr- und Wachtturm aufgesetzt. Rechts und links vom Tor schloss sich die insgesamt 3000 Schritt lange und bis zwölf Fuß hohe Stadtmauer an. Alle hundertdreißig Schritt gab es kleine Türme. Sie dienten nicht nur als Wehrtürme, sondern jeder hatte eine zusätzliche Bestimmung: Pulverturm, Gefängnisturm, Backhaus oder Speicher.
Der mit einem Ziegeldach geschützte Wehrgang auf der Stadtmauer führte um die ganze Stadt herum. Die gesamte Wehranlage mit dem davor befindlichen Wallgraben machte auf Fremde einen schier unüberwindlichen Eindruck. Konrad gab es ein sicheres Gefühl und er hatte überhaupt keine Angst, in dieser fremden Stadt wohnen zu müssen. Vielmehr war er sehr aufgeregt und konnte es kaum abwarten, alles in der Stadt genau zu erforschen.
Am Stadttor wurde der Pfarrer tatsächlich sogleich erkannt und freudig begrüßt. Vom Tor fuhren die beiden geradewegs zum Kloster, das sich nur einige Schritte vom Rathaus und der großen Kiliankirche entfernt befand. Man hatte die beiden schon erwartet.

Der Klostervorsteher – bei den Augustinermönchen nannte man ihn den Prior – hatte eigens zur Begrüßung ein üppiges Abendessen vorbereiten lassen, das so gar nicht zum Mönchsleben passte. Zumindest hatte Konrad gelernt, dass Mönche eher ärmlich leben. Davon konnte hier nicht die Rede sein. Es wurde gebratenes Fleisch, frisches Brot und Gemüse aufgetischt. Es gab sogar Wein und leichtes Bier. Alle acht Mönche und der Prior saßen mit den beiden Gästen an einer langen Tafel im Speisesaal, dem so genannten Refektorium. Der Prior war ein sehr gebildeter Mann, der viele Jahre Theologie studiert hatte. Er stellte sich als Bruder Johann Pistoris vor. Jeder der Mönche gab Konrad die Hand und nannte seinen Namen. Vor dem Essen unterhielt man sich höflich über das Wetter, die lange Fahrt und die schöne Stadt.
Mit einem kleinen Glöckchen rief der Prior zu Tisch. An der langen Tafel hatte jeder Mönch seinen festen Platz. Prior Pistoris saß an der Stirnseite. Die Plätze zu seinen Seiten waren den Gästen reserviert.
Während des Essens besprachen der Pfarrer und der Prior Neuigkeiten aus den Bischofstädten Würzburg und Bamberg. Die anderen Mönche übten sich in Zurückhaltung und schwiegen. Nur gelegentlich meldete sich der eine oder andere zu Wort.
„Mein lieber Bruder Pistoris, gestattet mir, dass ich die Gelegenheit nutze, Euch ein theologisches Problem zu unterbreiten“, versuchte der Pfarrer das Thema zu wechseln. „Unser junger Schützling stellte mir auf der Fahrt hier-

her eine Frage, die sicher auch für Euch interessant ist. Es geht um Krankheiten."

Der Pfarrer merkte, dass alle im Saal aufhorchten und interessiert herüberschauten. Es war noch stiller geworden, als es ohnehin schon war.

„Konrad wollte wissen, ob unser gütiger Herr des Himmels und der Erden auch für Krankheiten verantwortlich ist."

Er war sich sicher, dass die Mönche diese Frage wohl am ehesten beantworten könnten; waren sie doch täglich damit beschäftigt, die Bibel zu studieren und ihre Inhalte zu diskutieren.

„Was denkt Ihr, verehrte Fratres? Sind die Krankheiten als Strafe Gottes aufzufassen?

„Nun, in der Tat eine interessante Frage, lieber Pfarrer", holte der Prior umständlich aus, während er sich auf seinem Stuhl zurücklehnte.

„Wir alle wissen, dass der Herr täglich unsere Geschicke lenkt und leitet. Dazu gehören Glücksmomente ebenso wie Schicksalsschläge. Zweifellos ist er auch in der Lage, über unsere Gesundheit zu wachen oder sie zu beeinflussen." Alle am Tisch lauschten aufmerksam den Worten des Priors.

„Lasst uns die Antwort in der Bibel suchen. Der Apostel Johannes beschreibt im Buch 9 den tragischen Fall des Blindgeborenen. Die Eltern wollten von Jesus wissen, warum Gott einen Menschen mit solch einer harten Strafe belegt, obwohl er noch gar keine Sünden begangen haben konnte. Jesus aber sprach, dass hier die Blindheit nicht als Strafe gemeint war. Gottvater wollte vielmehr seine Allmacht zeigen. Ihm ist es gegeben, Krankheiten zu nehmen oder zu belassen. Wir Menschen können nur beten und auf Heilung hoffen. Demzufolge wäre also Krankheit nicht mit Sünde gleichzusetzen."

Der Prior nahm einen kräftigen Schluck aus seinem Bierkrug. Ohne die anderen zu beachten grübelte er angestrengt und presste dabei den Zeigefinger seiner zarten Hand gegen die schmalen Lippen.

„Andererseits steht im Alten Testament im 5. Buch Moses, dass Gott groben Ungehorsam mit schweren Krankheiten bestrafen kann. Hier scheint ein Widerspruch vorzuliegen", dozierte der Prior weiter.

„Über dieses Problem haben sich schon andere den Kopf zerbrochen. Männer, die weitaus gebildeter sind als wir. Einer der besten war zweifellos Thomas von Aquin."

Mit fragendem Gesicht wandte sich Konrad dem Pfarrer zu: „Hochwürden, wer war denn dieser Thomas? Von dem habe ich noch nie gehört."

Der Prior hatte offenbar ein sehr gutes Gehör. Er ging sofort auf die Frage ein: „Thomas von Aquin lebte etwa 250 Jahre vor unserer Zeit. Er war ein sehr gelehrter Philosoph, der unter anderem auch Theologie studiert hatte. Aquinus, wie er auch genannt wurde, hatte sehr viel über die Auslegung der Bibel geschrieben."

Jetzt erst schaute der Prior seinen jungen Gast mit ernstem und durchdringendem Blick an: „Der junge Herr interessiert sich aber sehr für die Theologie. Will er selbst einmal Pfarrer werden?"
„Nein, Herr, ich will Medicus werden. Vielleicht ist es doch möglich, den Menschen das eine oder andere Leiden erträglicher zu machen oder gar zu kurieren."
Ohne den Jungen weiter zu beachten, fuhr der Prior fort: „Nun gut, wir werden sehen. Auf jeden Fall war die Gelehrsamkeit des Aquinus derart umfangreich, dass er bald als die geistige Autorität in allen Kirchenfragen bekannt war. Seine Erläuterungen waren stets einleuchtend und logisch. So wurde er der Begründer unserer Kirchenlehre. Alle Kirchengesetze richten sich nach der aquinischen Philosophie aus. Selbst die päpstlichen Anweisungen und Erlasse nehmen darauf Bezug."
Der Prior geriet immer mehr ins Schwärmen und war kaum noch zu bremsen: „Unsere göttliche Weltordnung spiegelt die Vorstellungen des Thomas von Aquin wider. Sie ist so wunderbar durchdacht, dass sie sich bis heute bewährt hat und auch noch in tausend Jahren Bestand haben wird. Alles andere hat sich dieser göttlichen Weltordnung unterzuordnen, selbst die Philosophie."
Der Prior gönnte sich und den anderen eine kleine Pause.
„Was hätte nun Aquinus zu dem Problem der Krankheiten und deren Ursprünge gesagt?" Ohne eine Antwort abzuwarten, gab der Prior selbst die Erklärung: „Aquinus sah keinen Widerspruch in den Aussagen im 5. Buch Moses und denen des Johannes, sondern einen Beweis der Allmacht Gottes. Es besteht also ein enger Zusammenhang zwischen Gottes Willen und dem Ausbruch von Krankheiten."
Mehr zu Konrad gewandt folgerte er dann: „Jeder Arzt muss wissen, dass er beim Versuch, einen Kranken zu heilen, unweigerlich dem Allmächtigen ins Handwerk greift. In den meisten Fällen jedoch lässt die Kirche die Bader und Medici gewähren, weil Jesus das Wirken der Ärzte ausdrücklich begrüßt hat."
Der Vortrag des Priors schien den Anwesenden eine ausreichende Erklärung. Keiner hatte noch weitere Fragen, und niemand wollte zu diesem schwierigen Thema noch etwas beitragen. Für Konrad war das alles etwas zu hoch; nicht einmal die Hälfte hatte er verstanden. Das schien ihm auch nicht so wichtig. Er wollte selbst erfahren, was es auf sich hatte mit den Krankheiten, ihren Ursachen und den Möglichkeiten der Heilung.

Der Pfarrer hatte noch einige wichtige geschäftliche Besprechungen mit Prior Pistoris zu führen und wollte erst am nächsten Tag die Rückreise antreten. Es war also Zeit genug, dass man dem neuen Mitbewohner seine Schlafstube

zeigte. Es war Bruder Barnabas, der sich um ihn kümmerte. Er sollte auch in der nächsten Zeit sein Begleiter sein.
Barnabas war für die Krankenstation des Klosters zuständig. Die Krankenstation bezeichnete man als das Infirmarium und den dafür zuständigen Mönch nannte man Bruder Infirmarius. Es war also vorgesehen, dass Konrad zunächst als Famulus des Infirmarius Barnabas eingesetzt würde. Bruder Barnabas ließ es sich nicht nehmen, seinem neuen Famulus das Quartier selbst zu zeigen. Schließlich hatte er es in wochenlanger Arbeit hergerichtet.
Konrad war nur als Laienbruder im Kloster aufgenommen worden und war deshalb von den Rechten und Pflichten der Mönche ausgenommen. Ihm stand also keine reguläre Schlaf- und Studierzelle zu; auch kein Platz im Speisesaal, dem Refektorium.
Neben dem Konventhaus, in dem die regelmäßigen Treffen und Besprechungen der Mönche abgehalten wurden, befand sich das Gästehaus. Es war ein kleineres zweigeschossiges Gebäude. Hierin war auch das Infirmarium untergebracht, das nur aus zwei Krankenzimmern mit jeweils drei Betten bestand. Eigentlich handelte es sich nicht um ein Krankenhaus im Sinne einer Heilstätte, sondern mehr um eine spezielle Herberge. Hier sollten die Kranken außer der notwendigen Pflege auch religiöse Läuterung erfahren, damit sie in den Zustand der Gnade gelangten. Nur so konnten die Heilmittel und das ärztliche Handeln wirksam werden. Einem Mensch, der in göttliche Ungnade gefallen war, konnte man sowieso nicht mehr helfen. Hier wäre auch die beste ärztliche Kunst vergebens gewesen. Entsprechend den Klostervorschriften war das Infirmarium nur für erkrankte Mönche des Klosters oder für vorüberziehende Not leidende Pilger vorgesehen. Es kam jedoch öfter vor, dass Hilfsbedürftige aus Windsheim für kurze Zeit aufgenommen und gepflegt wurden.

Auf der Rückseite des Gästehauses hatten die Mönche einen Heilkräutergarten angelegt. Es gehörte ein Gartenhaus dazu, das nicht größer als drei oder vier Mönchszellen war. Barnabas hatte in diesem Gartenhaus einen Schlafraum für seinen Famulus eingerichtet. Dazu hatte er quer durch das kleine Häuschen eine Trennwand aus dicken Brettern aufgebaut, so dass zwei gleich große Räume entstanden waren. Der vordere Bereich war vollgestellt mit allerlei Gartengeräten und Blumentöpfen. Hinter der Bretterwand hatte Barnabas mit Hingabe und vielen Einfällen eine gemütliche Schlafkammer geschaffen, Konrads neues Zuhause. Der Raum war nicht sehr groß, aber sehr zweckmäßig eingerichtet. Die Zwischentür war abschließbar, und das Fenster war groß genug, so dass die Kammer hell und gut zu lüften war. Neben der einfachen Bettstatt stand ein kleiner Tisch mit zwei Stühlen, und unter dem Fenster gab es eine mittelgroße Truhe für Konrads persönliche Dinge.

Barnabas beobachtete sehr genau das Gesicht des Buben, als sie die Schlafkammer betraten. Er konnte ein breites Grinsen der Genugtuung nicht unterdrücken, als er die dankbare Freude seines neuen Famulus bemerkte. In Barnabas' Gesicht konnte man sowieso sofort erkennen, was er dachte oder fühlte. Er machte auch nie die geringsten Anstalten, das zu verbergen. Das gehörte zu seinem grundehrlichen Charakter.
Er war ein deutlich zu dicker Mann um die 40 Jahre. Seine runden Wangen und die oft rote Nase verliehen seinem Antlitz einen freundlichen, beinahe lustigen Ausdruck. Konrad spürte sehr bald, dass er in Bruder Barnabas einen sehr angenehmen Lehrmeister gefunden hatte. Er hatte sofort Vertrauen zu ihm gefasst und nahm sich fest vor, ihn nicht zu enttäuschen.
Am nächsten Morgen wurde Famulus Konrad durch das Sechs-Uhr-Läuten der Klosterkirche geweckt. Im Kräutergarten waren bereits Barnabas mit zwei Helfern mit Hackarbeiten beschäftigt. Der Pfarrer und Prior Pistoris hatten ihr Frühstück bereits beendet, und man richtete alles zur Abreise des Pfarrers her.
Mit einer herzlichen Umarmung verabschiedete sich Konrad von seinem Gönner und väterlichen Freund. Der Prior und Bruder Barnabas standen am Klostertor und versuchten, die traurige Stimmung aufzulockern: „Der Pfarrer kommt sicher recht bald wieder nach Windsheim, dich zu besuchen", wollte der Prior aufmuntern, während Barnabas wortlos seine große fleischige Hand auf Konrads Schultern legte; eine freundschaftliche Geste, die Konrad gut tat. Kaum war der Pfarrer aus der Stadt, wurde Konrad in das Amtszimmer des Priors beordert.
Es befand sich im Konventhaus und war recht groß. Die Wände waren schmucklos weiß getüncht. In der Mitte des Raumes stand ein riesiger Schreibtisch, hinter dem der Prior saß. Er wirkte in seinem Sessel majestätisch und Respekt heischend, obwohl er eigentlich zu den gutmütigen und verständnisvollen Menschen gehörte.
„Setz dich, mein Sohn", lud er seinen neuen Schützling ein und deutete auf einen Holzstuhl vor dem Schreibtisch „Ich will dir etwas über dein neues Zuhause und die Regeln unseres Klosters erzählen. Im deutschen Reich gibt es mehr als 2000 Klöster. Alle verdanken ihre Entstehung der großzügigen Spende von gläubigen Christen und der aufopfernden Arbeit der Mönche. Unser Kloster ist nur ein sehr kleines"; sein Gesicht zeigte eher den Ausdruck von Stolz als von Bedauern.
„Schenkungen der Familie von Gailingen haben die Errichtung unserer schönen Klosterkirche, des Konventhauses und der Nebengebäude ermöglicht. Durch weitere Zuwendungen reicher Bürger unserer Stadt sind wir in den Besitz einiger Äcker und Wiesen sowie der unteren Wassermühle gekommen. Im Nachbardorf besitzen wir noch einen Weingarten. Die Ver-

pachtungen dieser Besitztümer bringen uns nur sehr geringe Einkünfte, so dass wir alle für den täglichen Bedarf fleißig arbeiten müssen."
Wenn der Prior sich zunächst allgemein hielt und seinen Blick ungezielt im Raum wandern ließ, so fixierte er den aufmerksam lauschenden Konrad jetzt sehr genau. Es sollte kein Zweifel aufkommen, dass auch von einem Knaben seines jugendlichen Alters aktives Mitarbeiten erwartet wurde.
„Wir Augustiner-Eremiten verstehen uns als Diener des Herrn, die den Idealen Jesu Christi nacheifern. Insbesondere bemühen wir uns um einfache Lebensweise, Enthaltsamkeit, Abgeschiedenheit und Erfüllung in der Arbeit. Graf von Kostenheim hat deine Aufnahme als Laienbruder in unsere Gemeinschaft erwirkt. Erst wenn du 14 Jahre alt bist und dann als Volljähriger selbst entscheiden kannst, werden wir dich als Novize aufnehmen können. Dennoch wird von dir erwartet, dass du dich schon jetzt am Klosterleben beteiligst. Die täglichen acht Gebete sind für dich nicht unbedingt Pflicht; an den Tagesgebeten und am abendlichen Vespergebet solltest du aber teilnehmen. In den Vormittagsstunden wirst du Unterricht in Grammatik, Arithmetik, Latein und Griechisch erhalten. Du wirst dir genügend Wissen aneignen, um die alten Meister wie Aristoteles, Hippokrates und Platon lesen und verstehen zu können. Mit den dort erworbenen Kenntnissen wirst du einen Grundstock für weitere Studien erhalten. Du wirst Zusammenhänge erkennen zwischen Gott, der Natur und der menschlichen Existenz."
Jetzt, als er ins Philosophische wechselte, schien er in seinem Element. Versonnen schaute er mehr zur Zimmerdecke als zu seinem Gegenüber. „Die Stadtpfarrer nutzen ihr Wissen vornehmlich zur Auslegung und Verbreitung von Gottes Wort. Sie halten sich dabei strikt an die Anweisungen der heiligen Kirche in Rom. Wir streben nach mehr. In Not geratenen Menschen zu helfen, ist unser Bemühen. Den Armen, Gebrechlichen und Kranken stehen wir bei; jeder auf seine Weise.
Es wird wohl das Beste sein, wenn du zu Anfang unserem Bruder Barnabas im Kräutergarten hilfst. Barnabas ist ein sehr belesener Kenner sämtlicher Heilkräuter. Du wirst sehr viel von ihm lernen können. Zudem ist er ein sehr gutmütiger und verständnisvoller Lehrer mit viel Herz, so dass ich dich bei ihm in guten Händen weiß."
Während der Prior aufstand verabschiedete er seinen jungen Zögling mit beinahe majestätischer Geste: „Gehe nun hin, sei fleißig und diene unserem Herrn und den Menschen!"

Bruder Barnabas war wirklich ein ausgesprochen freundlicher und hilfsbereiter Lehrmeister. „In den ersten zwei, drei Tagen wirst du mir ohnehin keine große Hilfe sein. So wird es wohl besser sein, du schaust dich im Kloster und vielleicht auch in der Stadt ein wenig um."

Die Klosterkirche schien Konrad im Vergleich zu der kleinen Klosteranlage etwas groß geraten. Sie war aus den gleichen roten Sandsteinquadern gebaut wie die Stadtmauer. Das Kirchenschiff war nur sehr schlicht und mit sehr einfachen Sitzbänken ausgestattet. Auf einer kleinen Empore stand statt einer Orgel ein Cembalo.
Der Chorraum präsentierte sich mit einigen Bildern von Jesus, der Mutter Maria und einem kleinen Altar etwas schmuckvoller. Über dem Chor befand sich eine eher bescheidene Bibliothek mit 210 Bänden. Dieser Saal war über eine Wendeltreppe von der Sakristei aus zu erreichen und diente auch als Schulraum.
Neben der Wendeltreppe gab es eine recht lange Kellertreppe, die in ein etwa zwanzig Fuß unter der Erde gelegenes Kellergewölbe, den so genannten Eiskeller, führte. Dieser Keller wurde von den Mönchen als Speicherraum für verderbliche Lebensmittel genutzt. Die Temperaturen waren hier auch in den Sommermonaten nie viel höher als der Gefrierpunkt. Mit Eisblöcken wurden Fleisch, Butter und Bier lange frisch gehalten.
Das Konventhaus, das Gästehaus und die Nebengebäude waren ebenfalls mit roten Steinquadern sehr solide gebaut. Im größten Gebäude, dem Konventhaus, hielten sich die Mönche meistens auf. Hier arbeiteten sie an den Abschriften von Büchern, hielten ihre gemeinsamen Besprechungen ab und nahmen ihre Mahlzeiten in diesem großen Gemeinschaftssaal, dem Refektorium ein.
Im oberen Stockwerk befanden sich die Schlafräume, das Dormitorium. Hier hatte jeder Mönch eine kleine Kammer, die nicht größer als sechs mal acht Fuß war. Jede dieser Schlafzellen hatte ein kleines Fenster und eine abschließbare Eichentür. Auf dem Boden lag ein Strohsack als Schlafplatz, auf der Seite standen ein kleiner Tisch und ein Stuhl; als einziger Schmuck hing ein Kruzifix über dem Tisch.
Im Nebengebäude waren im Keller die Küche und in den oberen Räumen Werkstätten und Waschräume untergebracht. Über dem Eingang der Waschräume hing auf einer Holztafel der Wahlspruch des Klostervorstehers:

Nolite quaeso, adire illotis manibus
Kommt bitte nicht mit ungewaschenen Händen

Die Waschräume wurden täglich von jedem Mönch genutzt. Der Prior bestand auf peinlicher Sauberkeit, weil er der Meinung war, dass Körperhygiene viele Krankheiten verhindern könnte. Freilich war ihm bewusst, dass er mit seiner Auffassung von Hygiene im Widerspruch zu seinem Ordensgründer stand. Konrad wusste es bereits von Barnabas: „Eines kann der Prior überhaupt nicht leiden. Und das sind Dreckspatzen. Lass dich also nicht mit schmutzigem Gesicht oder Händen erwischen."

„Ja Meister, ich werde mir Mühe geben. Aber sagt, warum hatte der Ordensgründer etwas gegen Sauberkeit einzuwenden?"
„Augustinus war eigentlich nicht gegen Sauberkeit und Hygiene. Er riet trotzdem von allzu häufigen Bädern ab, weil er dabei wohl mehr an die öffentlichen Bäder dachte. Da geht es nicht immer sehr sittlich zu."

Aus medizinischen Büchern wusste Prior Pistoris, dass schlechte Gerüche oder stinkender Dunst Krankheiten auslösen können. Die studierten Ärzte sprachen von der Miasmen-Lehre und meinten, dass die Pest oder der Aussatz durch schlechte, stinkende Luft, dem Miasma, ausgelöst wird. So stand es schon bei Hippokrates, dem griechischen Altmeister der Medizin.
Aus dem gleichen Grunde ließ der Prior die Güllegruben alle Halbjahre leeren. Auch wurde sorgsam darauf geachtet, dass sich auf dem Gelände des Klosters kein Ungeziefer hielt.

Konrad war von der großzügigen und wohldurchdachten Klosteranlage beeindruckt und freute sich, von nun an dazuzugehören. Er nahm sich fest vor, den Erwartungen des Priors und der Mönche gerecht zu werden. Auch am folgenden Tag hatte Barnabas seinem jungen Famulus frei gegeben, damit er sich in der Stadt ein wenig umschauen konnte.
Der Klosterplatz und der daran angrenzende Marktplatz waren gepflastert. Ebenso die vom Rathaus sternförmig wegführenden großen Straßen. Die Rothenburger Straße, die Brunnenstraße und die Seestraße waren mit etwa acht Schritt Breite die größten Straßen. Fast alle anderen Wege und Gassen waren ungepflastert und deutlich schmäler, zum Teil nicht breiter als drei Schritt. Einigen Gassen waren sogar so schmal, dass das Fahren mit Pferdegespann nicht möglich war.
Die Häuser waren meistens zwei Stockwerke hoch und standen sehr eng nebeneinander, als wollten sie sich gegenseitig abstützen. Das Fachwerk war besonders an der zur Straße weisenden Giebelseite reichlich verziert und mit Blumen bemalt. Manche reichen Kaufleute und Handwerker hatten sich größere, über drei und vier Stockwerke hohe Häuser errichten lassen, deren unteren Etagen aus solidem Mauerwerk bestanden.
Auf den Straßen und in den Gassen herrschte ein emsiges Treiben, Hasten und Eilen. Niemand nahm Notiz von Konrad, dem neuen Stadtbewohner. Er kam sich noch recht hilflos vor und wusste gar nicht so recht, was er sich alles ansehen sollte.
Die gepflasterten Straßen waren ihm lieber; dort war es ein wenig sauberer. Die kleinen Gassen konnte man nur mit viel Geschick überqueren. Überall lag Abfall, Schweinemist und Gülle. Ständig musste man über Pfützen und Morast springen oder Hühnern, Enten und Schweinen ausweichen. Hin und

wieder wurde ein Fenster geöffnet und Unrat auf die Straße gekippt. Über allem hing eine große Dunstwolke von schwer erträglichem Gestank.
Konrad hatte sich alle großen und kleinen Bürgerhäuser mit den kunstvollen Auslegern genau angesehen und eingeprägt. Die schmiedeeisernen Teller, die an kleinen Ketten über den Eingangstüren der Häuser hingen, waren Hinweisschilder auf die Berufe der Bewohner. Da gab es 25 Metzger und 25 Bäcker, 15 Schuster und 12 Gerber, 16 Schmiedemeister und 10 Zimmerer. Alle waren in eigenen Zünften mit strengen Gesetzen organisiert. Die Zunftgesetze regelten die Ausbildung des Berufsnachwuchses, den Lohn und die Verbraucherpreise.
Die Zunftmeister überwachten die Qualität der verrichteten Arbeit und der hergestellten Waren. Eine Übertretung der Zunftgesetze wurde mit sehr harten Strafen belegt. Wenn die Stadtbewohner auch von der Leibeigenschaft befreit waren, so unterlagen sie doch meistens den strikten Regeln der betreffenden Zunft. Diejenigen, die sich diesen Zunftgesetzen unterwarfen, konnten es zu beachtlichen Reichtum bringen.
Besonders für die Arbeit der Barbiere und Medici hatte sich Konrad interessiert. Auch sie gehörten ihren eigenen Zünften an.
Unterhalb des Klosters führte die Metzgergasse vorbei. Dort hatte der Bader Hanns Fulster sein Haus. Er war erst kürzlich aus Südbaden nach Windsheim gezogen. Fulster war zuvor Feldscher im Dienste eines Herzogs und hatte sein Handwerk unter anderem auch im Krieg gelernt. Er galt als erfahrener Chirurgicus.

In der neuen Woche begann für Konrad der Ernst des Lebens. Jeden Vormittag gab es Unterricht in der Bibliothek bei verschiedenen Lehrern, die alle zum Kloster gehörten. Der Leiter der Bibliothek war Bruder Gismar. Man nannte ihn den Bibliothekar oder auch den Armarius.
Einmal in der Woche erschien ein Lehrer von auswärts. Es war der Jude Elias Levita. Er stammte aus dem östlich gelegenen Nachbardorf Ipsheim. Levita war ein sehr gebildeter Mann, der viele Sprachen beherrschte. Bruder Gismar erhielt von ihm Unterricht in Hebräisch.
Konrad unterhielt sich oft mit Gismar, wenn er in der Bibliothek nach Büchern über Heilpflanzen oder andere medizinische Werke suchte. Besonders hatten es ihm die anatomischen Werke des jüdischen Gelehrten R. Moise Tibbon angetan. Es handelte sich um zwei Bände anatomischer Lehrbücher, die bereits 1280 von Tibbon aus dem Arabischen ins Hebräische übersetzt worden waren. Von Tibbon stammten auch die Übersetzungen der sehr wichtigen Werke der berühmten arabischen Ärzte Avicenna und Algezzar. Leider hatte Konrad mit diesen Lehrbüchern nichts anfangen können, weil das Hebräische, die Schrift des Alten Testaments, für ihn nicht zu entziffern

war. Bruder Gismar war es dann auch, der ihn dazu überredete, beim wöchentlichen Hebräisch-Unterricht mitzumachen.
„Die hebräische Sprache ist eine sehr alte Sprache der Juden. Das Alte Testament unserer Bibel ist ursprünglich in dieser Sprache geschrieben. Wenn man die Urschrift der Bibel studieren will, muss man diese sehr alte und schöne Sprache kennen. Aus diesem Grunde will ich vom Juden Levita Hebräisch erlernen."
„Es ist doch zu dumm, dass es solch gute anatomische Lehrbücher nicht auch in deutscher oder lateinischer Sprache gibt", beklagte sich Konrad.
„Das ist richtig. Für dich als zukünftigen Medicus kann es nur sehr nützlich sein, wenn du dir zumindest die Grundkenntnisse der hebräischen Sprache aneignen könntest. Wir wollen Elias Levita fragen, ob du an seinem Unterricht teilnehmen darfst."
Elias Levita war ein sehr geduldiger Lehrer. Er versuchte, seinem neuen Schüler auch etwas von den Weisheiten der jüdischen Tradition zu vermitteln.
„Für uns Juden ist der Talmud ebenso wichtig wie die hebräische Bibel. Der Talmud ist unser heiliges Buch. Darin sind unsere religiösen Regeln und Gesetze niedergeschrieben. So etwas Ähnliches gibt es bei euch Christen auch. Wenn ich mich nicht täusche, nennt man die christliche Sammlung der Kirchengesetze die Summa theologica. Sie stammte von Thomas von Aquino. Das Anliegen war das gleiche wie das des Talmud, allerdings sind beide Gesetzeswerke inhaltlich verschieden."
„Über Thomas von Aquinus habe ich schon einiges gehört, Meister", warf Konrad stolz ein.
„Nun lass mich dir die Weisheiten des Talmuds erklären. Du wirst erkennen, dass sie dir in deinen Studien der Medizin hilfreich sein können."
Die Art und Weise, wie Elias Levita seine Rede mit der Gestik seiner Hände begleitete und wie er sich mit seinen Fingern durch den langen weißen Bart strich, machte ihn zu einer Autorität. Zumindest für Konrad. Niemals wäre ihm eingefallen, auch nur eines seiner Worte anzuzweifeln.
„Bevor Ihr mir vom Talmud erzählt, Meister Elias, lasst mich etwas Wichtiges fragen."
„Selbstverständlich , mein Sohn. Was willst du wissen?"
„Haben die Juden auch einen Gott wie wir?"
Levita schlug die knochigen Hände über seinem fast haarlosen Kopf zusammen. Er schien entsetzt und musste gleichzeitig mitleidig lächeln.
„Du dummer Junge", rief er bestürzt aus „hat dir denn niemand erzählt, dass unser Gott der gleiche ist wie der eurige?"
Nach einer Minute der Besinnung sagte Levita etwas, woran Konrad später noch oft denken musste. Er sagte es sehr leise und mehr zu sich selbst:

„Es ist nicht gut, wenn wir so wenig von einander wissen. Wir entfremden uns fortwährend und kennen uns eines Tages überhaupt nicht mehr. Nur Freunde können sich lieben; Fremde neigen oft zum Gegenteil."
Er hatte sich rasch wieder gefasst und sprach wieder mit fester Stimme: „Nun zurück zum Talmud. Wir unterscheiden zwei Abschnitte: das Buch Mischna und das Buch Gemara. Die Mischna ist eine niedergeschriebene Sammlung von religiösen Riten, jüdischen Gesetzen und Verhaltensregeln. Es handelte sich anfänglich nur um mündliche Überlieferungen, die im zweiten Jahrhundert eurer Zeitrechnung niedergeschrieben wurden. Die Gemara behandelt die Diskussionen und Kommentare zu diesen Gesetzen. In beiden Teilen des Talmuds findest du umfangreiche Beiträge zur hebräischen Medizin, sehr alte überlieferte Erkenntnisse von berühmten jüdischen Ärzten. Sie beruhen auf eigenen Erfahrungen und Beobachtungen dieser hebräischen Gelehrten.
Die fast vergessene griechisch-römische oder auch die viel gerühmte arabische Medizin sind wirklich sehr umfangreich und beinahe allwissend. Das ist schon wahr. Aber viele Erkenntnisse der hebräischen Medizin waren diesen arabischen Ärzten nicht bekannt. Besonders beeindruckend sind die im Talmud überlieferten Lehren über die Anatomie des Menschen.
Du siehst also, dass es sich tatsächlich lohnt, das Hebräische, die Sprache der Juden, zu erlernen."

Konrad schämte sich ein wenig, weil er noch so unwissend war. Auf der anderen Seite fühlte er sich nicht ganz wohl, wenn er sich mit dem Talmud und den jüdischen Gewohnheiten beschäftigte. Hatte er doch in der Kirche und auch beim Pfarrer immer wieder erfahren, dass die Juden nicht „zu uns" gehörten, weil sie nicht christlich getauft wären. Sie hätten Jesus Christus seinen römischen Henkern ausgeliefert. Also wären sie für den Tod des Heilandes verantwortlich. Außerdem wären sie so ganz anders als die Christen.
Nicht gerade gute Taten wurden ihnen nachgesagt. Sie seien Schacherer und Wucherer. Einige Bischöfe hätten sogar wiederholt die Vertreibung von Juden unterstützt, weil sie in manchen Städten durch zu hohe Zinsforderungen große Teile der Bürgerschaft in den finanziellen Ruin getrieben hätten.
All das Gerede war für Konrad nebensächlich. Er wollte nichts davon hören. Elias Levita war sympathisch und ein guter Mensch. Konrad beschloss, die weit verbreiteten Vorurteile über die Juden nicht anzunehmen. Wie sonst hätte er Hebräisch lernen können!

Sein Mittagessen bekam Konrad in der Küche. An der gemeinsamen Tafel der Mönche durfte er nicht teilnehmen. Das war ihm auch ganz recht so. Das Sprechen während des Essens war nämlich dort streng verboten. Nach dem Essen musste sich Konrad bei Barnabas im Kräutergarten melden. Voller

Stolz zeigte Barnabas seinem Famulus den weitläufigen Garten, den er mit sehr großer Sorgfalt angelegt hatte. Mehrere kleine Wege teilten jeweils rechteckige Beete ab, in die verschiedene Heilkräuter gepflanzt waren. Kleine Hinweisschilder klärten über den Namen und die Verwendbarkeit auf.
„Die wichtigsten Kräuter sind die hochwirksamen, die mit den gefährlichen Nebenwirkungen. Die werde ich dir später zeigen. Du musst sie dir genau einprägen und darfst sie niemals verwechseln, weil sie falsch angewandt großen Schaden anrichten können. Aber zuerst wollen wir uns die einfachen und ungefährlichen Pflanzen ansehen."
„Es ist gut, Meister Barnabas, dass alle Kräuter eigene Namensschilder haben, da kann ja wohl nicht viel passieren."
„Das stimmt, mein Junge, und trotzdem sollst du sie alle kennen lernen. Verwechselungen sind schnell möglich und können dann tödliche Folgen haben. Der Baldrian ist wohl die bekannteste Pflanze. Aus seinen Wurzeln lässt sich ein wässriger Auszug herstellen, der sehr gut gegen Schlafstörungen, Kopfschmerzen und Nervosität hilft. Gerade die übereifrigen Handwerker der Stadt, die nur noch an ihre Geschäfte denken, leiden oft unter hektischer Nervosität. Sie sind dankbare Abnehmer unserer Baldrianwässer und Tees. Die Pflanzen brauchen keine besondere Pflege, du musst sie lediglich von Unkraut befreien."
„Ich meine, dass ich den typischen Baldriangeruch schon in der Nase habe, Meister."

Barnabas freute sich, dass sein neuer Famulus so eifrig bei der Sache war: „Im Beet daneben haben wir die Blume der Gottesmutter Maria, unsere Arnika. Wir stellen daraus eine Tinktur her, die gerne für die Wundbehandlung verwendet wird. Sie wirkt auch bei Durchblutungsstörungen der Beine und brennenden Füßen; besonders wirksam ist sie bei jedweder Entzündung. Der Bader Hanns Fulster bestellt oft davon und ist wohl mit seinen Behandlungen erfolgreich. Du wirst ihm gelegentlich einige Fläschchen liefern. Bei Verbrennungen und bei Knochenbrüchen verwendet er Beinwellsalbe, die er sich aus unserem Beinwellkraut selber herstellt."
Konrad hörte aufmerksam zu und prägte sich sogleich den Namen der Heilpflanzen und deren Bestimmung ein. An einem größeren Beet mit Brennesseln konnte er sich nicht zurückhalten: „Meister, hier habt Ihr sicher das Unkrautjäten vergessen?"
„O nein. Die Brennessel ist eine wertvolle Pflanze, die man als Salat oder als Suppe essen kann. Sie enthält sehr nützliche Vitalstoffe, die unsere Abwehrkräfte gegen Krankheiten stärken. Der Tee, den wir aus den getrockneten Blättern herstellen, ist gut wirksam gegen Entzündungen der Blase und gegen Rheuma. Anis und Fenchel steht dort drüben an der Klostermauer. Sie werden gegen Verdauungsstörungen, Blähungen und gegen Husten ver-

wendet. Der Efeu, den du über die Mauer hängen siehst, ist ebenfalls kein Unkraut; wir empfehlen ihn bei Lungenleiden. Hierfür sind auch die Königskerze und der Thymian gut einsetzbar. Wie du erkennen kannst, haben wir für fast jede Krankheit ein bestimmtes Kraut."
Nach einer kurzen Pause fügte er mit trauriger Mine hinzu: „Einige Leiden sind allerdings so heimtückisch und gnadenlos, dass niemand etwas dagegen ausrichten kann. Denk nur an den Krebs oder die Pest. Diese Krankheiten hat der Teufel geschickt; oder der Herrgott sandte sie uns als Strafe für begangene Sünden. Wenn wir also mit unseren Kräutern den Kranken helfen wollen, dürfen wir niemals vergessen, die Gnade und die Mithilfe unseres Herrn zu erflehen."
„Ja, ich weiß, Meister. Das hatte schon der Prior so gesagt."
„Ach übrigens: dort drüben an der Mauer haben wir das Beet mit den gefährlichen Pflanzen. Da musst du sehr vorsichtig sein. Sie sind äußerst giftig und können tödlich wirken, wenn sie falsch eingenommen werden."
Konrad staunte nicht schlecht. Natürlich waren ihm solche Pflanzen besonders interessant: „Wozu braucht Ihr die Pflanzen, wenn sie so giftig sind?"
„Das ist eben das Geheimnis. Die Dosis macht das Gift. Von dem Bilsenkraut zum Beispiel kann eine sehr geringe Menge durchaus ein sehr gutes Mittel gegen Muskelkrämpfe sein. Andererseits führt eine Überdosis rasch zum Tod. Ähnlich verhält es sich mit der Tollkirsche."

In den nächsten Tagen erhielt Konrad genaue Anweisungen, wie er die Pflanzbeete zu pflegen hatte. Einige Gewächse brauchten gar keine Pflege, andere benötigten nahezu täglich Bewässerung und Beschneidungen. Konrad stellte sich sehr geschickt an und zeigte gute geistige Aufnahmefähigkeit. Bald konnte Barnabas seinem Famulus die alleinige Verantwortung für den Kräutergarten übertragen. Fast jeden Abend studierte Konrad die Kräuterbücher und wusste recht schnell über die wichtigsten Heilkräuter Bescheid. Einige glaubten schon, dass er sich besser auskenne als sein Meister.
Barnabas war stolz auf seinen Zögling, weil er sich in so kurzer Zeit zu einem selbstständig arbeitenden Kräutergehilfen entwickelte hatte. Nebenbei versorgte er die Klosterküche mit Küchengewürzen.
Auch bei den anderen Mönchen war Konrad geschätzt und jederzeit gern gesehen. Er galt als bescheiden, stets höflich und hilfsbereit. Niemals gab es den geringsten Grund einer Beanstandung. Nur einer der Mönche, Bruder Severin, schien ihn nicht zu mögen. Severin war der Bruder Koch und Leiter der Klosterküche. Er war ein wahrer Meister seines Faches, weil er es immer wieder schaffte, auch mit geringsten Mitteln für alle ein hochwertiges und gutes Essen zu kochen.
Für Konrad hatte er oft nur sehr kleine Portionen mit nur wenig Fleisch übrig. Wenn Konrad mal wieder nicht richtig satt geworden war, getraute er

sich, um eine Zugabe nachzufragen: „Bruder Severin, ich habe noch Hunger. Bitte seid so gut und gebt mir noch etwas zu essen."
Fast immer erhielt er die gleiche barsche Antwort: „Du bist noch kein richtiger Mönch, sondern nur ein geduldeter Gast bei uns. Wenn du irgendwann einmal das Gelübde ablegen wirst, steht dir eine größere Portion Essen zu. Bis dahin musst du mit dem vorliebnehmen, was ich dir zuteile."
Severin machte keinen Hehl daraus, dass er den neuen Famulus nicht leiden konnte. Konrad hatte es bald aufgegeben, durch Aushilfen in der Küche die Sympathie Severins zu gewinnen. Was immer er tat, dem Koch war es nie recht. So versuchte Konrad, seinem Widersacher möglichst aus dem Weg zu gehen.

Besonders bei seinen Lehrern war Konrad hoch angesehen und beliebt. Jedem war die überdurchschnittliche Intelligenz des Buben sofort aufgefallen. Sein logisches Denkvermögen und seine hervorragenden Gedächtnisleistungen versetzte die Lehrer immer wieder in Erstaunen. Sein Wissensdurst bezüglich der medizinischen Wissenschaft war durch die Beschäftigung mit der Heilkräuterlehre noch gestärkt worden. Er ließ keine Gelegenheit aus, noch mehr über Krankheiten und deren Erscheinungsformen zu erfahren. Und immer wieder quälte er sich mit der Frage nach der Herkunft und der Entstehung der Krankheiten.
Er war sich ganz sicher, dass der Schlüssel zur Heilung von Krankheiten in der Erkundung ihrer Ursachen zu suchen war. Hierüber wollte er unbedingt sachkundige Ärzte, Barbiere oder Chirurgen befragen.
Wie gerne hätte er einen Blick in die geheimnisvolle Welt der Krankheiten geworfen. Wie gerne hätte er die rätselhafte Physis des Menschen erforscht. Der Traum vom Kampf gegen die zerstörerische Macht tödlicher Krankheiten ließ ihn nicht mehr los. Auf dem Weg dahin musste er praktische medizinische Erfahrungen sammeln, mit Heilkundigen zusammenarbeiten, Kranke sehen, pflegen und befragen.
Bald schon sollte sich sein Wunsch nach praktischen Erfahrungen erfüllen. Barnabas hatte wieder mal eine größere Lieferung von Arzneikräutern und Tinkturen für den Bader Fulster zusammengestellt, die Konrad ihm überbringen sollte.

Die Arzneilösungen und Tinkturen hatte Barnabas im Eiskeller unter der Sakristei der Klosterkirche aufbewahrt, ordentlich beschriftet und auf Holzregalen aufgereiht. Trockenkräuter und Tees wurden in Säcken oder großen Körben auf dem Speicher des Nebengebäudes gelagert. Nur die beste Qualität wurde zum Verkauf angeboten. Das war Bruder Barnabas sehr wichtig. Wollte er sich doch vom Stadtapotheker, der ähnliche Heilkräuter im Angebot hatte, durch bessere Qualität abheben.

Barnabas und Konrad hatten die ganze Lieferung für den Bader auf einem vierrädrigen Handwagen verstaut und mit einer Hanfdecke zugedeckt. Noch am gleichen Vormittag verließ Konrad das Klostergelände durch die hintere Nebentür. Den Handwagen zog er hinter sich her. Die untere Klostermauer grenzte direkt an die Metzgergasse, in der Bader Fulster sein kleines Haus hatte.
Am Hintereingang klopfte Konrad kräftig gegen die Tür. Hanns Fulster öffnete selbst. Er war ein hünenhafter Bursche von mindestens vier Ellen Größe. Konrad war inzwischen 13 Jahre alt und gewiss einer der Größten seiner Altersgruppe, aber gegen Fulster kam er sich klein und schmächtig vor.
„Komm rein und stell deine Klosterkräuter auf den Tisch." Vermutlich hatte Fulster den Handwagen erkannt und wusste, dass es sich nur um seine Arzneilieferung handeln konnte.
„Bist du der neue Novize des Klosters?"
„Nein, Meister Fulster, ich bin nur der neue Gehilfe von Bruder Barnabas und wohne im Kloster."
Der Bader packte alle Tüten und Fläschchen selbst aus und prüfte die Inhalte sehr genau.
„Die Baldriantinktur ist mir zu dunkel und die Melissenblätter scheinen mir zu trocken. Sag deinem Bruder Barnabas, dass ich nur beste Qualität akzeptieren kann."
„Erlaubt mir ehrwürdiger Meister, dass ich widerspreche. Die Qualität des Baldrians ist hervorragend; je dunkler die Tinktur, desto gehaltvoller ist die Essenz. Was die Melisse anbelangt, darf ich Euch die Qualität demonstrieren."
Konrad nahm einige Blätter in die Hand, zerrieb sie zwischen den Fingern und hielt sie dem Bader unter die Nase.
„Riecht Ihr die gehaltvolle Güte des Wirkstoffes? Wir haben die Blätter sehr lange auf trockenen Speichern gelagert. So halten sie sich länger und verlieren ihren Wirkstoff nicht."
Meister Fulster äußerte kein weiteres Wort der Kritik. Seine Verwunderung über die Sachkenntnis des jungen Klostergehilfen konnte er nicht verbergen:
„Alle Achtung, Bürschchen. Woher weißt du so viel über Arzneimittel? Bist du bei einem Apotheker in der Lehre gewesen?"
„Nein, Herr. Seit drei Jahren arbeite ich im Klostergarten, pflege und hege die Pflanzen und Kräuter. Barnabas lehrte mich die Namen und Wirkung aller Heilpflanzen. Die Bücher habe ich jeden Tag eingehend studiert. Und dennoch weiß ich, dass ich fast nichts weiß. Nur zu gern würde ich Euch über die Schultern schauen und von Euch lernen. Vielleicht braucht Ihr einen fleißigen Gehilfen? Besonders in den Wintermonaten, wenn im Klostergarten keine größeren Arbeiten anfallen, könnte ich Euch doch etwas zur Hand gehen." Ängstlich beobachtete Konrad die Reaktion des Baders.

„Klosterbursch, du bist noch so jung. Du wirst noch viel Gelegenheit haben zu lernen“, versuchte Hanns Fulster allgemein auszuweichen. „Momentan habe ich einen Gehilfen. Wenn ich mal in Verlegenheit bin, weiß ich ja, wo ich dich finde.“

Konrad kehrte enttäuscht zurück und legte Barnabas den Geldbeutel, den er vom Bader bekommen hatte, auf den Tisch.
„Warum schaust du so traurig?“ wollte sein Meister wissen. Er erkannte sofort den Gemütszustand seines Zöglings.
„War Fulster wieder zu grob? Oder habt Ihr gestritten?“
„Nein, Bruder Barnabas. Es ist nur schade, dass der Bader meine Mithilfe bei seiner Arbeit nicht braucht. Ich will unbedingt mehr über die Behandlung kranker Menschen lernen. Dabei ist es mir zunächst egal, ob mich ein Bader, ein Chirurg oder ein Medicus in die Lehre nimmt.“
„Das bedeutet, dass du uns verlassen willst?“ So entsetzt und traurig hatte Konrad seinen Lehrer noch nie gesehen.
„Von Euch würde ich nur weggehen, wenn es gar nicht anders geht. Zu viel habe ich Euch zu verdanken. Aber irgendwann muss ich sehen, wie ich weiterkomme. Noch weiß ich nicht, bei wem ich am meisten lernen kann.“
„Die Medizin hat es dir angetan; das wissen wir ja nun schon länger. In unserer Stadt gibt es mindestens zwanzig oder dreißig Bürger, die meinen, medizinisch gebildet zu sein. Da gibt es etwa ein Dutzend Bader und Barbiere mit einigen Fingerfertigkeiten und oft nur geringen medizinischen Kenntnissen. Die Hebammen und Wehmütter werden ebenso gebraucht wie die Chirurgen. Sie alle wollen den kranken Menschen helfen und können allzu oft nur zusehen, wie ihre Patienten sterben.
Die studierten Ärzte wissen oft nicht viel mehr als die anderen; sie reden nur klug daher und können die schweren Krankheiten auch nicht kurieren. Besonders hilflos stehen sie allesamt den Seuchen gegenüber. Denk nur an das Lepra oder die Pest, an die bösartigen Geschwülste oder die fiebrigen Lungenentzündungen. Hier weiß niemand, wie man heilen kann oder wie man sich schützen soll. Was in aller Welt, lieber Konrad, treibt dich in eine Wissenschaft, von der jeder weiß, dass sie außer schlauer Ratschläge nichts beschicken kann?“
Als wenn er überhaupt nicht zugehört hätte, wich Konrad aus: „Ich könnte doch im Infirmarium mithelfen.“
„Das ist eine gute Idee“, freute sich Barnabas. „Es ist zwar nur ein sehr kleines Hospital, aber für den Anfang soll es genügen. Du kannst den erschöpften Pilgern bei der Körperpflege helfen, ihre Wunden versorgen und mir helfen, ihre Leiden zu lindern. Manchmal sind ja auch einige pflegebedürftige Windsheimer dabei, denen wir wieder auf die Beine helfen können. Wir wollen bei jedem einzelnen gemeinsam besprechen, welche Maßnahmen zu ergreifen sind.“

Konrad war überglücklich und wäre seinem Meister am liebsten um den Hals gefallen. Barnabas war zwar kein ausgebildeter Arzt oder Barbier, er konnte ihm aber sicher von seinem reichen Erfahrungsschatz einiges abgeben.
Barnabas und Konrad gingen noch am gleichen Tag zu den Kranken auf die Krankenstation. Von den insgesamt sechs Betten waren nur drei belegt. Es handelte sich um drei sehr alte gebrechliche Windsheimer Bürger, die zu Hause bei ihren Familien nicht die ausreichende Pflege bekommen konnten. Sie waren völlig verwahrlost, als sie zur Aufnahme gekommen waren, ungewaschen und verlaust. Barnabas hatte sie inzwischen gebadet und von Ungeziefer befreit. Er konnte nun Konrad als seinen neuen Gehilfen vorstellen.

Am nächsten Tag ging Konrad zu jedem der alten Patienten und befragte sie nach ihren Gebrechen und ihren Schmerzen. Alle drei hatten völlig zerschlissene Knie- und Hüftgelenke, so dass sie ohne seine Hilfe oder einen Gehstock nicht weiter als dreißig Schritte laufen konnten. Sie führten ihren Gelenkverschleiß auf die jahrelange harte Arbeit auf dem Feld oder in den Weinbergen zurück.
Einer von ihnen, ein alter Mann von etwa sechzig Jahren, fiel durch seine intensive gelbe Hautfarbe auf. Keiner wusste, wie der Alte zu dieser eigentümlichen Verfärbung gekommen war. Konrad wollte dies mit seinem Meister besprechen. Barnabas hatte schon öfter solche Patienten mit gelber Haut gesehen und behandelt.
„Alle gelben Menschen, die ich bisher gesehen habe, hatten über viele Jahre bei Weinbauern gearbeitet. Sie hatten alle schon so viel Wein getrunken, dass sie nicht mehr davon lassen konnten. Die gelbe Hautfarbe muss also etwas mit den Trinkgewohnheiten zu tun haben. Das Problem ist nicht einfach lösen. Will man ihnen den Wein entziehen, so verändert sich ihr Wesen. Sie toben, randalieren und berichten von eigentümlichen Erscheinungen. Erst wenn sie wieder einen oder zwei Becher Wein bekommen, werden sie zu ihrer alten Wesensart zurückfinden."
Barnabas geriet ins Grübeln. „Dies ist ein schönes Beispiel, wie genaues Beobachten und exaktes Befragen der Patienten oft die ursächlichen Zusammenhänge von Krankheiten aufdecken können. Wie die gelbe Hautfarbe zustande kommt und ob eines der inneren Organe durch den ständigen Weingenuss geschädigt ist, weiß ich nicht zu sagen. Wenn man das wissen will, müsste man nach dem Tod des Betroffenen eine Leichenöffnung vornehmen und jedes einzelne Organ untersuchen. Selbstverständlich hat das nur einen Sinn, wenn man die Beschaffenheit von gesunden Organen kennt."

Konrad hörte aufmerksam zu und spürte sofort, dass die Sache spannend wurde. Erstmals sprach Barnabas von einer offenbar schweren Krankheit, ohne sofort eine Strafe Gottes anzunehmen.
„Wenn Ihr eine Erkrankung der inneren Organe vermutet, so wäre es doch sehr wichtig zu erfahren, welches dies sei. Eine Untersuchung der Leiche ist doch in solchen Fällen unbedingt notwendig, um für weitere ähnliche Fälle Bescheid zu wissen."
„Da hast du sicher Recht. Allerdings sind Sektionen von menschlichen Leichen seit einem päpstlichen Dekret aus dem Jahre 1302 streng verboten. Papst Bonifaz VIII. hatte damals die Unantastbarkeit des menschlichen Körpers auch nach dem Tod gefordert, weil *der Körper der Tempel des Heiligen Geistes* ist. Diese bereits 200 Jahre alte päpstliche Anweisung ist bis jetzt nicht widerrufen worden und hat noch Gültigkeit."
„Meint Ihr nicht, dass man das ändern sollte, Bruder Barnabas?", wollte Konrad wissen.
„Ja, das stimmt. Aber wie soll das geschehen? Immerhin handelt es sich um ein päpstliches Dekret. Das kann man nicht einfach so unter den Tisch kehren. Allerdings hat vor einigen Jahren Papst Sixtus IV. der Universität Tübingen eine Erlaubnis für Sektionen zum Zwecke des Anatomiestudiums erteilt. Es sollten nur Leichen von Verbrechern verwendet werden. Das ursprüngliche Sektionsverbot ist also etwas gelockert worden."
„Wenn das so ist, müssten die studierten Ärzte doch genau die Beschaffenheit des menschlichen Körpers kennen und das Aussehen von kranken Organen beschreiben können, nicht wahr, Meister ?" bohrte Konrad weiter.
„Leider nicht. Die zum Tode Verurteilten hatten fast immer als letzte Gnade eine normale Bestattung erfleht und auch in den meisten Fällen gewährt bekommen. So ist es bis heute eine absolute Seltenheit, dass anatomische Studien an menschlichen Leichen möglich sind. Bei den meisten deutschen Hochschullehrern besteht diesbezüglich auch noch eine zu große ethische Hemmschwelle. Unabhängig davon glauben diese Professoren, dass die Anatomie eigentlich eine überflüssige Wissenschaft ist, weil sich alle Krankheiten aus der christlichen Lehre erklären lassen. Viel wichtiger als das körperliche Wohl erscheint ihnen die Rettung der Seele; und das ist nur mit Hilfe der Kirche und des Glaubens möglich."
Konrad konnte gar nicht glauben, dass der himmlische Vater das zulassen wollte. Die studierten Ärzte sollten unwissend bleiben? So war ihnen doch ein optimales Helfen nicht möglich. Das Wohl der Menschheit stand auf dem Spiel. Das konnte Gott nicht wollen; da war sich Konrad ganz sicher.

Dem gelben Patienten von der Krankenstation ging es in den letzten Tagen immer schlechter. Man brachte ihm Tees, Essenzen, Tinkturen und zusätzlich Wein. Es wollte alles nichts nutzen; die Kräfte des alten Mannes schwanden

dahin. Am ersten Sonntag im Oktober starb er an völliger Erschöpfung, nachdem er schon zwei Tage nicht mehr ansprechbar gewesen war.
Barnabas bat seinen Famulus Konrad, ihm bei der Leichenwaschung zu helfen.
Das baldige Ableben des schwerkranken Patienten war absehbar gewesen, so dass Barnabas bereits eine schlichte Sargkiste bereitgestellt hatte. Hier hinein wurde der Leichnam auf Stroh gebettet. Der Sarg sollte in der Klosterscheune aufbewahrt bleiben, bis die Beerdigung auf dem Friedhof erfolgen konnte. Dazu musste man zunächst die Angehörigen ausfindig machen und sie informieren. Konrad erhielt den Auftrag, die Beerdigung beim Pfarrer der Kiliankirche zu bestellen.

Die Leiche in den Eiskeller zu schleppen war nicht das größte Problem. Schließlich war Konrad ein ausgesprochen kräftiger Bursche. Besonders schwer war der Verstorbene sowieso nicht. Er hatte ja in den letzten Monaten seines Lebens stark an Gewicht verloren. Vielmehr als vierzig Kilogramm wog er nicht mehr. So konnte ihn Konrad aus dem Sarg herausnehmen und ihn sich über die Schulter legen. Das Leichentuch hatte er oben und unten verknotet, so dass niemand erkennen konnte, was er mitten in der Nacht aus der Scheune über den Kreuzgang in den Eiskeller schleppte.
Der Eiskeller war wie geschaffen für sein abenteuerliches Unternehmen. Die zahlreichen verzweigten Gewölbegänge waren nicht alle genutzt. Einige Räume hatte man wegen Einsturzgefahr verbarrikadiert und zugenagelt. Hier fand Konrad ein ideales Versteck.
Sein eigener Anatomiekeller!
Die Leiche gehörte nur ihm und sollte seinen ganz privaten Studien dienen. Er konnte sich viel Zeit damit lassen, weil eine vorzeitige Verwesung wegen der tiefen Temperaturen nicht zu erwarten war. Mit zwei Sägeböcken und einigen Brettern schaffte er sich einen Seziertisch, auf den der Leichnam gelagert wurde.
Die weit verzweigten Eiskellergänge hatten auch Verbindungsstollen zu Nachbarkellern, die aber größtenteils aus Sicherheitsgründen zugeschüttet waren. Konrad kannte sich dort unten bestens aus. Oft genug war er hinunter geschickt worden, um gelagertes Fleisch, Butter oder Wein zu holen. Bei Aufräumarbeiten hatte er in aller Ruhe die stillgelegten Stollen und Gänge durchwühlen und erforschen können. Einer dieser Gänge führte hinüber in den Keller der Stoebel´schen Metzgerei, die sich direkt hinter der Klostermauer in der Metzgergasse befand. Vom Metzgereikeller konnte man direkt in den Schlachthof gelangen. Natürlich war Konrad auch mit den örtlichen Verhältnissen der Metzgerei vertraut. Mindestens zweimal in der Woche musste er für den Bruder Küchenmeister bestelltes Fleisch und Würste abholen. Die Metzgerfamilie war mittlerweile dem jungen Klosterburschen

freundschaftlich verbunden. Der sonst sehr wachsame Metzgereihund, eine riesige Dogge, hatte sich ihm gegenüber das Bellen längst abgewöhnt. Nicht einmal ein drohendes Knurren war ihm der Bub wert.

Auch in jener Nacht, als Konrad die lange Treppe hinauf in den Schlachthof schlich, gab der Hund keinen Laut von sich. So konnte er sich in aller Ruhe nach einem geeignetem Objekt umsehen, das als Leichenersatz für die Sargkiste taugen konnte.
An einem großen Haken hing ein junges Rind, das wohl am Abend zuvor geschlachtet worden war. Konrad nahm das Rind vom Haken und prüfte auf seinen Armen das Gewicht des Tieres. Es war nur geringfügig schwerer als der Leichnam des Alten.
In seinem Anatomiekeller wickelte er das Leichentuch um das Rind und trug es durch den Klostergarten in die Scheune, wo der Sarg aufgebahrt war. Um in der Nacht nicht zu viel Lärm zu verursachen, beschloss er, den Sargdeckel erst am nächsten Morgen in aller Früh zuzunageln.
Aus Anatomiebüchern, die er in der Bücherei gefunden hatte, wusste Konrad alles über die Schnittführungen bei Leicheneröffnungen. Jetzt war er froh, dass er die hebräische Schrift lesen und übersetzen konnte. Sein jüdischer Lehrer Elias Levita wäre stolz auf ihn gewesen.
Ohne diese Sprachkenntnisse hätte er sich das Grundwissen der Anatomie nicht erwerben können. Auch seine Lateinkenntnisse brauchte er für seine private Sektion. Das wohl wichtigste anatomische Werk stammte von Professor Mondino de Luzzi aus Bologna und war seit 1322 das Standardwerk für die studierten Ärzte. Leider waren von diesem Anatomielehrbuch nur einige wenige Auszüge in der Windsheimer Bibliothek vorhanden.

Erst in den Nachtstunden nach zehn Uhr, wenn die Mönche ihre letzten Gebete, das Kompletorium, verrichtet hatten, war Konrads Zeit gekommen. Jetzt konnte er seine Anatomiestudien beginnen. Er schlich sich heimlich aus seinem Gartenhaus über den Kreuzgang in den Eiskeller. Die Schlüssel dafür hatte er ohnehin längst in Verwahrung, weil er mit zwei anderen Mönchen für die Verwaltung der leicht verderblichen Lebensmittel zuständig war.
So kroch er allabendlich durch die halb verschütteten Gänge in sein verborgenes Gewölbe. Mit zwei Öllampen schaffte er sich ausreichend Licht, um die notwendigen Schnitte und Präparationen an der Leiche durchführen zu können. Das wertvolle Messer, eher ein Dolch, das er vom Grafen von Kostenheim zum Abschied geschenkt bekommen hatte, konnte er nun hervorragend gebrauchen. Es hatte eine sehr scharfe Klinge, so dass er genau und sorgfältig sezieren konnte.
Konrad wählte zur Eröffnung der Leiche einen Kreuzschnitt. Dazu führte er das Messer zunächst vom unteren Rand des Brustbeines bis hinunter zur

Schambeinverbindung, der so genannten Symphyse. Er arbeitete äußerst angespannt mit allen Sinnen und allen Muskeln. Er schwitzte und war über alle Maßen aufgeregt.
Den Querschnitt setzte er unterhalb des Rippenbogens von einer Flanke zu anderen. Mit einer kleinen Säge, die er wie eine Feile handhaben konnte, durchtrennte er das Brustbein in seiner ganzen Länge. Nun konnte er die Brustkorbhälften zu beiden Seiten wie die Türen eines Schreins aufklappen. Ebenso verfuhr er mit der Bauchhaut. Vor ihm lag das Innere eines Menschen.
Voller Erfurcht und beinahe ängstlich trat Konrad einen Schritt zurück und betrachtete sein Werk. Allmählich beschlich ihn eine Furcht, die er nicht näher beschreiben konnte.
Wie reagiert der Allmächtige im Himmel, der alles sieht und dem selbstverständlich auch diese nächtliche Leichenschändung nicht verborgen blieb? Wird er nicht möglicherweise mit furchtbarer Strafe einschreiten?
Als wollte er einen Fingerzeig Gottes abwarten, stand Konrad wie versteinert neben dem Sektionstisch. Es war wohl gut eine Stunde vergangen. Konrads Aufregung war weitgehend gewichen und normales klares Denken war wieder möglich. Eine Strafe Gottes war ausgeblieben.
Konrad war jetzt in der Lage, einen genaueren Blick auf die inneren Organe zu riskieren. Das Herz hatte er sich fast so vorgestellt. In den Büchern war übereinstimmend von einer länglichen, leicht ovalen Form berichtet worden. Ganz genauso fand er es jetzt vor. Die Lungen hatten eine bläulich-schwarze Farbe und fühlten sich wie ein blasiger Schwamm an. Das Gedärm lag in zahlreichen Kurven und Windungen im Bauchraum. Ein teils zerrissenes und durchlöchertes Bauchfell hielt die Darmschlingen zusammen. Die Leber im rechten Oberbauch hatte sich Konrad wesentlich größer vorgestellt. Bis unterhalb des rechten Rippenbogens wäre normalerweise ihre Ausdehnung. So stand es geschrieben. Hier jedoch war die Leber klein und sah aus wie ein gelber Käse.
Die alten Anatomen hatten aber eine rosig-rote Farbe angegeben.
Hatte hier eine Krankheit das Organ verändert? Wozu dient die Leber? Was macht die Milz und die Niere?
Zu viele Fragen, die Konrad in dieser Nacht nicht mehr überdenken konnte. Er deckte die Leiche sorgfältig zu, löschte die Lampen und kroch aus seinem Versteck. Es muss wohl deutlich nach Mitternacht gewesen sein, als er todmüde in sein Bett fiel.

Selbstverständlich war der Diebstahl des geschlachteten Rindes am nächsten Morgen sofort aufgefallen. Der Metzger wunderte sich, dass der Hund nicht wie sonst angeschlagen hatte. Hier muss ein ausgesprochen raffinierter Dieb am Werk gewesen sein. Schnell hatte man die Schuldigen herausgefunden.

Wenn auch keine eindeutigen Beweise vorgelegen hatten, so kamen nur die Juden in Frage. Ihnen war alles zuzutrauen.

In Windsheim lebten drei jüdische Familien, die in zwei benachbarten Häusern wohnten. Niemand wusste Genaueres über sie, womit sie ihr Geld verdienten oder wie sie lebten. Über ausreichend Geld schienen sie auf jeden Fall zu verfügen, konnten sie doch an andere Windsheimer Geld verleihen. Einer dieser Schuldner war das ehrenwerte Ratsmitglied Nikolaus Fercht.

Meister Fercht besaß eine Gerberei, die wegen ausgebliebener Aufträge nicht gerade besonders gut da stand. Fercht war sehr froh, dass ihm der Jude Jonathan Goldmund finanziell über eine längere Durststrecke hinweg geholfen hatte. Die hohen Zinsen beglich er zwar immer pünktlich, hatte zuhause jedoch nie mit Verfluchungen und übelsten Beschimpfungen über die jüdischen Blutsauger gespart.

Die Juden waren schon lange mit Argwohn beobachtet worden. Und das war nicht nur in Windsheim so. Waren sie nicht auch für den erneuten Ausbruch der Pest im Süden des Reiches verantwortlich gewesen? Wie eine riesige Woge des Meeres schwappte die Pestwelle übers Land. Zuletzt gab es Meldungen von Pesttoten in Mergentheim, Dinkelsbühl und Hall. Die Juden sollen angeblich dort die Brunnen vergiftet haben. Und jetzt dieser dreiste Diebstahl. Vermutlich hatten sie mit einem geheimen Zauber den sonst sehr wachsamen Fleischerhund ausgeschaltet.

Nikolaus Fercht war sehr froh, dass zufällig in der folgenden Woche eine Stadtratssitzung angesetzt war. Unbedingt wollte er dann das Problem mit den Juden ansprechen und ließ es auf die Tagesordnung setzen.

Die 13 Ratsmitglieder des maßgeblichen Inneren Rates waren vollzählig versammelt. Als fachkundigen Berater hatte man den Stadtpfarrer Johann Nesterl einbestellt.

Bürgermeister Burkard Diemer eröffnete die Sitzung: „Wir wollen zuerst unseren Herrn Pfarrer nach seine Meinung zum Judendiebstahl befragen.“ Zum Pfarrer gewandt: „Könnt Ihr Euch vorstellen, dass die Juden den Metzger bestohlen haben?“

„Ehrenwerter Rat der Stadt Windsheim. Im vorliegenden Falle gibt es wohl keine eindeutigen Beweise der Täterschaft. Normalerweise hilft da die peinliche Befragung weiter. Man müsste ein Gottesurteil verlangen. Zum Beispiel soll man den Verdächtigen in einem Käfig unter Wasser tauchen. Ist er nach einer Viertelstunde noch am Leben, wäre er als unschuldig zu entlassen.

Nur, hoher Rat, mir ist nicht bekannt, dass ein Gottesurteil bei Juden aussagefähig ist. Leugnen sie doch die Existenz unseres Erlösers Jesus Christus. Viel schlimmer: Sie haben unseren Heiland getötet und sind deshalb als Gottlose auf immer verdammt. Somit sind sie fähig zur Lüge, zum Diebstahl und sogar zum Mord. Die jüdischen Ritualmorde in Trient und in Tirol vor einigen Jahren bleiben uns unvergessen.“

„Ja, ja. Das Anderl von Tirol", lenkte der Bürgermeister ein. „Wer sagt uns denn, ob das alles nicht doch nur Gerüchte sind?"
„Und wenn nur ein Zehntel davon wahr wäre, genügt das schon." Der Pfarrer war bekannt dafür, dass er die Juden nicht besonders mochte.
Als nächster wurde der Ratsherr Fercht um seine Stellungnahme gebeten. „Hochverehrte Ratsmitglieder", begann er würdevoll, „seit vielen Jahrhunderten wohnen im ganzen Reich Juden unter uns und werden trotz ihres anderen Glaubens bei uns geduldet. Sie haben eine andere Sprache, andere Festtage, andere Essgewohnheiten und fremde Riten. Obwohl jeder weiß, dass der Wucherzins eine Todsünde ist, kümmern sich die Juden nicht darum. Niemandem ist genau bekannt, wie viele Windsheimer Bürger sich in ihrem finanziellen Würgegriff befinden. In anderen Städten herrschten einst ähnliche Verhältnisse. So zum Beispiel in der Erfurter Bürgerschaft. Damals hatte der Mainzer Erzbischof sogar zum Mord an den Juden aufgerufen. Eine Sünde kann es also nicht sein, wenn wir ebenso verfahren. Allerdings würde es schon genügen, die Windsheimer Juden für immer aus der Stadt zu weisen. Ich stelle hiermit den Antrag, über diesen Vorschlag abzustimmen."
Ein allgemeines Raunen ging durch den Saal. Einige Ratsherren schauten sich Hilfe suchend zum Bürgermeister und auch zum Pfarrer um, ob nicht von ihrem Munde eine Hilfestellung zu erwarten wäre. Der Pfarrer erkannte die Situation als erster und lenkte ein: „Der Rat der Stadt muss ja nicht unbedingt die Ausweisung anordnen. Sicher wird es ausreichend sein, wenn der Rat die Vertreibung lediglich duldet und nicht mit Ordnungsgewalt einschreitet. Die Bürgerschaft wird dieses kleine Problem sicher selbst lösen können. Ich werde beim nächsten Sonntagsgottesdienst von der Kanzel die Notwendigkeit zur Vertreibung der Juden verkünden."
Noch am Montag nach dem Gottesdienst in der Kiliankirche konnte man einen kleineren Tumult in der Judengasse hören. Binnen dreier Tage waren die drei jüdischen Familien aus der Stadt in Richtung Nürnberg abgereist.

Konrad konnte einige Nächte nicht schlafen. Er wälzte sich in seinem Bett von einer Seite auf die andere. Das schlechte Gewissen quälte ihn zu sehr. Und was viel schlimmer war, er konnte sich mit seinem Kummer an niemanden wenden. Unschuldige Bürger dieser Stadt mussten wegen seiner Schandtaten ihre Heimat verlassen. Am liebsten wäre er vor Scham im Boden versunken.
Ungeachtet der Ausweisung der jüdischen Familien aus der Stadt kam Elias Levita weiterhin zum Unterricht ins Augustinerkloster. Er benutzte vorsichtshalber nicht das große Stadttor im Osten. Der sicherere Weg schien ihm durch eine kleine Seitentür neben dem Pulverturm zu sein. Auf seinen Spitzhut verzichtete er jedoch nicht. Ihn zu tragen war für jeden Juden Pflicht, ge-

gen die er nicht verstoßen wollte. Nach dem Hebräischunterricht hatte Konrad Gelegenheit, sich mit seinem Lehrer zu unterhalten:
„Meister Levita, glaubt Ihr, dass das Rind von den Juden gestohlen wurde? Hätte es nicht auch jemand anderes gewesen sein können?"
„Du hast Recht, mein treuer Schüler. Es ist sogar höchstwahrscheinlich, dass es jemand anderes war. Die Windsheimer Juden sind mir persönlich bekannt. Das sind sehr gläubige und intellektuelle Juden. Als solche hätten sie niemals unkoscheres Fleisch gegessen. Der Metzger Stoebel schlachtet jedoch nicht nach den Riten der Juden. Als Diebe des verlorenen Rindes kommen sie also nicht in Frage. Es ging dem Rat der Stadt und der Bevölkerung auch nur vordergründig um das gestohlene Schlachttier. Hier ging es um etwas ganz anderes."
„Was denkt Ihr, Meister, ist der wahre Grund für die Judenvertreibung?"
„Für viele Christen sind Juden fremd und unheimlich. Das war auch schon früher so. Ich darf nur erinnern an die Judenverfolgung durch die Römer und später immer wieder überall auf der Welt. Ende des vierten Jahrhunderts nach Christi Geburt wurden in Alexandrien 40 000 Juden ermordet. Den Befehl dazu gab der Patriarch von Alexandrien, also ein christlicher Bischof.
Seit 1096 wurden auf Geheiß des Papstes insgesamt sieben Kreuzzüge organisiert, um das damals von den Osmanen besetzte Jerusalem zu erobern. Das heilige Grab Jesu und andere Wirkstätten seines Lebens sollten für die gläubigen Christen aus dem Abendland frei zugänglich sein. Diese gewaltigen Kriegszüge wurden in Frankreich, Flandern und Deutschland organisiert und begonnen. Bei der Gelegenheit sind in diesen Ländern, besonders in Frankreich, Deutschland und Böhmen Tausende von Juden umgebracht worden.
Weitere Beispiele gäbe es genug. In jüngster Zeit werden in Spanien unter der Herrschaft von Isabella die Mauren und die Juden verfolgt. Handlanger für dieses grauenvolle Verbrechen ist die Inquisition unter der Führung des Dominikaners Thomas de Thorquemada. Papst Innozenz VIII. billigte das Vorhaben.
In England lebt seit 1290 nach 100 Jahren der Verfolgung kein Jude mehr.
Als Motiv für diesen Völkermord muss man wohl Rachegedanken vermuten. Wie ist dieser Hass zu erklären? Was wirft man den Juden vor? Sie hätten das Leiden Christi verursacht? Wenn es tatsächlich so gewesen wäre, so waren es doch allenfalls ein halbes Dutzend der jüdischen Führer, die schuldig wären, und nicht das gesamte jüdische Volk. Und bedenke nur, wie lange ist es her? Zumindest den denkenden Menschen, denen mit den höheren Ansprüchen, sollte klar sein, dass es eine Kollektivschuld und eine Erbschuld nicht gibt.

Was sind nun die Gründe für diese Verachtung des Judentums? Da gibt es mehrere. Religiöse und gesellschaftliche Unterschiede sind wohl die wichtigsten. Der Hauptgrund der Windsheimer Judenverfolgung dürfte die Verschuldung einiger Ratsherren sein. Aber das ist nicht nur hier in Windsheim so, in anderen Städten sieht es nicht anders aus."
Elias Levita lehnte sich in seinen Stuhl zurück und atmete tief durch. Er hatte Tränen in den Augen. Das traurige Gesicht hatte eigentlich noch viel zu sagen, aber er schien zu resignieren: „Unser armes geschundenes Volk. Was hat Gott, der Ewige, noch mit uns vor?"
Konrad kam der Vortrag seines Lehrers wie die Absolution von allen seinen Sünden vor. Zu gerne wäre er auf die Knie gefallen und hätte ihm in tiefer Dankbarkeit die Füße geküsst. Sein schlechtes Gewissen war beruhigt. Die Erleichterung darüber ließ ihn die Verzweiflung seines Lehrers kaum erkennen.

Im Eiskeller drängte unterdessen die Zeit. Der eröffnete Leichnam veränderte seine Farbe. Das Muskelgewebe war jetzt grau statt rot. Trotz der Eiskühlung verbreitete sich im Kellergewölbe allmählich ein penetranter übler Geruch. Wenn Konrads Geheimnis nicht auffliegen sollte, musste er sich beeilen. Er setzte sich selbst eine Frist von 24 Stunden. Bis dahin musste er seine Studien beendet und die Leichenreste vollständig beseitigt haben.
Eigentlich war Konrad über einen groben anatomischen Überblick nicht hinaus gekommen. Er hatte zwar die großen Organe erkannt und genau studiert, über deren Funktionsweise konnte er allerdings nichts wissen. Auch die vielen großen und kleinen Blutadern wusste er nicht zu benennen oder zuzuordnen. Den Darm hatte er unterhalb des Magens und direkt hinter der Blase abgetrennt und mit dem Darmgekröse herausgenommen. Nach genauer Inspektion hatte er tatsächlich den Wurmfortsatz des Dickdarmes entdeckt. Fast hätte er ihn nicht gefunden, weil das darüber befindliche Bauchnetz mit dem Blinddarm schwielig verklebt und vernarbt war. Vermutlich war zu Lebzeiten eine Blinddarmentzündung abgelaufen.
Die Blase war gut zu untersuchen. Die von oben herunterführenden Harnleiter waren zwar sehr dünn und zart, konnten aber in ihrem Verlauf gut verfolgt werden. Die Nieren hatte der Junganatom nicht gefunden.
Weil die Zeit drängte, steckte er das Gedärm wieder in die leere Bauchhöhle. Mit Bindfäden vernähte er die Haut von Brustkorb und Leib, so dass die Leiche wieder vollständig schien. Die anatomischen Studien an dieser Leiche waren beendet.
Konrad war mit sich außerordentlich zufrieden. Er hatte sich sehr viele Skizzen und Aufzeichnungen gemacht, die er noch mit Beschreibungen aus den Anatomiebüchern vervollständigen wollte. In einem derben Jutesack schleppte er den Leichnam aus dem Eiskeller nach oben und versteckte ihn

in einer verborgenen Ecke der Scheune. Am nächsten Morgen fuhr Konrad seine Leiche mit einem Handwagen durch das östliche Seetor zur Stadt hinaus. Außerhalb der Stadtmauern befand sich ein Siechenheim für Leprakranke, das Leprosenhaus. Dahinter war ein kleiner Friedhof eingerichtet, auf dem die Seuchentoten begraben wurden. Hier fand auch Konrads Anatomieleiche seine letzte Ruhestätte. Der Seuchenfriedhof wurde aus Angst vor Ansteckung von jedermann gemieden. Konrad konnte also in aller Ruhe und unbeobachtet die Bestattung vornehmen. Sogar ein passendes Gebet war ihm eingefallen.

Den Erdhügel schmückte er mit Blumen und einem schlichten Kreuz:

Requiescat in pace extra mures.

Ein Kreuz mit Namensschild konnte er nicht aufstecken. Der Name des Alten war bereits mitsamt dem gestohlenen Rind zwei Wochen zuvor beerdigt worden. Der Pfarrer selbst hatte die feierliche Aussegnung vorgenommen.

Nur einige Wochen später, im Oktober, zwischen dem 18. und 19. Sonntag nach Trinitatis, mehrten sich die Meldungen über eine neue Pestwelle, die sich von Südwesten unaufhaltsam nach Nordosten wälzte. Panische Angst ergriff jeden in den benachbarten Städten. Auch in Windsheim ging die Furcht um, ließ niemanden zur Ruhe kommen und lähmte die ganze Stadt. Die Kirchen waren täglich überfüllt mit Windsheimer Bürgern. Ein jeder betete inbrünstig um Vergebung seiner Sünden und Verschonung von der Seuche. Zuständig waren die Schutzheiligen Rochus und Sebastian. Niemand ging auf die Straßen, wenn er nicht unbedingt musste. Es war unheimlich in den gespenstisch leeren Straßen. Der schwarze Tod hatte sich angesagt.

Insbesondere nach Sonnenuntergang waren alle Häuser verschlossen. Die Fensterläden wurden verriegelt und die Türen mit Brettern zusätzlich gesichert. Die Nachtluft durfte nicht ins Haus gelangen, weil sonst die Ansteckungsgefahr besonders groß war. Die Wohnräume wurden mit allerlei Räucherwerk verqualmt, um dem Übelgeruch, dem Miasma, keine Gelegenheit zur Ausbreitung zu bieten.

Kampfer sollte in jedem Haushalt vorrätig gehalten werden. Dazu stand in jeder Stube ein Fläschchen Kampfer-Weingeist-Lösung, aus dem man stündlich die austretenden Kampferdämpfe inhalieren sollte.

Die Innen- und Außenwände der Häuser wurden mit Essig bespritzt, um etwaige Pestdünste unschädlich zu machen. In der Apotheke wurden Rufus-Pillen auf Vorrat hergestellt. Diese Pestpillen bestanden aus Aloe, Ammoniak, Thymian und Kampfer. Der Stadtmedicus Dr. Kolbenschlag gab dem Apothecarius die genauen Anweisungen dazu. Dem Theriak, einem Gebräu aus 50 verschiedenen Einzelstoffen, wurde ebenfalls eine gute Wirkung gegen die Pest zugesagt. Allerdings konnte man den Theriak nicht vorrätig halten, weil er immer im Bedarfsfall frisch zubereiten musste. Als besonders wirksam galt der Theriak, der auch geriebenes Schlangenfleisch enthielt.

Die übliche Behandlung von Pestbeulen sah ein Ausschneiden und Auslöffeln der Eiterbeulen vor. Anschließend sollte man getrocknete Kröten auflegen. Dr. Kolbenschlag ordnete deshalb an, dass eine ausreichende Menge Kröten zu trocknen sei. In jeder Familie sollten mindestens fünf Kröten vorrätig gehalten werden.
Es war die letzte Anweisung, die Dr. Kolbenschlag gab. Noch am nächsten Tag zog er mit einem Tross von etwa zehn reichen Familien aus der Stadt in Richtung Norden. Man wollte sich auf dem Lande auf einsamen Gutshöfen verstecken. Dort hoffte man vor der Pest sicher zu sein.
Der Rat der Stadt war längst nicht mehr vollzählig. Mehr als die Hälfte hatte schon vor Tagen die Flucht ergriffen. Die verbliebenen acht Stadträte verfügten einen Ausbau des Siechenheimes außerhalb der Stadt, das eigentlich für die Leprakranken gedacht war. Man stellte in aller Eile einige Pfosten auf und errichtete ein notdürftiges Dach darüber. So war für etwa sechzig bis siebzig Kranke eine behelfsmäßige Unterkunft geschaffen.
Im Augustinerkloster herrschte auch nervöse Hektik. Die Fenster und Türen wurden gesichert, Vorräte aufgefüllt und intensiver gebetet. Täglich ermahnte der Prior die Mönche zur Sauberkeit und Körperhygiene. Vor dem Miasma fürchtete er sich am meisten.
Bader Hanns Fulster hatte nicht vor, die Stadt zu verlassen. Er wollte zwar auf der Hut sein, aber er war fest entschlossen, mit allen Kräften gegen den schwarzen Tod anzukämpfen. Dazu brauchte er einen unerschrockenen Gehilfen. Sein bisheriger Famulus war bereits als einer der ersten zu Verwandten aufs Land geflüchtet.
Konrad musste nicht lange nachdenken, als ihn der Bader um Mithilfe bat:
„Ich brauche einen neuen Gehilfen. Er muss stark sein, er darf nicht ängstlich sein und er muss ein großes Herz für kranke Menschen haben. Willst du mir zur Seite stehen, wenn wir eine sehr harte Zeit haben werden?"
„Ich werde Euch ein treuer Diener sein. Vor der schwarzen Beulenkrankheit fürchte ich mich nicht. So schlimm wird es schon nicht werden. Selbst wenn wir an der Pest erkranken sollten, haben wir noch eine Chance. In den Büchern steht, dass von Hundert Pestkranken durchschnittlich fünfundzwanzig überleben. Es stirbt also nicht jeder."
Zunächst war Konrad noch mit ganz normalen Krankheitsfällen beschäftigt. Da gab es faule Zähne zu ziehen, Knochenbrüche zu richten und zu schienen. Eiterbeulen mussten eröffnet werden. Selbst den Grauen Star zu stechen beherrschte der Bader. Konrad war ihm in allen Dingen ein beflissener und geschickter Gehilfe.

Früh morgens, wenn Konrad in seinem Kräutergarten die von ihm erwarteten Arbeiten erledigt hatte, ging er hinüber in die Metzgergasse zu seinem neuen Meister. Dort half er, die große Zahl von Patienten zu betreuen, zu waschen und für die anstehenden chirurgischen Kleineingriffe vorzubereiten. Bruder Barnabas sah es mit einem gewissen Stolz. Schließlich war es sein Schützling, der jetzt ein gefragter Gehilfe des Baders geworden ist.
Natürlich wusste Barnabas, dass der Beruf des Baders und des Chirurgicus ein niederer Beruf war. Seit Papst Bonifaz VIII. allen Mönchen das mit Blutvergießen verbundene Führen eines Messers verboten hatte, wurde das Operieren als unehrenhafte Tätigkeit angesehen. Selbst wenn es ein dringender medizinischer Eingriff gewesen wäre, hätte sich nichts daran geändert; es wäre eine niedere Arbeit gewesen. Messerführende Berufe wie die des Baders, Barbiers oder Chirurgicus galten deshalb als unehrenhaft. Die Operateure wurden oft mit den Henkern und Totengräbern gleichgestellt und entsprechend gesellschaftlich eingestuft.
Für Barnabas und erst recht für Konrad galt das alles nicht. Bader Fulster hatte durch sein umfangreiches Wissen und handwerkliches Geschick schon sehr vielen Menschen helfen können. Es war ihm auf diese Weise gelungen, ein positives Berufsbild aufzubauen. Es gab viele Windsheimer Bürger, die ihm Dankbarkeit schuldig waren.
In den Mittagspausen ging Konrad hinüber ins Kloster, um gemeinsam mit Barnabas im Nebenraum der Küche zu essen. Bruder Severin, der Koch, sah es gar nicht gern, dass Barnabas sich so intensiv und nahezu väterlich um den Klosterbuben kümmerte. Jetzt, seit Konrad nur noch selten im Kloster war und statt dessen niedere chirurgische Arbeiten verrichtete, wollte er ihm am liebsten gar kein Essen mehr geben. Im Beisein von Barnabas getraute er sich jedoch nicht, dem ungeliebten Famulus seinen Teller nicht zu füllen.
Manchmal verlangte Severin, dass Konrad in der Küche helfe. Die Töpfe mussten glänzen und blitzen. Wehe, wenn nur der geringste Fleck zu sehen war. Bruder Severin konnte teufelswild werden und Schreianfälle bekommen. Nicht selten schlug er um sich.
Insgeheim verfluchte Konrad diesen unbeherrschten und boshaften Menschen. Gerade die oft ungerechte Behandlung verletzte ihn zu tiefst. Heimlich wünschte er ihm viel Pech und Missgeschick.

„Wenn du Patienten behandelst, die an ansteckenden Krankheiten leiden, wirst du vermutlich nicht mehr im Kloster bleiben können“, gab Barnabas zu bedenken. „Ich muss dir und dem Bader sehr hoch anrechnen, dass ihr hier bleibt und nicht wie der Stadtmedicus aufs Land flieht. Wer sollte sich sonst um die Kranken kümmern? Wenn der schwarze Tod tatsächlich in unserer Stadt Einzug hält, wird es allerdings gefährlich. Der Prior wird dann sicher

nicht mehr gestatten, dass du weiter im Kloster wohnen darfst. Halte dich bitte fern von den Pestkranken."
„Lieber Bruder Barnabas, ich habe Euch viel zu verdanken und würde Euch sicher nicht widersprechen. Aber wenn die Pest ausbricht, werden der Bader und ich gebraucht. Niemals würde ich die Hilfesuchenden im Stich lassen. Gott der Herr wird mich beschützen. Spes mea in deo est – meine Hoffnung liegt in Gott."
Barnabas wusste, dass Konrad nicht umzustimmen war. „Ich werde für Euch beide beten und glaube, dass Gott auf eurer Seite steht."
Anfang Dezember, zwei Tage nach dem ersten Advent, war es soweit. Es herrschte allgemeine Aufregung in der Stadt. Einer der Bürger hatte über auffällig viele tote Mäuse und Ratten berichtet. Dies war schon immer ein untrügliches Zeichen für das Anrücken der Pest. Konrad überzeugte sich selbst. Die Gassen und Straßen waren tatsächlich regelrecht übersät mit toten Nagern. Es mögen wohl Hunderte gewesen sein. Überall furchtbarer Gestank, Morast, Abfall und Kloake in den Straßen. Zwischen den Kadavern der Nager sprangen die noch lebenden Ratten und suchten in dem Dreck und Abfall nach Fressbarem. Streuende Hunde und Katzen schlichen umher und verjagten vielleicht die eine oder andere Ratte. Die anderen hundert blieben davon unbeeindruckt.
Die Menschen hatten sich in ihren Häusern verbarrikadiert und ließen niemanden hinein. Aus den Ritzen der Fenster stiegen feine Rauchfahnen zum Himmel. Es roch nach verbranntem Wacholder und Kräutern. Jede Stube wurde ausgeräuchert.
„Meister Fulster, wir werden viel Arbeit bekommen. Die Pest ist da. Ich habe große schwarze Ratten gesehen. Ratten, die es bei uns normalerweise nicht gibt. Viele von ihnen sind bereits tot."
Konrad war eiligst zu seinem Bader gestürzt, um ihm die unheilvolle Nachricht zu überbringen.
„Wir müssen doch etwas unternehmen?"
„Nein, wir können nur abwarten." Der Bader schien ruhig und gelassen. „Allerdings wird es jetzt höchste Zeit, dass wir unsere Schutzkleidung anziehen.
Wann immer du das Haus verlässt, solltest du die Vogelmaske mit dem langen schnabelartigem Nasenvorsatz und den zwei Augenschlitzen aufsetzen und den weiten schwarzen Kittel tragen."
„Was denkt Ihr, Meister, woher kommt die Pest? Wer hat die Schuld am Massensterben?"
„Es wird behauptet, dass die Pest eine von Gott gesandte Strafe sei. Das glaube ich nicht. Es muss etwas mit der Luft zu tun haben, die aus Erdritzen nach oben tritt. Sie ist verunreinigt, verseucht und befleckt. Wenn das stimmt, dann hat eher der Teufel seine Hände im Spiel.

Du weißt, dass diese krankmachende Luft auch das Miasma genannt wird. Miasma kann auch andere Seuchen verursachen. Vielleicht verstreuen die Krankheiten einen noch nicht bekannten Samen in ihrer Umgebung, so dass alle Menschen, die sich in unmittelbarer Nähe der Kranken aufhalten, angesteckt werden können. Auf jeden Fall zieht mit der Seuche ein Geheimnis durch die Lande, das die schlauen gelehrten Mediziner bis heute noch nicht enträtselt haben."

Hanns Fulster machte ein resigniertes Gesicht. Zu gerne hätte er mehr über die unheimliche Krankheit gewusst.

„Meister Fulster, wie wollen die Medici das Geheimnis lüften, wenn sie vor der Krankheit fliehen? Außerdem ist es doch nicht gerade sehr christlich, wenn sie die Kranken in ihrem Elend allein lassen." Konrad konnte nicht verstehen, dass Ärzte ihre Patienten im Stich lassen.

„Die studierten Ärzte, unsere Herren Medici, sind eigentlich mehr Theoretiker, die sich vornehmlich um die Beschreibung einer Krankheit kümmern. Außerdem sind sie zuständig für die Erarbeitung eines Therapieplanes. Die Zusammenstellung von Rezepturen gehört zu ihren Aufgaben. Der Apotheker erstellt nach Angaben der Medici die Arznei. Eine körperliche Untersuchung des Kranken oder die Behandlung von Verletzungen ist nicht ihre Arbeit. Darum kümmern sich die Chirurgen, Bader und Barbiere. Die eigentliche Pflege des Kranken ist unsere Aufgabe. Wenn unser Ansehen auch deutlich geringer ist als das der studierten Ärzte, so sind wir für die Patienten doch von größerem Nutzen. Aus diesem Grunde dürfen wir nicht auch noch das Feld verlassen und unser Heil in der Flucht suchen. Wir trotzen dem großen Sterben und werden alles tun, um den einen oder anderen vor dem sicheren Tod zu bewahren. Wir haben unsere Chancen. Gott möge uns helfen."

Am nächsten Tag kehrte Konrad vor dem Haus des Baders den Unrat von der Straße. Kein Passant hätte sonst die Straße überqueren können. Etwa zwanzig tote Ratten sammelte er ein. Dabei bemerkte er etwas Merkwürdiges. Alle Tierkadaver waren von Ungeziefer befallen. Eine Unmenge von Flöhen hatte sich in ihren Fellen verbissen. Diese Flöhe waren noch sehr lebendig und sprangen munter in die Luft. Konrad musste aufpassen, dass ihn keines der flinken Gesellen erwischte.

Viele von ihnen waren mit Blut so satt gesogen, dass sie träge waren und sich leicht einfangen ließen. Vom Bader hatte er ein kleines Glas bekommen, in das er etwa ein Dutzend Flöhe einsammelte. Das Glas verschloss er mit einer Schweinsblase und nahm es mit nach Hause. Er wollte die Parasiten mit starken Brillengläsern genau betrachten, ob er nicht etwas Besonderes an ihnen entdecken konnte. Aber sie sahen nicht anders aus als ganz normale Flöhe. Seine wissenschaftliche Neugier konnten sie leider nicht befriedigen.

Für einen Schabernack waren die Flöhe allemal noch gut. So kam Konrad auf die Idee, die lästigen Quälgeister seinem Intimfeind, dem Klosterkoch zu übereignen. Noch am Abend, während die Mönche sich zur Vesperandacht in ihrer Kirche versammelten, schlich er sich in das Dormitorium im Konventhaus. In der Schlafkammer des Bruders Severin entleerte er das Glas mit den Flöhen unter die Bettdecke. Mit klammheimlicher Freude stellte er sich das Geschrei und Gezeter des ungeliebten Kochs vor.

Am dritten Advent war der erste Windsheimer Bürger gestorben. Eine alte Bäuerin war plötzlich von innerer Hitze ergriffen und binnen zwei Tagen schwach und hinfällig geworden. In beiden Leisten und unter der Achsel hatten sich schmerzhafte Beulen gebildet. Bevor man Hilfe holen konnte, war sie auf ihrem Lager eingeschlafen. In aller Eile brachte man sie aus der Stadt heraus und begrub sie auf dem Friedhof neben dem Siechenheim. Nur einen Tag später standen zwölf Pestkranke vor der Tür des Baders. Der hatte angeordnet, dass alle Pestverdächtigen in einem gesonderten Raum zu untersuchen und zu behandeln waren. Sie sollten nicht mit anderen Kranken in Kontakt treten. Er war sich nicht sicher, ob die Krankheit nicht doch von einem Menschen auf den anderen übertreten könnte. Einer nach dem anderen wurde gründlich untersucht.
Jeder hatte in den Leisten, unter den Schulterachseln und am Hals große Eiterbeulen. Einige dieser Beulen waren so groß wie Äpfel. Wenn man auf die Beulen drückte, gaben die Patienten heftige Schmerzen an. Alle Kranken hatten Fieber und waren deutlich geschwächt. Die Haut des Rumpfes, der Arme und Beine hatte zahlreiche Blutergüsse, die sich innerhalb von einigen Stunden schwarz verfärbten. Die Eiterbeulen und die schwarzen Hautflecken entstellten die Kranken. Sie waren dem schwarzen Tod geweiht und hatten höchstens noch eine Woche zu leben. Allerdings gab es Ausnahmen. Täglich waren es ein oder zwei Patienten, bei denen die Hautflecken allmählich verschwanden, das hohe Fieber rückläufig war und das Wohlbefinden zurückkehrte.

Bader Fulster gab seine Anweisungen:
„Wir müssen jede Eiterbeule einschneiden und den Eiter auslöffeln. Der Eiter darf auf keinen Fall nach innen in den Körper hineinwandern, sondern muss nach außen ablaufen können. Auf die eröffneten Beulen sollen die Kranken für einige Stunden getrocknete Kröten auflegen. Gegen das Fieber sollen kalte Wadenwickel angelegt werden. Außerdem muss Kräutertee aus Spitzwegerich und Himbeerblättern gegeben werden. Jeder Pestkranke soll außerhalb der Stadt in das Leprosenheim eingeliefert werden. Die Gefahr für die noch gesunden Mitbürger ist zu groß."

Nachdem die zwölf Patienten versorgt waren, führte sie Konrad gemeinsam durch das Seetor zur Stadt hinaus. Es war ein jammervoller, trauriger Anblick, wie die schaurige Gruppe durch die Straßen schlich. Voran ging Konrad in seiner Pestarztkleidung. In dem weiten schwarzen Umhang und der Pestmaske sah er aus wie ein großer Rabenvogel mit übergroßem Schnabel. Er lieferte die Kranken im Leprosenheim ab, wo sich Ordensschwestern um sie kümmerten. Nach drei Tagen lebte nur noch einer der Patienten, der sich erstaunlich gut erholt hatte.

Täglich kamen neue Pestkranke hinzu. Mal waren es nur zwei oder drei, meistens jedoch mehr. An einem Tag waren es sogar 38 neue Pestkranke. Alle hatten ihre Leisten- und Achselbeulen und das hohe Fieber. Konrad war noch etwas aufgefallen, was ihm von Bedeutung schien: Jeder hatte Flöhe.

Freilich waren die meisten Patienten aus eher ärmlichen Verhältnissen, bei denen Läuse oder Flöhe nicht unbedingt etwas Besonderes gewesen wären. Aber die wenigen wohlhabenden Bürger, die von der Pest befallen waren, hatten ebenfalls Flöhe. Darüber wunderte sich Konrad besonders.

Zwei Tage vor Weihnachten kam ein ganz besonderer Patient zur Aufnahme in das Leprosenheim. Es war der Klosterkoch Bruder Severin. Auch er hatte am ganzen Körper Flöhe. Er bot ein Bild des Jammers. Die Beulen in den Leisten und an den Oberarmen waren derb angeschwollen. Besonders groß waren die Beulen am Hals. Severin war so geschwächt, dass er kaum noch selbstständig laufen oder stehen konnte. Er lag auf einer Strohmatte im hohen Fieber. Das Gesicht war von Todesangst gezeichnet. Konrad erkannte ihn sofort, und ihn überkam ein ehrliches Mitgefühl mit der armen Kreatur. Seine Haut war kaltschweißig und seine Stirn überhitzt. Der Körper des Geplagten war übersäht mit Flöhen. Sein Schabernack war gelungen. Dass der Allmächtige ihm zusätzlich die Pest schickte, hatte Konrad ihm nicht gewünscht. Voller Mitleid gelobte er, alles Erdenkliche zu tun, um das Leben des Klosterkochs zu retten.

Konrad zog es vor, sich zunächst nicht zu erkennen zu geben und behielt seine Kutte, die Vogelmaske und seinen flachen Hut auf.

„Bruder, sei's gedankt, dass du mir helfen willst. Der Herr im Himmel soll's dir vergelten. Allein, ich glaube, dass die Mühe vergebens ist. Mein Körper ist geschwächt und beinahe schon im Jenseits." Die Stimme des Kranken war kaum noch wahrnehmbar und glich einem heiseren Gekrächze.

„Wer sich aufgibt, hat verloren. Du hast eine Chance, wenn sie auch nur sehr klein ist. Wir wollen sie nutzen. Du wirst viel Kraft brauchen."

In diesem Moment hatte ihn Severin an der Stimme erkannt. „Bist du es, Bruder Konrad?"

„Ich bin nicht dein Bruder. Du selbst warst es, der mich immer wieder daran erinnert hatte. Dennoch sind wir alle Brüder in unserem Glauben und vor unserem Herrn. Deshalb werde ich dir helfen und nicht eher ruhen, bis du wieder für uns kochen kannst."

Noch am gleichen Abend kehrte Konrad mit dem Operationsbesteck des Baders in das Siechenheim an die Bettstatt des Augustinerkochs zurück. Mit schon eingeübten Handgriffen bereitete er alles Notwendige für den schmerzhaften Eingriff an dem Todkranken vor. Zwei saubere Operationsmesser, eine Schere, einen Kürrettagelöffel und ein Dutzend Leinentücher. Konrad legte sich alles auf dem Tisch zurecht.
Der Kranke wurde vollständig entkleidet und die Eiterbeulen mit Branntwein abgewaschen. Die Haut über den Beulen war dunkelrot gefärbt und gespannt, der gelbe Eiter schimmerte durch die dünne Haut hindurch.
Der Patient war bereits delirant. Das hohe Fieber hatte ihn vom Wachzustand in eine Art Trance versinken lassen. Nach Konrads Einschätzung bedurfte es keiner besonderen Narkosemittel mehr. Üblicherweise versuchte man bei solchen Eingriffen, die Schmerzwahrnehmung durch den Einsatz von Mandragora-Öl oder Opium zu unterdrücken.
Mit großen beherzten Schnitten eröffnete er die Eiterbeulen an den Leisten, weil die besonders groß waren. Mindestens zwei Becher Eiter ergoss sich auf die unterlegten Tücher. Ein bestialischer Gestank breitete sich aus. Gerade wollte Konrad die Achselbeulen einschneiden, als er bemerkte, dass Bruder Severin nicht mehr atmete. Der von der fiebrigen Krankheit schwer lädierte Körper war ausgebrannt und nicht mehr in der Lage, sich aufzurichten. Er hatte sich in den erlösenden Tod hineinfallen lassen.
Konrad betrachtete lange das Gesicht des Toten. Es kam ihm so vor, als hatte er einen Hauch von Entspannung und Zufriedenheit erkennen können. Die Erlösung von allen Qualen muss dem Sterbenden wohl eine Gnade Gottes, ein Geschenk gewesen sein. Konrad drückte ihm die Augen zu, sprach ein kurzes Sterbegebet und wickelte den Leichnam in ein großes Tuch.
Ein letzter Dienst für den Abgerufenen.

Weit mehr als hundert Mal hatte er in den letzten Wochen diese Leichenarbeit verrichten müssen. Es sollten noch mehr werden. Und immer wieder die unzähligen Flöhe, die sich in die Haut der Kranken verbissen hatten. Diese lästigen Parasiten, die über die Menschheit hergefallen waren, sich ihrer bemächtigt hatten und sie in die Knie zwangen. Abends war auch der schwarze Umhang der Bader und Helfer voller Flöhe. Konrad achtete sehr genau darauf, keine der ekelhaften Tiere mit heimzubringen. Einige der fettesten Flöhe hatte er eingefangen und bewahrte sie in einem Glas auf. Er wollte sie später genau untersuchen. Irgendein Geheimnis schleppten sie in ihren voll gesogenen feisten Leibern mit sich herum.

Die Pest wütete noch weitere drei Wochen in der Stadt und verschwand drei Tage nach Beginn der Passionszeit. Nur ganz vereinzelt starb noch der eine oder andere Pestkranke. Insgesamt hatte der schwarze Tod dreihundertzwanzig Bürger der Stadt fortgerafft.

Bereits nach zehn Tagen kamen die ersten Flüchtlinge zurück. Irgendwie hatte es sich herumgesprochen, dass die Pest inzwischen weitergezogen war. Allmählich kehrte auch wieder normales Leben nach Windsheim zurück. Die Kirchen waren wieder gefüllt und nahezu täglich wurden Dankgottesdienste abgehalten.
Auch beim Bader hatte sich wieder ein normaler Patientenbetrieb eingestellt. Es wurde zur Ader gelassen, Furunkel inzidiert, Platz- und Schnittwunden verpflastert, Zähne gezogen und brandige Zehen oder Finger amputiert. Bei allen diesen chirurgischen Arbeiten war Konrad inzwischen ein geschickter und fleißiger Helfer, den der Bader nicht mehr missen wollte.
Abends nach getaner Arbeit vervollständigte Konrad seine medizinischen Aufzeichnungen. Wie ein Tagebuch führte er sein medizinisches Kompendium. Jede Einzelheit, die ihm wichtig erschien, schrieb er in sein Buch. Jede Krankheit wurde bis ins kleinste Detail beschrieben. Hier fanden sich Angaben zur Vorgeschichte mit dem Auftreten erster Symptome, pathologische Veränderungen des Körpers und die vom Bader vorgeschlagene Therapie. Der Verlauf der Genesung wurde ebenfalls genau notiert.
Selbstverständlich nahm Konrad auch seine kleinen medizinischen Experimente mit den Flöhen in sein Vademecum auf. Er fing mit einer selbst gebastelten Käfigfalle Mäuse, denen er einige seiner Pestflöhe ins Fell setzte. Keines der gefangenen Mäuse überlebte länger als acht Tage. Sie waren alle apathisch und bewegungsfaul geworden und alle hatten die typischen Eiterbeulen an den Beinen und in Rumpfnähe.
Waren die Flöhe der Schlüssel zum Geheimnis? Waren sie Träger der von Gott geschickte Krankheitssamen?
Er hätte zu gerne mit dem Bader darüber gesprochen, aber die kleinste Andeutung von ihm, fegte der Meister mit einem mitleidigen Lächeln und abwertender Handbewegung weg.
„Wenn die schlauen studierten Ärzte keinen Rat und kein Rezept gegen die Pest wissen, brauchen wir uns nicht einzubilden, das Geheimnis lüften zu können. Wir sollten uns auf die Krankheiten konzentrieren, die wir kennen und deren Heilung wir beherrschen. Alles andere liegt in den Händen des Allmächtigen."
So beschloss Konrad, die Flohexperimente zu beenden und seine Entdeckung für sich zu behalten. Wer würde schon den merkwürdigen Theorien eines kleinen Famulus Aufmerksamkeit schenken?

Zwei Tage, nachdem Konrad die gestorbenen Mäuse vergraben hatte, konnte er wegen einer Grippe nicht zu seiner Arbeit gehen. Der Bader wusste sofort, dass etwas Ernsteres geschehen sein musste. Niemals hätte sein Helfer ohne Grund seine Pflichten vernachlässigt. Noch vor der Mittagspause lief Fulster über den Hof in den Stall, wo Konrad seit dem Beginn der Pest untergebracht war. Dort lag er auf seinem Lager mit mehreren Decken eingehüllt. Heftiger Schüttelfrost durchrüttelte den muskulösen Körper und ließ ihn nicht zur Ruhe kommen. Der Bader legte dem Kranken die flache Hand auf die Stirn und erkannte sofort das hohe Fieber. „Meister, hilf mir. Ich glaube die Pest hat mich erwischt."

„Unsinn, die Pest ist seit zwei Wochen aus der Stadt verschwunden. Vermutlich hast du dir eine kräftige Grippe eingefangen. Ich werde dir Kräutermischungen bereiten und jede Stunde kalte Wadenwickel anlegen."

Bereits am nächsten Tag wusste auch der Bader, dass es nicht die Grippe war. Die geröteten Beulen in den Leisten sprachen eine deutliche Sprache.

„Wir müssen deine Krankheit geheim halten. Wenn in der Stadt bekannt wird, dass die Pest zurückgekehrt ist, droht ein totales Chaos. Ich weiß wie hysterisch die Menschen reagieren. Oft genügt da nur ein vages Gerücht.

Ich gehe gleich zu Bruder Barnabas und werde ihn um Rat fragen."

Bruder Barnabas war von der unheilvollen Nachricht völlig überrascht und entsetzt. Als er den anfänglichen Schock überwunden hatte, überkam ihn ein Anfall tiefster Trauer. Am Tisch sitzend warf er seinen massigen Leib über die Tischplatte und vergrub sein Antlitz in seinen verschränkten Armen. Hanns Fulster war ebenso fassungslos wie der Mönch. Auch ihm standen die Tränen in den Augen.

„Konrad war der beste Famulus, den wir je hatten. Er ist mir ans Herz gewachsen wie ein eigener Sohn. Du bist ein gescheiter Bader und musst ihn retten. Ich werde dir helfen. Was immer du verlangst, ich werde es tun", jammerte Barnabas.

„Er hat gute Chancen, weil er jung und kräftig ist. Die Pestbeulen hat er nur in den Leisten, und schwarze Flecken sind bislang nur vereinzelt zu sehen. Morgen früh, bevor die normale Sprechstunde beginnt, werde ich ihm die Eiterbeulen aufschneiden und ihre innere Höhlung mit Glüheisen ausbrennen. Du wirst mir dabei helfen müssen. Es soll niemand erfahren. Bis dahin hast du Zeit, den besten Theriak mit Schlangenextrakten zu besorgen. Der Apothecarius soll sich größte Mühe geben."

Am nächsten Tag trafen sich die beiden Verbündeten zu ihrer heimlichen Therapie in der Unterkunft des pestkranken Konrad. Über Nacht hatten sich noch zwei zusätzliche Eiterbeulen am Hals gebildet.

Auch die Anzahl der schwarzen Hautflecken hatte zugenommen. Der Bader war besorgt: „Das ist kein gutes Zeichen."

„Warum, Meister Fulster?", wollte Barnabas wissen.
„Je mehr schwarze Flecken auftreten, desto schlechter sind seine Aussichten auf Heilung."
Barnabas hatte auch sofort erkannt, dass es seinem Freund sehr schlecht ging. Er stürzte sich zu Boden und fing an, inbrünstig zu Gott zu beten.
Der Bader ließ sich dadurch nicht von seiner Arbeit ablenken. Zuerst verabreichte er dem Kranken ein starkes Betäubungsmittel, eine Mischung aus indischem Hanf, Opium und Bilsenkraut. Innerhalb von etwa fünf Minuten war Konrad in eine tiefe Ohnmacht gefallen. Nach Desinfektion mit Weingeist fing der Bader sofort an, sämtliche Beulen zu eröffnen und den Eiter auszukratzen. Wieder dieser furchtbare Gestank. Wie ein Gemisch aus verdorbenem Fleisch, Kot und verfaulten Hühnereiern.
Konrad schien nichts zu spüren. Als der Bader mit einem Glüheisen die Eiterhöhlen ausbrannte, bäumte sich der geschundene Körper kurz auf. Am Schluss wurden die frischen Wunden mit Weingeist ausgewaschen und getrockneter Taubenkot eingestreut.

Nach der aufwendigen Operation ließ der Bader seinen Gefährten Barnabas mit dem noch schlafenden Kranken allein. „Lass ihn bitte nicht aus den Augen. Wenn er wach ist, gib ihm den Theriak und zusätzlich einige Kräuter, die das Fieber senken sollen. Du wirst genau wissen, was dafür am besten geeignet ist. Und beten wirst Du wohl auch besser können als ich."
Barnabas war pausenlos beschäftigt, den jungen Famulus zu pflegen. Alle fünfzehn Minuten wechselte er die Wadenwickel, flößte ihm warmen Kräutertee mit Holunder, Schafgarbe, Königskerze und Dinkel ein. Stündlich gab er ihm von dem Theriak.
Erst nach zwölf Stunden hatte Konrad sein Bewusstsein so weit wiedererlangt, dass ein Gespräch mit ihm möglich war. Das Fieber hielt sich hartnäckig hoch und zog ihm alle Kräfte ab. Barnabas hielt ihm jetzt unaufhörlich die fiebrige Hand und murmelte Gebete. Gegen Mitternacht waren beide in tiefem Schlaf in sich zusammengefallen.
Es war bereits neun Uhr, als der Bader die beiden am nächsten Morgen weckte. Der erste Griff war nach der Stirn des Kranken. Das Fieber war deutlich gesunken. Die eingeschnittenen Beulen waren nicht mehr gerötet und die schwarzen Hautflecken waren schon etwas blasser geworden; so zumindest hatte Barnabas es sich eingebildet. Als Konrad wieder begann, zusammenhängende Sätze zu sprechen waren alle voller Hoffnung.
Noch im Verlauf des Tages wurde Konrad etwas kräftiger und seine Energie fand zurück zu ihm. Drei Tage später konnte er das Bett verlassen und im Zimmer auf und ab gehen. Die Narben der eingeschnittenen Pestbeulen waren zwar noch deutlich zu sehen, zeigten aber auch Heilungstendenz. Die

schwarzen Hautflecken waren verschwunden. Die Pest war endgültig überwunden.
Nach einer weiteren Woche durfte Konrad wieder sein Gartenhaus im Kloster beziehen. Beinahe war alles so wie zuvor. Nur der Klosterkoch fehlte.

Das Alltagsleben in der Stadt und auch im Kloster normalisierte sich rasch. Die Pestflüchtlinge waren alle längst wieder daheim und in ihre Berufe oder zu ihrer Arbeit auf ihren Höfen zurückgekehrt. Der Rat der Stadt würdigte in einer offiziellen Note die aufopfernde Arbeit der Barbiere und Bader. Besonders der Bader Hanns Fulster mit seinem Famulus wurde gelobt.
Fulster hatte nun noch mehr Zulauf in seiner Praxis. Er war sehr froh und dankbar, dass Konrad noch als Helfer in seinen Diensten bleiben konnte.
Konrad hatte sich zwar sehnlich gewünscht, an irgendeiner Universität studieren zu dürfen, hatte aber keine Möglichkeiten gesehen, die dafür notwendigen Gelder aufzutreiben. So blieb dem ehrgeizigen Badergehilfen nichts anderes übrig, als seinem Meister Fulster bei der Betreuung seiner Patienten zu helfen. Er tat dies eigentlich auch sehr gern, hatte er doch so immer wieder Gelegenheit, dazuzulernen. Bald war er schon gebildet genug, die Patienten selbst zu untersuchen und zu therapieren. Seit dem Herbst des Jahres 1510 stand er nun schon zwei Jahre in Diensten des Baderchirurgen. Konrad war jetzt bereits 15 Jahre alt und galt somit seit einem Jahr als volljährig.
Bisweilen erschien der Stadtmedicus in der Praxis und machte seine Kontrollgänge, ob alles mit rechten Dingen zuginge. Die Arznei musste über die Apotheke bezogen werden. Auch der Apotheker war der Aufsicht des Medicus unterstellt. Kein Medikament durfte ohne die Erlaubnis des Stadtarztes angefertigt oder verkauft werden. Aus dieser Befugnis leitete man auch die Kontrollrechte über die Bader und Chirurgen ab. Immer wieder ärgerte sich Fulster über das arrogante Benehmen des Medicus bei seinen Visitationen in seiner Praxis.
„Dieser Bücherarzt kennt zwar die medizinischen Schriften, aber sonst nichts. Was weiß der denn von den Schmerzen und Qualen der Patienten? Von zehn Kranken werden neun in den Praxen der Bader und Chirurgen geheilt. Als Bader und Chirurgicus bin ich nur von geringem Stand. Jeder in der Stadt weiß aber, dass wir Bader für die Gesundheit der Bürger mehr getan haben als die studierten Ärzte."
Konrad versuchte ihn zu beruhigen: „Meister, regt Euch doch nicht auf. Was sollte uns die Hochnäsigkeit des Medicus ärgern? Wissen nicht alle in der Stadt, dass Ihr der Meister der Heilkundigen seid?"
„Ja, schon gut. Auch Bürgermeister Meder wollte das nicht in Abrede stellen, als ich ihn neulich während einer Zahnextraktion darauf ansprach. Das war wirklich interessant, was er geantwortet hatte. Ich weiß es noch ganz genau."

Während er die Worte des Bürgermeisters wiederholte, versuchte er dessen bedeutungsvolles Gesicht zu imitieren: „Die mit uns freundschaftlich verbundenen Städte Rothenburg und Nürnberg haben schon lange einen Stadtmedicus. Da wollten wir nicht nachstehen. So haben wir in Windsheim auch einen eingestellt. Wie Ihr wisst, ist er mehr ein Theoretiker mit umfangreichen Kenntnissen der übergeordneten Zusammenhänge von Naturgesetzen und göttlicher Ordnung. Die Bader und Chirurgen sind mehr für das Praktische. Sie setzen das geschriebene Wort in die praktische Arbeit um, in die Diagnostik und Therapie am Kranken."
Voller Stolz warf sich Fulster in die Brust und freute sich. „Genauso waren seine Worte. Anders ausgedrückt: Wir sind fürs Grobe und die Medici fürs Feine. Sie sind halt was Besseres."
„Meister Fulster, für mich seid Ihr genauso ehrenhaft wie die Ärzte", versuchte Konrad, des Baders Zorn zu mildern.
„Ja, genau. Es geht um die Ehre", pflichtete Fulster bei. „Als studierter Medicus gehört Dr. Kolbenschlag zu den Honestiores de civitate, den Ehrenmännern der Stadt. Er arbeitet, kontrolliert und maßregelt im Auftrag des Stadtrats. Es bleibt uns nichts anderes übrig, als seinen Anweisungen zu folgen. So muss ich jetzt zum Apothecarius in die Stadtapotheke. Herr Dr. Kolbenschlag hat einmal mehr alle Bader und Chirurgen dorthin zur Belehrung geladen."
Die Wut des Baders war schon fast wieder verflogen. Bevor er das Haus verließ, gab er seinem Famulus noch rasch eine Anweisung:
„Im Wartezimmer sitzen noch zwei Mönche, die offenbar von einer Pilgerfahrt aus Rom im Augustinerkloster Zwischenstation machen. Einer von ihnen scheint eine Lungenkrankheit zu haben. Du wirst mich bei den beiden Herren entschuldigen; ich sei zum Zunfttreffen der Bader bestellt. Als mein tüchtiger Gehilfe weiß ich die Mönche bei dir in guten Händen." Widerwillig machte sich der Meister auf den Weg.

Konrad begrüßte die fremden Mönche mit distanzierter Höflichkeit. Der eine war eher untersetzt und kräftig. Er hatte ein energisches Gesicht mit flinken, aber gutmütigen Augen, einen Ansatz zum Doppelkinn, kleines Grübchen an der Kinnspitze und einen gekräuselten Backenbart. Er stellte sich als Bruder Martin vor. Sein hustender Begleiter war hager mit eingefallenen Wangen und vorgezogenem Unterkiefer.
„Wir sind auf der Rückreise von Rom nach Erfurt", begann Bruder Martin die Vorgeschichte des Kranken zu berichten. „Unterwegs hat sich mein Gefährte, Pater Johannes Nathin, vor etwa zwei Wochen eine schwere Grippe zugezogen. Der anfängliche Schnupfen ist mittlerweile verschwunden; nur der hartnäckige Husten will nicht weichen."

Konrad wusste, dass die Unterscheidung zwischen Lungenentzündung und der Schwindsucht von entscheidender Bedeutung war. Ohne hier die genaue Diagnose zu kennen, war eine Aussage bezüglich der Heilungsaussichten nicht möglich.
„Hat der Pater auch schon einmal Blut gehustet? War er schon immer so dürr und mager? Hat er in letzter Zeit rapide an Gewicht verloren?"
Der kranke Pater hatte eine blaurote Gesichtsfarbe, die Hände und die Stirn waren fiebrig heiß. Er atmete flach und rasch. Beim Husten hielt er sich ein großes Tuch vor das Gesicht, in das er seinen Auswurf abhustete. Konrad untersuchte sehr genau dieses Tuch und den schleimigen Auswurf; es war gelbgrüner Schleim ohne Blutbeimengungen. Die gefürchtete Schwindsucht schien wohl nicht vorzuliegen.
Konrad zog dem Kranken das Hemd hoch und hörte mit einem hölzernen Hohlrohr die Lungen ab. Er konnte ein Brodeln und Rasseln wahrnehmbar; typisch für eine Lungenentzündung. Die Lunge des Paters war offenbar bis in die kleinsten Verzweigungen verschleimt und verstopft. Vom Bader Fulster hatte Konrad schon oft genug gesagt bekommen, was in solchen Fällen zu tun sei.
„Euer Freund muss sofort in ein warmes Bett", gab er seine Anweisungen. „Er muss die Krankheitskeime ausschwitzen. Dazu braucht er einen schweißtreibenden Tee. Kalte Wickel werden das Fieber senken helfen. Für einen Aderlass ist er momentan noch zu geschwächt. Wir werden ihn auf die Krankenstation des Klosters bringen. Dort weiß ich ihn in der Obhut des Infirmarius Barnabas gut aufgehoben. Den Tee werde ich mit Bruder Barnabas zusammenstellen."
„Ihr hattet erst in letzter Zeit die Pest hier in Windsheim. Wie könnt Ihr so sicher sein, dass der Pater nicht an der Lungenpest erkrankt ist?", wollte Bruder Martin zum Abschluss noch wissen.
„Die Lungenpest führt fast immer binnen einer Woche zum Tode. Ihr habt aber berichtet, dass der Pater bereits zwei Wochen mit einer Grippe unterwegs ist. Die Lungenpest kann es also nicht sein. Abgesehen davon wäre sein Taschentuch voll mit blutigem Schleim. Das ist nicht der Fall."
Beide Mönche machten mittlerweile zuversichtlichere Gesichter. Die gezielten Fragen zur Krankheitsvorgeschichte, die Art der körperlichen Untersuchung und die souveräne Art der therapeutischen Anweisung zeugten von fachlicher Kompetenz.
Die drei Männer gingen sogleich durch den hinteren Klostereingang hinüber zu Bruder Barnabas in das Infirmarium und sorgten für die Unterbringung des Paters.
„Barnabas, wir wollen einen starken fiebersenkenden Tee mischen, von dem er viel trinken soll. Er soll gegen den Husten und für die Atemwege Anis, Efeu, Thymian und Schafgarbe enthalten. Eine zweite Teemischung wird die

allgemeine Infektion, die Grippe und die Erschöpfung vertreiben. Dafür brauchen wir Salbei, Holunder, Zwiebel, Blüten der Königskerze und der Kapuzinerkresse, Melisse und Weidenrinde. Täglich soll die Brust mit Hundefett eingerieben werden."

Barnabas sah es mit großer Freude, dass sein Schüler selbstständig und ohne seine Mithilfe die richtigen Kräuter ausgewählt hatte. Abends ging Konrad hinüber in die Klosterbibliothek, um in den Büchern der Hildegard von Bingen nach weiteren möglichen Therapien zu suchen.

Der lungenkranke Augustinerpater aus Erfurt war eigentlich sein erster Patient. Hier wollte er unbedingt erfolgreich sein.

Am Bibliothekstisch saß bereits der Bibliothekar Bruder Gismar, der Jude Elias Levita und der Erfurter Bruder Martin. Sie unterhielten sich über die hebräische Sprache. Bruder Martin war an Unterrichtsstunden sehr interessiert. Er wollte die Bibel genauer studieren. Nur so könne er die Bibel in unverfälschter Urschrift lesen.

„Um das Alte Testament studieren zu können, braucht man hebräische Sprachkenntnisse. Irgendwann möchte ich die Bibel ins Deutsche übersetzen", erklärte Martin sein Interesse am Hebräischen. „Mein Weggefährte braucht für seine Genesung sicher noch einige Tage. Wir wollen die Zeit nicht ungenutzt verstreichen lassen. Ich würde mich freuen, wenn ich mit Euch täglich mehrere Stunden lernen dürfte."

Levita wollte gerade antworten, als er Konrad hereinkommen sah.

„Da kommt mein bester Schüler", verkündete Levita, „von ihm könnt Ihr Latein, Griechisch und Hebräisch lernen."

Es war sofort für jedermann erkennbar, dass Konrad derartige Übertreibungen nicht recht waren. Er winkte ab: „Ich beherrsche nur einige Vokabeln und Grundbegriffe. Gerade ausreichend, um medizinische Texte lesen zu können."

Bruder Martin und Elias Levita vereinbarten für die nächsten Tage intensive Unterrichtsstunden. Als sich Gismar und Levita verabschiedet hatten, blieben Konrad und Bruder Martin allein zurück.

„Du bist ja ein interessanter Bursche. Zunächst dachte ich, du seiest ein heilkundiger Bader und jetzt zeigst du dich als belesener Sprachkundler. Wer bist du, junger Freund? Wo kommst du her und wo willst du hin?"

„Ich bin der Sohn einer leibeigenen Magd aus Frankenhain; nicht weit von hier. Zur Erziehung und für die Schule hat man mich in dieses Kloster geschickt. Bei den Augustinermönchen habe ich sehr viel gelernt und bin sehr dankbar dafür. Mein sehnlichster Wunsch ist es, Medicus zu werden."

„Dazu musst du auf eine Universität gehen. Das ist nicht billig", Martin schaute zweifelnd und äußerst kritisch. „Bevor ich Mönch wurde, habe ich in

Erfurt sechs Jahre studiert. Ich kenne das Studentenleben. Es ist nicht einfach. Man verlangt dort sehr viel von den jungen Leuten.
Bereits frühmorgens um sechs beginnt der Unterricht, und erst am Abend dürfen die Studenten in ihre Unterkünfte zurückkehren."
Bruder Martin bemerkte sofort, dass er mit diesen Botschaften Konrad nicht schockieren konnte. Harte Arbeit und Entbehrungen war er gewohnt.
„Das käme meinen Vorstellungen sehr entgegen. Ich will alles erfahren und lernen. Was muss ich tun, um dorthin zu gelangen?"
„Man geht einfach zur Universitätsverwaltung und schreibt sich in die Studentenlisten ein; man immatrikuliert sich. Kannst du denn die Studiengebühren, die Unterkunft und die Verpflegung bezahlen?"
Konrad brauchte nicht zu antworten. Seinem Gesicht war abzulesen, wie hoch er seine Chancen einschätzte.
„Da müssen wir noch intensiv nachdenken und eine Lösung suchen. Irgendein Weg wird sich finden", versuchte Martin, ihn aufzurichten.
Bereits nach zwei Tagen hatte sich der Kreislauf von Pater Nathin stabilisiert. Das Fieber schien nur geringfügig gesunken, der Husten war jedoch nicht mehr so quälend wie zuvor. Barnabas und Konrad schienen sich in ihrer Arbeit bestätigt. „Es wird schon werden", klopfte Barnabas seinem Famulus aufmunternd auf die Schultern. „Sein Gefährte hat sich heute nur einmal kurz blicken lassen. Er hat keine Zeit, weil er in der Bibliothek beschäftigt sei."
Konrad verabredete mit Barnabas das weitere therapeutische Vorgehen und ging dann über die Metzgergasse zum Bader Fulster. Der hatte bereits auf ihn gewartet. Das Wartezimmer war wie immer überfüllt. Auf seinen treuen und fleißigen Famulus hätte Fulster wohl kaum verzichten können. Abends, nach getaner Arbeit, traf sich Konrad mit Bruder Martin in der Bibliothek zu ausgedehnten Gesprächen. Sie lernten einander näher kennen und machten keinen Hehl aus ihrer gegenseitigen Sympathie.

Eines Abends fasste sich Konrad ein Herz und fragte Bruder Martin nach merkwürdigen Geschichten, die der kranke Pater von sich gab. „In der ersten Nacht habe ich dem fieberndem Pater Nathin häufig frische Wadenwickel angelegt. Dabei bemerkte ich, dass er im Fieberwahn scheinbar wirre Geschichten erzählte. Es ging um ausgelassene Feste mit viel Wein und leichten Mädchen. Das soll sich auf Eurer Reise in Rom ereignet haben. Priester, Bischöfe und sogar Kardinäle seien bei den Festen anwesend gewesen. Könnt Ihr mir mehr darüber erzählen? Sind dies Phantasien eines Fieberkranken oder ist etwas Wahres daran?"
Konrad sah seinem neuen Freund in die Augen. Erschrecken und Verlegenheit entdeckte er hier. Martin musste lange überlegen, bis er antworten konnte.

„Nein, es handelte sich nicht um Hirngespinste oder Fieberwahn. Es ist wahr. Wir haben in Rom viel Unmoral und Ungerechtigkeit gesehen. Das lässt sich kaum in Worte fassen. Unsere obersten Kirchenväter sind wahrlich keine Vorbilder. Von Enthaltsamkeit, Askese und Verzicht kann hier wirklich nicht die Rede sein. Auch der Heilige Vater, Papst Julius, hat sich gerne an diesen Gelagen beteiligt. Es ist eine Schande. Das wohl Schlimmste daran ist, dass diese Ausschweifungen sehr viel Geld kosten. Geld, das letztendlich aus den Opferstöcken der Gläubigen stammt."

„Bruder Martin, welch' furchtbare Geschichten! Wenn ich Euch nur glauben könnte."

„Kein Wort ist gelogen oder fabuliert." Das ernste Gesicht des Mönchs ließen keine Zweifel an der Aufrichtigkeit seiner Worte aufkommen.

„Die römischen Erlebnisse haben mich in eine tiefe Krise mit ernsten Zweifeln an unserer heiligen Kirche gestürzt."

Konrad wollte seinen Ohren nicht trauen. Da war ein Priester gekommen, der den Papst und die Kardinäle in rauschenden Ballnächten beobachtet hatte und dies in seiner ehrlichen Art schonungslos berichtete.

„Junger naiver Freund. Der Papst ist eben nicht unfehlbar. Das steht für mich fest."

Konrad machte ein langes ungläubiges Gesicht.

„Aber ich kann dich trösten", fuhr Martin eher unsicher fort, „wichtig ist wohl tatsächlich nicht, ob einige Vertreter der Kirche versagt haben, sondern dass die Gemeinschaft der Gläubigen funktioniert und zusammenhält. Und das ist Gott sei Dank noch der Fall."

Konrad war sprachlos. Mitleidig sah er Martin an. Seine Enttäuschung über die Kirchenführer war nicht zu übersehen.

„Da gibt es neuerdings starke philosophische Strömungen, die das bisherige System in Frage stellen. Demnach ist nicht das Ganze von Bedeutung, sondern nur das Individuum. Nicht die römische Kirche sei die höchste Instanz, sondern der einzelne gläubige Christ. Die Befürworter dieser Philosophie nennen sich die Humanisten; sie orientieren sich an den Philosophen des Altertums wie etwa Aristoteles. Dessen Lehre interpretieren sie ohne die Beziehung zu den Dogmen der Kirche.

Das ist nicht ganz ungefährlich. Einige Vorkämpfer haben schon den Kirchenbann oder gar den Tod auf dem Scheiterhaufen erlitten. Von Jan Hus aus Prag hast du sicher schon gehört. Das liegt zwar schon fast hundert Jahre zurück, hat aber bis heute seine Brisanz nicht verloren."

„Bruder Martin, ich bewundere Euch. Ihr seid noch so jung und doch schon so klug und erfahren. Erzählt mir, was Ihr alles studiert habt und wie Ihr es angegangen seid?"

„Nun, das ist eine lange Geschichte. Ich hatte es etwas einfacher als du. Meine Eltern sind nicht unvermögend. So konnte ich gleich nach der Schule in

Erfurt das Grundstudium beginnen. Zum Anfang muss man immer erst die sieben freien Künste studieren. Dazu gehört Grammatik, Rhetorik, Dialektik und später Arithmetik, Geometrie, Astronomie und Musik. Man nennt das Anfangsstudium auch die Lehren der Artistenfakultät. Während dieses Grundstudiums wohnte ich in der Georgenburse in der Erfurter Augustinerstraße. Dort habe ich viele Studenten kennen gelernt. Alles junge Leute. Viele von ihnen hinterfragen gerne unsere gesellschaftlichen Normen und Gesetze. Mit Kritik wird da nicht gespart. Sie wollen nicht mehr in kindlicher Einfalt an die Lehren der Kirche glauben.
Nach Abschluss des Artistenstudiums und nach bestandenem Magisterexamen erhält man die Berechtigung für weitere Studien. Ich hatte mich zunächst für die Rechtswissenschaft entschieden."
„So wolltet Ihr Anwalt werden oder gar Richter?"
„Ja, zumindest war das der Wunsch meiner Eltern. Es sollte aber ganz anders kommen."
„Da bin ich aber gespannt."
Freimütig gab Bruder Martin Auskunft: „Nach nur zwei Monaten hatte ich ein schlimmes Erlebnis. Ich war in ein schweres Gewitter geraten. Knapp dem Tode entronnen, begann ich erstmals über den Sinn des Lebens nachzudenken. Den Entschluss, mein eigenes Leben zu ändern und mich nur noch Gott hinzuwenden war die logische Folge. So beschloss ich, gegen den Willen meiner Eltern Mönch zu werden. Im Juli 1505 trat ich in das Schwarze Kloster der Augustiner-Eremiten in Erfurt ein. Die Klosterleitung schickte mich an die Erfurter Universität zum Studium der Theologie. So bin ich dann zwei Jahre später zum Priester geweiht worden. 1508 übernahm ich vertretungsweise den Lehrstuhl für Moralphilosophie an der Universität in Wittenberg. 1509 kehrte ich in das Augustinerkloster in Erfurt zurück. In diesem Frühjahr erhielt ich den Auftrag, in Rom einige rechtliche Dinge des Klosters mit den päpstlichen Kirchenbeamten zu klären und zum Abschluss zu bringen. Pater Nathin war mir als Begleitung zur Seite gestellt." Bruder Martin ließ sich gegen die Lehne seines Stuhles zurückfallen.
„Jetzt hast Du beinahe einen vollständigen Lebenslauf von mir erfahren. Und das, obwohl wir uns erst einige Tage kennen. Du siehst, dass ich schon viel gesehen und gelernt habe. Auch du wirst noch viel erleben. Am Anfang steht aber immer das Artistenstudium mit den sieben freien Künste."
„Alles würde ich darum geben, wenn ich schon morgen mit Euch nach Erfurt reisen könnte."
„Das wird kaum möglich sein. Als Badergehilfe gehörst du einem niederen Stand an. Ohne einen Fürsprecher wirst du wohl nicht zugelassen werden. Wegen der Kosten würde ich an deiner Stelle mal deinen bisherigen Vormund befragen. Wenn der bereit ist, dich zu unterstützen, sieht die Sache schon besser aus. Ich könnte in der Armenburse nach einem Zimmer nach-

fragen. Eventuell könnte man dich auch im Erfurter Augustinerkloster unterbringen. Unabhängig davon hält Pater Nathin an der Erfurter Universität als Magister Theologieunterricht. Er kann sicher auch helfen." Bruder Martin machte eine aufmunternde Miene und schien ehrliche Hoffnungen zu haben. Konrads Entschluss war nun fester als je zuvor. Wenn er nicht bald einen finanzkräftigen Gönner finden würde, sollte aus seinen Plänen wohl nichts werden. Irgendetwas musste jetzt geschehen. Die aussichtsreichsten Chancen rechnete er sich daheim in Frankenhain aus.

Als Konrad um die Mittagszeit auf das Gut Kostenheim zuritt, fand er alles so vor, wie er es verlassen hatte. Eine besondere Veränderung war ihm nicht aufgefallen. Auch in der Kate seiner Mutter hatte sich nichts verändert. Sein Bruder wohnte noch zu Hause und arbeitete auf dem Gutshof. Die Mutter war gerade damit beschäftigt, das Mittagessen zu bereiten. Es gab Weizenbrei mit einem Stück Schweinefleisch. Konrad schmeckte es wie früher. Er fühlte sich in seine Kindheit zurückversetzt.
„Wie ist der Graf gelaunt? Meinst du, ich könnte etwas Wichtiges mit ihm besprechen?", wollte Konrad von seiner Mutter wissen.
„Warte bis morgen. Ich werde ihn behutsam auf deine Wünsche vorbereiten. Immer wenn von dir gesprochen wurde, bemerkte ich ein freundliches Leuchten in seinen Augen. Er scheint dich zu mögen."
„Vielleicht kann mir auch der Pfarrer helfen. Ich werde ihn heute noch besuchen."

Der Pfarrer freute sich genauso wie Konrad, als sie sich im Pfarrhaus trafen.
„Herr Pfarrer, viel ist passiert in den vergangenen Jahren. Ich bin mit einer schlimmen Krankheit schwer geprüft worden. Der Allmächtige scheint auf meiner Seite zu stehen und ließ mich die Pest überleben. Es gibt so viele geheimnisvolle Krankheiten, von denen niemand die Ursache und Herkunft kennt. Ich will helfen, hier ein wenig Licht in das Dunkel zu bringen. Ich möchte, dass Ihr mich an die Universität nach Erfurt schickt. Ich will Medizin studieren."
Der Pfarrer war ratlos. Konrads kompromisslose Entschlossenheit schien jede weitere Diskussion überflüssig zu machen.
„Wie stellst du dir das vor?", wollte der Pfarrer einwenden. „Solch ein Studium kostet viel Geld. Übrigens ist ohne die Erlaubnis des Grafen sowieso nichts möglich. Wenn ich dich erinnern darf, bist du als Höriger immer noch auf die Freigabe durch den Grafen angewiesen."
Als wenn er des Pfarrers Einwände gar nicht gehört hätte, drängte Konrad weiter: „Ich muss wissen, ob nicht doch mehr möglich ist als die verzweifelten Versuche der Bader und Chirurgen. Wollt Ihr mir behilflich sein? Ich

brauche die Unterstützung des Grafen, und Ihr könnt ein gewichtiges Wort für mich einlegen."

Die Unterredung fand im Pavillon des Grafen statt. Es war praktisch ein Männergespräch zu dritt. Der Graf saß am Schreibtisch, der Pfarrer auf dem Sofa und Konrad war ein Stuhl zugewiesen worden. Jetzt nachdem der Jüngling fast ausgewachsen war, konnte man die Ähnlichkeit mit dem Pfarrer sehr deutlich erkennen. Dem Grafen zumindest war dies nicht entgangen. „Mein lieber junger Freund, ich habe bereits von deinen hochtrabenden Plänen gehört und staune über deinen Mut. In Windsheim hast du dir bereits einen guten Namen als Gehilfe eines Baderchirurgen gemacht. Dein selbstloser Einsatz für die Kranken ist ja dort von höchster Stelle gelobt worden. Während der Pestmonate hast du dort unter Einsatz deines Lebens den Kranken geholfen und einigen das Leben gerettet. Eine wahrlich christliche Tat. Dazu würde dann wohl eher das Theologiestudium passen. Auch von der äußeren Statur könnte man sich den jungen Konrad als Pfarrer gut vorstellen." Dabei konnte sich der Graf einen verschmitzten Blick zum Pfarrer nicht verkneifen.
„Durchlaucht, bitte lasst mich nicht Pfarrer werden", flehte Konrad. „In mir lebt der Arzt. Es liegt an Euch, mich zum Medicus zu machen. Ich will es in besseren Zeiten wieder ausgleichen."
„Ich werde die damit verbundenen Probleme mit dem Pfarrer besprechen und bis morgen eine Entscheidung fällen." Mit diesen knappen Worten bedeutete er ihm mit einer Handbewegung zu gehen und ihn mit seinem Freund, dem Pfarrer, allein zu lassen.

Am nächsten Tag wurde Konrad in die Sakristei zum Pfarrer gerufen, der ihm den gräflichen Unterstützungsplan erläuterte. „Du bekommst vom Grafen ein Stipendium von jährlich 30 Gulden. Damit kannst du die Studiengebühren von 26 Gulden bestreiten. Diese Gebühren decken auch die Unterkunft und Verpflegung in einem Studentenheim ab. Das Wohnen in einer dieser Studentenbursen ist Pflicht für jeden Studenten. Die verbleibenden vier Gulden sind gedacht für Kleidung oder Reisen. Die Hälfte der im Laufe deiner Studienzeit anfallenden Kosten wirst du nach zwanzig Jahren an die gräfliche Familie zurückzahlen."
Konrad war außer sich vor Freude, das Herz klopfte ihm bis zum Hals. „Mein Herzenswunsch ist in Erfüllung gegangen. Ich werde Euch nicht enttäuschen. Das verspreche ich, so wahr mir Gott helfe."

Weder Bruder Martin noch dem Pater Nathin war aufgefallen, dass Konrad zwei Tage nicht anwesend war. Nur Bruder Barnabas war informiert über die geheime Mission seines Schülers. „Du warst erfolgreich, mein Sohn. Ich

sehe es dir an. Du wirst uns bald verlassen und Student werden. Ich freue mich mit dir. Du wirst ein sehr guter Arzt werden. Dein erster Patient ist bereits auf dem Wege der Besserung. Bruder Martin ist voll des Lobes und versprach alles zu tun, deine Studienwünsche zu erfüllen."
Tatsächlich war Pater Nathin bereits fieberfrei. Der Husten war beinahe völlig verschwunden. Insgesamt fühlte er sich noch sehr schwach, war aber wieder voller Hoffnung. Als Konrad an sein Bett herantrat, griff er hastig nach der Hand seines jungen Heilers und dankte ihm überschwänglich für seine Hilfe. Konrad war peinlich berührt und gleichzeitig stolz auf seine Arbeit. Nie zuvor in seinem Leben hatte sich jemand in dieser Form bei ihm bedankt. Es war ein erhabenes Gefühl. Der Lohn seiner Arbeit, seiner Fürsorge und Pflege war der dankbare Blick des Geheilten.
Auch der Baderchirurg Fulster freute sich mit Konrad über sein Stipendium, obwohl er damit seinen besten Gehilfen verlieren sollte. Die Baderzunft hatte sich entschlossen, einen Reisezuschuss zu gewähren. Fulster gab noch etwas hinzu, so dass Konrad sich ein Pferd kaufen konnte. Die zwei Mönche waren mit Pferden unterwegs. Sie hatten ja einen offiziellen Auftrag der Klosterleitung zu erfüllen. Als normale Pilger wären ihnen nur Fußmärsche gestattet gewesen.

Die Reisevorbereitungen waren schnell erledigt. Konrad erhielt eine Mönchskutte, damit er sich von den anderen beiden nicht unterscheide. Unterwegs lauerten viele Gefahren. Besonders Raubritter musste man fürchten, die für ihre rüden und rücksichtslosen Überfälle bekannt waren. Von reisenden Mönchen konnten sie keine große Beute erwarten. Sie blieben meist ungeschoren.
Von der Klosterküche bekamen alle drei einen Beutel mit Proviant. Bruder Martin hatte eine Ledertasche mit den päpstlichen Akten am Sattelknauf befestigt. Pater Nathin war inzwischen wohlauf und saß wieder sicher im Sattel. Konrad hatte einen kleinen Lederbeutel umgehängt, in dem er seine Habseligkeiten verstaut hatte. Ein zusätzliches Hemd, eine Bundhose, sein wertvolles Messer, sein medizinisches Tagebuch und vier kleine Glasflaschen, die mit einer Schweinsblase verschlossen waren.

Sie ritten hintereinander her, über den Marktplatz und hinunter zur Seegasse. An den Straßenrändern standen Windsheimer Bürger und winkten ihnen zu. Sie meinten ihren Badergehilfen, der schon so vielen geholfen hatte. Durch das Seetor verließen sie die Stadt und wandten sich gegen Osten in Richtung Bamberg.
Bruder Martin hatte eine dieser neuartigen Etzlaub´schen Wegekarten bei sich. „Diese Landkarten sind für Fernreisen ungeheuer wertvoll. So können wir auch die Routen wählen, die nicht jedermann bekannt sind."

Martin gab die täglichen Etappenziele vor und bestimmte auch die Reisegeschwindigkeit: „Wir müssen Rücksicht auf unsere Pferde nehmen. Sie sollen uns noch weit tragen. Wenn wir täglich gut fünf Meilen zurücklegen, sind wir in etwa einer Woche in Erfurt."
Die zwei anderen nickten zwar zustimmend, konnten jedoch nicht glauben, ihr Ziel tatsächlich so schnell zu erreichen. Wie schnell könnten Unwetter, unwegsame Pfade oder gar Raubritter ihre Pläne durchkreuzen.
„Eigentlich wollten wir über Nürnberg reisen. Aber es wird über eine neue Seuche berichtet, die zurzeit in Nürnberg wütet. Sie nennen es den Englischen Schweiß."
Auch Konrad hatte davon gehört: „Ja das habe ich auch schon erfahren. Es ist eine recht merkwürdige und grausame Krankheit. Die befallenen Menschen sind morgens noch völlig gesund und können schon am Abend des gleichen Tages der Seuche erlegen sein. Gevatter Tod wartet nie länger als zwei Tage auf seine Opfer. Ein Heilmittel gibt es nicht. Selbst inbrünstiges Beten kann den raschen Tod nicht verhindern. So gesehen ist der Englische Schweiß weitaus gefährlicher als die Pest."
Die zwei Mönche schauten sich ängstlich an. Martin entschied dann: „Dieser Gefahr wollen wir uns nicht aussetzen. So lasst uns den Weg über Bamberg und Coburg nehmen", begründete Martin den Entschluss, den Reiseweg zu ändern.
In Höchstadt vorm Steigerwald kehrten sie im Gasthaus Zum Hirschen ein. Es war eines dieser typischen Herbergen für reisende Kaufleute und Pilger. Neben dem Haus befand sich eine große Pferdehaltung, wo die Reit- und Zugpferde gefüttert und gepflegt wurden. Für eilige Kaufleute gab es auch die Möglichkeit, die Pferde zu tauschen. So konnte man nach kurzer Rast weiterfahren. Die meisten Reisenden blieben jedoch über die Nacht. Für Pilger war ein einfacher Schlafsaal in der Scheune vorgesehen. Hier war Raum für zwanzig bis dreißig Personen. Die Schlafplätze waren wirklich sehr einfach. Strohsäcke auf Holzbohlen, noch spartanischer als die Schlaflager in Klosterzellen. Kaufleute und Reisende mit dickem Geldbeutel bekamen Schlafkammern im Gasthaus zugewiesen.
Der Gastraum war ein großer Saal mit zahlreichen großen Tischen und langen Bänken. In den Ecken, in Nischen und vor den Fenstern standen kleinere Tische mit Stühlen. Der Saal war bis auf den letzten Platz besetzt. Jeder hatte etwas zu essen und zu trinken. Die Becher und Holzteller klapperten. Überall ein Schmatzen und Rülpsen, ein Stimmengewirr und Rufen nach dem Wirt. In einer Ecke wurde gesungen, in einer anderen gestritten. Über allem hing eine Dunstglocke unterschiedlicher Gerüche nach Kerzen und Öllampen, gebratenem Speck, Bohnen, Zwiebeln und Knoblauch, nach Bier und Schweiß.
Es waren nur Männer anwesend, abgesehen von den Serviermädchen und der Wirtin. Viele der Gäste waren bereits berauscht. Die waren besonders

laut und unbeherrscht. Wenn sie ihre derben Späßchen mit den Serviererinnen übertrieben, musste die Wirtin auch schon mal energisch einschreiten. Mit einem großen Holzprügel schlug sie auf den Tisch, dass die Krüge tanzten. Sofort herrschte folgsame Ruhe; allerdings nur für einige Minuten.
Die drei Mönche hatten an einem der langen Tische Platz gefunden. Nach dem Essen tranken sie noch einige Becher Wein. Der Abend war schon spät, und es wurde allmählich ruhiger im Gastraum. Der Wirt schien jetzt mehr Zeit zu haben und setzte sich zu den drei.
„Ihr seid sicher keine Pilger. Klosterbrüder, die mit Pferden unterwegs sind, sind keine wahren Mönche. Manche Reisende tarnen sich, um vor Raubrittern sicher zu sein."
„Manchmal trügt der Schein", antwortete Martin gelangweilt.
„Momentan haben wir unser Haus nur deshalb überbelegt, weil Ritter Johannes von Gundelsheim in der Region sein Unwesen treibt. Mit ihm reiten einige ganz rücksichtslose und verwegene Mordbuben. Die schrecken vor nichts zurück. Wenn ich Euch raten darf, so bleibt Ihr besser noch ein bis zwei Tage. Von Nürnberg ist ein Trupp der kaiserlichen Landsknechte angesagt, die den Kaufleuten und Euch ein sicheres Geleit geben können. Solange solltet Ihr noch warten."
„Wir denken darüber nach und werden morgen früh entscheiden", antwortete Pater Nathin knapp und gab ein Zeichen zum Aufbruch.
Am nächsten Morgen waren sich alle drei einig, dass sie ihre Reise ohne größere Gefahren fortsetzen könnten. Die Geschichte vom Raubritter Gundelsheimer hatte niemand so recht glauben wollen. Es schien ihnen, als wollte der Wirt ein zusätzliches Geschäft machen. Und selbst wenn es so wäre, würde wohl auch der grausamste Raubritter armen Mönchen kein Leid zufügen.

Sie kamen nur bis zum Wald von Hirschaid etwa drei Stunden vor Bamberg, als ihnen fliehende Reiter entgegenkamen. „Rette sich, wer kann! Eine Schar von Räubern treibt sich in den Wäldern herum. Einen unserer Begleiter haben sie erschlagen. Wir konnten gerade noch die Flucht ergreifen. Gott beschütze Euch." Konrad, Martin und Pater Nathin schauten den in Panik davonreitenden Männern ratlos hinterher.
„Wir werden unsere Reise ohne Hast fortsetzen und auf Gott vertrauen. Wir haben nur die Pferde und das silberne Kreuz um unseren Hals. Mehr können sie uns nicht nehmen", versuchte Martin zu beruhigen. Die zwei Augustinermönche sprachen zur Bewältigung ihrer Angst laute Gebete, stülpten ihre Kapuzen über die Köpfe und ritten gemächlich weiter.
Konrad hatte anderes zu tun. Er wollte sein Äußeres verändern. Vorkehrungen dazu hatte er bereits in der Herberge getroffen. Nach dem Frühstück hatte er sich in der Küche einen kleinen Topf Butter geben lassen. In die But-

ter hatte er Asche und Holzkohlenstaub gemischt und eingeknetet. Mit diesem Brei malte er sich zahlreiche schwarze Flecken auf die Haut; an den Armen, im Gesicht und auf der Brust.

Sie waren keine halbe Stunde unterwegs – jeder ängstlich unter seiner Mönchskapuze versteckt – als sie vor einer Waldlichtung aufgehalten wurden. Eine Horde finsterer Gestalten verstellte ihnen den Weg: Johannes von Gundelsheim mit seinen Männern.

Ihre Absichten waren sofort klar, als der Anführer sie anbrüllte: „Was habt Ihr in unseren Wäldern zu suchen? Wisst Ihr nicht, dass man hier Wegegebühren zahlen muss? Das gilt auch für Mönche. Zeigt her Eure Beutel! Ich will sehen, ob ich Euch ziehen lassen kann."

Bruder Martin und Pater Nathin sprangen sofort ehrerbietig vom Pferd und rissen die Reisebeutel von ihren Schultern.

„Was ist mit dir, du unverschämter Lümmel?", wurde Konrad angeschrien. Er hatte keinerlei Anstalten gemacht aus dem Sattel zu steigen. „Wenn du nicht sofort dem Beispiel deiner Kameraden folgst, wird dies dein letztes Stündlein sein."

Die rohe Natur des Burschen, seine Zornesröte im ungepflegten Gesicht und die zitternde Wut ließen keinen Zweifel aufkommen, dass er seine Mordabsichten augenblicklich in die Tat umsetzen würde.

Mit zwei raschen Schulterwürfen hatte sich Konrad die Kapuze und seine Kutte heruntergerissen. Er saß nun mit nacktem Oberkörper aufrecht im Sattel.

„Schau her, du Narr. Der schwarze Tod reitet mit uns. Was sollen mich deine Drohungen noch erschrecken? Wenn du noch fünf Minuten in meiner Nähe bleibst, siehst du in einer Woche ebenso aus wie ich. Eine weitere Woche später..." Konrad hatte nicht einmal zu Ende sprechen müssen. Alle zehn Banditen rissen in panischer Hast ihre Pferde herum und galoppierten über die Lichtung davon. Nach nur zwei Minuten war nichts mehr von ihnen zu sehen.

Erleichtert fielen sich die drei Freunde in die Arme, lachten und scherzten über die gelungene Täuschung. Mit dieser mutigen Aktion hatte sich Konrad bei den beiden Augustinermönchen Achtung und Respekt erworben. Pater Nathin reichte ihm die Hand und segnete ihn: „Unser gütiger Herr beschütze dich auf allen Wegen! Du hast mir bereits zum zweiten Mal das Leben gerettet. Wir beide stehen in deiner Schuld. Mit deiner Jugendkraft, deinem Mut und dieser überragenden Intelligenz wirst du es weit bringen. Das Studium in Erfurt wird einen tüchtigen Arzt aus dir machen. Wir werden dir dabei helfen, so gut wir können."

Hinter Coburg wurde es beschwerlich. Die Ausläufer des Thüringer Waldes reichten fast bis vor die Tore Coburgs. Die Berge waren nicht sehr hoch, aber die Wege und Pfade wurden schmäler und steiler und oft nur unter großen Mühen passierbar. Nicht selten mussten die drei zu Fuß gehen und ihre Pferde führen. So kamen sie nur sehr langsam voran und benötigten für die Durchquerung des Gebirges drei Tage.
Als es am neunten Tag ihrer Reise bei Arnstadt in das Thüringer Becken hinunter ging, veränderte sich die Befindlichkeit der beiden Augustinermönche zusehend. Konrad bemerkte die heitere, aufgeschlossene Redseligkeit. Martin schwärmte von seiner Heimat, den Dörfern mit den Waidfeldern, den fleißigen gottergebenen Menschen und besonders von seinem Erfurt: „Mir ist keine Stadt bekannt, in der es mehr Kirchen und Klöster gibt als bei uns in Erfurt. Das ist das auffälligste Zeichen für den Reichtum einer Stadt. Ebenso wie man das am Prunk des Rathauses oder der Beschaffenheit der Stadtmauer ablesen kann. In Erfurt kreuzen sich zwei wichtige Handelsstraßen, die Nord-Süd-Verbindung und die von Köln nach Kiew verlaufende West-Ost-Straße, die Via Regia Lusatiae. Fernhändler aus allen Teilen des Reiches treffen sich hier in Erfurt. Besonders jene, die mit den Slawen in der Lausitz oder mit russischen Händlern Geschäfte machen. In großen Speicherhäusern werden alle möglichen Handelsgüter gestapelt, registriert und nach einer Zollabgabe verkauft oder weitertransportiert. Regelrecht berühmt geworden ist Erfurt durch seinen blauen Waidfarbstoff. In den Dörfern der Umgebung pflanzen Hunderte von Bauern den gelb blühenden Waid an. Die getrockneten Pflanzen bringen sie zu den Waidjunkern in die Stadt, wo das wertvolle blaue Pulver hergestellt wird. Es wird in alle Welt verkauft. Die Waidhändler und die Kaufleute haben Erfurt den Wohlstand gebracht."
Pater Nathin meldete sich auch zu Wort: „Ist Reichtum denn so erstrebenswert?"
Bruder Martin fühlte sich sofort an sein Mönchsgelübde erinnert: „Für uns Mönche sicher nicht. Aber dennoch kann Reichtum auch seine positiven Seiten haben."
„Ach ja?", wollte Nathin wissen.
„Reiche Menschen können sich alles leisten; auch die Vergebung ihrer Sünden. Durch Schenkungen oder Vererbungen an die heilige Mutter Kirche versuchen sie, ihre Sünden zu tilgen, auch für die Zeit nach dem Tod. Durch diese Spenden reicher Bürger konnten 90 Kirchen und Kapellen gebaut werden, deren Türme man schon von weitem sehen kann. Insgesamt 36 Erfurter Klöster verdanken ihre Existenz den Sünden dieser noblen Herren." Gemischte Gefühle bewegten Bruder Martin. In Arnstadt hellten sich seine Züge wieder auf und seine Augen leuchteten:

„Hinter Arnstadt kann man in der Ferne die vielen Türme Erfurts sehen. Ein wahrlich erhebender Anblick: Mein Erfordia turrita, meine Turmgekrönte! An dich habe ich mein Herz verloren."
Alle drei freuten sich, ihrem Ziel der Reise nahe zu sein. Besonders Konrad konnte es kaum abwarten. Ein neuer Lebensabschnitt sollte beginnen.

Es war in den frühen Nachmittagstunden, als sie Erfurt erblickten. Martin hatte wirklich nicht übertrieben. Konrad war überwältigt. Eine so große Stadt hatte er sich nicht vorstellen können. Die vielen Kirchtürme waren kaum zu zählen. Von weitem sah die Stadt aus wie eine auf grüne Seide gesteckte Brosche. Die Sonne stand schon im Westen und hatte einen Goldschimmer über die Stadt gehaucht. Die Kirchtürme wirkten wie aufgesetzte Edelsteine. Ein wahrlich fürstliches Schmuckstück.
Am frühen Abend erreichten sie den äußeren Ring der doppelten Stadtmauer. Die äußere Mauer war erst kürzlich fertiggestellt worden und schloss die zahlreichen Vororte Erfurts ein. Das eigentliche Bollwerk war der ältere innere Ring mit sehr breitem Graben und wuchtiger Mauer, die wohl niemals einzunehmen war.
Es gab acht Haupttore, die alle von gut ausgerüsteten Wachmannschaften besetzt waren. Sie hatten ungebetene Besucher der Stadt abzuweisen. Bettler, Aussätzige und Vagabunden hatten kein Zutrittsrecht. Alle dreißig Schritt ragte ein Wachtturm empor. Die über zehntausend Schritt lange Stadtmauer umschloss eine Fläche, die mehr als 20 000 Einwohnern Platz bot. Im ganzen Reich gab es nur wenige Städte, die größer waren.
Dank des Reichtums der Stadt konnte der Bürgerrat eine autonome Verwaltung durchsetzen. Vom Kaiser ließen sich die Erfurter zahlreiche Sonderrechte zusprechen. So gehörte Erfurt zu einer Gruppe von freien Reichsstädten, die dem Herzog von Sachsen und dem Markgrafen von Brandenburg das Geleit zu geben hatten. Neben Mühlhausen in Thüringen, Nürnberg und Rothenburg gehörte auch Windsheim dazu.
Seit frühester Zeit gehörten die Grund- und Stadtrechte Erfurts zum Mainzer Bistum. Streitereien zwischen dem Erzbischof von Mainz und dem Rat der Stadt kamen immer wieder auf. Das war schon seit dem 11. Jahrhundert so. Der sächsische Landesfürst unterstützte einmal die eine, einmal die andere Seite.
Die wohlhabenden und einflussreichen Handwerker und Kaufleute machten bald die Stadtpolitik unter sich aus, wobei die einfachen Bürger nur allzu oft das Nachsehen hatten. Hin und wieder gab es kleinere Aufstände der enttäuschten Bürger gegen ihre patrizischen Stadtherren.
So war es im Winter 1509/1510, dem Tollen Jahr, zu heftigen Kämpfen in der Stadt gekommen. Im Frühjahr 1510 gab es auch bewaffnete Auseinanderset-

zungen zwischen Studenten und der Bürgerschaft. Dabei wurden Universitätsgebäude und Bibliothek durch Brände zum Teil erheblich beschädigt.
„In Erfurt wird schon was geboten", meldete sich Martin wieder zu Wort, als sie auf das Löbertor zuritten. „Da muss man aufpassen, dass man nicht unter die Räder kommt. Zurzeit solltest du dich nicht unbedingt politisch engagieren. Der Mainzer Erzbischof von Henneberg ist mit strenger Hand unterwegs, um seine Rechte an der Stadt durchzusetzen. Da genügen schon falsche Äußerungen, um in den Kerker oder gar aufs Schafott zu kommen."
Die Wachen am äußeren Stadttor kontrollierten die drei sehr genau. Als Bruder Martin seine Kirchendokumente aus Rom mit dem päpstlichen Siegel vorlegte, wurden sie mit beinahe übertriebener Höflichkeit behandelt. Sie bekamen jeder einen Passierschein für das innere Tor ausgehändigt und durften weiterreiten.
Nahezu väterlich fürsorglich gab Bruder Martin dem angehenden Studenten noch einige Ratschläge: „Auf etwas noch Gefährlicheres als die politischen Unruhen muss ich dich noch hinweisen. Als angehender Medicus wird es dich interessieren. Eine neue Seuche überschwemmt seit einigen Jahren das Land. Besonders in Großstädten wie hier in Erfurt ist die neue Krankheit schon weit verbreitet. Die Amerikafahrer haben sie wohl von den Wilden mitgebracht. Es ist die Syphilis. Gerade die Erfurter Studenten sind gefährdet. Weiß man doch, dass hier unter den Studenten ein sehr freies und ungezwungenes Leben mit nachgiebiger Moral üblich ist. Erfurt ist die größte Bierschwemme und das freizügigste Hurenhaus des Reiches. Die Syphilis, so glaubt man, wird durch lasterhaftes Treiben mit leichten Mädchen verbreitet. Die Krankheit verläuft oft über Monate und Jahre, um dann im Siechtum zu enden. Halte Dich also fern von den Dirnen."

Als die drei auch die innere Stadtmauer passiert hatten, ritten sie auf direktem Weg zum Augustinerkloster. Martin und Pater Nathin mussten dort dem Prior Bericht erstatten und die päpstlichen Dokumente erläutern. Konrad war bei dieser Unterredung selbstverständlich nicht dabei. Ihm war es nicht einmal erlaubt, das Konventhaus zu betreten. Er musste zunächst für drei Wochen auf der Quarantänestation im Imfirmarium wohnen. Dies war eigentlich für alle Klosterbesucher Pflicht. Der Prior wollte auf diese Weise sicher gehen, dass nicht irgendwelche ansteckenden Erkrankungen eingeschleppt würden. Besonders fürchtete man sich vor der Pest, die in Erfurt schon mehrmals Hunderte und Tausende Bürger hingerafft hatte.
Das Imfirmarium war hier nicht nur Krankenstation, sondern auch als Herberge für Pilger und Gäste des Klosters eingerichtet. Hier hatten Neuankömmlinge die übliche Zeit der Quarantäne abzuwarten, bis sie als nicht-infektiöse Besucher eingestuft werden konnten.

Die Vorsichtsmaßnahme hatte man von den großen italienischen Städten wie Mailand und Venedig gelernt. Dort hatte der Schwarze Tod mehrmals Tausende Bürger getötet. Jeder Besucher musste dort außerhalb der Stadt auf Einlass warten. Die Dauer der Wartezeit, der Quarantäne, war auf vierzig Tage festgelegt worden.

Das Imfirmarium-Haus war ein Winkelbau mit steilem Satteldach. Zum Innenhof weisend waren hölzerne Rundbögen vorgesetzt, auf denen ein durchgehender Balkon ruhte. Auch die Balustrade des Balkons war mit Rundbögen ausgestattet, so dass sich ein recht heimeliges Gesamtbild ergab. Martin gab sich alle Mühe, dass sich sein junger Freund und Reisegefährte wohlfühlte. Das Essen wurde ihm von der Klosterküche hinüber in den Gemeinschaftsraum der Gäste gebracht. Es war stets sehr gut und ausreichend.
Pater Nathin war bereits an die Universität zurückgekehrt. Er musste Vorbereitungen für das neue Semester treffen. Er war sehr beschäftigt und musste viele Besprechungen führen. Für Konrad nahm er sich jedoch Zeit, um ihm die Stadt zu zeigen. Einen besseren Stadtführer hätte er sich nicht wünschen können.
In fast jeder Straße stand eine Kirche. Es waren keine sehr großen Gotteshäuser; sie wirkten eher schlicht. Auch innen waren sie nicht gerade prunkvoll ausgestattet. An einer Bronzetafel waren die Namen der Stifter abzulesen. Auch der Heilige, dem die Kirche geweiht war, stand auf dieser Tafel.
Der Mariendom bildete eine Ausnahme. Eine solch große Kirche hatte Konrad noch nie gesehen. Johannes Nathin erklärte ihm alles: „Der Hügel, auf dem unser Dom steht, ist für ein großes Bauwerk zu klein. Die Baumeister mussten deshalb einen speziellen Unterbau konstruieren. So war ein ausreichend großes Fundament für diese große Kirche geschaffen worden. Das war eine bauliche Meisterleistung, wie du sie im ganzen deutschen Reich nicht noch einmal finden wirst. Auch die Innenausstattung ist besonders kostbar und wertvoll. Ist es nicht ein erhabener Anblick, wie vom Domplatz die Freitreppe direkt vor dem schönen Triangelportal endet? Das Eingangsportal ist etwas ganz Besonderes. Auf sieben konisch zulaufenden gotischen Bögen sind biblische Szenen dargestellt. Wer durch dieses Portal schreitet, wird mit dem Gefühl begleitet, als tauche er ein ins biblische Leben, in den Schoß der Kirche. Im Inneren wird man empfangen von der gotischen Herrlichkeit schlanker Säulen und hoher spitz zulaufender Fenster. Das prachtvolle, 75 Fuß hohe farbige Chorfenster mit Szenen verschiedenen Heiligenleben durchflutet den Altarraum mit wundervollem Licht, das zugleich eine festliche Stimmung zaubert. Die Wandzeichnungen von der Mutter Maria und bekannten Heiligen fesseln jeden Besucher. Besonders wertvoll sind auch die reich beschnitzten Chorstühle zu beiden Seiten und zahlreiche Wandgemälde. Kirchgänger, die nicht die Bibel lesen können, haben hier ausreichend

Bildmaterial, in das sie sich während des Gottesdienstes hineinversetzen können. Die Meditation ist die intensivste und ergiebigste Form der Andacht. Kirchenbilder geben Hilfestellungen dazu." Nathin war mächtig stolz auf seinen Erfurter Dom; jede Einzelheit wollte er seinem jungen Freund zeigen.
„Oft bestaunt wird unserer Bronzeleuchter, der aus einem Guss gefertigt wurde. Mit ausgestreckten Armen hält er in seinen Händen große Kerzen. Im Seitenschiff malt zurzeit der Hofmaler Lukas Cranach wunderschöne Wandbilder. Unser Landesfürst Friedrich hat ihn erst vor sechs Jahren zu uns geholt."
Bei seinen Spaziergängen durch die Stadt konnte Konrad bald die Unterschiede zu seiner kleinen Heimatstadt Windsheim feststellen. Alles war größer; die Häuser, die Plätze, die Hauptstraßen und die Klöster. Die Straßen waren zum Teil gepflastert oder mindestens mit Kies aufgeschüttet und befestigt. Es gab Bürgersteige und Rinnsteine. Wenn in Windsheim noch Morast, Kot und Abfall das Straßenbild prägten, war hier in Erfurt auf den größeren Straßen und Wegen alles recht sauber und ordentlich. Auch das Kleinvieh wie Hühner, Gänse, Schweine und Ziegen waren auf die Hinterhöfe verbannt. Die Händler und Bauern konnten so ungehindert mit ihren Karren und Wagen durch die Straßen zu den Märkten fahren. Die Nebenstraßen freilich sahen aus wie in anderen Städten auch: voller Dreck, Schlamm und Gülle.
Die Speicherhäuser für die wertvollen Waidblätter waren, abgesehen von den Kirchen, die größten Gebäude in der Stadt. Besonders schön anzusehen waren die prachtvollen Stadtvillen der reichen Patrizier. Die waren fast alle aus Stein gebaut, und die Fassaden mit aufwendigem Stuck oder Wandgemälden verziert. Das Rathaus war auch eines der großen Häuser mit hoch aufragendem rotem Satteldach. Das Hauptgebäude hatte nur wenige unregelmäßig verteilte Fenster. Der rechtwinklig abgehende Seitentrakt war nicht so langgestreckt. Er war von einem mächtigen Turm flankiert, auf dem ein kleiner Glockenturm aufgesetzt war.
Das riesige Bauwerk symbolisierte die Macht und den Reichtum der Stadt mit ihren fleißigen, strebsamen Bürgern. Vor dem Winkelbau breitete sich ein großzügiger Rathausplatz aus. In der Mitte des Platzes befand sich eine Gedenksäule und ein öffentlicher Brunnen.
Hier gab es immer flanierende Bürger und eine rege Geschäftigkeit. Seit vielen Jahren wurde hier Fisch gehandelt, meist als Dörrfisch. Man nannte den Platz deshalb auch den Fischmarkt.
„Bevor wir uns das Universitäts-Viertel ansehen, wollte ich dir noch unsere interessante Krämerbrücke zeigen. Früher, als sie noch aus Holz gebaut war, ist sie mehrmals abgebrannt. Zuletzt hat man sie jetzt aus Stein gebaut. Die Straße, die über die Brücke führt, hat auf beiden Seiten viele kleiner Krämerläden. Insgesamt sind es wohl 60 eng aneinander liegende Häuser. Die

Händler kaufen sich sehr gerne diese kleinen Häuschen, weil für über dem Wasser Wohnende die Steuerabgaben an die Stadt besonders gering sind. Ähnliches habe ich während einer Italienreise in Florenz auf der Brücke über den Arno gesehen.
Auch einen Bader findest du hier. Auf jeder Seite der Brücke gibt es eine Kirche, und auf der Ostseite befindet sich das zur Universität gehörende Hospital. Hierin werden unsere Studenten oder Lehrer behandelt und betreut, wenn sie krank sind." Nathin war ein wirklich guter Stadtführer, kannte er sich doch bestens aus in Erfurt.
„Wenn man durch die Stadt geht, trifft man fast ständig junge Leute, die mit irgendwelchen Büchern und Heften unterwegs sind. Du wirst sie recht bald schon von weitem als Studenten erkennen. Wir haben fast tausend Studenten in der Stadt. An Festtagen tragen sie lange Talare und Kappen als Kopfbedeckung. Sie sind alle in den sogenannten Bursen, den Studentenheimen, untergebracht. In diesen Heimen herrscht strenge Zucht. Oft wohnt einer der Magister oder Professoren mit den Studenten unter einem Dach. Als Bruder Martin Student war, wohnte er in der Georgenburse direkt an der Lehmannsbrücke. Dort wollen wir dich zuerst unterbringen. Eventuell wird später einmal ein Platz in der Armenburse frei. Du findest sie am Ufer der Gera. Sie wurde von einem schlesischen Bischof für arme Studenten gestiftet, damit sie kostenlos wohnen können. Leider ist dort nie genügend Platz.
Wenn Du in der Burse wohnst, musst du dich den Gepflogenheiten der Studenten anpassen. Für die neuen Studenten haben sie sich eine scheußliche Aufnahmeprüfung ausgedacht. Sie nennen es das Beanium. Der Neuling bekommt eine Schweine- oder Hundemaske übergestülpt. Auf allen Vieren muss er sich in die Mitte des Saales begeben und wird dann von den übrigen Studenten wegen seiner Unwissenheit ausgelacht und beschimpft. Seine vermeintliche Bosheit wird ihm mit Stöcken ausgetrieben. Nach dieser Prozedur muss der Verspottete alle anderen zu einem Festmahl mit Wein und Bier einladen. Erst dann ist er als ebenbürtiger Kommilitone aufgenommen."
„Da bin ich aber froh, dass ich mein Pferd bereits verkauft habe und einen guten Preis erzielen konnte. Ein solches Beanium-Fest kostet sicher viel Geld. Ich kann es kaum erwarten. Sagt mir, Pater Nathin, wann wird das neue Semester beginnen? Werdet Ihr mir helfen, mich in die Studentenliste einzutragen?"
Konrad war noch recht unsicher und machte keinen Hehl aus seiner Unkenntnis und seiner Erwartungsangst. Auf der anderen Seite war er sehr froh, dass er jetzt endlich doch seinen Traum verwirklichen konnte: Er sollte tatsächlich Medicus werden.
„Noch heute werden wir deine Anmeldung am Collegium maius vornehmen, damit du recht bald dein Studium beginnen kannst. Du wirst wie alle

Studenten zunächst das Grundstudium, das so genannte Studium der ‚Sieben freien Künste' absolvieren."
„Ja, ich weiß, Pater Nathin", fiel ihm Konrad ins Wort, „in den ersten drei Semestern die Sprachkünste. Nach anderthalb Jahren käme dann die erste Prüfung, das Bakkalaureat. Danach folgen die mathematischen Fächer Arithmetik."
Nathin staunte: „Genau so ist es. Nach vier Jahren kannst du endlich das Grundstudium mit einem vorläufigen Examen abschließen. Du darfst dich dann Magister artium, Meister der freien Künste, nennen. Erst jetzt trennen sich die Wege der Studenten in die unterschiedlichen Hauptstudien. Hier in Erfurt kann das die Rechtswissenschaft, Theologie, Philosophie oder Medizin sein.
Wenn wir dich bei der Universitätsverwaltung eingeschrieben haben, werden wir sogleich in die Georgenburse hinübergehen und dort ein Zimmer für dich reservieren lassen." Pater Nathin hatte seine Freude, dem angehenden Studenten Hilfe gewähren zu können.
Als sie durch die Michaelisstraße gingen, war Konrad zunächst enttäuscht von den eigentlich bescheidenen Häusern der Universität. Er hatte sich große Gebäude wie etwa das Rathaus vorgestellt. Das Haupthaus, das Collegium maius, war nach der Studentenrevolte noch nicht vollständig wiederhergestellt. Die herrliche Fassade ließ aber erahnen, dass es sich um ein herrschaftliches Haus gehandelt hatte. Das Eingangsportal ähnelte dem des Domes, war allerdings sehr viel kleiner. Die Handwerker waren noch mit Reparaturen im Haus beschäftigt. Einige Räume konnten schon wieder genutzt werden. So war die Verwaltung der Universität wieder hier untergebracht. Pater Nathin kannte sich dort sehr gut aus. Schließlich war er als Dozent Mitglied des Professorenkollegiums. Er war jedem bekannt und wurde auch gleich freundlichst begrüßt. Zufällig war der Rektor, Professor Bartholomaeus von Usingen, anwesend.
Nathin stellte seinen Freund kurz vor und empfahl, ihn als neuen Studenten in die Matrikel der Universität aufzunehmen. Konrads erster Schritt ins Studentenleben war getan.

Es war bereits Ende September, als das Wintersemester 1511 begann. Konrad hatte in der Georgenburse seine Aufnahmefeier absolviert und sein Zimmer in Parterre bezogen. Neben ihm wohnte ein junger Mann, Jakob Regensburger aus Augsburg, der ebenfalls Medizin studieren wollte. Er hatte bereits seine Bakkalaureatsprüfung bestanden und durfte schon gelegentlich die Jüngeren unterrichten. Er klärte Konrad über die internen Gesetze der Universität auf. So war es in den Unterrichtsräumen der Burse nur erlaubt zu reden, wenn man direkt angesprochen wurde.

„Unsere Lehrer verlangen im Unterricht die lateinische Sprache. Die Studenten kommen ja aus allen Regionen des Reiches, so dass zu viele unterschiedliche Dialekte gesprochen werden. Nicht alle sind für jedermann verständlich. Außerdem braucht es für wissenschaftliche Erörterungen eine exakte und unmissverständliche Sprache. Das Lateinische erfüllt all diese Voraussetzungen. Im Unterricht ist es also vorgeschrieben, lateinisch zu sprechen."

Der Tagesablauf war sehr straff reglementiert. Morgens um vier Uhr wurde eine Andacht gehalten. Um sechs Uhr begann der Unterricht in der Burse oder in einem der Universitätsgebäude. Um zehn Uhr gab es das erste Essen, ein üppiges Mahl mit Fleisch, Gemüse, Brot, Pfannkuchen, Rührei und Käse. Üblicherweise trank man Bier dazu. Bis zur zweiten Mahlzeit um fünf Uhr wurde wieder studiert. Abends gegen acht wurden die Studentenheime abgeschlossen. Wenn jemand ausnahmsweise Ausgang wünschte, musste er das anmelden. Unter der Auflage, sich vom Glücksspiel und den Dirnen fernzuhalten, wurden dann Hausschlüssel ausgeliehen. Sehr häufig wurde das nicht in Anspruch genommen; mussten die Studenten doch um vier Uhr wieder aufstehen. An den Wochenenden herrschte allerdings ein lockeres Leben. Man konnte am nächsten Tag ausschlafen. So waren denn auch am Samstag bis tief in die Nacht die Wirtshäuser von den Studenten belagert, die dort reichlich dem Bier zusprachen. Natürlich gesellten sich oft auch junge Mädchen dazu. In vorgerückter Stunde ging es da nicht gerade prüde zu.

Konrad hatte sich sehr rasch an das Studentenleben gewöhnt. Allerdings war er einer der eifrigen und soliden Studenten. Er ging nur selten mit seinen neuen Freunden ins Wirtshaus. Er wollte unbedingt die Examensprüfungen so schnell wie möglich erfolgreich absolvieren.

Die ersten fünf Jahre hatte das Studium nur wenig mit medizinischen Themen zu tun. Die Professoren legten sehr großen Wert auf eine solide Allgemeinbildung.

Theologie wurde vom Rektor, Professor von Usingen, gelehrt. Er war Augustinermönch und überzeugter Vertreter der Scholastik, der offiziellen Kirchenlehre. Zur Naturwissenschaft hatte er seine konservative Einstellung. Alle Fragen des Lebens würden sich durch die Bibel und die Lehren der Kirche erklären. Aus diesem Grunde sah er keine Veranlassung, naturwissenschaftliche Geheimnisse zu hinterfragen oder erforschen zu wollen.

Medizinern, die der Ursache von Krankheiten auf den Grund gehen wollten, hielt er entgegen, dass alle Antworten in der Bibel zu finden sind: im zweiten und fünften Buch Moses, in den Evangelien von Matthäus und Johannes und einigen andere Stellen. Die Hauptursache aller Krankheiten sei die Sündhaftigkeit der Menschheit. Ein gottergebenes Leben sei die einzige Möglichkeit, sich vor Krankheiten zu schützen. Nicht der Körper des Menschen wurde als

wichtig erachtet, sondern die in ihm wohnende Seele. Aus diesem Grunde empfahl der Professor allen Menschen, für eine reine Seele zu sorgen. Die Vergebung der Sünden sei für jeden Christen deshalb die wichtigste Aufgabe. Dies ginge nur über die Beichte und Annahme der vom Pfarrer auferlegten Buße.
Den Philosophieunterricht hielt Professor Conrad Mutian, ein sehr fortschrittlich denkender Lehrer, der der scholastischen Lebensphilosophie eher skeptisch gegenüberstand. Er war einer jener Gelehrten, die sich mit der von Gott gelenkten schicksalhaften Verteilung von Gesundheit und Krankheit, von Wohlergehen und Unglück, von Leben und Tod nicht abfinden wollten. Bereits Mutians Vorgänger, Professor Marschalk, vertrat die gleiche Meinung und hatte damit den fortschrittlichen Ruf der Erfurter Universität begründet. Die Auslegung der alten Philosophen wie Platon und Aristoteles wollten sie erneut beleben. Man wollte sich die philosophischen Lehren nicht von Kirchenvertretern interpretieren lassen.
Das eigene Studium der alten Quellen war das erklärte Ziel. Ad fontes, zurück zu den Quellen, war das Motto des modernen Weges, der Via moderna. Professor Mutians Vorlesungen wurden von den Studenten sehr gern besucht und mit viel Interesse gehört. Sein Mut wurde von allen gelobt; nie hatte er sich einen Maulkorb aufsetzen lassen und er sparte nicht mit gelegentlicher Kritik an Ratsherren oder Kirche.
Der Hörsaal war einmal wieder bis auf den letzten Platz besetzt. Angekündigt war das Thema „Vom Neuen Zeitgeist".
„Verehrte Herren Studenten!
Im ganzen Reich hat sich in den letzten Jahrzehnten eine Weltuntergangsstimmung verbreitet, die das öffentliche und wirtschaftliche Leben erheblich blockieren. Die Menschheit ist verängstigt und hadert mit der Kirche und mit ihrem irdischen Dasein. Die wiederholten Pest-Epidemien sind wohl der Hauptgrund. Auch die in den Kirchen immer wieder vorgetragenen Ermahnungen zur Buße und Beichte als Vorbereitung auf das Dasein nach dem Tod geben ihren Beitrag zur allgemeinen Lethargie."
Fasziniert hingen die Studenten an den Lippen ihres Professors.
„Wie viel hoffnungsvoller ist die Lehre Platons? Besteht der Mensch wirklich aus einem irdischen unbedeutenden Leib und einer himmlischen unsterblichen Seele? So zumindest behaupten es die kirchlichen Lehrmeinungen. Auch die Poeten und Schriftsteller verfassen ihre Schriften im Sinne dieser Lebensphilosophie. Ihre Werke erfahren durch die Gutenberg'sche Druckkunst weite Verbreitung. Wer also lesen kann, weiß davon.
Ich darf an den italienischen Dichter Alighieri Dante erinnern. Sein Hauptwerk „Die Göttliche Komödie" schildert sehr eindrucksvoll die furchtbaren Qualen der Hölle und paradiesische Zustände im Himmelreich. Die schönen Verse mit ihrer so typischen Melodie sind Meisterwerke der Dichtkunst,

vermitteln aber nicht jedem eine frohe Botschaft. Einen Ausweg aus der finsteren Grundstimmung des Volkes bietet sie freilich nicht. Vielmehr fühlen sich die meisten Christen in ihrer unterwürfigen Gläubigkeit bestärkt.
Unter den Bauern auf dem Land und den Bürgern der Stadt hat sich eine tiefe Abhängigkeit von der Kirche entwickelt. Nur ein fester Glaube an Gott und die Kirche scheint einen Ausweg aus dem Jammertal des irdischen Lebens zu bieten. Alles richtet sich auf die Zeit nach dem Ableben aus. Die Probleme des momentanen irdischen Lebens treten in den Hintergrund und sind nebensächlich.
Jeder will Verdienste erwerben, die den Eintritt ins Paradies wahrscheinlich machen. Hier kommt ihnen die Kirche mit dem Angebot des Ablasses entgegen. Durch den Kauf von Ablassbriefen kann man seine auf Erden begangenen Sünden tilgen lassen. Der Ablasshandel wird professionell ausgearbeitet und im ganzen Reich organisiert.
Auch Pilgerfahrten zu den im ganzen Reich ausgestellten Reliquien von Heiligen oder gar von Jesus selbst sind geeignet, die ewige Seligkeit zu erkaufen. Die Anbetung der Reliquien ist selbstverständlich mit einer Opfergabe verbunden.
Gemäß einer Taxe von Papst Innozenz VIII. aus dem Jahre 1489 ist schnell auszurechnen, wie viele Jahre die Seele von Verstorbenen im Fegefeuer brennen muss, bis sie ins Himmelreich einfahren darf. In dieser Sündentaxe sind 500 Vergehen bis hin zu den Schwerverbrechen aufgelistet. Es sind auch die entsprechenden Strafen angegeben. So kann sich jeder die Anzahl der Höllenjahre ausrechnen, die er im Jenseits als Buße zu ertragen hat.
Durch Reliquien-Anbetung und Kauf von Ablassbriefen kann man die Jahre des Fegefeuers abkürzen oder gar vollständig tilgen. Dies gilt auch für jene Vergehen, die man erst in der Zukunft begehen wird. Auch die Sünden von noch lebenden oder verstorbenen Verwandten kann man durch entsprechende Zahlungen wegwischen."

Deutlicher konnte man den Ablass-Irrsinn nicht darstellen. Die Studenten sprangen alle von ihren Plätzen auf und applaudierten. Mit ausgebreiteten Armen beschwichtigte der Professor seine Zuhörer. „Unser Landesfürst von Sachsen, Friedrich der Weise, besitzt den zweitgrößten Reliquienschatz des Reiches. Er hat im Laufe der Jahre über 19 000 Reliquien zusammengetragen. Die Sammlung wird in der Wittenberger Schlosskirche aufbewahrt. Pilger aus dem ganzen Reich kommen hierher, um die geweihten Gegenstände zu sehen, zu berühren und zu küssen. Nach Zahlung einer Gebühr kann man einen Ablass von 10 bis 100 Jahre erwerben. So hat der Kurfürst mit seinen Sammelstücken für sich und seine Angehörigen einen Generalablass von etwa zwei Millionen Jahren erworben.

Noch umfangreicher ist die Sammlung des Hohenzollernprinzen Albrecht von Brandenburg, Erzbischof von Magdeburg. Er besitzt Haare und in kleine Flaschen abgefüllte Milch der Jungfrau Maria. Auch ihr Hemd, in dem sie Jesus gebar, hat er in seiner Sammlung. All diese Gegenstände mussten vom Papst gegen hohe Gebühren als echte Reliquie anerkannt werden, bevor sie den Gläubigen präsentiert werden können. Da haben sich merkwürdige Fundstücke angesammelt. Dornen aus der Krone Jesu, Holzsplitter aus seinem Kreuz, Teile seiner Garderobe und des Gewandes von der heiligen Jungfrau. Sogar Obskures wird angebetet wie etwa Federn aus den Flügeln des Engels Gabriel, ein Hauch Christi in einer Schachtel und der Schall der Glocken von Jerusalem, als Jesus einzog. Das Berühren dieser geweihten Reliquien befreit von der Last der begangenen Sünden über viele Jahre hinaus. Selbstverständlich muss dieser Ablass bezahlt werden.
Die einfältige Frömmigkeit des Volkes wird von vielen Kirchenfürsten schamlos ausgenutzt und zu klingender Münze gemacht. Der Reichtum des Klerus mehrt sich auf diese Weise bis ins Unermessliche. Das ausschweifende, lasterhafte Leben der Bischöfe verlangt nach diesen Sondereinnahmen. Selbst am päpstlichen Hof in Rom herrscht unzüchtiges Treiben mit Glücksspielen, Wollust und Gotteslästerung. Hier werden enorme Summen Geld verprasst. Zusätzlich fordert der Bau des Petersdomes die Erschließung neuer Geldquellen."
Die gebannte Aufmerksamkeit war dem Professor nicht entgangen. Manchmal schien es auch so, als ob er sich über seine eigene unvorsichtige Ansprache erschreckte. Er war allerdings nicht der einzige, der die Geldgier der römischen Kirche anprangerte. Gerade in Erfurt gab es mehrere mutige Priester, die in den Kirchen unerschrocken gegen den Ablasshandel predigten.
„Der geniale Einfall des Ablasshandels fällt gerade in Deutschland auf fruchtbaren Boden. Die Deutschen in ihrer schlichten Unterwürfigkeit und mit ihrer ausgeprägten Volksfrömmigkeit fürchten sich besonders vor den Schrecken des Fegefeuers. Die päpstlichen Geldeintreiber sind hier am erfolgreichsten.
Die Via moderna will eine neue Einstellung zum Leben vermitteln. Das kann nicht vom Volk ausgehen. Die Denkweise in den Schulen und Universitäten muss sich ändern. Weg von den philosophischen Grundsätzen der Universalien hin zum Nominalismus. Gemeint ist damit die Abkehr von der herrschenden Meinung, dass ausschließlich das Übergeordnete, die Gemeinschaft, wichtig ist. Im Vordergrund soll nun vielmehr der Einzelne stehen mit seiner Persönlichkeit, seinen Fähigkeiten, seinen Leistungen und seinen Fehlern.
Dazu ist es nötig, die alten Philosophen neu zu interpretieren. Nur wer die Sprachen der alten Lehrer beherrscht, kann auch ihre Texte studieren. Lasst uns die humanistischen Sprachen neu beleben! Nicht mehr die Maximen des

Thomas von Aquin und des Albertus Magnus sind gefragt, sondern ein auf den einzelnen Menschen ausgerichtete Philosophie, die zu positiver Lebenseinstellung führen soll. Das nennt man den Humanismus.
Wir stehen an der Schwelle einer neuen Zeit, einer Epoche der Erneuerung, der Wiedergeburt. Die Italiener nennen es das Rinascimento und meinen die Wiedergeburt der Werte des klassischen Altertums. Wir müssen umdenken und die Lethargie hinter uns lassen. Die poetische Bearbeitung des neuen Lebensgefühles kennen wir von dem arabischen Dichter Mohamed Schemseddin genannt Hafiz, dem Italiener Francesco Petrarca und unserem Ulrich von Hutten. Diese großartigen Denker möchte ich meinen treuen Studenten ans Herz legen.
Und zum Abschluss, meine Herren Studenten, möchte ich Ihnen hinter vorgehaltener Hand noch einen wichtigen Vertreter der humanistischen Geisteshaltung nennen: Erasmus von Rotterdam."
Mit angedeuteter kurzer Verbeugung beendete Professor Mutian seine Vorlesung. Die Studenten sprangen auf und gaben lange Applaus. Alle waren begeistert. Der Humanismus stellte den Menschen in den Mittelpunkt aller philosophischen Betrachtungen. Die griechischen Philosophen haben in besonderer Weise das einzelne Individuum in seiner Umwelt analysiert, beschrieben und gefördert.
Auf den Lehrplan kamen also außer Latein auch Griechisch und Hebräisch. Die Humanisten mussten jedoch sehr behutsam vorgehen, um nicht als Ketzer angeklagt zu werden. Vom Inhalt her mussten sich ihre Lehren am christlichen Glauben ausrichten und den Kirchengesetzen nicht zuwiderlaufen. Dies kam oft einem Seiltanz gleich, weil der Humanismus eigentlich den kirchlichen Autoritäten ablehnend gegenüberstand.
Die fortschrittlichen Lehren hatten sich rasch herumgesprochen und fortschrittlich denkende Lehrer nach Erfurt gelockt. Besonders aus Oberitalien kamen einige sehr frei und furchtlos denkende Lehrer, die hier Gleichgesinnte treffen wollten.
Konrad war froh, dass er an so einer modernen Universität studieren durfte. War doch zu hoffen, dass sich auch das medizinische Hauptfach von der reinen Theorie zur experimentellen Wissenschaft reformieren würde.

Bis dahin war noch ein langer Weg. Im Frühjahr 1513 bestand Konrad das erste Examen, das Bakkalaureum. Ab dem Sommersemester wurde es schon etwas interessanter. Außer den Pflichtfächern wurden nun auch Vorlesungen über die Analytik des Aristoteles, über die Mathematik des Euklid und de Muris, Ökonomie und Ethik angeboten.
An der Universität und auch in der Stadt war zu jener Zeit eine gewisse Aufbruchstimmung zu spüren. Auch Konrad war dies nicht entgangen. Überall sprach man von dem neuen Modernen Leben, das mehr Initiative zum Ei-

gennutz und mehr Lebensfreude predigte. Überall im Reich begann man, die schönen Dinge des Lebens zu suchen und zu erleben.
Sein Zimmernachbar Jakob Regensburger war von der neuen Lebenseinstellung begeistert und konnte nicht aufhören, davon zu schwärmen: „Du solltest dir unbedingt die Geschichten der italienischen Studenten anhören", überfiel er Konrad immer wieder. „In Venedig, Padua und Ferrara scheint eine andere Welt zu sein. Ein freieres Leben kann man sich kaum vorstellen. Die Pfaffen melden sich dort kaum zu Wort. Niemand nimmt sie so recht ernst. Man kann es schon am Baustil erkennen. Nicht unbedingt die Kirchen sind die prunkvollsten Gebäude in der Stadt, sondern die Villen der reichen Handwerker und Kaufleute. In den Wohnhäusern findet man kaum noch kleine Kammern, sondern große Säle mit hohen Fenstern, die Licht und Leben ins Haus holen.
Auf Schritt und Tritt spürt man die süße Art zu leben. Die feinen Damen kleiden sich in Samt und Seide und schmücken sich mit Gold und Edelsteinen. Auch die vornehmen Herren achten sehr genau auf ihre Garderobe. Nur die feinsten Stoffe und Pelze sind ihnen gerade recht. Die Stoffe sind dort nicht nur edler, sondern haben auch leuchtende Farben. Die Färber benutzen dazu neben dem bekannten Waid auch Alaun, den sie aus dem Levante, den östlichen Mittelmeerländern, in großen Mengen per Schiff nach Venedig bringen lassen.
Auch die italienische Küche hat sich völlig verändert und ist mit unserer so genannten lateinischen Küche nicht mehr zu vergleichen. Die Essgewohnheiten sind völlig anders als bei uns. Die Mahlzeiten des Tages sind nicht nur dazu gedacht, den Hunger zu stillen. Nein, man verfeinert die Speisen mit raffinierten Zutaten und orientalischen Gewürzen. Hast du jemals von Pfeffer, Paprika, Ingwer, Muskat oder Zimt gehört? Herrliche Gerichte lassen sich damit zaubern. Das Essen wird nicht einfach eingenommen, sondern das Mahl wird zelebriert bei angenehmer Unterhaltung.
Die Wohnräume ihrer Häuser duften nach allerlei Räucherwerk, die einen Wohlgeruch verbreiten, der bei uns nicht bekannt ist. Die Damen und manche noblen Herren tragen duftende Cremes und Balsame auf ihrer Haut. Das sind alles Erfindungen der Araber, die sich die Italiener gerne angenommen haben. Sie versüßen damit ihr Leben. Von einer demütigen Gottesunterwürfigkeit ist man dort weit abgerückt."
Jakob war nicht mehr zu bremsen. Seine Begeisterung war nicht mehr zu überbieten und regelrecht ansteckend.
„An den Schulen und Universitäten hat sich ebenfalls einiges getan. Ohne ein gründliches Umdenken wird man dort ausgelacht. Die Philosophen an den oberitalienischen Universitäten beschäftigen sich nicht mehr mit den Lehren des Thomas von Aquin, sondern mit denen von Aristoteles und Platon in ih-

rer ursprünglichen Form. Der einzelne Mensch mit seinen Fähigkeiten und seiner Stellung in der Gesellschaft wird jetzt analysiert und interpretiert.
Seit die Türken 1453 Konstantinopel besiegt haben und damit das byzantinische Kaiserreich zerfiel, kamen Hunderte von arabischen und griechischen Gelehrten nach Venedig und die benachbarten Städte. Sie brachten die arabische Lebensart mit. Die Italiener lernen schnell und lösen sich allmählich aus dem engen Korsett der römischen Kirche. In der Republik Venedig mit seinem weiten Hinterland war ohnehin arabischer Einfluss zu spüren. Die Venezianer hatten schon immer enge Beziehungen zu Byzanz, den Arabern und dem Orient. Seit vielen Jahren genießen sie dort Handelsfreiheit."
Konrad war beeindruckt. Was sein Freund schon alles gesehen hatte und was er alles wusste! „Jakob, du bist halt schon weit herumgekommen. Da lernt man andere Völker und andere Sitten kennen."
„Ja, das stimmt. Wer nicht herauskommt aus seinem Kreis, erfährt nichts. Kleiner Kreis, kleiner Geist. Du solltest mal die Verhältnisse an den Universitäten erleben. Auch da war der arabische Einfluss nicht zu verhindern. Immer mehr Professoren lehren ein freies Denken. Die strengen Kirchengesetze werden immer mehr vernachlässigt. Die humanistischen Sprachen Griechisch und Hebräisch sind hier Pflicht. So ist dort jedem Studenten das direkte Studium von Aristoteles möglich. Besonders verlockend ist die medizinische Ausbildung an diesen Universitäten. Das Können der arabischen Ärzte steht weit über dem unserer Medici. Es ist ein Segen, dass die Flüchtlinge aus Konstantinopel uns ihr Wissen mitgebracht haben. Wir müssen noch viel von ihnen lernen."
Konrad war ihm ein aufmerksamer Zuhörer: „Du hast recht. In deutschen Landen scheint mir die praktische Medizin nicht sehr weit entwickelt. Die Bader und Barbiere leisten beinahe mehr im Bemühen um den Kranken als die Medici. Was denkst du? Sollten wir später nicht auch einige Semester in Italien studieren?"
„Für mich ist schon heute klar, dass ich so bald wie möglich nach Ferrara oder Padua gehen werde. Es wäre schön, wenn du mit mir gehen könntest. Zu zweit fühlt man sich sicherer und kann sich gegenseitig helfen."
Konrad war sofort einverstanden.
„Selbstverständlich komme ich mit. Aber ich fürchte, dass wird nicht möglich sein. Du bist doch drei Semester weiter als ich. Mein Vorstudium bis zum Magister wird noch mehr als drei Jahre dauern."
Jakob war da optimistischer: „Wenn ich in zwei Jahren meine Magisterprüfung ablegen werde, habe ich danach zunächst andere Pläne."
„Was für Pläne sind das?" Konrad wurde neugierig.
„Ich werde mit einigen Fernhändlern aus Venedig den Orient bereisen. Die Lebensverhältnisse der arabischen Völker möchte ich studieren und etwas über die praktische Medizin in diesen Ländern erfahren. Ich hoffe rechtzeitig

zurück zu sein, damit wir dann gemeinsam ins Welschland reisen können. Du kannst derweil schon entsprechende Vorkehrungen treffen."
„Ins Welschland? Was ist nun das schon wieder?", fragte Konrad unsicher nach.
„Du weißt wirklich noch nicht viel von der Welt", prahlte Jakob, „die Menschen in Italien nennt man auch die Welschen."
Konrad schaute verlegen und beinahe hilflos zu Boden. Jakob versuchte die Situation zu überspielen.
„Eventuell können wir uns einigen deutschen Händlern anschließen. Im Verbund reist es sich gefahrlos. Wir wollen uns Freundschaft und Treue geloben. Gemeinsam sind wir stark und erfolgreich."
„Deine Freundschaft nehme ich gerne an. Ich verspreche, dass ich mit dir nach Italien gehe. Wir wollen die besten Ärzte werden."
Konrad freute sich sehr über die Freundschaft mit dem jungen Regensburger. Wenn Jakob tatsächlich durch die arabische Welt reist, wird er viel erzählen können.

Konrad war auch im zweiten Abschnitt seines Grundstudiums einer der eifrigsten Studenten. Von den sieben freien Künsten wurde jetzt Arithmetik, Geometrie, Musik und Astronomie gelehrt. Manchmal gab es auch besondere Vorlesungen von Gastdozenten oder eingeladenen Professoren. Mit Medizin hatte der Unterrichtsstoff nichts oder nur sehr wenig zu tun. Konrad wollte in den Semesterferien bei einem der zahlreichen Bader und Barbiere aushelfen. In der Stadt gab es ja viele, die alle gut zu tun hatten.
Die Ferien waren sehr lang, etwa zwei Monate im Frühjahr und fast drei Monate im Spätsommer. In dieser Zeit waren die Studentenbursen geschlossen. Die Schüler waren in den Ferien daheim bei ihren Eltern und kehrten erst einige Tage vor Semesterbeginn in die Bursen zurück. Nur Konrad blieb in Erfurt. Er wollte sich als Badergehilfe nützlich machen.
„Pater Nathin, könnt Ihr mir für die Zeit der Semesterferien im Augustinerkloster ein Zimmer besorgen. Ich will auch dafür arbeiten." Konrad hatte nicht gewusst, wen er sonst hätte fragen können. Nathin war ihm mittlerweile ein väterlicher Freund geworden, der es aufrichtig und ehrlich mit ihm meinte.
„Ich werde den Prior fragen, ob er eine Verwendung für dich hat. Es könnte sein, dass in der Küche, im Infirmarium oder im Klostergarten eine Hilfe gebraucht wird. Du bist intelligent und fleißig und somit überall einsetzbar."

Schon am ersten Ferientag konnte Konrad ins Augustinerkloster umziehen. Der Prior hatte ihm das Gartenhaus des Klostergartens zugewiesen. Konrad war über die herzliche Freundlichkeit des Priors überrascht: „Ich habe gehört, dass Du schon einmal in einem Kloster der Augustinermönche gewohnt

hast. Du warst dort sehr beliebt und hast bereits einigen unserer Brüder helfen können. Eine Wohnung im Gartenhaus ist dir ja auch nicht fremd. Sie ist kostenlos. Du darfst dort bleiben solange du willst. Wenn du in der Küche essen willst, musst du dort dem Koch helfen, die Teller zu spülen oder Gemüse zu putzen."
Konrad bedankte sich höflich und bot sich an, im Konventhaus oder in der Klosterkirche beim Putzen zu helfen.
„Es ist durchaus möglich, dass du im Konventhaus nützlich sein kannst. Normalerweise sorgen dort die Mönche selbst für Ordnung. Hin und wieder sind einige Mönche verreist oder erkrankt, so dass die Arbeit liegen bleibt. Dann geben wir dir Bescheid."

Das Gartenhaus war schnell zu einer gemütlichen Studentenwohnung hergerichtet. Ein Bett hatte Konrad aus dem Infirmarium bekommen. Es war defekt, konnte aber mit einigen Handgriffen repariert werden. Ein Tisch, zwei Stühle und ein Wandregal war auf dem Speicher des Konventhauses unter allerlei Gerümpel versteckt. Konrad hatte alles mit viel Liebe geputzt und aufpoliert. Schon nach einer Woche konnte er sein neues Häuschen beziehen.
Vom Infirmarius hatte Konrad die Adressen von Badern und Barbieren in der Stadt erfahren.
„Gleich gegenüber unserer Klosterkirche findest du das Haus Zum Mohren. Dort hat ein sehr guter Bader seine Behandlungsräume. Er wird in der ganzen Stadt gelobt. Wenn die Augustiner ernsthaft krank sind, wird er gerufen."

Das große Eingangstor des Augustinerklosters befand sich an der Comthurgasse. Hinter dem Tor rechts kam man zum Infirmarium. Der rechtwinklige Bau des Kranken- und Gästehauses umschloss schützend einen kleinen gepflasterten Vorplatz. Von diesem Hof waren es nur einige Schritte zum großen Konventhaus. Parallel daneben stand ein kleineres Verwaltungsgebäude. Zwischen beiden Häusern gab es einen quadratischen Innenhof mit einem Kreuzgang. Hinter dem Konventhaus war über eine kleine Seitentür die Klosterkirche zu erreichen.
Jenseits der Kirche, an der hinteren Klostermauer, befand sich ein kleiner Kräutergarten. Durch die hintere Klostermauer führte eine schmale Seitentür auf die Augustinumstraße, in der das Haus Zum Mohren stand. Hier wohnte der Bader und Chirurgicus Anselm Mühlhauser.
Konrad hatte es also nicht weit zu seinem neuen Meister. Mühlhauser war sofort einverstanden, als Konrad um eine befristete Anstellung als Gehilfe und Famulus bat. Er sollte, falls er sich fleißig und brauchbar erwies, sogar einen Lohn von einem Gulden pro Monat und freies Essen bekommen.

Das Haus Zum Mohren war ein ganz normales Stadthaus aus Fachwerk mit zwei Obergeschossen und Dachkammern. Von der Eingangstür führte ein langer Flur durch das ganze Haus. Das erste Zimmer rechts war eine große Küche mit vielen Sitzplätzen auf einer Eckbank und zahlreichen Stühlen.
Hier warteten die Patienten auf ihre Behandlung. Mittags kochte eine Nachbarsfrau für den Bader. Er war seit mehr als zehn Jahren Witwer und auf die Mithilfe der Nachbarin angewiesen. Auch Konrad bekam sein Essen in der Küche. Während der Mahlzeiten gab es Gelegenheiten für private Gespräche.
Das Behandlungszimmer lag gegenüber der Küche auf der linken Seite des Flures. Es war ein sehr großer Raum. Ein großes vorderes und ein hinteres Fenster ließen genügend Licht herein. Die Fenster waren mit weißen Tüchern abgedeckt. In der Mitte stand ein großer rechteckiger Tisch. Hierauf wurden die Patienten für Operationen gelagert. Zahnextraktionen und Starstechen erfolgten im Sitzen auf einem speziellen Stuhl mit Rücken- und Seitenlehnen. Üblicherweise wurden die Kranken zur Behandlung mit breiten Lederriemen angebunden. Das Operationswerkzeug hatte der Bader sehr sorgfältig und stets gesäubert in verglasten Schränken aufbewahrt.
Im ersten Obergeschoss hatte der Meister seine Wohnung. Die oberste Etage war verschlossen. Auch für den Bader waren diese Räume nicht zugänglich.
„Die oberen Zimmer gehören dem Eigentümer des Hauses, einem Kaufmann aus Nürnberg. Er heißt Lorenz Tucher und stammt aus einer sehr reichen Familie, die mit allen möglichen Dingen handelt. Einer seiner Vorfahren hat bei den Kreuzzügen gegen die Mauren gekämpft. Aus diesem Grund führen die Tuchers in ihrem Familienwappen einen Mohren.
Zwei oder dreimal im Jahr kommt er nach Erfurt mit wertvollen Waren wie Goldschmuck oder Seidentücher. Auf der Rückreise nimmt er fast immer einige Holzfässer Waidpulver mit, das er bis nach Venedig transportiert. In Erfurt bleibt er nie länger als eine Woche und wohnt mit seinen Begleitern in der oberen Wohnung.
Mit Lorenz Tucher zu reisen, ist eine sehr beliebte Sache. Er hat immer sehr gut ausgebildete und bewaffnete Begleiter bei sich, so dass kein Raubritter einen Überfall wagen würde."

Bereits um sieben Uhr morgens begann der Bader seine Behandlungen. Konrad war selbstverständlich immer pünktlich zur Stelle. Es gab Tage, an denen etwa fünfzig Patienten und mehr erschienen. Manche wollten nur einen Abszess eröffnet haben, anderen wurde ein Zahn gezogen. Knochenbrüche mussten eingerichtet und geschient werden. Brandwunden und Erfrierungen wurden mit speziellen Verbänden versorgt. Aderlässe wurden geschnitten, Klistiere und Einläufe verabreicht und Schröpfnäpfe gesetzt.
Schwierige Behandlungen wurden nur an besonderen Wochentagen vorgenommen, dienstags und mittwochs. Dazu gehörten Zähneziehen, Starste-

chen, Gliedmaßenamputationen und Quecksilbertherapien bei Syphiliskranken. Die Patienten erhielten vor der Therapie betäubende Mixturen aus Opium, Alraunwurzel und Bilsenkraut.
Meister Mühlhauser hatte seine speziellen Kommentare: „Mein lieber Famulus, heute ist Dienstag; da lassen wir wieder die Zähne fliegen."
Konrad wusste, was zu tun war. Der Trunk aus Opium und Mandragora musste bereitstehen und unterschiedlich große Zangen auf dem Tisch liegen. Nachdem der Patient seinen Betäubungssaft getrunken hatte, wurde er auf dem Behandlungsstuhl an den Armen und Beinen angebunden. Die Opiumwirkung setzte nach etwa fünf bis zehn Minuten ein. Der starre, in die Ferne gerichtete Blick verriet eine gewisse Abwesenheit, eine Versetzung in andere Welten. Der Bader wusste ganz genau, wann es so weit war, dass er seine Arbeit beginnen konnte.
„Ich erkenne das an den Augen. Sie zeigen eine Leere und Ausdruckslosigkeit, wie es für einen Opiumrausch typisch ist. Das Schmerzempfinden ist jetzt nahezu bis zur Gefühllosigkeit herabgesetzt."
Konrad klemmte dem Patienten einen Holzkeil in den Mundwinkel zwischen Ober- und Unterkiefer. Innerhalb weniger Sekunden hatte der Bader den faulen Zahn mit einem Ruck herausgerissen. „Wichtig ist dabei, dass man den Zahn nicht am Übergang zur Wurzel abbricht. Das kann bei faulen Zähnen rasch passieren. Du musst den Zahn kraftvoll in seiner Längsrichtung ziehen und darfst ihn nicht heraushebeln. Das Loch im Kiefer sollst du jedes Mal mit Myrrhentinktur auspinseln."
Beim nächsten Patienten durfte Konrad selbst aktiv werden. Unter den kritischen Augen und der führenden Hand seines Meisters entfernte er den ersten faulen Zahn.
Mittwochs war der Amputationstag. Diese Arbeit war wesentlich anspruchsvoller als Zähneziehen. Mit den üblichen Vorbereitungen dauerte die Amputation eines Unterschenkels etwa eine Stunde. Als Grunderkrankung lag meistens eine langjährige Zuckerkrankheit oder aber das viel häufigere Antoniusfeuer vor.
Die Zuckerkranken waren häufig korpulente, wohlhabende Bürger, die sich an die Diätvorschriften der Ärzte nicht gehalten hatten. Auch die tägliche Einnahme von Zimtpulver wirkte nicht in jedem Falle. So kam es immer wieder zu schwerwiegenden Komplikationen. Relativ häufig waren Erblindungen oder Durchblutungsstörungen an den Beinen. Zunächst klagten die Patienten nur über Schmerzen in den Füßen. Später wurden die Zehen kalt und ihre Hautfarbe änderte sich. Oft waren nur die Zehen oder allenfalls der Mittelfuß blau oder schwarz verfärbt.
„Die Amputationshöhe muss einen genügend großen Abstand zum abgestorbenen Bezirk haben. Die Verengung der Blutader ist immer weiter oben

anzunehmen. Ich habe mir zur Angewohnheit gemacht, das Amputationsniveau zwei Handbreit oberhalb des toten Gewebes zu wählen.
Ich setze einen bogenförmigen Schnitt, so dass ein vorderer Hautlappen entsteht. Der Knochen des Schienbeines und des Wadenbeines wird recht weit oben abgesägt. Anschließend ist mit dem Hautlappen eine gute Weichteildeckung möglich."
Der Bader verschloss den Amputationsstumpf mit einer durchgehenden Naht aus Fäden vom Schweinedarm. Das Nahtmaterial hatte er in Weingeistflaschen aufbewahrt.
„Die Amputationskunst habe ich bei den Antonius-Mönchen im elsässischen Kloster Isenheim gelernt. Die Antoniter waren schon immer Spezialisten für das Absetzen von Beinen oder Armen. Über viele Jahre waren sie die einzigen, die sich mit der grausigen Krankheit des Antoniusfeuers auskannten. Eigentlich gibt es die Krankheit der Brennenden Füße schon sehr lange. Man hat erst kürzlich herausgefunden, dass das Heilige Feuer durch schlechtes Brot entstehen kann. Gemeint ist das billige Roggenbrot. Fast nur arme Menschen erkranken, weil sie sich wertvolleres Brot nicht leisten können. Man spricht auch vom Malus pauperum, der Krankheit der Armen. Es soll etwas mit einem Pilzbefall des Roggenkorns zu tun haben. Es kommt zu lang anhaltenden Verengungen der Blutadern, bevorzugt an den Armen und Beinen. Die Kranken berichten über schreckliche Qualen, als stünden sie mit beiden Beinen im Feuer, dem Höllenfeuer.
Anfangs haben sie Würgereize, Kopfschmerzen und ein unangenehmes Hautkribbeln. Später entstehen große Blasen auf der Haut an Unterarmen und Unterschenkel. Das Brennen der Füße und die Beinschmerzen werden nahezu täglich heftiger, bis der Brand die Füße absterben lässt. Übler Gestank verrät die einsetzende Fäulnis. In diesem Stadium ist das Bein nicht mehr zu retten. In manchen Fällen müssen Hände und Füße amputiert werden.
Eine solch schmerzhafte Krankheit, die auch oft zum Tode führt, gilt als Strafe Gottes. Um unseren Herrn gnädig zu stimmen, bedarf es der Fürsprache eines Heiligen. Der heilige Antonius schien hier der geeignete. Ihm zu Ehren nennt man die Krankheit auch Antoniusfeuer."
„Aber Meister, wie ist es möglich, so viel Leid zuzulassen? Wenn Ihr glaubt, die Ursache dieser schrecklichen Krankheit zu kennen, warum unternehmt Ihr nichts dagegen? Wenn schlechtes Brot die Ursache ist, so muss man den Menschen den Verzehr von billigem Roggenbrot verbieten." Konrad war entsetzt und schaute seinen Lehrmeister ungläubig an.
„Da hast du Recht. Dann aber müssten sie verhungern. Der Hungertod ist noch viel schlimmer."

Konrad und Bader Mühlhauser arbeiteten sehr gut zusammen. Zum einen waren sie sich gegenseitig sympathisch und zum anderen war Konrad eine große Hilfe in der Praxis. Er war flink und geschickt. Er wusste sofort, wo er zupacken musste, so dass es gar nicht vieler Worte bedurfte. Während der Behandlungsstunden wurde ohnehin nicht viel gesprochen. Die Unterhaltungen und die Erklärungen des Meisters beschränkten sich auf die Pausen in der Küche. Hier lernte Konrad mehr, als ihm die bisherigen vier Jahre Studium geboten hatten. Er war froh, dass er in seiner Heimat beim Windsheimer Bader Fulster bereits Vorkenntnisse gesammelt hatte. Die konnte er jetzt gut gebrauchen. Von der neuen Krankheit, die man auch Französische Krankheit nannte, hatte er allerdings noch nicht gehört. Bruder Martin hatte zwar während der Reise von Windsheim nach Erfurt einige Andeutungen gemacht, genaueres wusste er jedoch auch nicht. Mühlhauser nannte die neue Seuche die Freitagskrankheit, weil er die aufwendige Behandlung der Kranken freitags vornahm.

„Ja, ja freitags ist bei uns die Hölle los. Da kommen die Patienten mit den französischen Pocken. Das ist eine neue Krankheit, die uns die Seefahrer aus Amerika mitgebracht haben. Zuerst tauchte sie in Italien und Frankreich auf. In Verona hat sich ein gewisser Girolamo Fracastoro viele Jahre mit dieser Krankheit beschäftigt. Er ist Medicus und hat sogar ein Gedicht darüber geschrieben. Darin beschreibt er das Schicksal des griechischen Hirtenjungen Syphilis. Irgendwie hat sich sein Name als Bezeichnung für die neue Seuche durchgesetzt. Vermutlich, weil in dem Gedicht die Symptome und vielfältigen Erscheinungen der pockenähnlichen Krankheit so außerordentlich treffend beschrieben sind. Genaueres werde ich dir erklären, wenn wir demnächst in der Freitagsprechstunde gemeinsam arbeiten."

„Da freue ich mich schon drauf. Das wird sicher interessant."

„Am nächsten Freitag habe ich allerdings keine Zeit. In Arnstadt ist die Pest ausgebrochen. Der Bürgermeister hatte einen Boten geschickt und mich um Hilfe gebeten. Seine Ehefrau zeigt die ersten Pest-Symptome. Ich werde morgen hinüber reiten und mir den Fall ansehen."

„Meister Mühlhauser, ich werde Euch begleiten. Eventuell kann ich Euch eine Hilfe sein. Bei uns in Windsheim hatten wir auch die Pest. Da hatte ich viel erlebt und gesehen."

„Das wäre unverantwortlich von mir. Du könntest dich dort anstecken und dein hoffnungsvolles junges Leben wäre zu Ende, bevor es richtig begonnen hat. Nein, das kann ich beim besten Willen nicht gestatten."

„Und wie ist es mit Euch? Die Ansteckungsgefahr ist für Euch genauso groß wie für mich." Konrad zeigte sich beinahe etwas trotzig und aufmüpfig, was sonst nicht seine Art war. Anselm Mühlhauser blieb gelassen:

„Bei der letzten Erfurter Pest im Jahre 1505 hatte ich mir selbst diese schreckliche Krankheit eingefangen. Alle ihre Qualen hatte ich durchlitten: Die auszehrende Schwäche, Fieber, schwarze Hautflecken, Gelenkschmerzen und die Eiterbeulen. Mit viel Glück und Gottes Hilfe hatte ich überleben können. Man sagt, dass die Geheilten für die Zukunft von Gott geschützt werden. Er lässt niemanden den schwarzen Tod zweimal durchleiden. Ich habe mir also eine gewisse Immunität gegen die Pest erworben und kann gefahrlos nach Arnstadt reisen."

„Das verhält sich bei mir ganz genau so. Ich besitze die gleiche Immunität wie Ihr." Konrad war beinahe etwas stolz, seinem Meister die Narben seiner ehemaligen Eiterbeulen zeigen zu können. Mühlhauser war nun schnell einverstanden.

Nach dreistündigem strammem Ritt waren die zwei Erfurter Bader vor den Toren Arnstadts. Die Torwache hatte Anweisungen, sie sofort einzulassen und zum Haus des Bürgermeisters zu führen. Die Straßen waren menschenleer. Einige Hunde, Ziegen und Schweine trollten sich in den verdreckten, stinkenden Gassen. Dicke fette Ratten huschten in allen Ecken und Ritzen.

Die Fenster aller Häuser waren mit Brettern oder Fensterläden verdunkelt. Wacholderqualm drang durch Türspalten nach draußen. Dies war der einzige Hinweis auf Leben in den Häusern. Auch das Bürgermeisterhaus war verdunkelt und abgeschlossen. Die Hausherrin lag im Dunkel des Schlafzimmers auf dem Bett.

Der Bader trat vorsichtig, beinahe ehrfürchtig, an das Bett der Patientin. Sie war nicht mehr ansprechbar. Im Fieberrausch flüsterte sie Wörter, die kaum zu verstehen waren, ohne erkennbaren Zusammenhang. Die Haut am Rumpf, den Armen und Beinen war übersäht mit großen schwarzen Flecken. Die Eiterbeulen am Hals und den Achseln waren prall gefüllt.

„Herr Bürgermeister, wir sind drei Tage zu spät gerufen worden. Hier kann niemand mehr helfen. Ihre Gattin wird die heutige Nacht nicht überleben."

Auch Konrad sah, dass hier eine Hilfe nicht mehr möglich war.

Wie es bei Krankenbesuchen üblich war, bekamen auch die beiden Bader aus Erfurt in der Küche eine Brotzeit und einen Krug Bier angeboten. Nach dem Essen ging Mühlhauser nochmals zur Patientin ins Schlafzimmer. Dort fand er sie leblos in ihren Kissen liegen. Sie hatte ihr Leben ausgehaucht und in die Hände des Herrn gelegt.

Bevor die beiden Arnstadt verließen, schauten sie sich noch im Ort um. Überall das gleiche Bild. Unrat, Kot und Kloake auf den Straßen und in den Gassen. Herren der Straße waren die Ratten und Mäuse. Von Meister Mühlhauser unbemerkt sammelte Konrad einige Rattenflöhe auf und verstaute sie in seine Glasflaschen. Seine aus Windsheim stammenden Flöhe waren inzwischen eingegangen, obwohl er sie alle vier Wochen mit einigen Tropfen Blut gefüttert hatte. Dazu hatte er sich mit seinem Messer einen kleinen Ritz an der Handgelenksvene gesetzt und je zwei Tropfen Blut in die Fläschchen

fallen lassen. Auf diese Weise hatte er etwa die Hälfte seiner Flöhe über viele Monate am Leben erhalten können.
In Erfurt wurden die aus Arnstadt eintreffenden Reisenden besonders gründlich kontrolliert. Die meisten wurden wegen der bekannt gewordenen Pest abgewiesen. Mühlhauser wusste das und schlug deshalb einen anderen Rückweg ein. Sie ritten in großem Bogen um die Stadt herum und ließen sich am Johannestor kontrollieren. Dort gab es keine Schwierigkeiten.

Die Erneuerungen an der Erfurter Universität mit der Einführung humanistischer Denk- und Arbeitsweise war in der Stadt selbstverständlich nicht verborgen geblieben. Überall war die Rede davon. Auch im Augustinerkloster war man hellhörig geworden. Hier wurden die neuen Lehren jedoch eher mit Skepsis und Argwohn betrachtet.
Für Konrad war das Kloster ein Hort des Friedens, eine schützende Insel im stürmischen Meer der Zeiten. Hier konnten die Mönche zu sich selbst und zu Gott finden. Der Prior Dr. Staupitz liebte die Ruhe und Beschaulichkeit im Kloster. Die Einführung neuer Lehren würde den Frieden hinaustragen.
Dr. Staupitz war ein würdiger Klostervorstand. Er zeigte für alles Verständnis und half immer mit guten Ratschlägen. Von ihm erhielt Konrad Nachricht, dass seine Hilfe gebraucht wurde.
„Einer unserer Besten kommt in den nächsten Tagen aus Wittenberg zurück zu uns. Es ist unser geschätzter Bruder Martin Luther. Unvergessen sind uns seine leidenschaftlichen Predigten in der Michaeliskirche. Die Universitätskirche war immer voll besetzt, wenn er Gottesdienst hielt. Du hattest ihn ja schon in Windsheim kennen gelernt. Er arbeitet seit einigen Jahren als Professor an der neuen Universität in Wittenberg. Jetzt möchte er sich in seiner alten Mönchszelle strenger Exerzitien unterziehen. Vermutlich plagen ihn wieder diese furchtbaren Selbstzweifel und Depressionen.
Wir wollen ihm einen würdigen Empfang bereiten. Es soll alles sauber sein und die Gemeinschaftsräume mit Blumen geschmückt werden." Für Johannes Staupitz war der angekündigte Besucher offenbar sehr wichtig.
„Pater Johannes, bitte sagt mir den Grund für Martins Verstimmung. Muss ich mir Sorgen machen um meinen Reisegefährten von einst?"
„Wahrscheinlich geht es um Gewissensfragen oder Zweifel an der Mutter Kirche. Du wirst Gelegenheit genug haben, ihn selbst zu fragen."

Eine Woche später als angekündigt war er angereist. Man begrüßte sich herzlich und verabredete sich zum gemeinsamen Abendessen im Refektorium. Konrad war ausnahmsweise auch eingeladen. Martin erzählte von Wittenberg, den vielen neuen Häusern, der neuen Universität und dem Schloss des Kurfürsten Friedrich.

„Friedrich ist mir wirklich wohl gesonnen. Oft werde ich zur abendlichen Unterhaltung eingeladen. Wir diskutieren philosophische Fragen und besprechen religiöse Themen. Kurfürst Friedrich hat sich stets als sehr gebildeter und weiser Mann gezeigt. Es ist eine wirkliche Freude, mit ihm Gespräche zu führen."
Schon am nächsten Tag war Martin nicht mehr zu sehen. Er schloss sich in seine Zelle ein und verweigerte über mehrere Tage die Nahrung. Lediglich Wasser und trockenes Brot ließ er sich bringen.
Nachts um zwei Uhr wurde zum ersten Tagesgebet geläutet. Fünf Gebete pro Tag waren Pflicht im Kloster. Martin genügte dies nicht. Er suchte die Nähe Gottes und brauchte dazu mehr als zwanzig Gebete und nahezu ständige Meditation. Man sah ihn auf der Treppe, die vom Refektorium hinunter führte, im Gebet versunken. Auf jeder der 25 Stufen kniete er nieder und sprach das Vaterunser und das Ave Maria. Den anderen Mönchen kam er bald wie ein Geißler vor, der sich selbst strafen wollte.
Der Prior bat ihn mehrfach um Mäßigung: „Bruder Martin, wir sehen dich täglich in deinen Gebeten und Meditationen. Es fällt auf, dass du das vernünftige Maß verlierst. Wir fürchten, dass du am Ende um den Verstand kommst. Du sollst dich nicht länger quälen. Vertraue auf Gott und gib dein Schicksal in seine Hände."
„Es ist nicht das mangelnde Vertrauen in Gott, lieber Johannes. Es geht mir um die Auslegung seiner biblischen Botschaft. Die Vergebung unserer Sünden sollen wir uns durch gute Taten verdienen. Das scheint mir unmöglich. Wie soll das gelingen? Niemand kann das aus eigener Kraft erreichen; weder durch Samariterdienste noch durch die Beichte, Gebete oder gar durch den Erwerb von Ablassbriefen. Ich bin auf der Suche und werde nicht eher ruhen, bis ich Licht sehe am Ende des Tunnels. Die Lösung muss in der Bibel zu finden sein."

Es hatte zwei Wochen gedauert, bis sich Konrad und Martin wieder begegneten. Martin war deutlich schmäler geworden. Mit seinen eingefallenen Wangen wirkte er krank und schwach. Konrad hielt ihn am Arm fest, so dass er nicht ausweichen konnte.
„Dir geht es nicht gut, oder? Was quält dich? Ich möchte dir gerne helfen", fragte er ihn eindinglich.
„Das ist nicht nötig, vielen Dank", kam Martins Antwort mit müder Stimme. „Wir müssen uns unterhalten, Konrad. Du wirst sehen, dass ich nicht ernstlich krank bin. Vielmehr stehe ich an der Schwelle zu einem neuen Lebensabschnitt. Vermutlich durchlaufe ich momentan einen Reifungsprozess, der noch nicht abgeschlossen ist. Ich warte noch auf die Erleuchtung. So bald ich sie gefunden habe, werde ich mich mit dir unterhalten."

Martin wirkte jetzt selbstbewusst und entschlossen. Konrad konnte keine Zeichen einer Depression erkennen.
„Nachts um zwei haben wir Mönche unser erstes Tagesgebet. Die meisten von uns legen sich danach wieder zum Schlaf. Leider habe ich keine innere Ruhe, so dass ich mich bis zum zweiten Gebet mit dem Bibelstudium beschäftige. Ich werde die Antwort finden, da bin ich ganz sicher. Ich gebe dir Nachricht und werde dir alles erklären."
„Das wäre wunderbar. Sicher kann ich von deinen Problemen und Gedanken lernen."

Es vergingen noch zwölf Tage, bis sich die beiden Freunde wiedersahen. Es mochte wohl so gegen drei Uhr nachts gewesen sein, als Konrad durch heftiges Klopfen gegen das Fenster seines Gartenhauses geweckt wurde.
Noch schlaftrunken öffnete er die Tür. Als er den Besucher im Dunkel der Nacht erkannte, war er sofort hellwach. „Bruder Martin! Bist du's wirklich? Komm herein und nimm Platz. Ich habe noch Brot mit Käse und Bier. Das wird uns gut tun."
„Es ist soweit, Konrad. Der Herr hat mir die Augen geöffnet. Das Füllhorn der Erkenntnis hat sich über meinem Kopf entleert. Schon in Wittenberg in meinem Turmzimmer des Klosters hatte ich eine Vorahnung, fast wie eine Erleuchtung. Jetzt habe ich Gewissheit. Die Tür zum Paradies ist aufgestoßen."
Die freudige Erregung sprang sogleich auf Konrad über. Sie lachten und freuten sich.
„Die Lösung der wichtigsten Fragen, die mich in letzter Zeit beschäftigt haben, ist im Paulusbrief an die Römer zu finden: ‚Alle Menschen haben gesündigt und die Herrlichkeit Gottes verloren. Ohne es verdient zu haben, werden sie gerettet, dank seiner Gnade, durch die Erlösung in Christus Jesus.' Konrad, glaube mir, das ist der Schlüssel. Das ist die wundersame Botschaft, die mich von meinen Zweifeln befreit. Wie sonst könnten wir sündhaften Menschen jemals das Himmelreich erlangen? Die schon über viele Jahre währende Bevormundung der Christen durch die Kirche ist falsch und entspricht nicht dem Wort Gottes. Kein Mensch wird jemals in der Lage sein, sich die Vergebung seiner Sünden zu verdienen, weder durch gute Taten noch durch den Kauf von Ablassbriefen. Und kein Mensch vermag einem anderen die Vergebung seiner Schuld zu besorgen, weder ein Bischof noch ein Papst."
Konrad war beeindruckt, wie entschlossen und logisch Martin seine Argumente vortrug. „Verzeih mir einen Einwand. Wenn du tatsächlich im Recht bist – es scheint ja so zu sein –, dann würde das bedeuten, dass der Ablasshandel sinnlos und überflüssig ist. Die armen Christen hätten ihr Geld nicht den gierigen Pfaffen vor die Füße werfen müssen. Wer an die Erlösung durch

Jesus Christus glaubt, wird auch ohne teure Opfergaben gerettet. O Gott, welch rebellische Kraft steckt darin."
Die beiden Männer schauten sich an. Keine weiteren Worte. Martin war jetzt besonnener und nachdenklich. Er fand als erster seine Sprache wieder:
„Die christliche Urlehre bezieht sich auf die frohe Botschaft der vier Evangelisten. Im Laufe der Jahrhunderte haben sich einige kirchliche Richtlinien und Gesetze ergeben, die von der eigentlichen und ursprünglichen Lehre erheblich abweichen. Die Evangelisten hatten noch nichts von der Heiligsprechung der Mutter Maria und nichts von der Verehrung anderer Heiliger gewusst. Diese Heiligsprechung erfolgte willkürlich durch Päpste. Oftmals waren sie durch Fürsprache und üppige Gaben beeinflusst worden. Auch die göttliche Herkunft des Papstes und seine Unfehlbarkeit ist durch kein Wort der Bibel begründbar."
„Ist der Papst nicht Stellvertreter Gottes auf Erden."
„Das mag schon sein. Aber deshalb ist er nicht gottähnlich. Ebenso verhält es sich mit den heiligen Sakramenten. Die Taufe, Beichte, Priesterweihe und die anderen geweihten Handlungen sind Menschenwerk. Sie sind durch die Bibel nicht erklärbar und dienen lediglich der Bevormundung der Gläubigen. Das einzige wahre Sakrament ist das Wort Gottes in der Heiligen Schrift."
Konrad war blass geworden. Geschockt und ungläubig schaute er seinen Freund an. Er brauchte einige Zeit, das soeben Gehörte zu verdauen.
„Lieber Konrad, wir sind Freunde, so dass ich dich um einen Freundschaftsdienst bitten darf. Niemand soll von unserem Gespräch erfahren. Nicht bevor ich die neue Erkenntnis selbst verbreite. Selbstverständlich ist mir klar, dass ich mich der Ketzerei schuldig mache."
„Von mir wird niemand etwas hören", versicherte Konrad. „Du solltest zu deiner Meinung stehen. Wenn du im Recht bist, wird dir Gott helfen."
„In meinen Predigten hatte ich schon immer die Beichte ändern wollen. Eine Absolution durch den Priester ist nach meinen neuen Erkenntnissen eigentlich nicht möglich. Die Liebe zu Gott wird den Sünder befreien und sein Leid ertragen helfen. Die Vergebung der Sünden ist einzig und allein Gottes Werk. Diese Zweifel an den Sakramenten, insbesondere der Beichte, sind in meinen Predigten schon früher aufgefallen und haben mir bereits so manchen Ärger eingebracht. Auch bei uns im Augustinerkloster habe ich deshalb Kritiker und Feinde."
„Davon habe ich nie etwas bemerkt."
„Der einzige, der immer zu mir gehalten hatte, ist der Prior Johannes Staupitz. Er hatte mich bereits vor einigen Jahren gegen den Sekretär des Konvents verteidigt."
„Was war damals passiert?"
„Dieser Franz von Angerbach ist ein scheinheiliger Patron. Er hatte mich und einige andere Priester beim Mainzer Bischofsamt als Abweichler angezeigt.

Wir würden durch unsere moderne Predigt die heilige Messe und die Sakramente entweihen."
„Vor diesem Menschen wollen wir uns in Acht nehmen."
Von beiden unbemerkt, war es Morgen geworden. Martin musste sich beeilen, um nicht zu spät zur Messe zu kommen.

Das neue Semester hatte bereits begonnen. Konrad musste wieder in die Studentenburse umziehen. Die Studenten waren alle aufgeregt. Am Ende dieses Semesters sollte die Magisterprüfung stehen. Konrad war sehr gut vorbereitet. Seine Lehrer hatten keine Zweifel, dass er die Prüfung mit Auszeichnung bestehen würde. Jedem der Examensstudenten war ein Magister zugewiesen worden, der sich um den Prüfling kümmern sollte. Die Zulassung zur Prüfung hing unter anderem von der Fürsprache dieses Magisters ab. Konrads Prüfungsbegleiter war nicht sehr gesprächig, aber stets freundlich.
„Ich heiße Peter Bernrath. Ab nächstes Jahr werde ich Rechtswissenschaft studieren. Weil ich mich schon jetzt darauf vorbereiten will, habe ich nicht viel Zeit für dich. Aber wie es scheint, gibt es mit dir keine Probleme. Man hört nur Gutes von dir."
So hatte sich Bernrath zu Anfang des Semesters bei Konrad vorgestellt. Seither hatte er ihn nicht mehr gesehen.
Die Vorbereitungen auf die Prüfung erfolgten zum Teil im Unterricht und teils in der Freizeit auf dem Studierzimmer. Die meisten trafen sich in kleineren Gruppen. Das Lernen, Üben und Wiederholen ist in der Gruppe wohl effektiver. Einige wohlhabende Studenten hatten private Lehrer. Das war vorteilhaft, weil von denen die typischen Prüfungsfragen zu erfahren waren.
Konrad war zwar in einer solchen Lerngruppe, hatte aber nur wenig von den anderen lernen können. Wenn er schwierige Fragen hatte, ging er zu Bruder Martin oder Pater Nathin. Weil im Konventhaus Schweigegebot bestand, traf man sich im Gartenhaus. Martin wusste fast alle Fragen zu beantworten. Besonders die philosophischen Probleme löste er mit analytischem Verstand und logischem Aufbau.
Konrad interessierte sich selbstverständlich auch für Martins Reformgedanken: „Martin, wie geht es voran mit deinen Ideen? Hast du noch den gleichen Elan wie bei unserem ersten Gespräch? Was wirst du unternehmen?"
„Zunächst will ich in aller Untertänigkeit an den zuständigen Erzbischof Albrecht in Magdeburg schreiben. Der Ablassmissbrauch soll eingestellt werden. Nicht zuletzt wegen der Glaubwürdigkeit der Bischöfe und des Papstes."
„Ein solcher Brief kann dich Kopf und Kragen kosten."
„Ich ringe noch mit mir. Keine Nacht kann ich durchschlafen. Immer wieder gehen mir die Argumente durchs Hirn."

Plötzlich verstummten beide. Ein Geräusch vor der Gartenhütte hatte sie unterbrochen. Es hörte sich an, als wäre ein Besen oder eine Holzstange umgefallen. Mit einem Sprung war Konrad an der Tür. Durch eine Ritze konnte er eine Gestalt sehen. Ein Mönch mit übergeworfener Kapuze ging in Richtung Infirmarium. Konrad rannte zur Klosterkirche, huschte durchs Kirchenschiff zur Seitentür und dann durch den Kreuzgang. Auf der anderen Seite traf er den unter der Kapuze steckenden Mönch.

„Grüß Gott, Bruder Franz. Hattet Ihr am Gartenhaus geklopft? Hätte ich Euch einen Dienst erweisen können?"

„Nein mein Sohn. Am Gartenhaus war ich nicht. Und ich benötige auch nichts von dir."

Konrad machte ein bedauerndes Gesicht: „So hatte ich gehofft, ich könnte Euch nützlich sein. Vielleicht ein anderes Mal?"

„Danke für dein Angebot. Wenn ich etwas benötige, lasse ich dich rufen."

Konrad war sich nicht sicher, ob Angerbach etwas von dem Gespräch hatte hören können. Martin war auch im Zweifel: „Wir haben doch nicht sehr laut gesprochen. Meinst du, er kann etwas aufgeschnappt haben? Das wäre nicht gut. Der hofft nur darauf, mir etwas anhängen zu können."

„Warten wir ab. Wir werden es erleben", versuchte Konrad gelassen zu wirken.

„Wenn ich dem Bischof tatsächlich einen Brief schreiben will, sollte das geschehen, bevor er mich denunzieren kann. Die Zeit ist jedoch noch nicht reif dazu. Wir müssen tatsächlich abwarten, was Angerbach unternehmen wird."

Die Art und Weise, wie sich Franz von Angerbach in den nächsten Tagen verhielt, war auffällig. Mit ausgewählter Höflichkeit begegnete er Bruder Martin. Auch mit Konrad sprach er sehr freundlich: „Der Herr Student mal wieder bei uns Augustinern. Wie geht es voran mit dem Studium? Willst du nun Magister der sieben Künste werden oder doch lieber Bader und Chirurgicus? In den neuen Zeiten ist ja möglicherweise beides vereinbar. Früher hätte es das wegen der krassen Standesunterschiede nicht gegeben. Ich wünsche dir auf jeden Fall gutes Gelingen."

„Vielen Dank, Bruder Franz. Ihr habt Recht. Man kann wohl nicht Bader und gleichzeitig Medicus sein. Ich für meinen Teil will Medizin studieren."

„Was treibst du dann ständig beim Bader Mühlhauser?"

„Ich treibe Milieustudien bei Badern, Apothekern und Kräuterfrauen. Das kann mir später nützlich sein, wenn mein Medizinstudium im nächsten Semester beginnt."

„Na, da sind wir mal gespannt."

Konrad erkannte allmählich die bedrohliche Situation. Ihm war bekannt, dass die Professoren der Universität trotz aller Fortschrittlichkeit gewisse gesellschaftliche Schranken nicht einreißen würden. Das Handwerk der Bader und der Chirurgen war nach wie vor eines der niedersten Arbeiten. Wie hätte das zur Ehrvorstellung eines studierten Mannes gepasst?

Bis zur Magisterprüfung waren es nur noch vier Wochen. Konrad fühlte sich gut vorbereitet und hatte keine Angst vor den Examensfragen. Er wusste auch nicht, was er noch hätte lesen und lernen sollen. Alle möglichen Fragen hatte er mehrfach mit den anderen Studenten durchgesprochen. Da kam ihm eine Ablenkung gerade recht. Bruder Nathin hatte ihn in der Burse besucht und zu einer geheimen Sitzung der Humanisten eingeladen.
„Der Humanistenkreis trifft sich alle paar Wochen im Haus des Mediziners Georg Sturtz. Hier diskutieren Männer wie Eobanus Hessus, Philipp Melanchthon, Georg Spalatin und ihr Leiter Conrad Mutian. Sie nennen sich die Dunkelmänner."
„Das wird spannend. Gerne komme ich mit."
„Das Hauptthema ist die neue Philosophie mit der besonderen Berücksichtigung des Menschen. In die Schusslinie der Dunkelmänner geraten immer wieder die ungebildeten Mönche, vorwiegend die Kölner Dominikaner. Die beherrschen nicht einmal korrektes Latein und maßen sich an, die Bibel zu erläutern."
„Hoffentlich machen sie sich nicht über die Augustiner lustig."
„Nein, sicher nicht", Nathin winkte ab, „die Augustiner sind doch etwas Besonderes. Als Gastredner hat sich Ulrich von Hutten angesagt. Erst kürzlich war er von Kaiser Maximilian zum deutschen Dichterfürsten geadelt worden."
Das Haus Zur Engelsburg befand sich in der Allerheiligenstraße. Als Konrad erschien, waren schon alle Stühle besetzt. Mit einigen Studenten saß er an der Seitenwand auf dem Boden. Es herrschte ein heilloses Durcheinander. Alle diskutierten, scherzten und lachten.
Als erster trat Conrad Mutian an das Rednerpult.
„Liebe Freunde, zur heutigen Versammlung heiße ich alle Gäste willkommen! Uns Humanisten ist die besondere Bedeutung und Würde des Menschen ein ehrliches Anliegen. Wir kämpfen für die Freiheit der Persönlichkeit und die Gleichberechtigung. Der Mensch sollte seine Gedanken über die Welt frei entfalten. Wissensdrang, Forschergeist und die Diskussion ist vorteilhafter als das bloße Hinnehmen überlieferter Gedanken. Ich möchte Euch unseren geschätzten Referenten ankündigen, den Dichter Ulrich von Hutten. Nachdem ihn der Kaiser zum Fürsten aller deutschen Dichter ernannt hat, darf er sich jetzt Poeta laureatus nennen. Er spricht über den neuen Zeitgeist und die Befreiung der Menschheit."
Nach kurzem Applaus herrschte absolute Stille. Ulrich von Hutten ließ sich Zeit. Mit fast übertriebener Gelassenheit schaute er in die Runde.

„Verehrte Freunde, Kollegen und Studenten! Jeder von uns kennt die Dunkelmännerbriefe an die Kölner Dominikaner, die deutsche intellektuelle Elite."
Schallendes Gelächter.
„Ihr wisst, dass die Satire ein effektives Mittel ist, Missstände anzuprangern. Das ist uns mit den satirischen Briefen an die Herren Mönche gelungen.
Heute wollen wir ernsthaft über den neuen Zeitgeist sprechen.
Wir alle haben es bereits bemerkt, dass sich nicht nur an der Universität das Leben verändert hat. Auch in der Stadt hat sich einiges getan. Jeder hastet seinen Geschäften nach. Die Handwerker und Händler bemühen sich intensiv um Kundschaft. Neue Geschäfte entstehen. Es gibt neuerdings größeren Bedarf an Schneidern, Juwelieren und Hutmachern. Der neue Zeitgeist hat Erfurt in Besitz genommen. Die positive Einstellung der Bürger zu ihrem Leben tut allen gut. Die Aufbruchstimmung breitet sich im ganzen Land aus. Die Stadtbewohner sind bald nicht mehr mit allem einverstanden, was ihnen der Rat zumutet. Sie wollen diese Bevormundungen nicht länger widerspruchslos hinnehmen. Allmählich begehren die Bürger gegen die Patrizier auf."
Zwischenrufe von allen Ecken : „Vertreibt die arrogante Sippe", „Nieder mit den korrupten Räten!"
„Ruhe, meine Freunde! Das klingt nach Rebellion. Dazu ist die Zeit nicht reif. Die Handwerker werden allmählich wohlhabend und gewinnen Ansehen und Macht. Die drängen schon auf Mitbestimmung. Die Zünfte verlangen vermehrte Beteiligung am Stadtrat. Davor werden sich die hohen Herren nicht drücken können. Handwerker ziehen die einfachen Bürger nach. Das braucht Zeit und Geduld.
Auf dem Lande stöhnen die Bauern unter den Zinslasten und den Frondiensten der adligen Grundbesitzer. Die Kirchfürsten verlieren durch maßlosen und unsittlichen Lebenswandel ihr Ansehen. Unverhohlene Machtsucht und Geldgier der Pfaffen ist für jedermann erkennbar und wird mit Abscheu quittiert. So manch einer fühlt sich betrogen, wenn er sein eigenes Leben betrachtet. Ein Leben, das durch harte Arbeit, Entbehrungen und feudalistische Abhängigkeit gekennzeichnet ist.
Die Pest und andere Seuchen, die Millionen Menschenleben kosten, zeigen nicht, dass Gott es ständig gut mit uns meint. Wenn bis hierher eine bedingungslose Gottergebenheit das Maß aller Dinge war, so ändert sich das jetzt. Allmählich macht sich eine selbstbezogene und mehr diesseitige Philosophie breit."
„Pfaffen machen uns zum Affen!"
Im Saal kochte die Stimmung. Tumulte drohten jedoch nicht. Mit ausgebreiteten Armen beschwichtigte von Hutten die aufgebrachten Zuhörer und referierte weiter: „Das Joch der Feudalherrschaft ist von Gott nicht gewollt. Sie

hängt auf unseren Schultern wie zentnerschwere Last. Im Süden des Landes gab es schon kleine Bauernaufstände. Allerdings sind die kläglich gescheitert. Mangelnde Organisation und fehlende militärische Ausbildung machte sie chancenlos. Mit blutiger Gewalt hat man die Revolten niedergeknüppelt. Da zeigten sich die Bischöfe genauso wenig zimperlich wie die Landesfürsten."
Wieder protestierende Zwischenrufe.
„Die Entdeckung Amerikas und die Erschließung neuer Handelswege erweitert den Blick auf neue Horizonte. Eine weltoffene und freie Grundstimmung setzt sich durch und gibt Hoffnung für alle. Adel und Kirche beobachten die neue Entwicklung mit Argwohn. Sie sehen ihre Pfründe in Gefahr. Die Angst geht um in den besseren Kreisen.
Liebe Freunde, zum Schluss habe ich noch einige Verse mitgebracht:

Du armes, kleines Bäuerlein
hast fünf Kinder und kein Schwein
hast Hunger und kein Brot
der Pfaffe kennt die Not
quält euch den letzten Gulden ab
und musst dann doch ins kühle Grab
elendig bist du verreckt

Dunkelmänner sind suspekt.
Du kleiner Mönch vom Rhein
was nützt der Heiligenschein
der Papst auf deiner Seite steht
der Mief der Kirche um dich weht
deine Seele ist verdreckt
Dunkelmänner sind suspekt.

Du armes kleines Mönchsgesicht
So fromm und doch ein Wicht
Demutsköpf' war'n schon immer leer
Dunkelmänner wissen mehr
wir kennen Mönchleins Sündenberg
die Inquisition ist sein Werk
der Folterknecht im Blute schleckt
Dunkelmänner sind suspekt.

Du armer kleiner Dunkelmann
der Teufel holt dich irgendwann
da warten sie schon lange drauf
Mönch und Pfaff', der Papst wohl auch
das Bäuerlein steht mittendrin

weiß gar nicht recht wohin
der Herrgott auf uns nieder schaut
nichts tut und keine Brücke baut
trotzdem die Seele sich nach oben streckt
Dunkelmänner sind suspekt.

Der Applaus hatte wohl etwa fünf Minuten angehalten. Alle waren von ihren Stühlen aufgesprungen. Ein Jubeln, Lachen und Pfeifen. Nach dem Vortrag Huttens gab es Bier, Brot und Speck. Man unterhielt sich über Professoren, Magister und Studenten der Universität. Geschichten über Pfarrer, Klöster und den Mainzer Bischof. Konrad verhielt sich unauffällig und zurückhaltend. Er wusste zu wenig über die neue Philosophie und Theologie. So wollte er sich nicht an den Gesprächen beteiligen.
Am Nachbartisch sprach Professor Mutian mit Georg Spalatin und Eobanus Hessus.
Konrad konnte einiges aufschnappen. Mutian freute sich sichtlich über den allgemeinen Optimismus: „Der Humanismus wird bald an allen Hochschulen des Reiches verbreitet sein. Wir dürfen auf eine Blütezeit der Wissenschaften hoffen. Erstmals beginnt man jetzt die Naturforschung mit genauer Beobachtung, Experimenten und Analysen zu einer objektiven Naturwissenschaft zu erheben."
Ebenso zuversichtlich war Spalatin: „Auch bei den Theologen wird leidenschaftlich über den Humanismus diskutiert. Einige Priester drängen unverhüllt, die ursprüngliche christliche Lehre neu zu beleben. Unser Martin Luther ist da wohl besonders forsch."
Eobanus Hessus hatte zwar schon wieder reichlich Bier getrunken, auf seine Kommentare wollte er jedoch nicht verzichten: „Zurück zum Ursprung der christlichen Lehre? Das würde bedeuten, dass die Rolle des Papstes anzuzweifeln wäre; ja sogar seine Nachfolge Petri. Ketzerei! Die Inquisition soll euch holen. Kirchenbann und Exkommunizierung. Habt ihr Jan Hus vergessen? Auf dem Scheiterhaufen ist er geendet."
Mutian nahm ihn nicht mehr so ganz ernst: „Und dennoch, es brodelt bei den Theologen wie in einem Hexenkessel. Wie soll die theologische Fakultät diesem Druck standhalten?"

Der Abend bei den Humanisten in der Engelsburg hatte Konrad die Augen geöffnet. Hier schienen sich Männer zu treffen, denen offenbar eine Erneuerung des öffentlichen Lebens am Herzen lag. Nicht nur die Universitäten sollten reformiert werden, sondern auch die Kirche und die Gesellschaft. Einige verlangten sogar die vollständige Beseitigung der Leibeigenschaften und Verteilung von Land an die Bauern. Andere forderten die Abschaffung von Klassenunterschieden. Die Zunftrechte sollten gelockert werden. Die

Eheschließungen zwischen jungen Leuten unterschiedlicher Klassen sollte erlaubt werden. Alles Stoff, der durchaus gefährlich werden konnte. Die adligen Grundbesitzer, die Patrizier und die Bischöfe würden nicht tatenlos zusehen, wenn man an ihren Rechten schnitt, sägte und bröckelte.
Konrad musste auf der Hut sein. In den Strudel rebellischer Aktionen wollte er nicht hineingeraten. Er empfand zwar Sympathien mit den neuen Ideen, sie hätten ihn jedoch von der Medizin weggedrängt. Das wollte er auf keinen Fall zulassen.

Es waren nur drei Tage vergangen, als Konrad zum Rektor der Universität gerufen wurde. Professor von Usingen saß in seinem Zimmer im Collegium majus hinter seinem Schreibtisch. Es waren noch zwei andere Professoren und Peter Bernrath, der Studentenbetreuer, anwesend. Als Konrad den Raum betrat, beschlich ihn eine heimliche Angst. Er erahnte ein drohendes Unheil. Die Atmosphäre wirkte hochoffiziell.
„Der junge Student möge Platz nehmen.“ Mit diesen unpersönlichen Worten wurde Konrad auf einen mitten im Raum stehenden Stuhl verwiesen.
„Uns liegt eine Bekanntgabe vor, dass du neben deinem Studium bei einem Barbier arbeitest und dort eine Ausbildung bekommst. Entspricht das der Wahrheit?“
Ohne eine Antwort abzuwarten sprach der Professor weiter: „Wenn das so ist, muss eine Kommission über die Zulassung zur Magisterprüfung entscheiden. Man muss dann nachdenken, ob der Student würdig genug ist, sich Magister zu nennen. Außerdem wird berichtet, dass er sich in subversiven Kreisen aufhält. In Kreisen, die ungeniert über Kirchenreformen plaudern.“
Konrad dachte sofort an den Augustiner-Sekretär Franz von Angerbach. Wie konnte ein Mensch derart niederträchtig sein! Mit Zornesröte im Gesicht versuchte sich Konrad zu verteidigen: „Hochverehrte Professoren, ich fühle mich der Universität in jeder Beziehung verpflichtet. Ich weiß auch über die sittliche Reife, die erforderlich ist, um an dieser Universität studieren zu dürfen. Niemals würde ich versuchen, Klassenunterschiede zu ignorieren. Die Besuche bei einem Bader dieser Stadt dienten lediglich dem Milieustudium. Ich wollte mich informieren, ob die Arbeiten der Bader korrekt erfolgen. Kontakte zu Feinden der Kirche habe ich zu keiner Zeit gehabt. Wer verbreitet diese ungeheuerliche Lüge?“
„Nun, wenn er abstreitet, muss dazu der Zeuge gehört werden. Es handelt sich um einen ehrenwerten Mann der Kirche, einen Augustinermönch. Noch rechtzeitig vor der Prüfung wird eine erneute Anhörung mit dem Zeugen erfolgen. Dies kann allerdings erst in zehn Tagen sein, weil der Augustiner in der Angelegenheit einer Ketzer-Anzeige nach Mainz reisen muss.“

Konrad konnte kaum einen klaren Gedanken fassen. Die kochende Wut über die Niedertracht des scheinheiligen Mönchs hatte ihn völlig gelähmt. Wenn ihm nicht bald etwas Gescheites einfiele, wäre sein Studium rasch zu Ende.
Pater Nathin versprach, mit dem Rektor zu sprechen, aber viel Hoffnung konnte er Konrad nicht machen: „Zu viele wissen bereits von dieser Anzeige. Man kann die Affäre jetzt nicht mehr so ohne weiteres unter den Tisch kehren. Wenn wir Glück haben, wird Angerbach auf der Reise nach Mainz aufgehalten, so dass er nicht rechtzeitig zurück sein kann. In diesem Falle muss man dich zur Prüfung zulassen."
Konrad hatte keine andere Wahl. Er musste die Zeit abwarten. Zu gerne hätte er Bruder Martin gewarnt, ihm rechtzeitig die drohende Gefahr benannt. Leider konnte er das nicht mehr. Bruder Martin war bereits nach Wittenberg abgereist. Dort musste er wieder seine Vorlesungen halten.
In der Studentenburse hatten die anderen Studenten von dem Ereignis noch nichts erfahren. Diesbezüglich hatte man Diskretion für sinnvoll erachtet. Eine Denunziation mit solchen Folgen war selbstverständlich für alle Beteiligten nicht sehr ehrenhaft.
Konrad hatte sich wieder seinen Büchern zugewandt. Er wollte die noch verbliebene Zeit sinnvoll nutzen.
Nach einer Woche des Wartens hielt er es nicht mehr aus. Die quälende Ungewissheit über seine Zukunft an der Universität war zermürbend. Konrad hielt es nicht mehr in seinem Studentenzimmer. Es drängte ihn zu seinem Bader Mühlhauser. Eigentlich wollte er sich bis zur Prüfung nicht mehr dort blicken lassen. Es könnte möglicherweise irgendjemand falsche Schlüsse ziehen. Da wollte er kein Risiko eingehen. So schlich er sich denn auch spät abends heimlich in die Augustinerstraße zum Haus des Mohren.
„Grüß Gott, Meister Mühlhauser. Habt Ihr Besuch von einem Universitätsprofessor gehabt? Man will mir Schwierigkeiten machen. Wenn es ganz dumm läuft, kann ich von der Magisterprüfung ausgeschlossen werden."
„Professoren werden mich kaum besuchen kommen. Das liegt wohl unter ihrer Würde. Auch Professoren können nicht über ihren Schatten springen."
„Das weiß ich jetzt auch."
„Aber warte. Da fällt mir ein, dass ein junger Mann vor zwei Tagen nach dir gefragt hatte. Er stellte sich als Peter Bernrath vor. Er wollte wissen, ob du bei mir als Famulus angestellt bist."
„Was habt Ihr geantwortet, Meister?" Angst und Schrecken verzerrten Konrads Gesicht.
„Ich habe ihm gesagt, dass du dich für die Arbeit der Barbiere und Chirurgen interessiert hast und mich deshalb hin und wieder besuchst. Ja, denkst du denn, ich bin blöd? Wenn da ein Gesandter der Universität kommt und sich nach dir erkundigt, weiß ich doch sofort, woher der Wind weht. Es wäre allerdings schön gewesen, wenn du mich vorher informiert hättest."

„Vielen Dank, Meister. Das habt Ihr gut gemacht. Verzeiht, dass ich Euch nicht rechtzeitig unterrichtet habe. Daran hatte ich nicht gedacht."
„Wenn du schon da bist, will ich dir über einen interessanten Fall berichten. Du kannst dich doch noch an unseren Besuch in Arnstadt erinnern. Die Pest hatte von der ganzen Stadt Besitz genommen. In fast jedem Haus gab es Betroffene. Der Schwarze Tod holt sich immer viele Opfer gleichzeitig. Mit einem Schlag tötet er Hunderte oder Tausende."
„Ja Meister, das ist bekannt. Das war bei uns in Windsheim auch so."
„Stell dir vor, wir haben jetzt hier in Erfurt einen Einzelfall von Pest. Niemals ist berichtet worden, dass es so etwas schon einmal gegeben hätte."
„Ja das ist ungewöhnlich, Meister."
„Vielleicht kennst du den Patienten. Er stammt aus dem Augustinerkloster. Ein gewisser Franz von Angerbach. Ich habe ihn zu den Leprakranken außerhalb der Stadt ins Leprosorium bringen lassen. Um Panik zu vermeiden, wollen wir über den Fall Stillschweigen bewahren. Er wird ohnehin nur noch einige Tage zu leben haben."
Konrad war froh, dass Mühlhauser nicht Gedanken lesen konnte. Mit viel Mühe konnte er seine Gefühle verbergen. Sein Herz schlug Kapriolen vor Freude. Diese Ausgeburt der Hinterlist und Schlechtheit würde ihm nicht mehr schaden können.

Die Magisterprüfung hatte Konrad als Bester des Semesters bestanden: Cum summa laude – mit höchstem Lob. Peter Bernrath hatte der Kommission Bericht erstattet und die Ehre des Studenten Konrad Augsteiner wieder hergestellt. Er war jetzt Magister artium – Meister der sieben Künste. Für Konrad war die offizielle Ehrung vor der Prüfungskommission ein wirklich erhebender Augenblick. Jetzt erst gehörte er richtig zur Universität.
Als Magister hatte er auch die Verpflichtung zu übernehmen, den jüngeren Studenten Unterricht zu erteilen. Jeder der frischgebackenen Magister wurde offiziell nach den weiteren Studienwünschen befragt. Von Konrad wusste jeder die weiteren Pläne. Mit ihm wechselten noch acht andere Studenten zu den Medizinern. Ein jeder von ihnen bekam einen roten Mantel und ein rotes Barett. Die Philosophen trugen grün und die Theologen schwarz.
Diese offizielle Fakultätskleidung hatte jeder Student und auch die Dozenten zu öffentlichen Feierstunden zu tragen. Konrad gefiel sich ausgesprochen gut, so ganz in rot. In dem weiten Mantel mit den langen Ärmeln hatte er beinahe etwas Majestätisches an sich. Rot ist ja fast wie Purpur, die Farbe des höchsten Regenten. Nur dem Kaiser war es gestattet, einen Purpurmantel zu tragen. Welch ein Gefühl!
Die Magisterfeier war zunächst ernst und steif wegen der zahlreichen Ehrungen und Ansprachen der verschiedenen Professoren. Später wurde es zu-

nehmend fröhlicher und ausgelassen. Man beglückwünschte sich zum bestandenen Examen und trank gemeinsam Bier und Wein.
Die Feier dauerte bis in die frühen Morgenstunden. Es war gleichzeitig die Semesterabschlussfeier. Am nächsten Tag sollten die meisten Studenten wieder in ihre Heimat abreisen. Für Konrad begann wieder die Arbeit beim Bader Mühlhauser. Vor erneuter Anzeige brauchte er sich jetzt nicht mehr zu fürchten. Der Vorwurf einer nicht standesgemäßen Nebenbeschäftigung war ja bereits entkräftet worden.

Bader Mühlhauser war sichtlich erfreut, als er Konrad morgens um sieben wieder in seinen Praxisräumen vorfand. Wie selbstverständlich gingen beide wieder an die Arbeit, als wäre es schon immer so gewesen. „Du willst also wieder einige Studien beim Bader abhalten. Das ist gut so. Eine Mitarbeit in meiner Praxis muss ich dir allerdings untersagen", sagte Mühlhauser augenzwinkernd zu Konrad. Beide verstanden sich ohne große Worte.
„Am Freitag nehme ich dich mit ins Siechenheim außerhalb der äußeren Stadtmauer. Dort habe ich zwei Räume, in denen ich die aufwendige Behandlung der Syphiliskranken durchführen kann. Es ist immer wieder ein grausiges Spiel.
Aber heute machen wir die Blinden wieder sehend. Vier Patienten mit grauem Star haben sich angesagt."
„Das klingt ja beinahe so, als hätte Jesus Christus gesprochen. Der machte auch die Blinden sehend und half den Lahmen auf die Beine. Wenn das der Bischof erfährt, wird er Euch der Gotteslästerung bezichtigen."
Mühlhauser lachte. „Irgendwie machen wir ja auch die gleiche Arbeit wie Jesus, allerdings nicht so perfekt und nicht immer so erfolgreich. Wir verrichten also Gottes Handwerk auf Erden. Das klingt selbstverständlich etwas überheblich, ist aber so nicht gemeint. Ich verstehe mich vielmehr als Gottes Gehilfe."
Konrad wurde neugierig und wollte wissen, was es auf sich hatte mit dem grauen Star. „Meister, der graue Star hat etwas mit den Augen alter Menschen zu tun. Worum handelt es sich genau?"
„Nicht nur Greise können den grauen Star bekommen. In seltenen Fällen gibt es das auch bei Kindern. Es handelt sich um eine Eintrübung der Augenlinse. Die Linse wandelt sich allmählich um zu einer milchig grauen Kugel. Nach einigen Monaten kann kein Licht mehr ins Innere des Auges hindurch treten. Zunächst sehen die Patienten alles wie mit einem Schleier verhängt. Am Schluss sind sie fast völlig blind. Allenfalls hell und dunkel können sie noch unterscheiden."
Konrad war voller Mitleid: „Die ewige Finsternis wäre für mich das Schlimmste, was ich mir vorstellen kann."

„Das ist auch meine Meinung. Deshalb müssen wir den Eingriff am Auge auch wagen; sei es noch so riskant."
„Ihr seid ein perfekter Chirurgicus."
„Beim Starstechen braucht man eine sehr ruhige und sichere Hand. Am Rand der Pupille wird mit einem sehr feinen, scharfen Messer ein kleiner Schnitt gesetzt. Man führt das Messer vom seitlichen Augenwinkel her in Richtung Nasenwurzel. Mit einem zweiten bogenförmigen Starmesser fährt man bis zur Linse ein und drückt die trübe Kugel ins Innere des Augapfels."
„Ist das nicht schmerzhaft, Meister?"
„Doch, Konrad. Ohne Mandragora-Saft lässt sich diese Operation nicht machen. Hinterher sind die Patienten alle überglücklich, weil sie sofort wieder sehen können. Die Sehschärfe ist zwar nicht mehr so wie früher, aber ausreichend gut. Allemal besser als blind."
Es war tatsächlich so wie es der Bader erzählt hatte. Die Patienten wurden von Verwandten hereingeführt. Ohne Begleitperson waren sie hilflos, weil sie keine Hindernisse erkennen konnten. Sie mussten an der Hand geführt werden.
Nach der Operation, die nicht länger als zwanzig Minuten gedauert hatte, wurde das Auge mit Leinenlappen verbunden. Gelegentlich kam es auch zu Entzündungen oder sogar Eiterungen am operierten Auge.
„In manchen Fällen kann es nach Eiterungen auch zur Erblindung des Auges kommen. Deshalb muss sehr sorgfältig und sauber gearbeitet werden. Die Instrumente lege ich über Nacht in Weingeist ein, damit sie für die Operation auch wirklich sauber sind. Niemals darf man beide Auge gleichzeitig operieren."

Die Freitagssprechstunde hatte es wirklich in sich. Man traf sich im Leprosenheim außerhalb der Stadt, in Ilversgehofen. Das relativ große Haus war unterteilt in einen Haupttrakt, in dem die Aussätzigen untergebracht waren, und in ein kleineres Nebengebäude.
Dieser abgetrennte Trakt war ausschließlich den Syphilis-Kranken vorbehalten. Es gab sechs Zimmer, die außer zwei Liegen und einem Tisch mit Stühlen kein weiteres Mobiliar hatten. Zum Hinterhof trat man auf einen überdachten Freiplatz. Hier waren zwei eiserne Schwitzkammern aufgebaut, die von unten befeuert werden konnten.
Die Patienten warteten schon im Vorraum, als der Bader mit seinem Famulus erschien. Es handelte sich um junge Leute. Männer waren in der Überzahl. Bei einigen konnte man die Krankheit an der Gesichtshaut erahnen. An den Wangen, auf der Nase und an den Lippen hatten sie rosa-bräunliche Flecken. Zum Teil waren die Hautflecken geschwürig eingesunken. Andere waren bereits abgeheilt und wiesen nur noch eine elastische Delle oder ein Grübchen auf. Einer der jungen Männer hatte einen diffusen Haarausfall, also keine für

Männer typische Tonsur- oder Stirnglatze, sondern auf dem ganzen Schädel verteilte inselförmige Kahlstellen. Hier war ihm das Haupthaar büschelweise ausgefallen.
Ein siebzehnjähriges Mädchen hatte am linken Mundwinkel ein rot leuchtendes Geschwür, das etwa die Größe eines Daumennagels hatte. Bei zwei anderen Patienten konnte man zunächst auf den ersten Blick keine Zeichen der Krankheit erkennen.
Bevor Mühlhauser den ersten Patienten zur Behandlung ins Sprechzimmer holte, erklärte er seinem Gehilfen die wichtigsten Einzelheiten der neuen Krankheit: „Wenn du die heutige Sprechstunde miterlebt hast, wirst du dir wohl zukünftig genau überlegen, ob du mit unbekannten Mädels intim wirst. Die Professoren sagen, dass die Übertragung der Krankheit durch den Beischlaf mit einem kranken Partner erfolgt. Deshalb nennen sie die neue Krankheit auch die Lustseuche. Andere behaupten, dass schon der bloße Hautkontakt, also das Berühren eines Syphilis-Geschwüres, zur Ansteckung ausreichend ist. Das scheint mir allerdings etwas übertrieben. Dennoch wollen wir vorsichtig sein."
Konrad war entsetzt. „Die sehen ja aus wie die Leprakranken von neben an."
„Ja, das ist richtig. Man kann den Syphiliskranken sehr leicht mit einem Aussätzigen verwechseln."
„Vielleicht handelt es sich ja um eine Art Lepra?"
„Das glaube ich nicht, denn der Verlauf der Krankheit und die körperlichen Spätschäden sehen bei Syphilis völlig anders aus. Man hat die Syphilis auch mit den Pocken verglichen und sie die Französischen Pocken genannt. Viele Namen hat die Seuche schon gehabt. Es wird behauptet, dass die spanischen Matrosen und die Soldaten um Kolumbus das ekelhafte Leiden aus Amerika über den großen Ozean herübergebracht haben. Also nannte man es zunächst die Spanische Krankheit. Während eines Krieges der Spanier gegen die Franzosen wurde die Lustseuche nach Frankreich eingeschleppt. Fortan sprach man von der Gallischen oder Französischen Krankheit. Kurze Zeit später haben Händler und reisende Kaufleute die Krankheit über die Alpen zu uns gebracht. Wie ein Lauffeuer hat sie sich verbreitet und hat fast die gleichen verheerenden Folgen wie die Peststürme."
Konrad machte ein angeekeltes Gesicht. „Meister, das ist ja entsetzlich. Bislang hatte ich gedacht, dass die Pest das Schlimmste auf Erden sei. Die Syphilis ist mindestens genauso grausam."
„Ja, das stimmt. Seit zwanzig Jahren haben wir nun damit zu tun. Gerade in Erfurt ist die Syphilis weit verbreitet. Die neue Zeit mit der lockeren und freien Lebensart hat auch die Moral und die sonst übliche Keuschheit enthemmt. Man will Spaß haben, jetzt und sofort. Kaum einer denkt an morgen oder die Folgen eines zügellosen Lebens."

„Ach, Meister, die alten Zeiten waren doch besser. Damals lauerten nicht an jeder Ecke Gefahren."
„Wenn man die Gefahren kennt, sind sie schon fast besiegt. Nein, die neue Zeit verspricht besser zu werden als die alte. Denk nur an den Aufschwung der Wissenschaften. An die verbesserten Lebensqualitäten und vieles andere."
„Vielleicht bringt uns der Fortschritt der Wissenschaft auch eine Hilfe gegen die Seuchen?"
„Momentan sind Aufklärungsarbeit und Hygienemaßnahmen das Wichtigste. Die Stadträte von Erfurt und auch anderswo haben inzwischen das Ausmaß der neuen Seuche erkannt. Die öffentlichen Bäder und Bordelle sind bereits verboten worden. Aber sonst weiß man keine Hilfe. Wir müssen dann retten, was zu retten ist. Keine leichte Aufgabe. Du wirst schon sehen."

Die Patienten wurden einzeln ins Behandlungszimmer gerufen. Mühlhauser und Konrad saßen am Tisch. Auf einem Blatt Papier waren die persönlichen Daten des Kranken notiert. Der vollständige Name, das Alter, der Beginn der Syphilis, das Ausmaß der Krankheitssymptome und die bisherige Behandlung. Der Bader studierte erst das Krankenblatt und rief dann den Patienten ins Zimmer.
Es war schon ein trauriger Anblick, wenn sie mit ihrer jämmerlichen Gestalt und dem ängstlichen Blick im Zimmer standen. Die Furcht vor der qualvollen Behandlung stand ihnen ins Gesicht geschrieben. Die meisten hatten ja schon mehrere Behandlungen hinter sich und wussten, was sie erwartete. Mindestens einmal im Jahr musste die Therapie wiederholt werden.
Der Bader erklärte den Patienten vor der Behandlung die Gefahren und die Nebenwirkungen der Therapie: „Die Lustseuche ist nicht leicht zu behandeln. Wir brauchen sehr viel Geduld. Das einzig wirksame Mittel ist Quecksilber, das Mercurium. Damit können wir die Geschwüre austrocknen und gleichzeitig die Krankheitskeime aus dem Körper ausschwemmen.
Quecksilber ist sehr giftig. Wir dürfen nur sehr geringe Dosen verwenden. Die Geschwüre müssen mit einer Quecksilbersalbe abgedeckt werden. Das Gift wird über die Haut in den Körper eingezogen und kann dann auch von innen heraus wirken. Ihr werdet sehr viel schwitzen und starke Leib- und Gliederschmerzen aushalten müssen."
Für das junge Mädchen war es die erste Behandlung. Sie musste sich, wie die anderen Patienten auch, vollständig entkleiden. Außer einem Lippengeschwür hatte sie am rechten Oberschenkel einen zweiten münzgroßen Ausschlag, der noch nicht aufgeplatzt war. Beide Stellen schmierte der Bader mit der grauen Quecksilbersalbe dick ein. Zusätzliche Pusteln auf der Zunge und am Zahnfleisch wurden mit Höllenstein und Kupferlösung abgetupft.

Anschließend wurde sie auf dem Hinterhof in eine der eisernen Schwitzkammern gesetzt. Unter dem Boden der Kammer wurde ein Feuer angezündet, in das Quecksilberpillen geworfen wurden. Der Quecksilberdampf quoll durch kleine Luftlöcher ins Innere der Schwitzkammer, so dass die junge Patientin das Gift auch über die Lungen aufnahm.
Langsam begann das Quecksilber seine Wirkung zu entfalten. Das Mädchen schrie vor Schmerzen. In seinen sämtlichen Knochen und Gelenken hämmerte und klopfte es. Die Mundschleimhaut begann zu bluten. Das Zahnfleisch und der Rachen schwollen an. Die Zähne wackelten. Der Magen und das Gedärm verkrampften sich. Aus dem Mund lief übel riechender Speichel in großen Mengen.
Nach etwa einer halben Stunde war die Prozedur vorüber. Die Qualen blieben jedoch noch mehrere Stunden. In einem Bett konnten sich die Patienten ausruhen. Die meisten krümmten sich vor Schmerzen.
Bader Mühlhauser versuchte, zu trösten und Mut zu machen:
„Wir müssen die Krankheit aus dem Körper vertreiben. Das geschieht am besten durch Ausleiten kranker Flüssigkeit. Der Speichelfluss und der Schweiß sind als Zeichen des Abfließens der Krankheitsstoffe zu sehen. Nach drei oder vier solchen Behandlungen ist die Syphilis besiegt. Um ein erneutes Aufflammen zu verhindern, sollte man sich einmal pro Jahr der Prozedur unterziehen."

Das junge Mädchen antwortete mit leiser, geschwächter Stimme: „Meister Mühlhauser, Ihr mögt ein guter Bader sein, aber derartige Folterbehandlungen stehe ich ein zweites Mal nicht durch."
Und nach einer kurzen Pause: „Mein Liebster ist bereits gestorben; ich wollt', es wäre auch mit mir bald zu Ende."
Mühlhauser wusste es besser: „Die Verzweiflung vergeht. Habt nur Mut. Das Leben geht weiter; auch für dich. In den meisten Fällen können wir Heilung erreichen. Bis zur nächsten Behandlung in fünf Wochen hast du die Strapazen von heute vergessen."
Nicht mit jedem Patienten hatte der Bader so viel Mitgefühl wie mit der jungen Frau.
„Viele der Patienten, besonders gewisse junge Männer, sind gar nicht zu bedauern. Sie sind hemmungslos und pfeifen auf jede Warnung. Sie wollen den Augenblick genießen und denken nicht an mögliche Gefahren. Manch einem von denen habe ich schon mal die Meinung gesagt: Eine Nacht mit der Venus und danach für viele Jahre mit Mercur. Ich glaube aber, dass sie bei passender Gelegenheit den gleichen Fehler wieder machen würden." Mit Mercur meinte er die Quecksilber-Therapie.
Als Letzter kam im Dunkel des bereits begonnenen Abends ein ganz besonderer Patient. Es war der Dichterfürst Ulrich von Hutten. Er legte großen

Wert darauf, als letzter behandelt zu werden. Er wollte nicht, dass sein Geschrei und Gejammer unter der Behandlung von einem Außenstehenden gehört wurde.
„Meister Mühlhauser, wahrscheinlich ist dies heute meine letzte Behandlung mit diesem Teufelszeug. In Augsburg verkauft der Fugger ein aus Amerika stammendes Gehölz, aus dem man einen Sud mit fantastischer Heilkraft brauen kann. Es ist das Guajakholz; man nennt es auch das Bockenholz. Erhitzt riecht und schmeckt es nach Kampfer. Es kann als äußerliche Einreibung und als einzunehmender Saft verwendet werden. Was haltet Ihr davon?"
„Erhabener Herr von Hutten, selbstverständlich habe ich vom Guajak-Holz gehört. Nur, ich glaube nicht, dass es das Wundermittel ist, bloß weil es aus der neuen Welt kommt", gab Mühlhauser zu bedenken.
„Wenn die Lustseuche aus Amerika stammt, muss der Herrgott dort auch ein Gegenmittel bereithalten. Wo sonst als eben in Amerika wird man eine solche Droge finden können? Und wenn es noch so teuer ist, Guajakholz muss ich ausprobieren."

Konrad salbte den Dichter mit viel Hingabe. Sämtliche Hautausschläge waren mit der grauen Salbe abgedeckt. Anschließend steckte er ihn in den Schwitzkasten und entfachte das Feuer. Hutten schrie und schimpfte. Nach der Behandlung ließ er sich völlig erschöpft auf sein Lager fallen und war nicht mehr ansprechbar.
Erst am nächsten Tag war wieder eine Unterhaltung mit ihm möglich. Bader Mühlhauser versuchte, ihn aufzurichten: „Edler Ritter von Hutten, ich werde Euch die neue Droge besorgen. Man erzählt sich, dass derzeit ganze Schiffsladungen des wertvollen Guajakholz nach Deutschland eingeführt werden. Die Fugger haben wohl das Monopol auf das Wundermittel. Mit entsprechend hohen Kosten ist zu rechnen."
Noch deutlich geschwächt und mit krächzender Stimme antwortete Hutten: „Meister, Ihr könnt Euch darauf verlassen, dass mir die Höhe des Preises einerlei ist. Wenn ich mir nur diese qualvolle Prozedur ersparen kann. Kennt man von dem neuen Mittel auch Nebenwirkungen oder Gefahren?"
„Die Anwendung ist völlig unproblematisch und bereitet keinerlei Schmerzen. Während der Quecksilber-Behandlungen haben sich auch schon Todesfälle ereignet. Das passiert, wenn der Therapeut den Wirkstoff zu hoch dosiert. Die Grenze zur tödlichen Dosis ist sehr schnell überschritten. Derartige Zwischenfälle sind mit Guajakholz nicht möglich. Ob die Wirkung tatsächlich so gut ist wie die bisherige Mercuro-Therapie, bleibt abzuwarten. Die Berichte darüber sind ja vielversprechend." Am Samstag, um die Mittagszeit, waren alle Patienten wieder entlassen. Ins Leprosenheim kehrte allmählich wieder Ruhe ein. Die Aussätzigen von nebenan trauten sich nach und nach

wieder in ihren Garten. Konrad beobachtete sie durchs Fenster. Er war sich nicht ganz sicher, ob nicht der eine oder andere eher wie ein Syphiliskranker aussah. Sein tiefstes und aufrichtiges Mitgefühl schenkte er allen, den Aussätzigen ebenso wie den Syphiliskranken.
Vom Bader wollte er noch mehr wissen: „O Meister, so viel Elend habe ich lange nicht mehr gesehen. Sind denn die Behandlungen auch dauerhaft erfolgreich?"
„Ja, zunächst für einige Jahre. Die Geschwüre heilen ab und hinterlassen derbe Narben, die sich wie elastische Knoten anfühlen. Sonst fehlt ihnen nichts."
„Das klingt gut."
„Manche Patienten haben jedoch Pech. Sie werden von der Krankheit nach zehn bis fünfzehn Jahren wieder eingeholt. Es kommt dann zum Befall der Nerven vom Rückenmark und vom Gehirn.
Einige werden schwachsinnig, andere bekommen Lähmungen an den Armen und Beinen. Als erstes Zeichen fällt eine gewisse Gefühllosigkeit auf. Die Kniescheibenreflexe oder andere Reflexe fehlen. Es folgt eine leichte Kraftlosigkeit einzelner Gliedmaßen, bis dann die Lähmungen einsetzen. In diesem Spätstadium können auch innere Organe betroffen sein. Die Leber, Nieren oder Lunge kann von Geschwüren zerfressen werden. Der von allen Qualen erlösende Tod tritt ein, wenn die Organe versagen. Der Kranke verfault praktisch am lebendigen Leibe. Eine wahrlich grausame Strafe für unkeusches Leben. Ob das wirklich unser Herrgott war, der sich das ausgedacht hat?"
„Die Freitagssprechstunde ist wirklich ein makabres Geschäft. Das kann nicht Gottes Wille sein. Die Franzosenkrankheit selbst ist schon schrecklich genug. Unsere Behandlung bereitet den armen Patienten noch zusätzliche Qualen. Da will man hoffen, dass das neue Mittel Guajak wirklich dem Quecksilber ebenbürtig ist."

Das neue Semester begann im Sommer 1515. Als Leiter der medizinischen Fakultät wurde Professor Heinrich Eberbach vorgestellt. Er hielt die Vorlesungen in Anatomie, Physiologie und Pathologie. Die Fächer Diätetik, Hygiene und Therapeutik teilten sich die Professoren Johannes Frawenschuch und Georg Sturz. Konrad war sehr gespannt. Die Einführungsvorlesung von Professor Eberbach war vielversprechend.
„Sehr verehrte Herren Studenten, wir beginnen heute mit dem Medizinstudium im eigentlichen Sinne. All unser Wissen bezüglich der Anatomie und Funktionsweise des menschlichen Körpers geht zurück auf die Forschungen des Hippokrates und des Galen. Wir alle beherrschen die griechische Sprache, so dass jeder von uns die ursprünglichen Texte dieser großartigen Wissenschaftler studieren kann. Die Schriften dieser Altmeister waren viele

Jahrhunderte verschollen. Arabische Gelehrte haben sie bewahren können. Den Ärzten Avicenna, Rhazes und Isaak Judaeus verdanken wir die Überlieferung des griechischen Wissens. Erst jetzt, nachdem so viele griechische und arabische Gelehrte aus Konstantinopel zu uns nach Italien und Deutschland gekommen sind, haben auch wir Zugang zu den griechischen Autoritäten."
Der Professor machte eine kleine Pause. Er hielt einige Bücher hoch, deren Titel er benannte.
„Diese Bücher liegen in der Bibliothek im Collegium majus aus. Man kann sie dort einsehen und studieren. Die anatomischen Werke des Galen sind für jeden Studenten verpflichtend. Es gibt allerdings auch neuere Werke, die recht beachtlich sind. Bereits vor 150 Jahren hatte Bruno de Lomburgo, ein Professor für Anatomie in Padua, sein anatomisches Werk Chirurgica Magna vorgelegt. Modernere anatomische Studien und Lehrbücher werden derzeit von den oberitalienischen Universitäten verbreitet. Ein gewisser Jacobus Berengarius aus Bologna hat ein sehr beachtliches Anatomiebuch mit eigenen Sektionsergebnissen herausgebracht. Er ist der erste, der es gewagt hat, die Erkenntnisse unseres hoch verehrten Galen anzuzweifeln.
Er hat behauptet, dass die menschliche Leber nur zwei Lappen hat. Galen ging noch von fünf Leberlappen aus. Die Erklärung dafür liegt wohl in der Tatsache begründet, dass sich die Studien des Galen auf Sektionen von Schweinen bezogen hatten. Berengarius konnte jedoch auf Untersuchungen an menschlichen Leichen zurückgreifen.
Es gibt andere, die mit Rücksicht auf das ehrenvolle Andenken unseres medizinischen Urvaters Galen eine plausible Erklärung haben. Sie gehen davon aus, dass sich die Beschaffenheit des menschlichen Körpers im Laufe der Jahrhunderte geändert hat. Wie dem auch sei, scheint sich einiges zu wandeln im Fach Anatomie."
Der Professor schaute sich im Vorlesungsraum um. Alle Studenten hörten aufmerksam zu. Keiner wagte ein störendes Flüstern oder Zwischenfragen.
„Die Anatomie macht gerade in Italien riesige Fortschritte. Die Universitäten Bologna, Padua und Ferrara sind hier besonders hervorzuheben. Für uns Mediziner kommt noch etwas sehr Schönes hinzu. Ich meine die Malerei der italienischen Renaissance. Die gegenständliche, naturalistische Maltechnik der Künstler wurde gerade in den letzten zwei Jahrzehnten immer subtiler und genauer. Künstler wie Leon Battista Alberti und Andrea Verrocchio forderten von jedem Künstler gute anatomische Kenntnisse. Ohne ein fundiertes Wissen über den Verlauf von Muskeln, Sehnen und Blutadern könne kein Künstler ein Bild oder eine Statue schaffen. So haben sich die Künstler intensiv um das exakte Studium der menschlichen Anatomie bemüht. Sie nahmen an öffentlichen Sektionen teil und fertigten sehr genaue Skizzen und Zeichnungen an. Auf diese Weise sind ausgezeichnete Anatomiebücher entstanden, die reichlich bebildert sind. In Padua hat ein gewisser Leonardo da

Vinci eine umfangreiche Bildersammlung anatomischer Zeichnungen begonnen."
Eine kurze Pause nutzte einer der Studenten, um eine Frage zu stellen.
„Herr Professor Eberbach, werden wir hier in Erfurt auch Sektionen durchführen?"
„Junger Herr Kollege, vorerst empfehle ich das Studium der Galenischen Schriften. Hier findet der Student alles, was man als angehender Arzt wissen muss. Selbstverständlich werden wir Sektionen durchführen, sobald uns eine menschliche Leiche zur Verfügung steht. Hier müssen wir allerdings auf die Anweisungen der bischöflichen Kanzlei Rücksicht nehmen."
Professor Eberbach erklärte noch weitere Einzelheiten des Lehrplanes. Das erste Semester war vollgestopft mit vielen Vorlesungen, Seminaren und Kolloquien. Langeweile sollte ganz gewiss nicht aufkommen.
„Wir werden uns gemeinsam das Wesen der Medizin erarbeiten. Dazu werden wir die Schriften des begabten arabischen Arztes Hunain ibn Ishaq lesen. Seine Einführungsschrift ‚Isagogik in das medizinische Schulwesen' wird uns eine große Hilfe sein. Eine Übersetzung vom Arabischen ins Lateinische verdanken wir dem Gelehrten Constaninus Africanus.
Wir werden über die inneren Krankheiten, die Morbi, und die äußeren Leiden oder besser gesagt den äußeren Verletzungen, die Vulnera, hören.
Die Gesundheit bezeichnen wir auch mit Integritas corporis und meinen damit das Gleichgewicht des inneren Säftesystems. Diese Erkenntnisse gehen auf die Lehren des Hippokrates zurück. Er zeigte uns, dass die vier Körpersäfte Blut, gelbe Galle, schwarze Galle und Schleim in einem ausgewogenen Verhältnis im Körper vorliegen. Diese Säfte stehen in Beziehung zu den Elementen Feuer, Luft, Wasser und Erde. Mit diesem Schema lässt sich fast jede Erkrankung erklären. So kann zum Beispiel feuchte, kalte Luft das Säftesystem des Körpers nachhaltig stören und eine Erkältung oder einen Katarrh auslösen. Es kommt zum Abfluss von Schleim.
Entsprechend dieses Säftesystems ist Krankheit als eine Störung des Gleichgewichtes eben dieser Säfte aufzufassen. Als Arzt wissen wir in vielen Fällen, das Säftegleichgewicht wieder herzustellen. Dazu muss ein Überangebot der Säfte aus dem Körper ausgeleitet werden. Sei es durch das Ablassen von Blut, den Aderlass, oder durch Abführmittel, durch Schwitzen oder andere geeignete Maßnahmen.
Der Lehrplan sieht also die Physiologie, die Res naturales, die Pathologie, die Res contra naturam und die Therapeutik, die Lehre vom Heilen vor.
Die Physiologie beschäftigt sich neben der Anatomie auch mit der Säftelehre. Sie erforscht die Beschaffenheit des Körpers im Normalzustand und das Funktionieren der Organe im Gesunden.
Die Pathologie ist die Krankheitslehre und erkundet die Ursachen und den Verlauf von Gesundheitsstörungen. Sie beschreibt die krankhaft veränderten

Körperfunktionen und die von der Krankheit veränderte Anatomie. Hierzu sind auch Sektionen der verstorbenen Patienten erforderlich.
Die Therapeutik ist die Lehre vom Heilen, also ein sehr wichtiges Teilgebiet der Medizin. Es wird unterteilt in Diätetik, Hygiene, Arzneimittellehre und die Chirurgie. Die Chirurgie allerdings ist ein nur sehr kleines Teilgebiet. Die Chirurgen beschäftigen sich vorwiegend mit der äußeren Hülle des Körpers. Dabei handelt es sich meistens um Geschwüre, Warzen und Schrunden. Ein großes Betätigungsfeld ist die Behandlung von Unfallfolgen. Knochenbrüche, Verbrennungen, Schnitt- und Stichverletzungen gehören zu den Chirurgen. Da fließt oft viel Blut.
Das Blut ist ein ganz besonderer Körpersaft. Früher hatte man geglaubt, dass im Blut die Seele schwimmt. Wohl aus diesem Grunde oder aus Furcht vor der gefährlichen Arbeit der Chirurgen war vor vielen Jahren das Operieren am Menschen untersagt worden. Dies zumindest galt für die Geistlichkeit und die Mönche. Ein päpstlicher Erlass aus dem Jahre 1215 hatte ihnen jede medizinische Tätigkeit verboten, besonders jedoch jene Arbeiten am Menschen, bei denen Blut floss. Ecclesia abhorret a sanguine – die Kirche verabscheut Blut.
Bis heute gibt es diesbezüglich eine gewisse Hemmschwelle, die studierte Mediziner nicht ohne Not überspringen.
Sie erkennen sofort, verehrte Studenten, dass es hier zu Überschneidungen mit dem Aufgabengebiet der Bader und Barbiere kommt. Besonders die Feldschere sind oft sehr geschickte Chirurgen. In jüngster Zeit wird ihre Arbeit auf den Kriegsfeldern geschätzt. Seit einigen Jahren verfügen Soldaten über Kanonen, Gewehre und Schussapparate, die scheußliche Verletzungen verursachen. Ein Chirurg muss hier kraftvoll und gefühlskalt zu Werke gehen. Mitleid und gefühlvolles Taktieren, Beraten und Besprechen ist sicher fehl am Platz. Chirurgen sind deshalb robuste und gefühlsarme Gesellen. Ich nenne sie gerne Hau-Ruck-Burschen. Wenn sie erfolgreich sind, genießen sie bei der Bevölkerung sogar ein besseres Ansehen als gewöhnliche Barbiere. Mit unserer gelehrigen Medizin haben die Chirurgen allerdings nur wenig gemein.
Die Anatomie ist der Chirurgie wesensverwandt. Wie es scheint, gelangt die Anatomie allmählich zu mehr Ansehen. Sie entwickelt sich zunehmend zu einer ernsten Wissenschaft. So zumindest zeichnet sich die Entwicklung in Italien ab. Im Gefolge der Anatomie könnte sich eines Tages auch die Chirurgie zu einer ehrenhaften Wissenschaft entwickeln.
Davon sind wir aber noch weit entfernt. Momentan ist die Chirurgie ein Handwerk mit Zunftcharakter. Das wollen wir also den Feldscheren und Barbieren überlassen."
Der Professor entließ die Studenten mit rauchenden Köpfen. Diese Fülle von Fachwissen, das ihnen dargeboten werden soll, hat die meisten Studenten

zunächst verschreckt. Zusätzlich zu den Vorlesungen sollten noch Übungsstunden mit Patienten und praktische Übungen in der Pflanzenheilkunde abgehalten werden. Es kam also ein riesiges wissenschaftliches Pensum auf sie zu.

Wesentlich freundlicher klangen die Worte des Georg Sturz, Professor für Diätetik. Er hielt die Vorlesungen am nächsten Tag.
„Die Diätetik ist wohl eines der wichtigsten Teilgebiete der Medizin. Sie gibt den Menschen genaue Empfehlungen für ein gesundes Leben. Sogar im Krankheitsfall können diätetische Maßnahmen schon die richtige Therapie sein.
In den nächsten vier Semestern werden wir dieses Fachgebiet genauer beleuchten und uns die wichtigsten Grundsätze der Diätetik verinnerlichen. Selbstverständlich werden wir uns auf die bekannten griechischen Autoritäten beziehen. Wir werden dazu die Originaltexte lesen und uns nicht auf die Auslegung dieser Texte durch die heilige Kirche verlassen. Das verstehe ich unter wahrem Humanismus: die ungefärbte Wahrheit unserer Altmeister herausfinden, analysieren und diskutieren.
Schon vor vielen hundert Jahren hatten die griechischen Ärzte über eine vernünftige Lebensführung nachgedacht. Immer hatten sie dies mit der Säftelehre und dem Elementesystem in Beziehung gesetzt. Die vier Säfte des menschlichen Körpers haben wir bereits kennengelernt: das Blut, die gelbe Galle, die schwarze Galle und der Schleim. Alle vier Körpersäfte müssen in einem ausgewogenen und in individueller Weise zusammengestellten Verhältnis vorliegen. Dieses Verhältnis der Säfte kann durchaus für jeden Menschen unterschiedlich sein. Es hängt von ererbten Faktoren ebenso ab wie von äußeren Einflüssen. Die Elemente Luft, Feuer, Erde und Wasser können das Säftesystem aus dem Gleichgewicht bringen. Auch die Elementarqualitäten kalt und feucht, warm und trocken sind in der Lage, das fein abgestimmte System zu beeinflussen. Letztlich spielen auch die Lebensabschnitte des Betreffenden eine Rolle. So sind die Säftesysteme des Kindes, des Jugendlichen, des Erwachsenen und des Greises unterschiedlich zusammengesetzt. Wir sehen also, dass in diesem verflochtenen System immer wieder die Zahl vier auftaucht. Die vier Jahreszeiten Frühling, Sommer, Herbst und Winter passen hier sehr gut dazu. Der gute Arzt sollte versuchen, das Krankheitsbild seines Patienten unter Berücksichtigung dieser Vierersysteme zu deuten. Nur so wird er erkennen, ob einer der Körpersäfte überwiegt, die anderen verdrängt und die Krankheit ausbrechen lässt. Entsprechende Ratschläge zur Therapie leiten sich von diesen Beobachtungen ab.
Meistens verordnen wir eine knappe Diät. Dazu erhält der Patient ein Getränk aus gekochtem Gerstenschrot oder Honig mit Weißwein. Beliebt ist

auch Oxymel, ein Gemisch aus Honig und Essig. In jedem Fall aber sollte viel Flüssigkeit angeboten werden.
Wenn jedoch feststeht, dass einer der Säfte sich im Körper vermehrt hat und überwiegt, muss der Arzt versuchen, dieses Ungleichgewicht auszugleichen. Eine so genannte Fülle muss aus dem Körper ausgeleitet werden. Zum Beispiel würde man bei Fieber eine Blutfülle vermuten. Durch Aderlass, Blutegel oder Schröpfen kann dieses Zuviel an Blut beseitigt werden.
Dieser kleine Vortrag zur Einführung in die Diätetik soll für heute genügen. Wir werden in den nächsten Lektionen mehr darüber erfahren. In der nächsten Woche spricht Professor Frawenschuch über weitere Aspekte dieses Faches."

Konrad konnte sich durchaus mit dem Erklärungsmodell der Viersäftelehre anfreunden. Es klang alles wohl durchdacht und war plausibel. Allerdings hatte ihm gar nicht gefallen, dass die Chirurgen als blutrünstige Metzgergesellen verunglimpft und abgelehnt wurden. Gerade mit dem Operationsmesser hatte er beim Bader so viele wunderbare Erfolge gesehen. Wie konnte man nur die schneidende Zunft auf diese ehrverletzende Weise verstoßen?. Hier würde sich wohl niemals etwas ändern.
Die alten Zöpfe müssten fallen, die Verbote der Kirche müssten abgeschafft werden und die Dünkel der verstaubten Universität müssten überwunden werden. Wenn das gelingen könnte, dann wäre der Weg frei für eine gleichberechtigte Chirurgie. Vorerst war daran jedoch nicht zu denken. Trotz aller Fortschrittlichkeit sollte die Chirurgie weiterhin im Schatten der medizinischen Gelehrsamkeit verharren.
Johannes Frawenschuch war als recht konservativer Professor bekannt. Er war noch von der scholastischen Denkweise überzeugt, hielt sich also strikt an die offizielle Kirchenlehre. Selbstverständlich wollte er nicht altmodisch wirken und verschloss sich nicht den Schriften der griechischen Autoritäten. Er konnte sich aber einen Vergleich mit der kirchlichen Auslegung der Texte nicht verkneifen. Für ihn waren eben die Kirchenväter Thomas von Aquin und Albertus Magnus ebenbürtige Autoritäten.

Professor Frawenschuchs Vorlesungen waren sehr beliebt, weil er über ein umfangreiches Wissen verfügte. Außerdem war er ein ausgesprochen begabter Redner, der seine Vorlesungen spannend vortrug.
„Mit der heutigen Vorlesung möchte ich den jungen Medizinern die Regeln der Hygiene näher bringen. Der Name Hygiene geht auf Hygieia, Tochter des Gottes Asklepios, zurück. Die Römer nannten den Gott der Heilkunst auch Äskulap, und seiner Tochter gaben sie den Namen Hygia. Sie war die Göttin der Gesundheit und wachte über Sauberkeit, Umwelt und körperliches Wohlbefinden.

Auch Hippokrates und Aristoteles hatten die Bedeutung der Hygiene für die Gesundheit betont. Tägliche Reinigung des Körpers mit feuchten Lappen und anschließender Massage der Haut mit trockenen Tüchern sei zur Gesunderhaltung wichtig. Mindestens einmal im Monat solle man sich in warmem Wasser baden. Anschließend solle man die Haut mit Ölen pflegen. Entsorge deine Abfälle und Exkremente an verborgenem Ort. Benutze und trinke nur frisches, unverdorbenes Wasser. Zahnpflege wird zur Vorbeugung gegen Fäulnis der Zähne empfohlen. Hierzu benutze man Zahnstocher und Melisseblätter.
Zur Gesunderhaltung achte ein jeder auf eine ausgewogene gesunde Ernährung und Zufuhr ausreichender Mengen Flüssigkeit. Meide übermäßigen Genuss von Wein oder Bier. Sorge regelmäßig für Frischluft und übe das tiefe Einatmen. Stähle deinen Körper durch regelmäßige Leibesübungen. *Bewegung ist Leben, weil alles, was sich bewegt, lebt.* Mit diesem Wort hatte uns Aristoteles eine seiner wichtigsten Weisheiten überliefert.
Die Hygiene des Gemütes ist ebenso notwendig wie die Unversehrtheit des Körpers. Deshalb verzage nicht und vertraue auf Gott. Freue dich über glückliche Stunden. Danke Gott für jeden geschenkten Tag und erlebe ihn. Zum Wohlbefinden gehört auch eine glückliche Beziehung zu deinem Weibe. Deshalb achte sie und danke für ihren Gehorsam. Wohne ihr nur bei, wenn sie bereit ist. Meide den Beischlaf während der unreinen Tage. Du könntest schlimme Krankheiten bekommen. An den übrigen Tagen wohne ihr oft bei, weil auf diese Weise ein ausgewogenes Gleichgewicht der Säfte und damit eine gute Gesundheit für Mann und Weib erreicht werden kann.
Meine verehrten Herren Studenten, man erkennt leicht, dass zur Gesunderhaltung viele Faktoren bedacht werden müssen. Der gute Arzt hilft den Menschen, die Ratschläge der Hygiene anzunehmen. Es ist leichter, einer Krankheit vorzubeugen, als sie zu heilen."

Konrad erkannte wohl die Notwendigkeit aller dieser Maßnahmen. Auch das Erlernen der vielen theoretischen Teilgebiete der Medizin musste er hinnehmen. Es war ihm eigentlich keine Freude. Nur mit einiger Überwindung drückte er sich den umfangreichen Lernstoff ins Gedächtnis. Die Anatomie des Galen bereitete ihm da schon weniger Mühe. Hier fühlte er sich in seinem Element. Den Körper von innen kennenzulernen, war da schon aufregender. Obgleich ihm klar war, dass die anatomischen Erkenntnisse des Galen auf Sektionen von Schweinen basierten, weckten seine Schriften sofort Konrads Interesse. So ging es den anderen Medizinstudenten auch. Noch immer verehrten sie ihr großes Vorbild, den berühmten griechisch-römischen Arzt Galen. Obwohl seine Bücher schon über tausend Jahre alt waren, hatten sie an Aktualität nichts verloren. Auch die Professoren schwärmten von ihrem großen Idol: Galenos, der große Meister der Medizin. Nicht ohne Grund war er der Leibarzt des römischen Kaisers Marc Aurel gewesen.

Alle anderen theoretischen Fächer waren für Konrad nur Pflichtübungen. Seine Sehnsucht schielte nach der angewandten Medizin. Er wollte den gesunden und den kranken Körper studieren. Er wollte tasten, fühlen, horchen und ergründen. Die Pulse messen, Lungen perkutieren, Bäuche kneten, Gelenke bewegen.

Er wollte Kranke befragen, ihr Weinen und ihr Klagen hören. Ihm fehlte das Sammeln der Befunde, Abwägen der Ergebnisse und das Fällen des Urteils. Und es fehlte der Triumph des Sieges über Krankheit und Tod. Der süße Dank des Geretteten wäre der Mühe schönster Lohn.

Darauf musste Konrad noch lange warten. Erst in den höheren Semestern war die angewandte Medizin vorgesehen.

Den anderen Studenten ging es ebenso. Alle drängten nach mehr anschaulichen Unterricht und besonders nach praktischer Anatomie. In Erfurt bestand da allerdings wenig Hoffnung auf anatomische Demonstrationen an der menschlichen Leiche. Der Mainzer Erzbischof hatte diesbezüglich genaue Voraussetzungen vorgegeben, an die sich die medizinische Fakultät zu halten hatte. Für öffentliche Sektionen zum Zwecke des anatomischen Studiums waren nur Leichen von hingerichteten Verbrechern zugelassen. Und auch nur dann, wenn der Delinquent vor der Hinrichtung sein Einverständnis dazu gegeben hatte.

Jeder Mensch – auch ein Verbrecher – sollte mit seiner Seele in unversehrter Körperhülle vor den himmlischen Richter treten können. Dort würde ohnehin die Frage der endgültigen Gnade oder Verwerfung geklärt werden. Dies dürfe nicht bereits auf Erden durch den Menschen vorab entschieden werden.

Da gab es keinen Missetäter, auch der härteste Rohling nicht, der seinen Leichnam den Studenten zur Verfügung gestellt hätte. So waren die Sektionssäle an deutschen Universitäten größtenteils ungenutzt geblieben. Die meisten Studenten versuchten deshalb während ihres Studiums, zumindest ein oder gar zwei Semester an einer italienischen Universität zu verbringen. Dort gab es genug Gelegenheiten, Sektionen beizuwohnen.

Wenn doch Jakob Regensburger schon zurück wäre. Konrad hatte schon vor einem halben Jahr mit ihm gerechnet. Mittlerweile lief das zweite Semester, und sein Zimmernachbar war noch immer nicht da. Es war schon wieder Herbst. Die Bäume verfärbten sich und kündigten die graue Zeit an. Die Tage wurden kürzer und die Abende länger. Viel Zeit zum Lesen und Lernen! Besonders interessierte sich Konrad für die Anatomie. Aus der Universität hatte er sich Lehrbücher mit anatomischen Zeichnungen ausgeliehen. Die Bücher von Professor Alessandro Benedetti aus Padua waren besonders

lehrreich, weil sie mit vielen plastisch wirkenden Bildern ausgestattet waren. Die Druckkunst mit Kupferplatten hatten diese schönen bebilderten Lehrbücher ermöglicht. Die Kupferstecher waren richtige Künstler. Vorbilder waren Maler wie Leonardo da Vinci, Andrea del Verrocchio und Michelangelo Buonarotti. Von deren Originalvorlagen hatten sie die Zeichnungen auf kupferne Druckplatten übertragen. Nur so war es möglich, Hunderte von bebilderten Büchern zu erschwinglichen Preisen herstellen zu lassen. Konrad hatte die Werke immer wieder durchgearbeitet und sich die lateinischen Namen aller Knochen, Muskeln, Nerven und Adern eingeprägt. Jede Einzelheit am menschlichen Körper hätte er benennen können.
Konrads beste Freunde wurden die Bücher, ohne die er sicher schwermütig geworden wäre. Das Studium bremste seinen Tatendrang. Es drängte ihn nach praktischer Arbeit; nach Untersuchen und Kurieren von kranken Menschen.
Geduldig wartete er auf die höheren Semester. Dann sollte sich das Medizinstudium sicher mehr der Praxis hinwenden.

In der sechsten Woche des Semesters gab es für Konrad eine ganz besondere Überraschung. Dr. Johannes Nathin gab sich die Ehre, vor der ehrenwerten Versammlung der medizinischen Fakultät seine Antrittsvorlesung als Professor für Philosophie und Theologie zu halten. Er hatte sich zum Ende des letzten Jahres habilitiert und hatte auch gleich eine ordentliche Professur erhalten.
Zur feierlichen Vorlesung war alles gekommen, was Rang und Namen hatte: Der Rektor, die Dekane der Fakultäten, Magister, Bakkalaureaten und Studenten.
Professor Nathin hatte sich ein philosophisches Thema ausgewählt: Die Wissenschaften im Licht der neuen Zeit.
Konrad war rechtzeitig zur Vorlesung erschienen und konnte sich einen der vorderen Plätze sichern. Als die hohen Herren Dekane und Professoren erschienen, erhoben sich alle von ihren Plätzen. Man wartete, bis die Ehrengäste auf ihren Stühlen saßen. Johannes Nathin stand bereits vor dem Rednerpult. Seine Nervosität war ihm anzusehen. Er blätterte in seinem Skript, legte es wieder zur Seite. Er schaute sich im Saal um und entdeckte Konrad. Mit kaum wahrnehmbarem Kopfnicken begrüßte er ihn. Er begann seine Rede mit der üblichen Begrüßung und Ehrerbietung.
„Magnifizenz, Spectabiles, Magister und Studenten! Ich habe die große Ehre, vor diesem hohen Auditorium über die Wissenschaften sprechen zu dürfen. Bereits seit Platon, Sokrates und Aristoteles gibt es ernsthafte Bemühungen, die ungezählten Fragen des Lebens zu lösen. Bis heute haben sich die Fragen nicht geändert; es sind allenfalls neue hinzugekommen. Die Fragen betreffen alle Bereiche des Lebens. So gibt uns die Natur täglich neue Rätsel auf.

Die Veränderungen der Umwelt, die Vielfalt des Tierreiches und der Pflanzenwelt, die Natur des Menschen und seine Handlungsweisen mögen hier nur einige Beispiele sein. Hinter allem scheint sich ein Geheimnis zu verbergen, das wir enträtseln wollen. Es geht also um die Suche nach der Wahrheit. Die vollständige Wahrheit freilich wird nur der himmlische Vater kennen. Uns wird es genügen, einen Teil davon zu erfahren.
Platon und Aristoteles hatten schon die Fragen nach den Gründen und Ursachen der Dinge gestellt. Ihre Beobachtungen führten zu wahrscheinlichen Annahmen, zu Urteilen und Schlussfolgerungen. Immer hatten sie das Ganze der Wirklichkeit im Blick. Der jetzt so moderne Humanismus lenkt unsere Aufmerksamkeit auf die Schriften der alten griechischen Philosophen. Wir erhoffen uns von ihnen das leuchtende Licht der Wahrheiten. Das ist neu.
Bis hierher gab es nur eine Wahrheit: Das Wort Gottes und seiner Stellvertreter auf Erden.
Keiner von uns will die Worte des Herrn anzweifeln. Wir wollen aber auch die anderen Wahrheiten hören, prüfen und vergleichen. Nur wenn wir in die Tiefen der Wirklichkeiten vordringen, können wir die Bedingungen unseres Daseins erfahren.
Schon gibt es Nachrichten aus italienischen Universitäten über neue Bemühungen. Philosophen der Universität Ferrara fordern, auch die griechischen Autoritäten anzuzweifeln. Sie wollen sich nur auf ihre eigenen Beobachtungen und Schlussfolgerungen verlassen. Sie verlangen eigene Experimente und Beschreibungen von Naturgesetzen. Alle gefundenen Fakten und Erfahrungen sollen exakt formuliert und einem System untergeordnet werden. Nur so sind vergleichende Überprüfungen mit anderen Experimenten möglich. Mit Hilfe der Mathematik lässt sich jede Versuchsanordnung genau beschreiben und präzisieren, so dass sie jederzeit reproduzierbar ist. Die Ergebnisse der Experimente sollen also mathematisch benannt werden. Naturwissenschaften scheinen umso genauer, je mehr sie mathematisch fundiert sind.
Nur wenn die gefundenen Forschungsergebnisse mit denen anderer Untersuchungen übereinstimmen und die Folgerungen daraus schlüssig sind, ist die Annahme einer Naturgesetzlichkeit möglich.
Jeder einzelne Wissenschaftszweig sollte seine Erkenntnisse einem übergeordneten Ganzen eingliedern und unterordnen. Es muss ein System des geordneten Ganzen erhalten bleiben. In diesem Sinne dienen alle Wissenschaften einem Ziel: Die Erfassung aller Erkenntnisse und Unterordnung in ein ordnendes System ."

Im Auditorium gab es niemanden, der sich nicht von seinem Stuhl erhoben hätte. Alles applaudierte voller Begeisterung. Hurra-Rufe und Pfiffe wurden

laut. Ein Benehmen, was eigentlich für die Universität ungewöhnlich und unschicklich war.
Auf jeden Fall war Pater Nathins Vorlesung ein großer Erfolg. Endlich hatte es jemand ausgesprochen: Die Universitäten sollten aus ihrem Tiefschlaf erwachen und wirkliche Forschung betreiben. Zur Forschung gehörten die genaue Untersuchung und das Experiment. Ohne diese Voraussetzungen war keine moderne Wissenschaft möglich. Nathins Vorlesung hatte einen bleibenden Eindruck hinterlassen und wurde binnen einiger Monate Anlass für eine Reform der Universität. Jedes einzelne Lehrfach sollte fortan den Kriterien moderner Wissenschaft genügen.

Konrad kam gerade aus der Bibliothek, als er Pater Nathin im Flur des Collegium majus traf. „Mein junger Medicus. Wie hat dir meine Vorlesung gefallen? Hast du gemerkt, wie aufgeregt ich war?"
„Ja, Pater. Ich kenne Euch schon lange und weiß deshalb, dass Ihr normalerweise ruhiger und gelassener seid. Vor so vielen Ehrengästen zu sprechen, ist sicher sehr schwer. Da darf kein falsches Wort fallen. Was denkt Ihr; wird sich die Universitätsreform recht bald durchsetzen?"
„Der Rektor und die Dekane sind fest entschlossen, unsere Universität zu einer der fortschrittlichsten im deutschen Reich zu machen. Die schwierigste Aufgabe wird sein, den Mainzer Bischof von der Notwendigkeit der Reformen zu überzeugen. Er hat da ein sehr gewichtiges Wort mitzureden."
Konrad zeigte sofort ein finsteres Gesicht, aus dem die Enttäuschung leicht abzulesen war. „O, da sehe ich schwarz. Wie kann der Bischof da zustimmen? Die Reform der Universität kann sehr schnell auch eine Erneuerung der Kirchenlehre bedeuten. Ein Abrücken der Theologie von der scholastischen Lehre ist wohl nicht möglich, ohne dass auch die Kirche reformiert wird."
Pater Nathin war überrascht, dass der junge Student die komplizierten Zusammenhänge erkannt hatte. „Konrad, du hast das Problem vollkommen richtig benannt. Da kommen sehr große Schwierigkeiten auf uns zu. Aber komm, lass uns gemeinsam durch die Gassen zum Kloster gehen. Unterwegs kann ich dir über einige Neuigkeiten berichten."
Der Pater nahm Konrad am Arm und führte ihn sanft aber bestimmt durch den Haupteingang des Universitätsgebäudes auf die Straße. Konrad merkte sehr rasch, dass Nathin ihm etwas sehr Wichtiges und Ernstes erzählen wollte. Zumindest duldete die bestimmte Art, wie er halb gezogen und halb geschoben wurde, keinen Widerspruch. Als sie auf der Straße standen und der Pater sicher war, dass ihnen niemand zuhören konnte, begann er seine offenbar geheime Mitteilung:
„Mein lieber Konrad, wir haben zusammen schon viele gemeinsame Erlebnisse gehabt, die teilweise recht gefährlich waren. Momentan scheint sich

wieder eine sehr gefährliche Situation zu entwickeln. Wie du weißt, gehen zurzeit Geldsammler des Papstes durch das Reich und erbetteln riesige Summen Geld. In Rom soll der Petersdom, der größte und herrlichste Dom der Welt, entstehen. Es soll ein Symbol der päpstlichen Macht werden. Dazu werden jetzt in ganz Deutschland Ablassbriefe verkauft, die von sämtlichen Sünden befreien sollen. Gerade die Deutschen in ihrer Gottesunterwürfigkeit sind für diesen Schwindel leicht zu überreden."
Konrad war ganz seiner Meinung:
„Das tut mir in der Seele weh, wie die armen Leute um ihre Spargulden betrogen werden. Wer ist denn stark genug, den Aufforderungen des Papstes zu widersprechen? Jeder will doch seine Sünden getilgt wissen."
„Bruder Martin ist darüber besonders aufgebracht und predigt unverhohlen gegen den Ablass-Schwindel. Es vergeht kein Gottesdienst, in dem er nicht darüber schimpft. Er hat mir bereits von schriftlichen Eingaben beim Bischof und auch beim Papst erzählt. Sein erbitterter Gegner ist der Dominikaner Johann Tetzel.
Ich kenne Martin schon seit vielen Jahren. Eines ist sicher: Der lässt nicht locker. Das bedeutet ein starkes Rütteln an den Festen der heiligen Kirche. Der Landesfürst Friedrich scheint wohl auf Martins Seite zu stehen. Zumindest hatte der Kurfürst ihm gegenüber den Ablasshandel missbilligt.
Bruder Martin geht es aber um mehr als nur den Ablasshandel. Die Sakramente will er zum größten Teil abschaffen und die Unfehlbarkeit des Papstes nicht länger hinnehmen."
„Um Gottes Willen, Nathin. Das ist ja Ketzerei", Konrad war rot geworden vor Erregung, „das kann dem Martin Kopf und Kragen kosten"
„Sei unbesorgt, Martin ist intelligent und hat einflussreiche Helfer. Zu viele Bürger in den umliegenden Städten und Dörfern sind bereits auf seiner Seite. Und was viel wichtiger ist, Martin ist von seiner Mission zutiefst überzeugt. Er weiß unseren Herrn im Himmel hinter sich. Seine Forderungen sind alle mit dem Wort aus der Bibel begründet. Vielleicht gelingt ihm tatsächlich eine Reform der Kirche."
Konrads Augen glänzten vor Freude: „Wenn die Fesseln der Kirche abgestreift sind, kann eine wirklich große Reform der Universitäten und der Wissenschaften gelingen. Endlich kann dann auch in Deutschland die Medizin zu einer modernen Wissenschaft aufgebaut werden. Ich meine öffentliche Sektionen und Ausbildung der Studenten am Krankenbett."
„Ja, Konrad. Das könnte sich tatsächlich so entwickeln. Eigentlich wendet sich Bruder Martin nicht grundsätzlich gegen die heilige Mutter Kirche. Er will nur die Abschaffung unsinniger Bräuche in der Kirche. Bräuche, die mit der Wahrheit der heiligen Schrift nichts zu tun haben. Der wohl unchristlichste Vorgang ist der Ablasshandel. Hier handelt es sich um eine schamlose Ausnutzung der tiefen Gläubigkeit von Bauern und Bürgern.

Über unser Gespräch wollen wir noch Stillschweigen bewahren, um Bruder Martin nicht zu gefährden."
Konrad war so aufgeregt, dass er beinahe seinen besten Freund nicht bemerkt hätte.
Am anderen Ende der Straße ging eiligen Schrittes ein junger Mann in Begleitung einer jungen Frau direkt auf das Studentenheim, die Georgenburse, zu. Von der Statur und vom Gangbild her konnte es sich nur um seinen alten Freund Jakob Regensburger handeln.
Aber in Begleitung einer Frau? Das konnte sich Konrad beim besten Willen nicht zusammenreimen. Bruder Nathin hatte das junge Pärchen auch bemerkt. Die freudige Erregung Konrads war ihm nicht entgangen.
„Kennst du die zwei? Ich habe sie erst gestern zusammen auf der Krämerbrücke gesehen. Wie es scheint, sind sie ein Paar."
Konrad war käseweiß vor Schreck und wurde hektisch „ Nie und nimmer! Das ist mein Freund Jakob. Er hat versprochen, mit mir zusammen in Padua die moderne Medizin zu studieren. Wenn er jetzt tatsächlich eine Braut hat, müsste er ja sein Versprechen brechen. Das würde er niemals tun."
Konrad konnte wohl selbst nicht recht an seine Worte glauben. Eine Braut wäre selbstverständlich ein ausreichender Grund gewesen, ein Studien-Versprechen zu brechen. Je mehr er darüber nachdachte, umso mehr geriet er in eine panikartige Stimmung. Nicht auszudenken, wenn das wahr wäre. Alleine in die Fremde? Alleine nach Padua, ins Welschland? Eine Stadt, in der man eine völlig fremde Sprache sprach? Wo man Fremden möglicherweise feindselig begegnen würde.
Nein, alleine würde sich Konrad wohl kaum nach Italien getrauen.

„Nathin, gehabt Euch wohl. Ich muss ihnen nachlaufen. Ich berichte Euch später. Grüße an Bruder Martin, wenn Ihr ihn trefft."
Ohne Nathins Antworten abzuwarten, war Konrad schon die Straße zur Burse hinuntergelaufen. Konrad wollte unbedingt seinen Freund Jakob noch erwischen. Der war bereits mit seiner Begleiterin im Haus verschwunden.
Mit heftigen Faustschlägen trommelte Konrad gegen die Tür. An Rücksichtnahme auf mögliche Intimstunden des jungen Paares war jetzt nicht zu denken.
„Jakob, mach die Tür auf. Ich weiß, dass du da bist. Lass deinen Freund nicht warten."
Es dauerte keine zwei Sekunden, und die Tür sprang auf. Mit breitem Grinsen stand er im Türrahmen. Sie umarmten sich wie Brüder. Immerhin hatten sie sich über ein Jahr nicht gesehen.
„Willst du mich nicht dem jungen Fräulein vorstellen? Ist sie deine Braut?"

„Selbstverständlich werde ich dich dem Fräulein vorstellen." Jakob gab sich amüsiert: „Dies ist mein Freund Konrad der Augustiner oder besser gesagt Herr Augsteiner. Und das Fräulein ist meine Schwester Sarah."
Sprachlos starrte Konrad seinen Freund und dessen Schwester an. Wie ein Zentnergewicht fiel eine Last von seinem Herzen. Es hatte eine Weile gedauert, bis er sich gefangen hatte. Erst jetzt bemerkte er, wie hübsch das Mädchen war.
Sarah hatte pechschwarze Haare, die lockig auf ihre schmalen Schultern fielen. Das schlanke Gesicht war voller Anmut und strahlte eine fröhliche Unbekümmertheit aus. Die großen dunkelbraunen, fast schwarzen Augen verliehen ihr einen warmen ehrlichen Blick, von dem Konrad gefesselt war. Durch die vollen Lippen wirkte ihr Mund beinahe etwas zu groß.
Jakob fand als erster seine Worte wieder: „Wenn Ihr Euch jetzt eingehend betrachtet habt, könnten wir uns ja zur Wiedersehensfeier verabreden. Wie wär's, wenn wir uns im Gasthaus Lamm treffen."
Sarah war sofort begeistert: „Das klingt prima. Ich werde mein feines Kleid anlegen. In Begleitung zweier junger Herren werde ich mich wie eine Prinzessin fühlen."

Konrad ging eine halbe Stunde vor dem vereinbarten Termin aus dem Haus. Er wollte auf keinen Fall zu spät kommen. Im Lamm wies man ihm einen Platz im Nebenraum zu. Außer den Öllampen brannten auf jedem der Tische Kerzen, so dass eine behagliche Atmosphäre entstand.
„Du hast uns ja den schönsten Platz im ganzen Lokal ausgesucht." Jakob war wie die anderen voller Vorfreude auf einen schönen Abend. Er half seiner Schwester aus dem Mantel und hielt ihr die Stuhllehne, bis sie sich gesetzt hatte. Konrad war froh, dass sie ihm direkt gegenüber saß. So konnte er den ganzen Abend ihr schönes Gesicht betrachten.
Jakob bestellte eine Flasche Wein und einen Krug Wasser. „Ihr zwei seid heute Abend meine Gäste. Ich hatte ein sehr gutes Jahr mit guten Geschäften. So kann ich es mir leisten, Euch freizuhalten."
Konrad war schon sehr neugierig, was sein Freund von seinen Reisen berichten wollte. „Erzähl uns von deinen Erlebnissen. Wie ist es dir im Orient ergangen?"
„Es war ein großes Abenteuer. Zusammen mit meinem Vater und dessen Bruder waren wir im Spätsommer des vergangenen Jahres aufgebrochen. Von Augsburg wollten wir auf der Via Claudia Augusta nach Venedig. Vater hatte diesen Weg schon sehr oft benutzt. Es ist ein viel genutzter Handelsweg und deshalb vor Raubrittern einigermaßen sicher. Das war zumindest seine Meinung. Wir kamen allerdings nicht weit. Im Lermooser Sumpf blieben wir mit unserem Wagen im Morast stecken und wurden im Dunkel der beginnenden Nacht von einer Horde betrunkener Diebe ausgeraubt."

Sarah schlug sich vor Entsetzen die Hände vors Gesicht. Sie hatte die Geschichte zwar schon mehrfach erzählt bekommen, war aber immer wieder zu Tode erschrocken und voller Sorge um ihren Bruder und den Vater.
„Verängstige deine Schwester nicht. Sie ist schon ganz blass vor Furcht." Konrad hätte am liebsten seinen starken Arm um sie gelegt, um ihr ein wenig Schutz zu bieten.
„Es ist ja alles gut ausgegangen. Der Verlust an Ware war auch nicht allzu groß. Wir hatten nur einige Ballen Stoff aus Flandern geladen.
Als wir heimgekehrt waren, hatte Vater eine gute Gelegenheit, mit einer anderen Reisegruppe nach Spanien und in den Maghreb zu fahren. In Toledo konnten wir sehr gute Geschäfte abwickeln."
Jakobs Stimme überschlug sich vor Freude und die gute Laune sprang auf die beiden anderen über.
„Das Beste kommt aber jetzt. Ein Geschäftskollege hat einen Bruder, der Professor für Medizin an der Universität von Toledo ist. So hatte ich Gelegenheit, für ein Semester dort Student sein zu dürfen."
„Das ist ja wirklich eine Überraschung." Konrad war ganz aufgeregt. „Erzähl! Wie geht's da zu?"
„Kein Vergleich mit deutschen Universitäten. Es gab beinahe jede Woche Sektionen an menschlichen Leichen. Ebenso häufig wurden Versuche und Operationen an Hunden oder Schweinen durchgeführt. Ich habe in dem einen Semester dort mehr gelernt als hier in zwei Jahren."
Konrad konnte das kaum glauben.
„Wie war es dir denn möglich; dort zu studieren? Toledo ist doch eine islamische Universität. Christen sind doch dort nicht zugelassen, oder?"
Für einen Moment herrschte betretenes Schweigen. Jakob schaute seine Schwester an, und sie blickte etwas traurig auf ihren Bruder.
„Wusstest du denn nicht, dass ich Jude bin?"
„Nein." Konrad kam ins Grübeln. Er wurde von dem Geschwisterpaar aufmerksam beobachtet. Wie würde er reagieren? Wie stabil war seine Freundschaft?
„Was schaut ihr mich so zweifelnd an? Meint ihr wirklich, dass euer Glaube ein Hindernis für meine Freundschaft zu euch sein könnte?" Konrads Worte hatten einen fast vorwurfsvollen Unterton. In den Gesichtern von Sarah und Jakob zeigte sich Erleichterung. Sarah griff spontan nach den Händen ihres Bruders und des Freundes. Sie bildeten für einige Momente eine Kette der Brüderlichkeit.
„Aber Jakob, wenn es dort in Toledo so interessant war, warum bist du denn nicht länger dort geblieben?", wollte Konrad wissen.
„Ich hatte einem Freund ein Versprechen gegeben. Mit ihm werde ich nach Padua fahren. Und dieser Freund bist du."

Konrad war von einem Gefühl der Herzlichkeit und Brüderlichkeit überwältigt. Er schaute Jakob dankbar an. „Gute Freunde sind wie Brüder; da kann man sich eben auf den anderen verlassen. Ich bin stolz auf unsere Freundschaft."
Erst jetzt war Konrad aufgefallen, dass Sarah immer noch seine Hand hielt. Nicht dass es ihm unangenehm gewesen wäre. Nein, eher im Gegenteil. Aber er wusste nicht, wie Jakob reagieren würde. Würde er Anstoß daran nehmen, wenn er die Hand der hübschen Sarah länger hielte, als es üblicherweise schicklich war? Das wäre ihm sehr peinlich und unangenehm.
Trotz aller dieser Überlegungen verspürte Konrad ein starkes Verlangen, diese zarte Hand in seiner zu halten. Mit dem Daumen versuchte er – mehr heimlich – ihren Handrücken zu streicheln.
Halb erschrocken, halb schüchtern zog sie ihre Hand zurück. Ganz vorsichtig und sehr langsam; so, als wolle sie ihn nicht brüskieren. Ein allzu heftiges Zurückweichen hätte verletzlich sein können. Das wollte die junge Frau auf keinen Fall.
Konrad bemerkte sehr wohl, dass er zunächst nicht viel mehr von seiner Zuneigung offenbaren durfte.
„Wir sollten unsere Reisevorbereitungen planen, noch bevor das Semester zu Ende geht." Jakob ließ keinen Zweifel aufkommen, dass es ihm Ernst war mit dem Auslandsstudium.
„Wir sollten uns wohl besser einer Händlergruppe anschließen. So haben wir die größtmöglichen Sicherheiten. Die Raubritter und Wegelagerer werden immer dreister und unverschämter. Ohne Schutz zu reisen, ist heutzutage mehr als leichtsinnig."
„Das stimmt", pflichtete Konrad bei.
„Vielleicht kann uns Sarah weiterhelfen." Jakob schaute seine Schwester fragend an.
„Sie ist bei einem reichen Waidhändler zur Ausbildung sowie in Kost und Logie . Eigentlich ist es ein Kuriosum für sich: Der Waidhändler ist eine Frau. In ganz Erfurt gibt es das nur einmal. Eine Frau steht erfolgreich einer großen Handelsgesellschaft vor. Das ist kaum zu glauben. Frau Amlingyn und ihre Tochter führen nach dem Tod des Vaters das Geschäft mit viel Kraft, Energie und weiblichem Geschick."
Sarah wusste mehr zu berichten über ihre Herrschaft: „Die gnädige Frau Amlingyn ist eine sehr freundliche und herzensgute Person. Immer ist sie bemüht, es allen recht zu machen. Viele glauben, dass sie das Gemüt und die Seele eines hartherzigen Kerls hat; bloß weil man denkt, dass anders ein so großes Geschäft nicht zu führen sei. Das stimmt nicht. Im Gegenteil, sie ist stets gerecht und einfühlsam zu jedermann."

Sarah machte eine kurze Pause. Sie war fast ein wenig energisch geworden, um ihre Herrin zu verteidigen. Die jungen Männer wagten keine abschätzenden Gesten oder Bemerkungen.
„Katharina Amlingyn ist bekannt als gute Rechnerin, und sie lässt sich nicht auf der Nase herumtanzen. Das macht ihren Erfolg aus."
Konrad beeilte sich, das schwache Geschlecht zu unterstützen: „Niemand will der gnädigen Frau Amlingyn ihre Qualitäten als Handelsfrau absprechen. Aber wie bewältigt sie die gefährlichen Fernreisen? Eine Frau ist doch viel zu schwach, sich eines Räubers zu erwehren."
„Ich bin noch nicht lange in ihren Diensten. Unser Vater hatte schon oft mit ihr Geschäfte gemacht und war immer zufrieden. Sie sei zuverlässig, korrekt und ehrlich. Zu ihr sollte ich in die Lehre gehen, damit ich auch einmal meinem Vater im Geschäft eine Hilfe sein kann. Viel habe ich in den paar Wochen noch nicht gesehen. Zumindest haben wir noch keine Handelsreise gemacht."

Konrad war beeindruckt. Noch nie zuvor hatte er eine junge Frau kennen gelernt, die sich nicht nur für Hausarbeit, Stricken und Nähen interessierte.
„Willst du denn nicht wie andere Damen in deinem Alter auf einen geeigneten Ehemann warten?", wollte er wissen, „fast alle Frauen freuen sich doch auf eine eigene Familie."
Sarah errötete; sie war verlegen. Auf eine solche Frage war sie nicht vorbereitet. Konrad bereute bereits seine plumpe direkte Art und versuchte, das Thema zu wechseln:
„Jakob, das wäre ja wunderbar, wenn wir uns der Reisegruppe von Frau Amlingyn anschließen dürfen. Vielleicht können wir uns unterwegs in irgendeiner Weise nützlich machen?"
Sarah freute sich, dass sie ihre Hilfe anbieten konnte:
„Soviel ich bisher erfahren habe, benötigt sie für die Fernreisen fünf bis zehn kräftige Männer, die mit Waffen umgehen können. Ich will gerne fragen, ob man euch zwei gebrauchen kann."
„Zunächst müssen wir das Ende des laufenden Semesters abwarten", bremste Jakob den allgemeinen Übereifer „in Padua können wir wohl kaum mitten im Semester einfach so hereinplatzen."
Konrad musste zustimmen: „Du hast recht, Jakob. Es hat ja keine Eile. Bis zum November haben wir noch viel Zeit."
So blieb es für diesen Abend beim Erfahrungsaustausch zwischen den beiden Studenten. Erste konkrete Pläne für den Universitätswechsel nach Padua wollten die beiden Freunde in den nächsten Wochen angehen.
Das Haus der Familie Amling war ein stattliches dreigeschossiges Patrizierhaus in der St.-Johannisgasse. Durch ein großes zweiflügliges Holztor gelangte man in den Hinterhof. Mehrere Kutschwagen standen an der einen

Seite, Fässer und große Weidenkörbe auf der anderen. In einem Nebengebäude waren die Stallungen mit mindestens zehn Pferden untergebracht. Ein geschäftiges Treiben auf dem Hof sorgte für eine gewisse Unruhe. Knechte versorgten die Pferde in den Stallungen. Arbeiter reinigten Fässer und stapelten sie übereinander. Überall Stimmen, Gepolter, Hufeklappern und gelegentlich Pferdewiehern.

Die getrockneten Waidpflanzen lagerten nicht in diesem Anwesen, sondern in eigens dafür errichteten Speicherhäusern am Anger. Lediglich das fertige Waidpulver, dieses wertvolle Färbemittel, hielt die Händlerin im Kellergewölbe ihres Hauses unter Verschluss. Niemand außer ihr und der Tochter hatte einen Schlüssel dafür.

Die Kontorräume befanden sich im Erdgeschoss direkt über dem Waidkeller. Sarah sah Konrad über den Hof gehen und nach dem Eingang zum Kontor suchen. Sie öffnete das Fenster rief ihn zu sich herüber: „Konrad, hier bin ich. Du willst sicher Frau Amlingyn sprechen. Ich werde dich gleich bei ihr anmelden."

„Eigentlich wollte ich dich besuchen. Ich möchte fragen, wie es dir geht. Vielleicht hast du etwas Zeit für mich. Wir könnten uns über die Reiserouten eurer Handelsgesellschaft unterhalten."

Sarah freute sich über Konrads galante Art. Sie öffnete ihm die Tür und ließ ihn in die Vorhalle des Hauses eintreten. Mitten im Raum gab es einen langen rechteckigen Tisch mit vielen Stühlen. Dort konnten sich die beiden ungestört unterhalten. Sarah begann gleich von neuen Reiseplänen der Frau Amlingyn zu erzählen:

„In drei bis vier Wochen ist eine größere Lieferung von zwanzig Wagen nach Görlitz geplant. Dazu sind sicher viele begleitende Wachmänner notwendig. Das wäre eine gute Gelegenheit für euch beide, mitzureisen."

„Liebe Sarah, Görlitz ist nicht gerade unsere Richtung."

„Ich weiß. Aber warte doch. Es geht ja noch weiter."

„Du spannst mich auf die Folter."

„Von Görlitz wird die gnädige Frau dann mit nur fünf Wagen nach Breslau weiterfahren. Dort trifft sie sich mit einem Bernsteinhändler. Von Breslau soll es mit Waid und Bernstein in Richtung Alpen gehen. Auf der Straße über den Brennerpass wird man in etwa vier bis fünf Wochen Trient erreichen. Von da ist es nicht mehr weit bis Padua."

„Das klingt gut", freute sich Konrad „meinst du, dass wir eine Chance haben, mitzufahren?

„Könnte sein. Ich werde mich erkundigen."

„O Sarah, das wäre ja traumhaft. Fast genau unsere Route. Allerdings mit kleinem Umweg."

„Ja das stimmt. Aber die Fahrt über die Via regia in Richtung Westen ist wegen der häufigen Überfälle durch die Grafen von Gleichen zu gefährlich."

„Ja das sind ganz üble Gesellen. Davon habe ich auch schon gehört."
Sarah kamen gewisse Bedenken: „Ohnehin scheint mir die ganze Reise recht riskant zu sein. Ich lasse euch zwei nicht ohne Sorge mitfahren. Könnt ihr denn mit einem Schwert oder mit dem Bogen umgehen?"
„Das kann ich gut verstehen, dass du dich um deinen Bruder sorgst. Aber ich verspreche dir, dass ich auf ihn aufpassen werde wie auf mein eigenes Leben."
„Es ist mir nicht nur um meinen Bruder bange..."
Sarah konnte ihren Satz nicht zu Ende sprechen, weil eine Tür aufsprang und Frau Amlingyn in die Eingangshalle trat.
„Gnädige Frau, dieser junge Mann fragt nach einer Anstellung als mitreisender Wachmann. Er und mein Bruder würden gerne bei der nächsten Handelsreise mitfahren."
„Das trifft sich gut. In drei Wochen wird es losgehen. Die Bewachung der Ladung wird bei Tag und bei Nacht mit vollem Einsatz erwartet. Während der Reise erhaltet Ihr Verpflegung und in Trient einen Gulden Lohn."
Frau Amlingyn war eine energische, etwa fünfzigjährige Frau mit etwas zu runder Figur. Die Kleidung ließ einen gewissen Wohlstand vermuten. Konrad war von ihrer spontanen Entschlusskraft überrascht. Eine solch rasche Zusage hatte er nicht erwartet.
„Gebt eure Namen und Adressen bei Sarah an. Sie wird Euch weitere Einzelheiten benennen." Mit diesen knappen Worten war die Prinzipalin auch schon wieder in einem der Kontore verschwunden.
Konrad war von der Freude und den Glücksgefühlen regelrecht überwältigt. Er versuchte zwar einen einigermaßen gefassten und erwachsenen Eindruck zu machen, aber Sarah sah es ihm an: Die Freude strahlte ihm aus den Augen. Ganz spontan umarmte sie den Jungen und küsste ihm die Wangen. Sie tat es ohne Überlegung, wie von Geisterhand geführt und war selbst ebenso erschrocken wie er.

Welch ein Tag! Konrad konnte es noch gar nicht fassen. Wie in Trance ging er durch die Gassen nach Hause in sein Studentenheim. Er wollte es gleich seinem Freund Jakob berichten. Schon in etwa drei Wochen sollte sich ihr Leben ändern. Hinaus in die Ferne. Hinaus aus der katholischen Enge der Erfurter Universität. Hinein in die angewandte Anatomie. Hin zur modernen Medizin. Seine Träume sollten Realität werden.
Und dann dieses Mädchen. Die schwarzhaarige Schönheit mit ihrer unbekümmerten, fast kindlichen, ehrlichen Art. Diese junge Frau, die ihn immer mehr interessierte und deren Nähe er suchte.
Wie sollte sich das vertragen? Hier die Sehnsucht nach Liebe und Herzensglück, dort der Drang in die Ferne zu neuen Horizonten. Je mehr Konrad darüber nachdachte, umso deutlicher wurde ihm der Konflikt, der sich vor

ihm aufbaute wie eine hohe Wand. Wie sollte er hier eine Lösung finden? Mit wem hätte er dieses Problem besprechen können? Die anfängliche Freude und Begeisterung schlug allmählich um in nachdenkliche Beklemmung. Auch zu Hause im Studentenheim war seine zwiespältige Laune noch nicht verflogen. Jakob bemerkte das sofort.
„Was machst du denn für ein betrübliches Gesicht? Wir können uns doch wirklich freuen, dass sich eine günstige Gelegenheit zur Mitreise ergeben hat. Auf was wollen wir noch warten? Davon abgesehen ist das laufende Semester sowieso fast zu Ende. Du versäumst also nichts!"
„Selbstverständlich freue auch ich mich." Nachdenkliche Stille. „Ich habe noch eine wichtige andere Angelegenheit zu erledigen. Etwas, von dem ich meine, dass es mindestens so wichtig ist wie unsere medizinische Wissenschaft. Zu gegebener Zeit werde ich dir davon erzählen." Konrad machte ein sehr bedeutungsvolles Gesicht. Jakob wagte nicht die Ernsthaftigkeit der Probleme anzuzweifeln. Es wurde auch nicht weiter darüber gesprochen.

Die Zeit drängte, so dass die beiden Freunde noch am gleichen Tag mit den Reisevorbereitungen begannen. Vieles gab es zu bedenken. Welche Kleidung sollte man wählen? Welche Bücher mussten sie mitnehmen? Sollten sie noch einige Übungsstunden im Schwertkampf nehmen?
Am nächsten Tag ging Konrad sofort in die Universität und meldete im Sekretariat ein Gespräch beim Professor Sturz an. Er würde sicher seine Pläne zum Universitätswechsel unterstützen. Sturz war selbst in Italien gewesen und hatte an der Universität von Bologna und Ferrara studiert.
„Junger Mann, es ist für die Wissenschaft ausgesprochen wichtig, auch andere Lehrmeinungen kennenzulernen. Nur so kann sich der Arzt ein eigenes Bild machen. Die arabische Medizin ist der unsrigen um Längen voraus. Geht also nach Italien und studiert die arabische Medizin. Wenn Ihr zurückkehrt, kann vielleicht ich von Euch lernen. Viel Glück Euch beiden, und kommt gesund zurück."
Die Verabschiedung war herzlich, und die ehrlichen Worte des Professors machten Konrad Mut. Mit der Abmeldung von der Universität war selbstverständlich auch die Aufgabe des Studentenzimmers in der Georgen-Burse verbunden. Dort hatte nur Wohnrecht, wer als Student an der Erfurter Universität eingeschrieben war. So mussten Jakob und Konrad ihre Zimmer aufkündigen.
Die ersten und wohl auch wichtigsten Schritte zum Auslandsstudium waren gemacht. Ein Zurück gab es nicht mehr. Die beiden Freunde waren schon sehr aufgeregt und sehnten den Abreisetag herbei.
Vom Bader Mühlhauser und von Bruder Nathin wollte sich Konrad unbedingt noch verabschieden. Mühlhauser würde den jungen Burschen sicher noch einige Tipps über den Umgang mit Waffen geben können. Schließlich

war er früher viele Jahre als Feldscher in verschiedenen Kriegen und Feldzügen unterwegs gewesen. Wenn überhaupt jemand über Schwerter, Dolche und Bogen Bescheid wusste, dann wohl er.
„Meister Mühlhauser, es ist so weit. Wir gehen nach Italien. Alleine ist uns die Reise zu gefährlich. So haben wir uns einer Händlergruppe angeschlossen. Wir müssen möglicherweise mit Raubüberfällen oder kleinen Scharmützeln rechnen. Könntet Ihr uns Ratschläge zum Führen eines Schwertes geben? Wir haben zwar Kraft, aber keine Erfahrung."
Mühlhauser schaute die beiden Burschen fragend an: „Ja, was denkt Ihr Euch? Die Kriegskunst ist ein schwieriges Geschäft und der Gebrauch von Waffen braucht jahrelange Übung. Das kann man nicht in ein, zwei Tagen lernen." Kopfschüttelnd wollte er sein Wartezimmer verlassen. Der letzte Patient war längst gegangen.
„Mühlhauser, wartet doch! Wir wollen ja keine Waffenkünstler werden. Uns genügen ein paar Tricks. Möglicherweise können die uns später das Leben retten."
Schon beinahe ärgerlich kam seine Antwort: „Da gibt es sogar Bücher über den richtigen Gebrauch von Schwertern, Dolchen und Messern. Ihr solltet Meister Liechtenauers Fechtbuch studieren. Da könnt Ihr wertvolle Ratschläge, Finten und Hinterhältigkeiten erfahren." Mühlhauser schaute die Buben mitleidvoll an.
„Was wisst Ihr Grünschnäbel vom Sturzhau, Natterzunge oder vom heimtückischen Einborn-Gesichtsstich?" Mühlhauser war regelrecht in Rage geraten.
„Gegen richtige Raubritter habt Ihr keine Chance. Das sind durchtrainierte kräftige Burschen, die seit ihrer Kindheit mit dem Schwert umzugehen wissen. Auf zahlreichen Ritterfesten und Turnieren haben sie sich bewährt. Keine fünf Minuten brauchen die, um mit Euch harmlosen Bücherwürmern fertig zu werden."
Jakob wusste es besser: „Meister Mühlhauser, seid gnädig mit uns. Eigentlich werden wir ja nur als Hilfskräfte mitgenommen. In unwegsamem Gelände wird man uns zum Führen der Pferde oder Anschieben der Wagen benötigen. Auch kleinere Reparaturen an den Rädern, Karren oder den Warenfässern sollen wir ausführen."
Mühlhauser schien sich zu beruhigen.
Jakob sah es und fuhr fort:
„In den meisten Grafschaften und Fürstentümern haben die Landesherren ohnehin das Recht des Geleitschutzes durch ihr Land. Gut ausgebildete Landsknechte mit entsprechender Ausrüstung werden uns fast überall begleiten. Diese Eskorten lassen sich die Fürsten gut bezahlen; auf diese Einnahmequelle würden die nur ungern verzichten. Vermutlich werden wir nur bei größeren Scharmützeln als Lanzenträger eingesetzt."

Konrad mischte sich ein: „Dennoch, einige Unterrichtsstunden könnten nicht schaden, Meister."
Meister Mühlhauser willigte endlich doch ein. Man traf sich in der kommenden Woche ein paar Mal im kleinen Hinterhof des Mohrenhauses zur Fechtstunde.

Die beiden Freunde hatten inzwischen vorläufiges Quartier in Konrads Gartenhaus bei den Augustinern bezogen. Die Position des Klostervorstehers war neu besetzt worden. Prior war jetzt der Theologe Johannes Lang, der auch an der Erfurter Universität dozierte. Lang gehörte zum mutianischen Kreis und war als Humanist bekannt. Mit Martin Luther verband ihn eine lange Freundschaft. Dessen Ideen hatten Prior Lang schon immer begeistert, und er unterstützte Luther, wo immer er konnte. Ihm war selbstverständlich bekannt, dass auch Konrad mit Bruder Martin befreundet war. Eines Abends bekamen die zwei Studenten in ihrem Gartenhaus Besuch vom Prior.
„Mein lieber Konrad, von dir darf ich sicher einen Freundschaftsdienst erwarten. Es handelt sich um unseren verehrten Bruder Martin, der um Unterstützung gebeten hat. Die von ihm angestrebte Kirchenreform nimmt allmählich Gestalt an. Ich muss gestehen, dass ich ein Befürworter der neuen Idee bin."
Der Prior hatte sich auf einen der Gartenstühle niedergesetzt und schien erst jetzt Konrads Freund Jakob zu bemerken. „Eventuell kann dir dein Kollege behilflich sein?"
Konrad war augenblicklich klar, dass er hier in der Pflicht stand und unter keinen Umständen den Auftrag hätte ablehnen können. „Selbstverständlich werde ich Euren Auftrag sofort erledigen. Worum handelt es sich?"
„In der Michaelisstraße, gegenüber der alten Synagoge, befindet sich im Haus Zum schwarzen Horn die Buchdruckerei des Mathes Maler. Geht dorthin und sagt ihm, dass ich Euch wegen der Flugschriften des Dr. Martin Luther geschickt habe. Die ungebundenen Blätter mit Luthers Texten sollt Ihr dann in den Bürgerhäusern der Stadt verteilen."
Der Prior wusste, dass er sich auf Konrad verlassen konnte und hielt sich auch gar nicht mit weiteren Einzelheiten auf. So plötzlich, wie er im Gartenhaus erschienen war, genauso schnell war er auch wieder verschwunden.
„Das schaffen wir niemals in der kurzen Zeit, die uns noch bis zur Abreise verbleibt. Hast du dir mal überlegt was das heißt? 20 000 Einwohner. Das sind, über den Daumen gepeilt, mindestens fünf- bis sechstausend Haushalte. Wie willst du das denn meistern?" Jakob war genervt und schien hilflos.
Konrad verteidigte sich: „Es geht hier um einen Freundschaftsdienst, den ich erfüllen muss."
Jakob gab auf: „Wir müssen meine Schwester Sarah mit einspannen. Sie hat eine gute Freundin, die im Hause ihres Onkels, des Buchdruckers Maler

wohnt. Sicher kann sie mithelfen. So sind wir bereits zu viert." Jakob war schon wieder zuversichtlich: „Wir können auch einige Bekannte aus dem Humanistenkreis und von den Studentenbursen bitten."
Im Handumdrehen hatten die beiden Freunde etwa zwanzig Helfer organisiert.
Noch am gleichen Tag traf sich die Studentengruppe in der Druckerei des Mathes Maler.
Das Haus Zum schwarzen Horn in der Michaelisstrasse war ein typisches Patrizierhaus mit hohem Dach und reich verzierter Fassade. Innen herrschte geschäftiges Treiben. Drucker und Arbeiter liefen umher, trugen Papierpakete, sortierten Schrifttypen und bedienten die großen Druckpressen. Der Meister half selbst mit. Er kontrollierte die Schriftplatten, bevor sie in Druck gingen. Er prüfte die Papierqualität ebenso genau wie die fertig bedruckten Schriftsätze.
Als er die jungen Leute hereinkommen sah, wusste er sofort, dass es um die Flugblätter des Dr. Luther ging.
„Seht selbst! Durchweg beste Qualität. Damit meine ich nicht nur das Papier, sondern auch den Druck. Der Doktor wird zufrieden sein. Für den sachlichen Inhalt des Traktates bin ich allerdings nicht verantwortlich."
Meister Maler wollte sich absichern. Zu gefährlich schien ihm der Text.
„Die Beichte, den Ablass und das käufliche Seelenheil in Abrede zu stellen, ist schon sehr mutig. Und so etwas auch noch öffentlich zu machen, ist mehr als waghalsig. Gott sei mit Euch."
Die Flugblätter waren bereits nach zwei Tagen in sämtlichen Erfurter Häusern verteilt. Das schlug ein wie ein Gewitter. Bruder Martin hatte zuvor schon in mehreren offiziellen Briefen an den Bischof in Mainz und den Kurfürsten in Wittenberg seine Vorstellungen von der Erneuerung der Kirche dargelegt. Den Bürgern war es in dieser Deutlichkeit noch nicht bekannt. Überall im Land verbreitete sich die Nachricht von Martin Luthers neuer Bibelauslegung. Da schien alles so einfach, gerechter und viel menschlicher. Mit wehenden Fahnen wollten die Menschen ihm folgen.

Es waren noch acht Tage bis zur Abreise. Die Vorbereitungen waren weitestgehend abgeschlossen. Konrad und Jakob hatten ihre Unterrichtstunden im ritterlichen Kampf ausgiebig genutzt und fühlten sich für jeden Angriff gerüstet.

Der Waid musste fest und solide in die großen Holzfässern abgefüllt, verschlossen und gesichert werden. Auf jeden Wagen wurden sechs Fässer verstaut und mit Hanfseilen vertäut. Die beiden Freunde halfen bei der Verladung mit, konnten sie doch auf diese Weise bereits Bekanntschaft mit den Kutschern und Helfern machen.

So sehr sich Konrad auch bemühte, er konnte Sarah weder auf dem Hof noch im Haus der Frau Amlingyn entdecken.

„Was ist mit deiner Schwester? Ist sie nicht mehr im Dienste der Frau Amlingyn?", erkundigte sich Konrad vorsichtig bei seinem Freund.

„Doch, doch. Aber sie hat zwei Tage frei bekommen. Ihre Freundin, das Hausmädchen der Familie Maler, braucht wohl Sarahs Hilfe. Wie ich gehört habe, leidet sie unter Schwermut und weint sehr oft. Gemeinsam reden sie über alle möglichen Probleme. Sie treffen sich immer in der verlassenen alten Synagoge gegenüber dem Schwarzen Horn. Ihre gemeinsamen Gebete scheinen dem armen Mädchen weiterzuhelfen."

Abends schlich sich Konrad heimlich aus dem Gartenhaus. Es war bereits dunkel. Die Läden der Bürgerhäuser waren verschlossen und die Straßen fast menschenleer. Er eilte durch die Gassen und gelangte unerkannt in die Michaelisstrasse. Hinter einem Mauervorsprung versteckte er sich. Von dort war das Haus zum Schwarzen Horn und gleichzeitig die alte Synagoge gut zu beobachten.

Die Synagoge schien ihm als ein Gotteshaus viel zu nüchtern. Es war eigentlich nichts anderes als ein sehr großes schlichtes Haus mit einem einfachen Satteldach. Die Fenster waren ohne erkennbare Ordnung auf den vier Gebäudeseiten wahllos verstreut. Eher kleine schmucklose Fenster. Mehrere der Fensterschläge waren bereits gestohlen worden. Seit der Vertreibung der Juden aus Erfurt anno 1458 war das Haus ja quasi herrenlos und manch einer meinte, sich am Inventar oder den beweglichen Bauteilen bedienen zu können. Das nach Osten weisende Hauptportal, eine normale zweiflüglige Eichentür, war noch unversehrt und verschlossen.

Konrad verharrte in seinem Versteck hinter der Mauer, ohne sich zu rühren. Hier wollte er warten und vielleicht noch einmal ein Treffen mit Sarah zu ermöglichen. Niemals hätte er die weite Reise nach Italien machen können, ohne sie noch einmal zu sehen.

Es vergingen wohl an die drei Stunden, bis sich tatsächlich eine Seitentür des Druckereihauses öffnete. In dunkle Mäntel und Schals gehüllt huschten zwei Gestalten über die Straße und verschwanden in der Synagoge.

Es dauerte zehn bis fünfzehn Minuten, bis sich im Innern der Synagoge etwas tat. Konrad war inzwischen um das Gebäude herumgelaufen, um auf der Rückseite durch eines der Fenster schauen zu können. Er war auf ein leeres Krautfass gestiegen und hatte so einen guten Überblick.

Eine große Halle nahm nahezu den ganzen Raum ein. Vergebens suchte Konrad nach einem Altar oder einer Predigtkanzel. Lediglich ein um eine Stufe erhöhtes Podest schien wohl für den Rabbi reserviert gewesen zu sein.

Die zwei Freundinnen waren durch die zerborstene Seitentür in die Synagoge gelangt. Auf alten Stühlen hatten sie Wolldecken ausgebreitet und sich gemütlich eingerichtet. Zwei mitgebrachte Kerzen warfen ein bescheidenes

Licht auf die jungen Frauen. Sie sangen Lieder, deren Texte Konrad nicht verstand. Zarte hohe Singstimmen in verhaltener gedämpfter Lautstärke. Die Melodien verrieten Wehmut, Trauer und Melancholie. Vermutlich waren es Klagelieder.
Konrad hätte dem wunderschönen Gesang der beiden Frauen noch stundenlang zuhören können. Er wurde von ihren Liedern regelrecht mitgetragen in die Welt der Sehnsucht und des stillen Verlangens. Das flackernde Kerzenlicht und die fremden Lieder in der hohen Halle verbreiteten eine mystische, beinahe gespenstische Atmosphäre. Allerdings herrschte keine Angst einflößende Stimmung, sondern eher eine friedliche. Eine Stimmung der inneren Einkehr, der Versenkung und Meditation. Konrad spürte sie, die Hoffnung auf das Erlebnis des Friedens und sogar auf die Vereinigung mit dem ewig Wahren.

Der Gesang verstummte. Die Mädchen murmelten mit sehr leiser Stimme Gebete, deren Texte wieder nicht zu verstehen waren. Und wieder dieser Gesang, der die Herzen berührte. Die jungen Frauen feierten ihren eigenen, ganz persönlichen Gottesdienst. Niemals hätte Konrad sich getraut, hier zu stören.
Die Fensterscheiben vor seinem Gesicht waren schmutzig und getrübt, so dass er das Szenario eigentlich nur verschwommen und verzerrt verfolgen konnte. Auf der anderen Seite hatte das den Vorteil, dass er als stiller Beobachter unentdeckt blieb.
Plötzlich standen die Freundinnen auf. Sie nahmen sich bei der Hand und gingen gemeinsam durch eine Nebentür.
Wenngleich die eingetrübte Fensterscheibe genauere Einblicke verwehrte, war Konrads Aufregung kaum zu überbieten. Hastig tastete er sich im Dunkeln zu dem unverschlossenen Nebeneingang und schlupfte ins Innere der Synagoge. Auf leisen Sohlen schlich er quer durch die Gebetshalle zu der Tür, hinter der die zwei jungen Frauen verschwunden waren. Hinter der Tür führte eine lange Treppe hinunter in ein Kellergewölbe, das von dort oben nicht einzusehen war.
Während er durch den Türspalt spähte, kamen ihm erste Zweifel auf. War es nicht ein Unrecht, diese offenbar religiöse Handlung zu stören? Durfte er sich zu solch einer Ehrfurchtlosigkeit vor dem religiösen Empfinden anderer hinreißen lassen? War es nicht eine geschmacklose Instinktlosigkeit, diese Kulthandlungen zu belauschen? Niemals würde seine angebetete Sarah ihm das verzeihen.
Und dennoch: Konrad wollte unbedingt wissen, was sich da unten im Keller abspielte. Die grausigsten Geschichten über Schändungen von Hostien und Kruzifixen gingen ihm durch den Kopf. Was hatte man nicht alles schon über die geheimen jüdischen Ritualhandlungen gehört!

Hoffentlich macht meine Sarah nicht so etwas Furchtbares mit. Unbewusst drückte er die Daumen. Er zog seine Schuhe aus, um auf Socken noch leiser die Treppe hinunter schleichen zu können. Es ging wohl an die zwölf Fuß in einen tiefen Keller. Unten war ein kleiner Vorraum durch einen schweren, teils zerschlissenen Vorhang von einem fensterlosen Kellergewölbe abgetrennt. Hier lagen die Kleider der Mädchen. Konrad konnte einen Blick durch den Vorhang in das hintere Abteil des Kellers werfen.
An der gegenüberliegenden Seite befand sich ein großes Wasserbecken. Es maß etwa zwölf mal neun Fuß. Aus einem Kupferrohr in der Seitenwand sprudelte Quellwasser. Ein Überlaufrohr auf der Gegenseite sorgte dafür, dass das Wasser nicht über die Beckenränder herauslief.

Die zwei Frauen hatten ihr Reinigungsbad offenbar bereits beendet und trockneten sich gegenseitig ihre nackten Rücken, Arme und Beine. Konrad war der Atem stehen geblieben. Niemals zuvor hatte er eine Frau völlig nackt gesehen. Selbst die Patientinnen in der Sprechstunde des Baders waren nie vollständig entkleidet.

Konrad war erleichtert und beschämt zugleich.
Hostienfrevel?! Welch ein Unsinn!
Wie konnte er nur derart abwegigen Gedanken nachhängen. Die unschuldige Harmlosigkeit der ganzen Badeszene war an Reinheit und Frömmigkeit nicht zu überbieten. Schnell und auf leisen Sohlen eilte er die Treppe hinauf, verließ die Synagoge und rannte nach Hause.
In seinem Augustiner-Gartenhaus wartete schon sein Freund Jakob ungeduldig auf ihn. „Wo warst du so lange? Ich habe dich schon überall gesucht."
Jakob beobachtete eine Zeit lang seinen Freund und erkannte, dass er völlig verstört und abgehetzt war. „Was ist mit dir passiert? War Mephisto höchstpersönlich hinter dir her?" Jakob drängte ihn auf einen Stuhl und schaute ihn durchdringend fragend an.
Konrad war noch nicht vollständig der Alte: „Lass mich. Vertrau mir; es ist nichts, was uns betrifft. Es wird alles wieder ins Lot kommen."
Jakob schwenkte auch sofort zu einem anderen Thema: „Stell' dir vor. Der Mainzer Bischof hat in Rom die Einleitung eines Ketzer-Prozesses gegen Martin Luther empfohlen. Der Herzog Friedrich, unser Landesfürst, solle ihn einem noch zu berufenen Tribunal ausliefern. Das sieht nicht gut aus für deinen mutigen Freund."
„Woher weißt du das?"
Konrad war entsetzt. Das war zu viel für ihn. Erst das aufregende Erlebnis in der alten Synagoge und jetzt das. „Sind das vielleicht nur Gerüchte? Oder ist das eine offizielle Meldung?"
„Der Prior hat's erzählt. Der muss es ja wissen."

„Ja und? Was soll nun geschehen? Luther muss weg. Er muss sich verstecken."
Jakob war längst nicht so aufgeregt wie sein Freund.
„Der Prior ist sich ziemlich sicher, dass Bruder Martin sich niemals verstecken würde. Nein, er hat diese Auseinandersetzung mit den Kirchenfürsten regelrecht gesucht. Und er darf sich ziemlich sicher sein, so lange Herzog Friedrich auf seiner Seite ist. Friedrich hält sehr große Stücke auf seinen besten Prediger Martin Luther. Er würde ihn niemals ohne Not an die Inquisition ausliefern."
„Jakob, sei mir nicht böse, aber diese Affäre muss ich genauer ergründen." Konrad war hoch konzentriert und sehr ernst geworden.
„Es verbindet mich sehr viel mit Martin Luther. Ich fühle mich ihm hingezogen wie zu einem Bruder. Zu viel haben wir gemeinsam erlebt." Er machte eine kleine bedächtige Pause und schaute seinen Freund Jakob an.
„Ich kann nicht mit dir in die Fremde fahren, ohne Näheres über Luthers Schicksal zu erfahren. Vielleicht braucht er meine Hilfe? Das wäre ja durchaus möglich."
Jakob schien gar nicht seiner Meinung: „Das eilt nicht. Wichtiger ist die Anordnung von Frau Amlingyn. Sie wünscht uns morgen früh zu sehen. Es gibt neue Anweisungen für die Italienfahrt."
„Dann werde ich noch heute Abend den Prior befragen. Er wird Näheres über Bruder Martin wissen."
Konrad war zwar beim Prior ausgesprochen beliebt, aber ihn einfach ohne Anmeldung in seinen Räumen zu überfallen, war mehr als unangemessen. Und dennoch, in dieser Situation konnte Konrad sich nicht beherrschen. Mit Riesenschritten rannte er über den Innenhof zum Konventhaus, wo der Prior im ersten Stock seine Wohnräume hatte. Aufdringlich klopfte er an die Tür.
Johannes Lang hatte sich bereits nach kurzer Amtszeit einen guten Ruf als umsichtiger und kompetenter Klostervorsteher erworben. Besonders seine stets freundliche und hilfsbereite Art wurde von allen Mönchen geschätzt. Aber auch der Freundlichste kann mal in speziellen Situationen sein sonst sanftes Wesen ändern. Einen solchen Abend hatte Konrad erwischt, als er in Langs Arbeitszimmer stand.
„Was willst du? Ich hoffe für dich, dass du einen triftigen Grund hast, mich zu stören. Wie du siehst, habe ich zu arbeiten."
„Herr Professor, ich bitte vielmals um Entschuldigung. Ich verlasse Erfurt in den nächsten Tagen für längere Zeit. Und wie Ihr wisst, verbinden mich freundschaftliche Bande mit Bruder Martin. Bevor ich abreise, muss ich wissen, ob er noch zu retten ist. Kann ich helfen, ihn außer Landes und in Sicherheit zu bringen?"
Finster und wütend schaute der Prior auf Konrad, der ängstlich und unsicher im Türrahmen stand. „Was denkst du eigentlich, wer du bist? Du unbedeu-

tender Gartenhaus-Student. Du kleines Licht willst den Weg ausleuchten für die Sonne, die ganz Deutschland erhellt? Du Wurm willst den großen Helden im Kampf gegen das Übel unterstützen? Welch aberwitziges Unternehmen!"
Konrad ließ sich nicht einschüchtern. Beinahe trotzig gab er zurück: „Hutten, unser Dichterfürst, hatte bei ähnlicher Lage geantwortet: Auch kleine Lichter können Großes bewirken, besonders wenn sie in einen Strohhaufen fallen. Ich werde nicht nach Italien reisen, wenn ich nicht vorher meine Gewissheit habe. Ist meine Hilfe wirklich nicht gefragt? Was geschieht mit Martin Luther?"

Allmählich entspannte sich das Gesicht des aufgebrachten Priors. Er lehnte sich in seinen Sessel zurück und deutete auf den gegenüber stehenden Sessel, auf den sich Konrad setzen sollte. „Setz dich, du kleiner Dummkopf. Wer dich zum Freund hat, kann sich glücklich schätzen. Ich werde dir etwas erklären. Es geht hier nicht nur um Glaubensfragen. Nein, hier wird die ganz große Politik gemacht. Dabei ist auch viel Geld im Spiel.
Unser sächsischer Kurfürst Friedrich ist ein wirklich weiser Mann. Der hat die Zusammenhänge zwischen dem ausufernden Ablasshandel und dem unstillbaren Geldhunger des Papstes längst erkannt. Die verunsicherten Gläubigen geben ihre letzten Spargroschen in die Opferstöcke. Dabei kommen riesige Summen zusammen, die letztlich dem sächsischen Staat entzogen werden. Das kann nicht im Interesse des Kurfürsten sein."
Konrad konnte kaum glauben, was er hörte. Sogar die großen Fürsten des Landes schienen sich gegen die Kurie in Rom zu stellen. Die Schar derer, die auf Martin Luthers Seite standen, war wohl bereits deutlich angewachsen. Auch Prior Johannes Lang gehörte zu ihnen. Mit großen Augen folgte Konrad seinen Erklärungen.
„In Bruder Martin hat der Kurfürst einen intelligenten und kraftvollen Mitstreiter gefunden. Wenn überhaupt jemand in der Lage sein sollte, den Ablass-Schwindel zu stoppen, dann ist es unser Martin Luther. Kurfürst Friedrich wird ihn in jedem Fall schützen; schon im eigenen Interesse. Wir können also ganz beruhigt sein; es wird ihm nichts geschehen."
„Das klingt plausibel", gab Konrad kleinlaut zu.
„Und was dich betrifft: Es gibt keinen Grund für eine Änderung deiner Pläne. Du fährst nach Padua, studierst Medizin und wirst ein guter Arzt. Vielleicht brauchen wir dich später einmal."
Und mit einem gütigen und wohlwollenden Lächeln gab Professor Lang seinem ungebetenen Gast die Hand zum Abschied: „Gott segne dich! Pass auf dich auf in der Fremde. Hitzköpfe leben gefährlich. Und nun geh! Ich werde Bruder Martin von dir grüßen, wenn ich ihn wieder treffe."

Dankbar und erleichtert küsste Konrad die Hand des Priors und eilte die Treppe hinunter in den Klosterhof. Im Gartenhaus brannte noch Licht. Jakob saß am Tisch und studierte Wegeskizzen.
„Und was hat er gesagt? Bist du jetzt endlich beruhigt? Du hättest sowieso nichts ausrichten können. Das wäre eine Nummer zu hoch für uns."
„Du hattest Recht. Ich werde zur Rettung Luthers nicht viel beitragen können. Aber wir brauchen uns wohl auch keine Sorgen zu machen. Er hat mächtige Fürsprecher, die mehr ausrichten können als wir."
Jakob lenkte gleich auf ein anderes Thema über: „Ich bin mal gespannt, was Frau Amlingyn morgen früh von uns will."
„Ich denke, dass sie uns letzte Anweisungen geben will und den genauen Tag der Abreise nennen wird. Wir werden sehen."

Am nächsten Morgen gingen die zwei Freunde recht früh zu ihrer Prinzipalin. Diesmal wurden sie nicht im Flur oder im Vorraum abgefertigt. Sie wurden ins Kontor geführt, dorthin, wo sonst die feinen Herren, Kaufleute und Bankiers, empfangen wurden. Hier herrschte eine ganz besondere Atmosphäre. Es dominierte zwar die Nüchternheit von Handel und Geldverkehr, aber irgendetwas war anders. Konrad schaute sich genau um. Man merkte es sofort, wenn man den Raum betrat. Diese Wärme, Vertrautheit und persönliche Zuwendung, die den Besucher empfing, musste jedem auffallen. Es waren die mit viel weiblicher Einfühlung arrangierte Sitzgruppe in der einen Ecke, die Bilder an den Wänden und die Blumen auf den Tischen. Niemand hätte vermuten können, dass hier auch harte Geschäftsverhandlungen geführt wurden.
Die Geschäftsfrau war sehr direkt, aber höflich und freundlich. Sie kam gleich ohne Umschweife zur Sache:
„Wir müssen umdisponieren. Die Wagenkolonne ist recht groß, weil sich einige andere Händler uns anschließen wollen. Das hat Vorteile. Eine solch große Gruppe wie wir ist nicht angreifbar. Zu viele Bewaffnete begleiten uns. Das bedeutet, dass ich auf euch zwei zunächst verzichten kann."
Die zwei Studenten schauten sich einander enttäuscht an. Jakob konnte sich nicht beherrschen: „Aber Frau Amlingyn, wir wären Euch treue und zuverlässige Helfer. Ihr würdet es sicher nicht bereuen, uns ausgewählt zu haben."
„Da bin ich auch ganz sicher. Nur, ich habe eine andere Aufgabe für euch vorgesehen."
Jakob und Konrad schauten sich fragen an.
„Ihr werdet für mich nach Nürnberg reisen, während ich mit der Wagengruppe nach Breslau fahre", setzte Frau Amlingyn fest.
„In Breslau werden wir einen Teil unseres Waids verkaufen und eine Wagenladung Bernstein aufnehmen. Diese Ladung ist für Venedig bestimmt. Auf der Durchreise werde ich in Nürnberg in der Offizin des Martin Behaim

vorsprechen. Dort soll mir ein bereits gekauftes Bündel wertvoller Land- und Seekarten ausgehändigt werden. Diese Karten sind für die Venezianer von größtem Wert. Die stärkste Konkurrenz auf den Weltmeeren sind die Portugiesen, und die haben bereits solche oder ähnliche Karten. Die Behaim´schen Karten sind als die genauesten bekannt. Er behauptet, dass die Erde rund wie eine Kugel ist. Das behauptet übrigens auch dieser Nicolaus Copernicus aus Frauenburg.
Wie dem auch sei, seine Karten werden zu Höchstpreisen gehandelt. Ich werde mit dem venezianischen Dogen ein ausgezeichnetes Geschäft machen."
Konrad war völlig verwirrt und wollte wissen: „Was ist dann unsere Aufgabe bei dem Geschäft?"
„Es hat sich mittlerweile eine besondere Schwierigkeit ergeben. In Nürnberg ist die Pest ausgebrochen. Niemand darf in die Stadt, ohne eine Wartezeit vor den Stadtmauern abgesessen zu haben. Das haben sich die Nürnberger von den großen italienischen Städten abgeschaut. Vorbilder sind da Mailand, Turin oder Bologna. Dort lässt man jeden Fremden vierzig Tage vor den Toren der Stadt warten, quarantina di giorni. In dieser Zeit wird jeder Kranke gestorben sein. Überlebende gelten als nicht ansteckend und dürfen in die Stadt einfahren."
„Da kann sich unsere Venedigreise aber noch gewaltig hinziehen", kam von Jakob ein enttäuschter Kommentar.
„Ganz so streng wie in Italien sind die Nürnberger nicht. Ihr Stadt-Physikus weiß, dass von der Ansteckung bis zum Ausbruch der Pest höchstens zehn Tage vergehen. Sie verlangen also nur eine Quarantäne von zwei Wochen."
„Und diese Quarantäne sollen dann wir für Euch absitzen?", wollte Konrad wissen.
„Mein Plan sieht also folgendes vor: Ihr zwei Freunde bekommt ein Pferdegespann mit Planwagen. Während wir nach Breslau fahren, wartet ihr vor den Toren Nürnbergs auf Einlass. Gleich nach eurer Ankunft meldet ihr euch an. Bei der Torwache gebt ihr vor, Harnische und Kampfschilde kaufen zu wollen. Bis eure Quarantäne abgelaufen ist, werde ich aus Breslau auf euch treffen. Ihr fahrt dann in die Stadt ein und holt bei Behaim das Paket mit den Karten ab."
„Wenn das alles so klappt, verlieren wir ja tatsächlich keine Zeit", freute sich Jakob.
„Genau so ist es. Auf diese Weise können wir unsere Reise nach Venedig ohne Zeitverlust fortsetzen."
Konrad und Jakob waren begeistert.
„Ihr seid genial, Frau Amlingyn," schwärmte Konrad. „Jetzt wissen wir, warum Ihr so überaus erfolgreich seid. Ihr seid einfach schlauer als alle anderen."

„Nur noch eine Frage", gab Jakob zu bedenken. „Wenn die Karten wirklich so wertvoll sind, müssen sie dann nicht besonders sicher und sorgfältig aufbewahrt werden?"
„Dafür ist bereits gesorgt. Euer Planwagen ist präpariert. Er hat einen doppelten Boden, in welchen ihr die Karten verstecken könnt."
Konrads letzte Frage: „Wann geht's los?"
„Morgen früh."

Das Amling'sche Kontorhaus in der St.-Johannisgasse lag noch im Halbdunkel des frühen Morgen. Es war einer dieser Spätsommertage, an denen man nicht so recht weiß, ob man sich schon im Herbst befindet. Die ersten vertrockneten Kastanienblätter raschelten über die Straße. Ein leichtes Lüftchen trieb sie vor sich her. Die Sonne brauchte zum Aufstieg über die Erfurter Häusergiebel schon deutlich länger als noch zwei Wochen zuvor. Die Arbeiter liefen nicht mehr mit offenen Hemden, sondern mit wärmenden Jacken über den Hof.
Auch Konrad und Jakob hatten sich gut vorbereitet und hatten feste Hosen, Stiefel und Mäntel angezogen. Die Prinzipalin hatte sie gleich am Eingangstor empfangen.
Besonders die Vorbereitungen für Fernreisen beaufsichtigte sie gerne selbst. Nichts wollte sie dem Zufall überlassen. Alles wollte sie kontrollieren und überprüfen. Auch die kleinsten Fehler oder Versäumnisse könnten sich später als verhängnisvoll entwickeln.
„Da bin ich aber sehr froh, dass meine jungen Freunde pünktlich sind", empfing Frau Amlingyn die beiden Studenten mit ehrlicher Freude. „Ich habe noch eine Überraschung für euch. Ihr bekommt noch zwei Begleitpersonen mit."
„Das trifft sich gut", freute sich Jakob, der für jede weitere wehrhafte Unterstützung zur Abschreckung von Räubern dankbar war. „Man kann ja nie wissen, wer uns bis Nürnberg alles über den Weg läuft."
„Diesbezüglich muss ich euch enttäuschen. Es handelt sich um zwei junge Damen, die sich euch anschließen wollen." Während Frau Amlingyn dies sagte, traten die angekündigten Begleiterinnen aus dem Haus auf die Eingangstreppe.
Jakob und Konrad schauten ungläubig hinüber. Über Konrads Gesicht huschte eine freudige Erregung.
„Wer soll denn für den Schutz der Damen garantieren, Frau Amlingyn?" wollte Jakob wissen. „Das kann ich als der Bruder von Sarah nicht zulassen. Das kommt überhaupt nicht in Frage. Unter diesen Umständen muss ich die Fahrt ablehnen. Das Unternehmen ist viel zu gefährlich."
Auch Konrad war der gleichen Meinung: „So gerne wie ich euch dabei hätte, aber die Gefahren, die unterwegs auf uns lauern, sind zu groß. Wir zwei sind

nicht in der Lage, euch zu beschützen. Was sollen wir machen, wenn wir überfallen werden?"
Jetzt meldete sich Sarah zu Wort:
„Es bleibt keine andere Wahl. Wir müssen unbedingt Erfurt verlassen. Meine Freundin hat gute Gründe dafür. Wenn sie hier bleibt, drohen ihr mehr Gefahren als auf der Reise nach Nürnberg."
Das jüdische Mädchen an ihrer Seite sprach selbst kein Wort; sie schaute stumpfsinnig zu Boden. In ihrem Gesicht war außer Furcht nichts abzulesen.
„Rebecca hat in den letzten Wochen sehr viel Schlimmes durchgemacht. Sie würde Schaden an Leib und Seele nehmen, wenn sie auch nur einen Tag länger bei ihrem Herrn, dem Drucker Maler, bleibt."
Frau Amlingyn schien eingeweiht zu sein. „Ihr könnt uns glauben, dass wir ohne Not nicht diese Entscheidung getroffen hätten. Wir bitten Euch inständig: Habt Mitleid mit dieser armen Kreatur und nehmt sie mit nach Nürnberg. Sie hat dort Verwandte, wo man sie aufnehmen will." Die sonst resolute und selbstsichere Frau wirkte jetzt eher hilflos; ihre fürsorgliche, nahezu flehentliche Bitte war ehrlich:
„Ihr tut ein wirklich gutes Werk. Gott wird es euch tausendfach vergüten. Übrigens ist der Weg durch den Thüringer Wald nach Nürnberg eigentlich nicht sonderlich gefährlich. Die auf dem Weg liegenden Grafschaften sind gut gesichert.
„Woher wollt Ihr das wissen, Frau Amingyn?", fragte Konrad.
„Es ist nicht meine erste Reise durch diese Region. Die Landesherren kassieren überall ordentlich ab. Als Gegenleistung erhält man einen sicheren Geleitschutz. Bewaffnete Herolde und Landsknechte werden euch begleiten und für eure Sicherheit sorgen. Da ist die Gefahr nicht einmal halb so groß. Selbstverständlich übernehme ich sämtliche Kosten."
Auch Sarah ließ nicht locker. Sie zog alle Register, die einer klugen Frau geläufig sind, um ihren Willen durchzusetzen. Ihre Überredungskunst kannte kein Tabu. Versprechungen, aufreizendes Lächeln, Gejammer bis hin zu Mitleid fordernden Tränen. Alles wurde aufgeboten. Und tatsächlich; sie waren letztendlich doch erfolgreich: Die Männerherzen ließen sich erweichen.
„Das ist das Gefährlichste, was ich meiner Schwester jemals zugemutet habe. Gott steh' uns bei. Wenn die Eltern davon erfahren, könnte ich die größten Vorwürfe ernten. Zu Recht." Jakob konnte sich noch immer nicht beruhigen.

Der Planwagen war zuvor schon entsprechend eingerichtet worden. Zwei flache Holzbohlen an den Seiten dienten als Sitzbank. Mit Strohsäcken waren die Bänke gut gepolstert. Auf dem Kutschbock war Platz für zwei. Eine feste Tierfellplane überspannte den gesamten Wagen, so dass die Insassen wie in einem Zelt trocken und windgeschützt untergebracht waren. Eigentlich ein recht bequemes Gefährt. Der Boden des Wagens war als geheimer Stauraum

präpariert. Mit einigen Handgriffen konnte man eine Klappe öffnen, die das Versteck freigab. Hier sollten später die wertvollen Landkarten verstaut werden.
„Wir haben noch einen langen Weg“, ergriff Konrad die Initiative. „Lasst uns aufbrechen.“ Mit einem schwungvollen Satz sprang er auf den Kutschbock und griff die Zügel. Die Mädchen hatten sich auf den Bänken im hinteren Teil des Wagens gemütlich eingerichtet. Jakob saß neben seiner Schwester und redete pausenlos auf sie ein. Es waren vor allem Vorwürfe.

Die Straße nach Arnstadt war wohl der gefährlichste Abschnitt auf dem Weg nach Nürnberg. Hier gab es keinen Geleitschutz. Weder die Stadtväter von Erfurt noch die von Arnstadt wollten hier für die Sicherheit der Reisenden garantieren. Der Graf von Gleichen, der in dieser Region sein Unwesen trieb, war zu dreist und zu gut ausgerüstet. Stets tauchte er mit mindestens zehn schwer bewaffneten Männern auf. Ihre Brutalität und Rücksichtslosigkeit war weithin bekannt. Allerdings hielten sich die Brüder von Gleichen mehr auf dem ost-westlichen Handelsweg in Richtung Gotha und Eisenach auf. Auf der Straße nach Süden über Arnstadt, den Thüringer Wald, Coburg und Nürnberg wurden die von Gleichen nur selten angetroffen. Diese alte Straße von Erfurt nach Ilmenau diente schon 1289 Rudolf von Habsburg als Marschroute gegen die Keverburgischen Raubritter.

Der Weg war an trockenen Tagen sehr gut zu befahren. Die tiefen Spuren waren schon über viele Jahrzehnte oder gar Jahrhunderte zu einer halb befestigten Straße ausgewalzt. Zwischen den Spuren war der Weg mit sehr kurzem Gras bewachsen, so dass auch flach gebaute Wagen rasch vorankommen konnten. Größere Mulden oder Schlaglöcher waren mit Schottersteinen aufgefüllt. Das war schon etwas Besonderes. Nicht alle Streckenabschnitte auf den großen Handelswegen konnten einen derart guten Straßenzustand aufweisen.
Problematisch wurde es, wenn ein Regen von mehr als drei Stunden den Boden aufgeweicht hatte. Dann konnten schon mal einige Wagen stecken bleiben. Die Nachfolgenden hatten oft keine Möglichkeit, an dem Hindernis vorbeizukommen. Eine derart aufgeweichte Straße blieb in einem solchen Fall nicht selten über zwei bis drei Tage blockiert.
Die jungen Leute mit ihrem Planwagen hatten Glück. Sie kamen auf trockenem Untergrund rasch voran. Der Wagen war ja nicht schwer beladen. Außer den zwei Mädchen auf den hinteren Sitzbänken und den beiden jungen Burschen auf dem Kutschbock hatten die Pferde keine weitere Last zu ziehen. Ohne große Hindernisse gelangten die vier bereits am Morgen des dritten Tages nach Rudolstadt.

Während der Fahrt hatten sie genügend Zeit, sich zu unterhalten und auch die schwierigsten Themen zu erörtern. Besonders Konrad wollte diese Gelegenheit nutzen, um Näheres über die zwei jungen Begleiterinnen zu erfahren. Im Falle der verschlossenen und verängstigten Rebecca mehr aus medizinischen Gründen. Ihn interessierte, ob er in irgendeiner Weise helfen konnte. Bezüglich des anderen Mädchens hatte er andere Gründe. Besonders vorsichtiges Vorgehen war in beiden Fällen angebracht. Schon hinter Arnstein begann Konrad, sich vorsichtig nach den Ereignissen im Hause der Druckerfamilie Maler zu erkundigen:
„Rebecca, wie war das denn mit deiner Herrschaft? Waren sie nicht freundlich zu dir?"
Das verschüchterte Mädchen saß regungslos an der Seite ihrer Freundin und hielt krampfhafte deren Hand. Aus ihrem Gesicht war nicht die geringste Reaktion abzulesen. Man konnte nicht einmal erahnen, dass sie die Frage überhaupt wahrgenommen hatte. Die Haut war bleich und blutleer. Die Lippen waren ebenso blass. Die dunklen verheulten Augen schauten ausdruckslos zu Boden und verrieten nicht die geringste Regung. Genauso hatte sich Konrad den typischen Melancholiker oder Depressiven vorgestellt. Sarah, die offenbar die stärkere der beiden jungen Frauen war, winkte vorsichtig ab: „Wir wollen Rebecca noch ein wenig Zeit lassen, das Erlebte zu verarbeiten. In der Druckerei muss es wohl rücksichtslose Männer gegeben haben, die ihren Trieben freien Lauf gelassen haben. Vermutlich wusste Meister Maler nichts davon, so dass die Strolche ungestört waren."
Das war es also: sexuelle Belästigungen. Für viele Hausfräulein und Dienstboten waren solche Vorkommnisse nichts Außergewöhnliches. Sie mussten rechtzeitig lernen, derartige Übergriffe geschickt abzuwehren oder ihnen auszuweichen.
Zartbesaitete Mädchen konnten in solchen Situationen ein wahres Martyrium erleben. Abgesehen von körperlichen Schäden blieben oft auch bleibende seelische Verletzungen zurück. Dies war wohl auch hier der Fall.
Jakob schaltete sich ein:
„Wie ist das denn mit dir, Schwesterchen? Hattest du auch schon mal unerwünschte Annäherungsversuche abzuwehren?"
„Gott sei Lob und Dank! Bisher hatte ich Glück gehabt. Ein unerwünschter Werber hatte mir noch nicht den Hof gemacht. Auch von körperlichen Zudringlichkeiten bin ich verschont geblieben."
„Nun gut", antwortete der Bruder, „aber wie ist es denn mit den galanten Herren? Ich meine die Herren, die eher willkommen wären? Hatte es von denen schon einige gegeben?"
Jetzt sah sich Konrad genötigt, zu helfen und eine diplomatische Brücke zu bauen:

„Aber Jakob, wie kann man nur so direkt und unsensibel fragen? Das klang ja beinahe so, als müsste Sarah täglich andere Brautwerber abwimmeln."
„Danke Konrad, du stehst mir bei. Das finde ich sehr höflich und nett von dir. Mein Bruder war zu lange in der Fremde, um zu wissen, dass ich bescheiden und zurückgezogen lebe. Irgendwann wird ein liebevoller Mann kommen und mich holen. Ihm werde ich ein treues und gutes Weib sein. Ich kann warten."
Und nach einer kurzen Pause, leiser und mehr zu ihrer Freundin: „Ja, auch für unsere schöne Rebecca wird es einen Bräutigam geben; einer mit Anstand und Manieren."
Alle applaudierten, freuten sich und lachten der Stummen zu. Wieder saß sie teilnahmslos auf der Bank, ohne einen Mundwinkel zu verziehen und in völliger Abwesenheit. Die freudige Stimmung der anderen trübte sich auch sofort wieder ein. Es herrschte eine mitleidvolle Trauerstimmung. So konnte es nicht weitergehen. Konrad beschloss, in der nächsten Stadt einige Kräuter oder Arznei zu besorgen. Vielleicht konnte man der Gemütskranken auf diese Weise helfen. Unterwegs ließ er den Wagen vor einer Apotheke halten. Es dauerte fast eine Stunde, bis er mit einer Arzneiflasche wieder herauskam.
„Ich habe gemeinsam mit dem Apotheker eine heilsame Mixtur zusammengestellt. Sie enthält Johanniskrautöl, weingeistige Hanftinktur und fünf weitere Kräuter, von denen man die beruhigende und Angst lösende Wirkung kennt. Das wird unserer Freundin den Lebensmut zurückbringen."

Man flößte ihr alle zwei Stunden dreißig Tropfen der Lösung ein. Und tatsächlich: Das Gesicht schien mehr Farbe zu bekommen, die Mundwinkel dehnten sich allmählich nach oben und die Augen bekamen mehr Glanz. Sie wirkte auch wacher und nicht mehr so weit entrückt. Es sollten jedoch noch zwei Tage vergehen, bis sie zu den ersten Gesprächen bereit war.
In Elgersburg westlich von Ilmenau begann der lange Anstieg auf die Höhe des Thüringer Waldes. Die alte Salzmann-Straße war mit einer geringen Steigung gebaut worden, so dass sie auch von schweren Wagen befahren werden konnte. Vorbei an der Hohen Warte, die dem Schutz der Straße diente, ging es in einer weiten Schleife bis zur Schmücke. Hier traf man auf den Rennsteig, den Grenzweg zwischen Thüringen und Franken. Es war die sicherste Verbindung zwischen Werra und Saale. Der Herzog von Sachsen-Coburg-Gotha nahm es hier sehr genau mit dem Geleitschutz. Er wusste, dass sichere Verkehrswege eine Grundvoraussetzung für erfolgreiche Marktplätze und florierenden Fernhandel waren. Sein Stammsitz Coburg profitierte davon. Der Rennsteig war deshalb ein oft und gerne genutzter Handelsweg. Allerdings waren die Mautgebühren entsprechend hoch.

Nach einer kurzen Strecke auf der Höhenstraße bogen die Reisenden nach Frauenwald ab und fuhren auf der „Waldstraße" nach Süden. Bei Eisfeld auf dem Weiterweg nach Coburg hörten die zwei jungen Männer auf dem Kutschbock plötzlich eine Stimme aus dem hinteren Wagenbereich: „Welch ein schöner Tag heute ist. Und alles so friedlich. Ich bin froh, dass es uns allen so gut geht."
Die beiden Freunde schauten sich beide ungläubig an, als könnten sie ihren Ohren nicht trauen. Das war doch nicht die Stimme von Sarah? Konrad bremste sofort den Wagen ab und sprang herunter. Alle schauten freudig erregt auf Rebecca, die offenbar aus ihrer tiefen Melancholie erwacht war.
Sarah war am meisten überrascht:
„O liebste Freundin, wie ist dir? Können wir wieder mit dir rechnen?"
Sie drückte und herzte ihre Freundin mit ehrlicher Freude.
„Jetzt wollen wir aber ein Fest feiern." Jakob hatte aus dem Proviantkorb ein Flasche Wein hervorgezaubert und ließ sie herum gehen.
Langsam begann Rebecca von ihren schlimmen Erlebnissen zu berichten. Nur sehr behutsam versuchte Sarah, ihr die wichtigsten Einzelheiten zu entlocken.
„Es war schrecklich."
„Das glauben wir dir sofort."
„In der Druckerei des Meisters Maler arbeiteten zwölf Männer. Zwei von ihnen waren rücksichtslose Rohlinge. Sie versuchten jedem Rock nachzulaufen. Die anderen Mägde und Hausmädchen wussten längst davon und hatten stets vermieden, ihnen zu begegnen."
Rebecca schien sich während ihres Berichtes zu echauffieren; sie wirkte angestrengt und erschöpft. Sarah wollte ihr helfen:
„Du musst uns nicht all das Furchtbare erzählen, wenn es dich zu sehr anstrengt."
„Nein, ich will alles berichten. Ich will es mir von Seele reden. Vielleicht wird mir dann leichter."
„Ja, lasst sie reden", empfahl Jakob.
„Ich war für die Sauberkeit in der Werkstatt zuständig. Jedes Mal, wenn ich an dem Arbeitsplatz dieser beiden vorbeikam, wurde ich von ihnen belästigt. Der eine ergriff mich an den Schultern und griff mir in die Bluse. Er drückte meine Brüste zusammen und machte dabei abstoßende Witze. Der andere kreischte vor Vergnügen und fingerte unter meinem Rock herum. Ich war geschockt und starr wie versteinert. Ich war einfach nicht in der Lage, einen Finger zu bewegen, geschweige denn mich zu wehren. Vor Scham wäre ich am liebsten im Boden versunken."
„Diese Schweinehunde!" Konrad war wütend und entsetzt. „Wenn wir früher davon erfahren hätten, wäre eine ordentliche Tracht Prügel fällig. Davon hätten sich diese feinen Herren nicht so schnell erholt."

„Das Schlimmste kommt erst noch. An einem Montagmorgen war ich mit Aufräumarbeiten im Schuppen beschäftigt. Die zwei Frauenschänder hatten davon erfahren und waren mir gefolgt. Nachdem sie die Tür hinter sich verschlossen hatten, ließen sie ihre Hosen fallen. Angesichts ihrer entblößten Manneskraft, die aussah wie eine drohende Waffe, war ich wieder wie gelähmt und zur Salzsäule erstarrt. Ich konnte nicht einmal um Hilfe rufen. Meine Kehle war wie zugeschnürt.
Sie rissen mir die Kleider vom Leib, so dass ich völlig nackt vor ihnen stand. Sie trieben widerwärtige Spiele mit mir. Spiele, über die ich nicht berichten kann."

Rebecca musste eine Pause machen und vergrub ihr Gesicht in ihren Händen. Sie weinte und schluchzte. Auch Sarah liefen einige Tränen herunter. Sie warf ihre Arme um die Geschundene und drückt behutsam den Kopf der Freundin an ihre Brust. Nach einer kleinen Pause erzählte sie weiter:
„Es wäre beinahe zum Schlimmsten gekommen, wenn die beiden nicht in Streit geraten wären. Jeder wollte der erste sein. Keiner war bereit, dem anderen den Vortritt zu lassen. Darüber waren sie sehr in Rage geraten. Sie begannen zu raufen. Das war mein Glück. Langsam war ich inzwischen zur Besinnung gekommen und konnte aus dem Verhau fliehen."
„Hattest du dich denn nicht beim Meister Maler beschweren können?" wollte Jakob wissen.
„Nein. Ich hatte mich zu sehr geschämt."
Wieder konnte sie nicht weiter sprechen. Erneute Weinkrämpfe hinderten sie daran.
„Wenn meine beste Freundin Sarah nicht wäre, ich hätte meinem Leben ein Ende gesetzt. Sie ist zweimal und dreimal in der Woche mit mir in die Synagoge gegangen. Dort konnte ich mich von dem Makel der Schande freimachen. Wir haben gebetet und gesungen. Wir sind zusammen in unser Reinigungsbad, die Mikwe, gestiegen. Dort konnte ich die erlittene Besudelung und Beschmutzung abwaschen. Dem Herrn sei Dank dafür."
„Rebecca, lass es jetzt gut sein. Du hättest dich alleine nicht mehr aus den Klauen dieser Unholde befreien können. So war es richtig, dass wir entschieden haben, Erfurt zu verlassen. Jetzt werden wir dich zu deinen Verwandten nach Nürnberg bringen. Dort wirst du dich von allem erholen und Abstand gewinnen. Vielleicht kannst du eines Tages die schrecklichen Erlebnisse vergessen."

Während der langen Fahrt hatte sich ein ständiger Wechsel der Sitzplätze eingespielt. Mal saßen zwei vorne auf dem Kutschbock, ein anderes Mal drei auf den hinteren Wagenbänken.

Das hatte Vorteile. Zum einen musste nicht immer ein und derselbe die Zügel halten, was mit einiger Mühe und Konzentration verbunden war. Andererseits hatten die vier Freunde Gelegenheit zur Unterhaltung. Eine willkommene Abwechslung in der täglichen Langeweile. So waren mit jedem einzelnen intensivere Gespräche möglich. Auf diese Weise lernten sie sich einander näher kennen. Es waren zum Teil sehr persönliche Dinge, die ausgetauscht wurden. Wohl mehr unbewusst wurde dann die Stimme gesenkt und leiser gesprochen. Nur wenn das Thema für alle interessant war, sprach man lauter.

Am Ende der gebirgigen Strecke durch den Thüringer Wald, kurz vor Eisfeld, hatten sie einmal wieder die Plätze getauscht. Diesmal saßen Konrad und Sarah vorne auf der Kutschbank. Er hielt die Zügel und führte die Pferde sicher über den steinigen und holprigen Weg. Es war ihm sehr angenehm, Sarah direkt an seiner Seite zu haben. Zunächst wussten beide nicht, worüber sie sich unterhalten sollten. Es hätte ihm auch völlig genügt, sie direkt neben sich zu spüren. Aber die wortlose Stille wirkte unbehaglich. Konrad machte den Anfang:
„Es ist sehr schön von dir, dass du dich so nett um deine Freundin kümmerst."
„Das ist doch selbstverständlich. Sie tut mir so leid, weil sie so schlimme Dinge erlebt hat und wohl nicht damit fertig wird."
Beide schauten eher traurig und gedankenvoll nach vorne. Es dauerte wieder einige Minuten, bis das Gespräch erneut aufgenommen wurde.
„Deine aufmunternde Medizin für Rebecca hat ja tatsächlich sofort gewirkt. Das hast du sehr gut gemacht. Ohne diese Mixtur wäre sie wohl immer noch nicht fähig, über die schrecklichen Ereignisse zu sprechen", versuchte jetzt Sarah, den Faden wieder aufzunehmen. „Ich bin sicher, dass du ein guter Arzt wirst" fuhr sie fort. „Du weißt ja schon jetzt ausgezeichnet zu helfen."
„O, liebe Sarah, da fehlt noch viel, sehr viel. Und selbst wenn mein Studium eines Tages beendet sein wird, werde ich nicht viel mehr wissen, als die vielen Ärzte vor mir. Es gibt noch zu viele Krankheiten, gegen die kein Kraut gewachsen ist."
Fast unmerklich rutschte Sarah ein wenig hinüber, so dass sich ihre Schultern berührten. Konrad wich nicht zurück, obwohl er zunächst erschrak.
„Ich glaube, du bist zu bescheiden. Man muss sich nur einiges trauen und mehr Zuversicht haben. Ist nicht die Hoffnung die stärkste Waffe gegen Krankheiten?"
„Das hast du schön gesagt. Mach mir nur Mut. Das kann ich gut gebrauchen."
Er hielt jetzt beide Zügel in der linken Hand. Die rechte lag neben ihm auf der Bank. Mit einem scheuen Blick suchte er ihre Hände. Wie zart sie waren.

Diese langen schön geformten Finger. Wie sie fast zerbrechlich auf ihrem Schoß lagen.
Sehr langsam glitt seine Hand hinüber zu ihrer. Mit dem kleinen Finger versuchte er ihren Handrücken zu berühren, zu streicheln und – wenn möglich – zu halten; als wollte er zumindest einen Teil von ihr besitzen.
Sie schreckte auf und saß jetzt aufrechter und wie erstarrt neben ihm. Damit hatte sie nicht gerechnet. Mehr unbewusst hatte sie ihre Hand zurückgezogen. Die Überraschung und Verwirrung dauerte jedoch nicht lange an. Vielleicht einige Sekunden.
Sarah ärgerte sich über sich selbst. Wie dumm von ihr. Hatte sie ihn nicht selbst dazu ermutigt? Hatte sie ihn nicht gerade zuvor aufgefordert, mehr Selbstvertrauen zu haben? Und jetzt diese schroffe ablehnende Reaktion. Sie schaute in sein offensichtlich enttäuschtes Gesicht. Er hielt die Zügel mittlerweile wieder mit beiden Händen.
Beide schauten nach vorne in die Weite der Landschaft, von der sie nichts wahrnehmen konnten. Zu sehr waren sie mit sich und ihren Gefühlen beschäftigt. Konrads Sinne waren aufs Äußerste gespannt. Beinahe hätte er nicht gemerkt, dass sich auf seinem Knie etwas bewegte. Es war ihre feingliedrige Hand, die sich ganz sachte und vorsichtig zu ihm hinüberschob.
Sein Herz wollte zerspringen vor Freude. Er brauchte alle Kraft, um an sich zu halten und nicht lauthals zu jubeln.

Ein zweites Mal versuchte Konrad sein Glück. Mit aller Vorsicht und sehr behutsam tastete er nach seinem Knie und der darauf befindlichen Hand. Langsam strich er über die glatte Haut ihres Handrückens. Sie ließ es gewähren. Genauso wie das Umgreifen der ganzen Hand. Mit einer geschickten fließenden Umwendbewegung gelang es ihr, die Finger zwischen seinen zu verschränken. Es schien jetzt so, als wollten die Hände, die sich gerade gefunden hatten, beten. Wären nicht die anderen beiden Mitreisenden hinten auf dem Wagen gewesen, Konrad hätte sie umarmt, geherzt und gedrückt. Selbstverständlich verbot sich das unter diesen Umständen. Zumal Sarahs Bruder von der Zuneigung der beiden noch nichts ahnte. Oder vielleicht doch?
Sarah schaute hin und wieder zu Konrad auf und sah das glückliche Strahlen in seinen Augen. Sie hielt immer noch seine Hand. Weil sie recht eng nebeneinander saßen, blieb das den anderen beiden verborgen. Die saßen hinter ihren Rücken und konnten nicht sehen, was vorne geschah. Überdies waren sie eingenickt.
Mit einem Blick nach hinten hatte sich Sarah davon überzeugen können. Sie nutzte die Gelegenheit, um ihm einen raschen Kuss auf die Wange zu hauchen.

„Hallo ihr zwei! Seid ihr eingeschlafen da vorne? Man hört ja nichts mehr von euch." Als ob der Wangenkuss den Bruder geweckt hätte. Mehr aus Langeweile als aus Misstrauen hatte er sich nach tiefem Schlaf zurückgemeldet. „Über was unterhaltet ihr euch so angeregt? Kann ich irgendetwas dazulernen?"
„Wir unterhalten uns über euren Beruf, den ihr erlernen wollt", gab Sarah schlagfertig zurück. „Es ist doch interessant zu erfahren, was euch treibt, gerade dieses schwere Studium zu wählen. Unabhängig davon ist der Ruf der Ärzte auch nicht überall der beste. Wie oft hört man, dass die Medici nichts bewirken können. Sie würden aufwendige Therapien verordnen und riesige Honorare verlangen. Von Quacksalberei gar ist die Rede..."
Jetzt fühlte sich Jakob aber doch an seiner Ehre gerührt: „Liebste Schwester, deine Redensarten sind ja fast beleidigend."
„Das meint sie doch sicher nicht so", wollte Konrad helfen.
Jakob ließ sich nicht beirren. Hier wollte er etwas klarstellen: „Du kannst sicher sein, dass wir beide die besten Absichten haben. Wir werden beide alles daran setzen, in unserem Bemühen mehr zu erreichen als nur Quacksalberei. Für meinen Teil darf ich sagen, dass ich vorrangig deshalb Arzt werden möchte, weil ich den Kranken helfen will."
Konrad musste seinem Freund und Studienkollegen Recht geben:
„Das ist richtig, was du sagst. In uns beiden ist ein ausgeprägter Samaritergeist verwurzelt. Allerdings müssen wir Sarah in einigen Punkten zustimmen. Wenn wir ehrlich sein wollen, müssen wir zugeben, dass die Medizin wahrhaftig noch recht hilflos ist. Genau das ist ja der zweite Grund für Jakob und mich, uns der medizinischen Lehre zu verschreiben."
„Da haben wir also schon zwei Gründe für unsere Neigungen: erstens der Samaritergeist und zweitens die wissenschaftliche Neugierde. Ich weiß wirklich nicht, welches die stärkere Triebfeder ist."
Sarah war richtig erleichtert, dass sich jetzt eine angeregte Diskussion entwickelte. Sie lenkte von den zarten Annäherungsversuchen zwischen ihr und Konrad ab.
Auch Rebecca meldete sich zu Wort: „Gibt es denn noch andere Beweggründe, die für eure Studienwahl sprechen könnten?"
„Mir fallen momentan keine weiteren ein. Wie geht es dir, Jakob?"
„Na ja, wenn das mit den hohen Honoraren der Ärzte wirklich stimmt, könnte man hier tatsächlich noch ein weiteres Argument vermuten", drückte Jakob es vorsichtig aus. Sicher eine Bemerkung, die jeden Mediziner peinlich berührt. Sarah schaute mit ihren großen schwarzen Augen fragend zu Konrad hinüber. Konnte sie aus seinem Gesicht eine Reaktion ablesen? Er brauchte eine Weile, die richtigen Worte zu finden:
„Selbstverständlich mag das gute Einkommen für einige Ärzte das Wichtigste sein. Ich glaube aber, dass solche Ärzte seltener erfolgreich sind als jene,

die sich vornehmlich um das Wohl des Kranken sorgen. Gibt es denn etwas Wertvolleres als der Dank eines geheilten Patienten? Man sieht es in den Augen, oft muss er nicht einmal etwas sagen."
Sarah sah ihn dankbar an. Schöner hätte er es nicht ausdrücken können. Sie drückte seine Hand noch fester.
Jakob brachte noch einen weiteren Aspekt in die Diskussion ein. „Du redest da von etwas, was bisher noch nicht zur Sprache kam, Konrad."
„Was meinst du?"
„Die Eitelkeit des Arztes. Er gefällt sich als Helfer und Lebensretter. Und wie ist es aber, wenn ihm der Erfolg als Wissenschaftler noch wichtiger ist als das Wohl des Kranken?"
„Ich glaube, dass es auch solche Ärzte gibt", gab Konrad zu.
Sarah gab sich zufrieden mit den Kommentaren der beiden Jung-Mediziner: „Wenn wir also zusammenfassen, wird deutlich, dass es offenbar mehrere Gründe gibt, Arzt zu werden: Der Samaritergeist, das wissenschaftliche Interesse, die Pecunia und die Eitelkeit."
Konrad war jetzt bemüht, die Diskussion abzukürzen: „Ja, genau so kann man es beschreiben. Und jeder von uns muss für sich selbst entscheiden, welchen Stellenwert die einzelnen Gründe haben."

Mittlerweile waren die vier mit ihrem Planwagen recht flott weitergekommen. Etwa drei Meilen vor den Toren Coburgs wurde der Verkehr dichter. Von allen Seiten kamen jetzt Dutzende von Wagen, ein- und zweiachsige. Einige große Wagen hatten sogar sechs Pferde vorgespannt. Andere wurden von Ochsen gezogen. Es gab auch viele Bauern mit Handwagen, Karren oder nur mit Kiepen, die sie auf dem Rücken trugen. Alle möglichen Waren wurden nach Coburg gekarrt, um sie auf den verschiedenen Märkten feilzuhalten. Die Bauern brachten ihre Feldfrüchte wie Korn, Gemüse und Obst. Handwerker stellten ihre Produkte aus. Die Zunftmeister kontrollierten jeden einzelnen nach ihren Waren. Und wehe, es wurde jemand erwischt, der etwas angeboten hätte, dass nicht den Zunftvorschriften entsprach. Sehr empfindlich Strafen drohten.
Die vier Freunde konnten das unübersichtliche Getümmel und Durcheinander des Markttreibens umgehen. Sie hatten ja keine Ware anzubieten. So machten sie sich gleich auf die Suche nach einem geeigneten Gasthaus. Sie hatten beschlossen, diesmal nicht unter ihrem Planwagen zu übernachten. Alle vier hatten Sehnsucht nach einer richtigen Bettstatt mit Federbetten und einem guten Frühstück am nächsten Morgen.
Der folgende Tag begann gut. Die Nacht hatte die Wolken des Vortages vollständig verdrängt. Die Sonne zog bereits von Osten über die Hügel der Stadt. Der blaue Himmel verbreitete gute Laune. Die vier waren schon mit dem ersten Hahnenschrei auf den Beinen. Die Erschöpfung hatte sie am Abend

zuvor recht früh in die Betten getrieben. Das Frühstück war sehr reichhaltig mit Brot, Eier, Haferbrei und warmer Milch. Die vier genossen es, endlich, mal wieder gut zu frühstücken. Auch Rebecca war froh gestimmt. Sie brauchte nur noch die halbe Dosis ihrer Medizin. Noch bevor die Marktfrauen die Straßen bevölkerten, hatte Konrad schon wieder die Pferde angespannt und wartete zur Abfahrt.
„Wir haben zwar schon viel geschafft, aber es bleibt uns noch eine weite Strecke. Als nächstes fahren wir auf der Nürnberger Geleitstraße weiter über Michelau, Lichtenfels, Bamberg und Forchheim. Bis Nürnberg sind es noch drei, höchsten vier Tage."
Die anderen empfanden Konrads Drängeln nicht als lästig. Sie alle wollten auch recht schnell vorankommen. Sarah setzte sich wie selbstverständlich wieder zu Konrad nach vorne auf den Kutschbock. Das Wetter sollte sich noch mehrere Tage so freundlich halten. Mit Regen war gottlob vorerst nicht zu rechnen. Auch die Wege und Straßen waren gut zu befahren. Die Pferde hielten die Strapazen sehr gut aus. Konrad gönnte ihnen sehr oft Ruhepausen. Wusste er doch, dass ohne sie kein Weiterkommen möglich war.
Hinter Lichtenfels konnten sich die vier jungen Leute mit ihrem Planwagen einer größeren Handelsgruppe anschließen. Sie hatten den gleichen Weg nach Nürnberg. Dort wollten sie Harnische einkaufen, die für die Hansestadt Lübeck bestimmt waren. Eine gut bewaffnete Begleittruppe sorgte für den nötigen Schutz vor Straßenräubern. Jakob und Konrad hatten einen günstigen Preis für den Geleitschutz aushandeln können.

Bereits nach drei Tagen erreichten sie die Reichsstadt Nürnberg. Dort, wo die schlimmste Seuche der Menschheitsgeschichte die ganze Stadt bedrohte.
Gewaltig erschien ihnen die Stadtmauer mit den Wehranlagen. Konrad hatte sich solch imposante Bauwerke nicht vorstellen können. Welche Arbeit, Mühen und Materialien waren notwendig, so etwas zu bauen. Die protzigen Wehrtürme und die riesige Stadtmauer mussten jeden Angreifer abschrecken. Diese Stadt schien jedem Betrachter als uneinnehmbar.
Und dennoch, es gab ihn, den Bezwinger der Stadt. Es war die Pest, die von Nürnberg Besitz ergriffen hatte. Die Seuche machte einige eilig erlassene Vorschriften und Sondergesetze notwendig.
Der Stadtrat hatte auch sofort gehandelt und alles Erforderliche veranlasst. Selbstverständlich waren dazu die Empfehlungen des verantwortlichen Stadtarztes zu befolgen. Die wichtigste Maßnahme schien allen der Schutz vor Krankheitsüberträgern. Fremde waren da immer hochverdächtig. Von anderen Städten hatte man gelernt. Die Quarantäne war eine gängige Schutzmaßnahme, die auch in Nürnberger verordnet wurde.

Vor den Mauern der Stadt lagerten Hunderte von Händlern mit ihren Wagen. Sie alle mussten sich registrieren lassen, um dann zwei Wochen auf die Genehmigung zum Einlass zu warten.
Den Nürnberger Stadträten kam diese abgekürzte Wartezeit sehr entgegen. Hatte sich doch gezeigt, dass durch die Pest und die Quarantäne der Handel beinahe völlig zum Erliegen kam. Das bedeutete einen riesigen Verlust von Steuereinnahmen.
Konrad und seine Freunde ließen sich am Hallertor im Westen registrieren. Hier war der Andrang nicht so groß, und es gab auch einige kleinere Gasthäuser vor der Stadt. Dort sollten wenigstens die Mädchen Unterkunft finden. Die riesigen Siechenheime waren ihnen nicht zuzumuten. Diese Heime waren zwar eigens für die Fremden freigemacht worden, aber wegen Platzmangels hoffnungslos überfüllt.
In einem kleinen Raum, der normalerweise für zwei Personen gedacht war, mussten nun acht und zehn Menschen Platz finden. Die Latrinen waren seit Wochen nicht mehr geleert worden und liefen über. Die Brunnen vor der Stadt waren sämtlich halb versiegt und führten zu wenig Wasser. Zwischen den Häusern und Gassen häuften sich Berge von Unrat, Abfällen und Fäkalien.
Mittendrin allerlei Ungeziefer. Hunde jagten Katzen, die wiederum Ratten und Mäuse. Und über allem hing eine Ekel erregender Gestank.
„Hier kann es niemand lange aushalten. Selbst zwei Wochen kommen einem da schon wie eine Ewigkeit vor." Sarah machte keine Anstalten, ihre Abscheu zu verbergen. „Können wir nicht weiterfahren und in einem entfernten Dorf bleiben, bis wir Einlass bekommen?"
„Das wird nicht gehen", gab Jakob zu bedenken.
„Die umliegenden Dörfer werden die gleiche Angst vor der Pest haben wie die Nürnberger. Fremde werden die auch nicht gleich mit offenen Armen empfangen."
Auch Konrad war nicht dafür, in die Umgebung auszuweichen:
„Wir sind mit Frau Amlingyn vor dem Westtor verabredet. Sie wird uns hier suchen und nicht in irgendeinem verlassenem Dorf."

Es blieb nichts anderes übrig, als in diesem stinkenden Morast auszuharren. Für die Mädchen fanden sie gegen Zahlung eines überhöhten Mietpreises eine Unterkunft im Reuter Hof. Es war eine schmuddelige Absteige, die den Namen Gasthof nicht verdient hatte. Mit zwei anderen Frauen, die aus dem Rheinland stammten, sollten sie sich eine Kammer teilen. Ein Bett musste für zwei reichen. Sarah und Rebecca richteten sich so gut es ging ein. Die Männer würden sich schon zu behelfen wissen. Das Siechenheim war ihnen zugewiesen worden. Das wollten sie sich erst einmal ansehen, bevor sie entscheiden würden, was zu tun sei.

Die Eingangstür war aus den Angeln heraus gebrochen, die Fensterläden zum Teil defekt oder gestohlen. Die Flure waren schmutzig und voller Fäkalien und Abfall. Auch im Haus sprangen die Mäuse ungeniert herum. Längst hatte man es aufgegeben, sie zu jagen. Wenn man eine erschlug, folgten zehn nach. Jakob weigerte sich, auch nur einen Schritt in das Haus zu setzen:
„Nur über meine Leiche. Dieses einladende Gasthaus werde ich nicht betreten."
„Ich auch nicht", entschied Konrad. „Lass uns an den Waldrand fahren und unter dem Planwagen schlafen."
Selten waren sich die beiden Freunde so schnell einig. Tagsüber trafen sie sich mit den Mädchen im Schankraum des Reuter Hofes. Hier nahmen sie die Mahlzeiten gemeinsam ein und vertrieben sich die Zeit mit Brettspielen und Gesprächen.
Obwohl sich die jungen Männer mit Strohmatten ein recht bequemes Lager unter ihrem Wagen eingerichtet hatten, konnte Konrad nicht gut einschlafen. Immer wieder musste er an seine Sarah denken. Er empfand es auch bereits als ganz normal, wenn er sie als seine Sarah bezeichnete; natürlich nur gedanklich. Er schaute noch stundenlang in den Sternenhimmel, während sein Freund schon längst in tiefem Schlaf versunken war. In der fünften Nacht hielt es Konrad nicht länger aus. Er kroch aus seinem Nachtlager hervor und ging ein paar Schritte auf und ab. In der Ferne, vor den Gasthäusern herrschte alles andere als Nachtruhe. Zahllose Menschen waren auf den Plätzen und Höfen vor den Wirtshäusern versammelt. Sie hatten sich auf Bänken und Stühlen, an langen Tischen zusammengefunden, um bei Bier und Wein ihre Langeweile zu vertreiben. In den vorgerückten Stunden stieg die Lautstärke der Unterhaltungen stetig an. Die Lieder wurden lauter und endeten in geschmacklosem Gegröle. Es wurde auch getanzt; zunächst auf den Wegen zwischen den Stuhlreihen, später auch auf den Tischen. Einige hatten – Gott weiß woher – Drehleier, Dudelsack und Trommeln besorgt. Die Stimmung war ausgelassen und fröhlich; geradezu wie auf dem Jahrmarkt oder zum Kirchweihfest. Hin und wieder wurde lauthals diskutiert, gestritten und gerauft.
Konrad hielt sich etwas abseits von dem nächtlichen Trubel. Er suchte die Nähe des Reuter Hofes. Er beobachtete das Fenster in der zweiten Reihe des ersten Stockwerkes; in diesem Zimmer waren Sarah und Rebecca untergebracht.
Was war das? Hinter den Butzenscheiben stand eine Gestalt, die das Treiben der ausgelassenen Gäste auf dem Vorplatz beobachtete. Sollte das seine Sarah sein? Konrad war sich nicht sicher. Hatte er es sich nur eingebildet oder war sie es tatsächlich?

Vielleicht handelte es sich nur um eine Sinnestäuschung. Es wäre ja nicht das erste Mal, dass bei intensivem Verlangen seltsame, nicht erklärbare Erscheinungen beobachtet wurden.
Ich muss es herausbekommen, dachte sich Konrad, dazu muss ich mich bemerkbar machen.
Rasch hatte er sich durch die Menschenmenge gewühlt und stand jetzt direkt unter dem Fenster. Mit beiden Armen ruderte er wild in der Luft herum. Sie schien ihn nicht zu bemerken. Auch lautes Rufen und Pfeifen konnte bei dem allgemeinen Lärm nicht gehört werden, zumindest nicht hinter dem Fenster. Erst nachdem er ein kleines Steinchen gegen die Scheiben geworfen hatte, wurde er erkannt. Das Fenster wurde aufgerissen. Sarah stand leicht vorgebeugt im Rahmen, hinter ihr das dunkle Zimmer. „Sei vorsichtig, du wilder Stier. Viel hätte nicht gefehlt, und du hättest die Scheiben eingeworfen." Und nach einer kurzen Pause „Wir müssen leise sein, damit Rebecca nicht aufwacht", dabei hielt sie mahnend ihren Zeigefinger senkrecht gegen die Lippen.
Konrad traute sich nicht mehr, ein Wort zu sprechen. Seine einladende Handbewegung war eindeutig: Sie sollte zu ihm herunterkommen. Mit einer bedauernden Mine, hochgezogenen Schultern und entsprechenden Handzeichen gab sie zu verstehen, dass ein heimliches Treffen mitten in der Nacht nicht schicklich war.
Selbstverständlich war Konrad klar, dass ein anständiges und gut erzogenes Mädchen nicht anders reagieren durfte. Er nahm die Absage auch nicht als persönliche Ablehnung an. Allerdings hatte er sich in diesem Moment nichts sehnlicher gewünscht als in ihrer Nähe zu sein, ihre Hand zu halten und sie zu umarmen. Sie hatte das Fenster bereits wieder verschlossen und war auch hinter der Scheibe nicht mehr zu sehen.

Traurig trollte sich Konrad mit eingesunkenen Schultern und hängendem Kopf in Richtung seines Schlafplatzes. Das untätige Warten und das Vagabundenleben ohne jegliche Ordnung bereitete ihm Unbehagen. Noch nie in seinem Leben hatte er eine derartige Leere und Einsamkeit in seiner Brust verspürt wie in diesem Augenblick. Und wären nicht die vielen Menschen um ihn herum, so hätte er weinen mögen. Er hatte die lauten Biergärten bereits verlassen und befand sich schon wieder auf dem Weg zu seinem Planwagen, als ihn jemand von hinten am Arm festhielt.
„Nicht so schnell, junger Mann. Man kann dich ja kaum einholen", Sarah schaute ihn mitleidig an. Sie hatte die Stimmung und den Gemütszustand ihres Liebsten am Gang erkannt.
„O Sarah, wenn du wüsstest, wie sehr ich mich nach dir gesehnt habe." Er schloss sie in seine Arme.

„Wir können hier nicht mitten auf der Straße stehen bleiben", flüsterte sie ihm ins Ohr. „Lass uns ein ruhiges Plätzchen suchen." Mit sanftem Zug führte sie ihn auf eine Bank hinter dem Gemüsegarten, der zum Reuter Hof gehörte. Konrad saß wie versteinert auf der Holzbank. Alle seine Muskeln und Sehnen waren angespannt. Er war nicht mehr in der Lage, einen klaren Gedanken zu fassen. Es ging ihm nur eine einzige Frage durch den Kopf und ließ ihn nicht mehr los: Wie kann ich dieses traumhafte Mädchen gewinnen? Eine Antwort auf diese Frage wusste er freilich nicht. So saßen sie etwa zehn Minuten nebeneinander, ohne dass ein Gespräch aufkommen wollte. Sarah fasste sich endlich ein Herz und ergriff die Initiative. Ohne ein Wort zu sprechen, nahm sie seine Hand und hielt sie umklammernd fest. Mit der anderen Hand fuhr sie ihm streichelnd über die Wange, hinter das Ohr und in den Nacken. Ganz langsam zog sie seinen Kopf zu sich herunter.

Konrad kam sich vor wie in einem wunderbaren Traum. Die Geschehnisse der letzten paar Sekunden waren so unglaublich, dass er es noch gar nicht fassen konnte. Diese weichen Lippen, die zarte Haut ihrer Wangen und der heiße Atem ihrer Sehnsucht betörten ihn. Er war wie von Sinnen. Beinahe ungestüm war seine Umarmung, als wollte er sie nicht mehr loslassen. Die intensiven Küsse hatte er nirgends gelernt, und doch beherrschte er sie. Er konnte gar nicht genug bekommen davon. Es hatte nicht viel gefehlt, und er hätte sie verschlungen. Wie von selbst verirrte sich seine Hand in ihrer Bluse. Mit eher unbeholfener Zartheit liebkoste er Sarahs Busen. Sie machte keine Anstalten, dies abzuwehren. Nein, es schien so, als gefiele ihr das Liebesspiel. Es dauerte wohl an die anderthalb Stunden, bis die beiden Liebenden allmählich wieder zur Besinnung kamen.

„Ich muss jetzt langsam wieder zu meinem Lager", gab Konrad zu bedenken, „Jakob könnte mein Fehlen bemerken und mich suchen."

„Liebster Schatz, ich könnte mit dir bis morgen früh hier verweilen und dich immer wieder küssen", flüsterte sie ihm ins Ohr.

„Ich komme morgen Abend wieder und klopfe an dein Fenster."

In glücklicher Hochstimmung machte sich Konrad auf den Weg. Er hätte lauthals jubilieren mögen. Mit Rücksicht auf den immer noch tief schlafenden Freund verkniff er sich das. Und tatsächlich, Jakob hatte offenbar nichts bemerkt.

„Was ist los, Konrad?", fragte er, aus tiefen Träumen erwachend.

„Nichts weiter. Ich war nur gerade hinterm Busch, meine Blase entleeren."

Beide legten sich wieder auf ihre Strohsäcke und versuchten zu schlafen. Konrad fand jedoch keine Ruhe. Immer wieder gingen ihm die Ereignisse dieser Nacht durch den Kopf. War das wirklich alles wahr? Gehörte sie jetzt zu ihm? Alles würde er für sie tun.

Solche und ähnliche Gedanken ließen ihn nicht mehr los: „Halt! Alles? Würde ich wirklich alles für sie tun? Was wäre, wenn sie verlangen würde, nicht in die Fremde zu ziehen? Würde sie warten, bis ich zurückkehre? All die vielen Jahre?

Verzicht auf das Studium wäre grundsätzlich denkbar. Und dann?

Dann könnte ich als Bader oder Chirurgicus mein Geld verdienen. Nur, würde mich der wohlhabende Kaufmann Regensburger dann noch als Schwiegersohn akzeptieren können? Ein Chirurg im Vergleich mit einem Kaufmann. Welche Klassenunterschiede? Da liegen Welten dazwischen. Jeder Mensch weiß, dass Chirurgen vom Stand her eher zum Totengräber oder Henker passen würden.

Nein und nochmals nein. Das Studium muss auf alle Fälle zu Ende gebracht werden."

Ohne auch nur den geringsten Schimmer einer Lösung für seine schwierigen Probleme schlief Konrad endlich doch ein.

Es gab noch drei oder vier dieser nächtlichen Treffen auf der Holzbank hinter dem Gemüsegarten. Am zehnten Quarantäne-Tag setzte ein heftiger Dauerregen ein, der weitere Rendezvous im Freien unmöglich machten. So mussten sich Sarah und Konrad gedulden und auf andere Gelegenheiten warten.

Am Morgen des vierzehnten Tages trafen sich die vier jungen Leute schon recht bald zum Frühstück. Sie wollten die ersten sein, die in die Stadt einfahren durften. Sarah machte allerdings auf eine kleine Schwierigkeit aufmerksam: „Einer von uns wird wohl hier bleiben müssen. Frau Amlingyn erwartet uns schließlich vor diesem Stadttor. Niemals würde sie uns in dem Gewühl der großen Stadt finden können."

„Das stimmt", gab Jakob seiner Schwester Recht.

„Wie wollen wir's machen?", wollte Konrad wissen, „einer von uns zwei Männern muss im Behaim'schen Kontor die Landkarten abholen, während der andere hier im Reuter Hof auf unsere Prinzipalin wartet. Vorher sollten wir die Mädchen bei Rebeccas Eltern abgeben."

„Wer übernimmt welche Aufgabe?" Jakob schaute in die Runde. Keiner wollte die Aufgaben verteilen.

„Also wenn ihr nicht wisst, was ihr wollt, mache ich einen Vorschlag." Alle hörten auf Jakob. „Ich für meinen Teil habe kein großes Interesse, in die Pest-Stadt zu gehen und mich der Ansteckungsgefahr auszusetzen. Zwar würde ich mir gerne die herrliche Stadt mit den großen Häusern und den vielen Märkten ansehen, aber die Gefahr ist mir zu groß. Wenn ich also nicht unbedingt muss, würde ich lieber verzichten."

Konrad kam dieser Vorschlag nur recht. Erstens hatte er nicht die geringste Angst vor der Pest. Und zweitens konnte er so noch einige Tage in Sarahs Nähe bleiben. Jakob registrierte, dass sein Vorschlag allgemein akzeptiert

wurde. Zu Konrad gewandt fügte er augenzwinkernd hinzu: „Du hast sicherlich gegen die Gesellschaft der jungen Damen nichts einzuwenden, oder?"
„Nein, ganz im Gegenteil", kam es von Konrad, und er war sich momentan nicht sicher, ob sein Freund nicht längst von den zarten Banden zwischen ihm und Sarah wusste oder zumindest ahnte.

Während sich Jakob in seinem Zimmer im Reuter Hof einrichtete, machte sich Konrad mit Sarah und Rebecca auf den Weg. Am Westtor mussten sie ihre Quarantäne-Papiere vorzeigen und den Grund ihres Besuches in der Stadt nennen.
Rebecca kannte sich in der großen Stadt sehr gut aus. Immerhin war sie hier aufgewachsen. Ihr Elternhaus war ein eher kleineres bescheidenes Haus mit nur einem Obergeschoss. Dort gab es jedoch genügend Räume, so dass für die Mädchen und für Konrad die Übernachtung in getrennten Zimmern möglich waren. Die Gastgeber, Rebeccas Vater und Mutter, waren großzügig und luden zu einem üppigen Mittagessen ein. In den frühen Nachmittagsstunden begab sich Konrad mit der Geldtasche der Frau Amlingyn in das Behaim'sche Kontor. Der junge Behaim empfing ihn persönlich an der Tür.
„Ich habe Euch schon erwartet. Frau Amlingyn ließ mir bereits vor Monaten eine entsprechende Depesche zukommen. Die Landkarten sind alle von meinem verstorbenen Vater selbst gezeichnet und beschriftet worden."
Vorsichtig, als hätte er feinstes Pergament in den Händen, breitete er die Karten auf den großen Tischen aus. „Sind das nicht edle Kunstwerke? Mein Vater hatte viele Monate darüber gebrütet. Für Handelsleute und besonders für Seefahrer sind diese Werke von unschätzbarem Wert."
„Nun ja", antwortete Konrad, „unschätzbar wohl nicht. Wie ich erfahren habe, war mit meiner Herrin bereits ein Kaufpreis vereinbart worden."
„Selbstverständlich, junger Mann, es soll auch nicht erneut verhandelt werden."
„Frau Amlingyn hat mir einen versiegelten Umschlag mit der vereinbarten Summe mitgegeben." Mit diesen Worten übergab Konrad das Geldbündel und erhielt dafür die wertvollen Karten in einer Wachstuchhülle.
„Wollt Ihr den Geldbetrag nicht nachzählen, Herr Behaim?"
„Auf das Wort von Frau Amlingyn kann man sich immer verlassen. Ich habe nicht den geringsten Zweifel, dass die vereinbarte Summe vollständig in dem Päckchen enthalten ist."

Im Hause von Rebeccas Familie versteckte Konrad die kostbaren Landkarten sorgfältig unter seinem Bett. Seine Arbeit war damit zunächst erledigt. Erleichtert ging er hinunter in die Wohnstube.

„Nochmals herzlichen Dank, dass ich in Eurem Hause noch zwei, drei Tage bleiben darf. Das ist sehr großzügig", bedankte sich Konrad höflich bei den Eltern.
Rebeccas Vater antwortete: „Ihr habt für unsere Tochter sehr viel getan. So ist es uns eine Ehrenpflicht, ebenfalls Gutes zu tun." Und während er Sarahs Hand hielt, fügte er hinzu: „Sarah bleibt in meinem Haus so lange sie möchte. Ihr Vater wird sie auf einer seiner nächsten Handelsfahrten, die ihn durch Nürnberg führen, mitnehmen. Augsburg liegt ja nicht aus der Welt."
Am späten Nachmittag ging der Vater in die Synagoge. Konrad nutzte die Gelegenheit, seinen Freund Jakob außerhalb der Stadt zu besuchen.
Jakob hatte sich im Reuter Hof nicht gelangweilt. Er war mit dem Wirt ins Gespräch gekommen und hatte von ihm viel Neues über die Stadt und ihre Einwohner erfahren können. Nürnberg war ja nach Köln und Mainz eine der größten Städte des Reiches. Immerhin wohnten über 35 000 Menschen hier. Es gab mindestens ebenso viele Druckereien wie in Erfurt. Die Handwerker hatten sich auf die Fertigung von Harnischen, Panzerhemden und Waffen spezialisiert. Nürnberger Schwerter, Lanzen und Hellebarden waren auf der ganzen Welt bekannt. Besonders rühmte man auch die Kunst der Goldschmiede. Hier wurden die wertvollsten Schmuckstücke hergestellt. Europas Fürstenhäuser bestellten das Geschmeide für die feinen Damen bei Nürnberger Künstlern. Eine Sensation war die Henlein'sche Erfindung der Taschenuhr.

Die Pest hatte jedoch für den Handel herbe Einbußen verursacht. Ein schwieriges Problem für die Stadtväter, von den Hunderten von Toten ganz zu schweigen. Am schlimmsten war für alle die absolute Hilflosigkeit gegenüber dieser schrecklichen Seuche. Konrad hatte sich inzwischen in das Gespräch eingefügt:
„Die Pest ist eine Krankheit, die noch nicht zu beherrschen ist. Ich glaube aber, dass eines Tages ein Mittel gefunden wird, womit diese Geißel der Menschheit besiegt werden kann."
Der Wirt schaute ganz ungläubig: „Meint Ihr, dass es sich nicht um eine Strafe Gottes handelt?"
„Wer weiß das schon?", Konrad wollte vorsichtig sein mit seinen Äußerungen. Man konnte ja nie wissen, mit wem man es zu tun hatte. Jakob wollte seine wirkliche Meinung ebenso wenig offenbaren:
„Wir sind ja erst am Anfang unseres Studiums. Eventuell wissen wir in ein paar Jahren mehr. Eins steht jedoch fest: Derjenige, welcher ein Wundermittel gegen die Pest erfindet, wird über Nacht ein reicher Mann sein."
„Darauf wollen wir anstoßen", freute sich der Wirt, „ich werde Euch zu einem Glas Wein einladen. Erst gestern habe ich drei Fässer Frankenwein aus

Ipsheim geliefert bekommen. Das liegt da in der Nähe der freien Reichsstadt Windsheim."
Der Wein war ziemlich herb, aber sehr schmackhaft und gut bekömmlich. Als Konrad sich verabschiedete, um wieder in die Stadt zurückzukehren, war er sogar ein bisschen angeheitert. Es war noch kein richtiger Rausch, aber zumindest war er bester Laune. In Rebeccas Elternhaus zurückgekehrt, zog er sich recht bald in seine Kammer zurück.

Konrad konnte wieder nicht einschlafen. Stundenlang wälzte er sich von einer Seite zur anderen. Zu viele Gedanken und Erinnerungen an die Ereignisse der letzten Tage liefen vor seinen Augen ab. Irgendwo in der Ferne läuteten Kirchenglocken die nächtlichen Stunden ein. Eine nach der anderen.
Es schlug gerade drei nach Mitternacht, als sich leise und sehr vorsichtig die Tür von Konrads Kammer öffnete. Erst nur einen kleinen Spalt. Jemand lugte durch den Türspalt, um zu horchen. Konrad rührte sich nicht. Mit halb geöffneten Augen schielte er zur Tür. Er war hellwach. Die Tür wurde langsam weiter aufgeschoben. Jetzt sah Konrad ganz deutlich: Sarah.
Mit einem langen Nachthemd stand sie im Türrahmen und beobachtete ihn. Durch das Fenster warf der Mond ein schwaches Licht auf sie. Ihre Umrisse waren zu erahnen. Konrad hatte sie sofort an ihrer schlanken Figur erkannt. Langsam richtete er sich auf. Sarah schloss die Tür hinter sich und trat an seine Bettstatt.
„Pscht ... wir wollen ganz leise sein."
Sie setzte sich zu ihm auf die Bettkante. Sie umarmten und küssten sich hemmungslos. Konrad zog sie behutsam unter seine Bettdecke. In besinnungslosem Taumel der Gefühle gab sie sich ihm hin. Nie zuvor hatte Konrad derartige Gewalten in seinem Körper verspürt wie in diesem Augenblick. In ihm wurde eine Kraft wach, die er nicht mehr kontrollieren konnte. Eine Kraft, die eine Verschmelzung mit seiner Liebsten forderte. Nichts hätte dies noch aufhalten können. Sarah ergab sich seinen starken Armen und der Kraft seiner Lenden. Sie schmolz unter ihm dahin und fühlte sich im siebten Himmel der Glückseligkeit.
Noch lange danach hielten sie sich fest umschlungen.
„Wir wollen uns nie mehr verlieren", hauchte Konrad in ihr Ohr.
„Und wenn ich zehn Jahre auf dich warten muss, ich bleibe für immer dein."
„O, wäre ich doch schon aus Italien zurück. Ich kann es kaum erwarten."
In glücklicher Erschöpfung schliefen beide ein. Noch vor dem ersten Hahnenschrei schlich Sarah zurück in ihr eigenes Bett.
In den nächsten zwei Nächten zog es sie wieder hinüber in Konrads Zimmer. Immer wieder erlebten sie gemeinsam den Himmel auf Erden.
Am fünften Tag war der Wagentross von Frau Amlingyn vor den Toren Nürnbergs angekommen. Aufgeregt rannte Jakob durch die Gassen Nürn-

bergs, um Konrad zu holen: „Beeil dich! Sie sind da. Die Prinzipalin will schon morgen weiterreisen."
„Will sie nicht erst ein paar Tage ausruhen?"
„Nein. Sie will hier nicht länger als unbedingt nötig in der pestverseuchten Luft verweilen."
Der Tag des Abschieds war also gekommen. Rebecca und Sarah ließen es sich nicht nehmen, die zwei Freunde bis vor das Westtor zu begleiten.
Frau Amlingyn wartete bereits ungeduldig auf die jungen Leute.
„Habt Ihr die Behaim´schen Landkarten?"
Konrad hielt ihr das Wachstuch mit den wertvollen Karten entgegen.
„Selbstverständlich, Frau Amlingyn! Was uns aufgetragen wird, erledigen wir auch prompt."
„Nun, wir werden schon morgen früh aufbrechen. Der Süden ruft. Ich möchte, dass ihr ab sofort bei den Wagen bleibt. Die Ladung ist zu wertvoll, als dass man sie unbeaufsichtigt lassen kann."
Sarah und Konrad verabschiedeten sich mit innigsten Umarmungen und küssten sich lange. Es war ihnen in keiner Weise peinlich, dies vor anderen zu tun. Sollten sie doch alle denken, was sie wollten. Jakob staunte nicht schlecht über den Mut seiner Schwester. Die jetzt offiziell gewordene Verbindung war ihm aber in keiner Weise unangenehm, hatte er es doch längst geahnt. Wer ein bisschen Beobachtungsgabe und Einfühlungsvermögen besaß, hätte die Veränderungen bei den beiden leicht bemerken können.
„Liebste Schwester, das wird aber eine lange Durststrecke. Wenn ich bedenke, dass unser Studium in Italien leicht drei oder gar vier Jahre dauern kann", gab Jakob zu bedenken.
„Jakob, versprich mir, dass du auf meinen Konrad aufpasst. Er ist das Liebste, was ich besitze. Wenn ihr nicht wohlbehalten zurückkehrt, will ich auch nicht länger leben."
„Ich verspreche es."

Der Amling'sche Tross war durch Neuerwerb von zusätzlichen Wagen auf zwölf Fuhrwerke angewachsen. Sieben Wagen waren mit Waid-Pulver beladen. Drei waren noch leer, und zwei waren mit Bernstein von einem Breslauer Händler bepackt. In Regensburg sollten noch zwei Wagen aus Pilsen mit böhmischem Kristall hinzukommen. Zwei Wagenladungen Waid sollten an einen Regensburger Kunden geliefert werden. Freilich bedeutete das wieder einen Umweg von etwa einer Woche, aber die Handelsherrin wollte nicht auf das zusätzliche Geschäft verzichten. Schneller und weniger anstrengend wäre der Weg über Augsburg gewesen. Die uralte Römerstraße war mittlerweile gut ausgebaut und viel befahren. Jeder kannte sie, die Via Claudia Augusta. Sie führte über den Fernpass und den Reschenpass ins Vintschgau. Tausende von Händlern und Fuhrleuten befuhren Jahr für Jahr die gefährli-

chen Steilpfade und Engpässe. In Bozen stießen die anderen Händler aus dem Nordosten, die über den Brennerpass kamen, auf die Via Claudia Augusta dazu. Diesen Weg über den Brenner wollte Frau Amlingyn nehmen.
Es hatte lange keine Wege oder Straßen über den Brenner durch die Schluchten der Eisack gegeben. Der reißende Gebirgsfluss war auch mit keinem Boot befahrbar. Nur wagemutige Kletterer kannten versteckte und gefährliche Pfade entlang steil abfallender Felswände. Heinrich Kunter, ein ortsansässiger Kaufmann, ließ Anfang des 14. Jahrhunderts einen schmalen Weg über die Schluchten bauen. Dieser Pfad war 1314 fertig gestellt worden. Er konnte jedoch nur von Lastenträgern und Säumern mit ihren Packeseln genutzt werden. Erst Erzherzog Sigismund sorgte für einen breiteren Ausbau des Kunterweges, so dass auch Fuhrwerke darauf fahren konnten. Diese Straße war ab 1483 befahrbar. Seither benutzten jährlich etwa 20 000 Händler diese wichtige Straße und brachten Jahr für Jahr rund fünftausend Tonnen Waren über den Brenner.

Nach nur anderthalb Wochen kam die Erfurter Wagenkolonne in Innsbruck an. Es hatte keine nennenswerten Verzögerungen gegeben, weder Unwetter noch Raubüberfälle. Lediglich einer der Wagen musste nach Achsbruch repariert werden. Das war jedoch rasch geschehen und hielt nur drei Stunden auf.
In Wilten, einem kleinen Vorort von Innsbruck, wurde die letzte Rast vor dem Brenner-Aufstieg gemacht. Freilich war der Brennerpass nicht sehr hoch, mit über 4000 Fuß der niedrigste Pass, aber dennoch sollten für Mensch und Pferd harte Zeiten kommen.
In Lueg an der Sillschlucht vor dem Berg Isel befand sich die erste Mautstation. Hier wurden die Wegegebühren abverlangt. Die Stadt Innsbruck hatte von Kaiser Maximilian die Sonderrechte erhalten, für die Benutzung der Brennerstraße Zölle zu erheben.
Ohnehin hatte der Kaiser eine ganz besondere Vorliebe für diese Alpenregion.

Tirol gleicht einem groben Bauernrock,
er ist wohl rau und faltig, aber er hält warm.

Mit diesem Ausspruch hatte er seine Liebe zu den zerklüfteten Bergen und den groben, aber liebenswerten Menschen ausdrücken wollen.
In Lueg wurde jedes Fuhrwerk – auch die größten – gewogen und entsprechend dem Gewicht der Zoll berechnet. Weitere Mautstationen gab es in Lurx bei Sterzing, in Mauls, in Brixen, in Klausen und zuletzt in Bozen. Frau Amlingyn musste also öfter tief in die Tasche greifen. Allerdings wogen der Waid und das Bernstein nicht sehr viel, so dass sich die Unkosten in Grenzen hielten.

Hinter Lueg ging es allmählich aufwärts, die Pferde hatten zunächst noch keine Mühe, die Wagen hochzuziehen. Rechts und links der Straße türmten sich steile Felswände auf, teils nacktes Gestein, teils bewaldet. Hin und wieder Seitentäler mit kleinen Bächen, die sich aus der Höhe in die plätschernde Sill stürzten. Vor Sterzing stieß die Straße auf die Eisack und folgte ihrem Lauf nach Süden. Hier öffnete sich das Tal und mündete in weite Wiesen und Felder.
In Sterzing herrschte gediegener Wohlstand. Es gab viele eng aneinander geschmiegte, dreigeschossige Bürgerhäuser mit Erkern und Fresken an den Stirnseiten und reich verzierten Giebeln. In der Hauptstraße standen die prunkvollsten Häuser. Sie waren größtenteils weiß und blau gestrichen. Alle hatten Laubengänge, so dass die Hauseingänge und Fenster der Geschäfte vor den Wettereinflüssen geschützt waren. Die Kolonnaden waren durch große Rundbögen miteinander verbunden.
„Hier sieht es beinahe schon so aus wie in Italien", bemerkte Jakob, „ich war schon einmal mit meinem Vater in Trient." Wieder einmal versuchte er vergeblich, seinen Freund aufzumuntern. Seit der Abreise aus Nürnberg hatte sich Konrad auf die notwendigsten Äußerungen beschränkt. Er schien unter der Trennung von Sarah zu leiden.
„Ja, recht schön", kam seine karge Antwort.
„Wie denkst du, soll das weitergehen mit dir?", wollte Jakob jetzt wissen, „willst du die nächsten drei Jahre in Melancholie versinken? Dann wäre es gut, wenn du die gleiche Medizin bekommst wie seinerzeit Rebecca."
„Du hast Recht. Es hat keinen Sinn, sich den Kopf zu zerbrechen. Was könnte alles in unserer Abwesenheit passieren? Keiner kann von hier etwas ändern oder helfend eingreifen. Wir müssen abwarten, bis die Zeit der Trennung vorbei ist."
„So gefällst du mir schon wieder besser."
Jakob versuchte nun das Thema zu wechseln: „Sterzing ist ein ziemlich reicher Ort. Man muss sich ja nur die schönen Häuser ansehen."
Konrad wurde allmählich redseliger: „Frau Amlingyn hat vorhin erzählt, dass die Familie Fugger aus Augsburg einige Häuser aufgekauft hat. So zum Beispiel auch die Alte Post. Übrigens, oben auf dem Schneeberg in fast 7000 Fuß Höhe betreibt Meister Fugger ein Blei- und Silberbergwerk. Da kommen Gulden ins Dorf."
„Genau. Und der Wegezoll bringt zusätzlich noch einen Batzen Geld."

Südlich von Sterzing wurden die Felswände wieder steiler und rückten näher zusammen, bis sie bei Mauls einen Engpass bildeten. Durch diese Enge quälten sich Eisack und Straße in Richtung Süden hindurch. An den steilen Hängen klebten Häuser und kleine Dörfer wie Schwalbennester an den Wänden. Die Wiesen und kleinen Äcker waren terrassenartig angelegt und

mit Felsbrocken abgestützt. Schon von weitem konnte man erahnen, welche Mühen und Strapazen die Bergbauern auf sich nahmen. Im Allgemeinen fristeten diese Bauern ein entbehrungsreiches Leben. Nur wenn einer der Söhne eine Anstellung im Bergwerk oder als Gehilfe bei der Zollverwaltung bekommen konnte, hatte die Familie ihr bescheidenes Auskommen.
Viele Bauern arbeiteten auch als Fuhrleute, so genannte Porten, die für den Transport der Waren oder nur zur Fuhrleite zuständig waren. Sie sorgten für sicheres Geleit und sorgten für die Pflege der Straßen. In einer Verordnung waren die Tarife für diese Dienste genau festgelegt. Die Porten hatten sogar ihre eigene Zunft.

Kurz vor Brixen weitete sich das Tal wieder. Weiter abseits seichte Mittelgebirge. Der Blick zurück war berauschend. Das riesige Massiv der Zillertaler Alpen im Rücken zeigte an, dass die Passhöhe bereits überwunden war. Es ging schon allmählich abwärts in Richtung Venetien. Mittlerweile säumten Weinberge den Weg. Auch Zypressen und Edelkastanien gaben einen ersten Vorgeschmack auf südliche Gefilde.
In Brixen ordnete Frau Amlingyn eine zweitägige Pause an. Die Stadt war hierfür bestens geeignet. Es gab eine solide doppelte Stadtmauer – ausreichende Sicherheit gegen Räuber und Diebe. Die Prinzipalin hatte hier schon öfter Rast gemacht und war deshalb bekannt.
„Ich bevorzuge als Unterkunft kleinere Gasthäuser mit abgeschlossenen Höfen. Den Pferden und auch uns müssen wir eine Pause gönnen. Übermorgen beginnt die schwierigste und gefährlichste Strecke durch die Schluchten der Eisackklamm. Ab Klausen wird es eng. Hier endet dann bald das deutsche Tirol. Ab Salurn fängt das welsche Tirol an, das venezianische Trentino."
Nachdem die Pferde versorgt waren, trafen sich alle im Gastraum der Herberge. Die Herrin hatte zum gemeinsamen Abendessen eingeladen. Es gab lange Bandnudeln mit Hammelfleisch, Quark und Käse, dazu Trentinischer Weißwein. Nach dem Essen gingen Konrad und Jakob noch durch den Ort spazieren. Im unteren Teil der Stadt, mehr am Südhang gelegen, befand sich das vornehme Viertel der adeligen Reichen und der Kirchenfürsten. So viele prachtvolle Villen hatten die zwei noch nie gesehen. Auch die Residenz des Bischofs stand hier, ein vierflügeliger Bau mit herrlichem Garten. Mitten im Stadtzentrum, auf dem Domplatz, standen vier Kirchen. Überall saubere, gepflasterte Straßen. Es schien alles sehr gepflegt, ohne die üblichen Abfälle und Kloaken in den Gassen.

Die Sprache der Einheimischen war für Fremde kaum zu verstehen. Es war mehr ein Gemisch aus Deutsch und Italienisch. Die zwei Freunde kamen sich ziemlich hilflos vor, weil sie niemanden über den Ort und seine Besonder-

heiten befragen konnten. Man hätte sie nicht verstanden. Nur der Wirt der Herberge konnte ein wenig Deutsch.
„Ja die Einheimischen sind hier sehr stolz auf ihren Dialekt und nehmen keine Rücksicht auf die Durchreisenden. Wenn man sich Mühe gäbe, und die Brixener langsam sprechen würden, dann wäre vielleicht ein Verständigung möglich. Noch schwerer als das Welsche ist das Ladinische zu verstehen. Ladinisch spricht man im Grödnertal, nicht weit von hier im Seitental. Das ist ein in den abgeschlossenen Bergtälern überkommenes Latein der einfachen Bauern."
Konrad und Jakob hatten kein großes Interesse, sich in die Feinheiten der örtlichen Mundart einzuarbeiten. Es gab ihnen aber einen kleinen Vorgeschmack auf das, was sie in Padua erwartete.

Südlich von Brixen ging es zunächst recht gemütlich zu, durch das noch weite Eisacktal. Rechts und links der Straße saftige Wiesen, Weingärten und kleine Dörfer. Die Erfurter Wagenkolonne kam gut voran. Alle waren guter Dinge. Die Pferde waren ausgeruht und frisch gestriegelt. In Klausen verjüngte sich das Tal zu einem schmalen Pfad, der mit siebeneinhalb Fuß Breite eigentlich zu schmal war für ein großes Fuhrwerk. Fernstraßen sollten eine Breite von mindestens acht Fuß aufweisen. Die Felsenge gab jedoch nicht mehr her. Neben der Straße fielen die Steinwände steil ab. In der Tiefe toste und schäumte die Eisack.
Auf der rechten Seite türmte sich das Rittenmassiv auf, über das in früheren Zeiten die Handelswege führten. Auf der gegenüber liegenden Seite stieg ebenso steil das Schlerngebirge auf. Insgesamt eine bedrohliche Schneise, durch die alle Reisenden hindurch mussten. An dieser Stelle hatte schon so manch ein scheuendes Pferd sich und seine Last mitsamt dem Kutscher in den Schlund des Sturzwassers gerissen.
Alle waren hochkonzentriert. Die Kutscher waren abgestiegen und führten die Pferde am Zaumzeug über die Klippen. Zuvor hatte man den Tieren Scheuklappen angelegt. Überflüssige Worte wurden nicht gesprochen. Frau Amlingyn war sichtlich nervös: „Nicht anhalten. Ihr müsst immer weiterfahren. Auf keinen Fall stehen bleiben. Die Pferde müssen immer in Bewegung bleiben." Sie kannte sich aus. „Ein Pferd, das die führende Hand seines Kutschers fühlt, hat Vertrauen und fürchtet sich nicht. Wenn es allerdings eine Unsicherheit seines Herrn spürt oder gar Angst, dann ist es aus. Rasch kann es zur Panik kommen, die sich auch auf die anderen Tiere übertragen würde. Die Katastrophe wäre nicht mehr aufzuhalten."
Immer wieder lief die Prinzipalin von einem Wagen zum anderen, um ihre klaren Anweisungen zu geben.
Es gab noch weitere solcher Engstellen mit gefährlichen Schluchten. Alle waren heilfroh, als die passiert waren. Ausfälle gab es keine. Das war sicher der

Umsicht von Frau Amlingyn zu verdanken. Am späten Vormittag des nächsten Tages erreichte die Gruppe wohlbehalten die Bischofsstadt Bozen. Hier herrschte lebhaftes Treiben. Hunderte von Händlern tummelten sich in den Gassen und auf den Marktplätzen. Jakob wusste den Grund für das hohe Verkehrsaufkommen: „Das ist doch klar, dass sich hier die Kaufleute gegenseitig auf die Füße treten. Hier in Bozen treffen die zwei großen Handelsstraßen zusammen, die Via Claudia Augusta und die Straße über den Brennerpass. Alle Reisenden aus den nordischen Ländern kommen hier zusammen."
Konrad kam aus dem Staunen nicht heraus: „So viele Menschen unterschiedlichster Herkunft und Sprache habe ich noch nie auf einem Flecken gesehen. Und die vielen Fuhrwerke!"
„Alle wollen ihre Geschäfte machen", mischte sich Frau Amlingyn ein, „der Handel scheint sich für alle zu lohnen, und ist der Weg auch noch so weit. Das Geheimnis des guten Geschäfts ist das Angebot der konkurrenzfreien Ware."
„Wie sollen wir das verstehen?", wollte Konrad wissen.
„Das ist doch klar", antwortete Jakob für seine Prinzipalin. „Der Waid ist vorwiegend deshalb so wertvoll und teuer, weil es kein anderes Färbemittel mit vergleichbaren guten Qualitäten gibt."
„Schön wäre es, wenn es so bliebe", gab Frau Amlingyn zu bedenken. „Wie es aussieht, kann sich das schnell ändern."
„Wieso?", wunderte sich Konrad.
„Ein jüdischer Fernhändler aus dem Maghreb hat von einem neuen Farbstoff erzählt. Sie nennen es das Indigo. Es wird aus Ägypten importiert und sei viel billiger als unser Waid. Wenn das stimmt, ist binnen zehn bis zwanzig Jahren Schluss mit den deutschen Waidbauern."
„Auf den Märkten hier in Bozen habe ich noch kein Indigo gesehen", beruhigte Jakob seine Herrin.
„Das stimmt. Unsere Waidfässer werden wir nicht mehr zurück nach Deutschland nehmen. Egal, was sich auf den Märkten tut, diese Ladung ist bestellt und muss zu den vereinbarten Preisen abgenommen werden. Die eine Hälfte wird in Trient einem Mailänder Tuchhändler übergeben und die andere Hälfte wird in Venedig ausgeliefert."
„Übrigens, Frau Amlingyn, ab Bozen könnte man seine Waren auch mit dem Schiff transportieren. Ich habe vorhin einen Hafen mit Kaimauer, Kränen und Lagerhäusern gesehen. Nach dem Zusammenfluss von Eisack und Etsch bei Sigmundskron kann man den Fluss auch mit dem fränkischen Main vergleichen. Auf dem fahren auch Schiffe."
„Ich weiß. Das ist aber nicht billig."
„Vermutlich käme man schneller und sicherer voran." Jakob wollte es nun ganz genau wissen.

„Jetzt haben wir es bis hierher geschafft. Auf der letzten Strecke werden wir doch wohl nicht schlapp machen, oder?" Mit diesen Worten beendete die resolute Handelsherrin das Gespräch und sammelte ihre Leute zur Weiterfahrt. Mitten in einer derart großen Menschenmenge konnten auch mal Taschendiebe ihr Unwesen treiben. Dieser Gefahr wollte sie rechtzeitig ausweichen.
In Trient wartete bereits der Mailänder Kaufmann auf seine Waidlieferung. Das Geschäft war rasch abgewickelt. Frau Amlingyn war sehr zufrieden.
„Es gibt nichts Schöneres als verlässliche Geschäftspartner. Prompte Lieferung gegen prompte Bezahlung." Den erhaltenen Geldbetrag verstaute sie in einem Versteck unter ihrem Planwagen. Konrad und Jakob warf sie noch einige Erklärungen zu: „Bis hierher waren wir noch auf dem Hoheitsgebiet unseres Kaisers Maximilian. Südlich von Rovereto kommen wir allmählich in Regionen des Dogen von Venedig. In spätestens einer Woche werden wir in Padua sein. Ich werde euch dann euren Lohn auszahlen und Abschied nehmen. Vielleicht kann ich euch irgendwann einmal wieder gebrauchen."
Konrad und Jakob waren schon voller Vorfreude. Eigentlich waren sie schon seit einigen Tagen italienisch gestimmt. Dazu trugen die Landschaft, das Klima und die vielen Prunkvillen bei.

Rechts und links der Straße nach Bassano lagen wie zufällig verstreut immer wieder prächtige Herrensitze zwischen den Weinfelder. der Baustil so ganz anders als daheim in Deutschland. Nicht unbedingt immer symmetrisch, sondern mit unregelmäßigen Grundrissen, Erkern und Türmchen. Die Dächer flach geneigt mit Terracotta-Ziegeln. Die Fenster schmal und hoch, fast bis zur Zimmerdecke. An der Front der Hauseingänge oft hohe Säulen. Die weiträumigen Gärten ohne erkennbare Ordnung oder Planung, bepflanzt mit Zypressen, Wacholder und Palmen. Zu beiden Seiten der Brenta rundete sich das liebliche Bild der Landschaft durch die weiten Wiesen, Felder und Obstbäume. Dazwischen in Gruppen Zypressen und Olivenbäume. Und immer wieder Weinfelder in gepflegten Reihen. Das Wetter wie an Spätsommertagen. Die Sonne zwar nicht mehr im Zenit, aber noch intensiv wärmend. Angenehme Lüftchen, selten Regen.
Konrad kam ins Schwärmen: „Wenn ich bedenke, dass bei uns in Deutschland jetzt die Herbststürme toben, da bin ich doch lieber hier im lieblichen Venetien."
„Da muss ich dir Recht geben", pflichtete Jakob bei.
Bereits nach sechs weiteren Tagen stand die Reisegruppe vor den Toren Paduas. Für großartige Abschiedsszenen war keine Zeit. Es war auch nicht unbedingt der Stil von Frau Amlingyn, in solchen Fällen großes Aufheben zu machen.

„Ich wünsche den jungen Herren viel Erfolg bei den medizinischen Studien. Möge Gott geben, dass ich euch nicht als Medicus nötig habe. Lieber wäre mir eure Hilfe als Transportbegleiter."

Wie alle reicheren Städte hatte sich auch Padua eine mächtige Wehranlage um die Stadt herum geleistet, mindestens doppelt so hoch, wie es Konrad von Windsheim oder Rothenburg kannte. Die wechselvolle Geschichte der Stadt gab den Ratsherren Gründe genug, einen Großteil der Stadtkasse für den Bau von Schutzbauten zu verwenden. Die natürlichen Verhältnisse machten diesbezüglich vieles einfach: Der Stadtkern war fast vollständig von Flüssen umgeben. Von Nordwesten her kam der Bacchioglone-Fluss um die Stadt herum und mündete im Osten in den Piovego, ein etwas größerer Fluss, der sogar mit Schiffen befahrbar war. Auf dem Piovego fuhren nahezu täglich Lastkähne mit Baumaterialien in Richtung Adria. Über den Brenta-Fluss gelangten sie in die Lagune von Venedig. Vierhundert Steinbrücken gibt es in Venedig, die alle mit Steinquadern aus Padua gebaut worden waren. Der Verladehafen für sämtliche Güter nach Venedig befand sich an einem der Tore im Osten Paduas, an der Via Venezia.

Hier am Hafen, an der Porta Portello, wollten die beiden Freunde um Einlass in die Stadt bitten. Sie waren ziemlich aufgeregt, als sie an das Tor des Wachoffiziers klopften. Es war bekannt, dass die Wachen sehr gründlich und genau jeden Fremden kontrollierten. Die Stadt war regelrecht übervölkert von Ausländern. Es hatte sich auf der ganzen Welt herumgesprochen, dass Padua die fortschrittlichste Universität war. Das zog Studenten und Wissenschaftler aus aller Herren Länder an. Von den etwa sechstausend Studenten waren allenfalls Tausend aus Italien. Alle anderen kamen aus Deutschland, Österreich, England, Frankreich und anderen Ländern. Natürlich waren unter den vielen fremden Menschen bisweilen auch zwielichtige Gestalten, die sich unter die jungen Leute mischten und in der Stadt ihr Unwesen trieben. Deshalb die strengen Kontrollen.
„Eure Ausweispapiere!", befahl der Wachsoldat. „Was sind eure Ziele? Habt Ihr eine Unterkunft in Padua? Und wie lange wollt Ihr bleiben?"
Konrad zeigte die Ausweise und ein Empfehlungsschreiben der Erfurter Universität: „Wir sind Magister und Studenten der Medizin. Wir werden mit Beginn des neuen Semesters an der ehrwürdigen Universität zu Padua Anatomie und die anderen medizinischen Disziplinen studieren."
„Da müsst Ihr Euch aber beeilen. Das Semester hat vor einer Woche bereits begonnen. Wo werdet Ihr wohnen?"
„Wir sind Gäste des Augustiner-Ordens", antwortete Konrad, obwohl er nicht sicher war, ob man sie dort auch tatsächlich aufnehmen würde. Er hatte

lediglich eine schriftliche Bürgschaft des Erfurter Priors, Professor Johannes Lang, bei sich. Das schien aber zu genügen.
„Ihr könnt durch", war der kurze und eher unfreundliche Kommentar des Wächters.
Bis zum Augustiner-Kloster war es nicht weit. Es befand sich gleich neben dem alten Amphitheater, das aus der Römerzeit stammte. Die Theater-Ruine gehörte jetzt zum Anwesen der Familie Scrovegni, einer sehr reichen Bankiersfamilie.
Der Prior des Klosters war zunächst auch nicht gerade sehr zuvorkommend: „Seid Ihr Ordensbrüder?", wollte er wissen.
„Nein, Pater", antwortete Konrad und machte eine unterwürfige Verbeugung, „wir sind aber sehr treue Freunde der Erfurter Augustiner Mönche. Wir haben Euch einen Brief mit wärmsten Empfehlungen vom dortigen Prior mitgebracht."
Ohne den überreichten Brief zu beachten, wimmelte der Pater ab: „Wir können nur ausnahmsweise und dann auch nur kurzfristig Herberge bieten."
„Selbstverständlich werden wir uns sofort nach einer ständigen Unterkunft umschauen", versuchte Konrad zu beschwichtigen. „In Erfurt hatte ich einige Jahre im Kloster bleiben dürfen, weil die Fratres meine Dienste zu schätzen wussten. Vielleicht habt auch Ihr eine Verwendung für uns?"
„Wir werden sehen. Fürs Erste heiße ich Euch willkommen. Morgen früh werde ich einen unserer Novizen beauftragen, Euch den Weg zur Universität zu zeigen. Er nennt sich Bruder Girolamo und kennt sich hier bestens aus. Schließlich ist er in Padua geboren und hier aufgewachsen."
„Das wäre ja wunderbar. So verlieren wir keine Zeit; das Semester soll schon begonnen haben?", fragte jetzt Jakob nach.
„Offiziell schon. Aber die Vorlesungen fangen erst in drei Tagen an."

Nach einem Gottesdienst in der zum Kloster gehörenden Eremitani-Kirche traf man sich im Refektorium zum gemeinsamen Abendessen. Der Prior gab Erläuterungen zum Kloster und zur Stadt: „Wie Ihr gesehen habt, verfügen wir über ein sehr schönes Gotteshaus. Von außen wirkt es eher schlicht und einfach. Innen aber bietet es eine Fülle von hochwertigen Kunstwerken. Die vielen Fresken, Statuen, Altäre und Grabplatten muss man sich in Ruhe betrachten."
Jakob wusste bereits von seinem Vater, der auf Handelsreisen öfter durch Padua gekommen war, von den vielen Kunstwerken der Stadt:
„Ich habe schon davon gehört. Die Stadt ist ja voller Kunstschätze. Berühmte Maler und Bildhauer haben hier gearbeitet. Wenn unser Studium uns noch Zeit lässt, werden wir alles besichtigen."
„Weit müsst Ihr nicht laufen, wenn Ihr eines der schönsten Werke bestaunen wollt. Gleich in der Nachbarschaft, neben den Resten des römischen Am-

phitheaters steht der Palazzo der Familie Scrovegni. Zum Palazzo gehört auch ein kleines Kirchlein. Erbaut wurde die Kapelle übrigens vom gleichen Architekten, der an unserer Klosterkirche mitgearbeitet hatte: Unser Fra Giovanni Degli Eremitani."

„Wir werden sicher Zeit finden, uns alles anzusehen", versprachen die beiden jungen Gäste.

„Kein geringerer als der berühmte Maler Giotto di Bondone aus Florenz hatte vor zweihundert Jahren den Innenraum ausgemalt. Herrliche Fresken mit Szenen aus dem Alten und Neuen Testament schmücken die Wände und das Deckengewölbe. Das müsst Ihr Euch unbedingt ansehen. Nie wieder ist so etwas Schönes geschaffen worden. Das Kirchlein hat ein riesiges Vermögen gekostet." Der Prior kam ins Schwärmen und taute dabei zusehend auf. Er war jetzt freundlich und sympathisch.

Konrad wollte Näheres über die reiche Familie Scrovegni wissen: „Erlaubt mir die Neugier, Pater. Die Scrovegnis sind sicher sehr fromm, wenn sie so viel Geld für eine Kirche verwendet haben."

„Das trifft nur teilweise zu. Die Scrovegnis besaßen schon immer ein Bankhaus und verdienten sich ihr Vermögen mit dem Verleih von Geld. Dafür verlangten sie oft überhöhte Zinsen und waren bald als Wucherer weithin bekannt. Sogar der berühmte Dichter Dante hatte einen der Vorfahren, Reginaldo Scrovegni, in seinem Werk verewigt. Ja, ja; nachzulesen im siebzehnten Gesang der Göttlichen Komödie."

Da staunten die Freunde: „Dantes Komödie kennen wir. Aber dass mit dem ‚Erzwucherer' dieser Scrovegni gemeint war, wussten wir nicht", gestand Jakob.

„Nun, wie Ihr wisst, ist Wucher eine Todsünde. So hatte Enrico, ein Sohn Reginaldos, diese Kapelle gestiftet, um die Sünden seines Vaters und seine eigenen zu tilgen. Die Nachfahren wohnen noch heute im Palazzo, verdienen weiter ihr Geld als Bankiers und beten eifrig in der Kapelle ihrer Väter um Vergebung ihrer Sünden. So hat alles wieder seine Ordnung", bemerkte der Prior augenzwinkernd.

„Für heute wollen wir's gut sein lassen. Frater Girolamo wird Euch morgen zur Universität führen. Gar nicht weit davon steht unser prachtvoller Justizpalast, der Palazzo della Ragione. Die Fassade und das Gewölbedach sind eine architektonische Meisterleistung. Das Gebäude hat das größte freitragende Dach der Welt. Und die wunderschönen Laubengänge; in drei Reihen übereinander. Auch diesen Palazzo hatte unser Bruder Giovanni Eremitani gebaut. Ihr werdet sehen und staunen. Gute Nacht, bis morgen", der Prior verabschiedete sich und verschwand auf einem der zahlreichen Flure.

Am nächsten Tag wurden Konrad und Jakob vom Angelus-Läuten geweckt. Nach dem kargen Frühstück machte man sie mit Fra Girolamo bekannt. Er

war allenfalls achtzehn Jahre alt. Mit seiner schmalen Statur und dem blassen Gesicht wirkte er beinahe noch wie ein Kind. Zu dritt zogen sie los.
Es ging durch verschiedene Gassen, über Kanalbrücken und durch zahlreiche Laubengänge. Der junge Stadtführer gab zu allem seine Kommentare.
„Bei uns in Padua gibt es fast so viele Kanäle wie Straßen. Quer durch die Stadt führt ein Hauptkanal, der etwa 50 kleine Seitenkanäle aufnimmt. Auf den Wasserwegen lassen sich die Waren besser transportieren. Venedig hat zwar dreimal so viele Kanäle wie wir, aber immerhin können sich unsere auch sehen lassen."
„Das Wasser in den Kanälen ist aber nicht gerade das sauberste", gab Konrad zu bedenken.
„Das stimmt. Weil es fast ein stehendes Gewässer ist und die Anwohner ihre Abfälle und Abwässer einleiten. Allmählich verschlickt und verschlammt ein Kanal nach dem anderen. Einige mussten bereits zugeschüttet und zu festen Straßen umgebaut werden."
„Versucht man nicht die Verjauchung der Kanäle zu verhindern?"
„Unsere Regierung in Venedig hat da kaum Interesse daran. Unser Statthalter Alvise Cornaro setzt sich zwar für die Stadt ein, hat aber andere Aufgaben. Die Venezianer verlangen von ihm gut funktionierende Handelsbeziehungen und möglichst hohe Steuereinnahmen."
„Es geht euch aber offenbar nicht schlecht dabei. Wenn ich mich so umsehe, ist Padua wohl eine eher reiche Stadt", meinte Jakob anerkennend.
„Das haben wir in erster Linie der Universität und den vielen Fremden zu verdanken. Unsere früheren Herrscher waren da wesentlich aktiver. Das war noch vor der Angliederung an Venedig im Jahre 1406. Es war die große Zeit der Familie der Carrareser. Sie haben die Stadt und die Universität zu ihrer heutigen Blüte geführt. Und weil Venedig selbst keine eigene Universität hat, wird Padua gefördert, damit es seine Hochschule noch weiter ausbauen kann. Das ist für alle von Vorteil."
Während die drei sich unterhielten, gelangten sie auf den großen Marktplatz im Zentrum, die Piazza delle Erbe. Hinter zahlreichen Verkaufsständen und Marktbuden türmte sich der riesige Justizpalast auf. Die Frontseite zierten drei übereinander stehende Reihen von Laubengängen mit unterschiedlichen Säulen und Bögen. Das riesige Kuppeldach wirkte wie ein umhüllendes Zelt. Der Prior hatte wirklich nicht übertrieben: ein imposantes Bauwerk, der Palazzo della Ragione.
Vom Marktplatz in östlicher Richtung gelangte man in das Viertel der Metzger. Dazu musste man einen kleinen Friedhof durchqueren, der zur Kirche Sankt Canziano gehörte. Er lag zwischen der Via Oberdan und der Via Canziano, direkt vor der Universität.

„Was hat es denn mit diesem kleinen Friedhof auf sich?", wunderte sich Jakob. „Ist der nur für ganz ausgewählte Persönlichkeiten? Vielleicht für die Oberrichter der Stadt oder die Ratsherren?"
„Nein", erklärte Girolamo „der Gottesacker gehört eigentlich mehr zur Universität als zur Canziano-Kirche. Hier werden die Professoren beerdigt. Die meisten überlassen ihren Leichnam der Anatomie. So haben die Medizinstudenten nie Mangel an Sektionsobjekten."
„Das ist ja großzügig von den noblen Herren." Konrad schaute bewundernd auf die Grabsteine. Tatsächlich waren auf fast allen Grabsteinen Namen mit Professoren-Titeln verzeichnet.
„Übrigens, da vorne seht ihr schon die Universität. Früher war das eine vornehme Herberge für Viehhändler und Metzgermeister. Unten war ein großer Schankraum und oben gab es große Zimmer. Das Gasthaus gehörte früher der Metzgerzunft. Erst vor ein paar Jahren wurde es an die Universität verkauft. Die Regierung von Venedig hat dann die Nachbarhäuser aufgekauft. So konnte man alle Hochschulen, die früher in der ganzen Stadt verstreut waren, zusammenführen."
„Damit kann sich Erfurt nicht messen", mussten die beiden Deutschen eingestehen.
„Wir sind auch sehr stolz auf unsere Universität. Man sagt, es sei die modernste der Welt", sagte Girolamo, während er auf das Eingangsportal deutete: „Seht ihr dort oben das Wahrzeichen der Metzger-Zunft?"
„Ja, ein Ochse."
Der junge Augustiner-Mönch erklärte weiter: „Das Gasthaus hieß früher Hospitium bovis."
„Zu Deutsch Herberge zum Ochsen", übersetzte Jakob.
„Wir Paduaner nennen es liebevoll Il Bo und meinen damit nicht mehr die ehemalige Edel-Herberge, sondern die Universität."
„Dann wollen wir uns jetzt im Gasthaus zum Ochsen als Studenten der Medizin anmelden", scherzte Konrad. „Ich will nicht hoffen, dass wir zum Metzger ausgebildet werden."

Frater Girolamo führte die beiden gleich an die richtige Stelle zur Immatrikulation. Es dauerte keine Stunde, und sie waren offizielle Studenten der ruhmreichen venezianischen Universität zu Padua. Das Erfurter Magister-Dokument wurde selbstverständlich anerkannt. Konrad und Jakob wurden bereits ab der folgenden Woche für die Vorlesungen Pflanzenheilkunde und Anatomie eingeteilt.
Bis zum Unterrichtsbeginn waren noch einige Tage Pause. Jakob und Konrad wollten die Zeit nutzen, um sich in der fremden Stadt ein wenig umzusehen. Vielleicht sollte sich eine Gelegenheit für eine geeignete Unterkunft ergeben. Jakob war diesbezüglich recht zuversichtlich: „Wenn mein Vater jetzt hier

wäre, würde die Wohnungssuche sicher deutlich einfacher sein. Der hat in Padua schon öfter Geschäfte gemacht und kennt viele einflussreiche Kaufleute."
Konrad war sofort damit einverstanden, Jakobs gute Verbindungen zu nutzen: „Wir sollten diese Herren aufsuchen, viele Grüße von dem Großkaufmann Regensburger ausrichten und nach einer Unterkunft fragen."
„So einfach geht's leider nicht. Ich weiß weder Namen noch Adressen."
„Dann sind wir also genauso weit wie am Anfang", resignierte Konrad.
„Nicht ganz. Ich kann mich doch an einen Namen erinnern. Es ist der Rabbiner Jonathan ben Isaak, ein Talmud-Gelehrter. Er stammt aus Köln."
„Klingt gut."
„Wäre dir denn das Juden-Viertel recht? Da geht es nicht gerade feudal zu. Und abends um zehn Uhr werden die Tore versperrt."
„Wenn's nichts anderes gäbe", Konrad zuckte zustimmend mit den Schultern.

Das jüdischen Viertel befand sich gleich neben der Kathedrale. Wie in anderen Städten auch, lebten die Paduaner Juden für sich in ihrer Gruppe, relativ abgesondert von den anderen Bürgern. Niemand kannte sie näher, so dass man nicht so recht wusste, was von ihnen zu halten war. Aus dieser Unkenntnis entstand im Laufe der Jahre ein gewisses Misstrauen, ja sogar eine unterschwellige Furcht. Einige sagten ihnen mystische Kulthandlungen mit Zauberei nach, andere bezichtigten sie des Diebstahls. Keines von beiden hatte man den Juden jemals nachweisen können, und doch haftete ihnen ein Hauch von Geheimnisvollem und Bedrohlichem an. Das war in anderen Städten genauso. In Venedig hatten die Stadträte bereits im 14. Jahrhundert beschlossen, dieser Gefahr durch Isolierung der Juden zu entgehen. Damals waren sämtliche Juden auf eine Insel, die noch zu Venedig gehörte, umgesiedelt worden. Dazu wählte man eine Insel aus, auf der ohnehin sonst niemand wohnen wollte. Es war die der Eisengießereien. Die Gießereien nannte man die Gettos. Ein Name, der auch gleichbedeutend war mit stinkender Eisen-Kocherei. Die jüdischen Mitbewohner konnten sich zwar in Venedig frei bewegen, mussten aber abends vor zehn Uhr wieder auf ihrer Insel, dem Getto, zurückgekehrt sein.
Auch in Padua hatte man den Juden ein solches Viertel zugewiesen. Es war von einer kleinen Mauer umgeben. Es gab vier Tore, die ab zehn Uhr abends verschlossen wurden. Jakob wusste von den Erzählungen seines Vaters, dass es in Padua eine recht große jüdische Gemeinde gab. Aus allen Ländern, besonders Frankreich, Deutschland, England und Spanien, hatten sich jüdische Familien hier niedergelassen. Sie lebten eher bescheiden und verdienten sich ihren Lebensunterhalt mit dem Verkauf von gebrauchten Waren. In den kleinen Geschäften konnte man fast alles kaufen: gebrauchte Kleidung, Schuhe,

Töpfe, Pfannen und alles Mögliche für den täglichen Bedarf. Es gab auch kleine Handwerksbetriebe wie zum Beispiel Goldschmiede, Schuster oder Hutmacher.
Die Gassen im Getto waren sehr schmal, die Häuser eher einfach und klein. Vor den Geschäften die typischen Laubengänge. Insgesamt eine friedliche und heimelige Atmosphäre. Das Leben hatte hier seine eigenen Gesetze. Alles schien gemütlicher, gelassener und ohne jede Hektik. Die Hausfrauen verbanden den täglichen Einkauf mit Unterhaltungen und Erfahrungsaustausch. Die Männer standen in kleinen Gruppen vor den Geschäften und trafen sich in den Schänken.

Rabbi Jonathan ben Isaak war schnell gefunden. Er bewohnte ein kleines Haus direkt neben der Synagoge. Seine Freude war ehrlich, als er die beiden Deutschen an der Haustür begrüßte. „Es ist für mich immer eine große Überraschung, wenn ich Landsleute aus meinem Geburtsland treffe. Es ist wie ein spezieller Gruß aus der Heimat."
Als Jakob den Kölner Dialekt des Rabbis hörte, wagte er vorsichtig zu korrigieren: „Nun ja, Rabbi Jonathan, Franken und das Rheinland sind ja doch nicht ganz ein und dasselbe."
„Doch, mein junger Freund. Da hast du deine Lektionen nicht richtig gelernt. Die Franken sind Nachfahren von umgesiedelten Rheinländern. Wir haben also ziemlich eng verwandte Wurzeln."
Jakob zog es vor, sich fortan etwas mehr zurückzuhalten. Gegen einen Rabbi würde er wohl in jedem Fall den Kürzeren ziehen.
„Apropos Franken. Das wird Euch interessieren. In unserer Schule haben wir einen Lehrer, der aus Franken stammt. Er unterrichtet unsere Kinder in Hebräisch. Sein Name ist Elias Levita. Ihr werdet ihn später noch kennen lernen."
Über Konrads Gesicht leuchtete die Sonne auf: „Wenn der Lehrer aus Windsheim stammt, dann kenne ich ihn. Er hatte mir vor einigen Jahren Hebräisch beigebracht. Ich verehre ihn sehr."
„Das wird er wohl sein", bestätigte der Rabbi.
„Wir suchen noch eine geeignete Unterkunft für die nächsten zwei bis drei Jahre. Vielleicht könntet Ihr behilflich sein?", fragte Jakob vorsichtig an.
„Du weißt genau, dass es uns Juden eine Verpflichtung ist, anderen Juden zu helfen und ihnen jederzeit Herberge zu bieten. Aber für einen Goi!? Das wird ein Problem werden."
Konrad protestierte: „Ich bin kein Goi, ich bin der Freund eines Juden; das sollte genügen. Damit bin ich fast ein richtiger Jude."
Der Rabbi schlug die Hände über dem Kopf zusammen: „Auhew jisroel, ist lou dajene! Judenfreund zu sein, ist nicht genug. Aber ich will sehen was sich tun lässt."

Die beiden Freunde hatten zunächst auch noch nicht viel mehr erwartet. Unabhängig davon waren sie im Augustinerkloster vorerst ganz gut aufgehoben. Der Prior hatte für sie ein besonderes Zugeständnis gemacht. Sie sollten für das erste Semester im Kloster bleiben dürfen. Als Gegenleistung dafür wurden sie abwechselnd zweimal wöchentlich auf der Krankenstation des Klosters eingesetzt. Das war ein großzügiges Entgegenkommen der Augustiner. Konrad war das natürlich sehr recht. Konnte er doch so dem zuständigen Infirmarius über die Schulter schauen und von seiner Arbeitsweise lernen.

Die erste Vorlesung fand im Domus magna, dem großen Hörsaal, im Westtrakt des Il Bo statt. Er befand sich im ersten Stock. Über der Eingangtür war der sinnreiche Wahlspruch der Medizinstudenten zu lesen:

Ut sementum feceris ita metes tuae ipse fortunae faber.
Wie du säst, so erntest du und bist deines eigenen Glückes Schmied.

Es sprach Professor Nicolaus Leonicenus über die Botanik und über die Systematik der Heilpflanzen. Er gehörte eigentlich zur Universität Ferrara. Der dort herrschende Herzog Alfonso I. d'Este hatte ihn für ein Semester als Gastprofessor nach Padua beurlaubt. Die Rektoren der Universität und die Räte der Stadt Padua waren sehr froh über diesen Gelehrtenaustausch. Das schier unüberschaubare Durcheinander in der Heilmittelkunde sollte sich ändern. Weit verbreitet waren mittlerweile Betrug und unsachgemäßer Handel mit Kräutern, die zum Teil gar keine Heilwirkungen hatten. Hier wollte man Einhalt gebieten. Die Vorlesungssprache war das Lateinische; jeder Student konnte das verstehen, auch jene aus fremden Ländern.
„Verehrte Studenten!
Es ist mir eine große Ehre, hier in Padua die Wissenschaft von der Heilmittelkunde weiterzuentwickeln. Heilpflanzen waren schon in frühester Menschheitsgeschichte zur Bekämpfung von Krankheiten eingesetzt worden. Im Altertum, also in vorchristlicher Zeit, war die Zubereitung dieser Pflanzen mit allerlei Zauber und Mystik verbunden. Die wohl ältesten Aufzeichnungen stammen von Theophrastos von Eresos, etwa 300 vor Christus und von Gaius Plinius um 60 nach Christus. Der berühmte Gelehrte Dioskurides aus der gleichen Zeit schrieb ein sehr gutes Lehrbuch über die Pflanzenheilkunde. Seine ‚De materia medica' ist die zurzeit gängigste Systematik der gebräuchlichen Arzneipflanzen. Im Jahre 1499 hat eine Druckerei in Venedig dieses großartige Werk gedruckt und bietet es zu einem erschwinglichen Preis an.
Spätere Werke stammen von arabischen Gelehrten und gehen auf das zehnte und dreizehnte Jahrhundert zurück. Hier sind die Traktate von Johannes Mesue und die von Ibn al Baitar zu nennen. Auch die deutsche Klostervorsteherin Hildegard von Bingen wollen wir nicht vergessen. Sie schrieb um

1140 die ‚Physica' und das beachtliche Opus ‚Causae et curae' mit Empfehlungen zum Anbau der Pflanzen, deren Verarbeitung und ihren sachgerechten Einsatz. Mindestens ebenso wichtig sind die Arbeiten von Nicolaus Platearius Salernitanus aus dem zwölften Jahrhundert. Nach seinem Buch ‚Antidotarius magnus Nicolai' haben sich die Ärzte der westlichen Welt viele hundert Jahre gerichtet.
Die Gelehrten unserer Zeit haben die früheren Werke überarbeitet und besser illustriert. Aus dem Jahre 1491 stammt die sehr beliebte Pflanzenkunde der ‚Gesundheitsgarten', ‚Hortus sanitatis'; es hat immerhin 530 Kapitel und behandelt die bekanntesten Heilpflanzen. Der deutsche Arzt Dr. Johannes Hartlieb schrieb 1450 eine Aufstellung von 172 Pflanzen mit Angabe der Nutzung. Das wohl wichtigste Werk ist zweifellos das ‚Receptario fiorentino'. Es wurde 1499 in Florenz gedruckt und enthält reichlich Bildmaterial, Erkennungsmerkmale, Hinweise für die Verarbeitung und den therapeutischen Einsatz.
Sie sehen, verehrte Herren Studenten, auf dem Sektor der Pflanzenheilkunde gibt es eine Fülle unterschiedlicher Literatur. Leider sind wir zurzeit von einer einheitlichen Systematik noch weit entfernt. Selbst der Einsatz der Pflanzen wird noch unterschiedlich gehandhabt. So ist es möglich, dass zum Beispiel ein Doktor in Padua Ahornblätter als Husten-Elixier empfiehlt, ein Arzt in Venedig die gleiche Pflanze als Herzmittel einsetzt."

Konrad und Jakob waren völlig verwirrt. Ein solches Chaos auf dem Gebiet der Heilpflanzenkunde war ihnen zuvor nicht aufgefallen.
„Unsere Aufgabe wird es sein, dieses Durcheinander zu entwirren. Jede Heilpflanze sollte genau beschrieben werden und mit den für sie typischen Merkmalen illustriert werden. Die Form der Blätter, der Stängel, der Wurzeln und der Samen müssen genau benannt werden. Eine Verwechselung der Pflanzen untereinander muss unbedingt vermieden werden. Ferner sollte genau angegeben werden, welche Bestandteile der Arzneipflanze den Wirkstoff enthalten. Sind es die Blätter, Triebe, Wurzel oder Knollen? Hier können erhebliche Unterschiede vorliegen. Zuletzt müssen genaue Vorschriften für die Verwendung der Drogen erarbeitet werden. Jeder Student muss wissen, für welche Krankheit die unterschiedlichen Pflanzen, Mineralien oder Stoffe tierischen Ursprungs einsetzbar sind."
Ein Raunen ging durch den Hörsaal. Die Studenten sahen einen Wust von Pflanzen und Wirkstoffen auf sich zukommen. Der Professor ließ sich nicht beirren: „Keine Angst, meine Herren. Der allmächtige Gott hat uns geholfen. Er hat jeder Pflanze ein äußeres Zeichen gegeben, damit wir die richtige Verwendung sofort erkennen können. Man spricht von der Signaturen-Lehre, weil jede Pflanze ein Zeichen, ein Signum, trägt.

Ich will ihnen einige Beispiele geben. Die Walnuss sieht aus wie ein Gehirn in Kleinformat. Sie wird deshalb als Mittel gegen Kopfweh oder Epilepsie eingesetzt. Pflanzen mit intensiv roter Färbung taugen als Mittel zur Blutbildung. Der gelbe Safrankrokus wirkt gut gegen die Gelbsucht. Ihr seht, dass man sich vieles ableiten kann. Andererseits soll nicht unerwähnt bleiben, dass viele Wirkstoffe empirisch gefunden wurden, also Pflanzen ausprobiert wurden und die Erkenntnisse über viele Jahrhunderte überliefert worden sind."

Professor Leonicenus machte eine kleine Pause. Ihm war nicht entgangen, dass die Studenten unter der Fülle von Fakten zu ersticken drohten.

„Der Leiter des Unterrichtsfaches Botanik, Professor Bonafede, wird in den nächsten Monaten mit einer großartigen Arbeit beginnen. Nicht weit vom Prato della Valle, dem großen Marktplatz im Westen der Stadt, wird der erste botanische Garten der Welt entstehen. Hier sollen alle bekannten Heilpflanzen angepflanzt und gepflegt werden. Jeder Student sollte sich daran beteiligen und bei dieser großartigen Aufgabe mithelfen. Wenn man die Pflanzen abmalt und beschriftet, kann man sie sich am besten einprägen. Es soll eine große Enzyklopädie aller Heilpflanzen entstehen, die für alle, die mit Heilkräutern handeln, verbindlich sein soll. Ein unüberschaubares Heer von Scharlatanen, Marktschreiern und Gauklern verkauft irgendwelches Grünzeug als Wundermittel für alle möglichen Krankheiten. Ein wissenschaftlich begründetes Gesamtwerk aller Heilmittel wird diesen Schwindlern für immer das Handwerk legen. Lasst uns alle zusammen helfen, dieses großartige Werk zu vollenden."

Als Konrad und Jakob durch Paduas Gassen hinauf zum Augustiner Hügel nach Hause gingen, brummte ihnen noch der Kopf.

„Da wird einiges auf uns zukommen", stöhnte Konrad. „Die vielen Heilpflanzen mit ihren Merkmalen und Bestimmungen müssen wir wohl alle auswendig lernen."

Jakob sah sich überfordert: „Das kann sich doch kein Mensch alles merken."

„Wieso nicht? Die anderen konnten es doch auch."

„Hätte ich doch nur auf meinen Vater gehört. Wenn es nach ihm gegangen wäre, dann würde ich jetzt Kaufmannsgehilfe sein", jammerte Jakob.

„Meinst du, das wäre schöner? Tagelang mit den Planwagen unterwegs. Immer den Gefahren der Fremde ausgesetzt? Nein danke."

„Wofür die ganze Mühe, das Pauken und die Entbehrungen?"

Jetzt sah sich Konrad wieder der alten Frage nach Sinn und Zweck des Ärztestudiums ausgesetzt. Irgendwie musste er seinen Freund wieder für die Medizin begeistern: „Das hatten wir doch alles schon mehrfach diskutiert. Wir wollen doch beide das gleiche. Die Neugierde nach den Ursachen der Krankheiten stillen. Nach wirksamen Therapien suchen. Wir wollen den

Dank der Geheilten genießen. Wenn du willst, auch damit reich werden. Nicht nur alleine auf Gott vertrauen. Die Macht Gottes über Leben und Tod teilen. Bietet das alles der Beruf des Kaufmanns?"
„Nein, natürlich nicht. Aber deine süßen Trauben hängen gar so hoch."
„Was andere geschafft haben, werden wir auch können. Einer hilft dem anderen."
Am Abend gingen beide früh ins Bett. Sie wollten am nächsten Tag ausgeruht in die Vorlesung gehen.

Die erste Vorlesung im Fach Anatomie fand noch im großen Hörsaal statt. Professor Alessandro Benedetti da Legnano war schon etwas älter. So Mitte fünfzig. Er galt als ein Könner seines Faches. Außer Anatomie lehrte er auch die Chirurgie. Sein Lehrbuch der Chirurgie war mit dreißig Bänden das wohl umfangreichste seiner Zeit. Allerdings galt als Standardwerk der Anatomie immer noch das Handbuch des Mondino dei Luzzi aus dem Jahre 1316. Erst 1478 war es als ‚Anathomia mundini' in Druck gegangen und hatte rasche Verbreitung in sämtlichen Universitäten gefunden. Mundinus stammte aus Bologna, einer älteren Universität, die in gewisser Konkurrenz zu Padua stand. So waren die Paduaner froh, mit Professor Benedetti einen Gelehrten gefunden zu haben, der dem großen Mundinus mindestens ebenbürtig war.
Benedettis Lehrbuch ‚Historia corporis humanis sive anatomicae' – ‚Über den menschlichen Körper oder die Anatomie' war seit 1505 in Gebrauch. Es zeichnete sich durch eine bessere Sprache und eine genauere Darstellung aus. Leider hatte er, wie andere Autoren auch, die Fehler des übermächtigen Galen übernommen. Ihm war zwar bekannt, dass Galen lediglich Schweine und Affen seziert hatte, konnte aber nicht den Mut aufbringen, den Altmeister der Anatomie zu kritisieren. Galen hatte von der Beschaffenheit der tierischen Organe auf die des Menschen geschlossen. Benedetti konnte bei seinen Sektionen immer wieder die Unterschiede feststellen, glaubte aber nicht an Fehler Galens. Ihm schien es wahrscheinlicher, dass er jedes Mal Normvarianten vorgefunden hatte. Zum Beispiel fand er bei der Leber nur zwei Lappen und nicht fünf. Das Brustbein bestand aus drei Knochen, nicht aus sieben, und das Herz hatte nicht drei Kammern, sondern nur zwei, eine rechte und eine linke. Wenn man von diesen Fehlern absah, war Benedetti ein überaus eifriger, korrekter und virtuoser Anatom und Chirurg. Seine Vorlesung war gut besucht.
„Liebe Scholaren!
Wir wollen in den nächsten Tagen und Wochen gemeinsam das Innere des Menschen erforschen. Wir werden dazu die heilige Ruhe des Toten stören. Selbstverständlich haben wir die Erlaubnis des Verstorbenen, die er uns zu seinen Lebzeiten gegeben hatte. Wenn wir ab morgen in den Seziersaal wechseln, erwarte ich von jedem die entsprechende Ehrfurcht und Pietät.

Bevor wir das Seziermesser ansetzen, wird ein Gebet gesprochen, womit wir für die Seele des Verstorbenen bitten. Private Gespräche oder gar Gelächter während der Sektionen sind verboten und führen unweigerlich zum Ausschluss vom Studium.
Das Präparieren der Leiche folgt einem festgelegten Plan, der seine Begründung in der unterschiedlich schnellen Verwesung der Organe hat. Zuerst erfolgt die Eröffnung der Bauchhöhle mit Untersuchung des Gedärms, der Leber, der Milz und der Nieren. Also alles Organe, die rasch verwesen und ihre Beschaffenheit ändern. Als nächstes werden der Brustkorb und danach der Kopf untersucht. Erst zum Schluss präparieren wir die Muskeln, Sehnen und Knochen.
Für heute verabschiede ich meine treuen Studenten und werde sie morgen in unserem anatomischen Theater begrüßen."

Alle Studenten waren aufgeregt und konnten es kaum abwarten. Die erste Sektion am Menschen. Welch' ein Ereignis! Niemand konnte ahnen, dass Konrad bereits erste diesbezügliche Erfahrungen gesammelt hatte. Er war aber mindestens ebenso gespannt wie die anderen.
Der Eingang zum Anatomiesaal befand sich im Parterre. Eigentlich war der Saal eine große Halle, die sich über drei Stockwerke ausdehnte. In der Mitte stand der Seziertisch, den man in die Tiefe versenken konnte; unter das Niveau des Fußbodens. Die Leiche verblieb in Tücher gewickelt auf dem Tisch liegen. Unter dem Fußboden war es deutlich kühler, so dass ein frühzeitiges Verwesen verhindert werden konnte. Zum gleichen Zweck wurden nachts rechts und links der Leiche Eisblöcke angelegt.
Um den Seziertisch waren terrassenartig Stehreihen mit Balustraden zum Abstützen aufgebaut worden. Sechs Reihen übereinander, im ovalen Kreis. Mit den Stehreihen und dem im Zentrum befindlichen Seziertisch sah der Saal aus wie ein verkleinertes Amphitheater. So kam es, dass jeder vom anatomischen Theater sprach. Eine wirklich gute Einrichtung. Hatte doch auf diese Weise jeder Student einen guten Überblick.

Konrad und Jakob waren schon eine Stunde vor Sezier-Beginn im Hörsaal. Sie wollten einen guten Platz erwischen. Es hatte sich allerdings gezeigt, dass sie damit nicht die ersten waren. So standen sie in dritter Reihe. Die Sicht war gut. Mehrere Studenten in der untersten Reihe mussten Kerzenleuchter halten, um den Seziertisch gut auszuleuchten. Die Leiche befand sich noch in der Versenkung. Erst als der Professor den Saal betrat, wurde der Tisch mit der Leiche heraufgehoben. Der Saal war mittlerweile bis auf den letzten Stehplatz gefüllt. Als der Seziertisch am Fußboden verriegelt und das Tuch entfernt wurde, war es absolut still geworden. Es war nicht das leiseste Geräusch zu hören. Ehrfurchtsvoll starrten alle auf den leblosen Körper.

Es handelte sich um eine männliche Leiche.
Professor Benedetti betrat zusammen mit seinem Assistenten Girolamo Fracastoro den Saal. Still standen beide vor dem Seziertisch und senkten ihre Häupter zum Gebet:

Vater im Himmel, wir haben uns hier vor Deinem Angesicht versammelt, um den wunderbaren Bau des von Dir geschaffenen Körpers zu studieren, um Deine Herrlichkeit zu sehen. Wir danken Dir für die Güte und Deine Liebe; nur Deiner Gnade verdanken wir die Möglichkeit unserer Studien. Wir empfehlen Dir die Seele des Verstorbenen, damit sie aufgenommen werde in Dein Reich. Amen.

„Bevor ich die Sektion beginne, möchte ich ihnen meinen neuen Assistenten vorstellen, den ehrenwerten Dr. Fracastoro. Er kommt von der Universität Ferrara zu uns, weil er zum Erlangen einer Professur eine Assistenz bei einem Anatomen nachweisen muss. Hierzu wählte er uns, worüber sich alle freuen dürfen. Er ist nämlich kein Unbekannter. Viele wissenschaftliche Schriften stammen aus seiner Feder. Er hat sich mit Infektionskrankheiten beschäftigt. Besonders wertvoll sind seine Veröffentlichungen, weil er sie stets in Versform verfasst. Erinnern möchte ich an seine viel beachtete Schrift ‚De morbo gallico' – ‚Über die Gallische Krankheit'. Meisterhaft kleidete er seine Beschreibung dieser gefährlichen Krankheit in eine mythologische Handlung, ganz im Stile Vergils. Möge er ein ebenso begnadeter Anatom werden."
Voller Bewunderung klopften die Studenten mit ihren Fäusten gegen das Holz der Balustraden, um ihren Respekt zu zollen.
„Nun, wir haben hier den Leichnam eines fünfundsechzigjährigen Mannes vor uns. Wie gestern bereits erwähnt, beginnen wir mit der Präparation der Bauchhöhle. Hierzu wird mit einem beherzten Längsschnitt die Haut eröffnet und die Bauchmuskulatur dargestellt."

Mit einem rasch geführten Längsschnitt von der Scham bis kurz unterhalb des Brustbeines durchtrennte er die Bauchhaut. Die Haut wurde mit einem stumpfen Holzstiel unterminiert. Sein Assistent Fracastoro hängte an die freien Ränder der Haut Eisenhaken ein, die mit Gewichten beschwert waren. So eröffnete sich dem Betrachter ein großes und übersichtliches anatomisches Fenster.
„Die weiße, durchsichtige Muskelhaut besitzt eine mittlere Längsnaht. Entlang dieser Mittellinie führen wir einen erneuten Längsschnitt. Nachdem die Muskelhaut abgelöst ist, können wir den wichtigsten vorderen Bauchmuskel, den geraden Muskel darstellen; wir nennen ihn auch den Musculus rectus abdominis. Von beiden Seiten ziehen die schrägen Bauchmuskeln nach vorn. Diese Schrägmuskeln liegen in drei übereinander angeordneten Lagen an der seitlichen Bauchwand an. Sie strahlen mit ihren Fasern nur bis zur Hälfte des vorderen Bauchmuskels. Im Frontalbereich verfügt der Mensch also nur über

einen einzigen Muskel, den starken Rectusmuskel. Dieser Muskel sollte kräftig genug sein, um unsere empfindlichen Bauchorgane vor Schlageinwirkungen jeder Art zu schützen."
Während der Assistent vorsichtig den vorderen Bauchmuskel unten vom Schambein und oben vom Brustbein und dem vorderen Rippenbogen ablöste, wurde auf den Rängen aufgeregt getuschelt. Zu aufregend war die anatomische Vorstellung, so dass die Studenten das absolute Redeverbot vergaßen.

Unten in der ersten Reihe, direkt neben dem Professor, saß ein alter Mann mit langen grauen Haaren, weißem Bart und Stirnglatze. Er war der einzige im Saal, der auf einem Stuhl sitzen durfte. Sehr aufmerksam verfolgte er jeden Handgriff der Anatomen. Auf seinem Schoß hatte er ein Brett mit einem Block Papier. Mit einem Kohlegriffel zeichnete er alle erkennbaren anatomischen Strukturen. Konrad stand direkt oberhalb von ihm und konnte so die sehr exakten Bilder bewundern. Trotz Redeverbot konnte Konrad nicht an sich halten. Mit dem Ellenbogen stieß er vorsichtig seinen Nachbarn an: „Wer ist der alte Mann da unten in der ersten Reihe?"
„Der ist ein Kunstmaler aus Mailand. Ursprünglich stammt er wohl aus der Gegend von Florenz. Der war schon im letzten Semester hier und malte Hunderte von Zeichnungen. Vermutlich wird er ein anatomisches Lehrbuch bebildern. Sie nennen ihn Leonardo aus Vinci."
„Meine Herren, darf ich um die gebotene Ruhe bitten", mahnte der Professor. „Der gerade Bauchmuskel ist jetzt abgelöst und entfernt. Sie beachten bitte die kräftige Struktur und Dicke des Muskels.
Die Bauchhöhle wird nun lediglich von dem Bauchfell verschlossen gehalten. Dieses Bauchfell besteht aus zwei Blättern, die gegeneinander gut verschiebbar sind. Zwischen den zwei Schichten verlaufen Blutadern und Nerven."
Fracastoro entfernte dieses Bauchfell. Die offene Bauchhöhle war kein sehr schöner Anblick. Wenn zuvor die freigelegten Muskeln noch ein Bild der Ästhetik vermittelten, zeigte sich jetzt ein eher abstoßendes und Furcht erregendes Szenario.
„Wir sehen die freigelegten inneren Organe. Um eine gewisse Systematik einhalten zu können, müssen wir eine Einteilung vornehmen. Der Querdarm, das Colon transversum, dient uns dabei als Grenzstruktur. Alle Organe, die oberhalb dieses Querdarmes liegen, gehören zum Oberbauch. Dies sind der Magen, der Zwölffingerdarm, die Leber und die Milz.
Die unteren Bauchorgane sind demnach der Dünndarm, Dickdarm und Enddarm, weil sie sich unterhalb des Querdarmes befinden.
Alle diese Organe werden vom Bauchfell wie von einem großen Schlauch umhüllt. Auf der Rückseite dieses Schlauches gibt es einen zweiten, kleineren Schlauch, in dem sich die Hauptschlagader, die Aorta, die große untere

Hohlvene und die Nieren mit Harnleiter befinden. Der ungeübte Anatom wird die Nieren nicht finden, wenn er nicht das hintere Blatt des großen Bauchfells eröffnet."
Jetzt fiel es Konrad wie Schuppen von den Augen. Er erinnerte sich an seine erste Sektionsleiche im Eiskeller des Windsheimer Augustinerklosters. Damals hatte er die Nieren nicht finden können, weil er den hinteren Teil des Bauchfells nicht durchtrennt hatte.
Es war mittlerweile Mittagszeit geworden. Die anatomische Vorstellung war so spannend, dass niemandem aufgefallen war, wie die Stunden verflogen waren.

Der Professor hatte die Studenten in die wohlverdiente Pause entlassen. Die Nachmittagsstunden waren für die Präparation der oberen Bauchorgane vorgesehen. Die Studenten trafen sich in dem Innenhof der Universität und unterhielten sich über das aufregende Erlebnis der Sektion. Einige fertigten sich als Erinnerungsstütze Zeichnungen an. Andere diskutierten lebhaft über die neuen Erkenntnisse. Jakob sprach es unumwunden aus: „Ich bin gespannt, wenn heute Nachmittag die Leber herausgenommen wird. Will man den Büchern des großen Galen glauben, so werden wir fünf Leberlappen vorfinden. Was ich bisher sehen konnte, sind aber nur zwei Lappen vorhanden."
„Vielleicht befinden sich die anderen drei Lappen auf der Rückseite der Leber, so dass du sie nicht sehen konntest", ließ Konrad noch eine Möglichkeit offen.
Am Nachmittag wurde die Leber herauspräpariert. Alle hielten den Atem an, als Fracastoro das dunkelrote Organ in die Höhe hielt.
„Ich weiß, ich weiß, meine Herren", beschwichtigte Professor Benedetti die Studentenschar. „Sie vermissen die fehlenden drei Leberlappen des Galen. Nun, ich will die Wahrheit sprechen. Auch ich muss gestehen, dass hier die wohl auffälligste Abweichung der Realität von den Aussagen unseres großen Vorbildes zu sehen ist. Das bedeutet aber noch lange nicht, dass Galen die Unwahrheit geschrieben hat. Es wäre doch denkbar, dass sich inzwischen eine Veränderung, eine Mutation, ergeben hat. Es gibt sogar Stimmen, die behaupten, dass Gott uns diese Mutation wegen groben Ungehorsams beschert hat. Wie dem auch sei, wir sehen hier eine zweilappige Leber. Wir nehmen das zur Kenntnis und wollen deshalb nicht die großartigen Werke unseres Galen verachten oder gar umschreiben. Auch wenn Galens Schriften schon weit über tausend Jahre alt sind, sollen sie weiterhin die Begleiter unserer Studien sein."
Die Leber wurde mit kleineren Präpariermessern sorgfältig zerlegt. Der Assistent legte jedes einzelne Blutäderchen und jede Vene frei. Auch die Gallenblase, an der Unterseite der Leber ließ sich einfach lösen. Es war jedoch

nicht leicht, die Blutadern von den Gallengängen zu unterscheiden. Sie hatten alle ungefähr die gleichen Kaliber.
Nach insgesamt fünf Stunden war der erste Sektionstag zu Ende. Von dem Erlebnis noch tief beeindruckt, begaben sich die Studenten in ihre Unterkünfte.

Konrad und Jakob brüteten in ihrem Klosterzimmer noch lange über den Büchern. Jakob hatte sich Benedettis Anatomie-Buch *Historia corporis humanis* gekauft. Er hatte noch genug finanzielle Reserven, so dass er sich diesen Luxus leisten konnte. Zusammen gingen sie noch einmal gemeinsam das Kapitel ‚Organe des Oberbauches' durch. Konrad konnte sich einfach nicht damit abfinden, dass die Beschreibungen der Leber nicht mit dem in der anatomischen Vorstellung gesehenen Leber übereinstimmten.
„Das ist doch wohl nicht möglich! Wir alle haben doch genau gesehen, dass die menschliche Leber nur aus zwei Lappen besteht."
„Beruhige dich", winkte Jakob ab, „wir beide wissen es besser. Auch der Professor weiß es. Nur, ihm fehlt der Mut, den übermächtigen Vater der Anatomie, den großen Galen, zu kritisieren."
„So etwas nenne ich Charakterschwäche", Konrad war enttäuscht.
„Noch haben wir nicht den richtigen Durchblick. Vielleicht gibt es noch andere Gründe für Benedettis Verhalten. Uns steht es nicht zu, über ihn den Stab zu brechen."
„Jakob, du bist ein wahrer Diplomat."
„Ich schlage vor, dass wir uns alle Ungereimtheiten merken und zu gegebener Zeit unsere Kritik äußern."

In den nächsten zwei Wochen wurden sämtliche Bauchorgane untersucht. Nach den Organen der oberen Bauchhöhle auch die der unteren Hälfte bis hinab zur Blase. Dort fanden der Professor und sein Assistent die Harnleiter. Nach Eröffnung der hinteren Körperhöhle – das Gedärm, der Magen und die Leber waren bereits entfernt – wurden die Nieren dargestellt und untersucht. Ab der dritten Woche standen der Brustkorb, die Halsregion und der Kopf auf dem Programm.
„Wieder solch ein Widerspruch zu den Schriften der alten Autoritäten", zischte Konrads Steh-Nachbar leise, „man sollte die Bücher neu schreiben."
„Was meinst du?", fragte Konrad vorsichtig zurück.
„Ja siehst du das denn nicht? Das Brustbein besteht nur aus drei Knochen und nicht aus sieben."
„Ja ich weiß", gab Konrad ihm Recht, „das ist ja das Problem. Es müsste sich jemand finden, der mutig genug ist, die gesamte Anatomie neu zu schreiben."

„Mir scheint, dass sich die anatomischen Beschreibungen des Galen alle auf seine Untersuchungen am Tier beziehen. Was meinst du?"
„Bestimmt ist das so."
Das Brustbein und die daran haftenden Rippen waren schnell beseitigt. Mit einer Knochenschere durchtrennte Fracastoro die Rippen in Längsrichtung von unten nach oben bis zum mittleren Drittel des Schlüsselbeins. Das Geräusch der zerberstenden Rippenknochen war gruselig und ging so manch einem Studenten unter die Haut. Es erinnerte ein wenig an die Geräusche, die auftreten, wenn man ein Huhn oder eine Ente zerlegt.
Es tat sich nun ein großes und übersichtliches Fenster auf.
Der Professor dozierte wieder: „Meine lieben Studenten, wir begeben uns jetzt zum Sitz der Seele, dem Herzen. Selbstverständlich werden wir sie nicht mehr vorfinden. Wie ein jeder weiß, wandert die Seele direkt nach dem Ableben zum Allmächtigen. Gottvater ist der einzige, der über das weitere Schicksal dieser Seele entscheidet.
Die Brusthöhle ist vorne vom Brustbein, hinten von der Wirbelsäule und zu beiden Seiten von den Rippen begrenzt. In ihr sicher eingebettet sind das Herz und die zwei Lungenflügel. Direkt hinter dem Brustbein befindet sich die Luftröhre. Sie reicht von den Stimmbändern bis hinab zu den Lungen. Im oberen Teil, direkt unterhalb der Stimmbänder, finden wir den Schildknorpel und darunter einen festen Ringknorpel. Wir alle können an uns selbst diesen Schildknorpel tasten, wenn wir den Kopf weit zurücklehnen. Wenn man sich Mühe gibt, gelingt es auch, die Lücke zwischen den beiden Knorpelringen zu ertasten."
Alle Studenten nahmen ihre Köpfe zurück und überstreckten ihre Hälse. Mit dem Zeigefinger tasteten sie sich gegenseitig den Ringknorpel ab.
„Meine Herren! An dieser Stelle könnte man zum Beispiel mit einem kleinen Schnitt direkt in die Luftröhre gelangen. In der hinteren Rachenhöhle, kurz hinter dem Rachenzäpfchen, scheiden sich die Wege für die Nahrung und die Atemluft. Die Enge des Raumes birgt die Gefahr, dass Speisebrocken in die Luftröhre gelangen. Ein Hustenreflex würde sofort die Luftröhre wieder frei fegen. Aber in seltenen Fällen können sich größere Brocken verklemmen und zu Erstickungen führen."

Bevor die Studenten in den zweiten Teil der anatomischen Vorstellung treten durften, sollten auch die anderen medizinischen Disziplinen zu ihrem Recht kommen. Die Leiche wurde auf Eis gelegt. Vorrang hatten jetzt die Fächer Krankheitslehre, Infektions- und Seuchenlehre, Arzneimittellehre, Hygiene und Diätetik. Sie wurden ausgiebig vorgetragen und diskutiert. Die Abwechslung tat gut.
Für Konrad gab es jedoch nichts Wichtigeres als die Anatomie.

Immer wieder zog es ihn zum Sektionssaal, dem anatomischen Theater. Die Tür des Saales war jedoch stets verschlossen.
So auch einige Tage vor Weihnachten, als Konrad aus der Bibliothek kam. Es war schon spät. Er wollte nach Hause gehen und musste dazu über den Innenhof der Universität am Anatomie-Hörsaal vorbei. Die anderen Studenten hatten das Gelände längst verlassen; sie bereiteten sich schon allmählich auf die anstehenden Weihnachtsferien vor. Auch von den Professoren war kaum noch jemand zu sehen.

Beinahe wäre es Konrad gar nicht aufgefallen, das flackernde Licht einer Kerze hinter dem Fenster des Sektionssaales. Was ist das für ein Licht?, fragte er sich, und dann zu dieser späten Stunde?
Es war weniger die Neugierde, die ihn ergriff, als der Gedanke, er könnte etwas verpassen. Vorsichtig schaute er sich zu allen Seiten um und drückte dann ganz vorsichtig die Klinke zur Eingangstür herunter. Sie war verschlossen. Er versuchte es an der Seitentür. Die war unversperrt. Leise huschte er hindurch und befand sich nun in der obersten Reihe des Anatomie-Theaters. Mit langem Hals spähte er hinunter zum unteren Rondell. Der Sektionstisch war heraufgefahren. Tief über die Leiche gebeugt arbeitete jemand.
Konrad konnte nicht erkennen, wer es war. Das Licht war zu schwach, so dass nicht mehr als die Silhouette auszumachen war. Vorsichtig tastete sich Konrad hinunter, Reihe für Reihe.
„Komm nur herunter", durchbrach eine tiefe sonore Stimme die unheimliche Stille, „denk nur nicht, ich hätte dich nicht wahrgenommen."
Konrad fuhr zusammen. Vor Schreck blieb sein Herz stehen. Kaum in der Lage zu sprechen stammelte er: „Verzeiht ... äh ... die Störung. Äm, äh, ich ... äh ... sah noch Licht und..."
„Und da wolltest du mal neugierig schauen, was da los ist im Sektionssaal."
Konrad war inzwischen ganz nach unten geschlichen und trat verlegen von einem Bein aufs andere. Jetzt, als das spärliche Kerzenlicht das Gesicht des heimlichen Anatomen erhellte, konnte Konrad ihn erkennen.
Es war der alte Kunstmaler, der bei jeder anatomischen Vorstellung in der untersten Reihe saß und seine Zeichnungen anfertigte. Er hatte ein freundliches Gesicht. Das Haupthaar deutlich schütter. Die zerfurchte Stirn verriet das fortgeschrittene Alter. Konrad schätzte ihn auf Mitte sechzig. Am auffälligsten waren seine buschigen Augenbrauen, die wie zwei Erker über seinem Gesicht hingen. Die verbliebenen Haupthaare fielen in grauen lockigen Strähnen bis auf die Schultern. Der volle Bart reichte bis zum Brustbein hinunter. Insgesamt eine sympathische Erscheinung.
Meister Leonardo war über die späte Störung nicht sonderlich verärgert.
„Setz dich zu mir. Vielleicht kannst du mir ein wenig helfen."

Der Alte hatte sich seinen Kohlestift hinter das Ohr geklemmt und reichte seinem Besucher die Hand: „Ich bin Leonardo." Er lächelte freundlich. „Ich habe die Bebilderung für ein neues Anatomiebuch übernommen. Der Professor hat mir die Erlaubnis gegeben, nach dem Unterricht meine ganz privaten Studien an der Leiche zu treiben."

Konrad hatte sich inzwischen wieder gefangen: „Was könnte ich Euch dabei helfen, Meister?"

„Nun, du siehst doch, dass ich zwei Dinge gleichzeitig tun muss: Die Muskeln und Blutadern frei präparieren und dann die Zeichnungen anfertigen. Es wäre doch um so viel einfacherer, wenn du das Präparieren übernehmen könntest."

„Meint Ihr nicht, dass ich ein Problem bekommen könnte, wenn man mich hier erwischt?", fragte Konrad ängstlich nach.

„Ich habe dich doch schon erwischt. Was soll jetzt noch passieren?"

„Ich meine den Professor. Was würde er sagen, wenn er mich hier außerhalb der Unterrichtsstunden an der Leiche sieht?"

„Das weiß ich nicht. Aber jetzt bist du ja nun mal da. Dann kannst du mir auch behilflich sein."

Das brauchte man Konrad nicht zweimal zu sagen. Rasch zog er seinen Umhang aus, krempelte seine Ärmel hoch und machte sich an die Arbeit. Jeden Muskel legte er frei, jede Sehne und jede Ader. Leonardo war voll des Lobes: „Ich hätte mir keinen besseren Helfer als dich wünschen können. Dem Himmel sei Dank, dass er gerade dich geschickt hat. Du kennst ja sämtliche Namen aller Muskeln und Blutgefäße. Praktischer hätte ich es nicht kriegen können."

„Danke für das Lob, Meister."

„Ich werde Professor Benedetti fragen, ob er dich für die nächsten Tage als meinen Helfer abstellen kann. Wärest du bereit, mir noch eine Woche zur Seite zu stehen?", fragte Leonardo höflich an, „bis Weihnachten sind wir sicher fertig."

„Selbstverständlich werde ich Euch helfen", willigte Konrad ohne zu zögern ein.

In den folgenden Tagen wuchsen die beiden zu einer gut funktionierenden Arbeitsgemeinschaft zusammen. Konrad sezierte und benannte die anatomischen Strukturen, während Leonardo zeichnete. Es waren die reinsten Kunstwerke. Der Meister malte derart virtuos und plastisch, dass seine Zeichnungen beinahe instruktiver waren als der direkte Blick in die Leiche.

„Meister, Ihr seid das größte Genie der Malerei. Ich kann mir nicht vorstellen, dass irgendjemand schönere Bilder malt als Ihr."

„Da gibt es auch andere Meinungen." Leonardo schaute etwas verlegen. „In den Gemächern des Papstes arbeiten Künstler, die zu ebenso schönen Wer-

ken fähig sind. Allerdings bin ich der erste, der das perspektivische Malen zur Perfektion geführt hat."
„Genau! Das ist sicher Euer Geheimnis. Die Perspektive. Nur so ist diese herrlich plastische Darstellung der Muskeln und Adern möglich." Konrad war begeistert; Leonardo freute sich darüber.
„Es gibt noch ein zweites Geheimnis: Das Studium des Objektes. Wenn ein Künstler Menschen oder Tiere malen will, kann er das nur nach genauer Betrachtung des Objektes tun. Er muss den Menschen sehr genau studieren, jedes noch so kleine Detail. Jede einzelne Gesichtsfalte, jedes Härchen und jeden Schatten. Er muss sich in den abzubildenden Menschen hineinversetzen können, er muss seinen Charakter und seinen Gemütszustand erfassen. Nur so kann er die Wesensart des Betreffenden auf die Leinwand bringen."
„Einfach genial!", Konrad klatschte begeistert in die Hände.
„Und noch etwas: Wenn sich ein Kunstmaler optimal vorbereiten will, so muss er unbedingt auch die Feinstrukturen des menschlichen Körpers studieren. Die Anatomie ist deshalb eine Conditio sine qua non, eine unabdingbare Voraussetzung."
„Meister, warum steht Ihr nicht in Diensten des Papstes? Ein Mann mit Euren Fähigkeiten?"
„O Gott, Leonardo beim Papst!" Etwas wehmütig winkte er ab.
„Erstens malen bereits Michelangelo Buonarroti und Raphael Santi für ihn, und zweitens geht mir der Ruf voraus, dass ich nur selten ein Werk zu Ende führe."
„Stimmt das denn?"
„Ja, in den meisten Fällen. Der Grund liegt sicher darin verborgen, dass ich außer der Malerei noch andere Liebhabereien pflege. Ich bin nicht nur Maler, sondern auch Architekt, Erfinder, Konstrukteur und Waffenschmied."
„Wirklich breit gefächerte Fähigkeiten", lobte Konrad.
„Ach Gott, was hab' ich nicht schon alles angefangen!", träumte Leonardo vor sich hin, „Kanalsysteme, Schleusen, Kräne, Wurf- und Schussapparate, Planungen für Wehranlagen und Flugapparate."
„Flugapparate?", Konrad schaute ungläubig und wusste nicht recht, ob er nicht doch auf den Arm genommen wurde.
„Ja, du hast richtig gehört: Flugmaschinen."
„Meint Ihr ernsthaft Maschinen, mit denen man fliegen kann?"
„Ja selbstverständlich. Allerdings ist die Konstruktion noch nicht so weit ausgereift, dass es funktioniert. Eines Tages wird es gelingen; davon bin ich überzeugt." Leonardo machte nicht den Eindruck, dass er scherzte; er schien sich seiner Sache sicher.
„Das wäre ja wirklich wunderbar, wenn das möglich wird. Durch die Lüfte fliegen wie die Vögel." Konrad ließ sich rasch für neue Dinge begeistern.

„Aber Meister, habt Ihr die heilige Kirche Roms vergessen? Was würde der Papst dazu sagen? Wenn er das erfährt! Der Mensch soll fliegen; das kommt einer Herausforderung des Allmächtigen gleich."
„Das könnte sein", bestätigte Leonardo, ohne sonderlich bekümmert zu sein, „da gab es auch schon genug Neider, die mich der Gotteslästerung bezichtigten. Ich sei der Antichrist und würde mit dem Teufel paktieren. Alles dummes Zeug."
„Je tüchtiger die Menschen, desto zahlreicher die Neider", versuchte Konrad dem alten Mann beizustehen.
„Apropos Papst. Eine Arbeit, so fällt mir gerade ein, hatte ich schon für den Papst machen dürfen."
Konrad wurde neugierig: „Was war es, Meister? Sicher durftet Ihr ein großartiges Gemälde für seine Heiligkeit schaffen?"
„Das kann man wohl sagen", nickte Leonardo zustimmend, „ein Kunstwerk mit ganz besonderer Bedeutung."
„Erzählt, Messero!"
„Eigentlich ist es ein Geheimnis, das ich nicht weitererzählen sollte", fing Leonardo an, offenbar gewillt, dieses Geheimnis zu lüften, „aber die Päpste Alexander und Julius sind derart große Schurken gewesen, dass ich mich an das damalige Versprechen nicht halten muss."
Konrad ahnte Unheilvolles: „Dass unsere Kirchenväter nicht immer die Frömmsten waren, habe ich sogar schon von einem Priester gehört."
Leonardo schüttelte resigniert den Kopf: „Unsere Päpste sind alles andere als christliche Vorbilder. Wenn ich nur an den Betrüger und hemmungslosen Alexander VI. denke. Mit eigenen Augen habe ich sie gesehen, seine Konkubinen. Auf den päpstlichen Festen trugen sie die teuersten Speisen und Getränke auf; nackt. Jawohl, völlig unbekleidet waren sie. Vierzig oder gar fünfzig junge Dirnen. Ich schwöre bei allem, was mir heilig ist: Das ist die Wahrheit. Von einem Freund weiß ich, dass Alexander – eigentlich hieß er Rodrigo Borgia – mindestens sieben uneheliche Kinder von verschiedenen Frauen hatte. Er besaß sogar die Dreistigkeit, seine Vaterschaft notariell beurkunden zu lassen."
Leonardo redete sich allmählich in Rage. „Das sind nicht die einzigen Verfehlungen dieses lasterhaften Papstes. Nein, auch vor Intrigen und sogar Mord schreckte er nicht zurück."
„Meister Leonardo, das ist ja ungeheuerlich. Meint Ihr, dass der neue Papst auch solch ein Antichrist ist?"
„Ich glaube, dass Papst Leo nicht ganz so liederlich ist. Aber zur Maßlosigkeit scheint er auch zu neigen."
„Meister Leonardo, was hat es nun mit Eurem Geheimnis auf sich?"
„Ach ja, richtig. Wir waren beinahe davon abgekommen. Dazu musst du wissen, dass ich früher, als ich noch jünger war, in den Diensten des Herzogs

von Mailand, Ludovico Sforza, stand. Über fünfzehn Jahre war ich am Hofe des großen Moro, wie er auch genannt wurde. Die Sümpfe des Mailänder Hinterlandes habe ich entwässert. Die vielen Kanäle haben das Land erst nutzbar gemacht. Das war mein Werk. Die Wehranlagen Mailands habe ich geplant und ich war meinem Herrn der technische Berater für alle Kriegsgeräte. Außerdem habe ich viele Kunstwerke geschaffen."
„O Meister, was habt Ihr schon alles geleistet!"
„Lass dir weiter erzählen. Eines Tages ließ Moro mich rufen und verlangte nach einer außergewöhnlichen Reliquie: ‚Meister Leonardo', sagte er in seiner typischen Art, die keinen Widerspruch duldete, ‚die ganze Welt verehrt Reliquien von Heiligen oder gar von Jesus Christus selbst. Jeder Fürst, und ist er noch so ärmlich, besitzt seine eigene Reliquie. Nur wir hier in Mailand haben keine. Besorge er mir eine Reliquie, die sich in ihrer Bedeutsamkeit mit denen anderer Herzöge und Fürsten messen kann'."
„Ja, um Gottes Willen, wo solltet Ihr denn eine solche Reliquie hernehmen?", fragte Konrad.
Leonardo freute sich über Konrads Anteilnahme: „Genau das Gleiche hatte ich mich auch gefragt. Reliquien konnte man an jeder Straßenecke kaufen, aber es musste ja etwas ganz Ausgefallenes sein. Meine Bedenken, dass ich möglicherweise keine passende Reliquie finden könnte, quittierte er mit ‚Lasse Er sich etwas einfallen.'
Nun, das tat ich dann auch. Ich schuf das Leichentuch Christi."
„Wie bitte?!" Konrad traute seinen Ohren nicht. „Das Leichentuch Christi?"
„Ja, das Leichentuch unseres Erlösers", bestätigte der Meister.
„Von Euch geschaffen?", Konrad wollte immer noch nicht glauben, was er hörte.
„Das war nicht ganz einfach. Es musste recht alt aussehen. Immerhin liegt der Tod unseres Heilandes fast fünfzehnhundert Jahre zurück. Die Umrisse von Jesus Christus sollten auf dem Tuch zu sehen sein. Freilich nur schemenhaft, ohne dass genauere Einzelheiten zu erkennen wären."
„Wie konntet Ihr das bewerkstelligen?" Konrad wollte es genau wissen.
„Eine meiner Erfindungen ist die Camera obscura. Weißt du, was das ist, eine Camera obscura?", fragte Leonardo vorsichtshalber nach.
„Nein!"
„Ich erkläre es dir: In einem kleinen abgedunkelten Raum des Mailänder Palastes spannte ich ein altes Leinentuch auf. Durch eine kleine Öffnung in der Wand ließ ich für einen kurzen Augenblick Licht hindurchfallen. Vor der Öffnung stand ich mit erhobenem Haupt. Die Leinwand hatte ich zuvor präpariert, dass sie die einfallenden Lichtstrahlen festhalten und konservieren konnte. Dazu hatte ich ein Gemisch aus Gelatine und Silberbromid-Lösung aufgetragen. Ein Alchemist des Hofes hatte mir dabei geholfen. Es hatte funktioniert. Das Leichentuch Christi war fertig."

„Das Leichentuch unseres Erlösers mit den Umrissen des großen Leonardo da Vinci", Konrad war gleichermaßen beeindruckt und schockiert. „Das bedeutet, dass viele Gläubige all die Jahre eine Fälschung angebetet und verehrt haben."

„Tausende waren es bisher, und weitere Millionen werden folgen. Sie alle ahnen nicht, dass sie eigentlich mich, oder besser gesagt meine Umrisse, anbeten." Der Meister konnte sich ein spitzbübisches Grinsen nicht verkneifen.

„Und der Bischof von Mailand glaubte diesen Schwindel?"

„Selbstverständlich! Immerhin hatte Papst Alexander die Echtheit der Reliquie mit Brief und Siegel bestätigt. Das hatte sich Moro ein halbes Vermögen kosten lassen."

Konrad war entsetzt und enttäuscht zugleich: „Und wenn alles andere auch eine Lüge ist? Alles, der Glaube, die Religion und die Kirche? Alles ein großes Spektakel zum Trost der Menschheit? Nur zur Seelenstärkung?"

„Sei still, Ketzer! Willst du im Feuer brennen?"

„Verzeiht, Meister, es ist so aus mir herausgesprudelt; ich habe es nicht so gemeint."

„Glaubst du denn nicht an Gott, an unseren allmächtigen Schöpfer des Himmels, der Erden und aller Kreaturen?" Leonardo schaute kritisch unter seinen dicken Augenbrauen hervor.

Konrad war entrüstet: „Selbstverständlich glaube ich an unseren Herrn. Es gibt doch genug Gottesbeweise."

Leonardo war erleichtert.

„Ich bin bloß von den Menschen enttäuscht. Ich kann eben nicht verstehen, dass sie keine Skrupel kannten; weder Moro noch der Papst."

„Der Papst sicher nicht. Wenn es um Geld ging, war ihm nichts heilig. Und was Moro betraf, der hatte ein reines Gewissen. Wusste er doch, dass er mit dem vielen Geld den Bau des Petersdomes unterstützte. Also letztlich eine gute Sache."

„Und die getäuschten Gläubigen? Wie bewertet Ihr diesen unverzeihlichen Betrug?", fragte Konrad.

„Darüber habe ich mir schon sehr viele Gedanken gemacht. Aber letztlich ist die gefälschte Reliquie ein Segen für die Menschheit. Bedenke nur, wie viele Christen in der Anbetung des Erinnerungsstückes Stärkung, Trost und Hoffnung gewinnen. Meine Gewissensqualen habe ich längst abgelegt."

„Und dennoch ist und bleibt es ein Betrug", beharrte Konrad auf seiner Meinung.

„Junger Freund, was denkst du denn? Meinst du wirklich, dass alle Menschen gut sind? Ich bin wahrlich ein Menschenfreund. Ja, man kann sagen, ich liebe die Menschen. Ich weiß aber auch, dass wir alle schwach sind. Lug und Trug begegnen uns überall und sind nichts weiter als Ausdruck der Unzulänglichkeit des Menschen."

„Aber hier wurde die Wahrheit mit Füßen getreten. Und Ihr habt Euch beteiligt." Konrad konnte dem Meister diesen Vorwurf nicht ersparen.
„Jetzt will ich dir mal etwas über die Wahrheit erzählen", wehrte sich Leonardo. „Die Wahrheit ist das, was du vor Augen siehst, oder besser gesagt, glaubst gesehen zu haben. Sinnestäuschungen gibt es immer wieder. Verfälschungen der Wahrheit sind schnell möglich und begegnen uns tagtäglich. Vieles hängt auch von der Interpretation der Beobachtungen ab. Wer kennt da schon die reine Wahrheit? Das beste Beispiel ist die medizinische Wissenschaft. Ist dir noch nicht aufgefallen, dass wir beide mit der gerade erst fertig gestellten Zeichnung des ‚Adermannes' ganz bewusst Fehler hingenommen haben?"
„Doch, Meister, das habe ich sehr wohl gemerkt", antwortete Konrad. „Ihr habt das Herz mit drei Kammern gemalt, obwohl wir beide wissen, dass es nur zwei gibt. Ich hatte mich nicht getraut, Euch zu kritisieren."
„Nun, auch mir war der Fehler bewusst. Aber mein Auftraggeber, Professor Benedetti, verlangte diese Abänderung. Er gab als Begründung die Verpflichtung gegenüber den Altmeistern der Anatomie an."
„Sind die Wissenschaften nicht der Wahrheit verpflichtet?", bohrte Konrad nach.
„Ja, das stimmt. Die Verpflichtung bezieht sich nicht nur auf die Wahrheit, sondern auch auf die Wahrhaftigkeit. Das heißt, dass der Wissenschaftler seine Meinung unverändert und ungeschönt mitteilen muss. Das haben wir beide nicht getan. Die Frage ist jetzt, ob wir damit der medizinischen Wissenschaft einen großen Schaden zugefügt haben."
„Das weiß ich nicht", gab Konrad zu, „aber das hat dann wohl der Professor zu verantworten. Gehupft wie gesprungen; es gleichen sich die Lügen. Die falsche Reliquie und die anatomische Mogelei, beides vom gleichen Holz. Beides mit guter Absicht, aber nicht korrekt."
„Du hast Recht, meine junger Freund. Die Wahrhaftigkeit ist besonders für die Wissenschaft bedeutsam. Wenn das Vertrauen in die Wissenschaft verloren geht, kann es keinen Fortschritt geben." Mit einer vielsagenden Bewegung der Hände, als wollte er das Gesagte absegnen, beendete Leonardo die Diskussion.

Es war bereits weit nach Mitternacht, und die Müdigkeit stand beiden ins Gesicht geschrieben. Der Meister war von seinem Stuhl aufgestanden und machte sich für den Heimweg zurecht.
„Eine letzte Frage noch, Messero. Muss man für die Religion nicht auch die gleiche Wahrhaftigkeit fordern wie für die Wissenschaft?"
„Selbstverständlich!"

Beide gaben sich zum Abschied die Hände wie gute Freunde. Ihre Auffassungen waren die gleichen. Und Konrad war froh darüber. Die Meinung des Meisters war ihm sehr wichtig.
Im Hinausgehen drehte sich Leonardo noch einmal um: „Ach übrigens, wenn du das Leichentuch Christi einmal betrachten willst, musst du nach Turin gehen. Dort im Dom ist es ausgestellt."
Leonardo verschwand im Türbogen und Konrad winkte ihm nach. Sie sollten sich nie wieder treffen. Am nächsten Tag wurde Leonardo da Vinci zu seinem neuen Herrn, den König von Frankreich, berufen.

Vor Weihnachten hatte es nur noch einige wenige Vorlesungen gegeben, die als Ergänzung zum Anatomie-Unterricht gedacht waren. Im neuen Jahr sollten außer weiteren Sektionen auch Vorlesungen über die Vier-Säfte-Lehre, die Harnschau, den Aderlass und das Schröpfen folgen. Alles Fertigkeiten, die der praktizierende Arzt täglich brauchte. Konrad und Jakob waren mehr als zufrieden mit dem wissenschaftlichen Angebot der Universität Padua. Abends diskutierten sie die Erlebnisse des Tages mit dem Infirmarius des Augustinerklosters. Bruder Roberto erwies sich als fachkompetent. Er hatte eine fundierte Ausbildung bei verschiedenen Barbier-Chirurgen, und auch Vorlesungen an der Universität hatte er gelegentlich besucht. Er war also der richtige Diskussionspartner für die zwei jungen Studenten.
Konrad war voll des Lobes über die medizinische Ausbildung: „Stellt euch mal vor, wir wären in Erfurt geblieben. Wir würden heute noch nicht wissen, wie ein Mensch von innen aussieht."
„Vermutlich würden wir als Ärzte auf die Menschheit losgelassen werden, ohne zu wissen, dass eine menschliche Leber nur zwei Lappen hat", witzelte Jakob.
„Genau."
Roberto dachte da praktischer: „Was hilft euch diese Weisheit weiter? Hat das denn eine so große Bedeutung für euch? Ist es nicht völlig egal, wie viel Lappen die Leber hat?"
„Vielleicht liegst du gar nicht so falsch, Roberto", stimmte Jakob ihm höflich zu.
Nur Konrad war da ganz anderer Ansicht: „Nein, das kann doch wohl nicht möglich sein", schimpfte er, „wir hatten das doch schon diskutiert." Er raufte sich seine sowieso schon zerzausten Haare. „Selbstverständlich ist das wichtig zu wissen, wie viele Leberlappen es gibt. Es geht doch auch um die Glaubwürdigkeit der Wissenschaft. Ich muss mich darauf verlassen können, dass sich die Wissenschaft ausschließlich an die Wahrheit hält. Ohne Rücksicht auf die Ehre oder Verdienste älterer Gelehrter. Ein Fortschritt wird nicht möglich sein, wenn schon die Anfänge der Forschung auf Lügen und Falschaussagen aufbauen müssen."

Die beiden anderen schauten betreten zur Seite. Sie wussten sehr wohl, dass es kein vernünftiges Gegenargument gab. Ihr Schweigen deutete Konrad als Zustimmung. Für Bruder Roberto war die Diskussion jedoch noch nicht zu Ende: „Das mag schon richtig sein, was du da über die Wissenschaft sagst. Die Frage ist allerdings, ob die medizinische Wissenschaft in unserer christlichen Welt überhaupt zugelassen werden kann."
Konrad freute sich. Wieder eine dieser Grundsatzdiskussionen. Dabei konnte man noch am meisten lernen, zumal Roberto ein wirklich gebildeter Mann war.
„Wie sollen wir das denn jetzt verstehen, Roberto?"
Der Bruder Infirmarius lehnte sich zurück und fing an zu philosophieren: „Eure Studien und Bemühungen sind eigentlich heidnisches Werk."
„Das stimmt nicht", fuhr Jakob dazwischen, „Sektionen sind vom Papst mittlerweile erlaubt."
„Ein Erlass von Papst Sixtus IX.", pflichtete Konrad bei.
„Ja, ja", winkte Roberto ab, „so einfach ist das aber nicht." Er wirkte jetzt beinahe ein wenig überheblich. „Betrachten wir nur einmal diesen medizinischen Übervater Galen von Pergamon, diesen griechischen Arzt in römischer Tunika, eure medizinische Autorität seit dem zweiten Jahrhundert. Seine weit reichende Aura strahlt schon Hunderte von Jahren über die ganze Welt. Seine Jünger – damit meine ich auch Euch – hängen gutgläubig an den Zipfeln seines Gewandes wie das Kleinkind an der Schürze seiner Mutter."
„Da sehe ich Parallelen", warf Jakob vorwitzig ein.
Bruder Roberto ließ sich nicht beirren: „Galen bezieht sein Wissen von den alten Philosophen Platon und Aristoteles. Die werden übrigens zurzeit auch wieder hoch gelobt."
„Was spricht dagegen?", wollte Konrad wissen.
„Nichts. Bedenkt aber, dass deren medizinischen Kenntnisse auf die heidnischen Kulte um den Gott Asklepios zurückgehen. Asklepios, Sohn des Gottes Apollo. Die Römer nannten ihn Aesculap. Fassen wir zusammen: Verfolgt man die Tradition eurer medizinischen Studien, so kommt man über Galen und Aristoteles zur heidnischen Götterverehrung. Und das ist Ketzerei."
Den zwei Studenten gingen die Argumente aus. Roberto sah es mit Zufriedenheit und leichtem Stolz. Konrads Wissensdurst war aber noch nicht gestillt: „Was ich jetzt nicht verstehe: Warum hat Papst Sixtus die Sektionen erlaubt? Unterstützt er damit nicht unsere heidnischen Studien?"
„Ja, das tut er. War auch beabsichtigt."
„Das verstehen wir nicht."
„Nun, da muss ich wohl weiter ausholen." Roberto gönnte sich eine kleine Pause.
„Die medizinische Wissenschaft wäre sicher schon längst auf dem Scheiterhaufen der Inquisition gestorben, wenn es nicht die christliche Ethik gäbe.

Das wohl wichtigste Merkmal dieser Ethik ist die Barmherzigkeit. Jedem Christen ist es ein Bedürfnis und eine Pflicht, den Leidenden und Hilfsbedürftigen jedwede Unterstützung zu geben. Das Bemühen der Ärzte ist demnach eine christliche Tugend und deshalb zu fördern. Auch Jesus Christus sagte: *Ehre den Arzt, weil man ihn braucht, denn ihn hat der Höchste geschaffen.*

Die menschliche Heilkunst ist eine Gabe des Heiligen Geistes. Aber!", Roberto hielt jetzt mahnend den Zeigefinger hoch, „Zur Gesundung des Kranken bedarf es in jedem Falle der Gnade Gottes."

Konrad war von den logischen Argumenten des Augustinermönchs beeindruckt. Dass die offizielle Kirche der Medizin eher reserviert gegenüberstand, hatte er ja schon früher gehört; jetzt wusste er warum.

„Roberto, die Zusammenhänge hast du wirklich schön erklärt. Es kommt schon einer Gratwanderung gleich, wenn man sich mit den Wissenschaften befasst. Jetzt ist mir erst bewusst, wie schwer es ist, den Glauben mit weltlicher Forschung zu verbinden, die Religion und die Wissenschaft in Einklang zu bringen", musste Konrad eingestehen.

Jakob sah es auch so: „Da muss man aufpassen, sich nicht allzu weit aus dem Fenster zu lehnen. Eine falsche Äußerung kann dich vor das Inquisitionsgericht bringen. Was meinst du, Konrad?"

„Mit diesen Folterknechten wollen wir lieber nichts zu tun haben. Nur eine Frage muss uns Roberto noch beantworten: Wo kommen die Krankheiten her? Wer hat sie uns geschickt? Kannst du uns das erklären, Roberto?"

„Ich will es versuchen", er machte ein nachdenkliches Gesicht, „das ist sicher nicht ganz einfach. Im Paradies gab es keine Krankheiten. Erst nach dem Ausschluss aus dem Garten Eden kamen auch die Krankheiten über uns Menschen. Es muss also ein Zusammenhang bestehen zwischen dem Sündenfall und den Krankheiten."

„Also doch eine Strafe Gottes?", fragte Konrad vorsichtig nach.

„Ja, aber nicht in jedem Fall. Krankheit kann auch als eine Prüfung Gottes verstanden werden. Dann befindet sich der Kranke gewissermaßen in der Nachfolge Christi im Leiden. So gesehen wäre Krankheit auch als Gnadenbeweis zu deuten."

„So ganz eindeutig sind die Meinungen dann wohl doch nicht", konnte sich Konrad nicht verkneifen.

„Das kann man so sagen. In anderen Fällen – so wird erzählt – kann ein Leiden auch als eine Mahnung zur Mäßigung aufgefasst werden. Als Warnung mit dem Hinweis auf rechtzeitige Umkehr zu gottgefälligem Leben. Heilung kann dann als Vergebung gedeutet werden.

Für manche sind Krankheiten und das damit verbundene Leid nichts anderes als vorweggenommene Höllenqualen. Das heißt, dass der Betroffene seine Sünden schon hier auf Erden abbüßen kann. Das wird im dann später

nach seinem Tode angerechnet. Wie heißt es doch in der Bibel: *Selig sind, die da Leid tragen; denn sie sollen getröstet werden.*
Letztlich sind Krankheiten Zeichen von Gottes Allmacht, und Heilung ist Ausdruck seiner Gnade."

Das Semester ging allmählich zu Ende. Die Weihnachtsfeiertage hatte Konrad im Kloster verbracht. Jakob war hinunter ins Judenviertel zum Rabbi Jonathan gegangen. Der Winter war nicht sehr streng. Es gab zwar ein wenig Schnee, aber sehr lange Frostperioden kannte man in Venetien nicht. Mindestens zweimal in der Woche traf man sich bei Roberto auf der Krankenstation der Augustiner. Es zeigte sich, dass er ein erfahrener Heilkundiger war. Nicht unbedingt praktisch begabt, wohl aber fachkundig mit umfangreichem Wissen. Besonders bewandert war er auf dem Gebiet der Heilmittelkunde. Es gab keine Krankheit, gegen die er nicht eine geeignete Arznei kannte. Selbst gegen die schlimmsten Leiden wusste Roberto ein Mittel. Sein Wahlspruch war bemerkenswert und hatte sich in Konrads Gedächtnis eingegraben:
Nichts ist schlimmer als nichts zu tun!
Freilich musste er eingestehen, dass es viele Krankheiten gab, gegen die kein Kraut gewachsen war, aber eine Linderung sollte man für jeden Kranken besorgen können. Und sei es nur der gute Zuspruch, die ehrliche Anteilnahme und das tröstende Wort. Diese Einstellung gefiel den beiden Studenten. Sie gingen deshalb gerne zu ihm auf die Krankenstation, um von ihm zu lernen. Besonders mit Heilpflanzen kannte er sich aus. Nicht nur die zahlreichen Kräuter seines Klostergartens kamen zum Einsatz. Nein, gerne verwendete er auch Heilmittel aus dem Orient, die er aus Venedig bezog. Muskat und Zimt bei Zuckerkrankheit, Balsam und Myrrhe zur Wundpflege, Rhabarber zum Abführen, Sassafras zur Reinigung des Blutes und Opium in der Schmerztherapie. Roberto kannte sämtliche Salben, Pflaster und Öle, alle Tinkturen, Pillen und Zäpfchen.
Es gab genügend Geheimnisse, die man ihm abschauen konnte. Gerne erklärte er den beiden Studenten seine so genannten Geheimrezepte. Die wollte er nicht unbedingt für sich behalten. „Je mehr Heilkundige darüber wissen, umso mehr Patienten können davon profitieren."
Im Laufe der Monate hatte sich Konrad bereits eine stattliche Sammlung von Rezepturen aus Robertos Erfahrungsschatz angelegt. Die Empfehlungen zur Therapie von Infektionskrankheiten waren ihm besonders wertvoll. Beeindruckende Erfolge hatte der Infirmarius mit Silberpuder, Schimmel von trockenem Käse und mit Taubenkot.
„Zur Vermeidung von Eiter in offenen Wunden verwende ich gerne Silberpulver. Man kann auch Schimmelpulver nehmen. Bei fieberhaften Krankheiten gebe ich gerne ein Gemisch aus Schimmel, weichem Taubenkot und Honig. Das muss man innig verreiben und trocknen lassen. Nach einigen Ta-

gen kann das eingetrocknete Gemisch zerrieben und zu Pillen verarbeitet werden." Das wollte sich Konrad unbedingt merken.
Es war bereits wieder März. Der Frühling kündigte sich an. In den Gärten kamen die Farben hoch. Tulpen, Narzissen und Forsythien. Die Vögel pfiffen ihre Lieder von Aufbruch, Freude und Zuversicht. Die Kinder spielten wieder auf den Plätzen und in den Gassen. Alles war bester Laune. Auf Robertos Krankenstation war nicht viel los. Bei diesem schönen Wetter war kaum jemand krank.
Die drei Freunde saßen einmal wieder zusammen im Vorraum des Infirmariums. Roberto war damit beschäftigt, seine Notfalltasche aufzuräumen. Ein heilloses Chaos in der Ledertasche. Kleine Fläschchen mit Schimmelpuder, Silberpuder und Honig; alles zur Abtötung von Keimen. Zwischen Mull und Leinenläppchen mehrere runde Schröpfköpfe aus Glas. In der Innentasche Lanzettemesser für den Aderlass. Das waren sehr scharfe Stilette, die an beiden Seiten angeschliffen waren. In einer kleinen Flasche befand sich – in Alkohol schwimmend – eine Silbernadel mit daran hängendem Faden. „Das ist ein Faden, der aus Schafsdarm hergestellt wird. Den brauche ich zum Vernähen von offenen Wunden."
Plötzlich wurde die Tür zum Behandlungsraum aufgerissen.
„Bruder Roberto, kommt schnell. Es geht um Leben und Tod", ein Lakai der Scrovegnis von nebenan kam auf Roberto zugestürzt und riss ihn vom Stuhl. Er war völlig außer Atem, und seine Augen funkelten vor Erregung und panischer Angst.
„Was fällt dir ein, du Rasender?", herrschte ihn der verdutzte Mönch an, „ist der Leibhaftige hinter dir her?"
„Der Padrone schickt mich. Ihr müsst uns helfen. Der kleine Sohn droht zu ersticken."
Während der Infirmarius seine Notfalltasche zusammenraffte, fragte er nach weiteren Einzelheiten. „Was hat der Lümmel denn angestellt?"
Der Diener war völlig durcheinander: „Das weiß ich nicht genau. Beeilt Euch."
Zu den beiden Studenten gewandt gab Roberto seine Anweisungen: „Los, kommt mit. Vermutlich brauche ich eure Hilfe."
Über den Klosterhof hinüber zum Palazzo der Scrovegnis war es wirklich nicht weit. Das Tor zum Vorgarten war weit geöffnet. Entlang des Kiesweges, der zum Haupteingang des Hauses führte, standen etwa zehn Bedienstete. Alle trugen die gleiche auffällige Kleidung: schwarz-gold gestreifte Kniebundhosen, weiße Strümpfe und ein weißes Wams.
Ein allgemeines Wehklagen empfing die drei Nothelfer.
„Rasch, der junge Herr wird sterben. Beeilt Euch!" Überall ein Durcheinander und hilfloses Umherspringen. „So sputet Euch doch!"
„Heiliger Antonius, Helfer in der Not."

Der Mönch mit fliegender Kutte, die Kapuze nach hinten auf die Schultern geworfen. Die zwei Studenten dicht hinter ihm. Sie rannten die Marmortreppe hoch, zwischen zwei Säulen zur Haustür. Gleich mehrere Hausdiener rissen die Türflügel auf und schauten die drei Helfer mit flehendem Blick an, ein Blick, der mehr als nur Hoffnung auf Hilfe ausdrückte. Nein, es wurde mehr erwartet. Die Übernahme jeglicher Verantwortung und Rettung aus höchster Not wurde ersehnt. Schließlich war er fachkundig, der Infirmarius. Wer sollte hier noch helfen, wenn nicht er?

Und da lag er, der Sohn des Hauses. Vielleicht fünf Jahre alt, höchstens sechs. Mit dem Rücken auf dem kalten Marmorboden des Vorraums. Er war offenbar bewusstlos. Das Gesichtchen blau und aufgedunsen. Die Mutter des Kindes saß apathisch auf dem Boden mit dem Rücken gegen eine Vitrine gelehnt. Sie hielt die Hände vor der Brust gefaltet und flüsterte unaufhörlich Gebete.

Die Tochter des Hauses, ein blasses Mädchen jenseits des Pubertätsalters, kniete neben ihr. Sie hielt sich an der Schulter der Mutter fest und versuchte, Trost zu spenden. Sie war freilich erfolglos in ihrem Bemühen; vielmehr hätte auch sie eine psychische Stütze gebraucht.

Der Vater rannte in dem Vestibül rastlos auf und ab, unfähig, irgendetwas Sinnvolles zu tun. Auf dem Boden waren zahlreiche getrocknete Oliven verstreut, mit denen der Bub offenbar Murmeln gespielt hatte.

Endlich war der Vater wieder in der Lage, klare Gedanken zu fassen: „Der verspielte Bengel hat sicher eine seiner Murmeln verschluckt, die ihm jetzt im Halse steckt. Wenn nicht augenblicklich etwas geschieht, ist alles zu spät."

Roberto kniete sich zum leblos daliegenden Kind auf den Fußboden. Er riss ihm das Hemd auf und legt sein hölzernes Hörrohr auf die Brust. Da waren weder Atemgeräusche noch Herztöne zu hören. „Wir kommen zu spät, Herr. Man soll nach dem Priester schicken." Der Mönch kniete nieder und sprach Gebete.

„Bist du wahnsinnig, du Narr. Mein Kind stirbt nicht einfach so dahin. Unternimm etwas zur Rettung des jungen Lebens!"

Signore Scrovegni war außer sich vor Entsetzen, ein Mann, der sonst für seine vornehme und besonnene Art bekannt war. Jetzt glich er einem rasenden Stier, der nur schwer zu bändigen war. Seine Dienerschaft starrte ihn mitleidig an. Keiner getraute sich ein Wort zu sagen. Mit gesenktem Blick wandte sich der Mönch ab. „In Gottes Hände", murmelte er und schlug sein Kreuz.

Nichts ist schlimmer als nichts tun, dachte sich Konrad und schritt zur Tat. Mit einem Satz war er vorgesprungen und griff sich den leblosen Jungen an den Füßen. Mit kraftvollem Schwung hievte er ihn in die Luft. Alle anderen gingen wortlos einen Schritt zur Seite, um Platz zu schaffen. Wie gelähmt waren sie, keiner rührte einen Finger. Zwei, drei Mal schlug Konrad dem Buben mit der flachen Hand auf den Rücken, genau zwischen die Schulterblätter.

Wenn sich die verschluckte Olive lösen sollte, dann nur so. Noch einmal, und wieder und wieder versuchte er es. Vergeblich. Keine Olive und keine Atemgeräusche. Jetzt war höchste Gefahr in Verzug.

Eine Chance hatte der Bub noch. Den Luftröhrenschnitt. Konrad musste es wagen. Die letzte Chance.

Und jetzt ging alles sehr schnell. Konrad gab seine Anweisungen:

„Die Tasche, Robert." Er riss sie auf und entnahm ihr ein Lanzette-Messer, eines dieser scharfen Aderlass-Stilette.

„Haltet saubere Tücher bereit! Ich brauche einen kleinen Silberlöffel, rasch! Und den stärksten Grappa, den Ihr habt", befahl er einem der Lakaien. Und zu Jakob gewandt: „Du musst mir helfen. Knie nieder und halte seinen Kopf etwas nach hinten überstreckt."

Jakob war inzwischen ganz bleich geworden: „Ich glaube, ich stehe das nicht durch", kam es kleinlaut von ihm.

„Du musst!", herrschte ihn Konrad an.

Mit dem Grappa-Schnaps wurde die Kehle des Buben desinfiziert. Dann ein beherzter Schnitt. Blut floss. „Tupfen!"

Ein zweiter tieferer Schnitt. „Die Wundränder. Du musst sie spreizen!"

Jakob riss sich zusammen und tat wie ihm befohlen. Jetzt konnte Konrad den Schildknorpel frei schieben. Er benutzte dazu den Griff des Messerchens. Der Spalt zum Ringknorpel wurde sichtbar; wie dickes Pergament. Nochmals ein Schnitt. Die Luftröhre war eröffnet.

„Den Löffel!"

Am oberen Drittel des Stiels knickte Konrad den Löffel zu einem rechtwinkeligen Haken und tauchte ihn zur Reinigung in die Grappa-Flasche. Vorsichtig führte er den gebogenen Stiel durch den Luftröhrenschlitz hindurch. Derber Widerstand.

„Das wird die Olive sein. Jetzt mit Gewalt", machte Konrad sich selbst Mut.

„Schnell! Den Jungen in die Luft, mit den Füßen zuerst!"

Gleich mehrere Diener packten zu. Nochmals ein kräftiger Schlag auf den Rücken.

Und, o Wunder, die Olive fiel aus dem Munde des Kindes auf den Boden und kullerte über den Marmor vor die Füße des bis dahin sprachlosen Vaters.

„Die elende, von Gott verfluchte Olivenkugel!" Mit höchster Verachtung zertrat er die aufgequollene Ölfrucht.

„Wir sind noch nicht fertig", rief Konrad, „ich brauche jetzt einen Strohhalm."

Während ihm der gebracht wurde, wühlte er in der Notfalltasche des immer noch verdutzten Infirmarius.
„Wo ist denn das keimtötende Silberpuder und dein Schimmelpulver?"
Die offene Wunde wurde mit Grappa gereinigt und mit Robertos Desinfizienzien eingepudert. Der Strohhalm war zu lang. „Wenn wir ihn halbieren haben wir zwei. Die stecken wir in die Luftröhre."
Mit zwei Nahtstichen verschloss Konrad die Wunde wieder. Unterhalb des Kehlkopfes ragten die zwei Strohhalme aus der Naht heraus, wie die Tastorgane einer Schnecke. Konrad war noch immer hoch konzentriert und hellwach. Trotz der dramatischen Situation war er bemerkenswert ruhig geblieben. Er wischte sich den Schweiß von der Stirn.

Die Gesichtsfarbe des Kindes war nicht mehr so tiefblau wie noch fünf Minuten zuvor. Aber eine selbstständige Atmung hatte noch nicht eingesetzt.
„Wir müssen die Herzpumpe unterstützen und den Jungen beatmen. Rasch, sonst war alles umsonst!"
Während Konrad den Brustkorb des Jungen vorsichtig rhythmisch komprimierte, wies er Jakob an, durch die Strohhalme einige Züge Atem einzublasen.
„Er atmet dagegen, er atmet selbst", rief Jakob freudig, „es ist geschafft!"
Und tatsächlich, der Bub kam allmählich wieder zum Leben zurück. Freilich noch benommen und noch nicht ansprechbar, aber er schnaufte wieder. Auch die Herzschläge waren wieder deutlich zu tasten. Allmählich kam wieder Leben in den Jungen. Alle konnten es sehen: Der Kleine bekam wieder eine rosige Gesichtsfarbe und sein Brustkorb bewegte sich atemsynchron auf und ab.
Francesco Scrovegni, Sohn des reichsten Mannes von Padua, lebte.
Unbemerkt von allen anderen war die Mutter des Buben bereits zehn Minuten vor dem Wiedererwachen ihres Kindes in eine tiefe Ohnmacht gefallen. Auf dem Boden sitzend war sie einfach zur Seite umgekippt. Eine Hofdame hielt ihr ein Riechfläschchen unter die Nase. Es dauerte ein wenig, bis sie wieder ganz Herrin ihrer Sinne war.
„Mein Söhnchen lebt! O welche Gnade des Herrn! Dem Allmächtigen sei Lob und Dank."
„Dummes Weib. Komm zu dir!", mischte sich der Hausherr ein, „Danken darfst du jemand anderem."
Während Roberto seine Utensilien wieder in seine Tasche einräumte murmelte er Unverständliches vor sich hin. Immer wieder schüttelte er seinen Kopf. „Dieser Wunderdoktor, nein, so ein Draufgänger. Hat der Mut. Alle Achtung."
„Roberto, was brummst du so? Das haben wir doch gut gemacht, oder?", klopfte ihm Jakob auf die Schultern.
„Nein, nicht wir. Konrad war es. Der wird einmal ein großer Arzt."

Wie Helden wurden die drei Nothelfer gefeiert. Im Augustiner-Kloster wurden sie mit allen Ehren überschüttet. In der Eremitani-Kirche wurde eigens für die gelungene Rettung des Kindes eine Messe gehalten. Am nächsten Tag wurden die zwei Studenten in den Palazzo Scrovegni bestellt. Ein Diener überbrachte die Botschaft.
„Mein Herr, Signore Filippe Scrovegni, bittet die Herren Studenten zu einer Unterredung in den Palast. Er wünscht Euch in seinem Kontor zu sprechen und lässt fragen, ob der morgige Nachmittag genehm ist?"
„Richte deinem Herrn aus, dass wir kommen werden."
Mit einer steifen Verbeugung zog sich der Lakai, rückwärts gehend, zurück.

Als sich die beiden Freunde am nächsten Tag zum Palazzo des Nachbarn begaben, kam für sie natürlich nur der Seiteneingang infrage. Dort wo üblicherweise die Lieferanten und die Bediensteten eingelassen wurden. Das kleine Gartentürchen an der Südseite des zum Anwesen gehörenden Parks war unverschlossen. Tagsüber stand es eigentlich immer offen, weil ständig Boten Lebensmittel, Pakete und Briefe abzugeben hatten. An der Seitentür zum Haus musste man allerdings eine schwere Messingglocke anschlagen, um sich bemerkbar zu machen. Konrad und Jakob wurden bereits erwartet. Einige Küchenfrauen hatten schon über eine Stunde hinter dem Fenster gestanden, um sie abzupassen.
„Bitte, die Herren, es ist uns nicht erlaubt, Euch zur Nebentür einzulassen. Euch gebührt der Haupteingang. Man erwartet die Herren vorne."
Das Hauptportal war wirklich fürstlich. In der Hektik des ersten Besuches waren den beiden Freunden die Schönheiten des Palastes nicht aufgefallen. Erst jetzt konnten sie den Prunk und Reichtum betrachten. Der breite Kiesweg endete vor einer im Oval geschwungenen, dreistufigen Treppe aus schwarzweißem Marmor, der aus Carrara stammte. Eine vorgezogene breite Loggia unterbrach geschmackvoll die Symmetrie der Frontseite des Hauses. Die Säulen dieses Vorbaus waren aus feinstem braunem sizilianischem Marmor.
Die Haustür, mindesten neun Fuß hoch, war aus edelstem dunklem Holz gefertigt und mit zahlreichen Schnitzarbeiten versehen. In der Mitte beider Türflügel waren Bernstein-Intarsien eingearbeitet. Sie zeigten die Wappen des Hausherrn. Die Messingbeschläge glänzten in der Sonne, so dass man nicht genau wusste, ob es sich um Messing oder gar um Gold handelte.
Noch nie zuvor hatten die beiden Freunde so viel Luxus gesehen.
Die Familie Scrovegni stand in froher Erwartung vor der Haustür, um die zwei deutschen Studenten zu begrüßen. Signore Scrovegni war in teuerstem Tuch gekleidet. Beinlinge aus Seide, die bis zu den Knöcheln reichten. Über einem weißen Leinenhemd trug er ein Wams aus Samtstoff. Seine Frau stand neben ihm in feinstem Seidenkleid mit Goldspangen und wertvollem Geschmeide. Sie trug ein etwa zweijähriges Kind auf dem Arm; das jüngste von

drei. An des Vaters Seite trat der Sohn Francesco unruhig von einem Bein aufs andere. Die Narbe am Hals war noch mit einem Mulltuch verbunden, die Strohhalme hatte Konrad bereits drei Stunden nach dem Eingriff entfernen können. Der Knabe war schon wieder, wie früher, das unbekümmerte und zappelige Kind.

Auf der anderen Seite, halb an die Mutter gelehnt, stand die neunzehnjährige Tochter. Sie strahlte Anmut und feine Eleganz aus. Das lange Haar war auf dem Hinterhaupt zusammengerollt aufgesteckt und mit einer Edelsteinspange fixiert. Sonst trug sie keine auffälligen Schmuckstücke. Den zwei Freunden war die aparte Schönheit des Mädchens sofort aufgefallen. Besonders Jakob war sehr von ihr angetan.

„Willkommen in meinem Haus", begrüßte Scrovegni die Besucher, „tretet ein und seid meine Gäste. Meine Frau Constanza kennt Ihr bereits. Sie stammt aus Venedig und ist wie alle Venezianer ein wenig zart besaitet und nicht besonders belastbar. Auf ihrem Arm trägt sie unser Nesthäkchen Clarissa. Unseren Sohn habt Ihr bereits zur Genüge kennen gelernt. Und mein ganzer Stolz ist unsere Älteste, Paola.

Lasst uns ins Haus gehen und einen netten Nachmittag verbringen."

Mit einer einladenden Handbewegung führte er die kleine Gesellschaft in den Vorraum. Auch hier Marmorfußböden. Zwischen den hohen Fenstern Amphoren, Alabaster-Statuen und Säulen.

Der Salon war mit Polstermöbeln und wertvollen Vitrinen ausgestattet. Man servierte Gebäck, kleine Törtchen und Tee. Nach höflichen Plaudereien über Belanglosigkeiten, das Wetter, die Stadt Padua und Venedig zeigte der Padrone die Terrasse mit dem herrlichen Blick über die Stadtmauer und den Kanal in Richtung Süd-Osten. „Dort drüben fließt die Brenta auf die Adria zu. Dort liegt das herrliche Venedig mit seinen hundert Inseln", schwärmte Scrovegni. „Was habe ich schon gute Geschäfte dort gemacht! Besonders interessant sind die jüdischen Kaufleute mit ihren weit verzweigten Beziehungen über den ganzen Orient."

Er deutete nun auf Jakob: „Mit Eurem Vater habe ich auch schon manchen Handel abgeschlossen. Wir waren's beide zufrieden." Und nach einer kleinen Pause „Lasst uns in mein Kontor gehen. Ich habe einiges mit Euch zu besprechen."

Signore Scrovegni ging voraus und bedeutete den beiden Studenten zu folgen. Die Damen blieben zurück, ohne dass es eines Hinweises dazu bedurft hätte. Es schien sich wohl um ein Gespräch unter Männern zu handeln, bei dem die Anwesenheit von Frauen nicht erforderlich war.

Das Kontor war in einem völlig anderen Stil eingerichtet. Es überwogen dunkle Möbel. Die Wände waren mit Holz verkleidet, und die Fenster mit schweren Stoffen behängt.

„Setzen wir uns."
Der Hausherr bot jedem einen bequemen Sessel an. Konrad wäre beinahe in dem weichen Samtstoff versunken. „Zunächst möchte ich mich bei den jungen Medizinern für die Rettung meines Kindes bedanken. Ohne Eure Hilfe hätte ich meinen geliebten Sohn verloren."
Er hielt inne und schaute zur Decke, als wollte er gleichzeitig auch dem Himmel danken. Jakob und Konrad schauten verlegen mit gesenktem Kopf. Der überschwängliche Dank war beiden etwas peinlich.
„Zum Dank sollt Ihr einen Wunsch frei haben, den ich nach Möglichkeit erfüllen werde. Gibt es etwas, das ich für Euch tun kann?"
Konrad und Jakob schauten sich mit großen Augen an. Darauf waren sie nicht vorbereitet. Was sollten sie sich wünschen? Eigentlich fehlte es ihnen an nichts. Mit ratloser Miene zuckten sie ihre Schultern.
„Nun, irgendetwas wünscht sich doch jeder. Nur heraus mit der Sprache. Keine falsche Bescheidenheit, wenn ich bitten darf."
Konrad hatte da eine Idee: „Wenn es erlaubt ist, ich wüsste etwas. Wir suchen seit einiger Zeit eine Unterkunft für die Zeit unseres Studiums. Vielleicht wisst Ihr eine Möglichkeit oder könnt etwas Günstiges vermitteln? Bei den Augustinern können wir nicht länger als einige Monate bleiben."
Scrovegni grübelte. Er schien einen Einfall zu haben, war sich aber nicht sicher, ob es machbar war. „Ich wüsste da etwas, muss es aber erst mit Donna Constanza besprechen." Mit diesen Worten ließ er die beiden Freunde allein, um sich mit seiner Frau zu beraten.
Mit gedämpfter Stimme flüsterten sich Konrad und Jakob ihre Eindrücke von der noblen Villa zu: „In meinem ganzen Leben habe ich nicht soviel Reichtum und Glanz auf einem Haufen gesehen", staunte Konrad und konnte kaum glauben, dass er hier zu Gast sein durfte. Er, der als Leibeigener in einer armseligen Lehmhütte aufgewachsen war. Und jetzt dieser Überfluss, diese Pracht. „Jakob, bitte kneif mich mal, ich glaube, ich bin in einem fantastischen Traum."
„Nein, träume nur weiter. Es ist zu schön, um dich zu wecken. Wer weiß, wann wir wieder Gelegenheit haben, so etwas zu erleben." Auch für Jakob war es überwältigend. Sein Elternhaus war sicherlich nicht ärmlich, aber soviel Luxus wie in diesem Palazzo hatte er auch noch nicht gesehen.
Es hatte keine zehn Minuten gedauert, und Signore Scrovegni war zurück. Mit einem freudigen Lächeln im Gesicht unterbreitete er seinen Vorschlag: „Meine Herren Doctores, es ist mir ein großes Vergnügen und eine große Ehre, Euch mein Haus als Unterkunft für die Zeit bis zum Abschluss Eures Studiums zur Verfügung zu stellen. Donna Constanza und ich haben beschlossen, Euch ein Zimmer im Gesindehaus am Ende unseres Parkes anzubieten. Die Verpflegung erhaltet Ihr mit den anderen Bediensteten im Küchenhaus."

Den beiden Studenten war für einen kurzen Moment der Atem stehen geblieben. Hatten sie richtig gehört? Sie sollten für zwei bis drei Jahre im Palazzo Scrovegni wohnen dürfen? Wenn auch nur im Gesindehaus, aber immerhin. Und dazu freie Verpflegung. Ein wirklich nobles Geschenk. Am liebsten wären die zwei vor lauter Freude in die Luft gesprungen. Der Padrone schaute fragend, ob die zwei denn zusagen würden.
Konrad hatte sich als erster wieder gefangen: „Signore, Euer Angebot ist mehr als großzügig und für das Wenige, was wir geleistet haben, zu viel der Ehre."
„Nun, ich würde mich sehr glücklich schätzen, wenn Ihr mein Angebot annehmt. Auch für mich und meine Familie hätte das gewisse Vorteile. Wüsste ich doch immer einen tüchtigen Arzt in meinem Haus. Kein Barbier oder Chirurgicus kann Euch das Wasser reichen."
Jakob sprang entschlossen auf und ging auf den Herrn des Hauses zu: „Wir nehmen euer großherziges Angebot an. Wir versprechen in jedem Notfall nach besten Wissen und Kräften zu helfen."
Völlig verblüfft und von der Situation überrumpelt stand auch Konrad auf und willigte ein. Die Sache war abgemacht.

Der Frühling in Padua war etwas ganz Besonderes. Die Aprilsonne stand höher als in Deutschland und wärmte auch intensiver. So zumindest kam es Konrad vor. Die kräftigen Farben in den Gärten und Parks, das aufgeregte Vogelgezwitscher in den Bäumen und das heitere Geschrei der Kinder auf den Straßen stimmten froh. Überall schien das Leben neu zu erwachen.
In den Schulen und an der Universität „Il Bo" herrschte geschäftiges Treiben. Die Studenten waren mittlerweile alle aus den Ferien zurückgekehrt. Mit frischem Elan ging es wieder an die Arbeit.
Man schrieb das Jahr des Herrn 1517. Für Konrad und Jakob begann das letzte Drittel des Studiums. Das neue Semester fing gemütlich an. Fracastoro war inzwischen zum Professor ernannt. Er war noch für ein Semester an der „Il Bo" verpflichtet worden und hielt die Vorlesungen über die Krankheitslehre und Heilmittel. Nicht jedermanns Geschmack war seine Vorliebe für die Lyrik. Er begann seinen Unterricht stets mit einem Gedicht zum Thema seines Vortrages. So auch zu Beginn seiner Antrittsvorlesung:

Die Säfte im Leben; Galle und Blut
von Gott gegeben, für Kälte und Glut
Regelkreis für alle Organe
ordnen Leber und Gedärme
steuern Kühle und auch Fieber
für Kopf und alle Glieder.
Sonne und Regen, Schnee und Wind
Soll'n sich bewegen im Kreise geschwind

Winter oder Lenz; heiß oder kalt
Kraft und Resistenz; jung und alt
alles hält sich die Waage
heute, morgen und alle Tage
eins ins andere, alles verwoben
Gottes Weisheit ist immer zu loben.

Bevor Professor Fracastoro dann endlich seine eigentliche Vorlesung begann, pflegte er eine kleine künstlerische Pause einzuhalten, so als wollte er sich sammeln oder ein leises Gebet sprechen. Konrad hörte ihm sehr gerne zu, weil ihm seine ruhige und bescheidene Art gefiel. Und weil er wusste, dass er mit Leonardo befreundet war.

„Alles im Leben hat seine Gesetzmäßigkeit. Das gilt auch für die Vorgänge in der Natur. Die Funktionsweisen aller Lebensabläufe von Tier und Mensch, auch in den Pflanzen, gehorchen diesen Naturgesetzen. Immer wieder versetzen sie uns in großes Erstaunen, weil sie in so einzigartiger Weise klug aufeinander abgestimmt sind. Wie ein jeder weiß, sind diese Regeln der Natur ein Beweis der Existenz Gottes. Das erklärt die wunderbar eingerichtete Natur.

Wenn wir die Geschehnisse um uns herum genau betrachten und analysieren, fällt auf, dass sich alle Naturgesetze wiederholen. Das heißt, wir finden die gleichen Regeln im Großen wie im Kleinen; im Makro-Kosmos und im Mikro-Kosmos.

So können wir immer die gleichen Lebensabläufe und Funktionsweisen bei großen Lebewesen und auch den kleinsten Kreaturen beobachten. Kleine Tiere sind mit großen vergleichbar. Käfer oder Mäuse ähneln Hunden, Schweinen oder Pferden.

Der Herr im Himmel hat uns Menschen zusammen mit allen Tieren als eine einheitliche Gruppe zwischen die Pflanzen und die Engel gesetzt. Aus diesem Grunde sind wir in unserem inneren Körperaufbau und Funktionen einem Tier ähnlich.

Wir wissen, dass unsere Körperfunktionen von dem gut abgestimmten Verhältnis der Körpersäfte abhängig sind. Wir unterscheiden hier die vier inneren Säfte Blut, Schleim, gelbe Galle und schwarze Galle. Jedem dieser Säfte entspricht eine ganz bestimmte Funktion. Untereinander müssen sie in einem ganz bestimmten Mengenverhältnis stehen.

Was nun nicht jedem bekannt ist, soll hier besonders erwähnt werden. Es sind die Umwelteinflüsse auf eben diese Körpersäfte. Zum Beispiel entsprechen klimatische Einflüsse einem bestimmten Körpersaft. Die Trockenheit steht in Beziehung zur Galle und Hitze zum Blut. Feuchtigkeit beeinflusst sowohl das Blut als auch den Schleim. Letztlich existieren für die vier Körpersäfte auch vier Witterungsqualitäten, die das Gleichgewicht unserer Säfte beeinflussen können. Warm und feucht bestimmen die Eigenschaften des Blutes, kalt und

feucht den Schleim, kalt und trocken die schwarze Galle, warm und trocken die gelbe Galle.
Zusätzlich haben die vier Jahreszeiten und die vier Elemente einen gehörigen Einfluss auf die vier Säfte.
Blut steht im Bezugsfeld von Luft und Frühling, Schleim tendiert zu Wasser und Winter, gelbe Galle zu Feuer und Sommer, schwarze Galle gehört zu Erde und Herbst.
Sie sehen, verehrte Studenten, es ist alles sehr weise und klug eingerichtet. Und immer wieder begegnet uns die göttliche Zahl vier. Alles ist in bester Ordnung, wenn sich unsere vier Körpersäfte im Gleichgewicht befinden. Das heißt, dass unser Körper nach den genannten Umwelteinflüssen rasch die Balance der Säfte wieder herstellt. Nur wenn eines der Säfte in zu starkem Maße erhöht oder erniedrigt ist, droht eine Krankheit. Erst nach Wiederherstellung des Säftegleichgewichtes kann die Krankheit geheilt werden.
Dies ist die vornehmlichste Aufgabe des Arztes: Das Erkennen einer Disharmonie der vier Körpersäfte und der Ausgleich der Balance."
Die schwierigen Zusammenhänge zwischen allen möglichen Störfaktoren wirkten zunächst unüberschaubar und ungeordnet. Erst im Laufe des Semesters erkannten die Studenten eine gewisse Systematik und einen logischen Aufbau. Wer hier nicht genau aufpasste, verlor schnell den Überblick.

„Ich kann dich nicht verstehen", schimpfte Konrad mit seinem Freund Jakob. „Jetzt hast du schon die dritte Vorlesung geschwänzt. Interessierst du dich denn nicht mehr für die Medizin? Gerade jetzt muss man genau aufpassen, um das Wichtigste nicht zu versäumen."
„Ach, das Thema ist doch so langweilig. In der letzten Vorlesung wäre ich beinahe eingeschlafen", Jakob winkte genervt ab.
Er wirkte irgendwie anders als sonst. Er war nicht mehr der Jakob Regensburger, der damals über die Alpen zog, um die moderne Medizin zu studieren. Konrad hatte das schon seit geraumer Zeit beobachtet. Des Öfteren hatte er sich in seinem Zimmer eingeschlossen und auch auf das eindringlichste Klopfen nicht geöffnet. Konrad konnte tun, was er wollte, Jakob war für nichts mehr zu begeistern. Beim gemeinsamen Abendessen mit dem Dienstpersonal des Hauses war auch kein richtiges Gespräch möglich.
„Sag, Jakob, was hast du alles gemacht heute?"
„Nichts weiter", kam die einsilbige Antwort.
„Fühlst du dich krank? Kann ich dir irgendwie helfen?"
„Nein, es geht schon."
„Schmeckt dir das Essen?"
„Ja, es geht."
„Weißt du noch etwas anderes als ja oder nein?"
„Nein", kam Jakobs störrische Antwort.

Jakob sah erschöpft aus, aber mit doch recht zufriedenem Gesicht. Beinahe wäre Konrad geneigt gewesen, in seinen Augen einen Glanz zu erkennen. Ein Funkeln der Pupillen, wie er es von dessen Schwester Sarah kannte. Konrad kamen die Erinnerungen hoch. Erinnerungen an seine glücklichste Zeit. Wie er in den Armen seiner Liebsten lag, ihren reinen Atem an seiner Wange spürte und das Funkeln der Liebe in ihren Augen sah. Genau das war es, was seinen Freund verändert hatte.

„Jakob, du bist verliebt. Wer ist es?"

„Wie gut du mich kennst."

„Wer ist es?"

„Ich kann es dir nicht sagen. Ich habe absolute Verschwiegenheit geloben müssen."

„Ist sie es wert, dass du dein Studium vernachlässigst? Am Ende schmeißt du alles hin?"

Jakob gab sich gleichgültig: „Das kann schon passieren."

„Und die Medizin? Alles was du bisher an Arbeit eingesetzt hast, war dann umsonst?"

„Schau, Konrad, die Sachlage hat sich geändert. Seit der Rettungsaktion des kleinen Francesco ist mir klar, dass ich zum Arzt nicht tauge."

„Warum denn das? Wir haben doch sehr gute Arbeit geleistet."

„Nein! Zumindest nicht ich. Weißt du noch, wie aufgeregt ich war? Mir zitterten die Hände. Das Antlitz des Kindes mit dem Ausdruck des nahenden Todes lähmten meine Gedanken und meine Hände. Spätestens damals war mir klar geworden, dass ich in ähnlichen Situationen, auf mich allein gestellt, hilflos wäre."

„Jakob, du übertreibst. Unabhängig davon, glaube ich, dass man in seine Aufgaben hineinwächst."

„Es geht hier um das Gewissen. Die Angst, in Notsituationen zu versagen, ist letztlich nichts anderes als die Sorge, dass mich hinterher das schlechte Gewissen zerfrisst."

„Das wäre ja eine Art von Egoismus. Um das eigene Gewissen sauber zu halten, machst du lieber gar nichts?"

„So kann man es auch sehen."

Konrad war am Verzweifeln. Wie konnte er seinen Freund nur wieder zur Medizin zurückführen? Jakob steckte in einer großen Krise. Von der Begeisterung der früheren Jahre war nichts mehr übrig geblieben.

„Und wenn du dich auf die theoretische Medizin beschränkst? Der typische Medicus, oder besser gesagt der Physikus, ist ja eigentlich nicht praktisch tätig. Seine Hauptaufgaben sind sowieso nur auf die Erforschung von Krankheiten und die Beratung der Patienten beschränkt", versuchte Konrad, seinen Kommilitonen umzustimmen.

„Dann hätte ich ja in Erfurt bleiben können. Wir sind ja hierher gekommen, weil wir mehr wollten als die theoretische Medizin."
„Das stimmt", musste Konrad zugeben, „wie soll es aber weitergehen?"
„Das weiß ich noch nicht. Möglicherweise werde ich doch Kaufmann wie mein Vater. Ich hätte gleich auf ihn hören sollen", Jakob machte durchaus den Eindruck, als meinte er es ernst.

Professor Fracastoros letzte Vorlesungen des Semesters handelten von der Harnschau und anderen diagnostischen Methoden.
„Meine Herren Studiosi!
Die Harnschau ist eine der wichtigsten Säulen der Diagnostik. Der geübte Arzt kann alleine mit der Harnschau die Ursache der Krankheit herausfinden. Der Patient muss ein Glasgefäß mit seinem Urin füllen. Am besten man nimmt den ersten Morgen-Urin. Von besonderer Wichtigkeit sind die Farbe und der Geschmack. Wenn es auf der Zunge bitzelt und süßlich schmeckt, ist das ein untrügliches Zeichen für eine Zuckersucht.
Ist der Urin trüb und hat er den Geschmack mehr nach Kastanien, so könnte ein Nierenleiden vorliegen.
Man sollte das Glas mit dem Urin einige Stunden stehen lassen und dann erst den Niederschlag an der Wandung des Glases ablesen. Befindet sich der Niederschlag mehr im oberen Bereich des Gefäßes, so ist das erkrankte Organ mehr im oberen Drittel des Körpers zu suchen. Also vermutlich die Lunge oder das Herz.
Niederschläge in der Mitte des Glases deuten auf Erkrankungen der Leber oder des Gedärms. Niederschläge im unteren Bereich des Glases geben Hinweise auf einen Schaden der Blase oder der Nieren.
Wir unterscheiden etwa ein Dutzend unterschiedliche Harnfarben, die alle Hinweise auf eine bestimmte Erkrankung geben."
Es kostete freilich einige Überwindung, den Urin auf der Zunge zergehen zu lassen. Manche Studenten kamen der Aufforderung des Professors nur sehr zögerlich nach. Einige wagten es erst nach energischem Drängen. Aber es gehörte zur Ausbildung dazu und musste geübt werden.
„Außer der Harnschau haben wir noch andere diagnostische Hilfsmittel. Die Atemluft des Patienten sollte man analysieren können. Dazu muss der Arzt die Mundhöhle inspizieren und dabei den Atem riechen. Übler Geruch kann durch faule Zähne oder durch eine Krankheit des Magens bedingt sein.
Die Farbe der Augen, besonders das Augenweiß, ist ebenso wichtig. Sollte sich das Weiß der Augen, die Skleren, ins Gelbliche verändern, muss eine Krankheit der Leber oder Gallenblase vermutet werden.
Der Puls wird am Handgelenk oder an der Halsschlagader getastet. Ein schwacher und flacher Puls spricht für eine Schwäche des Herzens.

Die Hitze des Körpers ist Ausdruck einer schweren Krankheit des Blutes. Der Arzt erfühlt die Temperatur durch Auflegen der flachen Hand auf Stirn oder Brust. Ein Ausleiten überschüssigen Blutes ist erforderlich und ist mit unterschiedlichen Prozeduren möglich.
Die wohl älteste und damit bestens erprobte Methode ist die des Aderlasses. Hierzu gibt es einen besonderen Lehrgang. Es ist nämlich wichtig, dass man die richtige Stelle zum Ablassen des Blutes und den richtigen Zeitpunkt wählt.
Einen Überschuss an Blut, eine so genannte Blutfülle, kann man auch durch Schröpfen ausleiten. Dazu verwendet man Schröpfköpfe aus Glas, die erhitzt auf die nackte Haut des Patienten aufgesetzt werden. Auch hier sind der Zeitpunkt des Schröpfens und die zu wählende Körperstelle wichtig. Das gleiche Ziel lässt sich durch Anlegen eines Blutegels erreichen."
Die Studenten übten alle diagnostischen Schritte an sich selbst. Im Hörsaal saßen sie sich paarweise gegenüber und tasteten sich gegenseitig den Puls, erfühlten die Körpertemperatur, untersuchten die Pupillen und den Atem. Konrad musste für diese Übungen einen ihm fremden Studenten bitten. Jakob war wieder einmal nicht im Unterricht gewesen. In einem Jahr sollten schon die Vorbereitungen für das Schlussexamen beginnen. Wie konnte man nur so kurz vor dem ersehnten Ziel alles hinwerfen? Es war einfach nicht zu begreifen. Immer wieder ging es Konrad durch den Kopf. Es kam ihm beinahe vor, als sollte er seinen besten Freund verlieren.
„Studiosi!
Die gefunden Ergebnisse der körperlichen Untersuchung müssen nun in ihre Überlegungen bezüglich der Vier-Säfte-Lehre einbezogen werden. Wenn alle Säfte im Einklang sind, müssten der Puls normal zu tasten sein, die Körpertemperatur normal, die Haut trocken sein, die Pupillen der Augen normal weit und der Harn von klarer gelblicher Farbe und neutralem Geschmack sein. Wenn das nicht der Fall ist, muss geklärt werden, ob eine Situation der Fülle oder der Leere vorliegt. Dementsprechend muss ausgeleitet oder aufgefüllt werden.
So einfach ist die Medizin, meine Herren. Gehet hinaus in die Welt und arbeitet nach diesem Prinzip."
Allgemeines Gemurmel unter den Studenten. „So einfach ist die Medizin!"
„Ja, wirklich einfach", stimmten fast alle ironisch zu.
Was es da alles zu bedenken gab! Krankheitslehre, Gleichgewicht der Säfte, Umwelteinflüsse, Astronomie, Anatomie, Heilmittel, Diätetik, Hygiene und nicht zuletzt die Prognose mit ihren Aussichten auf Heilung oder Tod.

Die Krankheitslehre ging auf Hippokrates und Galen zurück und war an allen medizinischen Schulen Europas anerkannt. Es klang alles logisch und plausibel. Niemand sah einen Grund, daran zu zweifeln. Die Studenten

mussten also sämtliche Umwelteinflüsse erkennen lernen, die einen Einfluss auf die Körpersäfte nehmen konnten. Besonders wichtig war in diesem Zusammenhang auch die Konstellation der Sterne. Die Astrologie mit ihrer Deutung der Sternbilder war schon immer eine Wissenschaft für sich. Für die Mediziner war die Sterndeutung eine selbstverständliche Voraussetzung, um eine Krankheit diagnostizieren zu können und deren Prognose abschätzen zu können.
Erst wenn der Arzt genaue Kenntnisse über alle Störmöglichkeiten hatte, erst wenn er wusste, welcher der vier Säfte fehlgeleitet war, konnte er die exakte Diagnose stellen. Auch eine Aussage über eine mögliche Heilung war nur in Kenntnis aller Umstände möglich. Entsprechendes galt für die Vorbeugung einer bestimmten Krankheit. Wenn die Heilung eingetreten war, sollte der Arzt eine Empfehlung zur Vermeidung eines Rückfalles geben können. Hier kamen die üblichen Diätempfehlungen und Ratschläge zur gesunden Lebensführung zum Tragen.
Was waren nun die Aufgaben eines Arztes?
Die Tätigkeiten des Arztes bezogen sich also auf die Diagnostik mit Deutung der Störfaktoren, auf die Prognose mit Angabe der Heilungschancen und auf die Prophylaxe mit den Ratschlägen zur Vermeidung der Krankheit. Was die Therapie anbelangte, erschöpfte sich die ärztliche Tätigkeit in der Empfehlung von Kräutern oder anderen Heilmitteln.
Es gab eine klare Trennung zwischen der ärztlichen Kunst und der Arbeit des Apothekers. Diese Aufteilung der Kompetenzen ging auf eine Verordnung von Kaiser Friedrich II. aus dem Jahre 1240 zurück. Die Herstellung und Abgabe von Arzneimitteln oblag also den Apothekern. Allerdings war der Arzt dem Apotheker gegenüber weisungsbefugt. Das bedeutete, dass der Apotheker ohne Anweisung des Arztes keine Heilmittel abgeben durfte. Zum Wohle des Patienten wurde eine gute Zusammenarbeit beider Berufsgruppen erwartet. Die handwerkliche Medizin im Sinne von operativen Eingriffen oblag den Barbierchirurgen.
Hier gab es genau festgelegte Aufgabenbereiche, die durch entsprechende Zunftgesetze bestimmt wurden. Gewiss waren sie regional unterschiedlich und wurden auch streng kontrolliert. Es wurde aber eifersüchtig darüber gewacht, dass sich niemand auf fremdem Terrain bewegte.
Nur in Ausnahmefällen hatten Ärzte den Ehrgeiz, ihre Behandlungsaktivitäten auszuweiten. Selbstverständlich konnte es dann zu Konflikten mit den Gesetzen der Barbiere kommen. Auf der anderen Seite waren deren Zunftgesetze für einen Medicus nicht unbedingt bindend. In aller Regel jedoch hielt sich ein studierter Arzt an die Standesregeln, und man überließ handwerkliche Tätigkeiten wie Aderlass, Schröpfen oder Schneiden den Barbieren

Im nächsten Frühjahr, anno Domini 1518, wurde der Lehrstuhl für Botanik und Arzneimittelkunde neu besetzt. Mit Professor Francesco Bonafede hatte man einen kompetenten Fachmann dafür gefunden. Das neue Unterrichtsfach wurde „Ad Lecturum simplicium" genannt. Es sollte Kenntnisse über die reinen, unverfälschten Heilpflanzen vermitteln. Der hohe Senat der Republik Venedig hatte beschlossen, dass die Universität von Padua den ersten botanischen Garten der Welt, einen „Hortus simplicium", erhalten sollte. Aus dem Dogenpalast in Venedig war bereits ein Stiftungsdokument eingegangen.
Der Staat Venetien wollte zwei Drittel der Kosten übernehmen. Den Rest sollte der Innere Rat der Stadt Padua aufbringen. Freilich wusste von den hohen Herren des Rates noch niemand, wie das nötige Geld aufzutreiben war, aber es wurde erst einmal zugesagt. Irgendeine Lösung sollte sich doch finden lassen.
Für derart wichtige Vorgänge wurden Sondersitzungen angesetzt. Der hohe Rat der Signori von Padua tagte zu solchen Gelegenheiten im Palazzo del Capitanio, dem Amtssitz des venezianischen Statthalters. Ursprünglich war das Gebäude der Regierungssitz und private Palast der Carrareser, die in Jahrzehnten vor 1405 Herrscher in Padua waren.
Für den neuen Capitanio Alvise Cornaro war der Palast erst kürzlich umgebaut worden. Der Löwe des heiligen Markus, Wahrzeichen Venedigs, thronte majestätisch auf einer römischen Säule direkt vor dem Eingangsportal mit dem Uhrenturm.
Das Innere des Palastes war nur wenig verändert worden, so dass vom Prunk und Glanz der alten Zeiten unter der Herrschaft Giacomos II., dem letzten Carrareser, noch einiges zu ahnen war. Als Sitzungssaal diente der ehemalige Tanz- und Festsaal, ein etwa neun Fuß hoher Raum von mindestens zwanzig Schritt Länge und dreizehn Schritt Breite. Die Decken und die untere Hälfte aller Wände waren mit wertvollen Edelhölzern und kunstvollen Intarsien getäfelt. Hohe Rundbogenfenster mit bunter Verglasung ließen angenehmes Licht hereinfluten.
Die hohen Herren des Rates, fast alle von adeligem Stand, kamen sehr gerne hierher in den Palazzo del Capitanio. Die angenehme Atmosphäre im Prachtpalast des Venezianers und das anschließende üppige Abendessen waren immer wieder ein besonderes Ereignis. Auch die Tagessordnung war nicht ganz so streng wie in den normalen Sitzungen des Stadtrates. Da konnten alle so richtig nach Herzenslust argumentieren und debattieren. Nicht immer hielt man sich an die guten Umgangsformen, und nur selten konnte ein Redner ungestört zu Ende sprechen.
Wenn nicht zufällig Übereinstimmung vorherrschte, war sich keiner der Räte zu schade, lauthals dazwischenzurufen. Den Vorsitz hatte üblicherweise Alvise Cornaro. Er war sich seiner Autorität bewusst; immerhin war er der Capitanio. Aber nur selten ließ er es die anderen Ratsmitglieder spüren. Als ge-

schickter Politiker wusste er seine Macht ganz gezielt und gut dosiert einzusetzen. Wurden allerdings die Wortgefechte und das allgemeine Durcheinander zu wild, pflegte er mit einem Holzhammer zweimal auf den Tisch zu schlagen. Sofort war es mäuschenstill im großen Sitzungssaal.
„Signori, wir wollen doch wieder sachlich werden und die Dinge vorantreiben. Wie ein jeder von uns weiß, geht es dem hohen Rat in Venedig darum, unsere venezianische Universität als eine der fortschrittlichsten der Welt auszubauen. Das Licht der medizinische Fakultät soll da besonders weit leuchten."
Luciano Aldoponti, der älteste und angesehenste Ratsherr, ergriff das Wort. Er stand dazu auf, straffte sein seidenes Übergewand und verbeugte sich würdevoll: „Exzellenz und ehrenwerte Signori! Wir alle sind von dem weisen Entschluss des hohen Rates zu Venedig angetan und wollen ihn nach Kräften unterstützen."
Zustimmung auf allen Plätzen. Eifriges Kopfnicken und lebhaftes Klopfen auf die Holztische. Man hatte sich angewöhnt, bei Zustimmung nicht in die Hände zu klatschen, sondern wie die Studenten mit den Knöcheln der Fingergelenke auf die Tischplatte zu trommeln.
Aldoponti fuhr fort: „Signori, das Problem liegt in der Durchführung. Ich sehe mehrere Probleme gleichzeitig aufkommen. Wie wollen wir die Restkosten finanzieren? Auf welchem Gelände soll der Botanikgarten entstehen? Wer soll sich um die Pflege kümmern? Und wer kommt für die laufenden Kosten auf?"
„Ich hätte da einen Vorschlag zu machen", warf Capitanio Cornaro ein, „wir sollten es mit einem Spendenaufruf versuchen. Es gibt doch genügend reiche Bürger in Padua. Schließlich geht es um eine gute Sache, die letztlich allen dient."
Augenblicklich warfen alle ihre Köpfe zur Seite und starrten Padrone Scrovegni an. Wie würde er reagieren? Wenn überhaupt jemand in der Lage wäre, eine ausreichend hohe Spende zu geben, dann er.
Zunächst kam keinerlei Reaktion. Als gehörte er nicht dazu, saß Filippe Scrovegni regungslos in seinem geschnitzten Ratssessel. Keiner wagte ein Wort zu sagen. „Jetzt bloß nicht auffallen", ging es jedem durch den Kopf, „am Ende erwartete man von allen eine Spende." Endlich erhob sich Scrovegni.
„Excellenzia, meine Herren, wenn die Stadt Padua mich ruft, werde ich wie immer zur Stelle sein. Für die Universität unserer Stadt gebe ich gerne fünftausend Gulden. Weiß ich doch das Geld gut angelegt."
Er wusste nur zu gut, dass er als Nicht-Adliger nur wegen seines Reichtums und seiner großzügigen Spenden im erlauchten Kreis der Ratsherren geduldet war. Die versprochenen fünftausend Gulden konnte er leicht verschmerzen. Sein Reichtum hatte ihm wieder einmal den Zugang zu Adelskreisen ge-

sichert. Das war ihm die Sache allemal wert. Zu den Principes zu gehören, hatte selbstverständlich auch seine Vorteile.
„Und den Standort. Wo können wir uns den Ort des teuren Gartens vorstellen?", wollte Daniele Barbaro, ein junger Adliger, wissen.
Als habe er auf diese Frage regelrecht gewartet, kam von Capitanio Cornaro die prompte Antwort: „Wir haben uns bereits für ein recht großes Areal entschieden und die Vorkaufsrechte gesichert. Es liegt unten in der feuchten Wiese, direkt neben dem Kloster der Benediktiner, am Alicorno-Fluss. Es umfasst mehrere zehntausend Quadrat-Fuß. Geeignete Architekten sollen Vorschläge für eine Gestaltung des Gartens einreichen. Ich stelle mir eine Einfriedung mit einer Mauer, mehrere Pavillons und Gewächshäuser vor."
Aufgeregte Gespräche und Diskussionen zeigten allgemeines Interesse und Begeisterung. Der junge Barbaro ergriff mit frischem Elan und jugendlichem Eifer die Initiative: „Als sehr guten Architekten kann man Andrea Moroni empfehlen. Er hat schon mehrere Parkanlagen geschaffen. Mit der Basilika Sankt Justina hat er seine Fähigkeiten als Baumeister bewiesen."
„Er soll seine Pläne einreichen", gab der Capitanio seine Anweisung. „Wir wollen jedoch keine Entscheidung fällen, ohne die Meinung des zuständigen Professors der Universität zu hören. Schließlich handelt es sich um ein wissenschaftliches Projekt, das in erster Linie akademische Ziele verfolgen soll. Professor Bonafede wird die Einteilung der Kräuterbeete, die Bepflanzungen und die Anzahl der Gewächshäuser festlegen. Der Architekt wird sich also vorwiegend mit ihm beraten müssen.
Natürlich erwarten wir, dass die Studenten sich an der Pflanzarbeit und später an der Pflege der Gewächse beteiligen. Auf diese Weise lässt sich das Aussehen und die Bestimmung der Heilpflanze gut studieren."
Wieder lautstarkes beifälliges Klopfen aller Stadträte. Alle schwadronierten und scherzten und waren guter Dinge. Capitanio Cornaro sah es mit Genugtuung. Das war wieder eine erfolgreiche Ratssitzung nach seinem Geschmack.
Signore Aldoponti brachte das Ergebnis der Sitzung auf einen Nenner: „Excellentia, liebe Collegae! Wir haben heute Abend einen weisen und klugen Entschluss gefasst. Unsere Universität wird einen Hortus botanicum erhalten, der auf der Welt einzigartig sein wird. Die Studenten und die Wissenschaftler haben damit die Gelegenheit, sämtliche Heilpflanzen zu studieren, zu klassifizieren und genaue Einsatzmöglichkeiten festzulegen. Eine wahrlich gute Ausbildung, die sich an der Praxis orientiert. Mit der Systematisierung der Heilpflanzen haben wir endlich die Möglichkeit, die wirksamen Kräuter von den wertlosen zu unterscheiden. Dann hört der Missbrauch von angeblich wirksamen Unkräutern auf, mit denen allerlei krumme Geschäfte getrieben werden."
Der Capitanio beschloss den offiziellen Teil und lud wie immer die erlauchte Gesellschaft zum Essen ein. Im Speisesaal war alles hergerichtet. Etwa fünf-

undzwanzig Diener und Servierfräulein standen um eine lange festlich dekorierte Tafel. Hinter jedem Stuhl stand einer der Lakaien. Als die Ratsherren Platz genommen hatten, kamen zehn weiß gekleidete Köche in den Saal marschiert. Ein jeder trug Schüsseln oder Terrinen mit erlesenen Köstlichkeiten aus der Palastküche. Obwohl schon genug gesprochen und diskutiert war, ließ es sich der Hausherr nicht nehmen, das Festbankett zu eröffnen: „Signori! Wir Ratsherren von Padua haben unserer Universität einen großen Dienst erwiesen. Die Studenten, unsere zukünftigen Medici, werden die Früchte ernten können. Unserem ehrenwerten Ratsmitglied, Signore Daniele Barbaro, wird die Leitung dieses Projekt übertragen. Wir sind sicher, dass er es zu einem guten Abschluss bringen wird.
Für heute Abend wünsche ich uns allen einen gesegneten Appetit und einen harmonischen Ausklang."

Schon nach sechs Wochen waren die Dinge soweit vorangetrieben, dass die ersten Helfer für die groben Arbeiten eingeteilt werden konnten. Selbstverständlich war der Andrang an Studenten sehr groß. Alle waren gespannt, wie die Architektenpläne die Aufteilung des Gartens vorgesehen hatten. Das Gelände wurde kreisförmig abgesteckt und mit einer Mauer von etwa sechs Fuß Höhe eingefasst. Dieses Rondell war mit zwei Alleen durchzogen, so dass innerhalb des Kreises eine Vierteilung entstand.
Die insgesamt drei Pavillons und fünf Gewächshäuser sollten später von Bauarbeitern errichtet werden. Alles andere, wie die Trockenlegung von Sumpfwiesen und Anlegung von Wegen und Beeten oblag den freiwilligen Helfern. Da fanden sich nicht nur Studenten. Auch Schüler und Handwerksburschen trafen sich in ihrer Freizeit dort, um sich bei den Jugendlichen umzuschauen und gelegentlich mit Hand anzulegen. Es hatte sich mittlerweile herumgesprochen, dass die Baustelle des Botanischen Gartens zum Treffpunkt der jungen Leute der Stadt geworden war.

Auch die Tochter des Hauptsponsors, Paola Scrovegni, ließ es sich nicht nehmen, ein oder zweimal in der Woche vorbeizuschauen. Wie selbstverständlich ließ sie sich für kleinere Arbeiten einteilen. Das machte bald Schule in der ganzen Stadt, und immer häufiger wurden Töchter aus besserem Hause auf dem Gelände angetroffen. Mit den Herren Studenten konnte man vortrefflich plaudern und das eine oder andere Kompliment austauschen.
Jakob und Konrad gehörten zu den regelmäßigen Besuchern der Baustelle. Konrad freute sich, dass sein Freund wieder aktiv am Studentenleben teilnahm. Dass er sich für seine Arbeitseinsätze bevorzugt zusammen mit Paola einteilen ließ, war zunächst nichts Außergewöhnliches. Schließlich war sie die Tochter ihres Hausherrn. Sie waren alle drei seit mehreren Wochen mit der Erstellung eines Beetes beschäftigt, in welchem später Zinnkraut angepflanzt

werden sollte. Die oberste Bodenschicht war bereits abgetragen und ein besserer Humus aufgefüllt. Die schwerere Arbeit wurde von den jungen Männern übernommen, Randsteine setzen oder die gute Pflanzerde heranfkarren. Die Mädchen schauten zu, tuschelten und kicherten. Gelegentlich zupften sie an den jungen Pflänzchen oder halfen beim Umtopfen.
Einmal im Monat wurden alle Helfer zusammengerufen und über den neuesten Stand der Dinge und die Einteilungen zum Arbeitseinsatz aufgeklärt. Hierzu stieg der Architekt Moroni auf ein altes Weinfass und sprach zu den Studenten.
„Junge Freunde, die Arbeiten gehen zügig voran. Es ist schon erstaunlich, was geleistet werden kann, wenn viele Hände zupacken.
Mit Professor Bonafede ist jetzt eine grundsätzliche Einteilung der Bepflanzung festgelegt worden. Demnach soll es in unserem Garten zwei große Abteilungen geben: Auf der linken Seite sollen alle bekannten Heilpflanzen entsprechend ihrer Zugehörigkeit zu einer bestimmten Pflanzenfamilie zusammengefasst werden. Jede einzelne Pflanzengruppe erhält ihr eigenes Pflanzbeet.
So gehören zum Beispiel die Schmetterlingsblütler, die Rosaceae, die Hamamelisgewächse und die Dickblattgewächse zu der Reihe der Rosengewächse und ihrer Verwandten. Diese Gewächse sollen zusammen in einem eigenen Abteil stehen. Andere Gemeinsamkeiten wie zum Beispiel die Anzahl der Keimblätter oder der Hüllblätter geben wieder eine Gruppe, die zusammengefasst werden sollen. Es werden also alle Pflanzen, die botanische Gemeinsamkeiten aufweisen, in einem separaten Beet zu finden sein.
Diese linke Abteilung, nennen wir sie die botanische Seite, wird durch einen breiten Gang von der rechten Seite zu trennen sein, auf der eine andere Einteilung vorgesehen ist. Hier, man könnte es auch die pharmakologische Seite nennen, sollen die Kräuter entsprechend ihrer Wirksamkeit im menschlichen Körper zusammengefasst werden. So wären beispielsweise alle gängigen Magenmittel in einem separaten Feld und Lungenkräuter wieder in einem anderen zu suchen sein."
Die Arbeitseinsätze wurden, wie gewohnt, nach ungezielter Abzählung eingeteilt. Es war schon irgendwie verhext. Immer wieder wurden Jakob und Paola in eine Gruppe für die linke, botanische Seite und Konrad mit anderen Studenten für die rechte, pharmakologische Seite eingeteilt.
Für Konrad war es wesentlich interessanter auf der rechten Seite zu arbeiten. Hatte er doch hier bessere Möglichkeiten, die Kräuter mit ihrer Heilwirkung kennenzulernen. Allerdings hätte er Jakob und Paola gerne in seiner Nähe gehabt. Andererseits wollte er sich auch nicht allzu viel ablenken lassen von dem aufgeregten Geplapper der beiden.

Seit nunmehr drei Wochen war Konrad mit sechs anderen Studenten damit beschäftigt, das Beet mit den „Darmkräutern" anzulegen. Carminativa, die Darmreinigungsmittel, waren sehr wichtige Therapeutica, weil sie zur Entgiftung des Körpers und zur Wiederherstellung des Säfte-Gleichgewichtes beitrugen. Die meisten Kräuter stammten aus der Region, also aus dem Mittelmeerraum oder aus dem Orient.
Der Kümmel, *Fructus carvi,* war schon von alters her ein ausgezeichnetes Mittel gegen Blähungen und zur Entschlackung. In die gleiche Gruppe gehörten auch der Fenchel und der Anis. Weniger bekannt waren der Koriander und der Melonenbaum mit seiner heilsamen Milch, der *Lac Caricae papayae.*
In der nächsten Abteilung wurden die Pflanzen angebaut, aus denen man Magenmittel herstellen konnte. Dazu gehörten die Kamille, die Melisse, die Pfefferminze und das Gänsefingerkraut.
Wegen der Bitterstoffe waren auch die herben Kräuter gefragt, weil sie einer Übersäuerung des Magens vorbeugen und die gereizte Magenschleimhaut beruhigen. Die wichtigsten Vertreter waren Wermut, Enzian, Bitterklee, Tausendgüldenkraut und der indische Kalmus oder Aronstab.
Bei starken Krämpfen war als zuverlässiges Mittel die Tollkirsche, die *Atropa Belladonnae,* beliebt. Der Extrakt aus ihren Blättern war fast immer wirksam und entkrampfte den Magen innerhalb von wenigen Minuten. Das galt auch für heftige Darmkrämpfe. Allerdings durfte man das Mittel nicht zu hoch dosieren, weil es durch Herzrasen schnell auch zu tödlichen Zwischenfällen kommen konnte.
Für schwere Durchfallserkrankungen gab es eine eigene Abteilung. Das Feld der Anti-Diarrhoeica. Die gefürchteten blutigen Durchfälle der Ruhr oder die Cholera mit den üppigen wässrigen Diarrhöen waren oft Ursache von Massensterben. Das wirksamste Mittel zur Beruhigung des Darmes war Opium, die rasch wirkende Opium-Milch, *Lac Papaver somniferum.* Man konnte damit den Darm praktisch vollkommen ruhig stellen. Opium stammte aus dem Orient und war schon den Ägyptern bekannt gewesen.
Gegen die Erkrankungen des Darmes sollten die Wurzeln der Blutwurz, *Rhizoma Tormentillae,* und die Blätter der Heidelbeere, *Folia Myrtilli,* wirken. Eine stark stopfende Wirkung kannte man vom Mäuseklee, dem *Herba Trifolii arvensi.*
Für die Obstipation, das Gegenteil des Durchfalls, hatte man Rhabarber, eine erst kürzlich aus den chinesischen Gebirgen eingeführte Pflanze. Gegen Verstopfung wirkte auch die Rinde des Faulbaums und der Leinsamen aus Deutschland.
Die Wüstenlilie Aloe hatte einen herausragenden Platz in dieser Abteilung. Ihr Saft taugte zum einen als mildes Abführmittel, zum anderen in höherer Konzentration als Abtreibungsmittel. Manche vornehme Damen benutzten den milchigen Saft als Hautpflegemittel.

Passend zum Magen-Darm-Trakt war hinter dem „Darm-Feld“ das Beet der Heilkräuter für Leber und Galle angelegt. Schon die alten Griechen schätzten die Leber-Schutzwirkung der Mariendistel, der *Silybum marianum*. Genutzt wurden ihre Früchte und Samen. Im gleichen Beet standen Löwenzahn, Wermut, Schöllkraut, Schafgarbe und Artischocke.
Zuckerkranken mit ihrem Honig-Urin konnte man nur im Anfangsstadium eine wirksame Therapie anbieten. Neben einer mäßigenden Diät hatten sich die Blätter von Heidelbeere, Bohnenhülsen, Gelbes Fingerkraut, die Böhmische Geißraute und der Beduinenstrauch *Poterium spinosum* bewährt. Sie alle waren im Diabetiker-Feld angepflanzt.
Eine recht große Parzelle war für die herzwirksamen Kräuter angelegt. Diese Abteilung lag direkt neben dem „Lungen-Feld.“
Beliebte Herzmittel waren Knoblauch, Baldrian, Weißdorn, Maiglöckchen, Oleanderblätter und die Mittelmeerzwiebel. Von dieser Zwiebel war fürs Herz nur die weiße Sorte, die *Scilla maritima alba*, tauglich. Die rote wurde als Rattengift verwendet.
Die stärkeren Herzmittel standen in einer gesonderten Ecke, die mit Warnschildern abgesteckt war. Diese Mittel waren wegen gefährlicher Nebenwirkungen nur mit äußerster Vorsicht und nur in kleinsten Dosierungen anzuwenden. Die Blätter des Roten Fingerhuts wurden bei Herzschwäche mit Wassersucht eingesetzt.
Der Extrakt der Tollkirsche macht das Herz schneller und wurde bei zu langsamer Herzschlagfolge gegeben. Das Gegenteil, nämlich eine Verlangsamung des Herzens, erreichte man mit den Inhaltsstoffen vom Gelben Besenginster, den Blüten des Weißdorns und der Rinde des Fieberrindenbaumes aus China.
Die Lungenkräuter beanspruchten ebenfalls ein großes Feld. Für die Bronchien und gegen Husten kannte man eine Unmenge von Heilmitteln, die mehr oder weniger hilfreich waren.
Im botanischen Garten von Padua wurden nur die Kräuter angepflanzt, von denen man eine eindeutige Wirkung kannte. Es wurden verschiedene Wirkprinzipien unterschieden: Schleimbildner, die die schützenden Schleimhäute der gereizten Bronchien stärken, Schleimlöser, Hustenblocker und Krampf stillende Drogen. Zur ersten Gruppe gehörten Huflattich, Eibisch, Spitzwegerich, Malve und Königskerze. Die Schleimlöser sind Primel, Bibernelle, Anis, Veilchen, Seifenkraut und Lungenkraut.
Den Hustenkrampf lösen Thymian, Efeu, Sonnentau und Pestwurz. Am besten wirkte jedoch schon immer das Opium. Gegen Fieber halfen Holunderblüten und Lindenblüten.
In der letzten Abteilung waren die Kräuter für die Nieren zu finden. Diese Drogen wirkten allesamt harntreibend und entwässernd: Goldrute, Liebstöckel, Hauhechel, Ackerschachtelhalm und Petersilienfrüchte. Letztere wurden

von manchen Kräuterweibern und Engelmacherinnen als Abtreibungsmittel empfohlen.
In einer feuchten Wiese, unten an dem kleinen Flüsschen Alicorno, war ein Plätzchen für die Rheumamittel vorgesehen. Hier standen bereits früher Korbweiden, aus deren Rinde ein hervorragender Rheuma-Tee bereitet werden konnte. Gemischt mit Brennessel und Zinnkraut half es, die schlimmsten Gelenkschmerzen zu lindern. Bei Gichtanfällen – eine plötzlich auftretende Schmerzattacke der reichen Leute – gab der Extrakt der Herbstzeitlosen augenblickliche Hilfe. Dazu wurde aus den Samen der eigentlich giftigen Pflanze eine Tinktur zubereitet, von der man alle zwei Stunden einige Tropfen verabreichte. Allerdings wurden bei Überdosierungen auch Todesfälle wegen Herzstillstands beschrieben.

Abgesehen von den vielen fremdländischen Pflanzen aus dem Orient kannte Konrad die meisten. Sowohl Barnabas in Windsheim wie auch der Klostergarten der Erfurter Augustiner hatten eine reichliche Auswahl von Heilpflanzen. Allerdings war die systematische Zuordnung der Gewächse zu den einzelnen Krankheitsbildern dort wegen Platzmangel nicht möglich. Im Garten der Universität von Padua war das kein Problem. Diese großartige Idee, die das Auffinden des geeigneten Heilmittels erheblich vereinfachte, war hier erstmalig verwirklicht worden. Die exakte Zuordnung der Pflanzen mit Beschreibung von Form der Blätter, Blüten, Stängel und der Wurzeln war neu und verhinderte eine Verwechselung mit anderen Gewächsen, die möglicherweise unwirksam oder gar giftig waren. Die Lehre von den Heilpflanzen erhielt eine exakte und fundierte Wissenschaftlichkeit. Es wurde von jedem Studenten verlangt, dass er die Pflanzen in ihrer Gestalt erkannte und deren Wirkung sowie Nebenwirkung wusste. Die Pflege der Kräuter im botanischen Garten war für jeden Studenten im dritten oder vierten Semester Pflicht. So hatte ein jeder genug Zeit und Gelegenheit, sich mit der Materie vertraut zu machen. In der Abschlussprüfung, dem Medicus-Examen, wurden diese Kenntnisse abgefragt.

Am Samstag sollte auf dem Gelände ein Jugendfest stattfinden. Konrad hatte mit seiner Gruppe schon etwas früher die Arbeit beendet, um sich für den Abend noch etwas frisch zu machen und ein sauberes Wams anzuziehen. Er ging hinüber auf die linke Seite der Anlage, um den beiden anderen Bescheid zu geben. Aber so sehr er sich auch bemühte, es waren weder Jakob noch Paola zu finden. Auch die anderen Studenten hatten sie nicht gesehen.
„Es wird doch nichts passiert sein?“, dachte er sich. Sie hätten doch sicher etwas erwähnt, wenn sie früher als üblich heim wollten? Konrad konnte sich keinen rechten Reim draus machen. Ein Unfall wäre ja auf solch einer Baustelle durchaus möglich. Aber davon hätten dann die anderen gewusst. Es

hatte keinen großen Sinn, auf dem großen Gelände weiterzusuchen. So beschloss Konrad nach Hause zu gehen. Er wählte dazu eine Abkürzung durchs Gebüsch in Richtung Basilika di Santo Antonio. Zwischen dem Alicorno und dem Canale St. Chiara musste er ein kleines Wäldchen durchqueren. Eigentlich mehr ein Dickicht, das später mit in den botanischen Garten integriert werden sollte.

Bevor Konrad die Antonius-Brücke über den Kanal erreichte, bemerkte er, dass er nicht alleine war in diesem Gebüsch. Abseits des Trampelpfades, hinter dichtem Wacholder, Zypressen und Eiben waren eigentümliche Geräusche zu hören: Stimmen, die höchste Erregung verrieten; teils leise unterdrückt, teils ungehemmt. Konrad kannte diese Laute der Verzückung. Es waren die Stimmen der Liebe, der Hingabe und der innigsten Vereinigung. Unbewusst musste Konrad an seine Sarah denken, und Sehnsucht überkam ihn. Hier wollte er nicht stören und wandte sich schmunzelnd ab, um weiterzulaufen.

„O Jakob, Liebster, nie mehr sollst du mich verlassen. Du Herz meiner Seele; immer werde ich dir gehören."

Wie vom Blitz getroffen erstarrte Konrad und wäre beinahe über seine eigenen Beine gestolpert. Das war eindeutig Paolas Stimme. Kein Zweifel. Und sie rief den Namen seines Freundes.

Das also war Jakobs großes Geheimnis. Jetzt erklärte sich alles. Natürlich konnte Jakob diese Liaison nicht publik machen. Jederzeit musste man damit rechnen, dass der Vater, Padrone Scrovegni, die beiden Untermieter sofort aus dem Hause jagen würde, wenn er davon erfahren hätte. Welche Schande! Scrovegni, ein Mann wie er, Stadtrat und Freund der Mächtigsten von Padua. Könnte er am Ende Einfluss nehmen auf die Professoren der Universität? Könnte möglicherweise die beleidigte Vaterehre Rache üben an den beiden gewissenlosen Studenten? Eine einzige Anzeige von ihm dürfte wohl genügen, um alle beide wegen Unehrenhaftigkeit und unsittlichen Benehmens aus der Universität entfernen zu lassen. Vale „Il Bo"! Und das so kurz vor dem Ziel. O Gott, o Gott! Welches Unglück! Nicht auszudenken.

Konrad beschloss, seinen Freund auf das heikle Thema anzusprechen. So rasch wie möglich. Sobald sich eine Gelegenheit dazu bieten würde. Unter normalen Verhältnissen hätte er das sicher nicht getan, aber die besonderen Umstände gestatteten ihm diese Indiskretion. Und dann stand da noch die Prüfung über die Kräuterlehre an. Die letzte große Klausur vor dem Abschlussexamen im nächsten Jahr. Ausgerechnet jetzt. Konrad war völlig durcheinander und wusste nicht, wie er am besten vorgehen sollte und was zuerst anzupacken war.

Nach reiflicher Überlegung kam er doch zu dem Entschluss, die Dinge nicht zu überstürzen und erst einmal die Zwischenprüfung zu absolvieren. Jakob hatte sich erst gar nicht dazu angemeldet. Er war zu schlecht vorbereitet und wollte erst im nächsten Semester antreten. Darauf konnte Konrad jetzt beim besten Willen keine Rücksicht mehr nehmen. Was hatte er schon geredet, gedrängt, geschimpft und gebettelt. Nein, der Herr Jakob war durch nichts auf den rechten Pfad der Tugend zurückzubringen.

Die Kräuter-Klausur war eine zweigeteilte Prüfung. Der erste Teil fand in der Universität „Il Bo" statt und war teils schriftlich und teils mündlich abzulegen. Der zweite Teil war am nächsten Tag im Botanischen Garten vorgesehen. Hier sollten die wichtigsten Heilpflanzen erkannt und benannt werden. Außerdem wurden die Verwendungszwecke der betreffenden Kräuter abgefragt.

Konrad war sehr aufgeregt. Wie schnell konnte man die Begriffe, die vielen unterschiedlichen Pflanzennamen und die zahlreichen Blätter, Blüten und Stängel verwechseln. Er war zwar bestens im Bilde, hatte er doch schon als Kind täglich mit Heilkräutern zu tun gehabt, aber dennoch konnte er sich nie vollständig sicher sein.

Der Professor merkte ihm die Nervosität an und versuchte ihn zu beruhigen.

„Junger Herr Kandidat, jetzt wollen wir erst einmal in aller Ruhe durchatmen. Ihr wisst doch, dass die Angst schon so manches Unternehmen zerstört hat. Das wäre wirklich schade. Wo ich doch weiß, dass Er zu den fleißigen Studenten gehört."

Konrad war für die freundlichen Worte des Prüfers sichtlich dankbar, das aufgeregte Ziehen im Magen konnte er jedoch nicht vollends abstellen. Die schriftliche Prüfung hatte ihm nichts ausgemacht. Da war er wesentlich ruhiger und konzentrierter. Aber jetzt, so nahe dem Professor, Auge in Auge, das war eine ganz andere Situation.

„Was fällt dem Herrn Studiosus denn zu diesem Pflänzchen ein?", wollte Professor Bonafede wissen und hielt ihm einen Zweig mit glockenförmigen violettbraunen Blättern und glänzend schwarzen Beeren vor.

Konrads Gesicht hellte sich augenblicklich auf. Jedes Kind hätte es erkannt.

„Es handelt sich um die Tollkirsche, Herr Professor, die *Atropa Belladonna*. Sie gehört zu den *Solanaceae*, den Nachtschattengewächsen. Der Wirkstoff aus seinen Blättern ist eines der stärksten Arzneimittel, das wir haben. Es wird bei Krämpfen des Magen und des Darmes eingesetzt. Auch als Herzmittel kann es verwendet werden, besonders bei zu langsamen Herzschlägen."

„Damit bin ich schon fast zufrieden", lehnte sich der Professor auf seinem Stuhl zurück, „was mich jetzt noch interessiert, ist die Nebenwirkung dieser Droge. Man sagt doch so schön, dass es keine Wirkung ohne Nebenwirkung gibt. Was müssen wir denn beim Einsatz der Tollkirsche bedenken?"

Auch das wusste Konrad. Schließlich hatte er die Komplikationen beim Erfurter Bader selbst schon einmal beobachten können.

„Tollkirschenextrakt muss sehr genau und vorsichtig dosiert werden, weil es sonst zu Herzstolpern und sogar zum Herzstillstand kommen kann."

„Das ist richtig. Woran erkennt man, dass die Dosis zu hoch war?"
Konrad wusste jetzt nicht, worauf der Professor hinaus wollte.
„Nun gut, ich werde mich etwas präziser ausdrücken. Welche Symptome fallen bei etwaiger Überdosierung als erste auf?"
Jetzt war Konrad wieder im Bilde: „Als erstes klagen die Patienten über Trockenheit im Mund und verschwommene Sicht. Die Pupillen werden weit. Im Falle einer Vergiftung sind die Betroffenen stark erregt, haben einen hochroten Kopf und sind verwirrt, sie sind wie toll. Daher trägt die Pflanze im Deutschen auch ihren Namen: Tollkirsche."
„Ja, genau das wollte ich hören. Wie viele Tropfen der Belladonna-Tinktur sollte man einem erwachsenen Mann anfänglich geben?"
„Dreimal täglich acht Tropfen sollten zunächst genügen."
Konrad war froh, dass der Professor das Thema wechselte. Er war offenbar mit seinen Antworten zufrieden. Er wollte dann noch einiges zur Gicht wissen. Mit welchen Drogen man die Gichtkristalle im schwimmenden Blut herausschwemmen könnte und mit welchem Mittel der akute Gichtanfall zu behandeln wäre.
„Die Gicht ist wohl mehr eine Krankheit des wohlhabenden Mannes. Meist handelt es sich um dicke ältere Männer, die viel Bier, Fleisch und Hülsenfrüchte zu sich nehmen. Eine Teemischung aus grünem Hafer, Brennessel und Berg-Frauenmantel hat sich bewährt. Für den akuten Gichtanfall wirkt fast immer ein Extrakt aus der Herbstzeitlosen, *Colchicum autumnale*. Sie gehört zu den Liliengewächsen und ist auch sehr giftig, wenn man sie überdosiert."
„Ausgezeichnet Herr Kandidat. Wenn alle Studenten eine solch gute Leistung bringen würden, wäre es mir nicht bange um die Patienten."
Die Prüfung war bestanden. Mit Summa cum laude, mit höchstem Lob. Das wäre geschafft. Konrad war stolz auf sich. Im nächsten Jahr stand dann das Abschlussexamen an. Das würde er wohl auch noch meistern. Bester Laune schlenderte er durch die Stadt nach Hause.

„Jakob, mach die Tür auf! Wir wollen feiern. Meine Prüfung ist bestanden."
Mit aller Kraft klopfte Konrad gegen die Tür von Jakobs Schlafkammer, aber nichts rührte sich. Wo mag der schon wieder stecken? Vermutlich macht sich der feine Herr wieder einen schönen Tag mit der Tochter des Hauses. Nun ja, was soll's. Schließlich wusste Konrad aus eigener Erfahrung, was es bedeutet, verliebt zu sein. Anfänglich war kein einziger Tag vergangen, an dem er nicht an seine Sarah hatte denken müssen. Wie gerne hätte er sie in den Arm genommen, gestreichelt und geküsst. Gerade jetzt, nach der bestandenen Prüfung. Die Briefe von ihr hatte er alle mindestens zwanzig, dreißig Mal gelesen. In einer Holzkiste unter seiner Bettstatt bewahrte er sie auf. In mehreren

Stapeln und geordnet nach dem Datum des Überbringens. Meistens wurden sie im Kloster abgegeben.
Handelskarawanen aus Augsburg brachten sie mit. Nicht sehr oft. Vielleicht alle vier bis fünf Wochen. Aber immerhin. Wusste er doch so, dass sie gesund war und noch mit brennendem Herzen an ihn dachte. Sarah hatte immer genau gewusst, wer wann eine Fahrt zu den Welschen plante. Immer rechtzeitig übergab sie ihre Briefe dem Wagenführer. Kleine Überraschungen waren oft dabei. Einmal legte sie eine Locke von ihrem kohlschwarzen Haar bei, ein anderes Mal war es ein Liebesgedicht. Das letzte Gedicht hatte ihm besonders gefallen:

O du mein liebster Sonnenschein
ich möcht' so gerne bei dir sein
trennen uns auch viele Meilen
im Herzen wirst du bleiben
von deinen Augen will ich träumen
meine Liebe will überschäumen
o komm herbei du liebster Tag, du süße Stund
wenn ich dich wiederhab' und küsse deinen Mund.

Für Konrad war es jedes Mal eine große Freude, wenn er von seiner Liebsten ein Lebenszeichen hörte. Selbstverständlich gab er den Überbringern immer auch einen Brief von sich an seine Sarah mit.
Nur noch ein Jahr sollte ihre Trennung anhalten, dann endlich würden sie wieder vereint sein. Wenn das Studium ihn nicht so fesseln würde, hätte er die lange Wartezeit sicher nicht aushalten können. Jetzt wo er allein im großen Palazzo Scrovegni war, allein vor der verschlossenen Schlafkammer seines Freundes, wurde ihm erst bewusst, wie sehr sie ihm fehlte. Mit wem sollte er seine bestandene Prüfung feiern? Enttäuscht und tieftraurig wollte er sich in sein Zimmer schleichen, als plötzlich aus der Gesindeküche laute Stimmen und Geschrei durch das Haus schallten. Ein regelrechter Tumult war ausgebrochen. Türen schlugen, Befehle und Anweisungen, hysterische Frauenstimmen.
„Was ist denn mit euch los?" Konrad war mit ein paar Sprüngen die Treppe hinunter geflogen und hatte die Tür zur Küche aufgerissen. Ein hektisches Durcheinander.
„Kann ich irgendetwas helfen? Ist etwas Schlimmes passiert?"
Die Diener schauten betreten zur Seite und wollten nicht so recht heraus mit der Sprache, als wüssten sie nicht, ob sie den deutschen Untermieter einweihen dürften.
„Macht es nicht so spannend. Ich will sofort wissen, was passiert ist!"
Einer der Zimmerpagen fasste sich ein Herz und berichtete aufgeregt und stockend: „Messer Konrad, es ist schrecklich. Der Padrone hat euren Freund halb totgeschlagen. Ihr werdet ihn nicht wiedererkennen."

„Warum? Welch merkwürdige Geschichte?"
„Wir müssen uns beeilen. Donna Paola ist in höchster Lebensgefahr. Ihr Vater ist außer sich vor Wut und Zorn." Der Page machte eine Pause und schaute sich fragend nach den anderen um. Durfte er die ganze Geschichte erzählen? Die resolute Mamsell Clara ergriff die Initiative: „Messer Konrad, Ihr müsst wissen, dass der junge Herr Jakob und Donna Paola sich recht nahe fühlten. Wir haben es schon lange geahnt und befürchtet, dass der Padrone etwas dagegen haben könnte. Und wie es so kommen musste, war es dann wohl auch: Donna Paola war in den letzten Wochen irgendwie verändert, nervös und tief traurig. Einer Dienerin hatte sie sich anvertraut."
Konrad wurde ungeduldig: „Macht es kurz und spannt mich nicht so lange auf die Folter."
„Das junge Fräulein wartete schon mehrere Wochen auf ihren Monatsfluss, der sich nicht einstellen wollte. In ihrer Not hat sie sich einer Wehfrau anvertraut."
„Wo ist sie jetzt?" Konrad konnte auch sehr energisch werden. Die Dienerschaft spürte seine Ungeduld.
„Drüben in Mestrino. Ihr findet das Dörfchen, wenn Ihr die Stadt in Richtung Vicenza verlasst. Signore Scrovegni hat seine Tochter schon seit zwei Tagen verzweifelt gesucht. Eine Zofe hat ihn dann heute früh hingeführt. Im Hause der Maria Borromonta fand er sie auf einem schäbigen Lager zwischen Strohsäcken und blutverschmierten Tüchern in ihrem Elend liegen. Es heißt, es stehe nicht gut um sie. Auch Jakob hatte sie gesucht und erst vor einigen Stunden gefunden. Als der Padrone die Katastrophe erkannte, hat er in blinder Wut auf ihn eingeschlagen, bis beide entkräftet zu Boden sanken."
Konrad wusste, dass er jetzt schnell handeln musste. Auf keinen Fall durfte dem Mädchen Schlimmeres passieren. Dann war es um seinen Freund geschehen. Vermutlich auch um ihn selbst. Die Wut und Rachsucht eines Vaters, dessen Tochter entehrt wurde, konnte furchtbare Ausmaße annehmen, insbesondere wenn es sich um einen Mann mit Einfluss handelte. Daran konnte wohl niemand ernsthaft zweifeln, dass Scrovegni ein mächtiger Mann war, dessen Beziehungen sicher einiges vermocht hätten.
„Schnell! Zwei von euch Stallburschen sollte es wohl möglich sein, eine der Kutschen so herzurichten, dass sie zum Krankentransport taugt. Legt ein breites Brett über die Sitzbänke und polstert es mit Strohsäcken. Und sattelt mir ein Pferd. Aber bitte das schnellste, das ihr im Stall habt."
Die Diener folgten sofort ohne zu murren. Konkrete Anweisungen und Befehle entgegenzunehmen, waren sie gewohnt.
„Einer begleitet mich, um mir den Weg zu weisen."
Das kleine Häuschen der Maria Borromonta war leicht zu finden. Es lag direkt neben dem Haus des Baders, der eine Badestube führte. Beide hatten nichts miteinander zu tun, obwohl sie artverwandte Berufe ausübten. Aller-

dings durfte Maria seit einigen Jahren nicht mehr als Hebamme arbeiten. Eine neue Verordnung verlangte, dass alle Hebammen Kenntnisse in Anatomie, Kräuterlehre und Chirurgie nachweisen mussten. Vor allem aber durften sie nicht abergläubisch sein und mussten lesen können. Die letzten beiden Voraussetzungen hatte sie nicht erfüllen können, so dass man ihr die Erlaubnis zur Geburtsbetreuung entziehen musste. Maria verdingte sich seitdem als Kräuterweib, Wahrsagerin und Engelmacherin. Ihre Fähigkeiten hatten sich bald herumgesprochen.
Auch Paola hatte von ihr erfahren. Ohne dass Jakob davon wusste, hatte sie sich in ihrer Not an sie gewandt. Ein uneheliches Kind war in ihren Kreisen eine Katastrophe. Und dann auch noch von einem Mann einer anderen Schicht. Was war schon ein Student der Medizin, was galt ein Medicus? Freilich stammte er aus bürgerlichem Hause, aber von der ehrenhaften Gesellschaft der Patrizier war er dennoch meilenweit entfernt. Vater Scrovegni hätte einer solchen Verbindung wohl niemals zugestimmt. Ohne sein Einverständnis hätte sich Paola eine Ehe mit ihrem geliebten Jakob aus dem Kopf schlagen können. Was hätte sie also tun sollen? Es blieb keine andere Lösung.
Auf ihren Monatsfluss hatte sie schon etwa sechs Wochen gewartet. Es bestand also kein Zweifel, dass sie in guter Hoffnung war. Für eine Abtreibung wurde es allerdings höchste Zeit. Solange das Ungeborene noch nicht beseelt war, gab es auch von kirchlicher Seite keine Einwände gegen eine Abtreibung. Eine Seele hatten ungeborene Buben ab dem vierzigsten Schwangerschaftstag und Mädchen erst ab dem achtzigsten Tag.
„Habt Vertrauen Paola. Es ist nicht das erste Mal, dass ich helfe. Es wird schon alles gut gehen", versuchte die Borromonta zu beruhigen.
Paola hatte zunächst auch nicht den geringsten Zweifel an den fachlichen Kenntnissen der ehemaligen Hebamme.
„Manchmal gelingt die Austreibung der Leibesfrucht alleine durch Einnahme einiger Kräuter und Tinkturen. Es wird zu Kontraktionen der Gebärmutter kommen. Der kleine noch völlig unfertige Mensch, der anfänglich eher einer Pflanze ähnelt, wird dann auf ganz natürlichem Wege abgehen. Ihr werdet es im Nachtgeschirr bemerken."
Über drei Tage hatte sie verschiedene Absude, Pillen und Tees eingenommen. Sie war mehrmals täglich in ihrer Schlafkammer von einer hohen Truhe auf den Boden gesprungen in der Hoffnung, der Fötus würde sich so leichter lösen. Sie hatte sich nahezu stündlich mit der Faust heftig auf den Bauchnabel geschlagen. Alles vergebens. Sie hatte zwar ziehende Krämpfe im Magen und im Unterleib auszuhalten, einen Abgang hatte sie jedoch nicht bemerkt. Als sich am dritten Tag immer noch kein Erfolg eingestellt hatte, war sie unruhig geworden und ließ sich nach Mestrino zur Wehfrau bringen.

„Ehrwürdiges Fräulein, jetzt müssen wir handeln. Wenn die vielen Medikamente nichts bewirken können, muss ich das hartnäckige Würmchen von unten herausholen."
Paola war blass geworden; die nackte Angst hatte sie gepackt. Das couragierte Weib war zu allem fähig. Hemmungen schien sie nicht zu kennen. Ihre herzlose Ausdrucksweise hatte ihr ohnehin nicht gefallen. Ihr Kind einfach respektlos als Würmchen zu bezeichnen, zeugte von einer gewissen Herzlosigkeit.
„Es gibt jetzt kein Zurück mehr", beschwor sie die verängstigte junge Frau, „die viele Arznei kann möglicherweise das Kind geschädigt haben. Ihr habt Essenzen vom Sadebaum, weißen Nieswurz, Haselwurz und der Muskatblüte eingenommen. Das sind alles sehr stark wirkende Mittel, die nicht ohne Wirkung bleiben. Ihr würdet wahrscheinlich einen Krüppel gebären, wenn wir das Werk nicht zu Ende führen."
Paola hatte keine Wahl. Sie fügte sich in ihr Schicksal und ließ sich die Prozeduren der Alten gefallen. Die braute eine Lösung für eine vaginale Spülung zusammen, wozu sie schwarzen Nieswurz, Beifuß und Ascherwurz, den hochwirksamen Diptam, benutzte. Mit langen Nadeln, Ösen und Haken bearbeitete sie das Innere der Gebärmutter. Das qualvolle Geschrei der Geschundenen war wohl bis auf die Straße zu hören.
Die Borromonta verstand ihr Handwerk. Nach nur einer halben Stunde hatte sie den winzigen Fötus herausgekratzt und ohne Reue in einen Abfalltrog geworfen.
Die junge Patientin krümmte sich noch immer auf dem mittlerweile blutgetränkten Lager. Sie hatte auch nicht bemerkt, dass Jakob in das Haus der Engelmacherin gestürmt war. Von einem Diener der Scrovegnis hatte er inzwischen von den Absichten seiner Liebsten erfahren und war sofort zu ihr geeilt. Freilich zu spät. Niemals hätte er einer Abtreibung zugestimmt. Für Juden war die Leibesfrucht vom ersten Tag nach der Zeugung ein heranwachsender Mensch. Eine Abtreibung war für ihn wie ein Mord.

Nun sah er sie dort liegen, in ihrem eigenen Blut und von Schmerzen gepeinigt. Ihr gemeinsames Kind lag tot im Abfall. Er konnte sein Entsetzen nicht verbergen. Er war einer Ohnmacht nahe, musste gegen einen Würgereiz ankämpfen. Und doch riss er sich zusammen. Paola brauchte ihn. Aber was sollte er tun? Wie hätte er helfen sollen? Wenn doch nur Konrad da wäre. Dem wäre vielleicht etwas eingefallen. Das einzige, was er tun konnte, war nach Hilfe zu schicken. Ein Lakai, der ihn begleitet hatte, machte sich sofort auf den Weg.
Die Alte kümmerte sich nicht viel um das Durcheinander. Sie war vollauf damit beschäftigt die vaginale Blutung zu stillen. Immer wieder kam es zu schwallartigen Blutausstößen.

Als Filippe Scrovegni den stickigen Behandlungsraum betrat, bot sich ihm ein Bild des Grauens. Seine Tochter lag schmerzgeplagt auf schmuddeligen Tüchern. Überall Blut. Vor ihrer Bettstatt kniete der Unhold, der sie entehrt hatte. Ohnmächtig vor Wut stand der Vater vor den beiden. Er fühlte sich gedemütigt und betrogen. Der Gast seiner Familie hatte sich in seinem eigenen Hause an seiner Tochter vergriffen. Fast blind vor Zorn packte er den in sich zusammengefallenen Burschen an den Haaren und zerrte ihn auf den Flur. Dort schlug er auf ihn ein wie auf einen tollen Hund.
Immer wieder sausten seine Fäuste auf den Ärmsten nieder. Jakob war nicht in der Lage, sich zu wehren. Tiefste Verzweiflung, Trauer und Mitleid hinderten ihn daran, überhaupt etwas zu tun. Hätte die Alte sich nicht an dem Wams des wütenden Vaters verkrallt, vermutlich wäre es um Jakob geschehen gewesen. Mit völlig zerschlagenem Gesicht und gebrochenen Rippen blieb er besinnungslos in der Ecke liegen.
„Holt Hilfe!", befahl Scrovegni und sank dann auf einem Strohsack nieder. Mit Tränen in den Augen schielte er zu seinem sterbenden Kind hinüber. Was muss die Ärmste mitgemacht haben? Apathisch lag sie da und registrierte ihre Umgebung kaum noch.

„Macht Platz da", rief Konrad. Ohne anzuklopfen stürmte er durch die Haustür ins Behandlungszimmer. „Wollt ihr sie verbluten lassen? Schnell saubere Tücher."
Zur Borromonta gewandt befahl er: „Jetzt zeigt, was Ihr könnt. Ich brauche sofort einen frischen Absud aus Mutterkorn, Greiskraut und Besenginster; aber rasch. Ihr anderen sorgt dafür, dass sie trinkt. Sie hat viel Blut verloren."
Die Tücher rollte er zu einer Tamponade zusammen und führte sie ein, um die Gebärmutter zu komprimieren.
„Gott sei Dank, sie nimmt das Getränk an. Die Blutung steht fürs Erste. Den Rest besorgt das Mutterkorn. Wenn sie die Sekale-Tinktur genommen hat, ist sie in einer Stunde transportfähig. Alles wird wieder gut." Konrad konnte aufatmen.
Scrovegni hatte sich bereits wieder einigermaßen beruhigt, wenngleich seine Wut und Enttäuschung keineswegs gewichen war.
„Alles wieder gut? Ich höre wohl nicht richtig? Nichts ist gut, Tedesco. Da sind Dinge geschehen, die nicht mehr rückgängig zu machen sind. Die Schande, die meiner Tochter jetzt anhaftet, kann ihr niemand mehr nehmen. Das hängt fest wie ein Mal."
„Ich verstehe Euch", versuchte Konrad zu beruhigen. „Wir wollen aber nicht vergessen, dass eure Tochter mit Gottes Hilfe soeben dem Tode entronnen ist. Alles andere scheint mir zweitrangig."

Da konnte Scrovegni kein vernünftiges Argument entgegensetzen. Erst jetzt wurde ihm bewusst, dass er in seiner blinden Wut vergessen hatte, sich um das leibliche Wohl seiner Tochter zu kümmern. Ein bisschen schämte er sich dessen. Erschöpft und mit hängendem Kopf zog er sich aus dem Krankenzimmer zurück. Er gab seiner Dienerschaft noch einige Anweisungen, bestieg sein Pferd und galoppierte in die Stadt zurück.
Im Zimmer der Borromonta und auf dem Flur sah es aus wie auf einem Schlachtfeld. Umgestoßene Möbelstücke, verspritztes Blut, Instrumente und Arzneiflaschen. Stickige und verbrauchte Luft. Und das schwächer werdende Weinen, Wehklagen und Stöhnen.
Jakob saß noch immer mit malträtiertem Gesicht wie teilnahmslos auf dem Boden an die Wand gelehnt. Aus einer Stirnplatzwunde sickerte Blut. Das linke Auge war zugeschwollen, das rechte durch ein Hämatom verfärbt. Die Oberlippe war wulstig aufgetrieben und die Unterlippe aufgeplatzt. Hätte Konrad nicht gewusst, wer dort vor ihm auf den Dielen saß, niemals hätte er Jakob erkannt.
Mit einem feuchten Leinentuch und viel Wasser wusch er seinem Freund das Gesicht sauber und presste ihm einen trockenen Verband auf die klaffende Stirnwunde.
„O Jakob, was hast du dir dabei nur gedacht? Das kann uns noch große Probleme bereiten."
Jakob schüttelte nur verzweifelt seinen Kopf. Zu einem Kommentar war er momentan noch nicht in der Lage.

Noch am gleichen Abend wurde Paola in der Kutsche der Scrovegnis nach Hause gefahren. Eine Hebamme aus der Stadt kümmerte sich weiter um die sich rasch erholende Tochter des Hauses. Auch eine Infektion des Unterleibes, die nach solchen Manipulationen an der Gebärmutter immer wieder passierte, war ausgeblieben. Hier hatte Konrad durch vaginale Spülungen mit desinfizierender Silberstaub-Lösung vorgebeugt.

Jakobs Wunden wurden im Augustiner-Kloster vom Bruder Roberto versorgt. Die Platzwunde hatte er kunstvoll vernäht. Aus den Markthallen holte man Eis von den Fischfrauen. Damit wurden die Schwellungen der Augen behandelt. Für die ersten Tage schien es angebracht, dass er im Infirmarium des Klosters blieb. Schlimmer als die Hautverletzungen waren die seelischen Wunden. Die Trauer um das verlorene Kind, das mangelnde Vertrauen seiner geliebten Paola und die Verachtung durch deren Vater stürzten ihn in eine tiefe Depression. Konrad gab sich alle Mühe, aber die Wunden in Jakobs Seele waren zu tief, als dass sie sich mit einigen Worten schließen ließen. Und dann immer diese Fragen, auf die niemand eine Antwort wusste. Warum hatte sie ihn nicht über den ausgebliebenen Monatsfluss informiert? Warum hatte er

sie nicht danach gefragt? Sie hätte doch mit ihm darüber reden können. Wie konnte sie nur über seinen Kopf hinweg derart schwerwiegende Entscheidungen fällen?
Konrad versuchte sein Bestes: „Schau Jakob, das musst du verstehen. Nach der Meinung unserer Kirchenväter, und auch nach Meinung des Gesetzes ist das ungeborene Lebewesen im Leib einer Mutter in den ersten Tagen noch kein richtiger Mensch. Es ist also nichts Verwerfliches, was die Paola gemacht hat. Kein Malefiz-Vergehen. Sie konnte auch nicht wissen, dass ihr Juden anders darüber denkt. Sie hatte halt Angst vor ihrem Vater."
„Wenn ich nur wüsste, ob sie mich noch liebt. Wird sie noch zu mir halten nach allem, was geschehen ist?", fragte Jakob zögerlich.
„Das weiß ich ganz gewiss. Das gleiche hat sie mich nämlich auch gefragt. Ihre Angst, dass du Ihr nicht verzeihen könntest, war größer als die Sorge um ihr eigenes Überleben. So etwas kann nur die Liebe."
„Ach Konrad, wenn du nur Recht hättest. Nach allem, was passiert ist, habe ich meine Zweifel. Meine Schwester Sarah hätte anders gehandelt."
„Ich weiß, Jakob. Unsere Sarah ist etwas Besonderes. Kein Mensch gleicht dem anderen."
Die zwei Freunde hingen für einige Minuten ihren Gedanken nach. Beim einen von grauen Wolken überschattet, beim anderen von wärmender Sonne begleitet.
Allmählich fing Jakob an, sich seine Sorgen von der Seele zu reden: „Ich weiß überhaupt nicht, was mit mir geschehen ist. Ich habe mich völlig verändert. Es gibt keinen Moment, an dem ich nicht an sie denken muss. Ich wünsche mir nichts sehnlicher, als ganz und gar ihr zu gehören, mich ihr zu ergeben, sie anzuhören, ihr zu folgen. Gleichzeitig wünsche ich mir von ganzem Herzen, dass sie mir gehört, mir und niemand anderem. Ich will sie erobern, will sie besitzen.
Es zerreißt mich, dieses widersinnige Wirrwarr der Gefühle. Dieses Hin und Her zwischen der totalen Hingabe und dem Besitzergreifen. Meine Sehnsucht und mein Verlangen sind größer als jegliche Gefühle und Bestrebungen, die ich je erlebt habe. Manchmal denke ich, es raubt mir den Verstand."
„Beruhige dich, es ist keine Krankheit. Es ist viel einfacher als du denkst."
„Was meinst du?"
„Mir fällt da ein guter Spruch ein: *Nulla unda tam profunda quam amoris furibunda.* – So gewaltig keine Flut wie der Liebe Wut."
Konrad musste grinsen. Er kannte sich aus. Schließlich hatte er diese stürmischen Gefühlsregungen auch schon erlebt.
Jakob war froh, dass er sich mit seinem Freund aussprechen konnte.
„Was meinst du? Wird man den rasenden Vater irgendwie besänftigen können?"

„Ja, das wird unser größtes Problem werden. Ohne seine Zustimmung wirst du deine Paola sicher nicht wiedersehen. Wenn er will, kann er jede Verbindung zu dir verbieten. Er hätte auch die Mittel, ein solches Verbot durchzusetzen."

Konrad war auf alles gefasst, als er zum Palazzo hinüberging. Jederzeit hätte ihm einer der Lakaien den Weg versperren können und ihm das Hausverbot aussprechen können. Aber nichts geschah. Er schlich durch den Park und beeilte sich dabei. Es wäre nicht gut gewesen, wenn Filippe Scrovegni ihn angetroffen hätte, bevor er das Haus betreten hatte. Es war sicher besser, wenn er zuvor die Dienerschaft nach der Stimmung im Palazzo befragen konnte.
In der Gesindeküche waren sie alle versammelt, die Lakaien, Zofen, Köche und die Stallknechte. Sie staunten nicht schlecht, als Konrad hereinkam.
„Ich hoffe, dass ihr mich nicht gleich wieder vor die Tür setzt. Schließlich bin ich mir keiner Schuld bewusst", fing er das Gespräch an, um die peinliche Stille in der Küche zu durchbrechen.
„Wie geht es meiner jungen Patientin? Ist sie wohl auf?"
Die Bediensteten schauten betreten zu Boden, keine traute sich etwas zu sagen.
Wieder war es Mamsell Clara, die keine Scheu kannte: „Ach Messer Konrad, es ist ein großes Trauerspiel. Das junge Fräulein ist in ihrer Kammer eingesperrt und weint sich schier die Augen aus dem Kopf. Immer wieder fragt sie nach ihrem Herzliebsten. Der gestrenge Vater hat jeden Kontakt mit anderen Menschen außer mit den Familienmitgliedern verboten. Allein die Zofe und die Hebamme dürfen zu ihr."
„Das ist schon recht", pflichtete Konrad bei. „Es geht mir vornehmlich um Paolas Gesundheit. Sagt, geht es aufwärts mit ihr? Fiebert sie?"
„Abgesehen von der Schwermut, die sie befallen hat, scheint ihr wohl nichts zu fehlen."
„Und der Vater? Wie hat er das Malheur überstanden? Wütet er noch recht im Zorn?"
Jetzt mischte sich auch der Küchenjunge ein: „Zurzeit sollte man dem Padrone wohl besser aus dem Weg gehen. Bei jeder Kleinigkeit gerät er in Wutanfälle; da setzt es schnell mal ein paar Maulschellen."
„Sei nicht so vorlaut, Bub!", maßregelte die Mamsell. „Der hohe Herr ist streng in sich gekehrt und spricht kaum noch ein Wort. Die Bankgeschäfte hat er in den letzten Tagen fast völlig vernachlässigt. Mindestens fünf oder sechs Mal am Tag weilt er in der Hauskapelle und betet inbrünstig zu seinem Herrn." Clara stöhnte schwer. „Unser ach so fröhliches Heim hat sich zum Trauerhaus gewandelt."

Konrad merkte, dass sie nicht weit entfernt war zu weinen. „Wir müssen etwas unternehmen. So kann es nicht weitergehen. Wollt ihr mir dabei helfen, dass in diesen Palazzo wieder das Glück und die Fröhlichkeit einzieht?"
In den Gesichtern aller Anwesenden war sofort Zustimmung abzulesen.
„Wie wollt Ihr das denn bewirken? Das ist ja fast unmöglich. Wie wollt Ihr die Ehre eines hintergangenen Familienvaters wieder herstellen?"
„Als erstes müssen wir herausfinden, ob das junge Fräulein ihren Jakob noch haben will. Wenn die beiden sich wirklich von ganzem Herzen lieben, kann doch kein vernünftiger Mensch das junge Glück zerstören wollen. Ich muss also unbedingt mit Paola sprechen, noch heute, bevor alles zu spät ist."
„Ihre Kammer ist versperrt, und den Schlüssel hat der Padrone."
„Wir stellen eine Leiter an und ich steige durch das Fenster. So muss es gehen. Ich brauche nur ein Viertelstündchen."
„Ich helfe gerne", bot sich einer der Diener an, „aber wenn wir erwischt werden, gibt es sicher eine harte Strafe."
„Wir müssen es riskieren", befahl Konrad.
Die heimliche Unternehmung wurde in der frühen Abendstunde durchgeführt, just zu der Zeit, als der Padrone in der Kapelle weilte. Heimlich schlichen drei dunkle Gestalten ums Haus und stellten unter dem Fenster der eingesperrten Tochter des Hauses eine lange Leiter an. Das Fenster stand offen, so dass Konrad ungehindert einsteigen konnte. Paola war hoch erfreut, als sie ihn sah. Die erste Frage galt Jakob: „Wie geht es meinem Liebsten? Ist er mir noch gram? Meinst du, dass sich alles noch zum Guten wenden kann?"
„Beruhige dich. Ich will mit deinem Vater sprechen, ob es nicht einen Weg der Versöhnung geben kann. Zuvor muss ich wissen, wie es um deine Zuneigung steht. Fühlst du noch die Herzenswärme, wenn du an Jakob denkst?"
„Wenn er mich nach dem Geschehenem noch will, bin ich für immer sein. Wenn er mich verstößt, will ich nicht weiterleben."
„Mehr brauche ich nicht zu wissen. Leb wohl, ich muss mich sputen." Genauso schnell wie Konrad aufgetaucht war, ebenso rasch war er wieder verschwunden.

Filippe Scrovegni betete in der hauseigenen Kapelle. Niemand außer ihm befand sich zu dieser späten Stunde in dem kleinen Gotteshaus. Als Konrad vorsichtig die schwere Eichentür öffnete, war es drinnen mäuschenstill. Der Padrone kniete vor dem kleinen Altar und war im Gebet versunken. Er trug ein violettes Gewand. Violett, die Farbe der Buße. Erst als sich die Türe mit leisem Knarren schloss, bemerkte er den späten Besucher.
„Was willst du, Tedesco? Meinst du nicht, dass man einen betrogenen Familienvater wenigstens in der Kirche ungestört lassen sollte?"
„Verzeiht die dreiste Belästigung, hoher Herr, aber es geht hier nicht um uns. Es geht um mehr als um Ehrverletzungen."

„Was maßt du dir an? Wer bist du, dass du in diesem Ton mit mir sprichst? Noch ein Wort und ich lasse dich hinauswerfen aus meinem Haus."
„Dies ist ein Gotteshaus. Hier hat jemand anderes das Hausrecht", Konrad deutete mit mahnendem Finger nach oben an die Decke.
„Dieses Kirchlein hatte einst mein Urgroßvater Enrico Scrovegni seinem Herrgott geschenkt und der Heiligen Jungfrau gewidmet. Bestimmt wäre es ihm nicht recht gewesen, dass einer seiner Enkel in seiner Kirche zusätzlich zu der erlittenen Schmach verspottet wird. Ich verlange, dass du sofort die Kapelle verlässt."
Konrad wollte nicht aufgeben.
„Ihr seid mir noch etwas schuldig, hoher Herr. Ohne meine Hilfe wäre eure Tochter verblutet, sie wäre jetzt tot." Konrad war es nicht angenehm, diese Schuld anzumahnen, aber er wusste sich sonst keinen anderen Rat. Er wollte unbedingt mit dem leidenden und verzweifelten Padrone ins Gespräch kommen. Er suchte eine Diskussion über den Sinn des Lebens und über den Unsinn veralteter Riten.

Während Konrad auf eine Antwort wartete, betrachtete er die herrlichen Wandgemälde, die die Kapelle zu einem künstlerischen Kleinod machten. Giotto von Bondone, einer der bekanntesten Kunstmaler des 14. Jahrhunderts, hatte vor zweihundert Jahren für die Familie Scrovegni das Innere des Kirchleins verschönt. An der Portalseite war das jüngste Gericht mit dem Paradies auf der einen Seite und der Hölle auf der anderen zu sehen. Auf den Seitenwänden erkannte Konrad die Lebensgeschichten der Jungfrau Maria und von Jesus. Immer wieder fühlte er sich von den herrlichen Farben und der plastischen Darstellung regelrecht gefesselt. Besonders eindrucksvoll war ihm das tiefe Blau mit den vielen gelben Sternen am Himmel des Tonnengewölbes. Der ganze Malerei-Zyklus ein einziges großartiges Kunstwerk.
An den Seitenwänden war auf einer Höhe von etwa vier Fuß ein kassettenartiger Marmorsims aufgemalt. In den Kassettenfelder waren auf der rechten Seite die sieben Tugenden und auf der linken Seite die sieben Laster zu sehen. Konrad erkannte die Kardinaltugenden: Weisheit, Tapferkeit, Besonnenheit und Gerechtigkeit. Hieran schlossen sich die göttlichen Tugenden an: Glaube, Liebe, Hoffnung. Auf der Gegenseite waren in gleicher allegorischer Weise die sieben Laster abgebildet: Stolz, Neid, Völlerei, Geiz, Zorn, Faulheit und Wollust.
Freilich waren Konrad noch weitere, hier nicht dargestellte Laster bekannt, die der gläubige Christ tunlichst vermeiden sollte oder bei der wöchentlichen Beichte vorzutragen hatte. Zumindest den regelmäßigen Kirchgängern waren auch die anderen nicht weniger schwer wiegenden Sünden bekannt: Unglaube, Torheit, Verzweiflung, Feigheit, Trotz, Neugier, Zwietracht und Ungerechtigkeit.

Irgendwie wollte Konrad das Gespräch auf diese Tugenden und Laster führen. Eventuell wäre so eine Umkehr zur Vernunft möglich. Er wollte es versuchen. Es war die einzige Chance, die noch blieb.
„Ehrwürdiger Herr, darf ich fragen, warum Ihr den halben Tag im Zwiegespräch mit Eurem Gott verbringt? Und das im Büßergewand?"
„Wir alle haben unsere Sünden und sollten um Vergebung beten", antwortete Scrovegni eher verstockt und stur.
„Welch' große Last muss auf Euren Schultern drücken, dass Ihr so intensiv um Abbitte flehen müsst?"
„Das würde ich zu gerne erfahren", gab der Padrone ehrlich zu, „irgendetwas Schlimmes muss es gewesen sein. Unserer Herrgott hat sicher einen triftigen Grund gehabt, als er mich derart hart bestrafte."
„Vielleicht war es keine Bestrafung, sondern nur eine Prüfung?" Konrad fühlte sich jetzt sicher, dass das Gespräch in die richtige Richtung führte.
„Könnte es nicht sein, dass Filippe Scrovegnis Liebe zu Gott und seine Standhaftigkeit geprüft werden sollte?"
Zunächst kam keine Antwort. Der Padrone grübelte. Konrad ließ ihm Zeit. Es vergingen gut zwei Minuten – sie glichen einer Ewigkeit – bis eine Reaktion kam. Eher kleinlaut antwortete er: „Das wäre aber eine sehr harte Prüfung."
Konrad konterte prompt: „Es gibt noch weitaus härtere Prüfungen. Erinnert Euch an das Beispiel von Abraham, der seinen Sohn opfern sollte."
Scrovegni ging auf das Gleichnis nicht ein. „Jeder Mann von Ehre hätte genauso gehandelt wie ich."
„Das mag schon sein. Wenn andere ebenso gehandelt hätten wie Ihr, so heißt das noch lange nicht, dass es dadurch gottgefällig wäre. Darf ich Euch an den sündigen Stolz und den Zorn erinnern. Beides Vergehen, für die man mehrere hundert Jahre in der Hölle büßen muss."
„Diese Strafe werde ich wohl erdulden müssen, wenn die Jungfrau Maria mir nicht doch noch beistehen wird."
„Warum sollte sie das tun?", wollte Konrad wissen.
„Weil sie uns Menschen liebt, genauso wie der Herrgott im Himmel."
„Das müsst Ihr mir erklären, gnädiger Herr. Ihr seid Euch der Liebe Gottes zu uns Menschen absolut sicher; aber die Liebe unter den Menschen zählt wohl nichts?"
„Was meinst du, Tedesco?"
„Ich spreche von der wichtigsten Tugend, von der Gerechtigkeit. Wenn Ihr die Liebe Gottes in Anspruch nehmt, wie könnt Ihr es wagen, das gleiche den Menschen untereinander zu verbieten? Wenn wir die Liebe Gottes empfangen, sind wir eigentlich dazu verpflichtet, die gleiche Liebe an unsere Mitmenschen weiterzugeben.
Hiermit ist die Nächstenliebe gemeint, die Vaterliebe und auch die Partnerliebe. Es geht um gegenseitige Achtung, Wertschätzung und Hinwendung.

Wenn sich zwei junge Menschen treffen und ihre Herzen sich finden, so liegt dem kein bewusster Entschluss zugrunde. So etwas entwickelt sich allmählich und kann kaum aufgehalten werden. Unser gütiger Herr über alles Irdische hält seine schützende Hand darüber, weil er selbst es so gefügt hat."
Scrovegni schaute ungläubig: „Willst du behaupten, dass Paolas Unglück allein Gottes Wille war?"
„Nein, Gott wollte nicht ihr Unglück. Sein Wille war Paolas Liebe zu ihrem Jakob. Dieses Glück war von Gott gewollt. Eure Standesdünkel, Eure gesellschaftlichen Fesseln und das von Euch gefürchtete Gerede der Leute haben das alles zerstört. Ich könnte Euch mindestens fünf schwerwiegende Sünden aufzählen, die Ihr in Eurem Wutausbruch begangen habt."
„Hör auf! Aus dir spricht der Satan!" Scrovegni schien sein Unrecht einzusehen, kämpfte aber mit allen Kräften gegen das Eingeständnis.
„Nein Padrone, ich bin nicht der Teufel; und Ihr wisst das. Es ist die Wahrheit, die Euch schmerzt. Ich bitte Euch inständig: Findet zurück zu den christlichen Tugenden; zurück zur Gerechtigkeit, Besonnenheit, Glaube und vor allen Dingen zurück zur Liebe."
Es wurde still in dem kleinen Kirchlein. Konrad hockte sich hinunter zu dem verzweifelten Vater, der immer noch auf einem Teppich vor dem Altar kniete. Scrovegni schaute flehentlich zu dem kunstvollen Kruzifix, als warte er auf eine Eingebung seines Heilandes. Konrad ließ ihm viel Zeit. Er wusste, dass er nichts mehr sagen durfte. Der Padrone musste seine Entscheidungen jetzt selbst treffen.
„Was ist, Tedesco, was schlägst du vor?"
„Von einem Scrovegni wird charakterliche Größe erwartet. Was hindert Euch, einen Fehler zu korrigieren? Gebt den beiden Liebenden Euren Segen. Die Muttergottes wird es Euch dreimal vergelten. Und in Euer Haus wird wieder Frieden einkehren."
„Das ist nicht einfach, Konrad Augsteiner. Wie soll eine solche Verbindung offiziellen Beschluss finden? Der Junge ist nicht getauft, er ist mosaischen Glaubens."
„Ich weiß. Jakob hat bereits angedeutet, sich anzupassen. Er könnte sich eine christliche Taufe vorstellen, falls Paola es von ihm verlangt."
Filippe Scrovegni erhob sich schwerfällig von seinem Gebetsteppich. Er wirkte erschöpft, aber erleichtert. Während die beiden gemeinsam die Kapelle verließen legte er freundschaftlich seinen Arm auf Konrads Schulter. „Ich werde über alles nachdenken und darüber schlafen."

Es sollte die größte Hochzeit werden, die Padua jemals erlebt hatte. Die ganze Stadt sprach über nichts anderes mehr. Besonders in Adelskreisen tuschelte man über diese ungewöhnliche Verbindung. Die hübsche Tochter des reichsten Bankiers von Padua wollte den Sohn eines unbekannten Kaufmanns aus

Deutschland heiraten. Ein Student der hiesigen Universität, ein Transalpiner. Nicht von adligem Blute und – was noch viel bemerkenswerter war – ein konvertierter Jude. Welch eine Sensation.
Monsignore Pietro Barozzi, der Bischof von Padua, hatte gegen die Verbindung nichts mehr einzuwenden, nachdem Jakob zum Christentum übergetreten war.
Die Hochzeit sollte am Sonntag vor dem Himmelfahrtstag stattfinden. Die Straßen und die Kanäle wurden bereits vierzehn Tage vor dem Ereignis festlich geschmückt. Überall waren Girlanden und Lampions aufgehängt. Auf den öffentlichen Plätzen übten Spielleute mit ihren Instrumenten, Gaukler und Zauberer zeigten ihre Kunststücke und Bauersfrauen hielten mit ihren Bauchläden ihre Waren feil. Überall herrschte Jahrmarktstimmung.
Die Trauung sollte selbstverständlich in der prächtigsten Kirche von Padua, der Basilika St. Antonius, vom Bischof höchst persönlich vorgenommen werden.
Die Straßen, die von der Basilika zum Scrovegni-Palazzo führten, waren eigens gesäubert worden. Nach der Trauung war ein Hochzeitszug mit dem Brautpaar an der Spitze zur Piazza delle Erbe geplant. Das Festessen und der anschließende Ball sollten dort im großen Saal des Palazzo della Ragione stattfinden. Für das große Ereignis hatte der Innere Rat den herrlichen Festsaal im ersten Stock der Familie Scrovegni zur Verfügung gestellt. Alles war bis ins kleinste Detail schon viele Wochen vorher geplant worden. Die Gästeliste war vom Oberhaupt des Hauses Scrovegni persönlich aufgestellt worden. Da galt es, keine Fehler zu machen. Niemand, der wichtig war, durfte vergessen werden. Politische Überlegungen waren genauso bedeutsam wie geschäftliche. Es wäre nicht wieder gutzumachen, wenn man eine Persona importante vergessen hätte. Immer wieder fiel den Scrovegnis noch eine Familie ein, die unbedingt auf die Liste gehörte. Zum Schluss waren es vierhundertfünfzig Gäste, die geladen waren.

Die Familie Regensburger hatte sich mit insgesamt dreißig Verwandten angesagt. Sie wollten schon eine Woche vorher mit einer großen Wagenkolonne über die Via Claudia Augusta anreisen.
Das bevorstehende Ereignis war für Konrad etwas ganz Besonderes. Er würde endlich seine Sarah wieder sehen. Wie lange hatte er auf diesen Moment gewartet. Und jetzt sollte es nur noch einige Tage dauern, bis er sie in seine Arme schließen konnte. Für Konrad gab es aber auch noch andere Gründe, sich über die Hochzeit im Hause Scrovegni zu freuen. Schließlich war er an der Zusammenführung der beiden nicht unwesentlich beteiligt. Außerdem wusste er jetzt seinen Freund in besten Händen.
Was hätte Jakob sonst tun sollen. Der Beruf des Arztes war wohl doch nicht das Richtige, nachdem er erkannt hatte, dass ihm einige Grundvoraussetzun-

gen dazu fehlten. Er war zu feinfühlig, zu sensibel, als dass er in Notfallsituationen den nötigen emotionalen Abstand zum Leid und Elend des Patienten hätte wahren können. Erst spät war er zu dieser Einsicht gekommen. Ein guter Arzt hätte er wohl nicht werden können, zumindest kein effektiver Nothelfer. Für ihn stand fest, dass er sich auf jeden Fall dem Metier der Kaufleute zuwenden wollte. Sein Vater freute sich am meisten über diese Entscheidung. Hatte er doch so gute Aussichten, eines Tages sein Geschäft in vertraute Hände übergeben zu können.

Drei Tage nach Kantate, Mitte Mai, meldete ein Bote, dass die Wagenkolonne der deutschen Hochzeitsgäste bereits vor Bassano gesehen worden sei. Spätestens am nächsten Tag sollte man mit ihnen rechnen. Konrad hielt es nicht mehr länger in Padua. Mit einem Pferd aus dem Stall der Scrovegnis ritt er den Gästen entgegen. Etwa zwei Meilen hinter Castelfranco sah er sie gemächlich Richtung Süden fahren. Zwölf Planwagen, von jeweils zwei Kaltblütern gezogen, quälten sich über die staubige Landstraße. Es hatte schon seit Tagen nicht mehr geregnet, so dass die Kolonne eine beachtliche Staubwolke hinter sich herzog.

„Lasst uns anhalten", befahl Isaak Regensburger im ersten Wagen, als er den heranstürmenden Reiter bemerkte, „es könnte sich um einen offiziellen Melder der venezianischen Republik handeln. Die sind seit dem letzten Scharmützel mit den Österreichern etwas übertrieben misstrauisch." Regensburger machte eine abwertende Handbewegung.

Als der eilige Reiter auf Rufweite herangekommen war, standen alle Gespanne still. Die Rösser stampften nervös mit den Hufen und schnauften geräuschvoll durch die Nüstern.

„Junger Herold, was treibt Euch so ungestüm durch die Lande", rief er ihm gegen den Wind zu, „ist gar der Teufel hinter Euch her?"

Konrad machte wohl auf seinem edlen Pferd, mit seinen zerzausten Haaren und dem völlig verstaubten Gesicht einen Furcht erregenden Eindruck. Sämtliche Mitreisende lugten ängstlich unter ihren Wagenplanen hervor.

„Seid Ihr Isaak Regensburger, Kaufmann zu Augsburg, auf dem Weg zu Eurem Sohn Jakob?"

Sarah erkannte ihn sofort, ihren Konrad. Aus Hunderten von Stimmen hätte sie seine herausgefunden. Sofort sprang sie von ihrem Wagen, um ihm entgegen zu rennen.

„Ich bin Konrad Augsteiner, ein Freund Eures Sohnes. Ich soll die deutschen Hochzeitsgäste in die Stadt führen."

Er rutschte aus seinem Sattel und ging dem Kolonnenführer entgegen. Sarah war schneller. Mit ausgebreiteten Armen flog sie ihm um den Hals, küsste und drückte ihn. Beide kümmerten sich nicht um die anderen. Die Sehnsucht hatte vieles aufgestaut. Zwei Jahre gemeinsames Warten, Dutzende von Briefen und Tausende fliegender Gedanken hatten sie fest zusammengefügt, hat-

ten ein Paar aus ihnen gemacht. Vor niemandem wollten sie ihre Liebe verstecken, jeder sollte es wissen.
„Eine solch' überaus herzliche Begrüßung hatten wir nicht erwartet", scherzte Regensburger. Längst hatte er von der Liebesbeziehung seiner Tochter erfahren. Er sah es gelassen, er hatte sich wohl oder übel damit abgefunden.

Wie bei einem Staatsbesuch zog die deutsche Wagengruppe durch das nördliche Stadttor in Padua ein. An den Straßen standen jubelnde Kinder und neugierige Bürger Spalier. Isaak Regensburger warf ihnen hin und wieder kleine Münzen zu. In der Albergo Cavallo Bianco, wo für die deutschen Gäste sämtliche Zimmer reserviert waren, wartete bereits Jakob mit seiner Braut, um sie zu begrüßen.
Die Wiedersehensfeier entwickelte sich zu einem richtigen kleinen Fest. Es gab Ochsen am Spieß. Als Überraschung hatten die Gäste deutsches Bier mitgebracht. Am späten Abend erschien auch die Familie Scrovegni. Man lernte sich kennen und unterhielt sich gut bis in die tiefe Nacht.

Die Hochzeit in der St.-Antonius-Basilika war ein ganz besonderes Ereignis. Außer den vielen geladenen Gästen waren mehrere Hundert Paduaner gekommen, um das feierliche Zeremoniell der Trauung mitzuerleben. Die Kirche war bis auf den letzten Platz gefüllt. Vor der Basilika wartete eine Volksmenge auf die Ankunft der Braut. Jakob stand in schwarzem Samt gekleidet vorn neben dem Altar. Er drehte nervös den Brautstrauß in seinen Händen. Bischof Barozzi, der die Trauung vornehmen sollte, war da gelassener, obwohl er eine große Hochzeit wie diese schon lange nicht mehr begleitet hatte.
In der Kirche wurde es still, als man draußen das Volk jubeln hörte. Die Kutsche mit der Braut war vorgefahren. Als das Hauptportal geöffnet wurde, drehten sich alle Gäste erwartungsfroh um. Dort stand sie: die Braut im Seidendamastkleid mit hoch angesetzter Taille und langer Schleppe, umgeben von der Aura einer Prinzessin. Der Brautvater neben ihr hielt galant den rechten Ellenbogen abgewinkelt, an dem sie sich anhalten konnte. Für einige Momente standen sie unter dem Torbogen am Anfang eines langen Ganges, der sie durch das gesamte Kirchenschiff bis zum Bräutigam führen sollte. Sie sah aus wie eine Märchenfee in ihrem Brautkleid. Feinste chinesische Seide, besetzt mit Brüsseler Spitze. Unter den Klängen des Orgelspiels sah man sie hoch erhobenen Hauptes neben ihrem Vater zum Altar schreiten.
Nach dem Trauungsgottesdienst bewegte sich der schier unendlich wirkende Zug der Hochzeitsgäste durch die geschmückten Gassen zum Palazzo della Ragione. Das Brautpaar an der Spitze des Zuges in einer Sänfte, die von acht kräftigen Mohren getragen wurde.

Im ersten Stock des Palazzo, im großen Saal, war alles für das Festmahl vorbereitet. An vierundzwanzig langen Tafeln fanden alle Gäste Platz. Ein jeder hatte einen mit Blumenkränzen geschmückten Porzellanteller vor sich und einen eigenen Löffel, einen Gabelspieß und ein Messer. Man befand sich in vornehmer Gesellschaft. Nach Möglichkeit wurde nicht gerülpst oder andere unpassende Töne von sich gegeben. In die herabhängenden Zipfel der Tischtücher sollte nur geschnäuzt werden, wenn es sich nicht vermeiden ließ. Alles neue Sitten, die den meisten unbekannt oder zumindest ungewohnt waren.

Zweihundert Köche, Lakaien und Servierfräulein kümmerten sich um das leibliche Wohl der Gäste. Sie brachten die feinsten Speisen und Getränke auf den Tisch. Als Antipasti gab es Krabben, Garnelen und Hummersalate mit in Öl eingelegten Oliven, Auberginen, Tomaten und Artischockenherzen als Beilagen. Passend dazu wurde Marzignano-Wein geboten. Zwischen den einzelnen Gängen traten Künstler mit Musik, Zaubereien und anderen Kunststücken auf.

Als Hauptgang wurden verschiedene Fleischgerichte serviert. Gebratene Wachteln, Rebhühner, Lerchen und Fasanen. Alles geschmackvoll drapiert und kunstvoll verziert. Auf zahlreichen Platten türmten sich Teigwaren und Gemüse, Spargel, Blumenkohl und Broccoli. Zu Wildschwein, Reh und Gams gab es Waldpilze, Trüffelpastete und Mousse aus der Gänseleber. Dazu wurde der rote Frankenwein, ein edler Tropfen mit fein-herbem Bouquet, gereicht. Die Familie Regensburger hatte ein Fass davon aus Ipsheim als Gastgeschenk mitgebracht. Für Konrad war es ein Stück Heimat, was da auf den Tisch kam. Ipsheimer Wein, aus dem Nachbarort seiner Heimatstadt, der freien Reichsstadt Windsheim.

Die Festrede hielt der Brautvater. Er sprach über die Tugenden, über Gerechtigkeit, Glaube und die Liebe. Auch über die wollüstige Liebe, die erst durch die Vernunft zur sinnvollen Partnerschaft führt. Das habe ich doch alles schon mal gehört, sinnierte Konrad und grinste in sich hinein. Filippe Scrovegni kam zum Schluss:

„Bevor ich meine kleine Ansprache beende, möchte ich noch ein weiteres Bündnis der Liebe bekannt geben. Es handelt sich um einen jungen Freund von mir, den angehenden Medicus Konrad Augsteiner. Er und Sarah Regensburger, seine zukünftige Braut, haben sich hier in Padua das gegenseitige Eheversprechen gegeben. Auch Euch wünschen wir Gottes reichhaltigen Segen."

Der lang anhaltende Applaus wollte erst enden, als das jung vermählte Paar den Brauttanz eröffnete. Das Verlobungspaar folgte sogleich auf die Tanzfläche. Draußen auf der Piazza delle Erbe tanzte das Volk auf seine Weise nach den Melodien der Spielleute. Für Speisen und Getränke war auch hier gesorgt. Erst als die Sonne wieder über dem Osttor der Stadtmauern stand, ging das Fest allmählich zu Ende. Die Brautleute waren zu dieser Zeit längst in den Palazzo Scrovegni heimgekehrt.

„Junger Studiosus, auf ein Wort!"
Professor Benedetti rief gleich zu Anfang des neuen Semesters seinen Lieblingsschüler Konrad Augsteiner zu sich.
„Wir sollten uns allmählich Gedanken machen, welche Dissertation Ihr zum Examen vorlegt. Schließlich wollt Ihr auch zu Doktorwürden gelangen, oder?"
Konrad war stolz, dass sich der Professor um sein akademisches Fortkommen bemühte.
„Ich würde jedes Thema annehmen, das Ihr vorschlagt", antwortete Konrad diensteifrig.
„Nun, ich habe mir bereits einige Gedanken darüber gemacht.

Consideratio urinarum – conditio sine qua non
Die Harnschau – eine Voraussetzung zur Diagnose.

Was haltet Ihr davon? Wäre das nicht ein schönes Thema? Die Harnschau wird uns sowieso in den nächsten zwei Semestern beschäftigen. Und dann steht ja auch schon das Examen vor der Tür. Freilich ist die Harnschau nur ein Teil unserer diagnostischen Verfahren. Über Iris-Diagnostik, Pulstasten und Hörrohr-Auskultationen haben wir ja im letzten Semester ausführlich berichtet."

Konrad stürzte sich voller Elan in die Arbeit. Er wollte jetzt so schnell wie möglich sein Studium beenden. Übers Jahr wollte er seine Sarah zum Traualtar führen. Und das wäre als Herr Doktor sicher standesgemäß.
Professor Benedetti unterstützte Konrad, wo es ging. Keine Frage war ihm zu viel. Für jede fachliche Diskussion stand er ihm zur Verfügung.
Die Benedetti-Vorlesungen waren wie immer spannend.
„*Quinque attenduntur circa urinas principia: color, substantia, quantitas, contentum et qualitas.* – Fünf Prinzipien sind bei der Harnschau zu beachten: Farbe, Substanz, Menge, Inhalt und Qualität.
Die Harnschau ist deshalb so wichtig, weil sie dem Arzt die Möglichkeit gibt, das Innere eines Patienten zu beurteilen. Das regelrechte oder mangelhafte Funktionieren der inneren Organe spiegelt sich im Urin wider. Der Arzt muss deshalb die normale und auch die krankhaft veränderte Beschaffenheit des Urins kennen. Wir beurteilen zunächst die Farbe des Urins.
Der Harn des Gesunden ist von blasser Farbe, beinahe durchsichtig. Ist die Farbe zu intensiv gelb oder gar braun, so ist eine Erkrankung der Leber zu vermuten. Wie jeder weiß, wird das Blut in der Leber gebildet und von dort über die Blutadern in den Körperkreislauf gepumpt."

Der Professor schaute in die Runde. Alle lauschten aufmerksam. Viele machten sich ihre Aufzeichnungen. Weil keine Zwischenfragen gestellt wurden, konnte er seine Vorlesung fortsetzen: „Bei einem Überangebot von Blut, also im Falle einer so genannten Blutfülle, kommt es zu Ausschwemmungen von Blut aus dem Körper. Auf diese Weise färbt sich der Urin intensiv braun. In vielen Fällen ist die Ableitung von überschüssigem Blut in den Harn nicht ausreichend, so dass wir diesen Vorgang durch einen Aderlass unterstützen müssen.

Die Substanz des Harns ist fein und klar, wenn sich die Körpersäfte im Gleichgewicht befinden. Bei einer Fülle, also einem Überangebot von Blut, Galle oder Schleim, wird sich der Harn eindicken und schwer werden. Auch in einem solchen Fall müssen wir eine ausleitende Therapie veranlassen.

Bezüglich der Quantität sollte man sich auf den ersten Morgen-Urin beziehen. Wird nur eine geringe Menge Harn produziert, so befindet sich der Patient in einem ernsten Zustand, der eine schwere Krankheit vermuten lässt. Wenn der Betreffende wieder in der Lage ist, viel Harn abzugeben, so befindet er sich auf dem Weg der Besserung, und baldige Genesung darf erwartet werden.

Die Qualität und der Inhalt des Harns bezieht sich auf die in der Flüssigkeit gelösten Schwebstoffe. Eiweißflocken oder im Urin schwimmende weiße Plättchen sind Zeichen einer Körperfülle, die oft durch falsche Ernährung bedingt ist. Ein Überangebot an Nährstoffen jeder Art kann im Blut nicht mehr zu den einzelnen Geweben transportiert werden. Es kommt zu einer Ausschwemmung in den Harn.

Der geübte Arzt wird das bei der Harnschau sofort erkennen und seine entsprechende Diätberatung veranlassen. Allerdings finden wir derartige Schwebstoffe im Harn auch dann vor, wenn es sich um schwere Infektionskrankheiten handelt oder gar um eine auszehrende Krankheit wie zum Beispiel Krebs. Leider stößt hier unsere ärztliche Kunst an die bekannten Grenzen. Einen ausleitenden Therapieversuch mit Schröpfen, Blutegeln oder Aderlass kann man dennoch anraten. Möglicherweise gelingt Linderung.

Von großer Bedeutung ist die Anordnung der Schwebstoffe im Harnglas. Dies lässt Rückschlüsse auf das erkrankte Organ zu. Befinden sich die Schwebteilchen am Boden des Glases, so liegt eine Erkrankung von Organen im unteren Drittel des Körpers vor. Denkbar wäre hier eine Krankheit der Nieren, des Enddarmes oder der Blase. Schweben die Harnpartikel im oberen Bereich des Glases, so suchen wir die Erkrankung des Patienten in seinem Kopf, Herz oder Lunge. Krankheiten des Magens oder der Leber werden Partikelabsonderungen im mittleren Drittel des Harnglases erwarten lassen.

Zur korrekten Beurteilung des Harns muss man außerdem die genauen Umstände des Kranken, seine Lebensgewohnheiten, den Ernährungszustand und die Umwelteinflüsse kennen. Bedeutsam ist auch die Zeit des Auftretens der Krankheit; die Jahreszeit und die Beziehungen zu den Gestirnen. Wenn der

Arzt nun alle diese Dinge berücksichtigt, sollte ihm eine genaue Diagnose möglich sein. Hieraus ergibt sich in den meisten Fällen auch gleich der Ansatz einer geeigneten Therapie."

Der Professor machte eine größere Pause, damit sich die Studenten ihre Notizen machen konnten. Einige hatten sich zuhause farbige Beispiele angefertigt. Anders konnte man sich die Vielfalt der unterschiedlichen Harn-Beschaffenheiten kaum merken.

Professor Benedetti konnte noch eine zusätzliche Hilfestellung geben: „An der Piazza Antenore, nicht weit vom Franziskaner Kloster, findet ihr das Hospital von San Francesco Grande. Es ist ein recht großes Krankenhaus, das teils dem Franziskaner-Orden und teils der Stadt Padua untersteht. Der zuständige Infirmarius, ein Franziskaner-Mönch, ist angewiesen, jedem Studenten der hohen medizinischen Fakultät freien Zugang zu den Patienten zu gewähren. Hier bietet sich die einmalige Gelegenheit, das Gelernte am Patienten zu üben."

Für Konrad gab es da kein Zögern. Selbstverständlich nahm er das Angebot gerne an. Mindestens drei Mal in der Woche sah man ihn im Francesco-Hospital mit dem Infirmarius durch die Krankenzimmer gehen.

In jedem Zimmer waren zehn bis zwölf große Betten aufgestellt, von denen sich zwei oder drei Patienten jeweils eine Bettstatt teilen mussten. Von jedem Patienten wurde eine Akte geführt.

Der Infirmarius und seine Helfer trugen täglich alle Veränderungen bezüglich der Befindlichkeit des Kranken ein. Jede verabreichte Medizin wurde genau notiert, so dass man jederzeit einen Überblick hatte. Das Hospital wurde ordentlich und korrekt geführt.

Allerdings war der Sinn und Zweck einer Unterbringung im Krankenhaus nicht die medizinische Behandlung. Das Hauptanliegen war ein anderes. Die oft schwer kranken Patienten wurden vornehmlich zur Vorbereitung auf den nahenden Tod eingewiesen. Die Kranken sollten geläutert und mit freier Seele ins Jenseits treten können. Zahlreiche Mönche und Geistliche kümmerten sich um die Kranken vor allem in seelsorgerlicher Absicht. Es wurde mehrfach, mitunter täglich, die Beichte abgenommen. Gemeinsame Bittgebete sollten die zu erwartende göttliche Strafe abmildern. Von reichen Insassen wurden entsprechende Spenden erwartet. Als Gegenleistungen erhielten sie seelischen Beistand, regelmäßige Waschungen und Verpflegung.

Die körperliche Pflege wurde üblicherweise von Badern oder Barbieren übernommen, die im Bedarfsfall auch die notwendigen medizinischen Behandlungen durchführten. Sie nahmen Amputationen vor, ließen zur Ader, schröpften und purgierten.

Studierte Ärzte waren im Hospital nur selten zu sehen. Sie traten nur auf, wenn für die Allgemeinheit gefährliche Infektionskrankheiten festgestellt wurden. Ein Hospital ähnelte also mehr einem Alten- und Siechenheim mit Anspruch auf körperliche Pflege.

Die Hausordnung der Krankenheime war mit denen von strengen Ordenshäusern vergleichbar. Mönche oder Nonnen achteten peinlich genau auf deren Einhaltung. Im Vordergrund ihres Interesses standen die täglichen Gebete, Bußgänge und die Befolgung der vorgeschriebenen Diätvorschriften.
Und dennoch herrschte oft ein heilloses Durcheinander in den Krankenzimmern. Tücher, Hosen, Hemden und Schuhe lagen auf Stühlen und den Tischen. Unter die Betten waren die Notdurftschüsseln geschoben. Nicht immer wurden sie geleert. Die Ausdünstungen der vielen Patienten, ihre eiternden Wunden und faulenden Gliedmaßen verbreiteten einen Gestank, dass man kaum atmen konnte. Aus den Betten hörte man Stöhnen, Husten und Keuchen. Einige waren noch in der Lage zu beten, andere starben einfach. Niemand nahm Notiz davon. Manchmal merkte es nicht einmal der Bettnachbar.
Einige Patienten hatten das Glück, dass sich Angehörige um sie kümmerten. Sie bekamen zusätzliche Nahrung mitgebracht. Oft wurden sie intensiver gepflegt, gewaschen und entlaust. Andere waren auf die Barmherzigkeit der Mönche angewiesen.

Die Krankheitsbilder waren ausgesprochen vielfältig. Auch in den einzelnen Zimmern waren Patienten mit den unterschiedlichsten Erkrankungen zu finden. Lungenkranke lagen neben Krebspatienten, Zuckerkranke neben Rheumatikern. Die einzige Unterscheidung, die getroffen wurde, war die nach Geschlechtern. Männer lagen auf der Männerabteilung und Frauen auf abgetrennten Fluren.
Kranke mit schweren Infektionskrankheiten wie etwa Lepra, dem gefürchteten Aussatz, hatten keine Berechtigung, in der Stadt zu bleiben. Die hohe Infektionsgefahr, die von ihnen ausging, war recht bald erkannt worden, so dass man eine radikale Isolierung der Leprösen als einzige sinnvolle Maßnahme sah. Außerhalb der Städte waren spezielle Siechenheime für Aussätzige, die so genannten Leprosenhäuser, eingerichtet worden. Aus diesen Heimen gab es kein Zurück in die Gemeinschaft der Gesunden. Lepröse waren Verstoßene, sie waren aus der Gesellschaft ausgestoßen. Sie lebten vor den Mauern der Stadt in den für sie eingerichteten Heimen unter Ihresgleichen wie in einer anderen Welt, einer Welt des Grauens.
Das Bild im Francesco-Hospital unterschied sich grundsätzlich nicht von dem anderer Krankenhäuser. Man fand dort Patienten mit den gleichen Erkrankungen wie in anderen Städten auch. Nur die Betreuung durch Mediziner war neu. Zunächst diente das Hospital als Unterrichtsstätte für die Paduaner Universität. Die Studenten konnten hier jeden Patienten untersuchen und befragen. Es wurden Bäuche abgetastet, Lungen beklopft und abgehorcht, Pulse

gefühlt und in die Augen geschaut. Und immer wieder die Harnschau, selbstverständlich mit der Geruchs- und Geschmacksprobe. Die praktische Ausbildung am Krankenbett war keine Selbstverständlichkeit. An keiner der deutschen Universitäten war das üblich. Im Gegenteil. Handanlegen an den Patienten war nur im Ausnahmefall vorgesehen. Das war eher die Aufgabe der Chirurgen, deshalb hießen sie ja auch so. Das Wort Chirurgie stammt aus dem Griechischen und heißt soviel wie „mit der Hand heilen." Die praktische Arbeit am Patienten stand unter der Würde des voll ausgebildeten Medicus.
Mit Professor Benedetti sollte sich das ändern. Schließlich war er nicht nur ein hervorragender Anatom, sondern auch ein gelernter Chirurg. Er war sich keinesfalls zu fein für die Arbeit am Patienten. Für ihn waren die großen arabischen Universitäten leuchtende Beispiele. Dort wurde nur so gearbeitet und gelehrt.
Einer seiner Vorgänger, Professor Pietro d'Abano, hatte schon zweihundert Jahre vor ihm einen wichtigen Merksatz formuliert, den Benedetti in seinen Vorlesungen immer wieder zitierte: *„Ars medicinae non inspicit nisi res manifestas sentiendo et videndo.* – Die ärztliche Kunst untersucht nur die Dinge, die für Auge und Ohr zugänglich sind."
Wie sollte das anders geschehen als am Patienten selbst, durch die Untersuchung mit den Händen? Benedetti wollte seinen Studenten unbedingt den Umgang mit dem Patienten beibringen. Es genügte ihm nicht, nur den Inhalt der einschlägigen Lehrbücher zu kennen. Nein, die praktische Anwendung dieses theoretischen Wissens war ihm wichtig.
„Der gute Arzt sollte dem Barbier nicht nur die Anweisung zur Amputation geben können. Er muss selbst dazu imstande sein. Wenn der Medicus mit eigenen Händen einen Aderlass nicht durchführen kann, darf er eigentlich auch die Anweisung dazu nicht geben. Ich will damit sagen, dass die praktische Arbeit am Patienten ebenso wichtig ist wie die Theorie.
Liebe Studenten, das wichtigste an der modernen medizinischen Ausbildung scheint mir das Gleichgewicht zwischen Theorie und Praxis!"
Der Lehrbetrieb im Francesco-Hospital zeigte bald auch Vorteile für die Kranken. Die mehrfachen Untersuchungen und Beratungen unter der Aufsicht der Magister und Professoren hatten natürlich die Diagnostik verfeinert und die Therapien effizienter gemacht. Es kam auch tatsächlich vor, dass einige Patienten als geheilt entlassen werden konnten. Das hatte sich rasch herumgesprochen. So war das Francesco-Hospital bei Patienten und den Studenten gleichermaßen beliebt.
Konrad hatte in die Diskussionen am Krankenbett seine bereits gesammelten Erfahrungen mit einbringen können. Bald galt er als einer der Besten unter den Examenskandidaten.

Obwohl die Prüfungsvorbereitungen ziemlich aufwändig waren, hatte er noch ausreichend Zeit, sich um seine Doktorarbeit zu kümmern. Er wollte seine Arbeit „Traktat über die Harnschau“ unbedingt zeitgleich mit dem Examen abgeben. Alles, was jemals über die Harnschau geschrieben worden war, hatte er einsehen müssen. Die unterschiedlichen Meinungen der Autoren musste er gegeneinander abwägen und in einer Übersicht zusammenfassen. In der Schlussbetrachtung wurde eine allgemeine Empfehlung bezüglich der korrekten Handhabung der Harnschau erwartet.

Selbstverständlich waren auch persönliche Meinungen des Doktoranden erlaubt. Diese sollten sich jedoch an die offizielle Lehrmeinung anpassen. Es wäre recht ungeschickt gewesen, die bisher gültigen Regeln, die sich ja über viele Jahre bewährt hatten, anzuzweifeln. Diesbezüglich wollte sich Konrad keine Feinde machen, obwohl ihm einiges zu mystisch interpretiert erschien.

Im Hause Scrovegni herrschte schon seit einigen Tagen allgemeine Aufgeregtheit. Konrad, der beste Freund der Familie, stand kurz vor seiner letzten Prüfung, dem Abschlussexamen zum Medicus. Welch ein Ereignis! Kaum zu glauben, dass es jetzt endlich so weit war. Das Ziel war zum Greifen nah. Noch ein paar Tage und er, Konrad Augsteiner, Sohn einer unfreien Magd, durfte sich Arzt nennen. Konrad schaute mit Stolz und mit ein wenig Wehmut zurück auf seinen langen und oft beschwerlichen Weg. Wahrlich kein Zuckerschlecken. Sein Traum, dem er schon seit seiner Kindheit nacheiferte, sollte sich endlich verwirklichen.

Der Termin war für Ende Juni auf den Tag nach Johannis, 25. Juni anno 1519, festgelegt worden. Jeder im Palazzo wollte in irgendeiner Weise behilflich sein. Die Freunde aus der Gesindeküche bereiteten ihm besonders leckere Speisen, viel Obst und abends einen kleinen Krug Wein. Donna Constanza fütterte ihn mit den feinsten Pralinen und Gebäck. Padrone Scrovegni gab noch gute Ratschläge. Und alle drückten die Daumen.

Der 25. Juni anno 1519 war ein sehr warmer Sommertag. Die Sonne stand schon ab dem späten Vormittag im Zenit und schien sich nicht von dort wegzubewegen. Seit Tagen hatte es nicht mehr geregnet. Kein kühlender Wind ging, nicht einmal ein schwacher Hauch. So stand eine drückende Hitze über der Stadt, die eine körperliche Arbeit nahezu unmöglich machte. Die Handwerker und Bauern verlegten ihre Arbeiten in die frühen Morgenstunden oder in den Abend.

Für Konrad und die anderen Examenskandidaten gab es keine Erleichterungen. Sie hatten mit ihrer offiziellen Universitätskleidung, dem schwarzen Umhang und einem Barett, zur Prüfung zu erscheinen. Im Prüfungssaal herrschten angenehme Temperaturen. Das dicke Gemäuer des Domus magna hielt die Räume recht kühl.

Konrad wurde als zweiter zur Prüfung hereingebeten. Seine Nervosität und Furcht war ihm anzusehen. Wie ein kleiner armseliger Wurm kam er sich vor, als er den großen Saal betrat. An der Stirnseite stand ein langer Tisch, an dem fünf Professoren Platz genommen hatten. Drei Mediziner, ein Theologe und einer von der philosophischen Fakultät. Mitten davor, in einem Abstand von etwa vier Schritt stand ein Stuhl für den Prüfling.
Professor Benedetti eröffnete das Gespräch, indem er zunächst die Prüfungsbeisitzer vorstellte. Das war gut so. Nicht, dass Konrad sich für die Namen der Professoren sonderlich interessiert hätte, aber es schaffte Luft. Und dennoch der Puls raste, der Mund trocknete aus und die Zunge klebte schier am Gaumen fest, als er die erste Frage beantworten sollte.
„Junger Herr Kollege, was ist eine Fliete?"
„Eine Fliete gehört in jede Arzttasche. Es handelt sich um ein Stilett, mit dem der Aderlass durchgeführt wird."
„Das ist richtig. Wozu wird ein Arzt einen Aderlass durchführen? Welches Ziel verfolgt er damit?"
„Der Aderlass ist bei zahlreichen Erkrankungen angezeigt. Besonders dann, wenn die Krankheit mit einer so genannten Fülle einhergeht. Es wird eine Wiederherstellung des Säfte-Gleichgewichtes angestrebt."
Professor Benedetti schien zufrieden mit den Antworten. Er lehnte sich zurück und strich sich mit seinen zarten Händen durch den Bart.
„Kann sich der junge Herr noch andere Wege vorstellen? Gibt es noch andere Möglichkeiten, ein Zuviel an Körpersäften zu beseitigen?"
„Eine Fülle kann auch mit Schröpfköpfen, Blutegeln, Schwitzkuren und Brechmitteln beseitigt werden."
„Was sollte man als guter Arzt bedenken, wenn man einen Patienten zur Ader lassen will?"
„Das Tierkreiszeichen des Kranken gibt uns Hinweise auf die Entnahmestelle. Zum Beispiel sticht man Patienten, die im Zeichen der Fische geboren wurden, am besten an den Unterschenkeln und die im Zeichen der Zwillinge an den Armen."
„Ist es denn völlig gleichgültig, an welchen Tagen man sticht?"
„Nein. Es gibt kritische Tage, an denen man nicht zur Ader lassen sollte. Dazu gehören Sonntage und bestimmte Feiertage. Es wäre völlig falsch, an Sturmtagen zur Ader zu lassen. Auch die Konstellation der Sterne gibt Auskunft über die so genannten verworfenen Tage. Man kann diese Tage, die auch Pechtage genannt werden, in speziellen Kalendern ablesen. An solchen Tagen sollte man auch keine Haare und keine Nägel schneiden."
„Wenn wir schon von den Sternen sprechen, was ist denn in diesem Zusammenhang besonders wichtig?"
„Der Arzt sollte den Patienten fragen, wann genau die Krankheit begonnen hatte. Für die weiteren Überlegungen bezüglich der Blutentnahmestelle und

der Menge des abzulassenden Blutes ist nämlich die Mondumlaufphase im Moment des Ausbruchs der Krankheit von entscheidender Bedeutung."
„Welche Menge Blut wird man pro Sitzung entnehmen?"
„Üblich ist eine viertel Kanne Blut."
Von den Prüfungsbeisitzern kam keine Zwischenfrage. Man hörte interessiert zu. Unabhängig davon hatte sich zwischen Professor Benedetti und Konrad ein flüssiges Gespräch entwickelt, das die anderen nicht stören wollten.
„Wir stellen uns vor, der junge Herr Medicus wird zu einem Patienten gerufen, der unter einer Erkrankung der Leber leidet. Wenn denn ein Aderlass notwendig wäre, welche Körperseite würde er anstechen?"
„Die Frage ist eigentlich nicht endgültig geklärt. Unser hoch gelobter Galen meint, dass die gleiche Körperseite zu wählen sei, auf der das erkrankte Organ liegt. Das wäre im vorliegenden Fall die rechte Seite. Andererseits lehrt die arabische Medizin, die uns in vielen Dingen Vorbild ist, das Gegenteil. Es soll die Gegenseite gestochen werden. So schreibt der große Avicenna in seinem Werk. Es wäre allerdings möglich, dass bei der Übersetzung Fehler entstanden sind. Ich würde mich also hier eher an Galen halten und die rechte Körperseite punktieren."
„Als letzte Frage möchte ich noch eine anatomische Frage stellen. Wo findet man die für den Aderlass so wichtige Mesa-Vene?"
„Die Mesa-Vene ist die Mittelvene und befindet sich in der Ellenbeuge. Man nennt sie auch die *Vena cubiti*. Sie ist die Verbindungsvene zwischen der *Vena cephalica*, der Kopfvene, und der *Vena basilica*, der Lebervene."
„Nun gut. Was den medizinischen Teil anbelangt, habe ich keine weiteren Fragen.
Wie steht es mit den Herren von der theologischen und philosophischen Fakultät?"
Der Professor für Theologie meldete sich zu Wort:
„Was er da über den Aderlass erzählt hat, klingt ja recht interessant. Das Blut ist offenbar ein ganz besonderer Saft. Meine Frage als Nicht-Mediziner: Ist ein kaltblütiger Mensch als Kranker zu bezeichnen?"

Das war nun eine Frage, auf die Konrad nicht vorbereitet war. Er musste genau überlegen, was er antworten sollte. Wenn ein Theologe eine solche Frage stellte, musste es ihm wohl mehr um Glaubensfragen gehen.
„Euer Mangnifizenz, ich versuche die Frage im medizinischen Sinne zu beantworten. Die Seele hat ihren Sitz im Herzen. Dort ist sie von unserem Allmächtigen einige Wochen nach der Zeugung platziert worden. Wenn ein Mensch erregt ist, zum Beispiel ein Examensprüfling, dann ist er mit erhitztem Herzen, glühender Seele bei der Sache. Das Blut wird sich aufgrund der Gemütserregung erwärmen. Ein kaltblütiger Mensch kennt derartige Erre-

gungen nicht. Sein Herz und die darin befindliche Seele bleiben von allen Ereignissen unberührt. Also kann sich sein Blut auch nicht erwärmen."
„Das war eine sehr gute Erklärung und trifft den Sachverhalt genau."
Als sich der Theologe wieder gesetzt hatte, ergriff Professor Benedetti wieder das Wort:
„Wenn denn keine weiteren Fragen mehr bestehen, darf ich den Studenten nach vorne bitten."
Alle fünf Professoren erhoben sich von ihren Plätzen. Benedetti holte unter dem Tisch eine große Pappschachtel hervor, aus der er einen schwarzen Samtumhang und einen fünfeckigen Doktorhut herausholte. Feierlich sprach er weiter:
„Hiermit ernenne ich kraft meines Amtes als Direktor der medizinischen Fakultät der ehrwürdigen Universität zu Padua den jungen Herrn Konrad Augsteiner zum Doktor der Medizin."
Mit diesen knappen Worten trat er auf Konrad zu, nahm ihm seinen alten Leinenumhang und das Studentenbarett ab und legte ihm den kostbaren Samtumhang um. Danach musste Konrad niederknien und bekam dann den Doktorhut aufgesetzt.
„Collega Augsteiner, Ihr seid jetzt ein Mitglied des ehrenhaften Berufes Medicus. Es wird von Euch erwartet, dass Ihr stets zum Wohle der Menschen handelt, jedes Übel von ihm abwendet und eure ganze Kraft darauf verwendet, ihn gesund zu erhalten und seine Krankheiten zu heilen oder zu lindern. Wollt Ihr uns auf diesem Wege folgen, so schwört diesen Maximen ewigen Gehorsam."
Konrad durfte sich erheben. Er hatte Tränen in den Augen, als er antwortete:
„Ich schwöre, so wahr mir Gott helfe."
Die Professoren reichten dem jungen Doktor die Hand und gratulierten. Es herrschte eine gehobene Stimmung. Von der Doktorfeier war die Rede und von den weiteren Plänen.

Im Innenhof der Universität staute sich die Hitze. Eine Gruppe von Freunden und Angehörigen der Examenskandidaten hatte sich hier versammelt. Sie warteten geduldig auf das Ende der Prüfung. Die meisten hatten ihre Umhänge und Jacken ausgezogen und über den Arm gelegt. Einige fanden Schatten hinter den Säulen des Atriums. Trotz Erschöpfung hatten sie alle ausgeharrt, auch Konrads Freunde. Jakob mit seiner jungen Frau und die ganze Familie Scrovegni standen voller Spannung vor der Tür des großen Vorlesungssaales.
Jetzt endlich wurde die Tür geöffnet, und die Prüfungskommission trat ins Freie. Die Professoren zuerst. In gebührlichem Abstand folgten die zwölf Prüflinge. Zwölf neue Doctores. Alle hatten die Prüfung bestanden. Mit strahlenden Gesichtern stürmten sie auf ihre Freunde und Verwandten zu. Sie

wurden umarmt, gedrückt und geküsst. Hände wurden geschüttelt und alle gratulierten voller Stolz und Erleichterung.
Auch Konrad wurde mit Glückwünschen überschüttet. Donna Constanza umarmte ihn. Filippe Scrovegni trat vor und hielt eine kleine lobende Ansprache: „Mein lieber Konrad – oder sollte ich wohl besser Herr Doktor sagen – wir alle sind mächtig stolz auf dich. Als Vorstand des Hauses Scrovegni habe ich die große Ehre, dich zu einer kleinen Feier einzuladen. Wir wollen damit zeigen, dass die Freude über das erfolgreich abgeschlossene Studium in unserer Familie ebenso groß ist wie in deinem Herzen."
Die Examensfeier fand im Palazzo Scrovegni statt. Es war alles aufs Feinste vorbereitet. Konrads Freunde aus dem Kloster der Augustiner und aus dem jüdischen Getto saßen schon alle an der langen Tafel im Speisesaal. Einige der Kommilitonen und zwei Professoren waren auch gekommen.
Die leckersten Speisen und teuersten Weine wurden aufgetischt. Musikanten spielten auf. Es war ein wunderbares Fest in prachtvollem Rahmen. Nach dem Festmahl ergriff der Hausherr erneut das Wort für eine Tischrede. Er lobte nochmals Konrads Fleiß und sein Geschick im Umgang mit Patienten.
„Besonders aber freue ich mich, dass wir Scrovegnis mit dem jungen Herrn Doktor einen Freund gefunden haben, der an Edelmut und Aufrichtigkeit seines Gleichen sucht. Wo immer dich deine Wege hinführen, möge der Segen Gottes dich schützen und unsere guten Wünsche dich begleiten."
Stolz, Freude und Erleichterung beherrschte Konrads Gemüt. Auch Wehmut schwang mit, wie flüchtiger Nebel in der frühen Morgensonne. Wie schön wäre es, wenn die Mutter oder Sarah diesen erhebenden Augenblick miterlebt hätten. Was wohl der Pfarrer von Kostenheim oder der Graf zu seinen Leistungen sagen würden?

Die Festtafel wurde aufgehoben, und die Gäste gingen im Park spazieren. Bis zum nächsten Gang war noch ein wenig Zeit, die man mit kurzweiliger Unterhaltung überbrückte. Konrad war noch halb in Gedanken an die Heimat versunken, als ihn Professor Benedetti zur Seite bat. Sanft zog er ihn am Arm zur Terrasse, wo er ungestört mit ihm sprechen konnte.
„Junger Kollege, ich muss ein offenes Wort an Euch richten. Die Universität sucht noch dringend junge Mediziner mit wissenschaftlicher Begabung. Männer, die in der Lage sind, analytisch zu denken, exakt zu arbeiten und die einen Drang zur Wahrheit verspüren. Nicht jeder besitzt diese wissenschaftliche Neugier, die uns treibt. Ihr, junger Medicus, seid ein solcher Forschergeist. Ihr wisst es selbst genau, dass Ihr für die Wissenschaft bestimmt seid. Wie sind also Eure Pläne?"
„Herr Professor, aufrichtigen Dank für die ehrenvolle Einschätzung. Leider kann ich Eurem Ruf an die Universität nicht folgen. Die Heimat ruft. Eine Herzensangelegenheit drängt mich zurück über die Alpen." Konrad wandte

sich um und schaute sehnsüchtig in Richtung Norden, wo er meinte die Alpenkämme erahnen zu können.
„Was wollt Ihr dort unternehmen?"
„Vermutlich werde ich als Stadt-Physicus irgendwo im Süden Deutschlands mein Glück versuchen."
„Ist es das Geld, was Euch lockt?", fragte der Professor vorsichtig nach. Es war schließlich jedem bekannt, dass ein Universitäts-Professor nicht unbedingt zu den Wohlhabenden gehörte. Wenn es hoch kam, war mit einem Jahresgehalt von etwa zweihundert Gulden zu rechnen.
„Nein, das ist es sicher nicht. Euer Einkommen ist sicher genug, ein sorgenfreies Leben zu führen."
„Es genügt bei normalen Bedürfnissen. Reichtümer können wir jedoch nicht anhäufen", gab der Professor ehrlich zu.
„Von Professor Fracastoro wird erzählt, dass er offenbar mehr verdient als die anderen Professoren. Weiß man da Näheres?", wollte Konrad wissen.
„Nun, die Sache mit dem Kollegen Fracastoro ist wohl eine Ausnahme. Niemand kann sich dass erklären. Drüben in den Euganeischen Bergen besitzt er wohl einen recht luxuriösen Palazzo. Eine Sommerresidenz, wie sie sich nur die reichen Adligen aus Padua und Venedig leisten können."
„Professor Fracastoro ist ein berühmter Mann. Er ist anerkannter Spezialist für die neue Seuche Syphilis. Sicher hat er sich sein Vermögen redlich verdient."
„Möglicherweise hat er einige reiche Syphilitiker heilen können. Die Lustseuche soll ja auch bei den Adligen und Fürsten ihr Unwesen treiben." Der Professor machte ein bedenkliches Gesicht.
„Was meint Ihr, Professor? Was hilft besser bei der Syphilis: die altbewährte Kur mit Quecksilber oder die neue Droge aus Amerika, das Guajak-Holz?"
„Es wird behauptet, dass Guajak-Holz sei mindestens so gut wirksam wie das Quecksilber. Das klingt ja auch recht logisch. Wissen wir doch, dass die neue Seuche aus Amerika eingeschleppt worden ist. Dann sollte man auch das Gegenmittel dort in der neuen Welt suchen. Die dort lebenden Indianer haben Guajak schon seit Urzeiten gegen die Syphilis eingesetzt."
„Wenn es sich tatsächlich so verhält, wollen wir Gott loben und preisen. Die furchtbaren Nebenwirkungen, die eine Quecksilber-Behandlung mit sich bringt, sind ja mit einer Folter vergleichbar", wusste Konrad aus Erfahrungen als Badergehilfe.
„Das stimmt. Guajak-Holz ist praktisch ohne jegliche Komplikation. Ein Zuckerschlecken ist die Behandlung aber auch nicht. Vier Wochen müssen die Patienten fasten. Sie liegen in einem von der Außenluft abgeschlossenen Raum und müssen mehrmals täglich Guajak-Tee trinken. Der wird aus feinen Spänen der Holzstämme hergestellt. Die Geschwüre werden mit einem Ab-

sud der Späne abgetupft. Insgesamt also doch auch eine aufwendige Therapie. Aber allemal angenehmer als die sehr schmerzhafte Quecksilberkur."

Jedesmal, wenn der deutsche Schwertransport von der Fugger Handelsgruppe durch Cadoneghe zog, gab es ein großes Aufsehen im kleinen Vorstadt-Dorf, das noch zu Padua gehörte, aber außerhalb der Stadtmauern lag; jenseits der Brenta. Cadoneghe wäre inmitten der Weinfelder wahrscheinlich in einem Dornröschenschlaf versunken, wenn es nicht zufällig an der Handelsstraße nach Norden gelegen hätte. Die meisten Händler zogen achtlos an dem verträumten Weindörfchen vorbei. Von Venedig kommend war es üblicherweise noch zu bald für eine erste Station. Nur der Fugger´sche Guajak-Transport machte da eine Ausnahme. Viermal im Jahr kam er von Venedig herüber, voll bepackt mit den schweren Baumstämmen aus der Neuen Welt. Amerika nannten sie es, das Land, das eigentlich Indien sein sollte. Dieser genuesische Abenteurer Kolumbus war 1492 mit drei Schiffen aufgebrochen, Indien zu suchen. Gefunden hatte er es nicht, stattdessen entdeckte er einen neuen Kontinent, den niemand in Europa kannte. Gold brachte er mit, bunte Vögel und exotische Pflanzen. Seine Matrosen kamen auch mit einem Andenken zurück: der neuen Seuche, zu der die Ärzte Syphilis sagten. Eine tödliche Krankheit. Das Grausame daran waren die furchtbaren Verstümmelungen an den Händen, an den Genitalien und im Gesicht. Kraterförmige Geschwüre an den Wangen und der Stirn entstellten das Antlitz des Kranken zur grotesken Fratze. Mitunter war die Nase oder ein Auge förmlich weggeschmolzen, wie abgefault. Erst nach monatelangem Siechtum, manchmal erst nach Jahren, gönnte der Allmächtige ihnen die Gnade des Ablebens.
Zunächst gab es nur eine Rettung: die Quecksilberkuren. Eine gefährliche Behandlung, die nicht selten tödliche Komplikationen mit sich brachte. Eine langwierige und sehr schmerzhafte Prozedur war es obendrein. Ob sie denn auch erfolgreich war, wusste niemand so ganz genau zu sagen. Aber was sollte man tun? Besser Quecksilber mit einem kleinen Funken Hoffnung als tatenlos zuzuschauen.
Und dann kam diese neue Droge aus Amerika, der Guajak-Baum. Endlich ein Lichtblick.
Selbstverständlich war jedem klar, dass Guajak die bessere Arznei war. Selbst die starrköpfigen Professoren von den Universitäten mussten eingestehen, dass ein Heilmittel aus dem Ursprungsland der neuen Krankheit wirksamer sein musste als alle anderen Mittelchen. Leider war es nicht für jeden verfügbar, weil es nur für viel Geld zu haben war. Der hohe Preis erklärte sich aus den Frachtkosten und der angeblichen Seltenheit des Guajak-Baumes.

Für Konrad gab es kein Zögern, als Professor Benedetti die Möglichkeit der Mitreise nach Deutschland anbot. So schnell wie möglich wollte er heim zu

seiner Braut. Auch die Mutter wollte er wiedersehen. Was würde sie staunen – ihr Sohn ein Medicus! Allen wollte er es erzählen, dem Pfarrer und dem Grafen von Kostenheim und den Freunden im Windsheimer Augustinerkloster. Alle sollten es wissen.
Der Abschied von Padua, von der Universität und vor allem von der Familie Scrovegni fiel nicht leicht. Es gab Tränen. Recht bald wollte man sich wiedersehen, und regelmäßiger Briefwechsel wurde vereinbart. Jeder der Familie hatte Konrad ein kleines, liebevoll verpacktes Geschenk zugesteckt, ein Andenken, auf dass er sich immer an die Scrovegnis erinnern konnte. So war es alter Brauch bei den italienischen Adeligen.
„Mein Erinnerungsstück darfst du erst in der Heimat auspacken. Es wird dir gefallen. Es wird dich stets daran erinnern, dass alles vergänglich ist, nur unsere Freundschaft nicht – *Il tempo passa; l'amizicia resta.*" Filippe Scrovegni hatte Tränen in den Augen und die Stimme versagte, als er Konrad sein Erinnerungsgeschenk übergab.
Auch Jakob war ergriffen von der Abschiedsstimmung:
„Ich habe dir viel zu verdanken, mein bester Freund. Niemals werde ich dich vergessen. Spätestens zu deiner Hochzeit werden wir uns wiedersehen. Bleib gesund und lass es dir gut ergehen."

Ein Universitätsdiener begleitete ihn bis zum Treffpunkt auf dem Marktplatz in Cadoneghe. Der Lakai kannte den Weg nur allzu gut: „Viermal im Jahr muss ich hinüber zu den deutschen Händlern. Der Professor verlangt es. Immer wieder die gleiche Nachricht, die ich überbringen muss." Konrad hatte Mühe ihm zu folgen. In strammen Galopp preschten sie durch das östliche Stadttor.
„Was ist das für eine geheimnisvolle Nachricht, von der du da sprichst? Und welcher Professor schickt dich immer wieder dorthin?", wollte Konrad wissen.
„Das weiß ich auch nicht", rief der Lakai zurück „es geht mich ja auch nichts an. Es ist halt immer wieder das gleiche kleine Päckchen, das ich da holen soll."
„Wer dich schickt, will ich wissen", bohrte Konrad hartnäckig weiter.
„Professor Fracastoro."
„Warum fragst du ihn nicht nach dem Inhalt des Päckchens, wenn du es unbedingt wissen musst?", stellte Konrad die logische Frage.
„Den Deutschen habe ich gefragt", gestand der Diener kleinlaut seine Neugier.
„Und?"
„Ich solle mich nicht um Dinge kümmern, die mich nichts angehen. Mehr wollte er mir nicht verraten." Bis zum Marktplatz von Cadoneghe war von ihm nichts mehr herauszuquetschen.

Vor dem eher bescheiden wirkenden Rathaus von Cadoneghe warteten schon zehn Planwagen. Es war ein beeindruckendes Bild. In langer Reihe standen sie geduldig in der Morgensonne. Jeder der robusten Wagen war an den Ecken und Kanten mit Schmiedeeisen verstärkt. Man hatte jeweils vier starke Kaltblüter vorgespannt, die in stoischer Ruhe vor sich hin dösten. Es waren diese mächtigen Rösser, die Konrad von den Handelszügen kannte. Man konnte ihnen ihre Kraft schon von weitem ansehen. Zu jedem Gespann gehörte eine Begleitmannschaft von fünf schwer bewaffneten Reitern. Eine wahrlich gut gesicherte Handelsgruppe.
Der Führer der Gruppe war ein großer junger Mann mit energischen Gesichtszügen. Trotz seiner Jugend strahlte er Autorität aus. Er hatte offenbar alles unter Kontrolle. Alle seine Anweisungen wurden von jedermann sofort ausgeführt. Auch er war mit einem Langdolch bewaffnet.
Ohne große Worte händigte er Fracastoros Boten ein kleines in Wachstuch gewickeltes Päckchen aus. Man sah, dass die beiden sich nicht mochten. Auf Höflichkeitsfloskeln wurde verzichtet. Der Bote schwang sich wieder auf sein Pferd und ritt zurück in die Stadt.
„Ihr seid sicher der junge Medicus, den wir mitnehmen sollen?“ Die kantige, laute Aussprache des Deutschen empfand Konrad wie Peitschenhiebe vor seinem Ohr. Er konnte nicht behaupten, dass er sich dieses soldatische Energiebündel unbedingt zum Freund wünschte. Auf der anderen Seite hatte Konrad von Anfang an das Gefühl, dass man sich in seinem Tross sicher fühlen konnte. Die zwei bis drei Wochen bis Augsburg sollte er es wohl mit ihm aushalten.
„Hinrich Goller, Sekretär des Handelshauses Jakob Fugger.“ Der Führer reichte Konrad die Hand. „Ihr könnt Euer Pferd hinter den ersten Wagen anbinden und Euch vor auf den Kutschbock setzen. Wir wollen sofort aufbrechen, damit noch einige Meilen geschafft werden.“
„Ich bin der Doktor Konrad Augsteiner. Ich sage meinen Dank, dass Ihr mich mitnehmt.“
„Dann wollen wir.“
Konrad wollte höflich sein: „Es ist ja erst Mittag. Da sollten noch drei bis vier Meilen möglich sein.“
„Davon versteht Ihr nichts. Das sind Kaltblüter. Und diese schwere Last. Da muss man die doppelte Zeit rechnen.“
Konrad verzichtete auf weitere Kommentare. Es war ja richtig, dass er von der Planung und Leitung von Reisegruppen nichts verstand.
Sein Gepäck war rasch verstaut. Folgsam wie ein Kind war er auf den Kutschbock gestiegen und hatte sich dort auf Hanfkissen gemütlich eingerichtet. Hinrich Goller hatte Recht. Es ging tatsächlich nur sehr langsam voran. Bis Bozen brauchten sie mehr als zwei Wochen.

„Was meint Ihr? Wann werden wir in Augsburg sein?", fragte Konrad vorsichtig seinen neben ihm sitzenden Kutscher.
„Rechnet mit etwa sechs Wochen", kam die knappe Antwort, „vorausgesetzt es kommt nichts dazwischen."
„Was sollte passieren? Einen Raubüberfall kann man sich bei der starken Begleitung doch kaum vorstellen."
„Wegelagerer fürchten wir nicht. Aber das Wetter in den Alpen. Das ist unberechenbar", mahnte der Kutscher bedeutungsvoll und zog dabei den breiten Stiernacken ein. „Da hat es schon so manches Mal Ausfälle gegeben. Dann solltet Ihr den Goller erleben. Wie ein tobender Eber kann der werden."
„Da habe ich keinen Zweifel", gab Konrad zu.

Die Gruppe wählte als Weg über die Alpen die alte Via Claudia Augusta, die hinter Brixen in Richtung Nordwest ins Vintschgau zum Reschenpass und über Imst und Nassereith zum Fernpass führte. Die Strecke war zwar höher als der Brennerpass, aber wenn man nach Augsburg wollte, war es sicher die kürzere. Die Reisegruppe kam gut voran. Abgesehen von zwei lahmenden Pferden, die ausgetauscht werden mussten, und einer gebrochenen Deichsel gab es keine Zwischenfälle. Konrad musste hin und wieder ärztlich tätig werden. Einer der Kutscher hatte sich beim Radwechsel einen Daumen gequetscht, der geschient werden musste. Ein anderer jammerte über Zahnschmerzen. Mit reichlich Birnenschnaps wurde er betäubt und dann der verfaulte Zahn gezogen. Einem der Reiter musste ein Abszess gespalten werden. Hustenanfälle, Kopfschmerzen und Durchfälle waren auch zu kurieren. Konrad konnte alle Mitreisenden wiederherstellen und erwies sich so als recht nützlich.
Als sie sich jenseits der Lermooser Sümpfe allmählich dem Ziel näherten, änderte sich die Befindlichkeit von Sekretär Goller zusehend. Er wurde freundlicher, redseliger und war auch gelegentlich für einen Scherz zu haben. Die letzte Station wurde in Landsberg am Lech gemacht. Hier gehörten den Fuggern mehrere Herbergen und Gasthäuser. Im Gasthof „Zum Hirschen" gab es sogar die Möglichkeit, alle Planwagen in den geräumigen Hof, der mit einer Mauer umgeben war, einzuschließen. In dieser letzten Nacht genügten zwei Wachen, die mit Hunden die teure Fracht vor Dieben schützten. Alle anderen trafen sich im Wirtshaus und feierten den gut überstandenen Transport. Alle waren mit ihrer Arbeit zufrieden, besonders Hinrich Goller. Erleichtert und froh ließen sie sich ihr Essen und das gute deutsche Bier schmecken. Konrad saß mit am Tisch des Sekretärs. Sie unterhielten sich über die Stadt Augsburg, ihre Stadtväter und die Bürger.

„Augsburg kenne ich wie meine Westentasche", prahlte Goller, „nirgends gibt es so viele schöne Häuser wie bei uns in Augsburg. Die besten Handwer-

ker gibt es bei uns. Ihr werdet schon sehen. Wollt Ihr denn in Augsburg bleiben und dort als Medicus arbeiten?"
„Ich will versuchen, dort eine Stelle zu finden."
„Wir haben zwar schon einen Stadt-Physicus, aber es fehlen noch einige. Viele Kranke und Krüppel sind ohne Hilfe. Niemand kümmert sich um sie. Man darf wirklich froh sein, wenn man gesund ist." Hinrich Goller wurde in vorgerückter Stunde ein wirklich guter Unterhalter. So manchen Bierkrug hatte er inzwischen geleert. Obwohl die Zunge langsam schwerer wurde, plauderte er munter weiter.
„Das Guajak-Holz da draußen ist das härteste Holz der Erde. Deshalb ist es auch so schwer. Wie hoch schätzt Ihr den Wert der Ladung, die wir von Venedig hierher geholt haben?" Ohne eine Antwort abzuwarten, gab er sie selbst: „Mehrere Tausend Gulden liegen draußen unter den Planen."
„Wisst Ihr denn, wofür man das Holz benötigt?", unterbrach Konrad den Redefluss seines Tischnachbarn.
„Ja selbstverständlich. Die Indianer in Amerika benutzten es schon immer als Allheilmittel gegen Rheuma, Halsweh Schnupfen und eben gegen die Syphilis."
„Das ist richtig. Ich bewundere eure medizinischen Sachkenntnisse."
„Ich weiß noch mehr über die Medizin, wovon Ihr sicher noch nichts gehört habt", machte sich Goller wichtig.
„Ihr macht mich neugierig."
„Wisst Ihr, welches das beste Mittel gegen die Syphilis ist?"
„Das weiß wohl niemand so ganz genau", Konrad wollte ihm die Chance lassen, seine Kenntnisse zu zeigen. „Ist es denn nicht das Guajak-Holz?"
Das war so richtig nach dem Geschmack von Hinrich Goller. Dem jungen Medicus musste man erst mal zeigen, wie begrenzt das Wissen der studierten Leute ist.
„Vor noch fünf Jahren wurden alle Syphiliskranken mit Quecksilber behandelt. Ein geschickter Arzt oder Bader wusste die richtige Anwendung und Dosierung, so dass fast immer Heilung eintrat."
„Das habe ich auch so gehört", gab Konrad zu.
„Der berühmte Professor Fracastoro war es, der diese Behandlung eingeführt hatte. Auch als die ersten Behandlungsversuche mit Guajak-Holz durchgeführt waren, hatte er immer noch das Quecksilber bevorzugt."
Spitzbübisch schaute er zu allen Seiten und lehnte sich über den Tisch zu Konrad, um ihm im Flüsterton sein Geheimnis anzuvertrauen: „Seit zwei Jahren ist der Herr Professor anderer Meinung. Es gibt nichts Besseres als die Guajak-Therapie. Viermal im Jahr fahren wir vom Handelshaus Fugger rüber nach Venedig und kaufen alle Schiffsladungen Guajak auf. Jedes Mal übergeben wir ein Geschenkpäckchen an Professor Fracastoro in Padua. Viermal im

Jahr. Seither ist Guajak das beste Heilmittel gegen die Syphilis. Und die ganze Welt folgt der Empfehlung des Professors."

Konrad war sprachlos. Das war es also, was den Professor zum reichsten Mediziner von Padua gemacht hatte. Wenn das wirklich stimmte... Das wäre ja ein schamloser Verrat an der Wissenschaft. Eine bewusste Fehlinformation aller Ärzte. Er konnte es einfach nicht glauben. Sicher wollte sich der mittlerweile trunkene Hinrich Goller nur wichtig machen.

„Ob das alles so richtig ist, wie Ihr die Sache seht, wollen wir dahin gestellt lassen", versuchte Konrad den ungeheuerlichen Vorwurf zu entkräften.

Begleitet von einer lässigen Handbewegung wollte Goller es besser wissen: „Jakob Fugger ist der reichste und mächtigste Mann in deutschen Landen. Der kann noch mehr als kleine Professoren kaufen. Fürsten, Könige und sogar Kaiser Maximilian stehen bei ihm in der Kreide."

Konrad kam ins Grübeln. So ganz abwegig war das Geschwätz des Sekretärs nicht. Schon oft hatte Konrad erleben müssen, dass nicht immer die Wahrheit gesprochen wurde. Wenn die Bischöfe und selbst der Papst vor Lug und Trug nicht zurückschreckten, warum sollte das in der medizinischen Wissenschaft nicht auch möglich sein?

An was sollte man denn noch glauben? Wer schert sich denn noch um die ethischen Grundsätze des Hippokrates? Gibt es denn keine moralischen Grenzen?

Als hätte Goller Konrads Gedanken der Entrüstung erahnt, gab er noch die Quintessenz: „Ihr jungen Ärzte seid noch voller Enthusiasmus und Edelmut. Die ärztliche Ethik ist für Euch noch oberstes Gesetz. Aber glaubt mir, das wird sich ändern. Beim einen früher, beim anderen später. Letztlich ist jeder käuflich. Wir alle haben unseren Preis."

Das war jetzt zu viel für Konrad: „Verzeiht, wenn auch ich offen zu Euch bin. Eure Meinung von den Menschen ist alles andere als positiv. Wer das Wesen seiner Mitmenschen derart minderwertig einschätzt, kann selbst keinen starken Charakter haben."

Mit diesen Worten der Verachtung verließ Konrad das Gastzimmer. Er ging sofort zu Bett, konnte aber lange nicht einschlafen. Verworrene Geschichten gingen ihm durch den Kopf. Immer wieder tauchte das Gesicht von Professors Fracostoro auf. Als er dann endlich in tiefen Schlaf versunken war, quälten ihn schaurige Träume. Aus weiter Ferne hallten Hilferufe zu ihm herüber: „Hilfe, rette mich. Hilfe ich ertrinke." Es war eindeutig Fracastoros Stimme. „Zieh mich raus aus diesem Sumpf der Sünde!"

Er steckte bis zum Hals in einem riesigen Meer von Goldmünzen. Voller Furcht und Panik ruderte er wild mit seinen Armen und sackte doch immer tiefer hinab. Das blanke Entsetzen stand ihm ins Gesicht geschrieben.

„Herr Professor, was macht Ihr dort unten im Sumpf?", hörte sich Konrad rufen.

„Ich suche etwas, das ich vor langer Zeit verloren habe. Etwas ganz Wertvolles."
„Was ist es, Professor?"
„Meinen Charakter suche ich. Ich will ihn wiederhaben."
Konrad stand am Rande wie gelähmt. Irgendetwas hatte ihn paralysiert, so dass er nichts zur Rettung unternehmen konnte. Tatenlos musste er zusehen, wie sein Professor, den er so verehrt hatte, im Geld erstickte.
Schweißgebadet schreckte Konrad hoch. Gott sei Dank war alles nur ein Traum. War am Ende auch das unverschämte Geschwätz des Sekretärs nur eine Vision gewesen? Alles nur ein böser Streich seiner Hirnwindungen?
Durch das kleine Fenster der Schlafkammer lugte schon der frühe Morgen. An Schlaf war nicht mehr zu denken. So beschloss Konrad, sich ohne Frühstück auf den Weg zu machen. Bis Mittag sollte er wohl Augsburg erreicht haben.

Das Rote Tor im Süden von Augsburg, zum Ulrichsviertel gehörend, war wohl das bekannteste und meistgenutzte Tor der Stadt. Alle Kaufleute und Handelszüge, die nach Italien wollten, mussten durch dieses Tor in Richtung Süden. Für Konrad war es der Eintritt in eine neue Stadt, die er noch nicht kannte. Sein Freund Jakob und seine Braut Sarah hatten zwar schon viel von ihrer Heimatstadt erzählt, eine genauere Vorstellung hatte er jedoch nicht.
Über 40 000 Bürger sollten hier wohnen. Das wären ja mehr als in Nürnberg. Es gab übrigens vieles, was diese beiden großen Städte gemeinsam hatten. Hier wie dort gab es berühmte Künstler, geschickte Handwerker und vor allen Dingen reiche und einflussreiche Kaufleute und Bankiers. Die bekanntesten Patrizierfamilien waren die Fugger und die Welser.
Besonders berühmt geworden war Augsburg jedoch durch die vielen Webereien. Mehr als zweitausend Weber hatten hier ihre Werkstätten. Sie machten Augsburg zur bedeutendsten Textilstadt der Welt.
Konrad suchte den Weinmarkt. Der Torwächter konnte ihm gleich den Weg zeigen. Schließlich war es die herrlichste Prachtstraße der ganzen Stadt. Jeder kannte sie. Hier standen die schönsten und imposantesten Patrizierhäuser, Handelskontore und Stadtvillen. Zum größten Teil waren es Häuser aus festem Mauerwerk mit oft mehr als vier Stockwerken. Die Straße selbst war sauber und trocken, weil die Anwohner einen abführenden Gossenkanal anlegen ließen. Außerdem war per Stadtverordnung in diesem Innenstadtbereich das Verschmutzen der Straßen mit Abfällen und Gülle verboten.
Das Haus „Zum Bären" wäre direkt am Anfang des Weinmarktes zu suchen. So hatte Sarah ihr Elternhaus immer wieder beschrieben. Konrad war recht aufgeregt, als er vor der großen Eingangstür stand. Das Anwesen der Familie Regensburger schien im Vergleich zu den anderen Häusern eher bescheiden. Es hatte nur zwei Stockwerke und nur ein einfaches Satteldach. Größer als die

Häuser in Windsheim war es jedoch allemal. Sein Herz klopfte ihm vor lauter Aufregung bis zum Hals, als er die Hausglocke zog. Als hätte Sarah direkt hinter der Haustür gestanden und auf das Läuten gewartet, wurde die Tür sogleich aufgerissen. Mit ausgestreckten Armen flog sie ihrem Schatz entgegen. Er wirbelte sie durch die Luft, und sie drehten sich im Kreis. Immer wieder im Kreis. Mitten auf der Straße und direkt vor der Haustür. Ihre Eltern standen inzwischen im Türbogen und schauten den verliebten jungen Leuten zu. Sie schienen Gefallen zu haben an dem Liebesglück der Tochter.
„Kommt ins Haus und lasst uns ein Fest feiern", drängte Vater Regensburger. „Es muss ja nicht gleich alle Welt erfahren, dass der Hochzeiter da ist."
„Doch Vater, alle dürfen es wissen, nicht wahr Konrad?" Sarah schaute ihren Liebling prüfend an, obwohl sie seine Meinung dazu genau kannte.
„Selbstverständlich darf es jeder wissen. Vorausgesetzt dein Vater hat keine Einwände."
Und zum Hausherrn gewandt, stellte Konrad seinen förmlichen Antrag: „Ich frage Euch, Isaak Regensburger, und auch Euch, ehrbare Hausfrau, seid Ihr gewillt, mir Eure Tochter anzuvertrauen. Mit Eurem Einverständnis werde ich sie noch in diesem Jahr zum Traualtar führen. Ich gelobe, sie zu ehren, für sie zu sorgen und unsere Kinder im Glauben an unseren gemeinsamen Gott erziehen."
Sarahs Augen leuchteten vor Freude, und die Wangen glänzten. Sie klammerte sich an den starken Arm ihres Verlobten und wartete gespannt auf die Antwort der Eltern. Die Mutter hatte alle Mühe, ihre Freude und den mütterlichen Stolz über diesen Heiratsantrag einigermaßen zu verbergen. Der Vater trug eine ernste Miene mit einem Hauch von Skepsis vor.
„Wir Juden würden es lieber sehen, wenn unsere Töchter einen Mann aus dem Volke Israels bekäme. Das ist nicht immer möglich. Wenn es denn ein guter Mann ist, so gibt es von unserer Seite auch keine Einwände. Davon abgesehen haben sich eure Herzen schon vor langer Zeit für einander entschieden. Wir geben dir unsere Tochter in treue Hände, auf dass es ihr gut gehe und Gott seine Freude hat an eurer jungen Familie."
Der Brautvater holte den besten Wein aus dem Keller, einer von diesen edlen französischen Importweinen. Es wurde an dem Abend noch viel diskutiert, gescherzt und gelacht. Auch über die Mitgift wurden Andeutungen gemacht. Es war ein solides finanzielles Polster, das die beiden Hochzeiter bekommen sollten.
„Wie soll es jetzt beruflich weitergehen mit dir?", wollte der Vater wissen, „wirst du hier in Augsburg oder in deiner Heimat eine Arbeit suchen?"
„Bevor ich zurück nach Windsheim gehe, sollte ich noch einige praktische Erfahrungen sammeln. Vielleicht kann ich hier in Augsburg oder in der Nähe eine Stelle als Stadt-Physikus bekommen. Was meint Ihr? Wie stehen hier die Aussichten?"

„Nicht so gut. Wie ich gehört habe, hat die Stadt Augsburg bereits einen Medicus eingestellt. Dieser Doktor Arnim Ostler versieht sein Amt mit Umsicht und Entschlossenheit. Der sollte eventuell einen Gehilfen benötigen."
„Ich kann mich ja einmal beim Rat der Stadt vorstellen."
„Man müsste einen Fürsprecher schicken", warf Frau Regensburger ein und bewies einmal mehr die diplomatischen Geschicke des angeblich schwachen Geschlechts. „Bürgermeister Georg Herwart ist Fremden gegenüber nicht gerade sehr aufgeschlossen."
„Ich kenne einige Stadträte recht gut. Ich werde einmal geschickt nachfragen." Beinahe übereifrig bot Vater Regensburger seine Hilfe an.
Wie sich herausstellte, hätte die Stadt Augsburg durchaus einen zweiten Stadtarzt gebrauchen können, der amtierende Physikus wollte jedoch keinen Gleichgestellten neben sich dulden. Allerdings war die Stelle des Assistenten neu zu besetzen. Die Aufgaben des Assistenten waren vielfältig und letztlich nichts anderes als die eines Stadtarztes. Allerdings durfte er nicht eigenverantwortlich arbeiten und musste den Anweisungen von Dr. Ostler folgen. Das wäre für Konrad akzeptabel, wusste er doch, dass es sich nur um eine kurze Übergangszeit handelte. Spätestens in drei bis vier Jahren wollte er ohnehin in seine mittelfränkische Heimat zurück und sich dort nach einer Stelle als selbstständiger Stadt-Physikus umsehen.

Das diplomatische Geschick der Familie Regensburger hatte tatsächlich einiges erreicht. Konrad durfte sich beim Rat der Stadt vorstellen und seine Referenzen vorlegen. Der Bürgermeister hatte sich rasch ein Bild gemacht:
„Nun, wie es scheint, hat er schon viel gesehen und viel gelernt. Wollen wir hoffen, dass er sein Wissen zum Wohle der Augsburger Bürger einzusetzen weiß."
Damit war Konrad als offizieller Gehilfe des Stadt-Physikus von Augsburg eingestellt. Das Jahreseinkommen sollte die Hälfte des Gehaltes seines Vorgesetzten betragen. Konrad war mit dem in Aussicht gestellten Lohn von vierzig Gulden pro Jahr durchaus zufrieden.
„Er kümmere sich um das Seuchenwesen", hatte ihm der Stadtarzt aufgetragen und meinte damit die Kontrolle der Siechenheime, besonders das vor der Stadt stehende Haus der Leprösen. Sie nannten es das Leprosorium oder auch Lazarushaus.
Auch die Kontrolle der Badestuben zur Vorbeugung und Eindämmung der Franzosenseuche war ihm aufgetragen. Im Falle einer drohenden Pest sollte Konrad rechtzeitig die notwendigen Schritte veranlassen. Besonders die dann fälligen Quarantänen für Fremde und genauere Stadttor-Kontrollen waren das Wichtigste.
„Das Seuchenwesen! O Gott, ist das denn nicht zu gefährlich?" Sarah sorgte sich um die Gesundheit ihres Mannes.

Konrad beschwichtigte: „Ich kenne mich aus mit den ansteckenden Krankheiten. Mach dir keine Sorgen, es wird mir schon nichts passieren. Außerdem, einer muss ja diese wichtige Aufgabe übernehmen."

Die Hochzeit im Hause Regensburger konnte erst geplant werden, nachdem Sarah im Namen Christi getauft war. Hierzu war selbstverständlich die Zustimmung vom Augsburger Bischof notwendig. Kardinal Cajetan machte da keine Umstände, so dass Sarahs Übertritt zum christlichen Glauben eigentlich nur eine Formsache war.
„O, liebster Konrad! Wie ich mich freue, dass wir nun endlich heiraten können. Meine sehnlichsten Gebete sind erhört worden", sie schwelgte in höchster Glückseligkeit.
„Die Engel des Himmels stehen offenbar auf unserer Seite."
Konrad hatte schon so viel Glück gehabt in seinem Leben, dass er sich über die Existenz überirdischer Helfer ziemlich sicher war.
„Es wird jetzt langsam Zeit, dass wir das Aufgebot bestellen", gab Sarah ein kleines Rätsel auf, „wer weiß schon, wie lange wir noch zu zweit sind."
Konrad hatte den zarten Wink verstanden.
„Heißt das: Wir sind in guter Hoffnung?", jubelte er in ehrlicher Freude.
Sie zog viel sagend die Schultern hoch: „Könnte durchaus sein, Vater Konrad."
Noch am nächsten Tag wurde das Aufgebot an das Tor der St.-Ulrich-Kirche angehängt. Für die ganz große Hochzeitsfeier blieb nicht mehr genügend Zeit. Zu viele Vorbereitungen wären notwendig gewesen. So blieb es bei einem normalen Fest im Kreise der Familie Regensburger und einiger Freunde.
Vielleicht gerade deshalb war es eine besonders schöne Hochzeitsfeier. Die Kirche war nur zur Hälfte besetzt. Der Pfarrer hatte eine sehr feierliche Predigt gehalten. Nach dem Gottesdienst gingen die geladenen Gäste gemeinsam die Gasse hinunter zum Gasthaus „Zum Ochsen" wie eine Prozession fröhlicher Menschen. Das Wetter war nicht gerade ideal. Das Novembergrau hatte die gute Laune jedoch nicht trüben können. Mutter Regensburger wusste den leichten Nieselregen richtig zu deuten:
„Wenn die Freudentränen des Himmels in den Schleier der Braut fallen, wird es eine gute Ehe mit reichem Kindersegen."

Die Arbeit im Leprosorium war doch anstrengender, als Konrad sich eingestehen wollte. Nicht etwa körperlich. Da hätte er noch viel zuzusetzen gehabt. Nein, das Elend der Aussätzigen war es, was ihm zu schaffen machte. Das Schlimmste war die Isolation. Jeglicher Kontakt zu den Bürgern der Stadt war ihnen untersagt. Auch den nächsten Angehörigen waren nur flüchtige Besuche ohne körperliche Berührung gestattet. Einmal im Jahr wurde in einer der

kleineren Kirchen der Stadt ein gemeinsamer Gottesdienst für alle Leprakranken organisiert. Die gesunden Bürger blieben an einem solchen Sonntag daheim. Zu groß war die Furcht vor Ansteckung.
„Ich kann mir nicht vorstellen, dass Lepra tatsächlich so ansteckend ist. Zumindest kann der körperliche Kontakt mit Aussätzigen unmöglich so gefährlich sein wie landläufig angenommen wird", versuchte Konrad seine junge Frau zu beruhigen, „ich wäre sonst schon längst erkrankt und auch da draußen vor der Stadt."
„Bist du still! Mal mir nicht den Teufel an die Wand", ermahnte sie ihn immer wieder.
Es mögen vielleicht vierzig bis fünfundvierzig Insassen im Siechenheim gewesen sein. Für eine große Stadt wie Augsburg eigentlich nicht viele. Einige hatten schon mehrere Jahre dort zugebracht, andere waren erst einige Wochen zuvor eingezogen. Das Heim bestand aus zwei großen Häusern, in denen alle genügend Platz hatten. Es gab für jeden ein eigenes Zimmer. In großen Gemeinschaftsküchen konnten sie sich ihre kargen Mahlzeiten zubereiten. Regelmäßig brachten Angehörige oder Freunde Nahrungsmittel und Kleidung. Unabhängig davon waren sie auf die milden Gaben barmherziger Bürger der Stadt angewiesen. Pflegerische Betreuung übernahmen Mönche des Karmeliter-Ordens. Hin und wieder wurde ein Barbier oder Chirurgicus zur Amputation von abgefaulten Gliedmaßen gebraucht. Diese Arbeit übernahm jetzt Konrad. Seine Kenntnisse, die er sich bei den Barbieren erworben hatte, sollten ihm hier zugute kommen.
Konrad führte über jeden Kranken eine eigene Akte, in die er alle Veränderungen des Gesundheitszustandes genau festhielt. Er hatte sich dazu eine spezielle Kurzschreibform ausgedacht, die ihm die Arbeit erleichtern sollte. So stand zum Beispiel für Depression das Kürzel DEPR, für Geschwür GES und Verlust eines Fingers VERL Fi. Bei allen Insassen stand das Kürzel DEPR in der Akte.
VERZ bedeutete Verzweiflung, das Hauptproblem der Neuen.
Jeder Lepröse wurde einmal im Monat genau untersucht. Dazu ging Konrad zu dem Patienten auf sein Zimmer. Er untersuchte den ganzen Körper, von oben bis unten. Jede Einzelheit wurde akribisch genau gemessen und beschrieben. Die Anzahl der Geschwüre und deren Größe, die Kraft der Arme und Beine, Gefühlsstörungen und Lähmungen.
Der Älteste der Gemeinschaft lebte schon länger als fünf Jahre im Siechenheim. Seine Akte war besonders umfangreich:

DEPR – VERL Fi (3 re., 2 li.) – VERL Fuß (li.)
VERL (Nase) – VERL (Ohr re.) – GES (12 Stück / 2–3 Finger breit)
Stimme krächzend. Lähmung li. Arm u. li. Bein.
Kein vollständiger Lidschluss beidseits – li. Auge blind.

Die Empfehlungen für die besten Therapien entnahm Konrad den einschlägigen Büchern und seinen Aufzeichnungen aus seiner Studentenzeit in Padua. Antimon hatten schon die alten Ägypter angewandt. Dieses silbergraue, spröde Metall ließ sich zu feinem Staub raspeln und daraus eine Salbe fertigen, die auf die Geschwüre aufgetragen wurden. Am besten wirkte das Gorliöl aus Afrika. Dieses Pflanzenöl ließ die Geschwüre regelrecht einschmelzen und austrocknen. Konrad verordnete Diäten und regelmäßige Körperpflege. Freilich war ihm klar, dass diese Maßnahmen nicht immer konsequent durchführbar waren, aber er hatte leidlich guten Erfolg. Manche Patienten waren schon nach einigen Wochen relativ gut wieder hergestellt. Ein Zurück in die Gemeinschaft der Stadtbewohner oder in die Familie war ihnen trotzdem nicht gestattet. Da versteckte sich der Stadtarzt allzu gerne hinter den Aussagen der Bibel. Seinen immer wieder gern zitierten Spruch hatte er im dritten Buch Moses gefunden: „Solange das Mal an ihm ist, soll er unrein sein, allein und außerhalb des Lagers wohnen." Zu groß wäre die Ansteckungsgefahr für die anderen. Die einzige mögliche ärztliche Maßnahme war die Trennung der Leprösen von den Gesunden. Aussichten auf Heilung gab es nicht. Das grausame Schicksal der Kranken war ein jahrelanges Siechtum.
„Ist es nicht ein Jammer, dieses Elend?" Der um Seelsorge bemühte Karmelitermönch war immer wieder erschüttert, wenn er die Betstunde in der kleinen zum Heim gehörenden Kapelle beendet hatte. „Ich werde mich wohl nie daran gewöhnen."
„Da geht es mir nicht anders, Pater", musste Konrad zugeben.
„Manche scheinen ja ihr Schicksal tapfer zu tragen." Der Mönch war froh, dass er in Konrad einen Gesprächspartner gefunden hatte, der die schreckliche Krankheit kannte. „Meint Ihr, dass die Medizin bald ein Heilmittel findet, damit diesem Grauen ein Ende gesetzt wird?"
„Momentan besteht keine Hoffnung", musste Konrad eingestehen, „solange wir nicht die Ursache der Krankheit, einen möglichen Erreger kennen, besteht keine Chance auf eine wirksame Arznei."
„Das klingt ja nicht sehr ermutigend."
„So ist es aber. Was denkt Ihr denn? Was könnte die Ursache sein?"
Der Mönch überlegte lange. „Es heißt ja, dass die Krankheiten von Gott geschickt sind; entweder als Strafe für begangene Sünden oder als Prüfung."
„Das ist dem Patienten aber kein großer Trost."
„Doch, Doktor. Bedenkt einmal die Tatsache, dass ein armer Sünder, der seine göttliche Strafe schon hier auf Erden verbüßen kann, später im Jenseits nur wenig zu leiden hat."
„Für denjenigen, der daran glaubt, ist das sicher eine große Hilfe." Konrad musste zugeben, dass diese Erklärung, so banal und einfach sie auch war, für viele ein großer Trost sein konnte. „Pater, Ihr habt Recht. Was täten wir nur ohne unseren Glauben?"

„Wir brauchen ihn um so mehr, als Ihr Ärzte unwissend seid“, fügte der Mönch augenzwinkernd hinzu.
„Darf ich daraus schließen, dass der Glaube nicht mehr nötig wäre, wenn wir Ärzte erfolgreicher wären und alle Krankheiten besiegen könnten?“
„He, Doktor! Ihr seid ein feiner Geist mit messerscharfer Logik. Ein Theologe ist an Euch verloren gegangen.“
„Ich gestehe: Das klang jetzt beinahe ketzerisch; es war nicht so gemeint“, wollte Konrad abschwächen.
„Ich habe es auch nicht so aufgefasst. Ein Ketzer langt uns fürs erste“, der Pater machte eine abweisende Handbewegung, „im letzten Jahr war dieser Martin Luther bei unserem Kardinal Cajetan und hat sich um Kopf und Kragen geredet.“
Konrad erstarrte. Das Blut wich aus seinem Gesicht. „Der berühmte Luther war hier in Augsburg?“
„Letztes Jahr im Oktober hatten die Augustinermönche hier einen Kongress abgehalten. Luther war von Kardinal Cajetan persönlich zu einer Aussprache geladen worden. Wenn er damals seine Lehre widerrufen hätte, wäre der Ketzerprozess gegen ihn ausgesetzt worden.“
„Ketzerprozess?“
„Das wisst Ihr nicht?“
„Nein, ich komme eben erst aus Italien. Da war nichts davon zu erfahren.“
„Im Sommer 1518 hat seine Heiligkeit der Papst in Rom gegen den Reformator Martin Luther den Ketzerprozess eröffnet.“
„Und hat er widerrufen?“
„Nein.“
„Charakterstärke zu zeigen ist nicht immer klug.“ Konrad machte keine Anstalten, seine Sympathie für den Reformator zu verbergen.
„Das stimmt. Er ist dann bei Nacht und Nebel verschwunden. Das war sein Glück. Er sollte noch am nächsten Morgen verhaftet werden. Johannes Frosch, unser Karmeliterprior, hatte ihn noch rechtzeitig warnen können. Die beiden kannten sich schon von ihrem gemeinsamen Studium in Erfurt. Deshalb logierte Luther ja bei uns im Kloster.“
„Wie wird es weitergehen mit ihm?“ Konrad war besorgt.
„Wenn nicht Friedrich Kurfürst von Sachsen sein Gönner und Schirmherr wäre, niemand gäbe auch nur einen Heller auf ihn. Der hält schützend seine Hände über ihn. Unser neuer Kaiser Karl V. wird momentan auch nicht gegen ihn vorgehen wollen, weil er seine Macht so kurz nach der Wahl noch nicht ausgebaut hat. Bedenkt, dass er erst seit Juni dieses Jahres neuer deutscher Kaiser ist.
Vom Ableben unseres Kaisers Maximilian werdet Ihr ja wohl gehört haben da drüben im Welschen. Oder?“
Konrad nickte.

„Übrigens, unser Meister Fugger hat da großen Anteil an der Wahl des neuen Kaisers."
„Wie das?", stellte sich Konrad dumm, obwohl er sich genau vorstellen konnte, wie das gegangen ist.
Der schlaue Mönch schien es genau zu wissen: „Wenn Kurfürsten einen Kaiser wählen, halten sie die Hände und die Mäuler auf. Fugger hat sie alle gestopft."
„Ah, jetzt verstehe ich. Fugger gab Geld für den Kaiser und, wie ich gehört habe, auch dem Papst. Zudem soll er indirekt am Ablasshandel beteiligt sein. So hat Luther einflussreiche Feinde. Das ist gefährlich."
„Kann man wohl sagen."
„Wir werden es erleben", tat Konrad gleichgültig, obwohl er schockiert und voller Sorge um seinen Freund war. Wenn er ihm doch nur in irgendeiner Weise helfen könnte! „Pater, ich werde wieder an meine Arbeit gehen. Davon verstehe ich mehr."
Konrad verabschiedete sich und ging noch einmal zu zwei Patienten, denen er am Vormittag einige Zehen amputiert und Geschwüre ausgebrannt hatte.
Über die Neuaufnahmen ins Leprosorium hatte nur der Stadt-Physikus alleine zu entscheiden. Allerdings war er verpflichtet, sich an die offiziellen Richtlinien zu halten. Hier gab es genaue Vorgaben, die erfüllt sein mussten. So sollten typische Geschwüre, Lähmungen oder Gefühlsstörungen nachweisbar sein. Häufige Komplikationen bei Lepra waren Geschwüre an den Nasenschleimhäuten und an den Stimmbändern. Eine genaue Untersuchung der Nase und eine Singprobe war ein vorgeschriebener Test, den der Stadtarzt durchzuführen hatte. Erst wenn mindestens drei typische Merkmale am betreffenden Patienten nachweisbar waren, durfte das Urteil „Lepra" gefällt werden. Es war weiß Gott ein vernichtendes Urteil. Eine lebenslängliche Verstoßung aus der Gemeinschaft der Christen war die unvermeidliche Folge.

In der ersten Woche nach Dreikönig im neuen Jahr 1520 sollte wieder eine von diesen berüchtigten Untersuchungen im Visitationsraum des Rathauses stattfinden. Drei Personen waren angezeigt worden. Barbiere, Nachbarn oder Arbeitskollegen hatten den Verdacht auf Lepra geäußert und eine entsprechende Meldung gemacht. Der Stadt-Physikus war in solchen Fällen verpflichtet, den Verdächtigungen nachzugehen. Oft genügte es, wenn schuppige Veränderungen der Haut oder auch nur kleine Abszesse aufgefallen waren. Nicht immer bestätigten sich die Verdächtigungen.
Der erste Patient, der in das Untersuchungszimmer geführt wurde, war ein dreißigjähriger Zimmermann. Sein Meister hatte ihn gemeldet. Ihm waren mehrere Geschwüre im Gesicht seines Gesellen aufgefallen, die nicht abheilen wollten.

Drei Offizielle bildeten die Kommission, die für eine korrekte Untersuchung verantwortlich war. Hierzu gehörte der Stadt-Physikus Dr. Ostler, sein Assistent Dr. Konrad Augsteiner und ein Ratsherr des Inneren Rates. Die drei saßen wie in einem hohen Gericht hinter einem Tisch, auf dem einige Akten und Utensilien für die Untersuchung bereitlagen. Der Lepraverdächtige stand mitten im Raum etwa fünf Schritte vor dem Tisch. In seinem Gesicht war die nackte Angst zu sehen. Er war kaum in der Lage, seinen Namen zu nennen. Es war wohl jedem klar, dass sich, abhängig vom Ausgang dieser Untersuchung, das weitere Leben gründlich ändern konnte. Es drohte der Abstieg in die Hölle auf Erden.

Der Stadt-Physikus begann mit der Befragung, Anamnese nannte er es: „Ist er der Johann Einerth?"
„Ja", kam es kleinlaut zurück.
„Wie lange hat er diese Geschwüre im Gesicht?"
„Weiß nicht."
„Länger als drei Monate?"
„Gewiss." Einerth hielt sich ein Tuch vor die Nase, aus der es blutete.
„Hat er öfter dieses Nasenbluten?"
„Ja, besonders wenn ich aufgeregt bin", gab der schlichte Handwerker ehrlich zu.
„Er soll sich entkleiden."
Der Stadt-Physikus gab sich keine Mühe, dem Armen auch nur einen Funken Freundlichkeit zu gönnen. Hatte ihn die Arbeit inmitten dieses Elends inzwischen völlig abgestumpft? War er nicht mehr in der Lage, Mitleid zu empfinden?
Zu gerne hätte Konrad dem Bedauernswerten ein paar nette Worte gegönnt, aber das war ihm während des Verfahrens nicht gestattet.
Der Zimmermann stand jetzt völlig nackt vor der Kommission. Eine abgemagerte traurige Gestalt. Geschwüre am ganzen Köper, besonders im Gesicht. Braunrote Knoten von etwa Walnussgröße, zum Teil aufgeplatzt. Einige Knoten waren noch sehr flach, und die Haut darüber abgeblasst.
Dr. Ostler trat vor und hielt dem Kranken ein Riechfläschchen unter die Nase.
„Wonach riecht das?"
„Weiß nicht."
„Könnte es Knoblauch sein?"
„Weiß nicht."
„Es ist Ammoniak. Ein starker und scharfer Geruch, der jeden anderen zurückschrecken lässt." Zu Konrad gewandt: „Herr Kollege Augsteiner, bitte notiert, dass der Geruchsnerv zerstört ist."
Jetzt erst, nachdem sich Konrad an den Anblick der zahlreichen Geschwüre im Gesicht des Kranken gewöhnt hatte, fielen ihm die merkwürdigen Verän-

derungen an den Augen auf. Die Augenbrauen und die Wimpern fehlten. Außerdem war es dem Mann nicht möglich, die Augen vollends zu schließen, wenn er dazu aufgefordert wurde.

So sehr sich Einerth auch bemühte, es blieb der Lidspalt beider Augen zur Hälfte offen.

Für die Nadelprobe musste ihm eine Augenbinde angelegt werden.

„Johann Einerth, ich habe hier eine Nadel, bei der das eine Ende sehr spitz und das andere mit einer aufgesteckten Perle abgestumpft wurde. Während er die Augen geschlossen hält, werde ich auf mehreren Stellen der Haut einstechen. Er sagt mir, ob ich die spitze oder die stumpfe Seite gewählt habe. Hat er das verstanden?"

„Ich glaube."

Es stellte sich sehr rasch heraus, dass er weder im Gesicht noch an den Armen etwas spürte. Hier waren die Gefühlsnerven bereits zerstört. Die Anästhesie war besonders im Bereich beider Kleinfinger-Handkanten deutlich. Hier waren Stiche mit einem Messer möglich, ohne dass der Patient etwas davon merkte. Auch Teillähmungen der Hände fielen bei genauer Beobachtung auf. Die für Lepra so typische Krallenstellung des vierten und fünften Fingers hatte Einerth an beiden Händen.

„Als letztes möchten wir gerne seine Stimme testen. Kennt er ein Lied, das er uns vorsingen möchte?"

„Mir ist nicht zum Singen." Der einfache Mann zeigte jetzt seinen bescheidenen Trotz.

„Und mir ist nicht zum Spaßen."

„Ich weiß kein Lied."

„Ich singe dir ein einfaches Lied vor und du singst es nach", befahl der Physikus.

„Ich traf mein Liebchen im Sonnenschein,
sie soll für immer mein Liebchen sein."

So sehr er sich auch mühte, Johann Einerth brachte nichts außer einem Gekrächze hervor. Jeder Rabe hätte einen schöneren Gesang vorgetragen.

„Er kann sich wieder anziehen. Wir sind fertig", kam die nüchterne Anweisung des Arztes.

„Ich stelle fest, dass der Zimmermann Johann Einerth an der Lepra erkrankt ist. Mehr als drei klassische Symptome sind zweifelsfrei festgestellt worden. Der Stadtbüttel soll ihn abholen und in Gewahrsam nehmen. Dr. Augsteiner möge alle Ergebnisse der Untersuchung im Protokoll notieren. Die Aussegnung und das Requiem wird in der nächsten Woche stattfinden."

Als Nächster kam ein zwanzigjähriger Bursche in den Untersuchungsraum. Eine ältere Frau hatte ihn wegen zahlreicher Geschwüre im Gesicht gemeldet. Er war sehr erregt und protestierte lauthals.

„Die alte Wachtel hat mich fälschlich gemeldet. Sie will mir mutwillig Schaden zufügen, weil ich ihrer Tochter die Ehe versprochen habe und jetzt nicht mehr will."
„Das ist ja auch nicht die feine Art", machte sich der Dr. Ostler lustig. Die anderen mussten schmunzeln.
„Bitte nackt ausziehen."
Wieder diese knappe und unpersönliche Anweisung.
Auf dem Rücken, über den Kniegelenken und den Ellenbogen hatte er schuppige Auflagerungen. Die Riech- und Singprobe bestand er ohne Mühe. Die Nadeleinstiche konnte er alle richtig benennen.
„Das ist eine ganz banale Schuppenflechte", mischte sich jetzt Konrad ein.
„Da gebe ich Euch Recht, Herr Kollege." Der Stadtarzt flüsterte dem neben ihm sitzenden Ratsherrn einige Erläuterungen zu: „Hier müssen wir besonders gut aufpassen. So manch ein ungeliebter Mitmensch ist auf diese Weise durch ungerechte Denunziation für den Rest seines Lebens im Lazarushaus verschwunden."
„Da wäre ja ein einfacher Mord noch humaner als eine derartige Intrige", zischte Konrad leise hinüber.
Der Ratsherr machte große Augen.
Der Physikus feixte: „Wenn Ihr eines Tages Eure Schwiegermutter loswerden wollt, wäre das doch eine elegante Möglichkeit."
Freilich war es ihm nicht Ernst damit, aber hinter jedem Witz, und klingt er noch so einfältig und dumm, verbirgt sich immer ein Quäntchen Wahrheit. Konrad konnte sich eines gewissen Unbehagens nicht erwehren. Was mag es in diesem Zusammenhang wohl schon für grausame Schicksale gegeben haben?
Der Stadt-Physikus drängte zur Eile: „Der Nächste bitte."
Der Stadtbüttel, ein kräftiger Bursche mit eher einfältigem Antlitz, führte eine zwanzigjährige Frau herein. Sie weinte. Tränen rannen ihr über das bleiche Gesicht. Der Büttel nahm ihr die Kleidung ab. Leicht nach vorne gebeugt und die Arme über den Brüsten verschränkt, versuchte sie ihre Blöße zu bedecken.
„Jungfer Anna Schwarz?" eröffnete der Arzt seine gefühllose Befragung.
„Ja, Herr, das bin ich", antwortete sie schüchtern.
Selbstverständlich waren jedem der drei Herren sofort die zwei Geschwüre am Hals und auf der Unterlippe aufgefallen.
„Hat sie noch mehr von diesen Geschwüren?"
Verschämt deutete sie auf ihre Schenkel.
Dr. Ostler trat näher, bückte sich vor und untersuchte sie genauer. Sie schloss die Augen und ließ die unangenehme Prozedur geduldig über sich ergehen. Beidseits in der Leiste fand er geschwollene Knoten von der Größe einer Kastanie.

An der Innenseite des linken Oberschenkels und direkt über dem Schamhaar befand sich jeweils ein Geschwür mit glänzendem lackartigem Grund. Konrad wurde aufgefordert, die Hautveränderungen zu begutachten.
„Gibt mir der Herr Kollege Recht, dass es sich im vorliegenden Fall um Geschwüre handelt?", fragte der Physikus schulmeisterlich.
„Ja, es handelt sich um Geschwüre, allerdings von anderer Art und Beschaffenheit, als wir es von Leprösen kennen", gab Konrad zu bedenken.
„Aber es handelt sich um Geschwüre oder etwa nicht?", beharrte Dr. Ostler auf der Richtigkeit seiner ärztlichen Feststellung.
„Mit Verlaub, das Bild ähnelt eher einer Syphilis." Konrad blieb stur. Was Recht war, musste Recht bleiben; auch wenn sein Vorgesetzter anderer Meinung war. Der Physikus schielte irritiert zum Ratsherrn hinüber. Sollte er sich von einem jungen Medikus kompromittieren lassen?
„Herr Doktor Augsteiner wird zu Protokoll geben, dass bei der Visitation von Jungfer Anna Schwarz insgesamt sechs Geschwüre gefunden wurden, von denen zwei noch nicht aufgebrochen sind." Mit einer schneidenden Handbewegung würgte der Physikus jede weitere Diskussion ab.
Zur Singprobe aufgefordert trug sie einen Choral vor, was jedoch gründlich misslang.
„Herr Kollege notiert jetzt, dass die Stimmbänder der Untersuchten geschädigt sind", kam erneut die eiskalte Anweisung.
„Es sei gestattet, dass ich einige Fragen an die Jungfer richte", mischte sich Konrad ein. Der Ratsherr nickte zustimmend.
„Jungfer Anna, gehst du einer regelmäßigen Arbeit nach?"
„Selbstverständlich, Herr."
„Wo arbeitest du?"
„Beim Gerber Feulner, unten am Kanal."
„Hast du dabei Umgang mit Gerbsalzen?"
„Ich muss jeden Tag, von früh bis spät, die Felle mit der Salzlösung einstreichen."
Konrad hatte genug gehört. Er konnte die anderen zwei Herren über die Ursache der Heiserkeit aufklären.
„Hoher Herr Rat, in Gerbereien wird mit Alaun und Kastaniensäure gearbeitet. Die Dämpfe legen sich auf die Stimmbänder. Heiserkeit ist eine typische Schädigung eines jeden Gerbers."
Der Ratsherr zuckte hilflos mit den Schultern und schaute erwartungsvoll den Physikus an. Der kannte kein Mitleid.
„Wir stellen fest, dass die Jungfer nicht singen kann. So wird es notiert."
Als dann im Bereich ihres Hinterhauptes einige kahle Stellen gefunden wurden und die Augenbrauen nur sehr wenige Härchen aufwiesen, war das Urteil gefällt.

Der Stadt-Physikus baute sich vor der zitternden Frau auf und diktierte die Diagnose:

„Die Kommission stellt nach eingehender Untersuchung fest, dass die Jungfer Anna Schwarz an der Lepra erkrankt ist und entsprechend den Gesetzen der Stadt in das Lazarushaus jenseits der Stadtmauern zu überstellen ist.“ Er machte eine kleine Pause, ohne die beiden anderen eines Blickes zu würdigen.

„Der Büttel wird sich der beiden Leprösen des heutigen Untersuchungstages annehmen. Er wird sie mit dem Lazaruskleid und einer Rassel versorgen. Lepröse müssen immer dann die Rassel lautstark betätigen, wenn sie schon von weitem einen Bürger der Stadt bemerken.

Die Vorbereitungen für die übliche Aussegnungsfeier in der St.Anna-Kirche wird Herr Doktor Augsteiner beim Prior Frosch bestellen.“

Damit war die Sitzung beendet. Der Ratsherr suchte nahezu fluchtartig das Weite. Die ganze Prozedur um die armseligen Kreaturen war ihm mehr als unangenehm und lästig. Für Konrad war die Angelegenheit jedoch noch lange nicht abgeschlossen. Bevor Dr. Ostler das Rathaus verlassen konnte, sprach er ihn auf dem Flur noch einmal an:

„Herr Kollege, ich muss noch einmal auf die Diagnose der Jungfer Anna zu sprechen kommen. Ich bin mir ziemlich sicher, dass sie unter der Syphilis leidet und nicht zu den Leprösen gehört.“

„Selbst wenn es so wäre, haben wir den Männern dieser Stadt heute einen großen Dienst erwiesen. Wir haben dafür gesorgt, dass eine Ansteckungsquelle für die gefürchtete Syphilis trocken gelegt wurde. Auf der anderen Seite geziemt es sich für einen Jungmediziner nicht, seinen Vorgesetzten in Anwesenheit eines ehrbaren Mitglieds des Hohen Rates zu korrigieren. Was soll man von meiner Reputation halten? Ich lasse mir meine fachliche Autorität nicht untergraben.“

Ohne dass Konrad noch etwas erwidern konnte, drehte sich der Physikus um und verließ schnellen Schrittes das Rathaus.

Konrad war völlig fassungslos. Das konnte doch wohl nicht wahr sein. Bloß um sein fachliches Ansehen zu retten, hat dieser skrupellose Arzt heute ein junges Menschenleben zerstört. Die Verbannung aus der Stadt war für immer, ein Zurück in jedem Fall unmöglich. Verstört ging Konrad nach Hause. Sarah kannte ihren Mann und wusste, dass er nicht zum schwarzen Humor neigte. Beinahe aber hätte sie ihm die Lepra-Geschichte nicht geglaubt.

„Das ist ja ein gewissenloser Mensch, dieser Doktor Ostler. Du musst mir versprechen, dass du deinen Beruf stets mit Gefühl, Mitleid und Respekt vor dem Kranken ausübst. Meinst du, dass du der armen Frau noch irgendwie helfen kannst?“

„Als erstes braucht sie eine Syphilis-Behandlung. Das ist ja nun auch nicht gerade ein Erholungsprogramm. Aber wenn sie einigermaßen wiederhergestellt ist, muss ich ihr zur Flucht in eine andere Stadt verhelfen. Das müsste schon irgendwie gelingen."

Sarah schien erleichtert.

„Meinst du, dass solche Fälle häufiger vorkommen?"

„Schon möglich."

„Das ist ja grauenvoll."

„In den nächsten Wochen werde ich alle Insassen unseres Leprosoriums nochmals genau untersuchen und die Diagnosen überprüfen. Das wird spannend."

Konrad hatte richtig vermutet. Seine Überprüfung der Diagnosen im Lazarushaus brachte Erschreckendes zu Tage. Bei den dreiundvierzig Insassen waren sechzehn Diagnosen äußerst fraglich. Aber was sollte er tun? Sie hatten nun schon sehr lange mit Leprakranken unter einem Dach auf engstem Raum zusammengelebt. Wer wollte jetzt sagen, dass sie sicher keine Krankheitsüberträger waren. Das war praktisch unmöglich. Trotz seiner rebellierenden inneren Stimme entschloss sich Konrad, alles zu belassen wie es war.

Welche zum Himmel schreiende Ungerechtigkeit! Er wollte sich nicht beruhigen. Auch das gute Zureden seiner Frau half nichts. Wie konnte er hier helfen? Aber wie er es auch drehte und wendete, es gab keine Lösung. Man konnte nichts unternehmen. Konrads einziger Trost war, dass sich vielleicht zu späteren Zeiten eine Lösung ergeben könnte. Auf jeden Fall ließ er es sich nicht nehmen, die Korrektur der Diagnosen und die offenbar abgelaufenen Irrtümer in die entsprechenden Karteikarten einzutragen.

Mit dem Prior des Karmeliterklosters verabredete Konrad die Seelenmesse für die zwei neuen Mitbewohner des Lazarushauses. Sie sollte in der seitlichen Kapelle der St.-Anna-Kirche stattfinden. Es sollte alles wie immer abgehalten werden. Zur Requiemfeier waren die Angehörigen, einige Mönche und Konrad eingeladen.

Die zwei Leprösen wurden vom Stadtbüttel in die Kirche geführt. Sie trugen bereits ihre Lazarushemden, schwarze lange Kutten, die bis auf den Boden hinunterreichten. Die Kapuzen hatten sie über ihre Köpfe gezogen. Ein Organist spielte ein Trauerlied. Es roch nach Weihrauch und brennenden Kerzen. Einige Angehörige schluchzten. Unter dem Gewölbe der Seitenkapelle herrschte eine Stimmung, die von Trauer, Entsetzen und Furcht geprägt war. Der Mönchspater betrat die Kapelle und schloss hinter sich sofort das Absperrgitter. Außenstehende durften an der Aussegnungsandacht nicht teilnehmen.

Der Pater eröffnete seine Predigt mit dem Eingangsgebet: *„Requiem aeternam dona eis, Domine"* – „Herr, gib ihnen die ewige Ruhe."

Es war mäuschenstill in der kleinen Kapelle. Niemand getraute sich, etwas zu sagen.

„Das ist ja wie in einer richtigen Totenmesse", dachte sich Konrad, „mit dem einen Unterschied, dass hier die Toten noch leben. Wie makaber."
„Liebe Trauergemeinde, wir haben uns zusammengefunden, um von diesen beiden armen Seelen Abschied zu nehmen. Dem Herrn hat es gefallen, diese beiden Mitglieder unserer Christengemeinde zu sich zu rufen. Es ist ihnen vergönnt, ihre Sünden schon hier auf Erden zu büßen. Nach ihrem Ableben werden sie direkt ins Himmelreich aufsteigen. Unsere Herzen werden bei Euch sein, wenn Ihr Euch auf die Reise zum Herrn begebt. Gehet nun hin in Frieden."
Nach dem Abschlussgebet begab sich die kleine Trauergesellschaft zum rückwärtigen Ausgang, wo der Büttel bereits mit einem geschlossenen Kutschwagen wartete. Sie fuhren auf dem kürzesten Weg zum südlichen Stadttor hinaus.

Der Pater kam nach der kurzen Predigt auf Konrad zu. Er hatte das blanke Entsetzen im Gesicht des jungen Arztes bemerkt. Im Flüsterton versuchte er, das gruselige Zeremoniell zu erklären: „Herr Doktor, Ihr seid zu zart besaitet. Bitte vergesst nicht, dass wir für die Bürger dieser Stadt verantwortlich sind. Wir müssen sie vor der Ansteckung schützen. Durch den Ausschluss von diesen Kranken retten wir das Leben vieler anderer."
Der Mönch schien sich absolut sicher, dass diese Vorgehensweise vollkommen korrekt und moralisch unantastbar war.
Konrad starrte ihn fassungslos an: „Aber diese makabre Veranstaltung ist doch an Grausamkeit nicht zu überbieten."
Der Mönch verteidigte sich: „Das wird im ganzen deutschen Reich nicht anders gemacht. Schließlich haben die Gläubigen einen Anspruch auf eine Verabschiedung. Sie sollen wissen, dass wir für ihre Seelen beten. Das gibt ihnen Trost."
Konrad wünschte sich nichts sehnlicher, als nie mehr an einer solchen Aussegnung teilnehmen zu müssen. Niemals würde er die schaurigen Momente und die verzweifelten Gesichter der Verstoßenen vergessen. In so manchem Alptraum waren sie ihm wieder begegnet. Konrad beschloss, sich noch intensiver um die Kranken zu kümmern. Wenn ihnen so übel mitgespielt wurde, so wollte er ihnen wenigstens ein guter Freund und Wegbegleiter sein.
Das Verhältnis zu seinem Vorgesetzten besserte sich allmählich. Dr. Ostler hatte sehr wohl registriert, dass Konrad ihm nicht mehr widersprach. Er wertete das als Zeichen der Loyalität. Konrad war klug genug, seine Verachtung nicht zu zeigen.
Das zahlte sich aus. Immer häufiger nahm Dr. Ostler ihn mit zu den zahlreichen Konsultationen bei den Reichen der Stadt. Schon bei den kleinsten Unpässlichkeiten riefen sie nach dem Stadtarzt. Der war bald bekannt und hoch angesehen bei den Patrizierfamilien von Augsburg. Die Höchstetter, von Bö-

ckenstein, die Welser und sogar der große Jakob Fugger bestellten ihn ins Haus. Konrad hielt sich bescheiden zurück und sprach nur, wenn der Stadt-Physikus ihn etwas Fachliches fragte. Freilich musste er seine Antworten geschickt formulieren, dass er seinen Vorgesetzten nicht bloßstellte.
„Herr Kollege Ostler, ich stimme Euch zu, dass Ihr sicher den Sachverhalt so gemeint habt."
Oder: „Herr Kollege will mich sicher nur prüfen. Vermutlich habt Ihr es jetzt bewusst falsch ausgedrückt."
Arnim Ostler zeigte sich dankbar für Konrads Diskretion. Schon bald musste er sich eingestehen, dass das umfangreiche Wissen seines Adlatus vielseitiger als sein eigenes war. Er wollte davon profitieren.
Es gab nur wenige, denen das aufgefallen war. Man tuschelte aber bereits hinter vorgehaltener Hand, dass der junge Medikus an der Seite des Dr. Ostler ein kluger und geschickter Arzt sei. Sicherlich sollte es nicht lange dauern, bis er aus dem Schatten seines Vorgesetzten heraustreten würde.
So kam es, dass ein Bote der Familie Welser im Hause der Regensburger nach dem jungen Herrn Doktor fragte: „Meine Herrschaft schickt mich. Ihr möchtet so bald als möglich in das Haus des edlen Bartholomäus Welser kommen."
Konrad war überrascht: „Üblicherweise schickt man nach dem Stadt-Physikus."
„Mir wurde aufgetragen, Euch zu bitten", antwortete der Bote pflichtgemäß.
„Ich will annehmen, dass Dr. Ostler verhindert ist. Sag deiner Herrschaft, dass ich so rasch als möglich komme", versprach Konrad.

Das Haus der Familie Welser befand sich in der Annastraße, schräg gegenüber der St.-Anna-Kirche. Konrad wurde in einen kleinen Empfangsraum geführt. Der Flur und das Vestibül waren mit edlen Hölzern getäfelt. Überall waren kostbare Seidenteppiche ausgelegt. Man ließ ihn wohl gut fünfzehn Minuten warten. Zeit genug, sich die wertvollen Bilder und Gobelins an den Wänden zu betrachten. Alles Hinweise auf den enormen Reichtum des Hausbesitzers. Die Türklinken waren aus Messing und die Beschläge wohl aus purem Gold.
Die Fenster waren mit bunten Gläsern bleiverglast und zauberten ein geheimnisvolles Licht in den Raum. In die Zimmerdecken waren kunstvolle Kassetten eingearbeitet. Die Intarsien zeigten biblische Motive mit Episoden aus dem Leben Christi.
Der Hausherr, ein deutlich übergewichtiger Mittdreißiger, betrat das Zimmer und führte Konrad in die Bibliothek.
„Hier können wir uns ungestört unterhalten", begründete Bartholomäus Welser den Wechsel in einen anderen Raum. „Um es vorweg zu nehmen: ich bin nicht krank. Der einzige Grund, nach Euch zu rufen ist das Interesse an der modernen Medizin."

Konrad wunderte sich über die höfliche und zuvorkommende Art der Begrüßung. Es war sicher als große Wertschätzung aufzufassen, wenn er von einem hochgestellten Ehrenmann in dieser persönlichen Weise empfangen wurde.
„Edler Herr, verzeiht, wenn ich zu Anfang etwas Wichtiges klarstellen muss. Ich bin Untergebener des ehrenwerten Stadt-Physikus Dr. Ostler. Es steht mir nicht zu, Euch ärztlich zu beraten, zu untersuchen oder zu behandeln. Es wäre im höchsten Maße unkollegial, wenn ich meinen Vorgesetzten übergehen würde."
„Das sehe ich selbstverständlich genauso wie Ihr", lenkte der Welser taktvoll ein, „dennoch möchte ich Euch bitten, mir einige fachliche Gespräche über die eine oder andere Krankheit nicht abzuschlagen. Es handelt sich hier lediglich um ein wissenschaftliches Interesse. Ich will mehr darüber erfahren, was man in den italienischen Universitäten über die modernen Krankheiten lehrt."
Konrad war dem nicht abgeneigt. „Das wäre für Dr. Ostler wohl kaum kompromittierend."
Welser spürte Konrads Bereitschaft: „Man könnte sich wöchentlich hier in meinem Hause treffen und sich über Gott und die Welt, über Gesundheit und Krankheit besprechen. Es soll Euer Schaden nicht sein."
„Nun gut, ich werde Euch gern zu Diensten sein", stimmte Konrad der Vereinbarung zu, „allerdings möchte ich um Diskretion und Verschwiegenheit bitten. Es wäre mir sehr unangenehm, wenn Dr. Ostler davon erfahren sollte. Möglicherweise würde er den Sachverhalt falsch interpretieren."
„Ihr könnt Euch auf mich verlassen." Bartholomäus Welser freute sich über den Ausgang der Unterredung. Es hatte sich wieder einmal gezeigt, dass man mit etwas Verhandlungsgeschick viel erreichen kann. „Ich biete Euch für Euer Wissen und Eure Beratung einen Jahreslohn von vierzig Gulden. Unser kleines Abkommen wird geheim bleiben."
Konrad nahm die ausgestreckte Hand des Gastgebers und schlug ein. So viel Geld hätte er nicht ablehnen können. Jetzt, wenn seine Frau das erste Kind bekam, wurde jeder Heller gebraucht. Sarah hatte als den wahrscheinlichsten Termin für die Niederkunft den Juni oder Juli ausgerechnet. Da blieben nur noch einige Wochen.

Am 11. Juni war es endlich soweit. Die Geburt war selbstverständlich eine reine Frauensache. Männer waren als Geburtshelfer nicht zu gebrauchen. Man bediente sich der dafür ausgebildeten Wehfrauen. Der angehende Großvater Isaak Regensburger bestellte zwei der besten: „Gleichgültig, was es kostet. Das Wichtigste sind gesunde Kinder. Da wollen wir kein Risiko eingehen."
Die Meinung des angehenden Vaters wurde nicht gefragt. Konrad war es auch recht so. Bei seiner eigenen Frau wäre er sowieso zu aufgeregt gewesen. Eine brauchbare Hilfe hätte er nicht sein können.

So saßen er und sein Schwiegervater in der Diele und lauschten dem aufgeregten Treiben in der Schlafkammer im ersten Stock.
„Heißes Wasser und saubere Tücher. Riechsalz und kalten Tee." Die Anweisungen der Hebammen kamen knapp und laut. Irgendwie war die Hektik zu spüren.
Oder waren die wartenden Männer selbst zu aufgeregt, um die Situation richtig einzuschätzen? Was sie nicht sahen, war die routinierte Abgeklärtheit der zwei Wehfrauen. Die eine half der Kreißenden beim Pressen, die andere untersuchte den Muttermund. Der Kindskopf trat bereits hindurch. Bei der nächsten Wehe sollte es wohl gelingen, den Kopf zu entwickeln. Und dann ging alles sehr rasch. Innerhalb von Sekunden war das Kind geboren. Ein gesunder Knabe von gut fünf Pfund. Die Männer in der Diele hatten das Babygeschrei nach dem Klaps auf das Hinterteil nicht überhört. Mit ein paar Sätzen sprangen beide die Treppe hinauf, um der jungen Mutter zu gratulieren. Aber sie kamen nicht weit. Eine der Hebammen verwehrte ihnen den Weg.
„Halt, Ihr stürmischen Herren. Ihr müsst Euch noch gedulden, wir erwarten noch ein zweites Kind. Der Herrgott meint es gut mit Euch."
Sprachlos starrten sich die beiden Männer an. Brav wie gescholtene Schüler trollten sie sich wieder hinunter. Keiner der beiden sagte ein Wort und dennoch wusste jeder vom anderen, was er dachte.
Auch das zweite Kind war ein Bub. Sarah hatte die Zwillingsgeburt gut überstanden. Der Blutverlust hatte sie zwar geschwächt, aber sie war überglücklich, dass beide Buben wohlauf und gesund waren. Beide hatten ein besonderes Kennzeichen wie ihr Vater: Der Herrgott hatte ihnen an den Füßen sechs Zehen statt nur fünf gegeben. Konrad sah es mit Gelassenheit: „Es ist ein Zeichen Gottes; wir Augsteiner sind sicher etwas Besonderes."
Die jungen Eltern ließen die Buben auf die Namen Claus und Diether taufen.

Die wöchentlichen Besuche im Hause Welser verliefen tatsächlich mehr als Gesprächsabende. Der junge Herr interessierte sich für alles, was mit Medizin zu tun hatte. Er wollte alles über den Aufbau des menschlichen Körpers erfahren, die Funktionen der Organe kennen lernen und Allgemeines über das Leben und den Tod wissen. Über die Krankheitslehre wollte er hören und die möglichen Behandlungen. Über die Monate hin kamen sich die beiden näher und wurden gute Freunde. Sie nannten sich schon bald mit ihren Vornamen, Konrad und Barthel.
Welser hatte seine Freude daran, seinen neuen Bekannten immer wieder mit kleinen Geschenken zu überraschen.
„In der nächsten Woche bin ich zu einem offiziellen Abend bei der Familie des Jakob Fugger eingeladen. Meine beiden Brüder sind in geschäftlichen Dingen nach Übersee gereist. So bin ich autorisiert, einen zusätzlichen Gast

mitzubringen. Wenn du mit deiner Frau dabei sein willst, bist du herzlich eingeladen."

Konrad stimmte sofort freudig zu.

„Zweimal im Jahr gibt es bei den Fuggern ein großes Fest mit gutem Essen und erlesenen Weinen. Die einflussreichsten Kaufleute und Ratsherren sind geladen. Es ist immer wieder ein großes Ereignis. Es wird Euch gefallen."

Konrad war begeistert, wenngleich er seine Bedenken hatte, ob er als unbedeutender Medicus überhaupt in diese feine Gesellschaft hineinpasste. Allerdings würde er sich an der Seite seines Freundes sicher fühlen können. Schließlich gehörten die Welsers zu den reichsten Patrizierfamilien von Augsburg.

Barthel war schon voller Vorfreude: „Wir treffen uns im Fuggerhaus am Weinmarkt. Jakob ist der erfolgreichste und wohlhabendste Kaufmann des deutschen Reiches. Ein wirklich interessanter Mann. Die Familie hatte mit einer kleinen Weberei angefangen. Mittlerweile gibt es in Augsburg mehr als zweitausend davon. Meister Fugger verdient aber sein Geld schon lange nicht mehr mit dem Weben von Stoffen. Nein, Handel und Geldgeschäfte sind sein Metier. Und das beherrscht er wie kein anderer. Inzwischen ist er das Oberhaupt eines weltweiten Handelsimperiums. Es gibt fast nichts, wo er nicht dabei ist. Das Erstaunlichste ist, dass Jakob Fugger dennoch ein ganz normaler Mann geblieben ist, der für jeden ein offenes Ohr hat. Ich bin schon lange mit ihm befreundet.

Gerühmt wird sein soziales Engagement in der Stadt. Es gibt hier keine Kirche, für die er nicht schon ein Bild, einen Altar oder gar eine Kapelle gestiftet hätte. Ja, eine wirklich einzigartige Persönlichkeit, unser Fugger.

Das Tollste hat er sich erst vor kurzem ausgedacht: Eine Siedlung für Bedürftige. Du wirst staunen. Ich werde dich mit ihm bekannt machen."

„Wir werden auf jeden Fall mitkommen. Eine Einladung beim großen Jakob Fugger wollen wir uns ganz gewiss nicht entgehen lassen."

Konrad war froh, in Barthel Welser einen neuen Freund gefunden zu haben. Überhaupt schien es, als sei er ein Lieblingskind Gottes. Bisher hatte er nur Glück gehabt in seinem Leben. Alles lief zum Besten. Die Kinder gediehen gut. Die Arbeit gefiel ihm, und das Verhältnis zum Stadt-Physikus hatte sich mittlerweile auch normalisiert.

Besonders die kleinen Zwillinge machten ihm Freude. Sie entwickelten sich prächtig. Sarah verzichtete bewusst auf eine Amme. Es hätte genügend junge Frauen gegeben, die sich ihr Geld auf diese Weise verdienten und die auch geeignet gewesen wären. Aber Sarah wollte ihre Buben selbst säugen.

„Es gibt für eine Mutter doch kein höheres Glück, als ihr eigenes Kind an der Brust zu halten und ihm aus der Tiefe ihres eigenen Körpers das zu geben,

was es braucht. Es ist nicht nur die Milch, was ich gebe. Es ist auch ein Teil meiner Zufriedenheit, ein Teil unserer gemeinsamen Liebe."
Konrad fühlte, wie ein Rauschen wohliger Glückseligkeit sein Inneres durchflutete.
„Wie schön du das gesagt hast, Sarah. Ich bin stolz auf dich."

Alles wäre gut gewesen, wenn da nicht diese furchtbaren Alpträume wären. Alle zwei bis drei Wochen durchkreuzten die schaurigsten Geschichten Konrads Nächte. Wie riesige graue Wolken stiegen sie am Horizont auf. Genau über seinem Bett verfärbten sie sich kohlschwarz, um endlich aufzuplatzen und über seinem Kopf hereinzubrechen. Gruselige Bilder von blutverschmierten und geschundenen Leibern, von knorrigen Händen, die sich an seinem Nachtgewand festkrallten, als suchten sie Halt bei ihm. Und dann diese entsetzlichen rumpflosen Häupter mit den verzerrten Gesichtern. Immer wieder die gleichen.
Lange hatte es gedauert, bis Konrad sie erkannte. Der große dickwangige Schädel gehörte zum Augustinerbruder Severin, dem Windsheimer Koch. Das schmale Gesicht war das des Paters Franz von Angerbach aus Erfurt. Trotz der völlig entstellten Fratzen konnte er sie erkennen. Niemand außer Konrad hätte sie identifizieren können. Besonders quälend waren ihre anklagenden Augen. Wie glühende Speerspitzen durchbohrten sie ihn. Immer wieder und wieder, bis er schreiend aufwachte. Nass geschwitzt und zitternd fand er sich in den Armen seiner Frau wieder. Sarahs Hände auf seinem Rücken kamen ihm vor wie die tröstende Umarmung des Allmächtigen persönlich.
„Du armer Mann, was quält dich denn so? Was schleppst du mit dir herum?"
Sie litt mit ihm. „Wir sollten keine Geheimnisse vor einander haben. Lass uns über deine Träume reden. Das macht alles leichter."
„Ein anderes Mal, Liebste. Vielleicht später."

Immer wieder hatte er sich geweigert, sein schreckliches Geheimnis preiszugeben. Bis er es nicht mehr aushielt. Unmöglich konnte er so weiterleben. Eine Aussprache könnte eine Entlastung für die Seele sein. Selbst auf die Gefahr hin, dass Sarah ihn verstoßen würde, wollte er sich ihr offenbaren.
„Ich bin nicht der gute Mensch, für den du mich hältst", fing er leise, kaum wahrnehmbar an. „Es liegt schon lange zurück, als ich die erste große Sünde beging. Ich lebte damals noch bei den Augustinern im Windsheimer Kloster. Dort, wo man allzu sorgsam auf Reinlichkeit bedacht war. Kein Floh, keine Laus oder Wanze traute sich in ihre Mauern. Einem Mitbewohner des Klosters habe ich Flöhe ins Bett versteckt. Es sollte ein übler Streich sein, mehr ein Schabernack. Wenn man weiß, wie in diesem Kloster peinlich genau auf Sauberkeit geachtet wurde, kann man sich vorstellen, wie groß der Schreck

gewesen sein musste, als das Ungeziefer entdeckt wurde. Meine Schadenfreude war ebenso groß."
„Aber das war doch keine Sünde. Das war nur ein dummer Jungenstreich und weit entfernt von einem Maleficium", versuchte Sarah ihn zu beruhigen.
„Die Geschichte ist noch nicht zu Ende. Es gab noch einen Umstand, der den Schabernack zum Verbrechen machte."
Konrad schluckte und machte eine Pause. Nur mühsam fand er seine Stimme wieder. „Zu jener Zeit wütete in unserer Stadt die Pest und hatte schon Hunderte hinweggerafft. Ich hatte eine gewisse Ahnung, dass die Flöhe die Überträger der schwarzen Seuche waren – es gab so ungewöhnlich viele davon."
Sarah schlug sich die Hände vor das Gesicht. Ihr Aufschrei ließ ihn zusammenzucken.
„Du meinst, dass es mehr ein medizinisches Experiment war, ein wissenschaftlicher Versuch mit tödlichem Ausgang? Um Gottes Willen, Konrad, was hast du getan?"
„Ich hatte nicht wirklich geglaubt, dass meine Vermutung richtig war. Bis heute weiß ja niemand, auch die gelehrten Professoren nicht, wie der Schwarze Tod die Menschheit befällt. Aber es wäre ja durchaus möglich. Zumindest starb dieser Mönch an der Pest, als einziger im Kloster. Und niemand weiß, ob ich nicht doch sein Mörder bin."
„Flöhe sollen Überträger der Pest sein? Eine Seuche, der so viele Menschen zum Opfer gefallen sind? Es soll ein Drittel der gesamten Menschheit gewesen sein! Das kann ich nicht glauben."
„Ich konnte es auch nicht glauben, aber je mehr ich mich damit beschäftige, desto tiefer rutsche ich hinein in den Zweifel. Fast jeden Tag kommen mir diese Gedanken."
Sarah hatte sich wieder gefangen und drückte ihm aufmunternd die Hand:
„Es ist dennoch kein Maleficium. Zum Mord gehört der Vorsatz zu töten, und das wolltest du ganz gewiss nicht."
„Ich bin noch nicht fertig mit meiner Beichtstunde. Da quält mich noch ein zweiter Fall, ähnlich wie der erste. Auch diesem Opfer hatte ich Flöhe zugesteckt, auf dass er krank werde. Seinen Tod hatte ich allerdings ebenso nicht gewollt."
„Ist der auch den Schwarzen Tod gestorben?", wollte Sarah wissen.
„Ja, auch er."
„Ich kann mir das nicht vorstellen, dass Flöhe so etwas können."
„Es ist tatsächlich höchst unwahrscheinlich. Aber wenn doch, wie wäre meine Tat zu bewerten? Fahrlässige Tötung? Totschlag? Mord?"
„Du bist kein Mörder. Da bin ich ganz sicher. Was solltest du dem Richter sagen, wenn er dich nach der Mordwaffe fragt? Flöhe? Nein und nochmals nein. Du bist kein schlechter Mensch. Selbst wenn Flöhe töten könnten, hattest du

zu keiner Zeit Tötungsabsichten gehabt. Man könnte es allenfalls als Unfall werten."

Konrad war seiner Frau aus tiefstem Herzen dankbar. Sie sah nur seine guten Seiten.

„Ach Liebste, wenn du nur Recht hättest. Jede Nacht bete ich zu Gott, dass die Pest einen anderen Auslöser haben möge als eben Flöhe."

„Was würden die Professoren an den Universitäten zu deiner Floh-Theorie sagen? Würden sie der Sache ernsthaft und wissenschaftlich nachgehen?"

„Nein, man würde mich auslachen, ganz sicher."

„Ich lache nicht. Ich bin stolz auf dich, weil nur ein guter Mensch solche Unglücksfälle auf sein Sündenkonto setzt. – Abgesehen davon bist du Arzt und tust jeden Tag Gutes an deinen Patienten. Das gleicht vieles aus."

„Wie viel Gutes muss man tun, um einen Mord auszugleichen?"

„Das weiß nur Gott allein. Er hält die Waage der Gerechtigkeit, an seinem ausgestreckten Finger. In der einen Waagschale ist das Böse, deine Schuld. Auf der anderen Seite wird das Gute oder deine Sühne aufgelegt. Das Zünglein an der Waage ist die Gerechtigkeit. Der Allmächtige wird dich wissen lassen, wenn das Gute überwiegt. Vertrau auf ihn, er ist ein gerechter Gott."

Sarah war sich nicht sicher, ob Konrad die letzten Worte noch wahrgenommen hatte. Er war bereits in einen tiefen ruhigen Schlaf gefallen.

Sarah und Konrad erschienen überpünktlich zum Fugger´schen Fest. Sie hatte sich eigens dafür ein neues Kleid aus vornehmem schwarzem Samt schneidern lassen. Barthel Welser hatte Konrad ein neues Buch über die guten Sitten bei Tisch ausgeliehen. Ein gewisser Baron Albrecht von Eyb aus der Nähe des fränkischen Ansbach hatte diesen Ratgeber für die feine Gesellschaft geschrieben und als „Spiegel der Sitten" herausgegeben. Darin waren viele Tipps zu lesen, die den beiden helfen sollten, sich an der Festtafel richtig zu benehmen und nicht unangenehm aufzufallen.

„An festlicher Tafel ist es nicht erlaubt zu schmatzen oder andere unflätige Laute von sich zu geben.

Das Tischtuch ist nicht dazu da, sich den Mund damit abzuwischen oder hineinzuschnäuzen. Das gilt auch für diejenigen, die das so gewohnt sind.

Bei Tisch soll man keine Läuse oder Flöhe knacken, nur verstecktes Jucken oder Kratzen ist erlaubt.

Die Suppenkelle in der Terrine ist für alle da und wird deshalb nicht abgeleckt."

Solche oder ähnliche Ratschläge waren hilfreich, aber dennoch fürchtete sich Sarah davor, etwas falsch zu machen und womöglich ausgelacht zu werden.

Selbstverständlich wurde für den Festabend die beste Garderobe herausgesucht, die im Hause Regensburger aufzutreiben war. Von der Mutter konnte

sich Sarah eine goldene Halskette und Armreifen ausleihen. Neben ihrem Mann, der ebenfalls fein gekleidet war, sah sie wie eine Patrizierin aus.
Das Fest war eines von denen für ganz vornehme Leute; für Patrizier der Stadt, Ratsherren und Geschäftsleute. Alles, was Rang und Namen hatte, war vertreten. Sogar Bürgermeister Georg Herwart und Kardinal Cajetan gaben sich die Ehre. Sarah und Konrad kamen sich zunächst etwas hilflos und verloren vor.
„Hoffentlich machen wir alles richtig, wenn gleich zum Essen gerufen wird", flüsterte sie ihm zu, „schau dir diese festlich geschmückte Tafel an. Jeder hat einen eigenen Teller und ein eigenes Messer mit diesen modernen Spießen."
„Gabeln nennt man die", wusste Konrad.
„Die Teller sind aus feinstem Steinzeug und die Gläser aus Kristall. Schau nur, die Tischtücher. Das ist bestes Leinen. Und auf jedem Platz eine zusätzliches kleines Deckchen." Sarah kam sich vor wie in einem Königspalast.
„Die kleinen Deckchen sind als Wischtücher für Essensreste an den Mundwinkeln oder den Fingern gedacht. Man nennt sie vornehm Servietten", wurde sie von Konrad belehrte. Er musste dabei süffisant grinsen.
Bevor die Leckereien aufgetischt wurden, gab es noch einige Tischreden. Der Hausherr ergriff als erster das Wort: „Verehrte Gäste, Herr Bürgermeister, seine Exzellenz Herr Kardinal, liebe Freunde. Euch alle heiße ich wieder einmal herzlich willkommen in meinem Haus. Heute gibt es etwas Besonderes zu feiern. Wie sich inzwischen herumgesprochen hat, wollen wir die erste Armen-Siedlung im deutschen Reich errichten. Wir, das sind mein Freund Barthel Welser und ich.
Es handelt sich um zunächst acht Häuser mit insgesamt 52 Wohnungen. Später sollen noch einmal so viele gebaut werden. Die Häuser sind für schuldlos in Not geratene Bürger dieser Stadt gedacht. Die Jahresmiete soll nicht mehr als einen Wochenlohn eines gewöhnlichen Arbeiters betragen. Außerdem sollen die Bewohner der Häuser täglich drei Gebete für die Seelen der Stifter sprechen: Das Paternoster, das Credo und das Ave Maria.
Wir alle müssen den Armen helfen. So verlangt es das Wort Gottes, und so soll es geschehen."
Tosender Applaus. Alle freuten sich mit dem Gastgeber über die großartige Idee.
Bürgermeister Herwart sprach als nächster einige Grußworte: „Hochverehrter Herr Fugger, wir Bürger der Stadt Augsburg sind Euch für die Großherzigkeit über alle Maßen dankbar. Die Armensiedlung ist ein Beweis für die Fugger'sche Großzügigkeit.
Auf diese Weise wird der ehrenhafte Name Fugger auf ewig mit Augsburg verbunden bleiben. Auf der ganzen Welt schaut man neidisch auf unsere herrliche Heimatstadt. Unsere fünf Lechkanäle durchziehen den Ort und sind die Grundlage für Hunderte von Handwerksbetrieben. Für den Reichtum der

Stadt stehen aber auch die Namen von Kaufleuten wie Jakob Fugger, Bartholämeus Welser und vielen anderen. Auch die Armen von Augsburg sind Bürger dieser Stadt und bedürfen unserer Fürsorge. Ein großes Lob also für die Fuggerei. Sie hilft die größte Not zu lindern."
Als letzter erhob sich Kardinal Cajetan: „Liebe Freunde! Ich will das opulente Abendessen nicht länger durch große Worte hinauszögern. Selbstverständlich bin auch ich hoch erfreut über den Mut und die Großherzigkeit unseres Jakob Fugger. Möge der Herr allzeit seine segnende Hand über die Armensiedlung halten."
Endlich wurden die Speisen aufgetragen. Fasanensüppchen mit Gartenkräutern. Edelfisch mit Spinat. Rebhuhn und Fasan gebraten mit italienischen Nudeln. Spanischer und französischer Käse, Obst und Törtchen. Alles im Überfluss.
Nach dem Essen saß man in kleinen Gruppen und pflegte Konversation. Sarah und Konrad standen mit Barthel Welser und dem Kardinal vor einem Gemälde, das den verstorbenen Kaiser Maximilian zeigte.
„Schaut nur die exakte Pinselführung", begann Kardinal Cajetan das Gespräch, „ist das nicht fast so, als stünde der Kaiser leibhaftig vor uns? Dieser Dürer aus Nürnberg ist ein Perfektionist. Ein wirklich begnadeter Künstler und mittlerweile bekannt im ganzen Reich. Wo immer er sich blicken lässt, wird er gefeiert wie ein König."
„Hatte er nicht in den letzten Jahren in Venedig gelebt?", fragte Konrad unsicher.
„Ihr habt Recht, junger Mann, dort war er gewesen, bevor er für die Familie Fugger dieses Bild schuf." Der Kardinal deutete auf das Gemälde, wobei er sorgsam eine Berührung des Kunstwerks vermied; als seien die Farben noch nicht richtig getrocknet. Nach kurzer Pause der andächtigen Betrachtung wechselte der Geistliche das Thema: „Die Idee mit den Armenhäusern ist sicher gut und sollte anderen Handelsherren als Beispiel dienen. Hunger und Elend unter den Bauern und der armen Stadtbevölkerung kann auch einmal gefährlich werden."
Das wollte Welser genauer wissen: „Exzellenz, Ihr gestattet, dass ich frage. Wie ist das gemeint? Wie kann uns der arme Bauer gefährlich werden?"
„Junger Mann, Ihr seid noch recht unerfahren. Habt Ihr nicht von den Unruhen der Bauern gehört? Das gärt doch schon lange. Ich darf an den Bauernaufstand erinnern, der sich 1497 in Würzburg zugetragen hatte. Etwa tausend aufgebrachte Landmänner stürmten die Residenz des Bischofs. Freilich konnte er die Revolte niederschlagen, aber es könnten sich jederzeit wieder irgendwelche Horden von Unzufriedenen zusammenrotten und Chaos stiften. Über tausend tote Bauern waren damals zu beklagen gewesen."
„Es waren doch die bischöflichen Truppen, die die Bauern getötet hatten oder?", wollte Barthel Welser bestätigt haben.

„Selbstverständlich waren es die Truppen von Bischof Scherenberg gewesen. Schließlich mussten sie sich gegen den aufgebrachten Pöbel verteidigen."
„War denn die Tötung von so vielen Menschen nicht eine zu harte Strafe gewesen?" Welser blieb hartnäckig.
„Es gibt Gesetze im Reich, an die man sich halten muss", verteidigte Cajetan seinen Kollegen im Würzburger Bischofsamt. „Wo kommen wir denn hin, wenn jeder macht, was er will oder was er für rechtens hält?"
„Gibt Hunger nicht Recht für Außergewöhnliches?", fragte Sarah schüchtern nach.
Cajetan tat so, als habe er sie nicht gehört. Seine Argumente kamen nicht gut an: „Die Armen werden das Himmelreich empfangen. Armut ist ein von Gott gefügtes Schicksal und als solches anzunehmen. Alles auf Erden ist von Gott gewollt."
„Dann war auch der Bauernsturm auf Würzburg gewollt?" Konrads provokative Frage fiel ausgerechnet in eine Gesprächspause. Wie von Geisterhand gefügt, war zufällig die allgemeine Unterhaltung verstummt. In die Stille dieses verhexten Augenblicks platzte seine Bemerkung – jetzt natürlich etwas zu laut.
Konrad hörte seine Stimme im Raum wie die Trompeten von Jericho. Jeder hatte es gehört. Man drehte sich neugierig und gespannt nach ihm um. Wie würde der Kardinal reagieren?
„Junger Mann, seid Ihr Fürsprecher der Armen oder gar ein neuer Bauernführer?"
Verlegen und mit hochrotem Kopf schaute sich Konrad nach Hilfe um. Bevor Barthel Welser etwas sagen konnte, trat Jakob Fugger vom Nachbartisch in die Runde.
„Guter Cajetan, Ihr seid wieder mal zu heftig mit den jungen Leuten. Ein Vorrecht der Jugend ist es, ihren Hitzkopf offen zur Schau zu stellen. Wir wollen es positiv sehen. Nur wer hitzig ist, hat genügend Elan, etwas Besonderes zu leisten. Warten wir ab, was sie können.
Im Übrigen ist der junge Mann in Begleitung des Barthel Welser. Welsers Freunde sind auch meine Freunde."
Kardinal Cajetan stand da wie ein begossener Pudel. Er wagte nicht, etwas zu erwidern. Auf keinen Fall wollte er seinen großzügigsten Spender verärgern. So musste er wohl oder übel die Kröte dieser Zurechtweisung schlucken.
Und mehr zu Konrad gewandt, bemerkte Fugger:
„Bedenkt, junger Medicus, die Diener Gottes sind oft kompromisslos. Ich weiß aber, dass unser treuer Kardinal auch ein Herz für die Armen hat."
Damit war die Sache ausgestanden. Niemand wagte nun noch etwas über Armenaufruhr oder Bauernkriege zu sagen.
Als der Hausherr am späten Abend seine Gäste verabschiedete, nahm er Konrad am Arm und führte ihn sanft zur Seite.

„Dr. Augsteiner, ich würde mich freuen, wenn Ihr mich in den nächsten Tagen in meinem Kontor aufsuchen könnt. Ich habe Euch eine neue Idee vorzustellen."

Das Kontor des Jakob Fugger war luxuriös eingerichtet. Schwere Polsterstühle um einen runden Tisch. In einer Ecke ein großer Schreibtisch. Der Fußboden war mit roten Marmorplatten ausgelegt, die Wände mit reichlich beschnitzten Edelhölzern getäfelt. Die Frontseiten trugen Gemälde berühmter Kunstmaler.
„Schaut Euch nur um in meinem Kontor", wurde Konrad empfangen, „die Künstler der Wandgemälde sind Euch sicher bekannt, Herr Medicus."
Konrad betrachtete eingehend die Kunstwerke. Am unteren Bildrand konnte er ihre Signaturen erkennen: Hans Holbein d. Ä. und Hans Burgkmair.
„Verzeiht, edler Herr, aber von Kunst verstehe ich nicht allzu viel.", gestand Konrad ehrlich.
„Nun, der Holbein malt noch mehr mit kräftigen satten Farben, so ganz im alten Stil. Unser Hans Burgkmair hingegen arbeitet schon in der neuen welschen Manier. Lebensbejahende Motive in blassen Pastellfarben. Von ihm stammen fast alle Fassadengemälde der reichen Bürgerhäuser in Augsburg. Man sagt, er ist einer der ersten Künstler, der die Renaissance-Kunst bei uns in Deutschland eingeführt hat. So gesehen ist Augsburg die Eingangspforte für die welsche Renaissance in deutschen Landen."
„Euer Augsburg ist wirklich eine reiche und schöne Stadt, Meister Fugger", bestätigte Konrad höflich.
„Was den Fernhandel anbelangt, haben wir hier ebenfalls eine herausragende Lage. Bedenkt nur die Nähe zu den Alpen. Jenseits der Berge ist es nur noch ein Katzensprung nach Venedig. Das Mekka aller Handelsleute. Aus der ganzen Welt werden die Waren nach Venedig geholt, um sie dort zu verkaufen und in alle möglichen Länder zu schaffen. So gesehen ist Augsburg nicht nur der Mittelpunkt der deutschen Kultur, sondern auch das Tor in den Süden für alle Händler."
„Eine wahrlich exzellente Lage für Augsburg. Man könnte beinahe von der heimlichen Hauptstadt Deutschland sprechen."
Als Fugger zufrieden seine Zustimmung zeigte, wusste Konrad, dass er nicht übertrieben hatte.
„Nun, junger Mann, ein solches Prädikat verpflichtet. Die Welt schaut auf uns. Meine kleine Armen-Siedlung soll zeigen, dass wir Augsburger Bürger fortschrittlich sind."
Als Jakob Fugger eine kleine Pause machte, getraute sich Konrad, ihn zu unterbrechen: „Verzeiht mir edler Herr, ich möchte Euch eine Frage stellen."
Jakob Fugger nickte Zustimmung.

„Warum tut Ihr das alles? So viel Gutes für die Armen. Ist das alles für Euer Seelenheil?“ Konrad beobachtete ihn, den reichsten Mann der Welt, wie er grübelte und die richtige Antwort abwog.
„Nun, Doktor, ich bin ein gläubiger Mann und kenne die Bibel. Steht da nicht im Römerbrief, dass uns Menschen mit dem Tod alle Sünden abgegolten sind?
Ob das wirklich so ist, weiß niemand. Sicherheitshalber sollte man, wenn man es sich leisten kann, viel Gutes tun; kann nicht schaden und den Bedürftigen hilft es weiter. Stellt Euch vor, in den acht Häusern der neuen Siedlung beten täglich 52 Familien für meine Seele. Das muss doch einen Vorteil im Jenseits bringen oder?“
Fugger rätselte in Konrads Gesichtszügen nach dessen Meinung.
„Kann schon sein, Meister Fugger.“ Konrads gelangweilter Tonfall signalisierte eher Skepsis.
„Mein lieber Augsteiner, da gibt es noch einen anderen Grund. Es hat etwas mit dem breiten Trennungsgraben zwischen Arm und Reich zu tun.“
Konrad horchte auf. „Wie das?“
„Lasst es Euch an einem Beispiel erklären. Vor einigen Wochen war ich bei einem unserer Alchemisten in dessen Werkstatt. Er experimentierte mit Magnetsteinen, man nennt sie Magnetite. Je näher er einen Magnetstein an einen Erzstein heranführte, desto stärker war seine Anziehungskraft.
Stellt Euch jetzt bitte vor, wir hätten zwei Magnetite mit entgegengesetzter Wirkung. Magnetsteine also, die sich gegenseitig abstoßen; und zwar umso stärker, je weiter sie sich voneinander entfernen. Ich will es die umgekehrte Magnetwirkung oder den paradoxen Magnetismus nennen.
Genauso verhält es sich mit Arm und Reich. Je weiter wir uns voneinander entfernen, umso größer wird die Spannung.“
Konrad gefiel das Beispiel mit dem paradoxen Magnetismus: „Das ist wirklich ein treffliches Beispiel. Ist es nicht so, dass sich die Gegensätze mit zunehmender Entfernung aus den Augen verlieren? Schließlich weiß der eine nicht mehr, was der andere macht.“
„Ja, das ist richtig. Gefährlich wird es, wenn mit größerer Entfernung die Spannung extrem ansteigt und sich in einem großen Knall entlädt. Das ist es, was Kardinal Cajetan neulich mit den Bauernaufständen sagen wollte.“
Konrad war beeindruckt: „Arm und reich – paradoxer Magnetismus. Das klingt beinahe wissenschaftlich.“
„Mit meiner Siedlung lindern wir die Not der Armen und führen sie näher an uns heran. Die Spannung lässt nach. Die Gefahr des großen Konfliktes ist gemindert.“
„Das ist sehr pragmatisch, Meister Fugger. Wie steht es um das Mitleid, das Erbarmen mit den Bedürftigen? Wäre das nicht auch ein Beweggrund?“

„Ja, selbstverständlich." Fuggers Antwort kam knapp und ohne weitere Kommentare. „Wir sind vom Thema abgekommen, Doktor Augsteiner. Eigentlich hatte ich Euch wegen eines neuen Projektes zu mir gebeten."
„Hat die neue Idee, von der Ihr spracht, etwas mit der neuen Siedlung zu tun?"
„Ja, ich will dort ein kleines Krankenhaus einrichten. Was haltet Ihr davon?"
„Das ist wirklich ein großartiger Vorschlag." Konrad war begeistert. „Habt Ihr bereits konkrete Pläne?"
„Nein, das wollte ich Euch übertragen." Meister Fugger schaute neugierig auf seinen Gast, ob er wohl eine zustimmende Reaktion entdecken könnte. Konrad überlegte und machte ein bedenkliches Gesicht.
„Hoher Herr, erlaubt mir zu bemerken, dass ich für eine solche Aufgabe meinem Vorgesetzten, dem Stadt-Physikus, den Vortritt lassen muss. Zumindest müsste ich sein Einverständnis erbitten."
„Doktor Augsteiner, eure Rücksichtnahme ehrt Euch. Ich habe bereits mit ihm gesprochen. Die Aufgabe, ein Krankenhaus im Armenviertel zu errichten, erscheint ihm nicht sehr interessant. Er hat keine Einwände, wenn sein Assistent sich der Sache annehmen würde."
„Unter diesen Umständen nehme ich den Auftrag selbstverständlich gerne an."
Jakob Fugger war zufrieden; er hatte wieder einmal ein Projekt nach seinen Wünschen durchsetzen können.
„Doktor, eine Frage habe ich noch, bevor wir zur Tat schreiten. Ihr habt einige Jahre in Italien studiert. Was ist so anders bei den Welschen? Ist die Medizin wirklich so viel besser als hier zu Lande?"
„Nun, es gibt tatsächlich einen großen Unterschied zwischen den Universitäten dies- und jenseits der Alpen. Sie sind dort drüben deutlich fortschrittlicher als bei uns. Die Welschen sind zwar ein treugläubiges Volk, versuchten sich aber von den Fesseln der Kirche zu lösen. Das gilt zumindest für die Schulen und Universitäten."
„Wie erklärt Ihr Euch das?", wollte Jakob Fugger wissen.
„Dem Wechsel von arabischen Gelehrten aus dem gefallenen Konstantinopel an die oberitalienischen Universitäten haben wir sehr viel zu verdanken. Die Araber haben uns sehr viel beigebracht; unter anderem den Genuss des freien Lebens und der freien Lehre."
„Nach welchen Prinzipien werdet Ihr das neue Krankenhaus leiten?"
„Die wissenschaftliche Medizin in Italien und mittlerweile auch in Deutschland richtet sich vorwiegend nach den Überlieferungen islamische Ärzte aus. In diesem Zusammenhang ist mir das Handbuch der ‚Theorie und Praxis der Medizin' das wohl wichtigste Werk. Jeder Arzt sollte es besitzen. Es stammt von dem berühmten Arzt Rhazes."
„Wer ist dieser Rhazes?"

„Er stammte aus Persien und lebte im neunten Jahrhundert nach Christus. Sein voller Name ist Abu Bekr Mohammed Ibn Zakkariya."
„Und wer ist dann der berühmte Avicenna?"
„Avicenna hieß eigentlich Ibn Sina und lebte etwa hundert Jahre später. Auch er war ein persischer Arzt. Während Rhazes praktisch arbeitete, war Avicenna mehr ein Theoretiker und der erste Gelehrte, der ein systematisches Werk der Medizin erarbeitet hatte."
„Ihr wisst gut Bescheid, junger Medicus. Wollen wir sehen, wie Ihr das neue Wissen im Fugger'schen Krankenhaus einsetzen werdet."
Fugger kam dann auch gleich zum Geschäftlichen; er war eben durch und durch Kaufmann:
„Als Entlohnung haben wir fünf Gulden pro Monat für ausreichend erachtet."
Man war sich schnell einig. Ein entsprechender Vertrag war bereits vorbereitet. Schon am nächsten Tag sollte sich Konrad mit dem Baumeister der Familie Fugger, einem gewissen Jakob Zwitzel, in Verbindung setzen. Für eventuelle Umbaumaßnahmen sollten Konrads Vorschläge befolgt werden.

Die Krankenstation wurde im Haus Saugasse 1 in der Armensiedlung – Konrad nannte sie die Fuggerei – eingerichtet. Dort war der beste Platz, befand Konrad. Direkt neben dem Haus verlief der Saubach. Hier am Oberlauf war das Wasser noch sehr sauber. Für die Pflege der Kranken wurde viel frisches Wasser gebraucht. Ein Raum des Hauses ließ Konrad als Badestube herrichten. Er wollte tägliche Bäder für die Patienten ermöglichen und auf diese Weise die Krankenstation von jeglichem Ungeziefer freihalten. Keinen Floh, keine Laus, keine Wanze und keine Maus wollte er dort sehen. Weiß Gott, vielleicht gingen doch irgendwelche Krankheiten aus von diesem Getier. Freilich nur eine fixe Idee, die ihn nicht mehr losließ.
In insgesamt drei kleinen Räumen war Platz für jeweils zwei Krankenbetten. Die ganze Krankenstation verfügte also tatsächlich über sechs Betten, die nur von schwerkranken Patienten belegt wurden. Die leichteren Fälle wurden nicht dort behandelt. Man sorgte für sich selbst durch Kräuter oder des Baders Hilfe.
Es hatte sich rasch herumgesprochen, dass der neue Medicus recht tüchtig war und oft auch bei bedrohlichen Krankheiten Erfolge hatte. Sein Geschick als Chirurg und Barbier blieb natürlich auch nicht verborgen. So kam es, dass Konrad in seinem kleinen Krankenhaus fast mehr Zeit verbrachte als bei seinen Leprösen in den Siechenheimen außerhalb der Stadt. Neben der Badestube im Haus Saugasse 1 hatte sich Konrad ein Behandlungszimmer eingerichtet, in dem er die ambulanten Fälle betreute. Hier konnte er Aderlässe vornehmen, Zähne ziehen, Riss- und Schnittwunden nähen und kleinere Tumoren ausschneiden.

Problematisch wurde allerdings die zunehmende Zahl der Syphilisfälle. Er konnte sie unmöglich mit den anderen Patienten in einem Raum behandeln. Die Therapie war selbstverständlich mit Guajak-Holz durchzuführen. So zumindest hatte sich Jakob Fugger geäußert: „Die moderne Syphilis-Behandlung ist ja wohl die mit dem neuen Guajak. Da stimmt mir der Herr Doktor doch wohl zu, oder?“
„Ja, ja edler Herr, aber wo soll das geschehen?“, dachte sich Konrad. Niemals hätte er gewagt, das Problem der Unterbringung in speziellen abgetrennten Räumen zu erbitten. Als wenn Meister Fugger die Gedanken des jungen Arztes lesen konnte, kam sein Vorschlag:
„Ihr wisst doch, wie das neue Mittel anzuwenden ist? Wenn nicht, holt Euch Informationen beim Stadt-Physikus.“
„Das scheint mir nicht nötig. An der Universität in Padua hatten die Professoren nur diese Therapie mit Guajak gelehrt. Die Quecksilber-Kuren haben zu gefährliche Nebenwirkungen.“
„Nun, die Schwitzkuren mit Guajak sind zwar aufwendig, aber längst nicht mehr so strapaziös wie das Quecksilber-Martyrium. Ihr müsst die Kranken aber etwa vier Wochen in abgeschlossenen, überwärmten Räumen isolieren. Geht das denn auf der neuen Krankenstation?“
„Nein, Herr.“
„Dann bleibt wohl nichts anderes übrig, als eine zweite Station zu eröffnen. Ich weiß, dass momentan die zwei Nachbarhäuser der Herrengasse 40 und 42 nicht bewohnt sind. Ihr besprecht das bitte mit dem Baumeister.“
„Das wäre ja wunderbar, wenn ich dort ein Syphilis-Krankenhaus einrichten darf“, freute sich Konrad.
Fugger schmunzelte süffisant: „Es ist vielleicht besser, wenn wir die neue Einrichtung diskret das Holzhaus nennen. Wir beide wissen, dass damit die Behandlungen mit Guajak-Holz gemeint sind.“
Im „Holzhaus“ standen vier kleine Räume zur Verfügung, die rasch belegt waren. Für die armen Bewohner der Siedlung war das sonst sehr teure Guajak kostenlos. Fugger spendete hier großzügig aus seinem Lager.
Konrads Erfolge als Arzt und sein umfangreiches Wissen waren bald Gesprächsstoff in der ganzen Stadt. Auch die reichen Kaufleute und Patrizier von Augsburg fragten nun immer häufiger nach Terminen in der Sprechstunde des neuen Medicus. Schon nach kurzer Zeit gehörte die Familie Dr. Augsteiner zu den Wohlhabenden. Inzwischen hatte Sarah noch ein drittes Kind bekommen, ein Mädchen. Sie nannten es Rebecca.

Konrads Vorgesetzter, Dr. Ostler, war von der neuen Entwicklung in der Stadt nicht begeistert. Der neue Arzt schien ihm den Rang als bester Heiler der Stadt abzujagen. Das konnte ihm natürlich nicht gefallen. Es ging dabei ja auch um viel Geld. Freilich sollte es für beide genügen, aber das Abrutschen in die zweite Reihe war eine bittere Pille für ihn. Ein ums andere Mal ließ er seinen Assistenten zu sich rufen und ermahnte ihn um mehr Engagement im Leprosomenheim oder bei den Armen der Stadt. Immer wieder fielen ihm irgendwelche Schikanen ein, die Konrad zunehmend das Leben schwer machten.

„Was soll ich nur machen?", fragte er seine Frau um Rat, „die Rivalität des Stadt-Physikus wird täglich heftiger. Lange wird das nicht mehr gut gehen. Wir müssen uns etwas einfallen lassen. Was meinst du, sollten wir nicht doch über einen Umzug nachdenken; in eine andere Stadt, weit weg von hier?"

„Ich gehe mit dir, wohin du willst. Das weißt du. Aber nicht Hals über Kopf. Das wird nicht gut enden", mahnte Sarah zu Besonnenheit. „Du wolltest doch immer schon zurück in deine Heimat. Das wäre doch dann jetzt die richtige Gelegenheit. Aber lass uns noch ein Jahr warten, bis die Kleine aus dem Gröbsten heraus ist."

„Wir wollen es im nächsten Jahr angehen. Im nächsten Frühjahr zu Pfingsten. Vielleicht wird das Jahr 1525 unser großes Glücksjahr", schwärmte Konrad überschwänglich.

„Sei nicht undankbar, mein lieber Mann. Du hast bisher fast nur Glück gehabt. Vergiss das nicht und danke Gott dafür."

„Täglich danke ich ihm; besonders aber, dass er mir dich gab."

Selbstverständlich hatte Sarah wieder einmal Recht gehabt. Ein solch großes Ereignis, wie ein Wechsel des Wohnsitzes, musste lange vorher geplant und organisiert werden. Die Zwillinge waren sofort begeistert und wären am liebsten noch in der gleichen Woche abgereist. Endlich würden sie die andere Großmutter kennen lernen.

„Ich will mal Barthel Welser fragen. Vielleicht hat der noch eine Idee." Konrad war sich immer noch nicht ganz sicher, ob es klug wäre, jetzt zu gehen. Zu einem Zeitpunkt, an dem seine Karriere als erfolgreicher Arzt erst beginnen sollte.

Barthel Welser war ein guter Freund; er war aufrichtig, als er seine Meinung dazu äußerte: „Mein lieber Konrad, das wird eine sehr schwere Entscheidung sein, die du treffen musst. Nur du allein kannst das tun. Wenn du mich fragst, so würde ich dich hier in Augsburg viel lieber sehen als irgendwo anders. Das weißt du. Was sollte ich tun, wenn ich ernstlich krank würde und du wärest nicht in meiner Nähe? Nicht auszudenken. Auf der anderen Seite gehört ein Arzt, wie du es bist, nicht in die zweite Reihe, sondern ganz nach vorn. Gibt es denn nicht die Möglichkeit, sich in einer Stadt hier in der Nähe um den Posten eines Stadt-Physikus zu bewerben?"

„Ich war im Spätsommer in Dinkelsbühl, das liegt in Franken, und habe mich als Stadtarzt angeboten. Der Magistrat suchte schon länger nach einem Medicus."

Barthel sah an Konrads düsterer Miene, dass er offenbar nicht erwünscht war.

„Warum nur in drei Teufels Namen haben die einen so tüchtigen Arzt, wie du es bist, abgelehnt? Sind die denn närrisch?"
„Nein, Barthel, das verhielt sich anders. Im Dinkelsbühler Stadtrat saßen auch zwei Zunftherren der Luzerne. Das ist die Zunft der Bader und Barbiere. Ich habe nun den Fehler gemacht, bei der Anhörung vor dem hohen Rat meine Fähigkeiten als Arzt und die als Badergehilfe vorzutragen. Die Bader haben mich als zukünftige Konkurrenz gesehen. Mit Händen und Füßen haben die sich gegen meine Berufung als Stadt-Physikus gewehrt."
„Das war klar", musste Barthel einsehen, „was willst du also jetzt tun?"
„Ich werde noch im Oktober oder November in meine Heimatstadt Windsheim reisen. Es ist zu hören, dass dort zurzeit kein Arzt praktiziert. Der letzte Medicus ist nach Nürnberg gewechselt. Die Chancen stehen gut."
„Was werden die Barbiere von Windsheim sagen? Na ja, du musst denen ja nicht gleich alle deine Fähigkeiten verraten." Barthel grinste spitzbübisch.
„Das wird nicht nötig sein. In Windsheim weiß jeder, wer ich bin und was ich kann. Ich war ja lange genug bei einem Bader angestellt. Mit offenen Armen werden mich die Barbiere sicher nicht empfangen."
„Was sagtest du? Wann willst du nach Windsheim reisen? Noch in diesem Jahr?" Barthel machte ein besorgtes Gesicht. „Weißt du denn nicht, dass gerade im Schwabenland und in Franken die mordenden Bauernhorden herumschweifen. Wenn du in deren Hände fällst, kann es auch schnell vorbei sein mit deinen Plänen."
„So schlimm wird's schon nicht sein mit den paar Bauern. Was sollen die von mir wollen? Ich bin keiner von den verhassten Pfaffen oder Adligen. Da werden sie mich laufen lassen." Wie immer, neigte Konrad mal wieder zur Untertreibung.
„Ein paar Bauern? Da bist du aber schlecht informiert. Das sind Tausende. Der Baltringer Haufen vom Bodensee hat mindestens 12 000 Mann. Der Neckartaler Haufen und die Odenwälder mit den Taubertalern zusammen noch mal 12 000. Die nennen sich der ‚Heller Lichte Haufen' und stehen unter der Führung des Hauptmanns Götz von Berlichingen. Das sind schon schlagkräftige Truppen."

Da musste Konrad doch staunen:„Das kann ja zu einer richtigen Rebellion ausarten. Wer stellt sich ihnen entgegen?"
„Der schwäbische Städtebund hat inzwischen eine ganze Armee aufgeboten. Mit dem Grafen Georg Truchsess von Waldburg-Zeil haben sie einen fachkundigen Führer. Der kennt sich aus mit Schlachtplänen."
„Die armen Bauern, die können einem Leid tun. Die haben doch keine Chance."
„Wenn sie alle zusammen halten, stünden ihre Aussichten nicht schlecht. Allerdings ist der Waldburg-Zeil gut ausgestattet. Der hat 11 000 Mann mit

bester Ausrüstung hinter sich stehen. Davon sind zweitausend Landsknechte in gepanzertem Harnisch."
„Der Schwäbische Bund hat wohl auch die besseren finanziellen Möglichkeiten, oder?"
„Das stimmt. Zum Bund gehören immerhin 586 Adlige und 26 Reichsstädte. Die können schon etwas bewegen."
„Mag es sein wie es ist, ich muss nach Windsheim. Wie sonst könnte ich meine berufliche Zukunft richten? Gefahren lauern doch überall. Ich habe bisher immer Glück gehabt. Du wirst schon sehen."
„Ich wünsche dir gutes Gelingen."

Sarah war ganz und gar nicht begeistert von den Reiseplänen ihres Mannes. Mit allen möglichen Argumenten und den sonst so erfolgreichen weiblichen Überredungskünsten versuchte sie, ihn von dem riskanten Unternehmen abzubringen.
„Stell dir nur vor, die mordlüsternen Bauern erwischen dich. Tausende von diesen rebellierenden Landleuten streifen durch die Dörfer und belagern die Handelsstraßen. Die sehen doch sofort, dass du keiner von ihnen bist. Hass kennt keine Gnade. Die machen kurzen Prozess mit dir. Bitte bleib daheim, schon der Kinder wegen. Oder fahr später, wenn die Unruhen sich gelegt haben."
Trotz besseren Wissens blieb Konrad unnachgiebig: „Nein, ich muss jetzt fahren. Wer weiß, wie lange die Position des Stadt-Physikus von Windsheim noch frei ist? Da will ich nicht zu spät kommen."
Er ließ sich durch nichts von seinem Vorhaben abbringen. „Mir wird schon nichts passieren. Ich weiß schon mit denen umzugehen."

In der ersten Woche im November 1524 machte er sich auf den Weg. Das beste Pferd nahm er sich aus dem Stall. Seinen Sattel hatte er sich zuvor von einem Schuster präparieren lassen. Unter die Sitzfläche hatte er dreihundert Gulden einnähen lassen. Ein Versteck, das niemand entdecken würde. Der Geldbetrag sollte genügen, um in Windsheim ein Haus kaufen zu können, dass groß genug für seine Familie und Praxisräume wäre.
Konrad wählte den Weg den Lech abwärts bis zur Donau. Von dort wollte er über Treuchtlingen, Gunzenhausen und Ansbach zur freien Reichsstadt Windsheim weiter. Die Lech-Auen lagen in dichtem Novembernebel. Auf den Wegen und Straßen war außer ihm niemand unterwegs. Die Einsamkeit in den nur allmählich aufsteigenden Nebelschwaden war ihm beinahe unheimlich.
Der Rappe unter ihm spürte die Unsicherheit seines Herrn und hielt nur widerwillig Spur. Konrad sprach mit seinem Pferd wie mit einem alten Kame-

raden: „Ruhig Schwarzer, mach dir keine Sorgen. Mein Schutzengel ist stärker als alle Gefahren."
Aber bei jedem Käuzchenschrei oder aufflatterndem Wasserhuhn scheute es, und Konrad hatte seine Mühen, den ungestümen Hengst in Raison zu halten. Erst an der Donau, wo die Felder wieder weiter wurden, klarte das Wetter auf. Hin und wieder begegneten ihm Weiber, die mit Handwagen oder Kiepen auf dem Weg zum Markt waren.
In Marxheim, bereits jenseits der Donau, traf er auf eine Gruppe junger Frauen mit ihren Kindern. Sie diskutierten aufgeregt durcheinander und schienen Schlimmes erlebt zu haben.
„Halt, Ihr Weiber von Marxheim. Was ist Euch widerfahren, dass Ihr schnattert wie die Gänse?"
„Die Horden dort drüben, sie haben das Kloster von Kaisheim geschleift. Alles ist abgebrannt. Die Pfaffen sind in die Wälder geflohen. Wenn eben möglich, solltet Ihr Donauwörth meiden."
Konrad nahm die Warnung gerne an. In großem Bogen ritt er über Burgmannshofen auf Monheim zu. Es wurde wieder einsam um ihn. Seinem Pferd gönnte er ein wenig Ruhe und gab einen langsamen Schritt vor. Gemächlich trottete es vor sich hin, Konrad war in seine Träume versunken.

Plötzlich schreckte der Rappe auf und stieg auf die Hinterläufe. Fast wäre Konrad nach hinten aus dem Sattel gestürzt. Sofort war er hell wach. Eine Gruppe von finsteren Gestalten versperrte ihm den Weg. Es mochten wohl fünfzig oder sechzig Männer sein. Sie trugen einfache Waffen mit sich. Messer, Sensen, Holzknüppel und lange Spieße.
„Wo willst du hin, du Pfeffersack?", herrschte ihn einer aus der vorderen Reihe an. Offenbar war er der Anführer. „Runter vom Pferd. Der Gaul ist konfisziert. Es herrscht Krieg in deutschen Landen. Da können wir alles gebrauchen, nur keine Pfeffersäcke."
Aus den hinteren Reihen waren unsanfte Töne zu hören. „Er soll baumeln."
„Ich will meine neue Sense probieren."
„Er soll meinen Dreschflegel spüren."
Mit nur einer Handbewegung sorgte der Anführer für Ruhe. „Was hat er in seiner Katze, da an seinem Gürtel?"
Ohne weitere Aufforderungen übergab Konrad seinen Geldbeutel mit zwei Gulden und einigen Hellern. „Das ist nicht die Masse, Junker."
Konrad musste sich etwas einfallen lassen, wenn er aus dieser verzwickten Lage ungeschoren herauskommen wollte. An Flucht war nicht mehr zu denken. Nicht, dass sein Pferd zu langsam gewesen wäre; es wäre sicher schneller als jedes der anderen. Nein, er war inzwischen von der Horde umringt und konnte nicht mehr ausbrechen.
„Ich bin kein Pfeffersack und auch kein Pfaff."

„Ein Bettler oder Bauer besitzt nicht ein solch edles Pferd. Und schaut Euch nur diesen feinen Sattel an!“, schrie der Anführer, wobei er sich zu seinen Kameraden umschaute.
Konrad blieb stur: „Ich reite im Auftrag von Götz von Berlichingen. Ihr werdet es bereuen, wenn Ihr mich nicht durchlasst.“
„Was soll das für ein Auftrag sein?“
„Ich bin Medicus und Berlichingen braucht mich.“
„Nun gut, du kannst weiter reiten. Aber nicht mit diesem Pferd. Du nimmst meines und ich deines.“
Ehe sich Konrad versah, war er von seinem Pferd herunter gestoßen worden. Blitzschnell war der Anführer von seinem Pferd auf Konrads Rappen gewechselt.
„Steig auf, Doktor!“, befahl der grobe Raufbold und hielt ihm die Zügel seines Pferdes hin. „Der alte Gaul wird für dich gut genug sein. Wir bringen dich hin zu unserem Hauptmann von Berlichingen.“
Im strammen Galopp ritten sie nach Monheim ein. In der größten Schänke hatten sie ihr Hauptquartier eingerichtet. Der Schankraum war zur Befehlszentrale umfunktioniert worden. Die Tische waren zur Seite geschoben. Mitten im Raum stand ein großer Tisch, auf dem mehrere Landkarten ausgebreitet waren. Überall lagen Säbel, Schwerter und andere Kleinwaffen herum. Konrad wusste sofort, wer von Berlichingen war, obwohl er ihn zuvor noch nie gesehen hatte. Die eiserne rechte Hand fiel sofort auf. Im ganzen Reich war die Geschichte von Berlichingens schwerer Kriegsverletzung bekannt. Im Landshuter Erbfolgekrieg war er an der rechten Hand verwundet worden; Feldschere hatten sie ihm amputieren müssen. Das war im Jahre 1504 gewesen, als Berlichingen noch ein junger Mann war. Von einem Harnisch-Schmied hatte er sich eine eiserne Hand fertigen lassen, so dass seine Behinderung nicht so auffiel. Im Lauf der Zeit war die eiserne Hand das markante Erkenungszeichen des Ritters geworden.
„Wir haben Besuch, Florian Geyer?“, fragte er höflich den groben Anführer.
„Ja, wir haben den bunten Vogel auf der Landstraße nach Treuchtlingen gefangen. Er sei Medicus und hätte etwas mit Euch zu besprechen.“
„Nun gut, dann lasse man uns allein. – Ach, seid so gut und bestellt beim Wirt einen Krug Wein, bevor Ihr geht.“
Während er Florian Geyer verabschiedete, bot er Konrad einen Platz an.
„Medicus seid Ihr? Interessant. – Was könnt Ihr denn alles? Beherrscht Ihr auch die hohe Kunst der Chirurgie?. Taugt Ihr eventuell als Feldscher?“
Konrad erkannte sofort, dass hier eine Zwangsrekrutierung drohte. Natürlich war ihm klar, dass jedes Soldatenheer auch einen Feldscher benötigt.
„Verzeiht meinen Einwand, Herr. Als Feldscher tauge ich eigentlich nicht. Ich bin Absolvent der Universität und habe noch keinerlei Erfahrungen. Auf der anderen Seite wäre ich Euch gerne zu Diensten, wenn Ihr denn einen Theore-

tiker gebrauchen könnt, einen Medicus halt. Mein Herz steht auf eurer Seite. Das solltet Ihr wissen."

„Junger Freund, Eure Solidarität mit unserer Sache ehrt uns. Habt vielen Dank dafür. Ob wir denn tatsächlich obsiegen werden, steht noch in den Sternen."

Von Berlichingen machte eine beinahe hilflose Handbewegung zum Himmel.

„Nun, es scheint mir doch eine gerechte Sache zu sein, für die Ihr kämpft", versuchte Konrad sein Gegenüber im Gespräch zu halten.

„Das wird leider nicht von allen so gesehen. Zumindest die heilige Kirche und der Landadel sind da ganz anderer Meinung."

Konrad freute sich, dass von Berlichingen einer Diskussion über den Sinn und die Erfolgsaussichten eines Volksaufstandes interessiert war: „Wie denkt denn Graf von Berlichingen darüber?"

Der so direkt angesprochene Reichsritter strich sich nachdenklich über seine Stirnglatze. Nur zögerlich und mit gedämpfter Stimme antwortete er: „Nicht alle Entscheidungen, die man im Leben trifft, kommen aus tiefster Überzeugung und manchmal auch nur unter äußeren Druck. – Wie auch immer es war, fest steht, dass die Bauern in der gegenwärtigen Lage keine Überlebenschance haben. Die Steuerabgaben, der Zehnt und die Frondienste scheinen sie bis aufs Blut auszulaugen. So konnte es nicht weiter gehen."

„Das ist sicher richtig. Hätte man von Seiten der Adligen und der Kirchenfürsten nicht schon früher den Bauern entgegenkommen müssen?", wollte Konrad wissen.

„Ja, das hätte man tun müssen. Vielleicht schon vor zwanzig Jahren."

„Wir seid Ihr mit Euren Bauern verfahren?"

„Die Versäumnisse wurden auch auf meinem Anwesen gemacht", gestand der ehrliche Graf. „Letztlich hat aber wohl dieser Augustinermönch aus Wittenberg den Stein ins Rollen gebracht. Das war ja großartig, wie der den Pfaffen eingeheizt hatte. Die haben's ja zu toll getrieben."

„Ich bin mit Martin Luther befreundet. Er hat wahrlich einen gefährlichen Kampf gefochten. Wenn sein Landesfürst nicht gewesen wäre, ich glaube nicht, dass er heute noch leben würde."

Von Berlichingen horchte auf: „Martin Luther ist Euer Freund? Nehmt es mir nicht übel, aber ich kann seine Beweggründe nicht in allem verstehen."

„Was meint Ihr, Herr?"

„Ich kann nicht verstehen, dass dieser Luther erst das deutsche Volk auf seine Seite zieht und dann, nachdem die Hoffnung auf Besserung der Verhältnisse geweckt war, seine Leute fallen lässt. Jeder Landarbeiter, jeder Leibeigene und Tagelöhner hatte die größten Hoffnungen auf ihren Welterneuerer gesetzt. Und dann diese Enttäuschung. Seit drei Jahren predigt er gegen jegliche Gewalt.

‚Für die Gläubigen gelte das Wort, für die Ungläubigen das Schwert.'

Das sind seine Worte, die sich in Windeseile in ganz Deutschland verbreitet haben. Es darf dann aber die Frage erlaubt sein, ob die Kreuzzüge ins heilige Land ebenfalls das Werk von Ungläubigen war?"
Konrad fühlt sich genötigt, seinen Freund zu verteidigen: „Martin Luther tat alles nur aus seiner Überzeugung und alles nur streng nach dem Worte Gottes in der Bibel. Er wollte keine Rebellion, weil dann das Chaos vorbestimmt wäre. Auf der anderen Seite hat er sich nie gescheut, auch der Obrigkeit den Spiegel vorzuhalten. Deren Führungsstil hat er oft genug rücksichtslos kritisiert. ‚Weltliche Gesetze dürfen sich nur auf Leib und Gut beziehen, nicht auf die Seelen und den Glauben.'
Und davon abgesehen, war er ja seinem Lebensretter und Gönner, dem Kurfürst Friedrich von Sachsen, verpflichtet. Hätte er die Rebellion unterstützt, so wäre er selbstverständlich auch bei seinem Fürsten in Ungnade gefallen."
„Da ist was Wahres dran", musste von Berlichingen zugeben.
Jetzt wollte Konrad doch genau wissen, was den Grafen zur Teilnahme am Bauernaufstand getrieben hatte:
„Ihr seid wohl von der Notwendigkeit eines gewaltsamen Umsturzes überzeugt? Ihr wäret ja auch sonst nicht der Hauptmann dieser Horden?"
Die Antwort kam mit gemischtem Unterton, halb trotzig und halb traurig: „Ich sagte doch vorhin schon, dass nicht alle Entschlüsse im Leben aus eigenem Willen, sondern manchmal eben auch unter Zwang gefasst werden." Den letzten Satz hatte er wieder nur geflüstert, als hätte er Angst, jemand Unbefugtes könne seine Worte aufschnappen und weiter tragen.
Konrad spürte den Zwiespalt in der Brust des Grafen: „Ihr müsst Euch nicht rechtfertigen. Sicher habt Ihr gute Gründe für Euer Handeln."
„Nun, ich will es Euch verraten", fing von Berlichingen eine umständliche Erklärung an, „anfänglich bin ich quasi gezwungen worden mitzumachen. Sie brauchten meine militärischen Kenntnisse als Heerführer. Mittlerweile kann ich mich sogar für deren Ideen erwärmen. Es ist ja nicht alles völlig falsch, was sie wollen. Ihr müsst Euch mal die zwölf Forderungen der Bauern durchlesen. Da ist die Rede von Abschaffung der Leibeigenschaft, des Frondienstes und des Zehnten. Das sind ja nun Forderungen, die nicht gänzlich unchristlich sind."
Konrad nickte heftig seine Zustimmung: „Fürwahr, fürwahr!"
„Die Horden könnten tatsächlich alles umkrempeln, wenn sie sich nur einig wären. Stellt Euch nur vor, mit welchen Menschenmassen wir durch deutsche Lande ziehen könnten. Überall vereinzelte Haufen. Wenn es gelingen könnte, alle in eine Truppe, mit einer geschulten Führung zusammenzufassen, dann wären sie ein wirklich schlagkräftiges Heer."
Konrads Augen leuchteten: „Ein richtiger Volksaufstand! Das wär's"

Graf von Berlingen gab ihm Recht: „Ein Volksaufstand, Rebellion. Wörter, die man mit roter Tinte schreibt, mit Blut. Aber sie führen zur Volksvereinigung. Etwas ganz Großes könnte entstehen: ein einig deutsches Vaterland."
„Aus diesem Blickwinkel habe ich die Sache noch gar nicht betrachtet", staunte Konrad.
„Es ist aber so. Wer weiß, ob es in Deutschland jemals wieder gelingen wird, einen solch großen Volksaufstand zu organisieren? Das wäre jetzt die einmalige Gelegenheit, die deutsche Kleinstaaterei zu beenden und etwas Neues zu beginnen. Vielleicht so etwas wie in England, einen Staat mit gewähltem Parlament?"
„Graf, Ihr träumt." Konrad konnte sich das beim besten Willen nicht vorstellen.
„Nun, die Musik, die wir soeben hören, ist tatsächlich etwas fremd. Hierzulande ist man ein treuer Knecht seines Herrn und ein ergebener Diener seiner Kirche. Da muss schon einiges geschehen, bis der mal aufsteht und sein Schwert ergreift."
Konrad sah, dass seine Meinung und die des Grafen von Berlichingen gar nicht so weit auseinander lagen: „Jetzt, lieber Graf, wäre es doch so weit, dass die Bauern aufstehen. Auf geht's, zu neuen Taten."
„He, Doktor, hat Euch am Ende doch das Rebellionsfieber ergriffen?"
„Ich hätte große Lust mitzumachen. Leider tauge ich nicht zum Kämpfen. Ich kann Euch also keine Hilfe sein."
Götz von Berlichingen stand auf und ging um den großen Tisch herum. Er legte seine Hand auf Konrads Schultern und schaute ihm ernst in die Augen, als er sich von ihm verabschiedete: „Geh' heim, Doktorchen. Vielleicht könnt Ihr doch noch jemandem nützlich sein. Jedenfalls seid Ihr kein Dummkopf; da kann noch etwas aus Euch werden."
Konrad schaute etwas beschämt. Mit rotem Kopf fragte er schüchtern nach seinem Pferd: „Herr Graf, gestattet mir noch eine Bitte. Mein Pferd, das beschlagnahmt wurde, ist das meines Schwiegervaters. Er hatte es mir nur geliehen. Auch der Sattel ist nicht meiner. Wäre es…"
Bevor Konrad zu Ende sprechen konnte, schrie der Graf mit donnernder Stimme nach seinem Knecht: „Wo ist dieser Florian Geyer? Er soll sofort das Pferd von diesem Herrn bringen. Hier dulde ich keine Widersprüche."
Ohne sich weiter um Konrad zu kümmern, drehte sich der Graf um und verließ den Raum. Während er durch die Tür ins Freie rauschte war noch ein flüchtiges „Adieu Doktor" zu hören. Konrad trank noch seinen Weinbecher leer und wagte sich dann vorsichtig auf den Hof vor der Schänke. Er traute seinen Augen nicht. Da stand tatsächlich sein Rappe. Während er die Sattelriemen nachzog kontrollierte er das geheime Geldversteck. Es war unversehrt. Offenbar hatte man es nicht entdeckt. Auf dem Weg Richtung Treuchtlingen musste er immer wieder an das Gespräch mit dem Grafen von Berli-

chingen denken. Welch großer Geist und dieser Weitblick! Ein einig deutsches Vaterland? Ein Zusammenschluss von über tausend Fürstentümern? Wie sollte das wohl gehen? Ohne rohe Gewalt wohl kaum. Konrad wollte nicht weiter über die Träume des Grafen nachdenken. Es sollten Phantastereien bleiben.

Konrad kam gut voran. Zwischen Gunzenhausen und Ansbach hatte er noch einige Herrensitze und Klöster brennen sehen, aber von herumziehenden Bauernhorden wurde er nicht mehr aufgehalten. Am sechsten Tag erreichte er die freie Reichsstadt Windsheim. Der Wächter am Rothenburger Tor hatte ihn sofort erkannt.
„He, unser Konrad Augsteiner ist wieder heimgekehrt. Welche Freude!"
„Du kennst mich noch?", wunderte sich Konrad. Immerhin war er etwa fünfzehn Jahre von zu Hause fort, wenn man die Erfurter Jahre mitzählt.
„Euch vergisst man nicht. Als in Windsheim die Pest wütete, wart Ihr und der Bader Fulster die einzigen, die uns geholfen haben."
Konrad war seinem ersten Lehrmeister gedanklich stets treu geblieben.
„Wie geht es ihm, dem alten Bader? Praktiziert er noch?"
„Nein, schon lange nicht mehr. Er hat die fließende Gelenkkrankheit. Die hat ihm alle Finger zerfressen. Er kann kein Operationsmesser mehr führen und Zähne ziehen kann er auch nicht mehr. Ein Trauerspiel mit dem Armen. – Aber wie geht es Euch? Was treibt Ihr so? Bleibt Ihr jetzt in Windsheim?", wollte der Wächter wissen.
„Ich bin inzwischen Medicus geworden. Ob ich hier bleibe, weiß ich noch nicht. Darüber muss der Innere Rat der Stadt entscheiden. Gleich morgen früh werde ich einen Antrag stellen, als ordentlicher Bürger der Stadt aufgenommen zu werden."
„Wer sollte da etwas dagegen haben?" Der Torwächter war sich absolut sicher, dass man Konrad mit offen Armen empfangen würde.
Konrad wollte nur so lange bleiben, wie eben notwendig. Allzu lange konnte er seine junge Familie nicht alleine lassen. Allerdings hatte er ungefähr zwei bis drei Wochen einkalkuliert. Da wäre genügend Zeit, sich nach einem geeigneten Haus umzuschauen, eine ordentliche Bürgerschaft beim Rat der Stadt zu beantragen und alte Freunde aufzusuchen. Vielleicht wäre auch noch Zeit genug, die Mutter und den Bruder zu besuchen. Aber als erstes drängte es ihn zum Bader Fulster. Der würde Augen machen.
Hanns Fulster lebte immer noch in seinem Haus in der Metzgergasse. Seine Frau war ihm bereits verstorben und der einzige Sohn war mit einigen verwegenen Windsheimer Burschen aufgebrochen, um sich den aufständischen Bauern anzuschließen. So lebte er seit einigen Monaten völlig alleine in dem großen Haus.

Eine Magd bereitete ihm die Mahlzeiten und hielt die Wohnung sauber. Er selbst konnte wegen seiner Gliederkrankheit im Haushalt nicht mehr viel helfen. Er war nicht einmal in der Lage, einen Besen oder einen Schaufelstiel zu umgreifen. So war es ihm auch nicht möglich, Kleinvieh zu halten. Alle Nahrungsmittel musste er kaufen. Das Geld dazu sollte ihm sicher nicht ausgehen. Er hatte gut verdient in all den Jahren. Sein guter Ruf war über die Stadtgrenzen hinaus bis nach Neustadt und bis Rothenburg bekannt. Seine Praxis hatte er schon vor fünf Jahren aufgeben müssen.

„Welche Freude, mein treuer Famulus. Ich hatte schon befürchtet, dass du unter die Räder gekommen bist. Niemand hat etwas von dir gehört."

Trotz der offensichtlichen Freude war ein gewisser vorwurfsvoller Unterton nicht zu überhören.

„Verzeiht Meister, ich war nachlässig. Aber ich war viele Jahre in der Fremde bei den Welschen. Da gab es kaum Möglichkeiten zu schreiben. Außerdem wollte ich Euch erst unter die Augen treten, wenn ich meine Ausbildung beendet habe. Und das ist jetzt der Fall", sagte Konrad und klopfte sich stolz auf die Brust. „Meister, vor Euch steht Doktor Konrad Augsteiner, Medicus mit Abschlussexamen."

„Donnerwetter, alle Achtung!" Der alte Bader staunte nicht schlecht. „Das wollen wir feiern. Was hast du jetzt vor? Willst du in Windsheim bleiben?"

„Ja, das würde ich gerne", gab Konrad zu.

„Nun, in Windsheim ist es unruhig geworden. Du hast sicher von den Bauernaufständen gehört. Da rumort es auch bei uns. Stell dir vor, die haben sogar den Stadtrat abgesetzt und Aufnahme von einfachen Bürgern in den Rat durchgesetzt. Das Augustinerkloster ist bereits geschlossen und soll demnächst an die Stadt übergeben werden. Die Mönche sind entlassen oder an andere Klöster vermittelt worden."

„Da hat sich ja viel verändert bei Euch."

„Das kann man wohl sagen", pflichtete der Alte bei. „Das Tollste ist ja die neue Ordnung in der Kirche. Dieser Luther hat alles umgestellt. Der Gottesdienst wird nur noch in deutscher Sprache gehalten und die Predigten sind wirklich spannend und interessant. Und die Pfarrer dürfen jetzt sogar heiraten. Eine verrückte Welt ist das." Fulster schüttelte sein weißes Haupt, als könne er die Vorgänge nicht recht begreifen.

„Was macht die Baderzunft?", Konrad wechselte das Thema, um etwas über die medizinische Versorgung der Windsheimer Bürger zu erfahren.

„Die Zunft der Bader ist inzwischen eine der größten. Sie nennen es jetzt die Zunft der Luzerne. Sogar die Müller und Apotheker haben sich ihr angeschlossen. Da kommt Geld zusammen – und Macht. Zwei Ratsmitglieder des Inneren Rates gehören der Luzerne an. Der eine ist der Heiner Kallert von der Unteren Mühle und der andere ist ein gewisser Georg Steinert."

„Wer ist dieser Steinert?" Konrad gab sich keine Mühe, seine Neugier zu bremsen.
„Der ist der neue Bader hier. Vor drei Jahren ist er von Scheinfeld herüber gekommen. Nach kurzer Zeit hat er sich eine sehr gute Praxis aufgebaut. Heuer im Frühjahr haben sie ihn zum Zunftmeister gewählt."
„Aber die beste Praxis von Windsheim hatte Meister Fulster." Konrad tätschelte seinem väterlichen Freund wohlwollend die Schulter.
„Mittlerweile haben sich hier fünf Bader und Barbiere niedergelassen. Die sind sich gegenseitig nicht unbedingt grün, aber wenn es um die Verteidigung gemeinsamer Interessen geht, sind sie sich einig. Die haben schon so manch einen fremden Kollegen rausgeekelt."
Konrad runzelte die Stirn: „Da habe ich wohl kaum Chancen, als Stadt-Physikus genommen zu werden?"
Hanns Fulster war da optimistischer: „Einen Stadtarzt wollen die schon lange haben. Seitdem Rothenburg einen hat, wollen die Windsheimer nicht nachstehen. Es ist halt wichtig, dass du deinen Antrag zur Aufnahme als Bürger der Stadt recht bald stellst; noch bevor die hohen Herren herausgefunden haben, dass du nicht nur Medicus bist, sondern auch ein guter Bader. Wenn der Steinert davon hört, wird er alles versuchen, deine Berufung zum Stadtarzt zu verhindern. Da bin ich mir absolut sicher."

Gleich am nächsten Tag ging Konrad mit all seinen Zeugnissen und Unterlagen zum Rathaus in die Amtsstube des Bürgermeisters. Er wurde auch gleich vorgelassen. Selbstverständlich erinnerte sich Georg Königsberger noch sehr gut an Konrad. Freudig sprang er von seinem Schreibtischstuhl auf und lief auf Konrad zu. Die Amtskette, die er immer trug, baumelte über dem kugelrunden Bauch. Die roten Wangen verrieten seine Vorliebe für den guten Wein aus der Umgebung.
„Unser Konrad ist wieder da. Das wird sicher alle freuen."
„Herr Bürgermeister, ich bin gekommen, um mich für die Stelle des Stadtarztes zu bewerben. Soviel man sich erzählt, ist die Position noch frei."
„Selbstverständlich, wir würden uns freuen, wenn Ihr diese ehrenvolle Aufgabe übernehmen wollt. Das Beste wird wohl sein, die Bewerbung mit den notwendigen Zeugnissen beim Amtsschreiber in der Advokatenstube abzugeben. In der nächsten Ratssitzung in zwei Tagen werde ich den Antrag dem Inneren Rat vorlegen. In der gleichen Sitzung werden wir über Euren Wunsch zum Erwerb des Bürgerrechts abstimmen. Hier wird es keine Schwierigkeiten geben; es ist doch anzunehmen, dass Ihr recht bald ein geeignetes Anwesen in unserer Stadt kaufen werdet. Wir sprechen uns in drei Tagen wieder. Bis dahin ist die Sache entschieden."

Windsheim galt zwar als mittelgroße Stadt, war aber klein genug, dass sich Neuigkeiten oder Gerüchte in Windeseile verbreiten konnten. Auch die Nachricht von der Ankunft des neuen Doktors war sofort allgemeines Stadtgespräch. Bei den älteren Bürgern der Stadt war Konrad noch in guter Erinnerung geblieben. Sie kannten ihn alle als hilfsbereiten und eifrigen Nothelfer, der sich für die Kranken aufgeopfert hatte. Besonders sein Mut bei der Bekämpfung der Pest anno 1511 war vielen unvergessen geblieben.
Die Zunftgenossen der Luzerne gerieten allerdings in höchste Aufregung. Ein neuer Stadt-Physikus mit soviel Kenntnissen war ihnen unheimlich. Ein Arzt, dessen Aufgabe es sein soll, die Arbeit der Bader und Barbiere zu kontrollieren, sollte ihnen nach Möglichkeit wohl gesonnen sein. Wie könnte er das, wenn er als gelernter Bader und Chirurgicus möglicherweise die gleichen Patienten behandeln wollte wie sie selbst? Welch massiver Interessenkonflikt! Welcher Bürger von Windsheim würde nicht den neuen Doktor jedem anderen Bader vorziehen? Ein Arzt, der die Schriften studiert hatte, der im welschen Ausland gewesen war, um die moderne Medizin zu lernen und der zudem das Handwerk der Barbiere beherrschte. Welch starke Konkurrenz für alle ansässigen Bader! Nein, das musste alle Zunftmitglieder interessieren; und zwar sofort.
Bader Steinert war ein Mann der Tat, einer, der nichts dem Zufall überließ. Da musste sofort gehandelt werden. Dieser Doktor Augsteiner musste verhindert werden, koste es was es wolle.
„Alle fünf Bader der Stadt mögen sich morgen Abend in meinem Hause einfinden. Das ist eine offizielle Anweisung des Zunftmeisters." Mit diesen Worten schickte Steinert seinen Knecht in die Praxen der Kollegen. „Sag ihnen, dass es sich um etwas ganz Wichtiges handelt und dass absolutes Stillschweigen nötig ist. Geh und beeil dich."
Alle waren gekommen am Abend vor der Ratssitzung. Mit sorgenvoller Miene saßen sie beim Zunftmeister in der Stube. Steinert kam gleich zur Sache:
„Meine Herren, die Angelegenheit brennt. Dieser Konrad Augsteiner schickt sich an, unsere Pfründe wegzunehmen. Wenn wir nicht ganz schnell handeln, kann sich manch einer von uns einen neuen Broterwerb suchen."
„Na, na, so schlimm wird es wohl nicht werden", wagte einer zu beschwichtigen.
Der war bei Steinert gerade an der richtigen Adresse: „Du Dummkopf. Siehst du denn nicht die Gefahr? Der übernimmt unsere Arbeit, und wer ihm dabei in die Quere kommt, den kann er ganz schnell ausschalten. Als Stadtarzt hat er das Recht dazu. Niemand kann das verhindern."
„Was wollen wir tun?", kam es zaghaft von anderer Seite.
„Wir müssen versuchen, seine Anstellung als Physikus zu verhindern. Das ist die einzige Möglichkeit", war sich der Zunftmeister sicher.

„Wie soll das gehen? Der Stadtrat wartet schon fast ein ganzes Jahr auf einen geeigneten Bewerber. Niemals würden die einen solch qualifizierten Mann ablehnen. Zumal er kein Unbekannter ist und bereits einen guten Ruf genießt."
„Das ist das Problem. Darüber habe ich mir auch schon Gedanken gemacht. Die ganze Nacht konnte ich deshalb nicht schlafen. Es bleibt nur eine Lösung: Wir müssen die Ratsherren bestechen."

Wie gelähmt starrten die Bader ihren Zunftmeister an. War der verrückt geworden? Auf Bestechung standen hohe Strafen. Der Einsatz wäre zu hoch. Wenn nur einer plaudert, wären alle Beteiligten sofort im Kerker. Da wäre dem Oberrichter nicht einmal der Gnadenweg möglich gewesen.
„Ihr ängstlichen Schafe! Was schaut Ihr mich so ungläubig an? Habt Ihr eine andere Lösung? Ich höre eure Vorschläge." Georg Steinert war außer sich vor Erregung. Sein hochroter Kopf und die laute Stimme verrieten seine Wut.
„Wie hast du dir das vorgestellt? Wer soll denen ein Angebot machen?", wollte einer aus der Versammlung wissen.
„Wir sammeln heute Abend genügend Geld und werden es einigen Ratsherren anbieten. Wenn ein Drittel der anwesenden Herren gegen die Anstellung des neuen Arztes stimmt, ist er abgelehnt." Steinert war sich absolut sicher, dass er genügend Ratsmitglieder finden würde, die bestechlich wären.
„Morgen ist doch schon die Ratssitzung. Wie wollen wir das in so kurzer Zeit machen? Wir müssen doch erst einmal genügend Geld zusammenbringen."
Steinert wusste auch auf diese Frage eine passende Antwort: „Habt Ihr vergessen, dass ich selbst Ratsherr bin? Ich werde morgen in der Sitzung behaupten, dass die Zeugnisse des Doktor Augsteiner gefälscht sind und er ein Betrüger und Hochstapler ist. In diesem Fall muss die Echtheit der Papiere erst überprüft werden. Das braucht Zeit. Wir können dann in aller Ruhe die geschäftliche Seite erledigen und mit dem einen oder anderen Ratsherrn intensive Gespräche führen."
Die ratlosen Gesichter der Bader klärten sich jetzt deutlich auf. „Die Idee ist gut. Zumindest hätten wir erst mal Zeit gewonnen. Vielleicht fällt uns ja noch etwas anderes ein."

Wie besprochen, sollte es geschehen. Man verabschiedete sich und war bester Dinge, dass sich noch alles zum Guten wenden würde. Das Ergebnis der Besprechung war allemal einen Schoppen Wein wert. Man traf sich im Gasthaus „Zum Roten Ross". So war es immer nach Zunftsitzungen üblich gewesen. Steinert hatte noch zu arbeiten und verzichtete auf das Palaver in der Weinstube. Dabei kam üblicherweise nicht viel heraus. An diesem Abend entwickelte sich die weinselige Unterhaltung bald zu einem Gelage. Die Gespräche drehten sich natürlich nur um das brisante Thema aus der Zunftsitzung. Ein

Wort gab das andere, ein Argument stach das andere. Bald waren alle erregt und achteten nicht mehr auf mögliche Lauscher. Am nächsten Tag war das Vorhaben des Zunftmeisters sehr rasch ein neues Stadtgespräch, ein handfester Skandal. Steinert wurde zum Bürgermeister befohlen.
„Georg Steinert, ich fordere Euch auf, das schändliche Gerede um mögliche Bestechungen des Stadtrates zu erklären. Und untersteht Euch, mir Lügen aufzutischen. Ich lasse sofort den Büttel kommen und Euch ins Loch werfen."
Steinert spielte das Unschuldslamm und demonstrierte Gelassenheit: „Herr Bürgermeister, das sind böse Verleumdungen, die nur in die Welt gesetzt wurden, um mich zu vernichten. Weiß der Herr, ob nicht am Ende der neue Doktor dahinter steckt."
„Ihr leugnet also, jemals den Vorschlag einer Bestechung von Amtspersonen gemacht zu haben."
„Selbstverständlich muss ich eine solch ungeheuerliche Behauptung von mir weisen. Es handelt sich um eine freche Lüge."
„Es wird eine Untersuchung geben, aus der Ihr entweder gereinigt hervorgehen werdet oder direkt in den Kerker wandert. Bis dahin muss ich Euch von den Aufgaben eines Ratsherrn entbinden. Ihr hört noch von mir." Der Bürgermeister war deutlich verärgert und ließ Steinert ohne Gruß im Amtszimmer zurück.
„Was passiert nun mit dem Antrag des Augsteiner?", wollte der Bader noch wissen.
„Der ist so gut wie angenommen – oder hattet Ihr Euch eingebildet, dass es nach dem Gerede in den Gassen eine Ablehnung geben könnte? Davon abgesehen glaube ich, dass wir keinen besseren Arzt bekommen können."

Die Ratssitzung verlief ohne den Zunftmeister Steinert. Alle Ratsherren stimmten für die Anstellung des neuen Doktors Konrad Augsteiner.
Bürgermeister Georg Königsberger war mit der Abstimmung sehr zufrieden: „Meine verehrten Herren des Inneren Rates, ich freue mich, dass wir nun einen neuen Stadt-Physikus haben, der über die besten Qualifikationen verfügt. Er hatte eine breit gefächerte Ausbildung und kennt die moderne Medizin, die in den italienischen Universitäten gelehrt wird. Ich möchte aus diesem Grunde den Vorschlag machen, dem neuen Doktor auch die Verantwortung über das Hospital zu übertragen. Eventuell kann er daraus eine moderne Krankenstation machen."

Konrad wurde am nächsten Tag zum Bürgermeister bestellt. Auf dem Schreibtisch des Amtszimmers lag schon die Bestallungsurkunde bereit. In Anwesenheit des Amtsschreibers wurde er als neuer Stadtarzt vereidigt. Man las ihm seine zukünftigen Rechte und Pflichten vor. Bei der Wohnungssuche wollte man der jungen Familie Augsteiner behilflich sein. Der Bürgermeister

konnte ein attraktives Angebot machen: „In der Rothenburger Straße gehört das Haus Zur Lilie der Stadt. Es ist eine Schenkung von einem reichen Windsheimer Bürger, der keine Erben hatte. Wenn Ihr interessiert seid, kann der Rat der Stadt das Anwesen an Euch verkaufen. Der Amtsschreiber hat bereits eine Taxierung vorgenommen."
Dienstbeflissen meldete sich der Schreiber zu Wort: „Es handelt sich bei dem Objekt um ein großes zweigeschossiges Haus. Das Erdgeschoss besteht aus solidem Mauerwerk und der obere Stock samt der Dachetage ist aus kompaktem Fachwerk gearbeitet. Das Dach ist mit gebrannten Ziegeln gedeckt und hält dicht gegen alle Wetter. Das Haus ist vollständig unterkellert. Es gibt einen kleinen Hinterhof von etwa fünftausend Quadrat-Fuß, auf dem zwei Scheunen stehen, die man als Stallungen nutzen kann. Weil sich das Anwesen innerhalb der Stadtmauern befindet, ist es gut und gerne dreihundert Gulden wert.
Nach Rücksprache mit dem Kämmerer und dem Inneren Rat könnte es der Herr Doktor für zweihundertundvierzig Gulden haben. Wenn er diese Summe momentan nicht aufbringen kann, wäre der Rat mit einer Stundung um fünf Jahre einverstanden. Der Zinssatz würde in einem solchen Fall mit zehn Prozent zu berechnen sein."
Konrad war von dem Angebot recht angetan, weil das Haus in unmittelbarer Nachbarschaft zum Hospital stand.
„Ich würde mir das Anwesen gerne einmal ansehen. Wird mich jemand begleiten?"
Der Bürgermeister war es gewohnt, solche Geschäfte locker und unverkrampft abzuwickeln: „Wir werden Euch den Schlüssel für einige Tage ausleihen. Es wäre dann Zeit genug für Euch, alles genau anzuschauen."

Als Konrad nach der offiziellen Ernennung zum Stadtarzt das Rathaus verließ und über den Marktplatz ging, wäre er am liebsten vor Freude in die Luft gesprungen. Er fühlte sich aber vom Amtszimmer aus beobachtet und zog es deshalb vor, gemächlichen Schrittes den Platz zu überqueren, gerade so wie es sich für einen Stadtarzt geziemt. Das Haus „Zur Lilie" befand sich auf der gleichen Straßenseite wie das Spital, etwa 400 Schritt vom Rothenburger Tor entfernt. Der Eingang war mittig an der Stirnseite des Hauses. Die Front hatte reichliche Stuckverzierungen und herrschaftliche Ausstrahlung, fast wie ein Patrizierhaus. Das Parterre bestand aus zwei großen Zimmern und vier kleineren.
„Hier lässt sich eine schöne große Praxis einrichten und oben ist Platz für alle. Sogar die Mutter kann ich bei uns wohnen lassen." Konrad war mit seinen Gedanken vollständig in der Planung seines zukünftigen Heimes versunken. Wie Traumbilder schwebte ihm die Einrichtung eines jeden Zimmers vor den Augen. Die Praxisräume wollte er ganz modern gestalten. Es sollte sogar

einen eigenen Raum für die wartenden Patienten geben, ein Wartezimmer. Das hatte sonst niemand von den Badern in der Stadt. Im Hof, in einer der Scheunen wollte er einen Operationssaal fürs Grobe einrichten. Dort sollten die Amputationen von Gliedmaßen durchgeführt werden. Die feinen Operationen wie Starstechen oder Wundnähte waren in den Praxisräumen im Haus vorgesehen.
Die Wohnräume sollten im oberen Stock und im Dachgeschoss eingerichtet werden. Eine Kammer wollte er für die Mutter reservieren. So schnell wie möglich wollte er sie vom Kostenheim´schen Gut nach Windsheim holen. Lang genug hatte sie dem Grafen die Hausarbeit gemacht. Jetzt endlich sollte sie es besser haben.
Noch heute oder morgen sollte der Kaufvertrag über das Lilienhaus unterzeichnet werden. Das Geld, das er von Augsburg mitgebracht hatte, würde ausreichen, sogar noch für zusätzliche Umbauten. Konrad war fest entschlossen und absolut sicher, dass er sich richtig entschieden hatte. Noch in der gleichen Woche wollte er nach Kostenheim reiten und endlich seine Mutter wieder sehen. Was würde sie staunen! Und der Pfarrer erst und all die anderen im Dorf. Er konnte es kaum abwarten, sie alle in die Arme zu schließen, sie alle an seiner Freude teilhaben zu lassen.
Auf dem Weg nach Kostenheim konnte sich Konrad kaum auf den Weg konzentrieren. Immer wieder malte er sich aus, wie schön es werden sollte in seinem neuen Haus. Seiner Frau und den Kindern würde es bestimmt auch gefallen. Und endlich würde er in eigener Praxis als sein eigener Herr arbeiten können. Niemand könnte ihm etwas dreinreden. Sicher würden die Windsheimer ihn als den neuen Arzt akzeptieren.

Während er in Zukunftsträumen schwelgte, merkte er gar nicht, dass der Ritt immer schneller wurde. Der Rappe unter ihm ächzte und schnaufte. Vor dem Osinghügel fiel das Pferd in langsamen Trab zurück. „Es ist nicht mehr weit, Schwarzer. Gleich sind wir daheim."
Konrads Vorfreude war kaum zu überbieten. Wie hatte sich wohl die Mutter verändert? Was war alles Neues passiert? Stand das Dorf noch so, wie er es verlassen hatte oder war es im Tiefschlaf versunken? Wie mag es dem Pfarrer und dem Grafen ergangen sein?
Er war schnell unterwegs. Es mögen gerade einmal drei Stunden vergangen sein, und er hörte schon von weitem das Zwölfuhrläuten der Kostenheimer Kirche. Von hundert verschiedenen Glocken hätte er die seines Dorfes heraushören können. Unverkennbar die Glocken von daheim. Als er die Dorfstraße hinaufritt, musste er feststellen, dass sich nichts verändert hatte in all den Jahren. Die Kirche nicht, die Häuser nicht und auch die Straßen nicht. Wo sollte auch das Geld für Pflasterung oder gar eine ableitende Gosse herkommen? Die armen Bauern hatten gerade so viel, dass sie ihre Familien durch-

brachten. Der Hunger war ihnen ein täglicher Begleiter. Und der Graf hatte es auch nicht mehr so üppig, dass von dieser Seite größere Spenden zu erwarten gewesen wären.
Konrad ritt jetzt sehr langsam und schnaufte tief durch. Er wollte die Heimatluft genießen. Den Duft von frischem Gras und Herbstblumen, von Kühen und Schweinen. Das Lärmen spielender Kinder, das Gackern der Hühner und das aufgeregte Krähen der Hähne. Rechts und links der Straßen frisch gestrichenes Fachwerk. Überall roch es nach Heimat. Endlich zuhause. Alles war ihm noch so vertraut, als sei er nur wenige Wochen in der Fremde gewesen.
Die leichte Anhöhe zum gräflichen Gut ritt Konrad wieder schneller. So rasch wie möglich wollte er seine Mutter und den Bruder in die Arme schließen. Von der Rückseite gelangte man durch ein Seitentor zu den Katen der Knechte und Mägde. Er sprang vom Pferd und stürmte in die Hütte seiner Familie.
Es war niemand zu Hause, weder die Mutter noch der Bruder. Die Kammern und auch die Stube waren ausgeräumt. Das einzige noch verbliebene Möbelstück war der Tisch. Erinnerungen an die Kindheit kamen hoch. An diesem Tisch wurden die kargen Mahlzeiten aufgeteilt und abends die Zeit mit Brettspielen vertrieben. Hier hatte er die vom Pfarrer aufgetragenen Hausaufgaben erledigt.
„Wahrlich ein Möbelstück mit großer Vergangenheit", dachte sich Konrad, und Wehmut überfiel ihn. Er trat hinaus auf den kleinen Innenhof. Etwas ungehalten rief er zum Nachbarn hinüber: „He du, wo sind sie; die Mutter, der Bruder?"
„Dein Bruder ist schon lange fort. Er ist Schreinermeister geworden und führt in Neustadt eine Werkstatt. Der hat's geschafft."
„Und unsere Mutter?"
„Sie hat den Pfarrer geheiratet. Gleich nachdem dieser Luther die neuen Regeln eingeführt hatte."
Konrad stockte der Atem. Träumte er oder hatte er richtig gehört?
„Verheiratet? Mit dem Pfarrer?"
Ein Durcheinander von Gefühlen durchrauschte ihn: Ratlosigkeit, Schreck, Glück und Freude. „Wohnt sie jetzt im Pfarrhaus?"
„Ja, aber nicht mehr lange. Sie gehen nach Nördlingen. Er wird dort Prediger an der Stadtkirche."

Am Pfarrhaus waren die Fenster und Türen alle verschlossen. Im Garten keine Hühner und kein Hund, nicht einmal Katzen waren zu sehen. Als Konrad vorsichtig die Gartenpforte aufstieß, glaubte er dass das Haus bereits verlassen war. Mit pochendem Herzen und einem Reißen in der Magengrube

stieg er die vier Stufen zur Haustür hinauf. Eher zaghaft klopfte er am Türring. Keine Antwort.
Noch bevor er ein zweites Mal klopfen konnte, sprang die Tür auf. Der Pfarrer hatte geöffnet. Er wich erschrocken zurück, als er Konrad erkannte. Wie ein allwissender und selbstbewusster Priester sah er jetzt nicht mehr aus. Eher ängstlich stand er mitten im Flur und wusste nichts zu sagen. Seine Frau war an seine Seite getreten. Sie hielten sich die Hände, als wollten sie einander Mut und Kraft geben. Für einige lange Sekunden sprach niemand ein Wort.
Endlich ging Konrad auf sie zu. Im Halbdunkel des Flures übersah er die Türschwelle und stolperte. Die unwirkliche Situation des Wiedersehens hatte ihn noch zu sehr gelähmt, so dass er sich nicht abfangen konnte. Er stürzte direkt vor die beiden auf die Knie. Um nicht der Länge nach auf die Dielen zu fallen, klammerte er sich kniend an beide. Mit dem linken Arm griff er um die Hüften der Mutter und mit dem rechten Arm um die des Pfarrers.
„Mutter, Pater! Ich bin's, euer Konrad", rief er fast verzweifelt.
„Mein guter Junge, mein guter Sohn", sagte Johanna immer wieder während sie den blonden Schopf ihres Sohnes streichelte, „ein richtig großer Mann bist du geworden. Mein lieber Junge."
Konrad konnte sich seiner Tränen kaum erwehren und war heilfroh, als ihn der Pfarrer an der Schulter sanft nach oben zog.
„Komm herein mein Sohn. Wir wollen uns an den Tisch setzen und uns freuen, dass wir wieder zusammen sind. Übrigens, deine Mutter und ich sind jetzt ein Ehepaar. Du darfst also Vater zu mir sagen."
„Ja, Vater", antwortete Konrad, noch nicht in der Lage, mehr zu sagen. Der Pfarrer gab sich größte Mühe, die gedrückte Stimmung durch Gespräche aufzuhellen: „Erzähl uns, wie es dir ergangen ist. Wir haben von Augsburger Kaufleuten gehört, dass du Medicus geworden bist. Du hast dein Ziel also erreicht. Das freut uns und wir sind sehr stolz auf dich."
„Vater, es war ein langer und mühseliger Weg dorthin", gab Konrad zu.
Johanna schüttelte alle paar Minuten ihr inzwischen ergrautes Haupt, als könne sie immer noch nicht begreifen, dass ihr Sohn wieder zurück war: „Mein großer Junge", wiederholte sie immer wieder.
Konrad hatte inzwischen seine Fassung wieder gefunden: „Stellt euch vor, ich bin als Stadtarzt von Windsheim angestellt. Erst gestern hat mich der Innere Rat als Physikus vereidigt. Noch in diesem Jahr werde ich eine Praxis eröffnen."
Die Mutter schaute ihn bewundernd und glücklich an: „O lieber Konrad, wir freuen uns mit dir. Der liebe Gott meint es gut mit uns."
Der Pfarrer wollte genauere Einzelheiten wissen: „Gibt es nicht schon genügend Bader und Barbiere in Windsheim? Meinst du, dass dein Geschäft gut gehen wird?"

„Es wird sicher noch genug für mich zu tun geben. Meine Familie wird nicht Not leiden müssen."
Johannas Freude war kaum noch zu überbieten: „Du hast eine eigene Familie? Das wollen wir jetzt aber genau wissen. Wie viele Kinder habt ihr denn?"
„Drei. Die zwei Buben sind Zwillinge und das Jüngste ist ein Mädchen. Meine Frau ist eine sehr hübsche Augsburgerin. Sie ist das Beste, was der Herrgott jemals geschaffen hat. Bald werde ich sie alle hierher nach Windsheim holen."
„Momentan ist das Reisen nicht ganz ungefährlich", mahnte der Pfarrer. „Die aufständischen Bauern sind nicht zimperlich. Da muss man aufpassen, wenn man sich nicht das Fell verbrennen will. Deine Mutter und ich gehen nach Nördlingen. Wir werden aber erst reisen, wenn sich die Lage beruhigt hat."
„So werde ich es auch tun", versprach Konrad.

Es sollten noch einige Monate vergehen, bis die Straßen im süddeutschen Raum sicherer wurden. Auch in Windsheim und der Umgebung fanden kleinere Aufruhre und Scharmützel statt, besonders, als man von der Belagerung der Würzburger Festung hörte. Ein starkes Bauernheer, etwa achttausend Mann, versuchte die Marienburg, in der sich der Fürstbischof verschanzt hatte, zu stürmen. Schon vier Wochen hatte die Belagerung gedauert, ohne das sich für die Bauern irgendwelche Erfolge gezeigt hätten. Im Gegenteil, von Schwaben war ein Heer mit elftausend Landsknechten unterwegs, um den Bauern ordentlich einzuheizen. Am 5. Juni des Jahres 1525 kam es zur Entscheidungsschlacht. Der Bauernführer Götz von Berlichingen hatte sich inzwischen unter einem Vorwand vom Schlachtfeld entfernt, so dass der Bauernhaufen führerlos dem gut ausgebildeten Heer des Schwäbischen Bundes gegenüberstand. Sie hatten keine Chance. Innerhalb von zwei Stunden wurden achttausend Bauern getötet. Auf Anordnung des Bischofs sollte keiner geschont werden.
„Dem deutschen Volk soll ein für allemal die Lust am Rebellieren vergehen."
In Windsheim und in den Dörfern entlang der Aisch sah es nicht viel anders aus. Die Truppen des Markgrafen Kasimir aus Ansbach kannten ebenfalls keine Gnade. Als die Niederlage von Würzburg bekannt wurde, griff der Markgraf mit aller Härte und Grausamkeit durch. Auf den Marktplätzen der Dörfer wurden Richtstätten aufgebaut. Nahezu täglich gab es Hinrichtungen. Bauern, von denen man die Teilnahme am Aufstand wusste, wurden enthauptet. Mitläufer und Sympathisanten erhielten hohe Geldstrafen oder es wurde ihnen die rechte Hand abgeschlagen.
Der Bauernkrieg war verloren. Der Landadel ging gestärkt aus der Rebellion hervor. Fortan hatten es die Bauern noch schwerer. Die Pachtabgaben, der Zehnt und die Frondienste sollten zunächst bleiben. Hinzu kam noch die Begleichung der Kriegsschuld. Nur ganz allmählich lockerten sich die Zwänge, die die Bauern zu erdrücken schienen.

Konrad war inzwischen längst nach Augsburg zurückgekehrt. Er hatte wieder einmal Glück gehabt und war unversehrt zwischen den Fronten auf Nebenstraßen durchgekommen. Nachdem der Krieg zu Ende war, konnte man wieder ohne große Bedenken die Straßen benutzen. Der Umzug der Familie Dr. Augsteiner wurde für Anfang Juni 1525 festgelegt. Konrad hatte dazu zwei Fuhrwerke bestellt, auf die alle Möbel, die Kleidung und die wertvollen medizinischen Bücher verstaut wurden. Eine Woche vor Pfingsten war es endlich soweit. Die fünf Augsteiners zogen in ihre neue Heimat nach Windsheim in Mittelfranken um. Sie hatten sich recht schnell in dem neuen großen Haus eingerichtet. Die von Konrad gewünschten Umbaumaßnahmen waren bereits zu seiner vollsten Zufriedenheit ausgeführt. Voller Vorfreude gab er seiner Familie bekannt: „Nach Pfingsten werde ich meine neue Praxis eröffnen. Ihr müsst alle mithelfen. Mein alter Lehrmeister Hanns Fulster wird mir beratend zur Seite stehen. Es ist doch ein beruhigendes Gefühl, wenn ich auf seinen großen Erfahrungsschatz zurückgreifen kann."
Seine Sarah gab ihm da Recht: „Das stimmt. Gute Freunde kann man immer gebrauchen. Wenn sie dann auch noch so erfahren sind, kann man von großem Glück reden."
„Es wird schon alles gut gehen, wenn wir alle zusammen helfen. Ich habe ja nun auch schon einiges gesehen, so dass es uns nicht bange sein muss", wollte Konrad sein Licht nicht unterm Scheffel stehen lassen.

In den ersten Tagen und Wochen kamen nur sehr wenige Patienten in die Praxis. Vermutlich wollten die Windsheimer erst einmal abwarten, was man von dem neuen Doktor zu halten hatte. So hatte Konrad genügend Zeit, seine Arbeiten als Stadt-Physikus zu erledigen. Da waren die Kranken im Siechenheim und im Hospital und außerdem die Leprösen im Lazarushaus außerhalb der Stadt. Bei den Apothekern musste er sich auch vorstellen. Die kannten ihn noch von früher und freuten sich, mit dem neuen Doktor einen recht vernünftigen und gutmütigen Physikus bekommen zu haben. Er würde ihnen bestimmt keine großen Schwierigkeiten machen.
Schon nach zwei Monaten hatten die Windsheimer Bürger von dem umfangreichen Wissen des neuen Arztes erfahren. Immer mehr Patienten lobten seine Künste. Keiner der Barbiere im Ort konnte so geschickt mit dem Operationsmesser umgehen wie Doktor Augsteiner. Keiner stellte die Diagnosen genauer als er und niemand wusste bessere Medizin zu verordnen. Das Hospital neben der Spitalkirche war bald voll belegt. Mittlerweile war es erweitert worden, so dass Platz für zwölf Betten war. Die Ostseite des Spitals stand in direkter Verbindung zur Kirche. Der Krankensaal war also nur durch eine hölzerne Balustrade vom Kirchenschiff getrennt. Das hatte den Vorteil, dass sich die Patienten in der Nähe zu Gott wussten und trotz Krankenlager am Gottesdienst teilnehmen konnten. Auf Konrads Drängen wurde direkt neben

dem Krankensaal ein neuer Brunnen gebohrt. Nichts war ihm wichtiger als Sauberkeit.
„Ohne gründliche Sauberkeit und Hygiene ist die Gesundung eines jeden Kranken unmöglich. Dazu brauchen wir viel Wasser."
Der Stadtrat wollte die Neuerungen des neuen Physikus gerne unterstützen. Schließlich hatte er in der Fremde studiert und von dort die Neuerungen mitgebracht. Dem wollte man sich nicht verschließen. Und tatsächlich, die Sterberate im Hospital sank drastisch. Wenn früher nur jeder zehnte Patient das Krankenhaus geheilt verlassen konnte, so war es jetzt jeder zweite. Ein beachtlicher Erfolg.
Auch die Operationen, die Konrad in seiner Praxis durchführte, gingen fast immer gut aus. Sogar Blinddarmoperationen traute er sich zu. Mit seiner Narkosemischung aus Opium, Mandragora, Hanf und Bilsenkraut konnte er die Patienten in tiefe Ohnmacht versetzen, so dass auch Operationen in der offenen Bauchhöhle möglich waren. Die Anatomie beherrschte er so gut wie keiner weit und breit. Immer wieder kam es zu Diskussionen zwischen ihm und seinem Altmeister Fulster. „Konrad, du nimmst die Sache mit der Sauberkeit zu ernst. Du vergeudest zu viel Zeit dabei. Die Hälfte des Tages brauchst du alleine für die Reinigung der Instrumente und die Zubereitung deines Spezialpuders gegen Eitererreger."
„Das mag schon sein. Aber du siehst doch, dass ich deutlich weniger Wundeiterungen und weniger Todesfälle habe als andere Ärzte. Das verdanke ich sicher nicht nur Gottes Hilfe, sondern auch meiner Spezialmischung."
„Was ist das für ein Gemisch?", wollte der Alte wissen.
„Ein Geheimrezept aus dem Augustinerkloster in Padua. Wenn du es für dich behältst, verrate ich es dir."
„Mir kannst du das Rezept ruhig verraten. Von mir erfährt niemand etwas, besonders meine lieben Kollegen von der Luzerne nicht", beteuerte Hanns Fulster.
„Also gut. Die beste Waffe gegen jede Infektion ist die Mischung aus Silberpulver, trockenem Taubenkot und Schimmel vom Hartkäse. Diese drei Substanzen halten jede Wunde frei von Krankheitserregern. In offene Wunden, die nicht heilen wollen, kann man auch Honig geben. Binnen einiger Tage wird die Wunde verschlossen sein."
„Das klingt ja großartig. Und du meinst, dass du damit den Stein der Weisen gefunden hast?"
„Ja, zumindest was die Sauberkeit von Operationswunden und anderen Hautverletzungen anbelangt."
Fulster war zwar noch skeptisch, aber er musste eingestehen, dass bei Konrads Patienten tatsächlich deutlich weniger Wundinfektionen auftraten als zu seiner Zeit. Konrad war sich seiner Sache jedoch absolut sicher. „Meister Ful-

ster, du weißt doch noch sehr genau, dass wir früher nicht gerne den grauen Star behandelt haben."
Da gab ihm Fulster gerne Recht: „Genau. Dafür gab es ja schließlich die reisenden Barbiere, die das Starstechen beherrschten."
„Was meinst du wohl, warum die herumgereist sind und nicht in ihren Praxen geblieben waren? Der Grund ist denkbar einfach. Sie fürchteten sich vor der aufgebrachten Bevölkerung, wenn am nächsten oder spätestens am dritten Tag nach dem Eingriff eine Infektion des Auges den momentanen Erfolg zunichte machte. Eine völlige Erblindung des operierten Auges war ja fast immer eingetreten. Ja sogar Todesfälle durch Fortleitung des Eiters in das Gehirn wurden beschrieben. Aus diesem Grunde wird immer wieder vor dem Starstechen gewarnt."
„Und du willst diese Warnung ausschlagen?"
„Du wirst sehen, dass ich den Star stechen kann, ohne dass es anschließend zur Eiterung kommt."
„Wie willst du das erreichen?"
„Meine Operationsbestecke sind alle in hochprozentigem Weingeist gelagert. Das hält sie absolut sauber. Außerdem spüle ich den Augapfel nach der Operation mit einer Lösung von Silberstaub in abgekochtem Wasser."
Genau wie Konrad es vorhergesagt hatte, war es eingetreten. Der erste Starpatient, der von ihm operiert wurde, konnte wieder dauerhaft sehen. Eine Infektion war ausgeblieben. Dieser grandiose Erfolg hatte sich rasch herumgesprochen. Die Praxis des Doktor Augsteiner im Haus „Zur Lilie" war rasch eine der besten Adressen für Patienten aus der ganzen Region.
Das spürten auch bald die anderen Barbiere der Stadt. Ihre Geschäfte gingen schlechter. Immer häufiger klagten sie über Mangel an Arbeit. Auf den Sitzungen ihrer Zunft, zu der inzwischen auch die Apotheker gehörten, wurden immer häufiger Klagen über den neuen Doktor laut.
„Der soll sich doch um seine eigentlichen Aufgaben kümmern."
„Wozu ist denn ein Stadt-Physikus eigentlich da? Wir sollten uns beim Stadtrat beschweren."
Georg Steinert war zwar ebenso verärgert wie seine Kollegen, mahnte aber immer wieder zur Besonnenheit: „Liebe Kollegen, wir sitzen alle in einem Boot. Wird zu arg geschaukelt, können wir alle ersaufen. Wir müssen klug vorgehen. Eine Beschwerde beim Stadtrat ist das Dümmste, was wir machen können. Nein, das wäre ein Tritt vor das eigene Schienbein. Der Bürgermeister würde den Doktor zu häufigeren Kontrolle der Bader und Apotheker auffordern. Das hätte uns gerade noch gefehlt. Abgesehen davon, scheint der Rat der Stadt vom neuen Physikus recht angetan zu sein."
Allgemeines Gemurmel und verhaltener Protest im Versammlungsraum.

„Gibt es überhaupt eine Möglichkeit, den Siegeszug dieses Wunderdoktors zu bremsen?", wollte ein Bader wissen. „Der ist ja schon über ein Jahr in der Stadt und drängt uns immer weiter in die Ecke."
„Das muss anders werden", bestätigte Steinert, „so kann es nicht bleiben. Auf die Hilfe des Bürgermeisters können wir nicht hoffen. Wir müssen uns selbst etwas einfallen lassen. Es muss uns gelingen, seine Arbeit zu blockieren oder seine Erfolge irgendwie zu schmälern."
„Leichter gesagt als getan", kam es aus einer Ecke.
„Männer mit Ideen vor!", hörte man einen anderen rufen.
Steinert klopfte mit einem Stock auf den Tisch, um sich Gehör zu verschaffen: „Liebe Kollegen, ich weiß schon eine Lösung. Dazu brauche ich allerdings die Mithilfe unserer Apotheker."
Die wunderten sich, dass ausgerechnet sie die Kohlen aus dem Feuer holen sollten: „Wieso sollten wir Apotheker dem neuen Doktor etwas Böses antun? Der hat uns bisher immer anständig behandelt, seine Arzneilieferungen pünktlich bezahlt, und seine Kontrollen sind immer gut gelaufen. Wir haben keine Veranlassung, uns über ihn zu beschweren."
„Und dennoch brauchen wir eure Hilfe. Es soll euer Schaden nicht sein." Steinert rieb seinen in die Luft gestreckten Daumen gegen den Zeigefinger, während er das sagte. Jeder wusste, dass hier einige zusätzliche Gulden zu verdienen waren. Einer der Apotheker antwortete auch gleich dienstbeflissen: „Man kann eigentlich über alles sprechen. Was also sollen wir tun?"
„Doktor Augsteiner bezieht in euren Apotheken doch mindestens einmal in der Woche seine Narkosemittel. Es wäre doch ein Leichtes für Euch, diese Mittel mit Kalkpulver zu strecken oder Minderwertiges zu liefern. Seine Patienten würden ihm unter der Operation vom Tisch springen."
Allgemeines Gelächter und sofortige Zustimmung bei den Anwesenden. Nur die Apotheker hatten noch ihre Zweifel. „Wenn ich derartig mangelhafte Ware liefere, wird er sofort eine andere Apotheke wählen", trug einer der Apotheker seine Bedenken vor.
„Wenn wir uns alle einig sind, wird der Herr Doktor in der nächsten Apotheke die gleiche Ware erhalten. Die Zunft zahlt jedem von Euch zwanzig Gulden pro Jahr; solange bis der Doktor die Stadt verlassen hat."
Das war ein verlockendes Angebot. Die drei Apotheker waren sofort einverstanden. Per Handschlag besiegelte man die Vereinbarung und war bester Dinge als sich die Versammlung auflöste.

In der Praxis „Zur Lilie" waren die minderwertigen Narkosemittel natürlich sofort aufgefallen. Die Patienten waren jedes Mal noch vollständig bei Besinnung und konnten auf alle Schmerzreize normal reagieren. Die von Konrad geplanten Operationen mussten ein ums andere Mal abgebrochen werden. Die Patienten hatten zwar keinen Schaden erlitten, aber die mangelhafte Narkose wurde selbstverständlich dem Doktor angelastet. Das war seinem guten Ruf nicht zuträglich.

Sehr rasch hatte Konrad festgestellt, dass in allen drei Windsheimer Apotheken die gleiche schlechte Qualität der Narkosedrogen geliefert wurde.

„Was soll ich nur tun?", wandte sich Konrad Hilfe suchend an seinen väterlichen Freund Hanns Fulster. „Ich kann das nicht verstehen. Bisher war doch immer alles gut gelaufen. Seit einigen Wochen will es mir nicht mehr gelingen, dass die Narkosen tief genug sind. Keine einzige Operation habe ich mehr durchführen können."

„Es könnte doch sein, dass die Qualität deiner Arzneistoffe nicht gut genug ist. Du solltest dir neue Lieferanten suchen."

„Die Ware der Windsheimer Apotheker war doch bisher immer erstklassig", wunderte sich Konrad.

„Darf ich dich daran erinnern, dass die Herren Apotheker auch zur Luzerne gehören? Der Zunftmeister ist immer noch Georg Steinert. Dem traue ich alles zu. Vielleicht versuchst du mal die Drogen der alten Zierhammer aus Marktbergel?"

„Ist das nicht die Kräuterfrau vom Petersberg, von der alle behaupten, sie sei eine Hexe?"

„Glaubst du an Hexen? Ich nicht. Und bloß weil sie zufällig am Petersberg wohnt, muss sie nicht gleich auch eine Hexe sein."

„Gilt der Petersberg denn immer noch als Versammlungsort der Hexen?"

„Selbstverständlich. Und das wird wohl auch so bleiben", bestätigte Fulster.

„Petersberg hin, Hexen her. Was soll's, irgendwie muss es weiter gehen. Sind die Kräuter der Alten denn rein und unverfälscht?"

„Die Kräuter von Magda Zierhammer waren schon immer von bester Qualität. Das war schon damals zu meiner Zeit so. Darauf kannst du vertrauen. Und die hat mit dem Steinert nichts zu tun. Den Hanf baut sie in ihrem Kräutergarten selbst an; der ist von bester Güte."

„Also gut, noch morgen früh werde ich zu ihr hinüberreiten und eine größere Menge Bilsenkraut und Hanf kaufen. Das Opium und die Mandragora muss ich mir in einer Ansbacher Apotheke besorgen. Ein entfernter Verwandter von Sarah, ich glaube ein Vetter dritten Grades, wohnt dort. Der kann uns behilflich sein."

Konrad war wieder zuversichtlich, obgleich ihn die offensichtlichen Intrigen der Luzerne zutiefst getroffen haben. Welche Auswüchse Neid und Habgier haben können. Neben der Verärgerung befiel ihn auch eine unterschwellige Angst vor weiteren Attacken.

Die Operationen waren bald wieder möglich. Mit den neuen Arzneidrogen konnte Konrad wieder Operationen durchführen, ohne dass die Patienten hinterher über Schmerzen während des Eingriffs klagten. Die Kräuter der al-

ten Zierhammer waren wirklich einwandfrei. Es dauerte jedoch noch lange, bis sich die Gerüchte über schlechte Operationen in der Augsteiner'schen Praxis auflösten. Nach etwa drei Jahren gab es weit und breit niemanden, der über Konrads Arbeit als Medicus und Chirurg Negatives berichten konnte. Sogar die hochgestellten Persönlichkeiten der Stadt, die sonst Ärzte in Ansbach oder Nürnberg bevorzugten, schenkten jetzt zunehmend Konrad ihr Vertrauen. Die Barbiere im Ort hatten sich inzwischen an die starke Konkurrenz gewöhnt und waren auch mit weniger Patienten zufrieden.
Nur einer von ihnen gab keine Ruhe, der Zunftmeister Georg Steinert. Immer wieder forderte er bei den monatlichen Versammlungen harte Maßnahmen gegen Konrads Praxistätigkeit. „Ein Medicus ist kein Barbier und ein Barbier kein Arzt. Dieser Herr Augsteiner soll sich endlich entscheiden, was er will."
Sogar eine offizielle Eingabe beim Inneren Rat der Stadt hatte er versucht. Der neue Stadt-Physikus könne unmöglich zwei Berufe gleichzeitig ausüben. Es müsse zwangsläufig zu einer Vernachlässigung seiner eigentlichen Aufgaben als Stadtarzt kommen. Der Stadtrat sah jedoch keinen Anlass einzuschreiten.

„Der hohe Rat der Stadt Windsheim bestätigt hiermit dem Physikus Dr. Augsteiner beste Leistungen und hat keinerlei Gründe zur Beanstandung. Seine Anstellung wird auf unbestimmte Zeit verlängert."
So war die offizielle Verlautbarung. Eine dicke Kröte, die Steinert schlucken musste, jedoch nicht verdauen konnte. Immer wieder kamen ihm neue Ideen, dem verhassten Doktor das Leben schwer zu machen. Selbst beim Stadtpfarrer versuchte er es: „Der Herr Pfarrer soll doch einmal prüfen, ob die Frau des Doktors überhaupt den Gottesdienst besuchen darf. Soviel wie ich weiß, ist sie mosaischen Glaubens und hat in einer christlichen Kirche nichts zu suchen."
„Sarah Augsteiner ist im Namen unseres Herrn ordentlich getauft. Niemand darf ihr die Teilnahme an der christlichen Gemeinschaft verwehren."
Wieder musste Steinert klein beigeben.
Die Jahre gingen ins Land. Konrads Familie fühlte sich wohl in Windsheim, sie hatten es inzwischen zu beachtlichem Wohlstand gebracht. Die zwei Buben besuchten die Lateinschule. Sie waren sechzehn Jahre alt und die Tochter zwölf. Man schrieb das Jahr 1536. Die Lilienpraxis, wie die Behandlungsräume mittlerweile genannt wurden, platzte aus allen Nähten. Von früh bis spät in die Nacht kurierte und operierte Konrad seine Patienten aus Windsheim und der Umgebung. Im letzten Jahr hatte er seinen vierzigsten Geburtstag gefeiert. Er fühlte sich noch kräftig genug für die harte Arbeit, obwohl er abends völlig erschöpft zu seiner Frau ins Bett fiel. Sarah versuchte ihm zu helfen, wo es nur ging. In der Praxis und im Haus war sie ihm eine vorbildliche Ehefrau. Die Erziehung der Kinder hatte sie praktisch allein zu bewältigen. Konrad hatte nur selten Zeit für Spiele oder Aufsicht der Schulaufgaben.

Und dennoch ging es bei den Augsteiners ausgesprochen harmonisch zu. Die Eltern liebten sich noch immer wie am ersten Tag, und die Kinder konnten sich keinen besseren Vater als den ihren vorstellen. Die Attacken der Barbiere waren inzwischen seltener geworden. Konrad meinte schon, dass sie den Kampf aufgegeben hätten.

Jedoch zwei Wochen vor Johannis passierte Schreckliches. Wie aus einem schönen Traum wurde die Familie aus ihrer Idylle gerissen. Der Stadtbüttel überbrachte die böse Nachricht in einem verschlossenen Couvert.

Mitteilung des Rates der freien Reichsstadt Windsheim
an die Bürgerin Sarah Augsteiner

Hiermit wird die Bürgerin Sarah Augsteiner in Kenntnis gesetzt, dass eine Meldung über ihre Lepra-Erkrankung vorliegt. Ein Barbier der Stadt hat eine entsprechende Wahrnehmung gemacht. Die Bürgerin hat sich unverzüglich zur Untersuchung bei einem Stadt-Physikus vorzustellen. Da der hiesige Stadtarzt ihr eigener Ehemann ist, wird die Untersuchung nicht in Windsheim erfolgen können. Frau Augsteiner wird angewiesen, sich am folgenden Tag beim Physikus von Rothenburg einzufinden. Das Ergebnis der Untersuchung wird anschließend beim Rat der Stadt Windsheim vorzulegen sein.
Endres Bock, erster Bürgermeister der Stadt."

Der neue Bürgermeister nahm seine Aufgabe sehr ernst. Er galt als korrekter Mann, der sich genau an seine Vorschriften hielt. Was sollte er tun? Eine Anzeige wegen des Verdachtes auf Lepra musste er rücksichtslos verfolgen. Eine entsprechende Untersuchung durch einen medizinisch gebildeten Fachmann war unumgänglich. Der Ruf und das Ansehen der verdächtigen Person durfte dabei keine Rolle spielen. Selbstverständlich konnte Doktor Augsteiner als Sachverständiger nicht in Frage kommen. Von einer Befangenheit war auszugehen. So entschied sich der Bürgermeister, die Empfehlung des Zunftmeisters der Barbiere anzunehmen. Der hatte als Gutachter den Stadtarzt von Rothenburg vorgeschlagen. So blieb Endres Bock nichts anderes übrig als der Bürgerin Sarah Augsteiner eine entsprechende Vorladung zu schicken.
Konrad musste den Brief zweimal lesen, bevor er richtig begreifen konnte. Auch die Kinder und Sarah selbst waren zunächst völlig ratlos. Sarah sah dann aber sehr rasch der Angelegenheit eher gelassen entgegen: „Was soll bei der Untersuchung schon herauskommen? Seht ihr irgendwelche Veränderungen an mir, die solch einen Verdacht bestätigen könnten?"
Auch die Buben waren nicht sonderlich aufgeregt: „Da will uns bestimmt wieder einer der Barbiere einen Streich spielen. Was hältst du von der Sache, Vater?"
„Das klingt nicht gut", war Konrads lapidarer Kommentar, während er in Gedanken versunken nach einem Ausweg suchte. „Wir werden morgen mit

dem Kutschwagen nach Rothenburg fahren und abends wissen wir mehr. Unsere Praxis soll für eine Woche geschlossen bleiben."

Während der vierstündigen Fahrt nach Rothenburg wurde kaum gesprochen. Es waren sich zwar alle sicher, dass die Sache gut ausgehen würde, ein Restzweifel blieb jedoch. Konrad gingen verworrene Gedanken durch den Kopf: Dem Steinert mochte in seiner Niederträchtigkeit so manches einfallen. Wer konnte schon wissen, in welchem Verhältnis dieser rücksichtslose Bader zum Rothenburger Stadtarzt stand? Möglicherweise kannten sie sich. Vielleicht war dieser Arzt sogar bestechlich. Dann sähe es ganz schlecht aus.

Sarah ertrug die quälende Stille nicht länger: „Was ist mit dir, mein Liebster? Warum sprichst du nichts mehr?"

„Ich kann immer noch nicht die Gemeinheiten dieser unverschämten Bader begreifen. Man glaubt nicht, wozu sie fähig sind."

„Meinst du, dass der Steinert dahinter steckt?"

„Da habe ich keinen Zweifel", war sich Konrad absolut sicher.

„O Konrad, je näher wir nach Rothenburg kommen, umso mehr fürchte ich mich. Was wird mit mir geschehen?"

Konrad konnte sie beruhigen: „Was immer die nach der Untersuchung entscheiden, wir müssen es zunächst hinnehmen. Aber hab keine Angst, selbst wenn sie dir den schwarzen Kittel umhängen und die Rassel in die Hand drücken, ich hole dich da raus. Da kannst du ganz sicher sein, und selbst, wenn ich mein Leben dabei verliere."

„O Konrad, was soll nur aus den Kindern werden? Uns darf nichts passieren."

„Bleib ruhig, Liebste, bleib ruhig. Lass mich nur machen."

Der Stadtarzt von Rothenburg empfing das Ehepaar Augsteiner direkt vor dem Rathaus. Er war sehr höflich und entschuldigte sich für die unangenehme Aufgabe, die er mit der Visitation zu erfüllen habe. Konrad wurde angewiesen, bis zum Abschluss der Untersuchung im Vorzimmer zu warten.

Das klingt ja recht aufmunternd und hoffnungsvoll, dachte sich Konrad und nahm auf einer der Holzbänke Platz. Mit ihm warteten noch andere Bürger der Stadt auf Einlass in andere Amtszimmer. Als nach zwei Stunden immer noch niemand kam, um ihm das Ergebnis der Untersuchung mitzuteilen, wurde er allmählich unruhig. Was konnte das Verfahren denn in die Länge gezogen haben? Möglicherweise waren ja mehrere Lepraverdächtige zu untersuchen. Vielleicht gab es bei anderen Fällen Schwierigkeiten, die Krankheit zweifelsfrei zu diagnostizieren. Bei Sarah hätte es ja rasch gehen müssen. Das hätte jeder Student im dritten Semester gesehen, dass eine Lepra nicht vorlag. Endlich wurde es Konrad zu viel. Zaghaft klopfte er an die Tür des Untersuchungszimmers. Keine Antwort. Keine Geräusche hinter der Tür. Als sich auch bei stärkerem Klopfen nichts rührte, riss Konrad die Tür auf. Der

Saal war leer. Der Tisch der Untersuchungskommission war leer geräumt. In einer Ecke lagen die Kleider seiner Frau. Offenbar hatte man sie bereits in der Kleidung der Aussätzigen abgeführt.
„Sarah!“, schrie Konrad voller Schmerz und so laut wie er konnte.
„Sarah, wo bist du? Sarah!“
Bedienstete des Rathauses kamen in den Saal gestürzt, um zu sehen wer diesen Lärm verursachte.
„Was geht hier vor?“, herrschten sie ihn an. „Habt Ihr den Verstand verloren? Was soll dieser Aufstand in unserem ehrwürdigen Hause?“
„Was habt Ihr mit meiner Frau gemacht? Wo habt Ihr sie versteckt?“
Endlich kam der bei der Untersuchung beteiligte Ratsherr hinzu:
„Guter Mann, Eure Frau ist seit einer Stunde im Gewahrsam des Stadtbüttels. Der Physikus hat Symptome der Lepra festgestellt und die Kranke in das hiesige Leprosenheim eingeliefert. Es ist alles in der sorgfältig geführten Akte nachzulesen. Wir müssen Euch auffordern, das Rathaus zu verlassen.“
Konrad war wie betäubt. Seine Befürchtungen waren doch nicht unberechtigt gewesen. Dieser perfide und gewissenlose Verbrecher Steinert hatte tatsächlich sein Ziel erreicht. Die klug eingefädelte Intrige war erfolgreich. Konrad wankte wie ein Betrunkener durch den Flur des Rathauses auf den Vorplatz zu seinem Wagen. Verzweifelt und voller Trauer ließ er sich auf den Kutschbock fallen. Mutlos lenkte er den Wagen vor die Stadt, wo er eine Rast einlegte um zur Besinnung zu finden.
Immer wieder verwässerten Tränen die Augen, so dass er kaum den Weg erkennen konnte. Was sollte er nur tun? Kampflos wollte er Sarah sicher nicht zurücklassen.
„Ich darf jetzt nichts überstürzen.“ Allmählich war ihm klares Denken wieder möglich. Die Tränen tropften ab und langsam keimten Pläne für das weitere Vorgehen auf.
„Nein, ich werde weiterkämpfen. Jetzt werdet ihr mich kennen lernen. Meine Praxis werde ich wohl in einer anderen Stadt neu eröffnen müssen. Aber nicht ohne meine Sarah und nicht ohne, dass ich euch die noch offene Rechnung begleiche.“
Wild entschlossen und voller Rachegedanken gab er seinem Pferd die Zügel. In scharfer Fahrt polterte der Wagen über die ausgefahrene Straße in Richtung Windsheim. Wie sollte er den Kindern die Tragödie erklären? Wie würden sie den Verlust ihrer Mutter aufnehmen?
Insgeheim machte er sich Vorwürfe, dass er nicht schon längst in eine andere Stadt gezogen war. Aber wer konnte schon ahnen, dass der Neid der anderen solche Auswüchse annehmen würde. Niemand! Immer wieder hatte er sich gesagt, dass sich alles einspielen würde, dass für die Barbiere noch genug Arbeit blieb. Eins ums andere Mal war er ihnen entgegengekommen. Seine ärztlichen Kontrollen der Baderpraxen hatte er mehr als freundlich und rück-

sichtsvoll durchgeführt. Da hätte sich nun wirklich niemand beschweren können. Nein, sie wollten keinen Frieden. Sie wollten Krieg, mit allen Mitteln. „Ich habe auch so meine Mittelchen. Wartet nur, ihr werdet schon sehen."
Als Konrad den Wagen in den Hof seines Hauses lenkte, hatte sich die Lust auf Rache inzwischen festgefressen. In seinem Inneren hatte sich das Verlangen nach Vergeltung regelrecht eingebrannt. Es schien ihm wie ein Zwang, dem er nicht mehr ausweichen konnte.
Die Kinder wussten sofort, was passiert war, als sie den Vater alleine heimkehren sahen. Konrad war nicht in der Lage, einen ausführlichen Bericht über die Geschehnisse abzugeben. Er wusste ja selber nicht genau, wie die Untersuchung abgelaufen war. Fest stand lediglich, dass die Mutter im Leprosenhaus von Rothenburg verschwinden sollte. Sicher würde es mit der Überstellung in das vor den Toren der Stadt befindliche Heim noch einige Tage dauern. Die offizielle Aussegnung in der Kirche konnte schon mal eine Woche Vorbereitung in Anspruch nehmen. Das wollte Konrad abwarten. Mittlerweile würde er die Kinder bei Verwandten in Ansbach unterbringen.
Sarahs Vetter in der Ansbacher Herrengasse führte einen kleinen Laden als Hutmacher. Die Geschäfte gingen leidlich gut und ernährten das kinderlose Ehepaar mehr recht als schlecht. Sie freuten sich über ihre neue Aufgabe als Pflegeeltern und nahmen die drei Jugendlichen gerne auf. Konrad zahlte gut für ihre Ernährung und Kleidung. Die Lateinschule sollten sie nun in Ansbach beenden. Die Buben standen ohnehin kurz vor ihrem Abschluss.

In der folgenden Woche blieb die Praxis im Lilienhaus weiterhin geschlossen. Der Doktor hatte andere Dinge zu tun. Im Hinterhof des Hauses, noch hinter den Operationsräumen, befanden sich Ställe für Kleinvieh. Hier hatte Konrad in kleinen Käfigen einige Kaninchen gehalten, die er als Versuchstiere benötigte. Besonders Operationen an den Gliedmaßen pflegte er zunächst an den Kaninchen zu probieren. Diese Käfige wurden nun alle ausgeräumt und mit anderen Versuchstieren bestückt. Tiere, mit denen sich Konrad bestens auskannte: Ratten. Große schwarze Ratten. An ihnen hingen oft eine Vielzahl von Parasiten: dicke fette Flöhe. Die kleinen Tiere trugen ein Geheimnis mit sich herum, das nur Konrad kannte. Allenfalls sein alter Lehrer Hanns Fulster konnte davon etwas ahnen. Oft genug hatte er als Famulus dem Meister seine Beobachtungen geschildert. Ob er noch davon wusste? Das spielte jetzt eigentlich keine Rolle. Konrads Plan war ausgereift und nicht mehr abzuändern.
Am Abend bereitete Konrad fünf Briefe vor, für jeden Barbier der Stadt einen. Auf dem Couvert stand nur der Name des Empfängers, kein Absender. Im Umschlag steckten keine geschriebene Nachrichten, sondern zehn quicklebendige Flöhe. Für jeden Barbier zehn Flöhe. Diese Briefe teilte Konrad persönlich aus. Im Halbdunkel des späten Abends, der Nachtwächter war noch

nicht unterwegs, schlich er durch die Gassen Windsheims und schob die Umschläge durch die Türspalten der Häuser sämtlicher Barbiere.
Am nächsten Tag fuhr Konrad mit seinem Kutschwagen zum westlichen Stadttor hinaus. Zwei schnelle Pferde hatte er vorgespannt. Im Wagen lag ein Bündel mit Sarahs Sonntagskleidern, die er in ihrer Truhe in der Schlafkammer gefunden hatte. Außerdem führte er eine Kiste mit Werkzeug bei sich. Obwohl es bereits später Nachmittag war, hatte er es nicht besonders eilig. Für das, was er vorhatte, war keine Eile nötig. Er suchte den Schutz der Dunkelheit. Die tiefe Nacht sollte sein Verbündeter sein.
Es war bereits nach Mitternacht, als Konrad mit seinem kleinen Gespann vor den Toren Rothenburgs stand. Unten am Ufer der Tauber ließ er den Wagen zurück. Den Pferden gab er Hafer und einen Eimer frisches Wasser, damit sie nicht unruhig würden. Er band sie an einem Weidenbaum fest.
Bis zum Leprosenheim war es doch weiter als er dachte. Er brauchte fast eine Stunde, bis er es gefunden hatte. Die Türen waren durch Schieberiegel von außen verschlossen, ebenso die Fenster. Schlösser waren keine angebracht. Wer hätte auch bei infektiösen Aussätzigen einbrechen sollen? Nein, die Türriegel waren lediglich dazu angebracht, damit die Kranken während der Nacht nicht ihr Unwesen treiben konnten.

Konrad hatte sich schnell Einlass verschafft. Er lief durch die Gänge und rief laut nach seiner Sarah. Eine Antwort erhielt er nicht. Plötzlich sprang eine Tür auf und eine Frau mit entstelltem Gesicht trat auf den Flur.
„Meint Ihr die Neue, Herr?"
„Ja, die meine ich. Wo ist sie?"
„In ihrer Kammer. Aber ich glaube nicht, dass sie Euch gehört hat."
Konrad wusste nicht, was die Lepröse meinte.
„Ich habe doch wohl laut genug gerufen oder?"
„Daran liegt es nicht. Es ist, weil sie verwirrt ist. Sie sagen, dass sie dem Wahnsinn verfallen ist."
„Zeig mir ihre Kammer!", befahl Konrad.
Als er Sarahs Zimmer betrat, sah er sie wie ein Häufchen Elend in einer Ecke kauern. Das Bett war unbenutzt. Sie erkannte ihn nicht.
„Was wollt Ihr von mir, Herr?"
„Sarah, ich bin's, Konrad. Komm, wir gehen weg von hier."
„Lasst mich in Ruhe, Herr. Hier ist mein Zuhause. Ich will nirgends hingehen."
„Aber Sarah, denk an die Kinder. Sie brauchen dich doch."
„Ich habe keine Kinder."
In tiefer Verzweiflung warf sich Konrad aufs Bett und biss in die Kissen, um nicht seinen Schmerz hinausschreien zu müssen. Sein Mund wurde trocken und es schnürte ihm die Brust zu.

„Was haben sie mit ihr gemacht? Sie haben mir das Liebste auf dieser Welt genommen."
Es war mehr als eine Stunde vergangen, bis Konrad aus seiner Ohnmacht wieder zu sich fand. Dem Schmerz der Verzweiflung war eine tiefe Leere gefolgt. Er saß nun apathisch auf der Bettkante und schaute mit verheulten Augen seine Sarah an, beziehungsweise das, was von ihr übrig geblieben war. Er hatte ihr den schwarzen Kapuzenmantel abgestreift und das Feiertagskleid angezogen. Behutsam führte er sie auf den Flur hinaus.
„Wo gehen wir hin, Herr?"
„Wir gehen spazieren und später führe ich dich heim."
Konrad hörte nicht mehr auf das, was sie sagte. Sie folgte ihm widerstandslos. Wie ein hilfloses Kind hing sie an seinem Arm.

Die Flucht blieb zunächst unbemerkt. Erst am nächsten Morgen war dem Stadtarzt von Rothenburg das Fehlen der neuen Leprakranken gemeldet worden. Die Sache war schnell abgetan: „Die irrt in ihrer geistigen Umnachtung wahrscheinlich hilflos im Wald umher. Vielleicht taucht sie ja irgendwann wieder auf. Da kann man nichts machen."
Eine Suche nach der Vermissten schien weder dem Arzt noch den Ratsherren nötig zu sein. Es handelte sich ja nur um eine verrückte Leprakranke.
Bis zum Mittag des nächsten Tages hatte Konrad Heilsbronn erreicht. Die ganze Nacht war er gefahren und hatte den Pferden nur kurze Pausen gegönnt. Für die Fahrt bis nach Augsburg hatte er sich drei oder vier Tage vorgestellt. Es schien ihm das Beste, Sarah bei ihren Eltern zu lassen, bis sie wieder gesund wäre. Er wollte sie und die Kinder in eine andere Stadt führen, wo sie ein neues Leben beginnen könnten. Dies hatte allerdings nur einen Sinn, wenn sie von ihrer schweren Gemütskrankheit geheilt werden könnte. Das mochte wohl Jahre dauern.
Vorerst sah Konrad keine Notwendigkeit für eine Verlegung seiner Praxis. Was sollten die Barbiere ihm jetzt noch antun können. Das Schlimmste war bereits passiert. Alles Weitere könnte ihn nicht mehr schrecken.

Als Konrad zwei Wochen später wieder nach Windsheim zurückgekehrt war, musste er erfahren, dass drei der Barbiere gestorben waren. Eine mysteriöse Krankheit hatte sie befallen. Wenn man nicht genau gewusst hätte, dass momentan in der Region um Mittelfranken keine Pestfälle bekannt waren, hätte man auf ein erneutes Aufflackern dieser furchtbaren Seuche getippt. Alle Symptome deuteten daraufhin. Aber für einen Pestalarm bestand kein Anlass, weil weitere Fälle nicht aufgetreten waren.
Georg Steinert konnte sich auch keinen Reim daraus machen. Wie konnte es passieren, dass gleich drei seiner Kollegen der gleichen Krankheit erlegen waren? Ob es mit den anonymen Briefen zusammenhing, wagte er zu bezwei-

feln. Wie sollte das möglich sein? An Hexerei glaubte er nicht. Seinen Brief hatte er ungeöffnet verbrannt, weil er das mit Briefen ohne Absender immer so machte. Vielleicht hätte er ihn doch öffnen sollen; dann wäre er nun schlauer.

Konrad hatte seine Aufgaben als Stadtarzt und seine Praxistätigkeit längst wieder aufgenommen. Die harte Arbeit half ihm ein wenig über die Trauer hinweg. Oft dachte er an die schöne Zeit zurück, als die Familie noch vereint war. Um nicht an einsamen Abenden in Melancholie zu versinken, bestellte er sich oft noch spät Patienten ein. An den Wochenenden ritt er aus und suchte Heilkräuter in den Wiesen und Wäldern. Bei seiner Kräuterfrau in Marktbergel blieb er weiterhin ein guter Kunde. Die monatlichen Kontrollgänge in den Baderstuben und Apotheken gestaltete Konrad fortan genauer und ausgiebiger. Jede noch so kleine Nachlässigkeit wurde bemängelt. Im Laufe der Jahre entwickelte er sich immer mehr zu einem unangenehmen Revisor.
Die Praxis „Zur Lilie" lief wieder auf Hochtouren. Mittlerweile hatte Konrad drei Frauen einstellen müssen, die ihm bei der täglichen Arbeit halfen. Auch Hanns Fulster war fast täglich in der Praxis, um wenigstens leichte Arbeiten zu übernehmen. Inzwischen waren die beiden die besten Freunde geworden. Fulsters Sohn war aus dem Bauernkrieg nicht mehr heimgekehrt. Kameraden hatten berichtet, dass er auf dem Dorfplatz von Ipsheim hingerichtet worden sei. Das hatte den Alten verbittert und hart gemacht.
„Die Menschen sind kalt, herzlos und grausam", hatte er resignierend gesagt und dann das Thema nie wieder angesprochen. In Konrad sah er seinen Ersatzsohn.

Die Zeit deckte allmählich ihr heilendes Mäntelchen über die tief gerissenen Wunden. Konrad hatte sich mit seinem Schicksal arrangiert und kam leidlich gut zurecht. Die Buben waren erwachsen geworden und hatten bereits ihre Studien begonnen. Der eine studierte Medizin in Marburg und der andere Jura in Köln. Seine Jüngste, Rebecca, war inzwischen achtzehn Jahre alt geworden und fühlte sich bei den Pflegeeltern in Ansbach noch immer wohl. Sarahs schwere Gemütskrankheit hatte sich nur wenig gebessert. Immerhin erkannte sie inzwischen ihre Eltern wieder. Sie wurde im Hause Regensburger bestens versorgt und betreut.
An der Feindschaft zwischen Konrad und dem Zunftmeister Steinert hatte sich nichts geändert. Obwohl beide Praxen mittlerweile sehr gut besucht waren und somit eigentlich kein Grund für Streitereien mehr vorlagen, war eine Annäherung der beiden nicht in Sicht. Zuviel hatte sich in der Vergangenheit zugetragen, als dass man sich die Hände hätte reichen können.

Das Jahr 1543 war für Windsheim kein gutes Jahr. Es begann mit einem sehr langen und kalten Winter. Die Bauern konnten die Saat erst sehr spät auf die Felder bringen. Dann fehlte für lange Wochen der Regen. Nicht einmal ein paar Tropfen vielen vom Himmel.
„Das wird wieder ein sehr schlechtes Jahr werden", prophezeiten die Älteren. „Wie soll denn die Saat aufgehen, wenn sie kein Wasser hat? Ihr werdet schon sehen, das wird wieder ein schlimmes Hungerjahr. Schlimmer noch als im vergangenen Jahr."
Als auch der Sommer sehr heiß und trocken ausfiel, waren auch die optimistischen Bauern voller Sorge um die Zukunft.
„Nicht nur das Vieh wird uns verhungern, auch die alten und kranken Menschen wird es erwischen. Wenn wir wenigstens die Kinder durchbringen können", bangten sie. In den Kirchen flehten und beteten sie nahezu täglich um göttliche Hilfe. „O Herrgott, hab Erbarmen und schick uns etwas Regen. Lass die Ernte nicht zu mager ausfallen."
Ende Juli war die aufkommende Katastrophe jedoch schon absehbar. „Geht doch mal durch die Kornfelder, da werdet Ihr schon sehen, was uns erwarten wird. Nur jeder dritte Halm trägt eine Ähre und die auch nur sehr klein."
So oder ähnlich klagten sie alle, in den Wirtshäusern, auf den Märkten und vor der Kirche. Als im Spätsommer ein verheerender Hagelsturm die ohnehin dürftige Ernte zur Hälfte vernichtete, war die Katastrophe nicht mehr abzuwenden. „Wir haben nur noch Getreidevorräte für zwei oder drei Monate. Was danach werden soll, weiß noch niemand", stellten die Müller im Ort fest. Selbst der Stadtrat musste sich mit dem Thema befassen. Eine Lösung für die drohende Hungersnot wussten sie aber auch nicht. In den Wirtshäusern gab es fast kein anderes Thema als das drohende Hungerjahr.
„Das ist doch wie verhext", meinte der Wirt vom Roten Ross, „erst der lange Winter, dann die lange Dürre und, als ob das nicht schon genug gewesen wäre, am Ende auch noch der Eisregen."
„Ja genau, ein Eisregen mit Hagelkörnern so groß wie Hühnereier", pflichtete ihm ein Gast bei.
„Der Wirt hat schon recht", mischte sich der nächste ein, „wie verhext war es heuer. Als wenn jemand das Wetter nach seinem bösen Willen verändert hätte. Da sind Hexen am Werk, das könnt Ihr mir glauben."
„Red' nicht so einen Unsinn", kam aus einer anderen Ecke.
Wieder meldete sich der Wirt zu Wort: „So dumm ist das Gerede nicht. Ich weiß von einem Schwager aus Würzburg, dass der Bischof vor einigen Wochen mehrere Hexen verbrennen ließ. Da ging es auch um Missernten und rätselhafte Todesfälle von Schweinen und Kühen."
„Das stimmt. Das gleiche habe ich auch gehört. Der Bischof kennt da keine Gnade. Sogar einen seiner Vetter hat er angeblich auf den Scheiterhaufen geschickt."

Die Geschichten von Hexen und Satansbruderschaften waren bald in sämtlichen Wirtshäusern zu hören. Jeden Abend die gleichen Diskussionen. Es dauerte auch nicht lange, bis das Thema auch in den Kirchen zu hören war.

„Wer sich mit dem Satan einlässt, kehrt sich von der heiligen Mutter Kirche ab. Es ist bekannt, dass sich Hexen mit dem Satan verbrüdern, mit ihnen buhlen und dem Herrgott im Himmel abschwören. Eine größere Sünde gibt es nicht."

Das war der übliche Tenor aller Predigten. Die Gläubigen nahmen es begierig auf. Der eine oder andere hatte auch schon eigene Wahrnehmungen gemacht, die er allerdings nur hinter vorgehaltener Hand zu äußern wagte. Mit Hexerei wollte man nichts zu tun haben, nicht einmal im Zusammenhang mit bloßem Geschwätz.

Es dauerte nicht einmal eine weitere Woche, und die ersten konkreten Namen von verdächtigen Personen kursierten in der Stadt. Es waren durchweg Frauen, die durch besondere Merkmale auffielen oder die ein Außenseiterdasein führten.

Bei der einen waren es die roten Haare und eine hässliche Nase, bei einer anderen ein Buckel und ein hinkender Gang, wieder andere führten ein Einsiedlerleben und machten sich deshalb der Hexerei verdächtig.

Eines hatten alle gemeinsam: Alle waren Randfiguren der Gesellschaft und hatten irgendwelche auffälligen Erscheinungsbilder. Vielen waren sie wegen ihrer Abnormitäten ohnehin schon seit langem ein Dorn im Auge. Der Hass schaukelte sich immer höher. Die Beschuldigungen wurden zunehmend unverhohlener geäußert. Eines Tages fand der Amtsbursche einen Zettel mit mehreren Namen im Briefkasten des Rathauses. Oben drüber stand der verhängnisvolle Satz: „Diese Unholde sind Schuld an unserer Hungersnot."

Darunter waren die Namen von zehn vermeintlichen Hexen aufgeführt. Sie stammten alle aus Windsheim und der näheren Umgebung. Die Älteste war siebzig Jahre alt und die Jüngste sechzehn. Die Anzeige trug keinen Absender.

Für die Ratssitzung in der ersten Woche im September war das Hexenthema als wichtigster Punkt der Tagungsordnung vorgesehen. Der Bürgermeister war ratlos. Irgendetwas musste geschehen. Der Hexenwahn artete zur Hysterie aus. Die Menschen verschlossen ihre Häuser und mieden die Straßen. Keiner wollte auffallen oder mit Hexerei in Verbindung gebracht werden. Wegen der Knappheit der Lebensmittel lagen die Nerven sowieso blank. Da waren Verdächtigungen schnell ausgeplaudert. Sofort nach der Feldarbeit verkroch man sich in seinem Hause und ließ keinen Besuch mehr herein. Selbst die Kirchgänge wurden eingeschränkt. So konnte es nicht weitergehen. Die Ratssitzung wurde wegen ihrer Dringlichkeit auf den ersten September vorgezogen. Alle Ratsherren waren anwesend. Bürgermeister Conrad Zeiderlein hielt

sich nicht lange mit der Vorrede auf und kam gleich zur Sache: „Verehrte Kollegen des Hohen Rates, wir haben uns heute versammelte, damit endlich dem Spuk in der Stadt ein Ende gesetzt wird. Die Bürger sind völlig verschreckt und leben in ständiger Angst. Das Problem mit den Hexen muss rasch beseitigt werden."
Die Ratsherren pflichteten ihrem Vorsitzenden einhellig zu.
„Wenn wir schon die Hungersnot im Lande nicht abwenden können, so sollten wir wenigstens unsere Bürger vor dem Hexenzauber schützen", bemerkte einer der Ratsherren.
„Die Angst vor den Hexen lähmt das öffentliche Leben in der Stadt", fügte ein anderer hinzu.
Der Bürgermeister sah, dass die Stimmung im Saal einhellig war. Es gab wohl niemanden, der das Hexenproblem verharmlosen wollte. Im Gegenteil, alle waren sich einig, dass sofortige Abhilfe dringend notwendig war.
„Wie wollen wir vorgehen, meine Herren?", übernahm der Bürgermeister das Wort. „Leider haben wir keine Erfahrungen mit Hexenprozessen. Es wäre deshalb wichtig, dass uns Fachleute beraten. Ich schlage vor, dass wir so rasch wie möglich einen Boten nach Würzburg schicken. Er soll die Unterstützung des Bischofs erbitten."
Einer der Ratsherren trug seine Bedenken vor: „Nachdem unser Sebastian Hagelstein anno 1530 die Confessio augustana unterschrieben hat, gehören wir nicht mehr zum Bischofssitz, weder zu Würzburg noch zu Bamberg. Von dort wird man uns wohl kaum eine Hilfe schicken."
Der Bürgermeister war sich da sicherer: „Wir werden den Inquisitor als Fachmann für Spezialprozesse anfordern und ihn angemessen bezahlen. Ich habe noch alte Verbindungen nach Würzburg; das sollte schon gelingen. Außerdem ist Eile geboten. Bevor der Pöbel zur Selbstjustiz greift, sollen die verdächtigten Weiber im Pulverturm festgesetzt werden."

Alle waren einverstanden. Noch am gleichen Tag wurde der Stadtbüttel angewiesen, mit einigen Stadtknechten acht verdächtigere Frauen zu inhaftieren. Jene Frauen, die nach den Anzeigen die eifrigsten Hexen waren. Die ersten Befragungen verliefen ohne brauchbares Ergebnis. Alle acht Frauen beteuerten ihre Unschuld. Nicht eine gestand ihre Neigung zur Hexerei.
„So kommen wir nicht weiter", resignierte der Blutrichter, „wir müssen genaue Anweisungen aus Würzburg abwarten. Das Beste wäre es, wenn der Inquisitor zu uns käme und die Befragungen übernimmt."
Blutrichter Hans Mühlich war ebenfalls der Meinung, dass man zumindest die ersten Hexenprozesse unter Mithilfe des Inquisitors durchführen sollte.
„Ich habe schon viele Halsgerichts-Prozesse geführt und so manchen Missetäter an den Galgen gebracht, aber mit Hexen kenne ich mich nicht aus. Was ich gehört habe, ist bei den Würzburger Prozessen ein sehr erfolgreicher An-

kläger anwesend gewesen. Ein Dominikanermönch aus Köln. Sein Lehrmeister war dieser bekannte Heinrich Kramer, der den ‚Hexenhammer' verfasst hatte."
„Was ist das, ein Hexenhammer?", wollte der Bürgermeister wissen.
„Das ist ein Buch, in dem alles über die Hexen steht. Besonders interessant sind die Kapitel, in dem die Maßnahmen gegen diese Weiber des Teufels aufgelistet sind. Vermutlich würden wir darin auch die Anweisungen für die Prozessführung finden."
„Wir wollen den Inquisitor aus Würzburg abwarten. Solange bleiben die acht Weiber im Arrest", entschied Bürgermeister Zeiderlein.
Es dauerte immerhin zehn Tage, bis endlich der ersehnte Beistand aus Würzburg eintraf. Ein gewisser Anselm Geuderich, ein Mönch in der dunkelbraunen Kutte der Dominikaner, wurde dem Bürgermeister und dem Blutrichter vorgestellt. Er war ein etwas zu klein geratener, drahtiger und hagerer Mann. Er wirkte in seinem Auftreten sehr energisch. Unter dem Arm trug er eine Tasche, wie die Ärzte sie benutzten. Darin bewahrte er den „Hexenhammer" und verschiedene Folterinstrumente auf: Daumenschrauben in verschiedenen Größen, Messer und Zangen.
„Meister Geuderich, wir wollen Euch nicht lange aufhalten und sollten gleich morgen früh mit der ersten Vernehmung beginnen.", drängte der Bürgermeister zur Eile.
„Sehr verehrter Herr Bürgermeister, ich bin kein Meister. Ich bin Pater der Kongregation der Dominikaner. Wir haben hier eine sehr wichtige und ehrenvolle Aufgabe zu erfüllen. Wir werden die Menschheit von dem Übel der Ketzerei und der Hexerei befreien. Da darf nichts überstürzt werden. Wir werden so rasch wie möglich zur Tat schreiten und die nötige Umsicht nicht außer Acht lassen. Oft erfährt man während der Befragung von Verdächtigungen Hinweise auf weitere Täter."
Damit war der Rahmen der Verhandlungen abgesteckt und auch unmissverständlich klar gemacht, wer hier das Wort führt. Alle anderen fügten sich sofort.

Man verabredete sich für den nächsten Vormittag im Keller des Rathauses. Dort, wo in einem fensterlosen Raum auch peinliche Befragungen durchgeführt werden konnten. Befragungen also, bei denen verschiedene Folterwerkzeuge eingesetzt wurden, um durch heftige Pein das Geständnis herauszupressen. Die Foltergeräte wurden, falls nötig, vom Henker fachgerecht eingesetzt.
Die hochnotpeinliche Befragung war Teil des Prozesses und diente der Beweisführung. Grundlage der Prozessordnung war die alte Rechtsverordnung Carolina von Kaiser Karl dem Großen und der Schwabenspiegel aus dem 13.

Jahrhundert. In beiden Gesetzeswerken war die Folter als legitimes Mittel zur Wahrheitsfindung vorgesehen.
Am Gerichtstag waren immer der Blutrichter Hans Mühlich, der Bürgermeister Zeiderlein oder sein Vertreter aus dem Rat, ein weiterer Ratsherr, ein Schreiber, der Henker Gottfried Aufsesser und der Stadtbüttel anwesend. Die erste Angeklagte war Margaretha Kräntz, eine Kräuterfrau aus dem kleinen Dörfchen Illesheim, nicht weit entfernt von Windsheim. Sie mag vielleicht erst dreißig Jahre alt gewesen sein, wirkte aber mindestens zehn Jahre älter. Ein von anstrengender Arbeit rund geschaffter Rücken und ein ungepflegtes Äußeres ließen die Arme deutlich älter aussehen. Sie fühlte sich ungerecht behandelt und schimpfte ohne Pause auf alle Anwesenden ein.
Pater Anselm begann sofort die gütliche Befragung: „Weißt du, warum du hier bist?", war seine erste Frage an die Angeklagte. Man hatte sie vor das Tribunal geführt und sie auf einen einfachen Stuhl gesetzt. Sie war in einem Umhang aus Jutestoff gekleidet. Schuhe hatte sie keine.
„Nein, Herr. Vermutlich wollt Ihr mir den gleichen Unsinn erzählen wie die hohen Herren vor einer Woche. Ich soll eine Trut sein." Sie lachte hämisch bei ihrer Aussage.
„Du streitest also ab, dass du jemals mit Truterei zu tun hattest", unterbrach der Inquisitor sofort und wurde sehr energisch.
„Ja, Herr. So wahr mir Gott helfe."
„Es liegen uns aber mehrere Aussagen vor, aus denen hervorgeht, dass du einen Pakt mit dem Teufel eingegangen bist, an Feiern zum Hexensabbat teilgenommen hast und alle vier bis fünf Wochen auf einem Ziegenbock durch die Lüfte reitest."
„Das stimmt nicht. Wer will das gesehen haben? Ein Lügner, der das sagt."
„Du bist ein störrisches und unbelehrbares Weib. Die Wahrheit wirst du ohne eine peinliche Befragung nicht preisgeben. Henker, walte deines Amtes!"
Die Kräntz wurde entkleidet und nach Hexenmalen abgesucht. Zielsicher fand der Inquisitor zwei hellergroße Male auf ihrem Rücken. Der Henker band ihre Hände auf dem Rücken zusammen und zog sie an einem Flaschenzug nach oben.
So hing sie in der Luft. Die Füße baumelten etwa handbreit über dem Boden. Sie schrie schon nach zwei Minuten lauthals und bettelte um Gnade. Der Henker ließ sie herunter, so dass sie wieder auf beiden Füßen stand.
„Willst du jetzt zur Wahrheit finden?", fragte Pater Anselm ohne das geringste Mitleid.
„So glaubt mir doch, ich bin keine Trut. Die heilige Mutter Gottes soll meine Zeugin sein."
„Schweig, du widerspenstiges Weib."
Mit dem Daumen nach oben machte der Inquisitor dem Henker ein Zeichen. Sie wurde sofort wieder hinaufgezogen. Diesmal ließ man sie etwa eine halbe

Stunde hängen. Die Schultergelenke waren offenbar nach oben ausgerenkt. Die Angeklagte schrie so laut vor Schmerzen, dass sich der Bürgermeister die Ohren zuhalten musste.
„Wahrlich keine Verhandlung für Leute mit schwachen Nerven", dachte sich der Bürgermeister und nahm sich vor, das nächste Mal seinen Vertreter zu schicken.
„Bist du nun endlich bereit, die Wahrheit zu sagen?", fragte der Dominikaner, als man die Kräntz wieder hinunterließ.
„Ich sage alles, was Ihr wollt, aber erspart mir weitere Pein", flehte sie.
Zum Henker gewandt, gab der Inquisitor weitere Anweisungen: „Er lege der Geständigen vorsichtshalber die Daumenschrauben an. Es hat keinen Sinn, ohne diese Maßnahme mit dem Verhör fortzufahren."
Die Daumenschrauben wurden an beiden Händen angelegt und zunächst nur schwach angezogen. Pater Anselm nahm das Verhör wieder auf: „Du bist also geständig, mit dem Teufel in einem Pakt zu stehen. Wir wollen jetzt weitere Einzelheiten hören. Seit wann bist du mit dem Teufel vereint?"
Zunächst kam keine Antwort. Nach zwei langen Minuten des Schweigens gab Anselm Geuderich dem Henker durch Kopfnicken ein Zeichen. Der drehte die Daumenschrauben enger zu. Nach kurzem Aufschrei plauderte Margaretha Kräntz alle Einzelheiten aus.
Durchweg keine Neuigkeiten, sondern alles Geschichten, die man täglich in den Gassen hören konnte.
„Ich gehöre dem Teufel seit drei Jahren. Ich habe ihn beim Hexentanz auf dem Petersberg kennen gelernt. Er kam gegen Mitternacht auf einem Stecken herangeflogen. Er tanzte mal mit der und mal jener."
„Es waren also noch andere Weiber anwesend?", unterbrach der Bürgermeister.
„Ja, Herr. Wir waren etwa zehn oder zwölf Frauen."
„Was geschah auf dem Hexensabbat weiter? Erzähl weiter!", wurde sie vom Inquisitor aufgefordert. Die Angeklagte schaute verlegen zum Boden. Weil sie nicht sofort antwortete, wurden die Daumenschrauben weiter angezogen.
„Nach dem Tanz buhlte der Teufel um mich. Bevor ich mich ihm hingab, musste ich unserem Herrgott abschwören und versprechen, die Weinblüte zu vergiften."
„Gab es etwas, das anders war als bei einem normalen Mann?"
„Sein linker Fuß war ein Huf wie von einem Schafsbock. Er stank furchtbar nach Bock und er fühlte sich eiskalt an. Ich hatte kein Vergnügen an ihm. Nein, mir lief eine Gänsehaut den Rücken hinunter."
„Wie oft hast du ihn getroffen?"
„Dreimal im Jahr gab es einen Hexentanz. Zweimal auf dem Petersberg, an Walburgis und Pfingsten und einmal im Gräfswald an Ostern."

„Zum Ende wirst du uns jetzt die Namen aller anderen nennen, die am Hexensabbat teilgenommen haben!“, befahl Anselm Geuderich.
Die Geschundene war äußerlich und innerlich eine gebrochene Frau. Alles hätte sie erzählt, was man von ihr verlangte. Selbst den Namen ihres eigenen Kindes hätte sie genannt, wenn man es gefordert hätte. Sie gab die Namen all jener Frauen an, die bereits zwei Wochen mit ihr im Kerker verbracht hatten: „Ich weiß von folgenden Frauen, dass sie auch mit dem Teufel verbunden sind:Ursula Luntz, Margaretha Strämpf und ihre Tochter, Barbara Sprintz, Anna Lechner, Margareta Ickelsheimer, Anna Buhling, Cordula Knöll und Magda Zierhammer.“
„Moment mal, der letzte Name ist neu“, fiel ihr der Bürgermeister ins Wort, „die haben wir noch nicht im Gewahrsam.“
„Dann schickt sofort einige Stadtknechte los und lasst sie festsetzen“, befahl Geuderich.
„Wie kommst du denn auf die alte Zierhammer?“, wollte ein anderer Beisitzer wissen.
„Sie verkauft auch Kräuter wie ich und hat auch einen krummen Rücken. Davon abgesehen erzählen sich die Leute schon lange Hexengeschichten über sie.“
Die Befragung konnte abgeschlossen werden. Der Dominikanermönch formulierte die Anklage: „Hohes Blutgericht, über die anwesende Margaretha Kräntz wird zu urteilen sein. Sie ist angeklagt, sich der Hexerei, der Ketzerei und der Häresie schuldigt gemacht zu haben. Sie ist geständig, mit dem Teufel im Bunde zu stehen. Das Gesetzbuch sieht als einzige Strafe den Tod auf dem Scheiterhaufen vor.“
Mit dieser offiziellen Anklage war die Aufgabe des Inquisitors beendet. Er hatte ganze Arbeit geleistet. Die Angeklagte hatte ein umfangreiches Geständnis unterschrieben. Außerdem hatte sie eine Liste Verdächtiger preisgegeben. Das Gericht zog sich zur Beratung zurück. Die Rechtslage war eindeutig, so dass nur ein Todesurteil infrage kam. Als die hohen Herren wieder in den Kellerraum zurückkehrten, war die Angeklagte wie ein Häufchen Elend in sich zusammengefallen. Der Richter verlas das Urteil: „Nach eingehender Beratung und unter Würdigung aller Umstände, insbesondere unter Berücksichtigung eines umfangreichen Geständnisses ergeht über die Angeklagte das folgende Urteil:
Margaretha Kräntz hat ihr Leben verwirkt und soll auf dem Scheiterhaufen verbrannt werden. Ihre Asche soll in alle vier Himmelsrichtungen verstreut werden. Das Urteil ist binnen 48 Stunden zu vollstrecken. Weil sie durch die Nennung der Namen weiterer Verdächtiger der Justiz einen großen Dienst erwiesen hat, wird ihr die Gnade gewährt, vor dem Verbrennen durch Droselung getötet zu werden.“

Der Blutrichter brach den Stab und gab Anweisung, die Verurteilte abzuführen.
Am gleichen Tag wurden noch weitere sechs Frauen dem Tribunal vorgeführt. Alle waren sie geständig. Vier Frauen wurden der peinlichen Befragung unterzogen. Bei zwei der Angeklagten genügte allein die Androhung der Folter. Schon am nächsten Tag hatte man auf dem Hainserwasen, einer Brachwiese im Nordwesten der Stadt, einen großen Scheiterhaufen errichtet. Fast alle Bürger der Stadt beteiligten sich daran, indem sie einige Holzscheite mitbrachten und auf den großen Haufen warfen. Jeder war aufgeregt und voller Erwartung auf das große Spektakel, das am folgenden Tag stattfinden sollte. Ein solches Schauspiel hatte man noch nicht erlebt. Das wollte man sich auf keinen Fall entgehen lassen.
In den frühen Morgenstunden des Vollstreckungstages waren die Menschen schon früh auf den Beinen. Die Richtstätte lag noch im Schleier des Novembernebels, als die ersten Schaulustigen sich die besten Plätze sicherten. Die Verurteilten wurden gegen neun Uhr auf den Richtplatz geführt. Hunderte von Neugierigen waren bereits versammelt. Alles lachte, grölte und schrie durcheinander. Es herrschte beinahe Volksfeststimmung. Erst als die Trommeln für Ruhe sorgten, konnte der Blutrichter nochmals das Urteil verlesen und die acht Frauen auf dem Scheiterhaufen anbinden lassen. Zwei der Verurteilten waren schon zuvor im Kerker mit dem so genannten Spanischen Kragen erdrosselt worden. Ihnen war eine Strafminderung eingeräumt worden, so dass ihnen das qualvolle Brennen erspart blieb.

Von einem entfernten Häusereck beobachtete der Stadtarzt Doktor Augsteiner die gruslige Szene. Ihm lief es eiskalt den Rücken hinunter. „Nicht zu glauben, welche Freude und Vergnügen die Menschen bei derartig schaurigen Veranstaltungen haben“, dachte er sich. Jetzt, im Angesicht der Vernichtung der vermeintlich Schuldigen, konnten sie ihrer aufgestauten Wut und Aggression freien Lauf lassen. Endlich sollten sie brennen. Die Hexen waren es, die ihnen die furchtbare Hungersnot verursacht hatten.
Das Geschrei, Scherzen und Lachen setzte sofort wieder ein, als der Richter seine Ansprache beendet hatte. Die sechs noch lebenden Frauen wurden auf dem Holzstoß angebunden und die Leichen der Erdrosselten oben drauf geworfen. Mit nahezu feierlicher Geste entzündete der Scharfrichter das Holz. Das Volk schrie seine Begeisterung hinaus. Es war mittlerweile so laut auf dem Richtplatz, dass man die jammervollen Todesschreie der verbrennenden Hexen nicht mehr hören konnte. Allenfalls die Zuschauer in den ersten Reihen konnten das noch wahrnehmen. Es dauerte etwa zehn Minuten, bis auch die letzte der brennenden Hexen keinen Laut mehr von sich gab. Sie waren alle tot. Ein eigentümlicher Gestank von brennendem Menschenfleisch verbreitete sich über den Platz.

Und plötzlich, wie auf ein verabredetes Zeichen, verstummte das Geschrei der Menge. Nicht einmal ein Geflüster war zu hören. Offenbar hatten sie den Tod der Verurteilten bemerkt. Es herrschte absolute Stille, als wären sie in einer Andacht. Viele standen dort mit ausdruckslosem Gesicht oder mit gesenktem Haupt. Wollten sie am Ende noch ein Gebet für die Hingerichteten sprechen? Man hielt inne und gedachte der Toten. Hatte man sich erinnert, dass sie doch auch Menschen waren? Konrad verstand die Welt nicht mehr. Sein Freund Hanns Fulster hatte Recht: Die Menschen sind hart und grausam.

Es dauerte nur eine Woche bis die nächsten Denunzierungen zu neuen Verhaftungen führten. Wieder war eine Liste von insgesamt zehn Hexen im Rathaus eingegangen. Eine von ihnen war auch die Magda Zierhammer aus Marktbergel. Die Verhandlungen wurden wieder im Beisein des Inquisitors durchgeführt. Mittlerweile hatte man Routine. Unter der Folter führten alle Befragungen zu einem verwertbaren Geständnis. Die Prozesse gingen alle in gewohnter Weise über die Bühne. Alle endeten mit einem Schuldspruch und einem Todesurteil.

Die Befragung der Magda Zierhammer ergab jedoch etwas Neues. Erstmals wurde auch ein Männername genannt, ein Hexer.

Wie die anderen wurde auch sie nach Mitläufern und Gleichgesinnten befragt: „Mit wem warst du besonders oft auf dem Petersberg? Wer hat von deinen verhexten Kräutern genommen?"

Mit nach hinten verbogenen Armen und in der Luft hängend gab sie die Namen ihrer häufigsten Kunden preis.

„Besonders häufig kam der Doktor und holte sich große Mengen Kräuter."

„Von welchem Doktor sprichst du?", wollte Geuderich wissen.

„Nun, der Doktor von Windsheim. Doktor Augsteiner."

„Bist du wahnsinnig, du verrückte Hexe?", schrie sie der Bürgermeister an. Zum Inquisitor gewandt: „Pater, Ihr müsst wissen, dieser Doktor Augsteiner ist ein Ehrenmann ohne Tadel und über jeden Zweifel erhaben. Der hat mit Hexerei nichts zu tun."

„Das kann schon sein", erwiderte der Dominikaner ruhig, „wir können uns ja mal seine Einlassungen anhören. Ich bin nur noch zwei Tage in Windsheim. Da wollen wir die Gelegenheit nutzen. Er soll heute Abend noch vorgeführt werden."

Der Bürgermeister sah keine Möglichkeit, die Befragung des Stadtarztes abzuwenden. Wie würde das wohl ausgehen, dachte er bei sich.

Dem Stadtbüttel war es natürlich höchst unangenehm, den Doktor zu verhaften. Er wollte seinen Auftrag so diskret wie eben möglich ausführen.

„Der Herr Doktor wird auf das Bürgermeisteramt gebeten", rief er durch das halb geöffnete Fenster der Praxis im Lilienhaus.

„Was ist denn so wichtig, dass du mich so spät abends noch stören musst?“
„Das weiß ich nicht“, kam die Notlüge des Boten. „Es muss sich wohl um eine dringliche Sache handeln. Man hat mir aufgetragen, dass ich Euch begleiten soll.“
Konrad wusste, dass es zwecklos war, dem sturen Büttel zu widersprechen: „Bringen wir es hinter uns; ich habe noch zu tun, will also recht bald wieder zurück sein.“
Auf der Amtsstube des Windsheimer Rathauses waren die wichtigsten Männer der Stadt versammelt. Der Oberrichter Michael Bernbeck, der Blutrichter Hans Mühlich, der Stadtschreiber, der Bürgermeister Zeiderlein und der Inquisitor.
„Was geht hier vor“, herrschte Konrad die hohen Herren an, als er ihre ernsten Minen sah, „Ist Euch der Leibhaftige erschienen?“
Alle schauten verlegen zur Seite. Keiner hatte den Mut, Konrad in die Augen zu schauen. Der einzige in der Versammlung, der keine Scheu kannte, war Geuderich, der Inquisitor.
„Ehrenwerter Doktor Augsteiner, es ist berichtet worden, dass Ihr Kräuter bei der Magda Zierhammer kauft. Ist das die Wahrheit?“
Konrad sah sich in der Runde um. Alle schauten jetzt gespannt auf ihn.
„Ja, das stimmt. Was ist daran so interessant, dass Ihr Euch damit befasst?“
Geuderich wurde nun lauter und schien verärgert. „Die Fragen stellen wir hier und Ihr gebt Antwort. Zu gegebener Zeit wird er für alles seine Erklärungen bekommen.“
Konrad traute seinen Ohren nicht. Was erlaubte sich dieser ekelhafte Wicht. Wütend schrie er den Bürgermeister an: „Ihr Scheinheiligen! Was erlaubt Ihr diesem Wichtigtuer? Muss ich mir diese Frechheiten gefallen lassen?“
Geuderich reizte ihn weiter bis zur Weißglut: „Bürger Konrad Augsteiner, Ihr sollt wissen, dass Ihr der Hexerei angeklagt seit. Dies hier ist kein Theater. Dies ist euer Prozess und ich bin der Anwalt des Volkes.“
Beinahe wäre Konrad der Atem weggeblieben. Er war empört und fassungslos zugleich. Was traute sich dieser Kretin?
„Anwalt des Volkes? Das ist ja zum Lachen. Ihr seid der Anwalt des Grauens, die Ausgeburt des Bösen, ein wahrer Feuerteufel.“
Hilfe suchend schaute sich Konrad nach den anwesenden Ratsherren und dem Bürgermeister um. Die schauten betreten zur Seite oder auf den Boden.
„Was ist mit Euch, hat der Euch alle eingewickelt und in seinen Bann gezogen?“
Keine Antwort.
„Diese Posse schaue ich mir nicht länger an“, rief Konrad ihnen zu, drehte sich um und wollte zur Tür hinaus. Auf dem Flur standen vier Stadtknechte, die ihn sofort verhafteten. Gefesselt wurde er in den Arrestkeller abgeführt. Von oben hörte er noch den Inquisitor schreien: „Er gehört in Eisen gelegt.

Die Hexen könnten ihn über die Nacht befreien. Morgen werden wir die Verhandlung fortsetzen."

Das sah gar nicht gut aus für Konrad. Auch der Dümmste konnte sich ausrechnen, wie ein solcher Prozess ausgehen würde. Was konnte er in dieser äußerst kritischen Situation tun? Wie konnte er jetzt noch seinen Kragen retten? Verzweifelt dachte er nach, was zu tun sei. Gab es noch eine Chance? Hatte er überhaupt noch Freunde, die zu ihm hielten? Ja natürlich, sein treuer Freund Hanns Fulster. Aber wäre der alte Mann in der Lage, ihn aus dieser misslichen Lage zu befreien? Wohl kaum. Die ganze Nacht fand Konrad keine Ruhe. Immer wieder grübelte er, wie er ungeschoren aus diesem Kerker fliehen könnte. Ohne fremde Hilfe wäre das nicht möglich. Die Wachen zu bestechen, wäre eine Möglichkeit gewesen. Ja, natürlich. Er musste es versuchen, was konnte er schon verlieren?
Er bot ihnen Geld an. Viel Geld. Keine Chance. Sie waren zu zweit. Einer passte auf den anderen auf und keiner wollte das verlockende Angebot annehmen. Außerdem hatten beide Angst, dass sie in den Bann des Teufels geraten könnten, wenn sie mit einem Hexer Geschäfte machten.
„Doktor, wir wollen Euer Geld nicht. Es klebt Teufelsschweiß daran, das stinkt und färbt ab."
Es war schon weit nach Mitternacht, als Konrad auf seinem Strohlager im Keller des Rathauses einschlief. Wie ein Hofhund lag er auf dem Boden, an beiden Handgelenken mit eisernen Ketten gefesselt. Bei jedem Umdrehen rasselten die Ketten. Ein schauriges Geräusch, das zur Umgebung des Folterkellers passte. Konrad hörte es nicht, er war völlig erschöpft in einen tiefen Schlaf gesunken.
Es graute schon der frühe Morgen, als er unsanft wach gerüttelt wurde. „Wach auf Doktor! Ich bin's, dein alter Freund."
Im Halbdunkel erkannte er Hanns Fulster. Gebückt stand er vor ihm. Mit Tränen in den Augen schaute er auf Konrad herab, der wie ein Häufchen Elend im Stroh saß.
„Was soll jetzt werden? Wir müssen irgendetwas unternehmen. Du kannst doch hier nicht einfach sitzen bleiben und auf deinen Feuertod warten", drängte ihn der alte Fulster.
„Ich weiß keine Lösung. Momentan sieht's nicht gut aus um mich. Wie kommst du denn eigentlich hier herein?"
„Das ist doch jetzt egal. Wir müssen sehen, dass du hier raus kommst."
Konrad wollte es genau wissen: „Wie hast du es geschafft, hier rein zukommen? Ich muss es wissen."
„Mit Geld geht alles", kam Fulsters knappe Antwort.
„Leider nicht, habe ich schon versucht. Die wollen mein Geld nicht. Es klebe Teufelsschweiß daran. Wir müssen den Prozess abwarten. Ich habe schon so

vielen Menschen in dieser Stadt geholfen und so manch einem das Leben gerettet; die können mich doch nicht einfach verbrennen. Das können die nicht übers Herz bringen."
Der Alte war da skeptischer: „Wenn das Volk tobt, setzt der Verstand aus und der Ruf des Herzens verstummt. Die sind momentan wie die Bestien, sie wollen ihr Blutopfer."
„Der Tag beginnt, du musst jetzt gehen", resignierte Konrad, „kannst du morgen wiederkommen?"
„Ich komme, versprochen. Hoffentlich unterziehen sie dich nicht der Pein."
Die Prozessordnung setzte eine abgeschlossene Beweisaufnahme und ein Geständnis voraus. Diese Regularien wollten die Ratsherren unbedingt einhalten, auch wenn der Inquisitor zur Eile drängte. Ein ausführliches Verhör gehörte dazu, wenn nötig auch die peinliche Befragung. Erst wenn ein Geständnis vorlag, wollte man Gericht halten. Beim Verhör waren wieder alle wichtigen Stadträte anwesend. Man versammelte sich im Arrestkeller. Die Kommission saß an einem Tisch, der neben der Tür stand. Der Raum hatte kein Fenster, damit mögliches Geschrei bei Anwendung der Folter nicht nach oben auf die Straße dringen konnte.

Den Vorsitz hatte der Blutrichter. Beisitzer waren der Bürgermeister und ein weiterer Ratsherr. Georg Steinert hatte sich als Beisitzer beworben, wurde aber wegen Befangenheit abgelehnt. Das Verhör sollte der Inquisitor Geuderich führen. In der Ecke stand der Henker mit einem Gehilfen. Konrad saß auf einem Holzschemel.
„Doktor Augsteiner, Ihr seid angeklagt, mit Hexen gemeinsame Sache gemacht zu haben. Es handelt sich um Hexen, die bereits rechtskräftig verurteilt und durch das Feuer hingerichtet sind. Man hat Euch mit diesen Hexen zusammen gesehen. Ist das wahr oder leugnet er das?"
Konrad wusste, dass er sich jedes Wort genau überlegen musste, bevor er es aussprach.
„Könnt Ihr mir Namen von diesen Hexen nennen, mit denen man mich gesehen haben will?"
„Es handelt sich um die stadtbekannte Trut Magda Zierhammer. Kennt Ihr diese Weibsperson?"
„Ja, die kenne ich", sprach Konrad die Wahrheit.
„Was habt Ihr mit ihr zu schaffen gehabt?"
„Ich habe meine Kräuter bei ihr gekauft, weil sie die beste Qualität geliefert hatte. Niemand konnte eine solch gute und reine Ware liefern."
Geuderich grinste spöttisch: „Das will ich wohl glauben, immerhin war sie eine Hexe."
„Es gibt Apotheker, die das auch können und die keine Hexer sind."

„Das mag sein." Geuderich machte eine abwehrende Handbewegung, als sei ihm die ganze Fragerei lästig.
„Ich habe eine andere Frage. Es wird berichtet, dass Ihr ein außerordentlich erfolgreicher Medicus seid. Stimmt das?"
„Wenn es die Leute so sagen", gab sich Konrad bescheiden.
„Man erzählt sich, dass Ihr Totgesagte wieder beleben konntet."
„Das stimmt. Allerdings waren die Betroffenen nicht tot, sondern kurz vor dem Sterben. Das ist ein Unterschied."
„Ein Mensch, der bereits vom Tod geweiht ist, gehört zu Gott. Keinem Menschen ist es erlaubt, dieses Kind Gottes zurückzuholen. Das käme einer Verhöhnung Gottes gleich. Wisst Ihr das nicht?"
Konrad sah wieder diesen merkwürdigen Ausdruck und den bösen Blick im Gesicht seines Anklägers.
„Jesus Christus selbst hatte das Handeln der Ärzte zum Wohle der Menschheit erlaubt. Wenn ich also Menschenleben rette, kann das keine Gotteslästerung sein." Konrad wollte hier nicht klein beigeben.
„Wenn er Unmögliches leistet, kann das nur mit Hilfe übernatürlicher Kräfte geschehen. Ich meine damit das Aufwecken von Toten. Hier hat der Teufel geholfen."
„Jesus Christus hatte auch Tote aufgeweckt. Wollt Ihr behaupten, dass unser Heiland und Erlöser mit dem Teufel im Bunde stand?", konterte Konrad geschickt.
Geuderich geriet außer sich vor Wut. Er merkte, dass Konrad klug genug war, seinen Kopf aus der Schlinge zu ziehen. Als erfahrener Inquisitor erkannte er, dass er die Befragung in andere Bahnen lenken musste.
„So kommen wir nicht weiter. Er ist störrisch und uneinsichtig. Es gibt noch andere Vorwürfe, die zu klären sind."
Konrad gab sich größte Mühe, höflich zu bleiben. „Ich denke, dass sich alle Vorwürfe gegen mich aufklären lassen. Möglicherweise handelt es sich nur um böse Nachrede von irgendwelchen Neidern."
Der Inquisitor ließ nicht locker: „Die Hexe Zierhammer hatte vor ihrem Feuertod ausgesagt, dass Ihr wiederholt auf dem Petersberg gesehen wurdet. Leugnet er das?"
„Die Wahrheit ist, dass ich noch nie in meinem Leben auf dem Petersberg gewesen bin."
Der Inquisitor schnappte nach Luft und sein Gesicht verfärbte sich dunkelrot. In überschäumende Wut platzte es aus ihm heraus wie aus einem Vulkan: „Er lügt, er ist ein unverschämter Lügner."
Mit dem ausgestreckten Arm deutete er auf Konrad und wandte sich zur Kommission, die ehrfürchtig die Szene verfolgte.
„Ich weiß von fünf Hexen, dass auf dem Petersberg bei Marktbergel regelmäßig Versammlungen der Hexen stattfinden. Sie nennen es den Hexensabbat.

Wir haben Aussagen, dass der hier angeklagte Konrad Augsteiner dabei war."

Der Bürgermeister mischte sich jetzt ein, um nicht völlig tatenlos dazusitzen: „Erlaubt mir, dass ich nachfrage. Wer hat ausgesagt, dass unser Doktor auf dem Hexensabbat gesehen wurde?"

Einen kurzen Moment schien Geuderich nachzudenken, er war offenbar etwas irritiert: „Man kann es in den Protokollen der Hexen Magda Zierhammer, Anna Buhling und Barbara Sprintz nachlesen. Wenn das Hohe Gericht meine Aussagen anzweifelt, hat es wohl keinen Sinn, dass ich weiter eure Hexenprozesse führe."

Diesen Vorwurf konnte man selbstverständlich nicht hinnehmen: „Das wollten wir nicht damit gesagt haben. Wir alle hier im Raum haben größtes Vertrauen in Eure Arbeit, Herr Inquisitor", befleißigte sich der Bürgermeister, die Wogen zu glätten.

Auch Blutrichter Hans Mühlich stärkte ihm den Rücken: „Ich glaube, wir können darauf verzichten, die Akten einzusehen. Man möge mit dem Verhör fortfahren."

Triumphierend baute sich Geuderich vor dem Tisch der Kommission auf: „Wenn der Angeklagte weiterhin leugnet, wird die gütliche Befragung zu keinem brauchbaren Ergebnis führen. Hohes Gericht, es ist wohl jedem aufgefallen, dass der Angeklagte über eine gewisse Bauernschläue verfügt. Mit schlagfertigen Argumenten gelingt es ihm immer wieder, sich ins rechte Licht zu rücken. Er wird weiter hartnäckig leugnen. Meine Erfahrungen in Hunderten ähnlicher Prozesse geben mir hier die Gewissheit. Ich beantrage deshalb, die Sitzung für eine Stunde zu unterbrechen. Nach dieser Bedenkpause sollte eine peinliche Befragung erfolgen, falls der Angeklagte dann immer noch leugnet."

Konrad wurde blass vor Schreck und Furcht. Er zitterte und ihm war kalt. Das Blut wich ihm aus dem Kopf, so dass er beinahe die Besinnung verlor. Der Inquisitor war an seinem Ziel. Konrads Verderben war wohl kaum noch zu verhindern.

Die Herren der Kommission steckten die Köpfe zusammen und berieten sich. Nach einigen Minuten gaben sie ihre Zustimmung für den Vorschlag. Die Sitzung wurde vertagt. Konrad kauerte in sich zusammengefallen auf seinem Schemel. Im Hinausgehen zischte ihm der Inquisitor zu: „Ich kriege dich, du Hexer."

„Habt Erbarmen, seid Ihr nicht ein Mann der Kirche? Ich habe mit all dem Hexentheater nichts zu tun", flehte Konrad um sein Leben. Er musste aber sogleich feststellen, dass es sinnlos war. Geuderich spuckte vor ihm aus und würdigte ihn keines weiteren Blickes mehr.

Nach etwa einer Stunde erschien als erster der Nachrichter, Henker Gottfried Aufsesser. Er war ein grobschlächtiger roher Bursche. Ein Mann, mit dem nicht zu reden war. Und dennoch, Konrad musste es versuchen.
„Aufsesser, du kannst ein reicher Mann werden. Ich besitze ein großes Vermögen. Du sollst alles bekommen, wenn du mich laufen lässt."
„Was soll ich mit all dem vielen Geld? Man wüsste sofort, dass ich es von Euch hätte, wenn ich auch nur einen Gulden davon ausgeben würde."
„Du könntest mit dem Geld verschwinden und irgendwo ein neues Leben anfangen."
„Das ist es eben, genau das: Ich will nicht weg von hier, für kein Geld der Welt."
„Denk an deine Familie. Was könnten sie ein schönes Leben haben", Konrad wollte nicht aufgeben, jeder Strohhalm, an den er sich klammern konnte, war ihm recht.
„Seid still jetzt", befahl der Folterknecht, „ich mache auch nur meine Arbeit und erfülle meine Pflicht. Gesteht eure Taten ein, und Ihr erspart uns allen diese Prozedur."

Der Henker hatte gerade zu Ende gesprochen, als die Herren der Kommission zurückkamen. Anselm Geuderich nahm sofort wieder das Wort an sich. Er hatte längst durchschaut, dass die Windsheimer Ratsherren mit dem grausigen Geschehen eines Hexenprozesses überfordert waren. Zum einen hatten sie moralische Bedenken gegen die Vorgehensweise in der Befragung und zum anderen hatten sie keinerlei Erfahrungen mit Prozessen dieser Art. Nur allzu gerne überließen sie alle Initiative dem Spezialisten aus Würzburg. Schließlich hatte er schon viele solcher Verhandlungen geführt und war vom Bischof als versierter Experte für das Hexenwesen gelobt worden. Man konnte ihm wohl bedingungslos vertrauen.
„Bevor wir das Verhör fortsetzen, frage ich den Angeklagten, ob er nach dieser Pause zur Vernunft zurückgefunden hat und seinen Pakt mit dem Teufel eingestehen will."

Für zwei bis drei Minuten herrschte absolute Stille in der Folterkammer unter dem Rathaus. Niemand getraute sich ein Wort zu sagen. Alle starrten auf Konrad, der sich hilflos in der Runde umschaute. Niemand zeigte eine Regung. Niemand ließ ein Zeichen des Mitleids erkennen. Nur der Bürgermeister schaute verlegen zur Seite. Er war wohl der einzige, der sich Gefühle leistete.
„Was ist, Zeiderlein, beteiligst du dich auch an diesem Mord?" Konrad rief ihn flehentlich an. Wenn überhaupt noch jemand das Blatt wenden konnte, dann der Bürgermeister. Schließlich war er der Vorsitzende der Kommission.

„Schweig still!", schrie ihn der Inquisitor an, „es sei denn, du hättest etwas zu deinen Hexentänzen auf dem Petersberg zu sagen."
„Ich war in meinem ganzen Leben noch nie auf dem Petersberg", schrie Konrad genauso unbeherrscht zurück.
Der Bürgermeister ließ sich für einige Minuten entschuldigen. Es drängte ihn zum Abort.
„Der Nachrichter möge seine Arbeit machen", befahl Geuderich mit einem Tonfall, der eher gelangweilt und emotionslos klang.
Konrad verlor seine Fassung vollends: „Fahr zur Hölle, du scheinheiliger Dominikaner. Wo andere ein Herz haben, steckt bei dir ein eiskalter Stein. Du bist es nicht wert, Mensch genannt zu werden. Ich wünsche dir die Pest an den Hals, du von Gott verdammter Dreckhaufen."
Anselm Geuderich blieb völlig unbeeindruckt von Konrads Beschimpfungen. Vermutlich hatte er derartige Beleidigungen schon öfter einstecken müssen. Mit einem Fingerzeig deutete er auf den Henker Aufsesser. Diensteifrig machte der sich ans Werk. Zunächst musste Konrad seine Kleidung ablegen. Geuderich betrachtete in aller Ruhe Konrads Rücken, Bauch, Arme und Beine, ob er nicht irgendwo ein Muttermal entdecken konnte. Und tatsächlich, über dem linken Schulterblatt fand er ein braunes Mal von der Größe eines Daumennagels.
„Aha, habe ich's mir doch gedacht. Das Mal des Teufels. Die Nagelprobe wird uns den Beweis liefern. Wenn kein Blut kommt, bist du überführt; dann ist bewiesen, dass du mit dem Teufel unter einer Decke steckst."
Der Henker wurde angewiesen, die Nadelprobe durchzuführen. Er stach mit einer feinen Stecknadel durch das Mal tief ins Gewebe hinein. Als er sie herauszog, kam kein Blut. Der Inquisitor drückte kräftig mit dem Zeigefinger auf die Einstichstelle.
Zur Kommission gewandt hielt er seinen Finger als Beweis in die Höhe: „Kein Blut meine Herren."
„Kein Wunder, du hast doch mit deinem Finger das Blut abgedrückt, du schamloser Betrüger."
„Schweig! Wir werden schon die Wahrheit aus dir herausholen."
Geuderich schaute gering schätzend an Konrad herunter: „Was sind das für seltsame Füße? Hat er die vom Satan? Meine Herren des hohen Gerichts, ich weise daraufhin, dass der Angeklagte über abnorme Füße verfügt. So etwas habe ich zuvor noch nie gesehen. Statt zehn Zehen besitzt er zwölf, an jedem Fuß sechs. Das könnte ein weiterer Beweis für einen Pakt mit dem Teufel sein."
Kopfschüttelnd wandte sich der gewissenlose Ankläger von seinem Opfer ab und gab dem Henker ein Zeichen: „Wir wollen jetzt mit der peinlichen Befragung beginnen, damit endlich die reine Wahrheit aufgedeckt wird."

Gottfried Aufsesser begann sein grausiges Geschäft. Konrads Arme wurden nach hinten verdreht und über den Handgelenken zusammen gebunden. An dieser Handfessel befestigte der Folterknecht einen langen Strick. An der Gewölbedecke war eine hölzerne Rolle angebracht, über die der Strick geführt wurde. Als er seine Vorbereitungen abgeschlossen hatte, schaute er zur Kommission hinüber, als warte er auf einen Befehl.
„Worauf wartet er?“, schnauzte ihn der Inquisitor an, „wir haben nicht ewig Zeit.“

Langsam aber mit stetigem Zug spannte sich das Seil und Konrad wurde mit nach hinten verdrillten Armen nach oben gezogen. Er schwebte jetzt in der Luft, etwa drei Fuß über dem Fußboden. Die Prozedur bereitete zwar Schmerzen in den Schultergelenken, lautes Schreien und Jammern konnte sich Konrad noch verkneifen. Diesen Triumph wollte er dem Folterknecht nicht gönnen. Mit größter Kraftanstrengung gelang es ihm, sein Körpergewicht abzufangen. Allerdings musste er dazu alle Oberarmmuskel maximal anspannen. Länger als fünf Minuten konnte das auch der kräftigste Mann nicht schaffen. Konrads Kräfte langten schon nach vier Minuten nicht mehr aus, sein Körpergewicht zu halten. Er sackte wie ein Mehlsack nach unten, ohne den Fußboden zu erreichen. Ein heftiger stechender Schmerz schoss durch seine Schultergelenke. Es war, als bohrte jemand mit glühenden Eisen in seinen Gelenken herum. Er schrie wie ein Stier, dass es den Herren des Gerichtes durch Mark und Bein fuhr. Ein Krachen in beiden Schultern kündigten die Luxationen der Oberarmköpfe aus den Gelenkpfannen an. Die Schultern waren ausgekugelt. Die Arme bildeten jetzt mit dem Rumpf eine durchgehende Achse. Konrads Körper sackte nochmals ein wenig nach unten, den Boden konnte er jedoch nicht erreichen. Nach einer kurzen Ohnmacht, die vielleicht eine Minute dauerte, kam er wieder zu sich. Sofort brachen wieder diese furchtbaren Schmerzen über ihn herein, wie ein Gewitter mit einschlagenden Blitzen. Nein, kein normaler Mensch konnte solch eine Pein aushalten. Konrad sehnte sich nach dem herrlich wohligen Gefühl der Ohnmacht zurück, ein Zustand der Befreiung und der völligen Schwerelosigkeit. Die Qualen konnte er nicht länger erdulden.
„Lasst mich runter. Ich sage aus, was immer Ihr wollt.“
Jetzt war der Moment gekommen, auf den der Inquisitor gewartet hatte. Das wollte er genüsslich auskosten: „Ist er sicher, dass er die reine Wahrheit offenbaren will? Nichts als die Wahrheit?“
„Ja, in Gottes Namen ja! Lasst mich herunter, ich halte das nicht länger aus.“
Auf ein Zeichen ließ der Henker das Seil nach, so dass Konrad unsanft zu Boden stürzte. Seine Handfesseln wurden gelöst. Die Arme hingen wie gelähmt am Rumpf herunter. Er war nicht in der Lage, sie zu bewegen.

„Bevor er seine Aussage macht, wollen wir sicherheitshalber die bewährten Daumenschrauben anlegen", gab Geuderich noch eins drauf.
Der Henker presste über beide Hände ein Schraubengerät, das wie ein Kästchen aussah und durch eine Rändelschraube eingeengt werden konnte. Die Schrauben wurden bis zum Anschlag angezogen.
„Ich frage also noch einmal, ob der Angeklagte Konrad Augsteiner mit dem Teufel im Bunde steht", setzte der grausame Inquisitor sein Spiel fort.
„Nein, das ist eine verdammte Lüge", rief Konrad der Kommission zu. Augenblicklich drehte Geuderich die Schrauben an den Fingerkästchen zusammen. So heftig, dass man das Knacken der Fingerknochen hören konnte. Konrad war nur noch zu einem heiseren Aufschrei fähig. Mit winselnder Stimme bettelte er um Gnade.
„Ich sage alles, was Ihr wollt. Ich unterschreibe jedes Protokoll. Der Tod, der mich erwartet, wird eine Erlösung für mich sein."
Die Fingerschrauben wurden ein wenig zurückgedreht.
„Steht er mit dem Satan in Verbindung?", wiederholte Geuderich seine Frage.
„Ja, ich stehe schon lange mit dem Teufel im Pakt. Ich habe dem Herrgott im Himmel abgeschworen."
„Hat er am Hexensabbat teilgenommen?"
Konrad überlegte, was er am besten antworten sollte. Sofort wurden die Schrauben wieder angezogen.
„Ja, ich war oft beim Hexentanz. Vier- oder fünfmal auf dem Petersberg und dreimal im Gräfswald vor den Toren der Stadt."
Der Bürgermeister traute sich nun auch, in die Verhandlung einzugreifen. Er schien von den Methoden des brutalen Dominikanermönchs geschockt. Jetzt nachdem Konrad seine Verfehlungen gestanden hatte, wollte er Einzelheiten wissen.
„Berichtet vom Hexentanz. Wir wollen alle Einzelheiten hören. Kamen die Hexen geflogen? War der Teufel auch dabei? Hat der Satan um die Hexen gebuhlt? Wie ist es zugegangen? Erzählt uns alles!"
„Die Hexen kamen durch die Luft geflogen, auf einfachen Stecken oder auf Besen. Der Satan war schon immer vorher anwesend. Er trug einen schlichten schwarzen Mantel. Er sah aus wie ein Mensch; nur die Füße waren anders. Er hatte Hufe wie ein Geißbock. Er hat auch gestunken wie ein Bock. Die Hexen tanzten um ihn herum und machten ihm schöne Augen. Mit der einen oder anderen tanzte er in inniger Umarmung."
Einer der Ratsherren wollte genauere Details wissen: „Seid Ihr mit den Hexen intim geworden?"
„Nein, das durfte nur Satan selbst. Manchmal brachte er allerdings seine Geliebte mit. Er nannte sie Pieriena."
Geuderich wollte die Verhandlung zum Ende bringen: „Welcher Schadenszauber wurde von Euch verlangt? Hattet Ihr nicht auch einen Zaubergürtel?"

„Satan legte mir schon beim ersten Treffen einen Gürtel an. Er gab mir einen Befehl: ‚Mit diesem Gürtel kannst du zaubern und Wunder vollbringen. Ich verlange von dir, dass du die Weizenernte vernichtest.' Ich musste meinen Auftrag ausführen, sonst wäre ich in seine Ungnade gefallen. Das wollte keiner von uns riskieren."
„Wir haben genug gehört", schloss der Vorsitzende die Verhandlung ab, „die Sachlage ist mehr als eindeutig. Der Angeklagte ist der Hexerei überführt. Er hat gestanden, die Hungersnot und damit den Tod unzähliger Menschen verursacht zu haben. Das Urteil kann nur die Höchststrafe sein. Der Angeklagte Konrad Augsteiner, Stadtarzt zu Windsheim, wird noch in dieser Woche den Feuertod auf dem Scheiterhaufen sterben. Wegen der besonderen Schwere seiner Tat ist der Gnadenweg ausgeschlossen. Er wird bei lebendigem Leib brennen bis der Tod eintritt. Seine Asche soll in alle Himmelsrichtungen verstreut werden."

Nachdem der Blutrichter sein Urteil verlesen hatte, brach er den Stab. Die Kommission verließ die Folterkammer. Konrad sackte in sich zusammen. Er war ein gebrochener Mann. Gebrochen an Leib und Seele. Die Daumenschrauben waren zwar entfernt, er konnte jedoch keinen der Finger bewegen. Sie waren alle gebrochen. Wie eine groteske Verkrüppelung sahen sie aus. Seine Schultern waren ebenfalls irreparabel zerstört. Jede Bewegung bereitete ihm heftige Schmerzen. Und dennoch war er froh. Das grausame Spiel war endlich vorbei. Was jetzt noch kommen sollte, konnte nicht schlimmer sein.
Er fiel in einen tiefen Erschöpfungsschlaf. Im Traum begegneten ihm sonderbare Gestalten, die zunächst nur schemenhaft zu sehen waren. Sie tanzten um einen großen Sessel, der auf einem Marmorpodest stand. Wie ein Thron sah er aus. Allmählich erkannte er Einzelheiten. Acht junge Mädchen tanzten im Kreis um den Sessel herum. Sie waren in lange weiße Gewänder gekleidet und trugen einen goldenen Lorbeerkranz in ihrem Haar. Wie Engelsgestalten schwebten sie leichtfüßig in harmonischem Reigen. Aus der Ferne kam jemand auf einer Ziege heran geflogen, Luzifer persönlich. Hinter ihm auf dem zotteligen Bock saß seine Geliebte Pieriena. Die Engel tanzten weiter, als hätten sie die beiden nicht bemerkt. Auf dem Sessel hatte inzwischen ein junger Mann Platz genommen. Er war in einen schwarzen Umhang gehüllt, ein Mantel wie ihn die Ärzte an offiziellen Empfängen zu tragen pflegten. Der schwarze Hut auf seinem Kopf verdeckte mit der breiten Krempe das Gesicht fast vollständig. Seine Füße, die er lässig überkreuzte, waren nackt. Barfüßig saß er auf dem Thron. Konrad musste genau hinschauen, um wenigstens einige Einzelheiten erkennen zu können. Wer mochte das sein, dem die Feen und sogar Luzifer höchstpersönlich huldigten?
Die nackten Füße des Schwarzgekleideten hatten sechs Zehen. Konrad erschrak. Tatsächlich sechs Zehen, genauso wie er selbst. Luzifer und seine

schöne Begleitung verbeugten sich vor dem Thron, als wollten sie einem erlauchten König ihre Referenz erweisen. Der Schwarze auf dem Thron lachte überschwänglich und warf dabei seinen Kopf in den Nacken. Jetzt war sein Antlitz gut zu erkennen. Es war Konrad Augsteiner, Stadtarzt zu Windsheim.
„Ich, Luzifer dein ergebener Diener, grüße dich. Du bist vom gleichen Holz geschnitzt wie wir. Willst du nicht für immer zu uns kommen? Wir brauchen Männer wie dich."
Konrad auf dem Thron lachte wieder. Es war ein überhebliches und arrogantes Lachen. Von der Bescheidenheit, die Konrad üblicherweise auszeichnete, war nichts mehr zu sehen.
„Was bietest du mir an? Meinst du, dass ich ohne Gegenleistungen zu euch komme? Ohne ein gutes Angebot gebe ich mein bisheriges Leben nicht auf."
„Du hast schon alles bekommen. Mehr steht dir nicht zu. Hast du schon vergessen, wo du herkommst? Hast du vergessen, wer du warst? Was du bist, hast du nur mir zu verdanken."
Wieder dieses schallende und maßlose Lachen, das den anderen vom Thron entgegendröhnte. Wie ein Sturmwind wehte es über ihre Häupter. Die Feen hatten schon längst aufgehört zu tanzen und waren verschreckt zur Seite getreten.
„Alles, was ich erreicht habe, gelang mir durch Fleiß und harte Arbeit. Mir ist nichts geschenkt worden", fauchte der Doktor vom Thron herunter.
„Nein, mein erhabener Freund; nein, so war es nicht. Dein maßloser Ehrgeiz hat dich getrieben; und den hast du von mir. Hast du jemals Rücksicht auf andere genommen? Hast du dir jemals überlegt, ob auf dem Weg nach oben nicht der eine oder andere Weggefährte in den Graben springen musste, um dir Platz zu machen?"
„Ich habe mich nur gewehrt, wenn man mir schaden wollte. Was ist daran verwerflich?"
„Eigentlich nicht viel. Aber nicht alle Mittel heiligen den Zweck. Es gibt Grenzen, die man nicht überschreiten darf. Hast du das nicht in der Schule gelernt?"
„Was also wirfst du mir vor? Was war so verwerflich, dass du auf mich aufmerksam wirst?"
Luzifer machte eine spitzbübische Grimasse. „Du weißt es ganz genau. Deine Rücksichtslosigkeit macht dich schuldig. Du bist über Leichen gegangen, um dein Ziel zu erreichen. Niemand außer mir kennt dein Geheimnis. Nur wir beide wissen, dass man mit Pestflöhen den perfekten Mord begehen kann. Allerdings muss man dir Respekt zollen für diese medizinische Glanzleistung. Keiner kam bisher auf diese glorreiche Idee. Zwanzig Millionen Menschen starben bisher an der Pest und niemand kennt die Ursache."
Konrad auf dem Stuhl wurde still und nachdenklich. Leise, wie zu sich selbst murmelte er: „Ja, nur wir beide kennen die Wahrheit. Das verbindet uns. Ich

habe des Rätsels Lösung nicht mit deiner Hilfe gefunden. Nein, geholfen hat mir jemand anderes."
„Wer soll das gewesen sein?", lachte Luzifer und stampfte mit dem Huf seines linken Beines auf dem staubigen Boden auf.
Konrad blieb keine Antwort schuldig: „Schau auf meine Füße. An jedem Fuß sechs Zehen. Das ist ein Zeichen, ein Stigma. Nur Ausgewählte Gottes haben das. Schon von frühester Kindheit war mir klar, dass der himmlische Vater etwas ganz Besonderes mit mir vorhat."
„Und doch hat er dich im Stich gelassen. Du hast soeben einen Hexenprozess verloren."
Keine Antwort von Konrad.
„Wenn du es wünschst, hole ich dich da raus, aus deinem Kerker."
„Was muss ich tun?", erkundigte sich Konrad zaghaft.
„Wir tauschen die Füße aus. Du bekommst am linken Bein einen Huf wie ihn die Geißböcke haben und ich nehme deinen sechsgliedrigen Fuß. Dafür rette ich dein Leben. Du kannst weiterhin den Doktor Medicus spielen und die Kranken kurieren. Du wirst sowieso nicht viel erreichen. Wenn es hoch kommt, sind euch Ärzten gerade mal tausend verschiedene Krankheiten bekannt. Von denen wisst Ihr vielleicht hundert zu heilen. Lächerlich."
Konrad grübelte lange. Niemand wagte ihn zu unterbrechen. „Was ist mit meiner Schuld? Muss ich die weiterhin mit mir herumschleppen?"
„Deine Vergehen sind deine Sache. Das musst du selber durchstehen."

Es war schon deutlich nach Mitternacht, als Konrad erwachte. Jemand hatte ihn wachgerüttelt. Erst allmählich kam er zu sich.
„Wollt ihr mich schon holen? Brennt das Feuer schon?", fragte Konrad ungläubig.
„Ich bin's, dein Freund Hanns."
Fulster setzte sich auf das dürftige Strohlager zu seinem geschundenen Freund.
„Was haben sie aus dir gemacht? Du armer Sünder. Wie groß muss deine Schuld sein, dass der himmlische Vater dir eine solch harte Strafe auferlegt?"
Fulster war ebenso verzweifelt wie Konrad.
„Mein Leben geht zu Ende. Selbst wenn du einen Schlüssel nach draußen hättest, ich ginge nicht mit."
Konrad schaute seinen Freund ausdruckslos an. Jeglicher Lebensmut war erloschen. Fulster erkannte sofort, dass hier jede Hilfe zu spät wäre. Mit den verkrüppelten Händen wäre für Konrad ein weiteres Arbeiten als Arzt und Chirurg nicht mehr möglich. Sein Leben wäre also fortan sinnlos.
„Hanns, mein ganzes Leben habe ich dafür gekämpft, Arzt zu werden. Von meiner frühesten Jugend an ging mir diese Idee nicht mehr aus dem Kopf.

Alles hätte ich dafür getan, um mir diesen Wunschtraum zu erfüllen. Sogar über Leichen wäre ich gegangen. Vielleicht habe ich es sogar getan."
„Was redest du da für einen Unsinn? Du hast doch niemanden umgebracht. So lange ich dich kenne, hast du nur Gutes getan, hast den Menschen geholfen, wo es nur ging. Du hast sogar dein Leben für sie aufs Spiel gesetzt. Denk doch nur an die Pestjahre hier in Windsheim. Wer war denn damals noch hier geblieben und hat den Menschen geholfen? Das waren doch wir, wir beide und sonst niemand. Alle waren sie geflohen."
„Ja das stimmt. Warum haben wir das getan? Aus Liebe zu den Menschen? Aus Barmherzigkeit?"
Fulster schaute seinen Freund verdutzt an: „Ja selbstverständlich aus Mitleid. Willst du das anzweifeln?"
„Nein, nein, du hast schon Recht. Es geschah aus Nächstenliebe. In meinem Fall kam noch etwas anderes hinzu: Die wissenschaftliche Neugier und der kaum beherrschbare Wille, medizinische Kenntnisse zu sammeln. Ich wollte alles lernen, was mit Krankheiten und deren Ursachen zusammenhing. Also war meine Hilfe nicht so völlig uneigennützig."
„Du redest im Fieberwahn. Es war eine Heldentat. Und wie danken sie dir das? Es ist eine Schande, wie sie mit dir verfahren."
Konrad schien jetzt völlig ruhig, abgeklärt und keineswegs ängstlich.
„Mein lieber Hanns, wir alle haben unsere schwarzen Flecken auf der scheinbar weißen Weste. Du genauso wie ich. Wenn man so kurz vor dem Ende seines Lebens steht wie ich, sollte man ins Reine kommen mit sich und der Welt. Auf meinem Gewissen lastet eine große Schuld, für die ich jetzt büßen muss. Die gerade erst durchgemachte Folter und der angedrohte Feuertod ist eine gerechte Strafe für meine Sünden."
Fulster wollte ihn unterbrechen, wurde aber von Konrad energisch gehindert.
„Lass mich ausreden und höre mich an. Es ist dein letzter Freundschaftsdienst, den du mir erweisen kannst. Ich will es mir von der Seele reden. Ich will Buße tun und meine Schuld abtragen, wenn das möglich ist. Für eine innere Umkehr ist es nie zu spät. Mein bevorstehender Feuertod ist der gerechte Ausgleich für das Unrecht, das ich an anderen begangen habe."
Hanns Fulster merkte, dass die Beichte seinem Freund Erleichterung verschaffen könnte.
„Was immer es war, Konrad, es sei dir verziehen. Du hast in deinem Leben vielen Menschen ihr Leid gelindert oder ihr Leben gerettet. Das wiegt so manches auf."
„Stimmt das? Kann man ein Verbrechen mit zehn guten Taten tilgen? Oder sind gar hundert Wohltaten dazu notwendig? Was wiegt einen Mord auf?"
„Es geht nicht um bloßes Aufrechnen von gut und böse. Es geht um die innere Umkehr, um das Bereuen und den Willen zur Besserung. Vielleicht ist es

tatsächlich gut, wenn du dein Urteil als eine gerechte Strafe annimmst. So kannst du gereinigt vor deinen Schöpfer treten."
Konrad schaute seinen Freund dankbar an: „Du sprichst genau das aus, was mich bewegt. Ich bin zwar kein Hexer, aber ein armer Sünder bin ich trotzdem. So gesehen ist das Urteil gerecht."
Beide schwiegen. Das Wichtigste war besprochen. Konrad schien entspannt, obwohl sein Gesicht noch gezeichnet war. Die Schmerzen der peinlichen Tortur hatten tiefe Furchen in seine Stirn und die Wangen gegraben. Etwa fünf Minuten sprach keiner der beiden ein Wort.
„Erzähl mir von draußen. Wie reagiert das Volk? Freuen sie sich auf das Spektakel?"
„Der Pöbel ist völlig aufgebracht und wie von Sinnen. Endlich haben sie einen Schuldigen für die Missernten der letzten zwei Jahre ausgemacht. Wie verblendet sind sie in dein Haus eingefallen. Mit Knüppeln und Äxten haben sie alles kurz und klein gehauen. Die Möbel, die Arzneiflaschen und das Instrumentarium haben sie in blinder Wut zerstört. Und das war ihnen wohl nicht genug. Anschließend sind sie in die Scheune gestürmt und haben die Ställe deiner Versuchstiere zerschlagen. Das hättest du sehen sollen, wie die Hasen und die vielen Ratten Reißaus genommen haben und in alle Himmelsrichtungen verschwunden sind."
Fulster unterbrach sich. Er war sich nicht sicher, ob Konrad ihm noch zuhörte. Er lag auf seinem Strohlager und schaute versonnen ins Leere. Ein beinahe zufriedenes Lächeln war ihm über das geschundene Gesicht gehuscht.
„Sprich nur weiter, ich höre schon noch zu. Aber nimm dich in Acht vor den Ratten. Sie sind nicht gesund. Es könnte sein, dass ihre Krankheit auf Menschen übergeht."
„Jetzt kommt wieder deine alte Rattengeschichte. Wer soll denn den Quatsch glauben?"
„Das ist es doch. Ich habe mein Fachwissen für meine eigenen Vorteile missbraucht und damit anderen einen Schaden zugefügt. Das ist die schlimmste Sünde, die ein Arzt begehen kann."
„Wenn es so wäre, hättest du Recht. Aber so ist es nicht. Jeder Mensch weiß, dass man mit Ratten niemandem schaden kann."
Konrad blieb dabei: „Ich bin ein armer Sünder und werde die verhängte Strafe annehmen. Sie ist gerecht."
Fulster schaute seinen Freund tief bewegt an. Er war stolz auf ihn. Welch starker Wille und edler Charakter. Der Alte strich ihm übers Haupt als er ging. Mit Tränen in den Augen schaute Konrad ihm noch lange nach. Er wäre beinahe wieder eingeschlafen, als er neben sich ein kleines Fläschchen entdeckte. Hanns Fulster hatte es wohl dort abgelegt. Zumindest trug der Aufkleber seine Handschrift: Tinctura opii, Mandragora, Tinctura Belladonnae, Extr. Conii maculate, Tinctura Hyoscyami.

„Der gute alte Fulster", dachte sich Konrad, „er ist doch ein treuer Freund. Tollkirsche, Bilsenkraut und Schierling, eine tödliche Mischung. Das sollte zuverlässig wirken. Opium und Alraun zum Einschlafen, welch geschickte Kombination."

Als am nächsten Morgen, nach dem Sechs-Uhr-Läuten, die Stadtknechte in das Kellergefängnis kamen, um den Verurteilten zum Richtplatz zu führen, war Konrad bereits drei Stunden tot. Er lag auf dem Boden, den Oberkörper auf einem Strohballen gebettet. Über seinem Gesicht schwebte ein selig-seraphisches Lächeln, wie man es nur bei Menschen findet, die mit sich und der Welt im Reinen sind.
Die Kniegelenke hatte er nahezu rechtwinklig angezogen. In dieser Stellung hatte die bereits eingesetzte Leichenstarre seinen geschundenen Körper fixiert. So sehr sich die Männer auch bemühten, sie konnten den Leichnam nicht ausgestreckt auf eine Bahre lagern. Es blieb nichts anderes übrig, als ihn auf einen Stuhl zu setzen und sitzend nach oben zu tragen. Sie legten ihn auf einen Leiterwagen.
„Der ist vermutlich an den Schmerzen während der peinlichen Befragung gestorben", sagte der eine zum anderen als sie mit dem Pferdegespann zum Hainsertor aus der Stadt hinausfuhren.
„Wenn der wirklich ein Hexer war, sollte er schnell verbrannt werden, bevor Satan ihn noch mal zum Leben erweckt."
„Wir werfen ihn hinten auf den Scheiterhaufen, hinter die anderen."
Der offizielle Termin für die Hinrichtung war für zehn Uhr festgesetzt worden. Mit Konrad sollten noch fünf weitere Hexen brennen. Sie wurden an einen Pfahl auf dem Scheiterhaufen angebunden. Einem sechzehnjährigen Mädchen, der Tochter einer Hexe, hatte man den Gnadenweg gewährt. Sie wurde mit dem Spanischen Kragen erdrosselt und wie Konrad auf den Scheiterhaufen gelegt. Die Bürger der Stadt waren schon Stunden vor dem Ereignis auf der Hainserwiese versammelt. Sie wollten sich das Spektakel nicht entgehen lassen. Auch Hanns Fulster war anwesend. Er wollte kontrollieren, ob sein Auftrag an die Stadtknechte auch wirklich nach seinen Wünschen ausgeführt wurde. Viel Geld hatte er dafür bezahlt. Konrad sollte nicht völlig zu Asche verbrennen. Fulster wollte ihm ein ehrenvolles Begräbnis besorgen. Dazu sollte die Leiche noch einigermaßen unversehrt aus den Flammen geborgen werden. Die Knechte gaben sich die größte Mühe. Mit langen Stangen hatten sie dafür zu sorgen, dass die brennenden Holzscheite immer wieder nach oben zu den noch lebenden Hexen gestoßen wurden. Während dieser Arbeiten rutschte Konrads Leichnam wie zufällig nach hinten vom Scheiterhaufen herunter. Niemand bemerkte etwas davon. Die aufgebrachten Zuschauer hatten nur Augen für die schreienden Hexen, um die die Flammen immer höher schlugen.

Fulster war zufrieden mit dem Ergebnis. Konrads Leichnam war nur an einigen Stellen verbrannt, allenfalls die Haut. Die Zuschauer hatten den Ort des Geschehens längst verlassen.
„Das habt Ihr gut gemacht", bedankte sich Fulster bei den beiden Knechten. „Wir werden jetzt seine Leiche in eine Kiste legen und zur letzten Ruhe betten."
„Nicht mit uns, für kein Geld der Welt", protestierten die zwei, „das bringt Unglück. Sucht Euch jemand anderes dafür."

Im Handumdrehen waren sie verschwunden. Der Platz war menschenleer. Fulster eilte nach Hause und holte seinen Pferdewagen, auf dem er bereits einen Eichensarg befestigt hatte. Wenn ihn nur niemand aufhielte! Möglicherweise käme man noch auf den Einfall, dass er mit Hexern gemeinsame Sache machte.
Vor dem Stadttor bot er einem Bettler viel Geld, damit der ihm helfen sollte. Für einen hungrigen Landstreicher waren fünfzig Kreuzer ein sehr hoher Lohn, so dass die beiden Männer schnell einig wurden. Alleine hätte der alte Mann seinen Plan nicht ausführen können.
Die Hitze auf dem brennenden Holzhaufen hatte Konrads Leichenstarre gelöst, sodass er jetzt ausgestreckt auf dem Boden lag. Er war auch leichter geworden, weil sein Körperwasser verkocht war. Noch am gleichen Nachmittag fuhr Hanns Fulster und sein Gehilfe mit seiner wertvollen Fracht weit außerhalb der Stadt, an einen Ort, den Konrad zu seinen Lebzeiten am meisten geliebt hatte. Eine kleine Lichtung an der Südseite des Berolzheimer Hügels mit Blick auf seine geliebte Heimatstadt Windsheim. Hier wollte Fulster seinem Freund die letzte Ruhestätte bereiten. Es sollte eine Beerdigung sein, wie sie einem aufrechten Menschen zustand. Die ganze Nacht arbeitete der Gehilfe. Sieben Fuß tief sollte die Grube mindestens sein. Immer wieder musste er verschnaufen. Der Boden war steinig und mit Wurzeln durchzogen. Er kam nur schleppend voran. Es dämmerte schon der Morgen, als er endlich den schweren Sarg in die Grube hinabstoßen konnte. Zunächst sollte ein schlichtes Holzkreuz genügen. Mit einem Gebet und einem Spruch aus der Bibel verabschiedete der Barbier Hanns Fulster seinen Freund und Kollegen, seinen ehemaligen Famulus und Wegbegleiter, in die Ewigkeit. Später wollte er einen Grabstein mit Inschrift hinaufschaffen lassen.

Üblicherweise kennen die Abiturienten die Noten ihrer Abschlusszeugnisse schon mehrere Wochen vor der offiziellen Bekanntgabe. Die Schüler zählen die in den letzten zwei Jahren erworbenen Leistungspunkte zusammen und können daraus den Notendurchschnitt errechnen. Für einige besteht die Möglichkeit, in einer mündlichen Prüfung, dem Kolloquium, die Note zu verbessern.

Christof Augsteiner konnte mit seinem Ergebnis zufrieden sein. Lediglich im Fach Geschichte wäre durch ein Kolloquium eine günstigere Benotung möglich. Diese Chance wollte er unbedingt nutzen. Im Prüfgremium übernahm der Fachlehrer für Geschichte den Vorsitz. Als Beisitzer waren interessierte Lehrer aus dem Kollegium zugelassen. Es sollten mindestens drei sein. In Christofs Prüfung waren zwölf Lehrer und sogar der Direktor anwesend. Seine Facharbeit über die „Medizin im Mittelalter unter besonderer Berücksichtigung der Renaissance" war überdurchschnittlich gut ausgefallen. Manch einer der anwesenden Lehrer erhoffte sich im Prüfungsgespräch weitere Einzelheiten über das spannende Thema zu erfahren. Die offiziellen Fragen behandelten die Reformationszeit. Auf dem Gebiet kannte sich Christof besonders gut aus. So wusste er über die Biographie des Dr. Martin Luther und über die politischen Verhältnisse an der Wende vom Mittelalter zur Neuzeit bestens Bescheid. Keine Antwort blieb er schuldig. Besser konnte es für ihn nicht laufen. Am Schluss wurden noch einige Passagen seiner Facharbeit diskutiert. Der Direktor stellte die erste diesbezügliche Frage:

„Herr Augsteiner, wir alle haben mit viel Interesse Ihre Facharbeit gelesen. Eine wirklich ergreifende Geschichte. Man erzählt sich, dass Sie die sterblichen Überreste Ihres Ahnen exhumieren ließen. Haben Sie irgendetwas Besonderes gefunden?"

„Die Erlaubnis für eine Exhumierung zu bekommen, ist ein schwieriges Unterfangen. Erst nach mehreren Anfragen bei den Behörden und energischen Eingaben wurde unserer Familie die Öffnung der alten Grabstelle gestattet. Die Leiche war ja zur Hälfte verbrannt, und die Haut war verkohlt. Damit war eine Art Mumifizierung eingetreten, die eine völlige Verwesung verhindert hatte."

„Und, gab es Besonderheiten?"

„Sie meinen die Füße? Ja, er hatte beiderseits sechs Zehen – genauso wie ich."

Jetzt wurde Konrad von allen Seiten mit Fragen regelrecht überschüttet.

„Haben Sie Grabbeigaben gefunden, Christof?"

„In den gebrochenen Knochen der linken Hand lag ein etwa zwanzig Zentimeter langer Dolch. Auf der Klinge war *Juventus sapit* eingraviert."

„Die Jugend drängt zur Forschung", wusste einer der Lateinlehrer die deutsche Bedeutung zu erklären.

Christof nickte.

„Um den Hals trug er eine goldene Kette. An ihr hing sein Ehering und eine goldene Taschenuhr."
„Eine Taschenuhr?", kam ein ungläubiger Zwischenruf.
„Ja, eine der ersten Taschenuhren, die es gab. Hergestellt im Jahre 1519 von einem Nürnberger Uhrmacher, einem gewissen Peter Henlein."
„Gab es einen Hinweis oder eine Gravur, die das Herstellungsjahr belegt?"
Konrad kam sich vor wie in einem Verhör, gab aber gerne Auskunft.
„Auf dem Sprungdeckel war ein italienischer Gruß eingraviert:

Il tempo passa
l'amicizia resta,
tuoi amici Scrovegni
a.d. 1519."

Konrad schaute in die Runde; bei einigen fragende Gesichter.
„Ich würde den Spruch so übersetzen:

Die Zeit vergeht,
die Freundschaft bleibt,
Deine Freunde Scrovegni
im Jahr des Herrn 1519

Der Klassenlehrer erkundigte sich nach den weiteren Plänen seines Schülers:
„Christof, für welches Studienfach haben Sie sich entschieden?"
„Ich werde Medizin studieren. – Die wissenschaftliche Neugier lässt mir keine Ruhe. Es kann doch nicht sein, dass wir auf den Mond und im Weltall herumfliegen und schaffen es nicht, die Geheimnisse noch ungeklärter Krankheiten zu lüften. Man unterscheidet heute 30 000 verschiedene Krankheiten. Nur 10 000 sind vollständig aufgeklärt. Für 20 000 Erkrankungen kennt die moderne Medizin keine wirksame Therapie. Das treibt mich an."
„Und das Erbe Ihres Ahnen?"
„Ja, das ist der zweite Grund für meine Berufswahl. Es ist wie ein Vermächtnis, ein innerer Zwang. Ich will es besser machen. Ich will zeigen, dass es den untadeligen Medicus gibt. Ehrgeiz, Gewinnsucht und Geltungsdrang sind Eigenschaften, vor denen ich mich schützen will."
Irgendwo im Saal hörte man flüstern: „Wenn das so leicht wäre."
Ein Religionslehrer wollte noch mehr zum Thema Ethik und Moral wissen: „Ich will Ihnen nicht zu nahe treten, junger Mann, aber mich interessiert, wie Sie mit der Schuld Ihres Ahnen umgehen."
Mäuschenstill war es im Saal. Alle schauten gespannt auf Konrad. Wie würde er diese beinahe indiskrete Frage beantworten. Der Klassenlehrer half ihm: „Christof, Sie müssen nicht antworten. Das ist schließlich Ihre ganz private Sache."
Einige Sekunden peinliche Ruhe.
„Ich wusste, dass man mich das fragen würde. Deshalb habe ich mich darauf vorbereitet. In der Bibel finden wir die Antwort. Im Buch Moses steht, dass

jeder Mensch für seine Sünden selbst büßen muss. Eine ähnliche Aussage finden wir im Buch des Propheten Ezechiel: Die Schuld für Verbrechen ist nicht auf die Nachkommen oder andere übertragbar!
Anders verhält es sich, wenn ich die Taten meines Vorfahren billigen würde. Dann machte ich mich mitschuldig. Geerbt habe ich keine Schuld, sondern die Verantwortung und die Verpflichtung, ähnliche Verfehlungen zu verhindern. In diesem Sinne hatte sich auch der deutsche Philosoph Karl Jaspers 1946 geäußert, als er in seinen berühmten Heidelberger Vorlesungen die Schuldfrage des deutschen Volkes nach dem Kriege diskutierte. Demnach gibt es keine Kollektivschuld. Die Vererbung einer Schuld ist ebenso nicht möglich."
Christof machte eine kurze Pause und senkte verlegen seinen Blick. In seinem ernsten Gesicht war Betroffenheit zu lesen.

Anhang

Historische Personen

Altenstätter, Andreas, Pfarrer, ? – 1540 Creglingen. Nachdem 1525 das Augustinerkloster Windsheim der Stadt übergeben und die Reformation eingeführt wurden, war Altenstätter nach dem Bauernkrieg 1525–1532 neuer Pfarrer in Windsheim und förderte die Reformation, so dass die Stadt bald vollständig protestantisch war.

Arnoldi, Bartholomäus (Usingen oder Usingensis), Philosoph und Theologe, um 1465 Usingen in Nassau – 9.9.1532 Würzburg, studierte seit 1484 an der Universität Erfurt, promovierte 1491 zum M.A. und lehrte neben Jodokus Trutvetter Philosophie. 1512 trat er in den Augustinereremitenorden ein, wurde 1514 Dr. theol. und im Erfurter Kloster Professor der Theologie. 1522 wurde er Prediger im Dom und bekämpfte nun die Reformation. Er gehörte zu den Theologen, die Karl V. mit der „Confutatio", der Ausarbeitung einer schriftlichen Widerlegung der „Confessio Augustana", beauftragte.

Behaim, Martin, Kosmograph, 6.10.1459 Nürnberg – 29.7.1507 Lissabon; seit 1476 Kaufmann in den Niederlanden, kam 1484 nach Lissabon. 1491–93 lebte er in Nürnberg und erstellte 1492 den „Erdapfel", den ältesten heute noch erhaltenen Globus.

Berlichingen, Götz (Gottfried) **von**, fränkischer Reichsritter, 1480 Jagsthausen – Burg Hornberg (Neckarzimmern) 23. 7.1562. Er verlor 1504 im Landshuter Erbfolgekrieg die rechte Hand, die durch eine eiserne ersetzt wurde. 1517 heiratet er Dorothea Gailing von Illesheim, ein Dorf vor den Toren Windsheims. Im Bauernkrieg 1525 übernahm er gezwungenermaßen die Führung des Neckartal-Odenwälder Haufens, verließ die Bauern aber vor der Entscheidungsschlacht.

Bonafede, Francesco, italienischer Botaniker, 1474–1558, Professer der Botanik in Venedig, Schöpfer des Botanischen Gartens in Padua

Cornaro, Alvise, 1484–8.5.1566 Padua, Autor der „Discorsi" (1583–95), Unternehmer (Umwandlung von Feuchtgebieten in Ackerland), Förderer von Künstlern, Bauherr des ersten Renaissance-Gebäudes in Venetien (Loggia Cornaro, 1524), Finanzberater des Bischofs von Padua, Architekt zweier Theater (eines davon das Odeo Cornaro in Padua).

Eberbach, Heinrich, Arzt, Humanist, ? – 8.12.1537 Erfurt, begann sein Studium 1497 an der Universität Erfurt, 1505 Magister. Danach Studium in Italien, Doktor der Medizin in Siena. 1512 Professor der Medizin, zeitweise Dekan und Rektor der Universität Erfurt.

Eobanus Helius Hessus (Eoban Koch), Humanist und neulateinischer Dichter, 6.1.1488 Halgehausen bei Frankenberg/Eder – 4.10.1540 Marburg/Lahn, seit 1504 Studium an der Universität Erfurt, 1507 Rektor der Stiftsschule von St. Severi, 1509 zum M.A. promovierte, 1509 Weggang aus Erfurt. Er kehrte 1514 nach Erfurt zurück, gehörte dem Erfurter Humanistenkreis an und begründete seinen Ruhm. In den kirchlichen Auseinandersetzungen trat Hessus auf die Seite Martin Luthers. Materielle Nöte bewogen ihn 1523, Medizin zu studieren. 1526 wurde er Professor der Poetik an dem neu errichteten Egidiengymnasium in Nürnberg. Er schloss mit Albrecht Dürer Freundschaft und pflegte enge Beziehungen zu den Nürnberger Humanisten. Seit 1533 lehrte er als Professor an der Universität Erfurt, folgte aber 1536 dem Ruf der Universität Marburg als Professor für Geschichte.

Fracastoro, Girolamo, italienischer Arzt und Dichter, um 1478 Verona – 8.8.1553 Incaffi (heute Affi)/Gardasee, prägte den Krankheitsbegriff der Syphilis. Studium an der Universität Padua, er wird als ein Wegbereiter der modernen Mikrobiologie betrachtet, da er die Auffassung vertrat, dass bestimmte Krankheiten durch spezifische Keime übertragen werden. 1530 veröffentlichte Fracastoro in Verona ein berühmtes Gedicht über die Syphilis.

Fugger, Jakob, der Reiche, 6.3.1459 – 30.12.1525 Augsburg, seinerzeit Europas reichster und bedeutendster Kaufmann und Bankier. Er baute die Augsburger Handelsfamilie innerhalb weniger Jahre zu einem der ersten frühkapitalistischen Unternehmen aus. Die geschickte Ausnutzung des Bergregals verschaffte ihm die Monopolstellung auf dem europäischen Kupfermarkt und legte so die Grundlage für die Weltgeltung und den Reichtum des Familienunternehmens. Zu seinen Kunden im Bankgeschäft gehörten Mitglieder des Hochadels, der europäischen Königshäuser und der katholischen Kirche. Er finanzierte Kriege und Königswahlen und sicherte so seinem Unternehmen ein rasantes Wachstum und erheblichen politischen Einfluss. Sein Vermögen erreichte auch für heutige Maßstäbe kaum vorstellbare Dimensionen.

Geyer, Florian, fränkischer Reichsritter, um 1490 Giebelstadt b. Würzburg – 9.6.1525 erschlagen bei Rimpar b. Würzburg; war 1519–23 Truppenführer im Dienst des Deutschen Ordens, trat zum Luthertum über und übernahm im Bauernkrieg 1525 die Führung des Tauber(taler)haufens.

Hagelstein, Sebastian, Bürgermeister von Windsheim, ?–1554, Baumeister, Mitglied des Inneren Rates, Oberrichter, unterstützte maßgeblich die Reformation. Er unterzeichnete namens der Reichsstadt Windsheim am 19. April 1529 die Protestation auf dem Reichstag zu Speyer und am 15. Juli 1530 auf dem Reichstag zu Augsburg die Confessio Augustana.

Henneberg, Berthold von, Erzbischof von Kurmainz, Erzkanzler des Heiligen Römischen Reiches und Reichsreformer, 1441/42 als 12. Kind des Grafen Georg von Henneberg-Römhild – 21.12.1504. Nach Studien in Erfurt und Padua am Hof von Kaisers Friedrich III. tätig. 1484–1504 Erzbischof und Kurfürst von Mainz, Führer der fürstlichen Bestrebungen nach einer Reichsreform, nötigte König Maximilian I. zur Einsetzung des Reichskammergerichts (1495) und eines ständischen Reichsregiments (1500).

Hutten, Ulrich von, Ritter, ritterlicher Vorkämpfer des Humanismus und der geistigen Freiheit, 21.4.1488 Burg Steckelberg bei Fulda – 1523. Kaiser Maximilian überreichte ihm 1517 in Augsburg den Lorbeerkranz und den Goldenen Ring. Zum Dichter und Universitätsredner ernannt, machte er sich den Kampf gegen Rom und für das von der Kurie ausgebeutete deutsche Vaterland zur Lebensaufgabe.

Kasimir von Brandenburg–Kulmbach, Markgraf, 27.9.1481 Ansbach – 21.9. 1527 Ofen (Budapest), Gegner der Reformation; 1499 Heerführer des Schwäbischen Bundes, entmachtete 1515 seinen verschwenderischen Vater. 1518 prunkvolle Hochzeit mit Susanna, Tochter von Herzog Albrecht IV. von Bayern auf dem Reichstag zu Augsburg. Während des Bauernkrieges 1525 tat er sich durch besondere Grausamkeit hervor, deshalb auch „der Bluthund" genannt. 1527 während eines Feldzuges nach Ungarn an der Ruhr verstorben.

Lang, Johannes, Theologe, um 1487–2.4.1548 Erfurt; er studierte seit 1500 an der Universität Erfurt und trat 1506 in das Augustinereremitenkloster ein. 1511 ging er mit Luther nach Wittenberg. 1516 kehrte er nach Erfurt zurück und wurde Prior des Augustinerklosters ein. Zugleich hielt er Vorlesungen an der Universität. Lang begleitete Luther zu den Disputationen in Heidelberg 1518 und Leipzig 1519. 1519 Promotion zum Dr. theol. Nachdem er 1522 den Augustinerorden verlassen hatte, übertrug man ihm die Neuordnung der kirchlichen Verhältnisse in Erfurt. Er führte 1525 eine einheitliche Gottesdienstordnung ein. Bereits 1521 war eine Übersetzung des Matthäus-Evangeliums wurde von ihm erschienen.

Leoniceno, Niccolò (Nicolaus Leoninus Vicentinus) italienischer Arzt und Humanist, 1428 bei Vicenza – 1524 Ferrara; er studierte in Vicenza und an der Universität Padua Medizin und Philosophie. Etwa 1453 erhielt er seinen Doktortitel. Er war ein Pionier bei der korrekten Übersetzung von altgriechischen und arabischen medizinischen Texten ins Lateinische; 1493 beschrieb Leoniceno erstmals die Syphilis.

Levita, Elias (Elijahu ben Ascher ha-Levi), jüdischer Grammatiker, 13.2.1469 Ipsheim b. Neustadt/Aisch – 28.1.1549 Venedig. Bereits als junger Mann wanderte er nach Italien und erteilte in verschiedenen Städten Unterricht in der hebräischen Sprache (Wohnorte u. a. Padua, Rom, Venedig).

Luther, Martin, Reformator, 10.11.1483 – 18.2.1546 Eisleben; seit 1501 Studium an der Universität Erfurt, 17.7.1505 Eintritt ins Kloster der Augustinereremiten Erfurt. Er promovierte 1512 zum Doktor der Theologie und übernahm als Nachfolger des Generalvikars J. von Staupitz die Professur für Bibelauslegung an der Universität Wittenberg.

Maler, Mathes, Drucker, Lebensdaten unbekannt, einer der namhaftesten Drucker Erfurts im 16. Jahrhundert, nachweisbar von 1511 bis 1525 im Haus Zum Schwarzen Horn in der Michaelisstraße 48.Rund 200 datierte Drucke, hauptsächlich für die Erfurter Humanisten und für Luther, sind bekannt, darunter auch das Enchiridion, das erste Gesangbuch Luthers, sowie Schriften zur Rechenlehre von Adam Ries(e).

Mutian, Konrad (auch Mutianus Rufus Conradus, Konrad Muth) Humanist, 15.10.1470 Homberg/Efze – 30.3.1526 Gotha, studierte im Sommer 1486 in Erfurt, wurde 1488 Baccalaureus und 1492 Magister und Lehrer (bis 1496)

Nathin, Johannes, Theologe, ? Neuenkirchen – 22.10.1529 Erfurt; er begann 1465 sein Studium an der Universität Erfurt, trat in den Augustiner-Orden ein, promovierte 1493 zum Dr. theol., wurde 1507 Lehrer von Martin Luther

Scrovegni, eine reiche Bankiers- und Kaufmannsfamilie in Padua. 1300 hatte Enrico Scrovegni das verfallene römische Amphitheater erworben und ließ einen Familienpalast und die Cappella degli Scrovegni errichten (1305 Unserer Lieben Frau von der Nächstenliebe geweiht). Enrico Scrovegni verpflichtete die größten Künstler seiner Zeit zur Dekoration des einschiffigen Kapellenraumes. Die aufwendigsten Fresken stammen von Giotto di Bondone (1266–1337).

Spalatin (Georg Burckhardt), Humanist, Theologe, Jurist und Fürstenberater, 17.1.1484 Spalt – 16.1.1545 Altenburg, begann sein Studium 1498 an der Universität Erfurt. 1502 ging er zur neugegründeten Universität Wittenberg. 1504/1505 war er wieder in Erfurt und schloss sich dem Humanistenkreis um Conrad Mutianus Rufus an. Seit 1508 wurde er zum Vertrauten von Kurfürst Friedrich d. Weisen. Zwischen ihm und Luther entwickelten sich seit 1514, freundschaftliche Beziehungen. Aus Kurfürst Friedrichs Lebenszeit sind 303 Briefe Luthers an Spalatin überkommen.

Tucher, Lorenz, Nürnberger Patrizier und Handelsherr, 1447 – 1503 Nürnberg

da Vinci, Leonardo, 15.4.1452 Anchiano bei Vinci – 2.5.1519 Amboise/ Frankreich. Er war Maler, Bildhauer, Architekt, Musiker, Anatom, Mechaniker, Ingenieur, Naturphilosoph und Erfinder und wird als das italienische Universalgenie bezeichnet.

Welser, Bartholomäus V. der Ältere, 25.6.1484 Memmingen – 28.3.1561 Amberg/Unterallgäu, Augsburger Patrizier und Großkaufmann, 1519–1551 Oberhaupt der Augsburger Welser-Gesellschaft, einem der größten Handels-, Bank-, Reederei- und Minenunternehmen des 16. Jahrhunderts. 1528 schloss er mit der spanischen Krone einen Vertrag ab, mit dem die Welser für fast dreißig Jahre die Statthalterschaft über die spanische Überseeprovinz Venezuela erlangten. Als Bankier Kaiser Karls V. sowie des französischen Königs Franz I. hatte er entscheidenden Einfluss auf die Mächtigen seiner Zeit.

Historische Maßeinheiten

Folgende historische Maßeinheiten wurden als Annäherungswerte verwendet:

Fuß	0,3 m
Elle	0,5 m
Schritt	0,75 m
Meile	7,5 km
Quadrat-Fuß	0,08 qm

wek-Verlag
Treuchtlingen–Berlin